K.

LIZA MARKLUND
mit Maria Eriksson

Mias Flucht

Der Weg in die Freiheit

Deutsch von Susanne Dahmann

KINDLER

Die Originalausgabe erschien 2004 unter dem Titel «Asyl» bei Piratförlaget, Stockholm.

Redaktion Dagmar Lendt

1. Auflage März 2009 **Satz Adobe Garamond PostScript (InDesign) bei hanseatenSatzbremen, Bremen** Druck und Bindung GGP Media GmbH, Pößneck Printed in Germany **ISBN 978 3 463 40520 9**

Dieses Buch erzählt auf der Basis tatsächlicher Ereignisse eine fiktive Geschichte.

Namen sowie bestimmte Details, Orte und Zeitangaben wurden zum Schutz der Personen verändert.

PROLOG

Maria Eriksson wuchs in einer schwedischen Kleinstadt zusammen mit ihrer Schwester in einem liebevollen Elternhaus auf. Sie schloss das Gymnasium mit ausgezeichneten Noten ab und nahm sich anschließend eine eigene Wohnung in der Nähe ihrer Familie, mit der sie eine innige Beziehung verband. Gemeinsam mit ihrer Schwester hatte sie einen großen Freundes- und Bekanntenkreis. Sie war sehr sozial eingestellt, engagierte sich in verschiedenen Vereinen und nahm gern an den vielfältigen kulturellen Veranstaltungen und Festen teil. In der Nähe dieser Stadt gab es ein Flüchtlingsheim. Da Maria mehrere Sprachen beherrschte, darunter auch Spanisch, konnte sie vielen der Flüchtlinge bei praktischen Dingen helfen.

Als junges Mädchen hatte sie immer davon geträumt, Ärztin zu werden. Doch als sie die Möglichkeit bekam, am Karolinska Institutet in Stockholm Medizin zu studieren, entschied sie sich dagegen. Sie fühlte sich in ihrer Heimatstadt so wohl, dass sie nicht von ihrer Familie und ihren Freunden wegziehen wollte.

Stattdessen fand sie eine gute Stelle bei einer Bank in der Stadt, und dort arbeitete sie auch, als sie den Mann traf, der ihr Leben verändern sollte. Zu Anfang war sie sehr verliebt. Der Mann, ein Flüchtling aus dem Nahen Osten, war so ganz anders als die Männer, die sie bisher kennengelernt hatte: höflich, aufmerksam, aufregend und liebevoll. Sie verlobten sich am ersten Jahrestag ihres Kennenlernens.

Als er sie zum ersten Mal schlug, tat es ihm hinterher sehr leid, und er versprach, dass es nie wieder vorkommen werde. Maria glaubte ihm. Kurz darauf stellte sich heraus, dass Maria schwanger war.

Aus den Schlägen hin und wieder wurden während der Schwangerschaft regelmäßige Misshandlungen. Oft trat der Mann Maria in den Bauch, in dem das ungeborene Kind lag.

Das kleine Mädchen, das den Namen Emma erhielt, kam zu früh auf die Welt und war sehr klein und zart. Die Misshandlungen wurden jetzt auch auf das Neugeborene ausgedehnt. Maria beendete die Beziehung, doch der Mann akzeptierte das nicht. Obwohl die beiden nicht mehr zusammenlebten, begann er, Maria immer systematischer zu verfolgen. Er vergewaltigte sie, traktierte sie mit Schlägen, Tritten und Messerstichen, brach ihr die Knochen und versuchte, sie zu erwürgen. Alle Versuche, Emma in einer Tagesstätte unterzubringen, musste Maria aufgeben, weil der Mann unberechenbar gewalttätig war und sie und das Kind bedrohte.

Zu diesem Zeitpunkt lernte Maria Anders kennen, der ihr Ehemann wurde. Ihr gemeinsamer Sohn Robin kam zur Welt, als Emma zwei Jahre alt war.

Die Ehe änderte nichts an der Situation. Mit Hilfe seiner Freunde betrieb der Mann eine immer massivere und systematischere Verfolgung, die sich nun gegen die ganze Familie richtete.

Den schwedischen Behörden waren die Hände gebunden. Polizei und Staatsanwaltschaft taten sich aus mehreren Gründen schwer, die Verbrechen gegen die Familie zu ahnden. Der Mann und seine Freunde versorgten sich ständig gegenseitig mit Alibis, was dazu führte, dass die Gewalttätigkeiten und die anonymen Drohungen nicht aufgeklärt werden konnten. Zeugen wurden so eingeschüchtert, dass sie schwiegen. Die Freunde des Mannes drohten an, Marias Eltern zu töten, falls

Maria vor Gericht von den Übergriffen berichten sollte, denen sie und ihre Tochter ausgesetzt waren.

Der Terror ging weiter. Das Reihenhaus der Familie wurde zu ihrem Gefängnis. Die Behörden ließen Gitter vor den Fenstern anbringen und verboten der Familie, das Haus ohne Begleitung von Mitarbeitern des Sozialdienstes zu verlassen. Maria und die Kinder, und dann auch ihr Mann Anders, wurden immer wieder für längere Zeit aus der Stadt geschickt.

Marias Tochter Emma litt sehr unter der Isolation. Sie wurde immer stiller und aß immer weniger. Nach einem Überfall, bei dem der Mann dem Mädchen ein Messer an den Hals setzte, hörte sie ganz auf zu sprechen.

Daraufhin entschieden die Behörden, dass die Familie nicht länger in ihrer Heimatstadt bleiben könne. Sie waren gezwungen, ihr Zuhause zu verlassen und in den Untergrund zu gehen. Das ganze folgende Jahr lang wussten Marias Eltern nicht, ob Maria, Anders und die Kinder noch lebten oder schon tot waren.

Das erste Jahr im Untergrund verbrachte die Familie an zwölf verschiedenen Orten. Der Mann, der sie verfolgte, suchte ununterbrochen nach ihnen. Zweimal wurden sie von den Verfolgern entdeckt und mussten erneut fliehen.

Nach einem Jahr auf der Flucht wurde die Familie in einer Dreizimmerwohnung in der Gemeinde Smedjebacken in Süd-Dalarna untergebracht. Da sie sich draußen immer noch nicht frei bewegen konnten, bedeutete das eigene Heim keine sonderliche Veränderung ihrer Lebenssituation. Der ganzen Familie bekam die Isolation sehr schlecht. Maria litt eine Zeit lang unter einer Psychose. Emma fiel schließlich ins Koma und entging nur um Haaresbreite dem Tod.

Im Frühjahr 1991, als das Mädchen fünf Jahre alt wurde, war sie so instabil, dass sie nicht psychiatrisch untersucht werden konnte. Um Emmas seelischen Gesundheitszustand diagnostizieren zu können, war es erforderlich, dass die Familie eine Zeitlang in völliger Freiheit lebte, und das schien nur in einem anderen Erdteil möglich zu sein.

Am 19. Mai 1991 wurde Familie Eriksson deshalb von der Sozialbehörde auf eine sieben Monate währende Reise ins Ausland geschickt.

TEIL 1 Flucht

Die Räder des Jumbos schlugen mit einem Knall auf dem Boden auf. Ich wurde von dem Stoß nach vorn geworfen, war plötzlich hellwach. Meine Füße waren eiskalt und der Nacken völlig steif. Einen Moment lang schoben sich Schlaf und Wirklichkeit ineinander, das Dröhnen aus dem Traum setzte sich fort, als das riesige Flugzeug die Landeklappen ausfuhr.

«Guten Morgen», sagte Anders und lächelte. «Du hast geschlafen wie ein Stein.»

Verwirrt schaute ich aus dem kleinen zugefrorenen Fenster und sah die glitzernde schwedische Winterlandschaft draußen vorbeisausen.

«Sind wir schon da?»

Die Zunge in meinem Mund war mindestens drei Nummern zu groß. Ich hatte riesigen Durst. Links von mir weinte Robin, Anders beugte sich tröstend über ihn. Der Junge bekam bei den Landungen immer Ohrenschmerzen. Rechts von mir saß Emma, still und mit glänzenden Augen. Sie trug immer noch ihre Lacksandalen; sie hatte sich geweigert, sie auszuziehen, obwohl wir ihr erklärt hatten, dass wir in den Winter reisen würden.

«Ich will immer Lackschuhe anhaben», hatte sie gesagt, und ich hatte nicht weiter mit ihr gestritten.

Hinter dem Raureif an der Scheibe glitt der Auslandsterminal von Arlanda vorbei. Ich wandte den Blick nach vorn und starrte stumm auf das hochgeklappte Tablett am Sitz vor mir. Mein Mund war trocken.

Kaum zu glauben, dass es wahr sein sollte.

Nach sieben Monaten auf der anderen Seite der Erdkugel war ich endlich wieder zu Hause.

Schwindelig vom Jetlag und mit einem Gefühl totaler Unwirklichkeit stolperte ich in die Ankunftshalle. An jeder Hand hing eines der Kinder, Anders ging mit unserem ganzen Handgepäck hinter mir. Rings um uns perlte die schwedische Sprache, plätscherte wie ein Bach im Frühling, Dialekte und Wörter und Lachen – all das ließ mich vor Freude erschauern. Mit einem Mal war die Welt wieder zurechtgerückt, der merkliche Abstand zwischen mir und meiner Umwelt war wie wegradiert.

Aus irgendeinem Lautsprecher klang eine Version des Lucia-Liedes mit dem schwedischen Text. Die Nacht war groß und stumm, jetzt konnte man ihre Flügel hören, und ich begriff, dass es der Morgen des Lucia-Tages war, der eigentliche Beginn der Weihnachtszeit, Freitag der Dreizehnte. Von nun an würde alles voller Glitzern und Weihnachtszwerge und schneebeladener Tannenbäume sein, und ich mittendrin.

Vorsichtig machte ich die letzten Schritte über die blankpolierten Fliesen, hin zu dem rasselnden Förderband mit seinen dunkelgrauen Gummiplatten.

Der Fuchs huscht über das Eis, der Fuchs huscht über das Eis.

«Sieh mal, Mama, da kommen unsere Taschen!»

Die Kälte war klar und beißend, sodass der Dieselqualm des Busses dicht am Boden blieb. Die Kinder blinzelten erstaunt, sie waren nicht an die Kälte gewöhnt, und ich sah, dass ihre Augen tränten. Emma stampfte unbeholfen in ihren warmen Schuhen vorwärts, die sie sich unter lautstarkem Protest in der

Halle hatte anziehen lassen. Die Lackschuhe waren ordentlich in ihrem kleinen Rucksack verstaut. Robin hielt sich dicht an Anders und hustete in den Abgasen. Er war empfindlich gegen schlechte Luft.

Ich bestieg den Flughafenbus nach allen anderen Passagieren, verharrte einen kurzen Moment, den linken Fuß noch am Boden, und ließ die Kälte durch meine dünnen Ledersohlen dringen.

So fühlte sich richtige Erde an: beinhart, zu Stein gefroren, glatt und mit knirschendem Schnee bedeckt. Es war alles so vertraut, so völlig normal.

Der Bus glitt mit einem langgezogenen Stöhnen los, drängte sich in den vom Neuschnee trägen Verkehr mit den wohlbekannten Nummernschildern, ich sah wieder Volvos, Scanias und Saabs, die vorsichtig mit rauchenden Auspuffrohren auf der Autobahn nach Stockholm dahinrollten.

Der Schnee, der in der Nacht gefallen war, lag immer noch ziemlich unberührt auf dem Mittelstreifen und an den Straßenrändern, eine luftig weiche Decke, die im Morgenlicht glitzerte.

Ich lehnte die Stirn an die kalte Glasscheibe, verstreute Vororte flimmerten vorbei, so viele Bäume und kleine, niedrige Häuser so nahe der Stadt. Aus einem Lautsprecher war schwach die Erkennungsmelodie der Nachrichten zu hören, und der Busfahrer drehte die Lautstärke auf.

«Ein lettischer Fischkutter mit dreizehn Mann Besatzung ist in der Nacht zum Freitag innerhalb der schwedischen Hoheitsgewässer gesunken. Wie die Seenotrettungszentrale in Stockholm mitteilte, lief der Kutter direkt vor Karlskrona auf Grund.»

Dann Papierrascheln im Lautsprecher, der Nachrichtensprecher räusperte sich ein wenig.

«Mit den Verhandlungen um den Eintritt Schwedens und

Österreichs in die EU werde Anfang 1993 begonnen, sagte der deutsche Bundeskanzler Helmut Kohl, als er am Freitag den Deutschen Bundestag über das Ergebnis des Gipfeltreffens der EU in Maastricht unterrichtete.»

«Mama, ich habe Durst.»

Ich gab Emma meine fast leere Sprudelflasche und hörte aufmerksam weiter den bedeutungslosen Nachrichten zu.

«Das schwedische Volk könne den Worten von Premierminister Carl Bildt nicht vertrauen, denn er führe Journalisten und Öffentlichkeit in die Irre. Mit diesen Worten äußerte sich der Vorsitzende der Sozialdemokratischen Partei, Ingvar Carlsson, in einem offenen Brief über die Neutralitätspolitik des Premierministers ...»

Ich musste die Augen schließen, mir brummte der Kopf. War ich denn überhaupt weg gewesen? Alles war wie immer, das Leben in Schweden war einfach weitergegangen, als ob nichts gewesen wäre. Bildt war Premierminister geworden, und ich hatte es nicht einmal mitbekommen.

Der Bus hielt an einer Ampel, die Schaufenster der Innenstadt glitzerten mich von der anderen Seite der Scheibe an.

Ich war so müde und so glücklich, dass es mir in der Brust weh tat.

Wir holten unser Auto, den guten alten Toyota, den unsere Heimatgemeinde für uns gemietet hatte. Er stand in einem Parkhaus auf Kungsholmen. Das ganze Auto war mit Staub bedeckt, es sah mehr grau als grün aus.

Die Batterie hatte sich entladen, und der Anlasser röchelte nur, als Anders den Schlüssel herumdrehte. Trotz der Müdigkeit wurde keiner von uns ärgerlich, die Freude darüber, das alte Auto wiederzusehen, wog mehr als die Mühe, es in Gang zu bekommen. Wir hatten den braven kleinen Toyota schon so lange, dass er fast ein Familienmitglied war!

Von einer Telefonzelle aus riefen wir eine Servicefirma an. Sie schickten jemanden, der das Auto mit einem Starthilfekabel in Gang brachte und es in die Werkstatt fuhr, wo man das Öl wechselte, Winterreifen aufzog und die Batterie austauschte.

Kurz nach Mittag konnten wir endlich aufbrechen. Es hatte wieder angefangen zu schneien, kleine leichte Flocken wirbelten fast schwerelos durch die Luft. Die Kinder waren schon auf dem Rücksitz eingeschlafen, noch bevor wir die Stadtautobahn erreicht hatten.

«Wie geht es dir?», fragte ich Anders und strich ihm über den Arm. «Bist du nicht schrecklich müde?»

Er rieb sich das Gesicht mit der Hand und blinzelte in den Schnee.

«Das geht schon», sagte er.

Bald darauf schien es, als würden wir direkt in eine Schneewehe fahren, höher und immer höher hinauf, tiefer und immer tiefer hinein. Vorbei an Rinkeby, Tensta und Hjulsta mit ihren Wäldern aus Ampeln, die uns in verschiedenen Farben entgegenblinkten, alle eingehüllt in weiße Tücher aus Schnee. Dann weiter auf der E 18, auf der dichter Verkehr herrschte.

Wieder zu Hause, dachte ich, während der Wagen langsam im Schneetreiben voranrollte.

«Das hier ist Schweden», sagte ich zu Anders, als der Wind das Auto durchrüttelte, während wir die großen Brücken über den Mälaren passierten.

Im Wagen war es warm und gemütlich, meine Müdigkeit hatte sich in einen undefinierbaren Schmerz im Hinterkopf verwandelt. Ich machte das Radio an, auf P3 lief ein Unterhaltungsprogramm, Lachen und Musik und Scherze, ich brachte nicht die Kraft auf, ihre Pointen zu verstehen.

Wir kamen an Upplands-Bro und Bålsta vorbei, und hinter Enköping nahm der Verkehr langsam ab. Auf der Höhe von Västerås fing es schon an zu dämmern. Wir würden einige Zeit brauchen, um uns nach den Monaten in der Sonne an die kurzen schwedischen Wintertage zu gewöhnen.

Dann bogen wir auf den vertrauten Riksväg 66 und fuhren Richtung Fagersta, vorbei an Surahammar und Virsbo und weiter hinauf in die Provinz Dalarna. Die Kinder schliefen lammfromm auf dem Rücksitz, Anders und ich saßen schweigend nebeneinander, schließlich machte ich das Radio aus.

Als wir die Provinzgrenze überquerten, hörte es plötzlich auf zu schneien, und der Himmel über uns wurde klarer. Auf der rechten Seite erstreckte sich der Barken. Man konnte den See in der Dämmerung kaum ausmachen, nur ein schwarzer Fleck in der Mitte verriet, dass er nicht völlig zugefroren war.

Jetzt war es nicht mehr weit.

Schilder huschten vorbei, die den Weg zu Orten mit historischen, schönen Namen wiesen, erst Västanfors und dann Viksberg, Söderbärke, Korsheden und Vibberbo.

Und plötzlich war sie einfach da, die unscheinbare kleine Abfahrt nach rechts, wo unser Ziel war, unser Platz auf dieser Erde. Der Eisenwarenladen, die Tankstellen, und unten rechts blitzte und rauchte es vom Stahlwerk her.

«Sollen wir gleich zur Wohnung fahren oder erst noch etwas einkaufen?», fragte Anders.

«Ich kann später einkaufen gehen», erwiderte ich und sah durch die Scheibe hinaus. Plötzlich hatte ich doch einen Kloß im Hals.

Es war alles unverändert, genauso hatte es hier ausgesehen, als wir das erste Mal hergekommen waren.

Sollte ich hier mein Leben verbringen? Sollten meine Kinder hier neben der Eisenbahn aufwachsen? In diesen Straßen Fahrrad fahren lernen, sich hier verlieben, in diesen Hauseingängen zum ersten Mal geküsst werden?

Ich drehte mich zum Rücksitz um und rüttelte sie vorsichtig.

«Kinder», sagte ich, «wir sind jetzt da.»

Das Mietshaus, in dem sich unsere Dreizimmerwohnung befand, war ein ganz gewöhnlicher Wohnblock aus den sechziger Jahren, nicht weit vom Bahnhof entfernt: Flachdach, roter Klinker, eingemauerte Balkone.

Die Kinder quengelten, als wir sie die Treppe hinaufzogen. Robin brüllte aus Protest, und es endete damit, dass ich ihn tragen musste.

Obwohl wir kein Namensschild an der Tür hatten, nur einen Zettel, auf dem «Bitte keine Werbung» stand, quollen uns Berge von Reklameblättern über die Füße und rutschten ins Treppenhaus, als Anders die Tür aufschloss. Die Luft, die uns entgegenschlug, war stickig und staubig.

«Willkommen daheim», sagte er zu mir, und ich sah ihm an, wie froh er war.

Wir schoben den Werbemüll zu einem Haufen hinter der Tür zusammen und betraten die Wohnung. Die Kinder wurden schnell munter, sie erkannten wieder, wo sie waren, und freuten sich. Robin entdeckte ein rotes Bobbycar und fing sofort an, damit von Zimmer zu Zimmer zu fahren.

Wir gingen herum und machten überall Licht. Ich horchte in mich hinein, aber richtige Freude wollte sich nicht einstellen. Das hier war zwar keine schlechte Wohnung, aber es war einfach nicht wirklich *zu Hause*.

Die Einrichtung war spärlich und sehr einfach. Betten, Küchentisch und die vier Stühle hatten wir in einem Großmarkt in Borlänge gekauft, als wir einzogen, und die Gardinen hatten wir vom Sozialamt bekommen.

Im Wohnzimmer stand mein ganzer Stolz, das schöne weiße Ledersofa, das meine Eltern den ganzen Weg von unserem vorherigen Zuhause, meinem richtigen Zuhause, unserem Reihenhaus in meiner Heimatstadt, hierherauf nach Dalarna transportiert hatten.

In der Küche waren noch weitere Spuren unseres früheren

Lebens zu finden, ein paar Kristallgläser, ein halbes Dutzend Kaffeetassen, ein paar Teller und zwei Schubladen mit Besteck.

Wir setzten die Kinder vor den alten Fernsehapparat und den Videorecorder, die wir auf dem Flohmarkt erstanden hatten, und trugen das restliche Gepäck hinauf.

Es war bereits Abend, als ich endlich Zeit für den Supermarkt fand.

Ich überquerte die Eisenbahnüberführung und ging zum Stadtzentrum hinauf. Es war kälter geworden, der Schnee knarrte unter meinen Füßen. Die Luft war dunkelblau und klar und ließ die Straßenlampen schimmern.

Auf der Vasagatan sickerten Weihnachtslieder aus versteckten Lautsprechern, ein paar halberfrorene Weihnachtsmänner verkauften Karten und anderen Krimskrams an einem Stand vor dem Buchladen.

Hier gab es alles, was man sich nur wünschen konnte, alle Arten von Geschäften, die man brauchte, um anständig zu leben und zu sterben – Fotogeschäft und Friseur, Bibliothek und Immobilienmakler, Banken und Bestattungsinstitute. Entlang der Einkaufsstraße hatte man Sterne mit Glühbirnen darin aufgehängt und die Schaufenster mit Glitter und roten Weihnachtskugeln dekoriert. Ich ging langsam, sah an den niedrigen, verputzten oder mit Holz oder Metall verkleideten Häusern hoch und versuchte, in der Dunkelheit ihre verschiedenen matten Farben in Gelb, Ocker und Rot zu unterscheiden. Blumengeschäft, Sport- und Freizeitartikel, Optiker, Zahnarzt, Computerladen – brauchte man noch mehr?

Ich betrat den Supermarkt, der ein wenig zurückgesetzt hinter den anderen Geschäften lag.

Als ich den Einkaufswagen herausgezogen hatte und gerade auf das Knäckebrot zusteuerte, packte mich plötzlich eine eisige Wachsamkeit. Ich weiß nicht, was dieses Gefühl auslöste, vielleicht war es die Sprache, die ungewohnte Situation, wieder Schwedisch um mich herum zu hören, vielleicht war es der Rücken eines Mannes, der schnell aus meinem Blickfeld verschwand – doch als ich mich dem Brotstand näherte, begann mein Puls zu rasen, vielleicht stand er hinter der Ecke, vielleicht wartete er hinter den Chips auf mich. Die Angst war irrational, aber ich bekam sie nicht in den Griff.

Ich kaufte ein, so schnell ich konnte, die ganze Zeit in dem Gefühl, beobachtet und verfolgt zu werden.

Als ich endlich durch die Kasse war und auf den Parkplatz hinaustrat, war mein ganzer Rücken schweißnass.

Die Kinder schliefen schon, als ich nach Hause kam. Die Angst hatte mich noch nicht wieder ganz verlassen, ich merkte, dass meine Hände zitterten. Nachdem ich die Einkäufe in Kühlschrank und Speisekammer verstaut hatte, goss ich mir einen Kaffee ein, den Anders in der Zwischenzeit gekocht hatte, und ging zu ihm ins Wohnzimmer.

Es war so seltsam, ihn dort zu sehen, als ob gar keine Zeit vergangen wäre, seit wir im Mai die Wohnung verlassen hatten. Die Monate in der Sonne kamen mir wie ein entfernter Traum vor. Alles, wovor wir geflohen waren, war wieder da, die Eisengitter waren erneut hinter mir zugeschlagen, die Wände schienen mich zu erdrücken, und die Luft wurde dick. Mein Mann sah zu mir hoch, sein Blick war voller Furcht.

«He», sagte ich leise und sank neben ihm aufs Sofa, «wie geht es dir eigentlich?»

«Gut, wieso?», antwortete Anders, senkte aber den Blick zu Boden.

Das Schweigen zwischen uns wuchs, es wirkte ebenso einsam wie unsere armselige Wohnung.

«Ich wünschte, ich könnte etwas tun», sagte ich hilflos. «Ich weiß ja, dass ich eigentlich an allem schuld bin. Wenn ich nicht …»

«Hör auf», sagte Anders leise, aber bestimmt. «Ich will nichts davon hören. Das ist einfach Unsinn, und das weißt du auch.»

«Wenn ich nur nicht geglaubt hätte, dass ich ihn ändern kann. Wenn ich mich nur rechtzeitig von ihm getrennt hätte, dann hätte ich ihn noch aufhalten können. Wenn ich begriffen hätte, wie solche Menschen funktionieren, dann wäre ich …»

Anders stand auf, die Kaffeetasse in der einen Hand und den Unterteller in der anderen, und verließ das Zimmer.

«Wohin gehst du?», fragte ich. «Komm, geh nicht …»

In der Tür drehte er sich um, grau im Gesicht.

«Was glaubst du, wohin ich gehe?», fragte er. «Wohin könnte ich denn gehen?»

«Entschuldige», sagte ich und stand auf. Ich streckte meine Hand nach ihm aus, aber er entzog sich mir, ging in die Küche und stellte das Geschirr so heftig in der Spüle ab, dass es laut klapperte. Ich folgte ihm und legte meine Arme um seine Mitte, drückte die Wange an seine Schulter.

«Entschuldige», flüsterte ich wieder.

Er seufzte tief.

«Ich werde aufhören, mir selbst die Schuld zu geben», fuhr ich fort. «Ich weiß, ich habe es versprochen.»

Er antwortete nicht, ich hielt ihn immer noch umschlungen und wiegte ihn sanft hin und her.

«Ich habe immer gedacht, dass man vernünftig und zivilisiert mit ihm umgehen kann», sagte ich, «und heute weiß ich, dass das nicht funktioniert hat. Ich habe mich auf Gesetze und Behörden verlassen, aber das hat nichts genützt. Anders, ich weiß das alles, aber manchmal habe ich einfach keine Hoffnung mehr …»

Endlich drehte er sich um und legte seine Arme um mich.

«Es wird alles wieder gut», sagte er und blies seinen warmen

Atem in meine Haare. «Das geht vorbei, du wirst sehen. Wie sagst du doch immer? Nichts ist für ewig, und das hier auch nicht.»

Ich ließ mich in seiner Umarmung wiegen.

«Du hast recht», sagte ich leise. «Alles wird gut.»

Ich lehnte mich zurück und sah zu ihm hoch.

«Aber das hier muss schnell ein Ende haben», sagte ich. «Ich halte es einfach nicht mehr aus, mich immer ängstlich umschauen zu müssen, wenn ich rausgehe.»

«Wir werden mit den Leuten vom Sozialdienst über die verschiedenen Alternativen reden», sagte Anders. «Lass uns nichts übereilen.»

Ich befreite mich aus seiner Umarmung.

«Wir müssen versuchen, das auszuhalten», sagte Anders. «Wir müssen uns trauen, zu leben. Der Sinn von alldem hier muss doch sein, dass wir irgendwo zur Ruhe kommen, dass wir uns ein Zuhause aufbauen und wieder arbeiten und dass die Kinder in die Kita und zur Schule gehen können.»

«Und wenn es nicht geht?», fragte ich. «Wenn wir uns niemals irgendwo sicher fühlen werden?»

«Das ist doch noch gar nicht gesagt», erwiderte er. «Wir müssen Smedjebacken eine echte Chance geben. Vielleicht bleiben wir ja für immer hier wohnen, und die Kinder können hier aufwachsen, wie wäre das, Mia? Wenn aus ihnen richtige robuste Landeier werden?»

Er umarmte mich wieder, aber ich machte mich los.

«Vielleicht wäre es das Beste, für immer ins Ausland zu gehen», sagte ich. «Vielleicht sollten wir das alles hier loslassen und uns ein für alle Mal in Sicherheit bringen.»

«Sicherheit bedeutet doch nicht nur, nicht verfolgt zu werden», entgegnete Anders. «Man braucht noch so viel anderes, um sich geborgen und wohl zu fühlen. Sprache und Kultur und Freunde und all das.»

«Aber wenn ständig das eigene Leben bedroht ist, dann spielt alles andere keine Rolle mehr», sagte ich. «Und wenn ich nicht in meiner Heimatstadt wohnen und meine Freunde und meine Eltern treffen kann, dann ist es sowieso egal. Dann ist Smedjebacken für mich genauso weit weg wie Rio de Janeiro.»

«Jetzt redest du aber dummes Zeug.»

«Nein», sagte ich. «Ich meine, was ich sage. Ich bin lieber in Südafrika fröhlich und sicher als verängstigt und traurig in Schweden.»

«Dann können wir ja gleich aufgeben», sagte er, mit einem Mal verletzt.

Jetzt war ich es, die ihn umarmte.

«Es ist ja nicht deine Schuld», flüsterte ich und küsste ihn. «Im Gegenteil. Du bist es, der die Zukunft möglich macht. Ich liebe dich.»

Und dann zog ich ihn aus und wir liebten uns auf dem Küchenfußboden.

Weihnachten und Neujahr gingen fast unbemerkt vorüber. Wir aßen, schliefen, sangen ein paar Weihnachtslieder, schauten Fernsehen und Video. Die Kinder waren offensichtlich glücklich, wieder bei ihren Büchern, Platten, Spielsachen und Filmen zu sein. Es machte Spaß, zu sehen, wie sie alte, vergessene Kuscheltiere wiederentdeckten oder Bücher, die sie einmal geliebt hatten.

Doch gleichzeitig bemerkten wir auch, dass sie viel unruhiger waren als zuvor. Vor allem Robin tobte manchmal wie ein Verrückter laut johlend durch die Wohnung, bis er gegen irgendeine Ecke rannte oder hinfiel und sich wehtat. Sein Körper hatte Muskeln und Kraft bekommen, und das wollte nicht zu den engen Räumlichkeiten passen.

Mit Emma verhielt es sich anders, sie war viel stiller und saß am liebsten da und spielte endlos vor sich hin.

Es erforderte viel Einfallsreichtum, das Leben in unserer engen Welt auszufüllen. Um den Tagen Struktur und Sinn zu geben, teilten wir die Zeit in einen festen Stundenplan ein. Das begann mit Wecken, Duschen, Zähneputzen, dann folgte das Frühstück und eine Art Besinnung auf den Tag. Danach kamen die Aktivitäten, wir lasen, sangen und spielten, und am Nachmittag durften die Kinder meist etwas fernsehen oder einen Film anschauen.

Als wir im Ausland waren, hatten sie den Walt-Disney-Film «Aschenputtel» bekommen, aber dort hatte man ein anderes

Farbsystem, weshalb sie den Film in unserem schwedischen Videorecorder nicht anschauen konnten. Nach viel Weinen und Jammern gaben wir uns geschlagen. Anders gelang es, noch eine «Aschenputtel»-Kassette mit passendem Farbsystem aufzutreiben, und die Ruhe war wiederhergestellt.

Da wir nicht viel Geld hatten, dachten wir über alle Ausgaben gründlich nach. Unsere Prioritäten waren ganz klar: erst die Kinder, dann der Haushalt und zuletzt wir selbst. In jenem Winter kaufte ich nicht ein einziges Kleidungsstück für mich.

Dagegen kauften wir einige Kleider für die Kinder, denn sie waren aus ihren Wintersachen herausgewachsen, und obwohl Robin einiges von Emma auftragen konnte, brauchten beide dringend ein paar neue Sachen. Bei einem Ausflug nach Falun nutzten wir einen frühen Winterschlussverkauf und besorgten ihnen neue Schneeanzüge.

Anders und ich hatten uns nichts zu Weihnachten geschenkt, doch nach Neujahr schlugen wir zu und kauften einen schönen alten Eichenschrank, den wir in einer Flohmarktannonce entdeckt hatten. Er kostete nur 150 Kronen, und erst als wir ihn die Treppe hinaufschleppen wollten, begriffen wir, warum er so billig gewesen war – er wog fast eine Tonne! Oder zumindest eine halbe.

Aus dem Auto bekamen wir ihn ganz gut heraus, aber als wir die Treppe hinauf wollten, ging es einfach nicht weiter. Zuerst versuchten wir es mit mir an der Spitze, aber da ging gar nichts. Ich konnte den Schrank nicht so weit anheben, wie es nötig gewesen wäre. Also ging ich ans hintere Ende, doch das funktionierte erst recht nicht. Auf halbem Weg die Treppe hinauf verlor ich den Schrank aus dem Griff, und das ganze Möbel drohte mich unter sich zu begraben.

«Hilfe, Anders!», rief ich erschrocken, «er rutscht mir weg!»

Im nächsten Moment stand ein junger Mann neben mir und packte mit an.

«Man immer mit der Ruhe», sagte er in breitem Dalarna-Dialekt. «Ich mach das schon.»

Dankbar überließ ich ihm das Monstrum. Wie sich herausstellte, war er unser direkter Nachbar – Pettersson stand auf dem Türschild.

«Ich bin Hasse», sagte er ein wenig schüchtern, als wir verschwitzt und mit zitternden Armen und Beinen auf unserem Treppenabsatz angekommen waren. «Wir kennen uns noch nicht, sind Sie neu eingezogen?»

Er schielte zu unserer Tür, an der kein Name stand und auch niemals stehen würde. Ich bemerkte seinen Blick und zögerte kurz.

«Wir wohnen schon eine Weile hier», sagte ich und lächelte entschuldigend, «aber unsere Personendaten sind geschützt.»

«Du meine Güte», sagte der Mann. «Was heißt das denn?»

«Dass Sie die Polizei anrufen müssen, wenn Sie aus unserer Wohnung etwas Seltsames hören», erklärte ich und lächelte ihn wieder an. «Vielen Dank für Ihre Hilfe mit dem Schrank.»

In den darauffolgenden Wochen setzte strenger Frost ein, es wurde so richtig kalt. Das war eine Erleichterung, denn die Kinder im Haus zu behalten war bei minus fünfundzwanzig Grad natürlich viel einfacher. Wir gingen praktisch nie nach draußen, ich fuhr höchstens mal mit dem Auto zum Supermarkt, um für die ganze Woche einzukaufen.

Einmal im Laufe dieser Wochen fuhr ich zum Rathaus an der Kreuzung Torggatan und Vasagatan und sprach mit unserer Kontaktperson, der Sozialarbeiterin L., über unsere Situation.

Die Mitarbeiter des Sozialdienstes in Smedjebacken wollten uns nur Gutes, aber sie hatten eigentlich nichts mit unserer Situation zu tun. Wir waren nur zufällig dort gelandet, und deshalb fielen wir plötzlich in ihren Verantwortungsbereich.

Mit Sozialarbeiterin L. hatten wir schon Kontakt, seit wir das erste Mal in der Gemeinde aufgetaucht waren. Sie hatte uns die Wohnung besorgt und sich auch um die Finanzierung unseres Auslandsaufenthalts gekümmert.

Sie war nicht gerade begeistert darüber, dass wir wieder zurück waren.

«Sie müssen unbedingt im Haus bleiben», schärfte sie mir ein, als wir in ihr Büro gegangen waren und die Tür hinter uns geschlossen hatten. «Wenn Sie an die frische Luft wollen, müssen Sie wegfahren, denn Ihr Aufenthaltsort darf auf keinen Fall bekannt werden.»

Das war unpraktisch und beschwerlich, aber ich nickte und senkte den Blick.

«Wie lange soll das noch so weitergehen?», fragte ich und betrachtete meine rauen Hände. «Wir können doch nicht bis ans Ende unserer Tage so leben.»

«Zunächst einmal muss Emmas psychiatrische Untersuchung durchgeführt werden», sagte L. «Anschließend wird sie wohl eine lange und umfassende Behandlung benötigen. Und danach steht uns die Hauptverhandlung im Sorgerechtsstreit bevor.»

Bei ihren Worten fing das ganze Zimmer an, sich zu drehen, und ich musste mich krampfhaft an der Stuhllehne festhalten.

Mein Gott, das Gerichtsverfahren um Emma, das hatte ich völlig verdrängt. Ich würde gezwungen sein, dem Mann gegenüberzusitzen, der versucht hatte, uns umzubringen, und ganz ruhig erklären müssen, warum ich glaubte, dass er kein guter Vater war. Wie sollte ich das nur schaffen?

«Haben Sie etwas von meinem Anwalt gehört?», brachte ich hervor.

«Noch nicht, aber wir können wohl damit rechnen, dass die Hauptverhandlung auf einen Termin in diesem Frühjahr anberaumt wird.»

Auf dem Rückweg verdrängte ich meine Übelkeit und beschloss, nicht mehr an den Sorgerechtsstreit zu denken, bis ich dazu gezwungen sein würde, und so weit war es ja noch nicht.

Es kam uns beinahe wie ein Abenteuer vor, als wir am Nachmittag des 22. Januar ins Auto stiegen und zur kinderpsychiatrischen Untersuchung nach Ludvika fuhren. Unser guter Toyota sprang gleich beim ersten Versuch an, und wir dankten Gott für die Erfindung des Motorvorwärmers.

Die Sonne stand gerade eben über dem Horizont und tauchte die dick verschneite, winterweiße Landschaft in einen goldenen Schimmer. Wir waren alle ein wenig aufgedreht, und Emma drückte die ganze Fahrt lang die Nase an die Scheibe.

Die Kinderpsychologin empfing uns mit einem strahlenden Lächeln, begrüßte uns herzlich und konzentrierte sich dann völlig auf Emma.

«Ich möchte gern allein mit ihr sprechen», sagte die Ärztin leise zu uns. «Das wird ungefähr eine Stunde dauern.»

Anders und Robin gingen hinaus, um einen Kiosk zu suchen, während ich mich auf das harte Sofa im Wartezimmer setzte und rastlos in ein paar Zeitschriften blätterte. In einer Juliausgabe las ich Rezepte für Erdbeertorte und eine Nähanleitung für eine schicke Grillschürze.

Ich warf die Zeitschrift in die Ecke. Was machte die Psychologin da drinnen eigentlich mit Emma?

Auf dem Tisch lag eine zerfledderte Abendzeitung vom selben Tag. Ich griff danach und blätterte sie von hinten durch – das Kreuzworträtsel war halb ausgefüllt und mit vielen Änderungen versehen. Schnell überflog ich den Nachrichtenteil, und auf Seite acht blieb mein Blick an dem großen Foto einer jungen Frau hängen. Sie hieß Carolina, und daneben war ein anderes Foto von einem kleinen Jungen, ihrem Sohn.

Der Junge war im Alter von drei Jahren von seinem muslimischen Vater entführt worden und lebte seither bei seinen Großeltern in Tunesien. Inzwischen war er dreizehn.

Ich strich die Zeitungsseite glatt und fing an zu lesen. Die Geschichte wirkte beklemmend auf mich. Carolina war von ihrem arabischen Mann bedroht und misshandelt worden, und als sie sich scheiden lassen wollte, schickte der Mann den Jungen zu seinen Eltern nach Tunesien.

Ich musste die Zeitung kurz weglegen und mich sammeln.

Vor ein paar Jahren wäre Emmas Vater um ein Haar fast dasselbe gelungen. Unmittelbar vor einem Besuchsnachmittag hatte er einen Pass für das Mädchen beantragt, und es war reiner Zufall gewesen, dass ich davon erfuhr und es gerade noch verhindern konnte. Hinterher hatte er behauptet, das Ticket nach Beirut, das er auf ihren Namen gebucht hatte, sei nur für eine Ferienreise gedacht gewesen.

Ein paar Leute kamen ins Wartezimmer, und ich schlug die Zeitung wieder auf und las weiter.

Carolina hatte zehn Jahre lang darum gekämpft, Kontakt zu ihrem Kind zu bekommen. Sowohl vom Amtsgericht als auch vom Landgericht war ihr das Sorgerecht für ihr gekidnapptes Kind zugesprochen worden, und jetzt sollte der Oberste Gerichtshof entscheiden, welches Elternteil das Sorgerecht für den Jungen erhalten sollte.

Ich war fassungslos. Carolina hatte einen festen Job, eine Wohnung und war immer als stabile und verantwortungsbewusste Mutter eingeschätzt worden. Außerdem besaß sie das alleinige Sorgerecht für das zweite Kind des Paares.

Der Mann, der in Stockholm lebte und also nicht bei seinem Sohn in Tunesien, war in Schweden wegen einer ganzen Reihe von Verbrechen verurteilt worden: Diebstahl, mehrere Fälle von Misshandlung sowie Kindesentzug und Gewaltandrohung.

Wie konnte der Oberste Gerichtshof eine solche Klage überhaupt zulassen? Hier sagte einem doch schon der gesunde Menschenverstand, wer zur Erziehung des Kindes besser geeignet war.

«Maria», sagte die Psychologin, die plötzlich vor mir stand, «kann ich kurz mit Ihnen sprechen?»

Emma kam mit ihrer Puppe im Arm herein, sie sah fröhlich aus.

«Geh zu Papa, mein Liebes», sagte ich und küsste sie auf die Wange. «Ich komme gleich.»

Die Ärztin ging in ihr Sprechzimmer, setzte sich hinter den Schreibtisch und deutete auf den Besucherstuhl.

«Ich möchte Sie nur kurz über Emmas weitere Untersuchung und Behandlung informieren», sagte sie. «Unser Team, das sind die Sprechstundenhilfe, der beratende Arzt und ich, wird die Ergebnisse besprechen und auswerten. Wir werden zur Beurteilung auch noch einen Gutachter aus Stockholm hinzuziehen, ich sage Ihnen das, damit Sie wissen, dass wir alles in unserer Macht Stehende tun werden, um Ihrem Mädchen zu helfen. Ich möchte Emma bald wieder hier sehen, um zu beurteilen, wie sie auf unsere Tests reagiert.»

«Welche Tests?», fragte ich.

«Vor allem möchte ich das ‹Sandkastenmaterial› nach der Ericastiftung erproben», sagte die Ärztin. «Haben Sie schon einmal davon gehört?»

Ich schüttelte den Kopf, obwohl ich tatsächlich schon davon gehört hatte.

«Dies ist eine schwedische Methode, die ausgearbeitet wurde, um die grundlegende Persönlichkeitsdynamik von Kindern beurteilen zu können. Dem Kind wird die Möglichkeit gegeben, in einem Sandkasten mit bestimmtem Material zu spielen, zum Beispiel Spielsachen und Puppen, die seine Familie darstellen. Dabei beobachten wir seine Reaktionen und Verhaltensmuster, und das gibt uns eine Grundlage für das weitere Vorgehen. Außerdem will ich den Goodenough's mit ihr machen, das ist ein Entwicklungstest, bei dem das Kind gebeten wird, eine Figur zu zeichnen, die wir dann interpretieren und auswerten. Es gibt noch andere Tests, den Machovers und Spiqs ...»

Ich umklammerte die Zeitung, die ich immer noch in der Hand hielt.

«Diese Tests, sind die unangenehm?»

Die Ärztin lächelte.

«Nein, ganz und gar nicht», versicherte sie. «Wir werden nur Emmas Spiel und ihre Kreativität unter Bedingungen beobachten, unter denen wir sie einordnen und auswerten können.»

Also nickte ich und sah auf die Zeitung in meinem Schoß, auf das Foto von der jungen Frau, die zehn Jahre lang gekämpft hatte, um ihr Kind sehen zu dürfen.

Die Ärztin erhob sich.

«Sie bekommen bei der Sprechstundenhilfe einen neuen Termin», sagte sie und streckte mir die Hand entgegen.

Ich stand ebenfalls auf und merkte, dass meine Hände verschwitzt waren.

«Darf ich die Zeitung behalten?», fragte ich.

«Natürlich», sagte die Ärztin und war schon auf dem Weg zu den anderen Patienten.

Ich ging etwas getröstet zu meinem Mann und meinen Kindern.

Immerhin hatte ich Emma noch bei mir. Wir waren zusammen, die ganze Familie.

Es gab Leute, denen ging es viel schlechter.

Björsjö heißt ein kleines Dorf in Süd-Dalarna, am Rand eines riesigen Waldgebiets. Dort gibt es ein modernes Tagungshotel, das einmal ein altes Waldarbeiterheim war. Mit seinen vierzehn Zimmern und vierzig Betten, einem Restaurant und Möglichkeiten zur Freizeitgestaltung ist dies ein kleines, aber sehr gut ausgestattetes Haus. Während unseres ersten Jahres im Untergrund hatten wir es selbst entdeckt, und seither waren wir oft dorthin zurückgekehrt. Die Besitzer waren völlig im Bilde über unsere Situation, machten aber nie ein Aufhebens darum. Wir waren immer willkommen und wurden wie alle anderen Gäste aufgenommen, obwohl unsere Rechnungen an das Sozialamt der jeweiligen Gemeinde gingen, die uns gerade am Hals hatte.

Einmal hatten unsere Verfolger uns dort gefunden, wir mussten fliehen und waren nur mit Hilfe der Besitzer entkommen. Trotzdem fuhren wir wieder hin. Es war etwas im Rauschen des Waldes und in der friedvollen Umgebung, das uns dort ein Gefühl der Sicherheit gab.

Im Sommer waren es die Minigolfbahn und schöne Wanderwege, im Winter der Schnee und die Hügel in der Umgebung, die uns dorthin zogen.

Mitte Februar fuhren wir auf Anraten von Emmas Ärztin und der Sozialarbeiterin L. nach Börsjö. Es gab ein herzliches Wiedersehen mit den Besitzern, unter viel Gelächter und vielen Umarmungen.

Wie immer durften wir in dem schönen Dreizimmerapartment über der Restaurantküche wohnen. Die Kinder erkannten sofort alles wieder, sie liefen jubelnd los und jagten einander durch die Zimmer.

Wir hatten uns vorgenommen, in den folgenden Wochen so oft wie möglich draußen zu sein, und wir fingen gleich damit an. Die Besitzer hatten ein paar Tellerschlitten, die wir ausleihen durften, und wir zogen los, um nach geeigneten Hügeln zu suchen. Die Kinder johlten und kreischten und waren am Ende beide klatschnass, eiskalt und erschöpft.

Am Abend aßen wir im Restaurant, und Robin wäre beinahe schon am Tisch eingeschlafen. Kaum lagen die beiden in ihren Betten, schliefen sie auch schon wie die Murmeltiere. Anders und ich saßen noch aneinandergekuschelt im Wohnzimmer und schauten uns einen alten Film an.

So konnte das Leben tatsächlich sein, man besuchte alte Freunde, tobte mit seinen Kindern im Schnee und sah am Abend fern.

Das sollte eigentlich keine Utopie sein.

Tags darauf war es um null Grad, und es schneite. Am Vormittag waren wir eine Weile draußen, die Kinder und Anders bauten einen Schneemann. Nach dem Essen, als sie hinaufgegangen waren, um zu lesen und mit der Eisenbahn zu spielen, machte ich einen Spaziergang zum Lebensmittelladen. Der lag ein Stück die Straße hinunter, und ich folgte der Spur des Schneepflugs, hielt mein Gesicht zum Himmel und ließ die Schneeflocken darauf fallen und schmelzen. Ich ging nicht sofort in den Laden, sondern nahm den Umweg über die Rückseite. Da stand sie, die Telefonzelle, von der ich zum ersten Mal meine Mutter angerufen und ihr gesagt hatte, dass wir gezwungen waren, in den Untergrund zu gehen. Damals war es Sommer gewesen, Mittsommer, und wir blieben fünf Monate lang verschwunden. Eine unfassbar lange Zeit, hatte ich damals gedacht.

Jetzt hatte ich fast neun Monate lang nicht mehr mit meinen Eltern gesprochen. Ich hatte meine Mutter und meine Schwester unmittelbar vor unserer Abreise ins Ausland getroffen, sie winkten uns am Flughafen zum Abschied zu, aber ich hatte immer noch nicht angerufen und Bescheid gesagt, dass wir wieder in Schweden waren. Ich drückte mich vor dem Gespräch.

Zu Hause stand immer noch unser Reihenhaus. Eigentlich wohnten wir dort, da waren meine Sammlung von Glaskunst und Kristall, unsere Teppiche und Zimmerpflanzen, die Gardinen, die ich hatte nähen lassen, unser schöner großer Fernsehapparat und der neue Videorecorder. Während all dieser Monate hatte der Sozialdienst die Miete bezahlt, damit wir das Reihenhaus behalten konnten – eine Art Versicherung, dass eines Tages alles vorbei sein und unser Albtraum ein Ende haben würde.

Ich betrachtete die Telefonzelle und erinnerte mich an die Reaktion meiner Mutter damals, als ich endlich von mir hören ließ. Sie war so erschrocken, dass sie auflegte. Ich rief nochmal an, und sie weinte mehrere Minuten lang nur. Als wir unsere Heimatstadt verlassen mussten, hatten uns die Behörden lediglich erlaubt, meinen Eltern zu sagen, dass wir zwei Wochen Urlaub machen würden, und dann kamen wir nicht mehr zurück. Niemand sagte ihnen, wohin wir verschwunden waren, und wir selbst durften es nicht.

Über zwei Jahre lang hatte meine Mutter das Haus versorgt, als würden wir am nächsten Tag zurückkommen. Ich sah sie vor mir, wie sie die Blumen goss, sie im Frühjahr umtopfte, die Zimmer putzte und die Reklame aus dem Briefkasten nahm. Mein Vater mähte den Rasen und schnitt die Hecke an der Straße.

Ich liebte sie von ganzem Herzen und hatte ihnen doch so schrecklich wehgetan.

Meine Hände und Füße waren ganz kalt, also betrat ich den Lebensmittelladen und kaufte Obst und Zeitungen. Die Frau hinter der Kasse lächelte mich an, als würde sie mich wiedererkennen, aber ich wich ihrem Blick aus und verzog keine Miene.

Auf dem Rückweg fror ich, und ich nahm dankbar die dampfende Tasse Kaffee entgegen, die Anders mir reichte, als ich durch die Tür kam. Die Kinder hörten gerade eine Kassette, deshalb setzten wir uns mit unseren Tassen und Zeitungen ins Wohnzimmer.

Als ich auf Seite dreizehn angelangt war, blieb mir das Herz stehen.

Da war sie, die junge Frau, die um ihren entführten Sohn gekämpft hatte. Ein großes Foto zeigte die weinende Carolina, die sich die Tränen trocknete.

«Nach zehn Jahren Kampf hat der Oberste Gerichtshof Carolina das Sorgerecht für den Sohn entzogen und dem Entführer übertragen», las ich.

«Was ist?», fragte Anders.

Ich sah auf und schaute ihn an.

«Du hast plötzlich gekeucht», sagte Anders. «Was ist denn los?»

Ich reichte ihm wortlos die Zeitung.

«Ist das jemand, den du kennst?», fragte Anders verwirrt.

Ich riss ihm die Zeitung aus der Hand und fing an zu lesen.

«‹Ich bin völlig verzweifelt›, sagt Carolina, die Mutter des Jungen. ‹Jetzt sind alle Türen verschlossen. Ich werde mein Kind nie wiedersehen.›»

Das Gericht hatte dem Mann geglaubt, der behauptete, er würde den Jungen hin und wieder nach Hause holen, wenn er nur das Sorgerecht bekäme.

Ich musste die Zeitung weglegen und die Augen schließen. Mein Gott, o mein Gott, was, wenn es das war, was uns erwartete, jahrelange Sorgerechtsprozesse, bis Emma schließlich doch ihm zugesprochen würde?

Plötzlich bekam ich Schüttelfrost.

«Lieber Himmel, Mia», sagte Anders und setzte sich neben mich, «was ist denn mit dir? Kennst du diese Frau?»

Ich schüttelte den Kopf.

«Nein», sagte ich, «aber ich habe schon mal von ihr gelesen, und ich erkenne mich in ihr wieder. Weißt du noch, wie Emmas Vater einmal versucht hat, sie aus Schweden zu entführen? Wenn ihm das gelungen wäre, säße ich jetzt genauso da wie sie. Und im letzten Artikel stand auch noch, dass er sie misshandelt und verfolgt hat.»

Ich merkte, dass ich langsam wirr redete, deshalb legte ich die Zeitung in meinen Schoß und presste meine Hände ans Gesicht, bis ich mich beruhigt hatte.

«Lass mich das auch mal lesen», sagte Anders.

Ich stand auf.

«Das erwartet uns auch», sagte ich. «Jetzt werden wir auch noch durch diese Hölle gehen müssen.»

Unter dem Artikel war ein kleines Bild von der Reporterin, einer jungen Frau namens Hanna Lindgren. Die Journalistin schrieb, sie habe viele Jahre lang Kontakt zu Carolina gehabt und ihre Geschichte verfolgt, und sie wundere sich, wie Carolina es überhaupt schaffe, weiterzukämpfen.

Ich betrachtete lange die verweinten Augen der Mutter.

«Man schafft es irgendwie», sagte ich leise. «Was bleibt einem auch anderes übrig?»

Am nächsten Tag kaufte ich wieder die Zeitung und fand mehrere Artikel über bedrohte Frauen und entführte Kinder. Wie zum Beispiel Lillemor, deren zwei kleine Jungen nach Tunesien entführt worden waren. Im Kampf um die Rückkehr ihrer Söhne war sie selbst gefangen genommen, misshandelt und verschleppt worden. «Für seine Kinder ist man bereit, alles zu tun, egal was», sagte sie.

Wie wahr, dachte ich.

Da stand auch etwas über die Reaktionen auf das Urteil des Obersten Gerichtshofs. Viele Menschen hatten sich bei Carolina und bei der Vorsitzenden des Vereins von Eltern entführter Kinder gemeldet.

Verein von Eltern entführter Kinder?

Dieser Verein bestand aus über fünfzig Frauen, die sich zusammengeschlossen hatten, weil sie von keiner anderen Stelle Unterstützung bekamen, las ich. Allen Frauen war gemeinsam, dass man ihnen die Kinder geraubt hatte oder sie in ständiger Gefahr lebten, ihrer Kinder beraubt zu werden. Sie selbst lebten ein Schattendasein, wie man es führt, wenn man ständig Angst hat.

Denen geht es fast so wie mir, dachte ich erstaunt und betrachtete die Frauen in der Zeitung. Und sie unterstützen und helfen einander.

Den ganzen Tag lang musste ich an diesen Verein und an die Frauen denken, die sich darin zusammengeschlossen hatten. Ich konnte mich nur schwer auf Spiel und Spaß konzentrieren, meine Gedanken schweiften immer wieder ab.

Einfach jemanden haben, mit dem man reden konnte, jemand anderen, der einen verstand.

Am späten Nachmittag ging ich zur Telefonzelle hinter dem Lebensmittelladen. Die Telefonnummer der Vorsitzenden des Vereins von Eltern entführter Kinder war über die Auskunft in Stockholm zu erfragen.

In der Telefonzelle war es eiskalt, meine Hände zitterten, als ich die Nummer wählte.

Sie hob nach dem vierten Klingeln ab, etwas atemlos, wie mir schien

Ich sagte ihr, dass ich in der Zeitung über sie gelesen hatte, und fragte, ob sie Zeit habe, mit mir zu reden. Das hatte sie.

Ich erwähnte mit keinem Wort, wie ich hieß, von wo ich anrief, woher ich kam, wo wir versteckt waren, nichts von dem, was uns identifizieren oder unseren Aufenthaltsort hätte verraten können.

Aber ich erzählte von der Misshandlung und der Bedrohung, dem Terror und unserer Flucht, dem wohlwollenden, aber gleichzeitig hilflosen Verhalten der Behörden, von unserem Leben im Untergrund, wie unsere Verfolger nach uns suchten und wie sie uns immer wieder gefunden hatten.

Die Frau am Telefon war bestürzt über meinen Bericht.

Sie fragte mehrere Male nach, ob das alles wirklich wahr sei, und als ich fertigerzählt hatte, sagte sie:

«Das ist das Schlimmste, was ich je gehört habe. Gibt es denn niemanden, der Ihnen helfen kann?»

Das musste ich lächeln.

«Es gibt viele, die es versucht haben», sagte ich, «nur hat bisher noch niemand den Zauberspruch gefunden. Aber ich erwarte auch gar keine Hilfe, deshalb habe ich nicht angerufen. Ich wollte einfach nur mit jemandem reden.»

«Aber Sie brauchen Hilfe!», rief die Frau. «So können Sie doch nicht leben!»

Sie klang richtig aufgebracht.

«Wir müssen uns wahrscheinlich langsam darauf einstellen, ins Ausland zu gehen», sagte ich. «Es sei denn, er hört plötzlich auf, uns zu verfolgen, und lässt uns in Ruhe.»

«Ins Ausland?», fragte die Frau, plötzlich etwas hoffnungsvoller. «Haben Sie denn jemanden, der Ihnen dabei hilft?»

Nein, das hatten wir nun nicht.

«Ich habe von einer Organisation gehört», sagte sie, «die bedrohten Menschen hilft, ins Ausland zu fliehen.»

Sie verstummte plötzlich, als würde sie nachdenken.

«Wirklich?», sagte ich. «Was ist das für eine Organisation?»

«Eine Stiftung», sagte die Vorsitzende. «Was ich davon gehört habe, klingt ziemlich gut, aber ich habe nicht die richtigen Kontakte.»

«Was macht diese Stiftung?», fragte ich, und plötzlich durchflutete Wärme meinen Körper, vom Bauch hinauf zum Hals und bis in meine Wangen.

Es gab jemanden, es gab jemanden, der uns vielleicht helfen konnte!

«Sie löschen die Daten von bedrohten Menschen, als hätten sie nie existiert, besorgen ein sicheres Versteck und regeln irgendwie, dass man sich im Ausland eine neue Existenz aufbauen kann. Das ist alles, was ich weiß.»

«Wie denn das?», fragte ich.

«Keine Ahnung, mehr weiß ich wirklich nicht.»

«Wer dann?», fragte ich. «Mit wem kann ich darüber reden?»

Die Vorsitzende zögerte.

«Es gibt da eine Journalistin», sagte sie. «Eine Reporterin bei der *Abendzeitung*.»

«Die hinter der Stiftung steht?», fragte ich erstaunt.

«Nein, die Kontakt zu der Stiftung hat. Sie können sie anrufen, wenn Sie wollen.»

Eine Reporterin? Eine Journalistin?

«Ich weiß, was Sie jetzt denken», sagte die Vorsitzende. «Sie fragen sich, ob Sie ihr vertrauen können. Das müssen Sie selbst entscheiden.»

«Wo arbeitet sie?»

«Sie heißt Hanna Lindgren. Wie heißen Sie?»

Ich zögerte einen Augenblick.

«Sie können mich Mia nennen.»

Am Abend erzählte ich Anders von meinem Gespräch. Er war nicht gerade begeistert, und als ich erwähnte, wer im Kontakt mit dieser Stiftung stand, ging er sofort auf Gegenkurs.

«Du kannst doch nicht eine Journalistin in unser Leben ziehen, das muss dir ja wohl klar sein? Wir sind die am sorgfältigsten versteckten und unsichtbarsten Menschen im ganzen Land, und jetzt sollen wir plötzlich mit Reportern von Schwedens größter Boulevardzeitung reden, oder was?»

Aufgeregt lief er im Wohnzimmer auf und ab.

«Mia», sagte er, «ich verstehe ja, dass du langsam verzweifelst, aber verdammt nochmal, das hier ist doch völlig verrückt!»

Er beugte sich über mich, sodass sein Gesicht meinem ganz nah war, und legte seine Hände auf meine Oberarme.

«Wir stehen das hier schon irgendwie durch», sagte er. «Wir werden nicht in Panik ausbrechen und ganz sicher nicht die erstbeste Sensationsreporterin anrufen, hörst du?»

Ich küsste ihn leicht, nahm behutsam seine Hände weg und ging ins Bad, um mir die Zähne zu putzen.

Am darauffolgenden Morgen, als Anders und die Kinder nach draußen gegangen waren, breitete ich die Artikel über die entführten Kinder aus, die ich in den vergangenen Monaten ausgeschnitten und aufgehoben hatte. Und wieder las ich von den misshandelten und verfolgten Müttern und von ihrem Kampf um ihre kleinen Kinder.

Alle Artikel stammten von derselben Journalistin, der *Abendzeitungs*-Reporterin Hanna Lindgren.

Sie hatte viele der Frauen offensichtlich über Jahre hinweg begleitet, alle hatten sich immer wieder von ihr interviewen lassen.

Diese Mütter vertrauten ihr jedenfalls.

Was hatte ich zu verlieren?

Für einen Laien war mein Gespräch aus der Telefonzelle vor dem Lebensmittelladen schon mal nicht zurückverfolgbar. Ich hatte weder gesagt, wer ich war, noch woher ich kam. Vielleicht hätte mein Dialekt mich verraten können, aber da meine Eltern nicht aus der Gegend stammten, in der ich aufgewachsen war, hatte ich eine ziemlich neutrale Aussprache.

Wenn ich es schaffte, nichts zu sagen, was uns verraten konnte, dann war ich sicher.

Im Gegenzug hatte ich die Chance, etwas über eine Stiftung zu erfahren, die uns vielleicht ja helfen konnte.

Als Anders und die Kinder zurückkamen, hatte ich die Zeitungsausschnitte wieder weggepackt. Ich sagte, dass ich zum Lebensmittelladen gehen und etwas zum Mittagessen einkaufen wolle.

«Wir sind hungrig wie die Wölfe», erwiderte Anders und hielt Robin im Flur kopfüber fest, sodass der Junge vor Lachen quiekte.

Ich beeilte mich, zum Laden zu kommen, und kaufte noch eine Telefonkarte mit hundert neuen Einheiten. Als ich dann den Hörer abnahm, zitterte ich am ganzen Körper. Meine kalten Hände waren schweißnass, mein Gott, was machte ich bloß? Das Herz schlug mir bis zum Hals, war ich nicht ganz bei Trost?

Und doch wählte ich die Nummer der Zeitung.

«Sie hat heute frei», sagte die Frau in der Telefonzentrale.

Entspannung!

Ich legte auf und rief die Auskunft an, und tatsächlich, sie stand im Telefonverzeichnis.

Wieder verschwitzte Hände, wieder Zittern.

Und dann rief ich zu Hause bei einer Zeitungsreporterin an, von der ich überhaupt nicht wusste, ob ich ihr vertrauen konnte.

«Hanna Lindgren», sagte eine junge Frau.

Mein Herz pochte so laut, dass ich meine eigene Stimme kaum hören konnte, als ich sprach.

«Ja, guten Tag», begann ich, «mein Name ist Mia Eriksson. Ich brauche Hilfe in einer Angelegenheit.»

«Mia Eriksson», sagte die Journalistin etwas erstaunt. «Ich habe schon von Ihnen gehört, aber ich wusste nicht, ob es Sie wirklich gibt.»

Jetzt war ich erstaunt.

«Ach, tatsächlich?», fragte ich.

«Schweden ist kleiner, als man denkt», sagte die Journalistin.

«Es gibt mich», sagte ich und nahm den Hörer ans andere Ohr.

«Okay», sagte die Journalistin. «Wobei brauchen Sie Hilfe?»

Sie klang ruhig und vernünftig, fast bedächtig, und sprach einen leichten Norrland-Dialekt.

Ich zögerte einige lange Sekunden, denn ich wusste nicht, was ich tun oder sagen sollte.

«Lassen Sie uns Folgendes festhalten», fuhr die Reporterin fort. «Ich kenne bereits Teile Ihrer Geschichte, habe aber bisher noch nicht darüber geschrieben und werde es auch jetzt nicht tun. Können Sie mal einen Moment warten?»

«Natürlich», sagte ich und war sofort beunruhigt.

Was würde sie jetzt tun? Ein Tonbandgerät einschalten? Das Gespräch aufzeichnen?

Aber dann hörte ich sie im Hintergrund sprechen.

«Nein, mein Lieber, die Mama muss jetzt mal kurz mit einer Frau am Telefon sprechen. Bleib du doch so lange bei Julia draußen, ja?»

Ein kleines Kind protestierte.

«Okay», sagte die Journalistin. «Du darfst den Film anschauen und Chips essen.»

Eine Tür knallte zu, dann war Hanna Lindgren wieder am Apparat.

«Bestechung», sagte sie. «Funktioniert immer.»

Ihr lakonischer Tonfall bewirkte, dass ich die Schultern sinken ließ. Ich spürte, wie mein ganzer Körper sich entspannte. Einer Frau, die kleine Kinder hatte und sie mit Videofilmen und Kartoffelchips lockte, konnte man vertrauen.

«Wir brauchen Hilfe», sagte ich. «Wir leben seit zwei Jahren im Untergrund. Der Vater meiner Tochter verfolgt uns, deshalb dürfen wir das Haus nicht verlassen. Zweimal schon haben wir von den Behörden neue Identitäten und neue Personennummern bekommen, und wir müssen ständig umziehen. Die Kinder leiden sehr darunter, vor allem meine Tochter.»

«Wollen Sie erzählen, wie das alles begann?»

Die Journalistin klang weder aufgeregt noch interessiert, sondern einfach höflich und korrekt.

Ich stampfte mit den Füßen in der kalten Telefonzelle.

«Das ist eine lange Geschichte.»

«Ich habe Zeit, bis die Chips alle sind.»

Und dann erzählte ich kurzgefasst von unserem Leben und was uns widerfahren war. Wie ich mich in den dunkelhäutigen Mann aus dem Libanon verliebt hatte, der keine Papiere besaß, die seine Herkunft bewiesen. Von Emmas Geburt, wie seine Machtgier immer gewalttätigere Züge annahm, wie er anfing, mich zu bedrohen, zu verfolgen, zu schlagen und zu vergewaltigen. Von seinem Versuch, einen Pass für Emma zu bekommen, um sie ins Ausland schicken zu können; wie er sich weigerte, die Vaterschaft anzuerkennen, aber gleichzeitig das Sorgerecht beanspruchte. Dass ich Anders kennengelernt und ihn geheiratet hatte, dass ich gedacht hatte, nun würde alles besser werden. Wie wir Robin bekamen und wie alles immer nur schlimmer und schlimmer wurde, bis wir das Haus gar nicht mehr verlassen konnten, ohne ständigen Mordversuchen ausgesetzt zu sein. Ich berichtete von der zunehmenden Einschränkung unseres Lebensraums durch die Behörden, bis wir den ganzen Tag lang in einem mit Alarmanlagen gespickten Haus mit Gittern vor allen Fenstern saßen. Wie es ihm trotzdem gelungen war, ins Haus zu kommen, und wie er versucht hatte, dem Mädchen die Kehle durchzuschneiden, sodass sie daraufhin verstummt war. Unsere Flucht, wie schlecht es mir selbst damals ging, Emmas Krankheit, unser Auslandsaufenthalt, das Leben im Untergrund.

Hin und wieder schwieg ich und zögerte, und dann stellte die Reporterin verschiedene Fragen. Nach einer Weile merkte ich, dass sie einige der Fragen in anderer Form wiederholte. Ich antwortete so aufrichtig ich konnte, ohne uns preiszugeben.

«Können Sie das alles belegen?», fragte die Journalistin etwas kühl.

Das alles zu erzählen kostete mich solche Anstrengung, dass meine Knie ganz schwach wurden.

«Ich habe einen zwanzig Zentimeter hohen Stapel von Dokumenten», sagte ich. «Können Sie uns nicht irgendwie helfen?»

«Ein Zeitungsartikel würde Ihnen kaum etwas nützen», sagte die Reporterin, «das ist schon mal klar. Außerdem haben Sie ja schon den juristischen Beistand, den Sie brauchen, und Kontakt zu Ärzten und Sozialarbeitern. Deshalb weiß ich nicht so recht ...»

«Die Stiftung», warf ich ein. «Die Vorsitzende des Vereins von Eltern entführter Kinder sagte etwas von einer Stiftung.»

Jetzt war die Reporterin diejenige, die zögerte.

«Nun ja», sagte sie gedehnt, «ich hatte einige Monate lang Kontakt zu der Vorsitzenden dieser Stiftung, aber es war ungeheuer schwer, ihre Angaben zu kontrollieren. Die Organisation ist sehr gut verborgen, deshalb habe ich nicht herausbekommen können, ob sie auch wirklich so funktioniert, wie gesagt wird. Aber wenn ihre Arbeit nur halb so erfolgreich ist, wie sie behaupten, dann könnten die Ihnen vielleicht helfen.»

«Was ist denn so besonders an dem, was sie tun?», fragte ich, und das Herz schlug mir bis zum Hals.

«Angeblich arbeiten sie mit Regierungskreisen zusammen, und sie behaupten, dass sie Leute ins Ausland umsiedeln können. Ich muss gestehen, das klingt ziemlich gut, aber wie gesagt ...»

«Wie kann ich mit ihnen in Kontakt treten?»

Nach einem kurzen Zögern gab sich die Journalistin einen Ruck.

«In Ihrem Fall könnte es einen Versuch wert sein», sagte sie, «denn noch schlechter kann es für Sie ja wirklich nicht mehr werden. Haben Sie Papier und Stift?»

Und so erhielt ich die Telefonnummer der Stiftung «Ewigkeit», wo ich mit einer Katarina sprechen sollte.

Wir legten auf, und ich stand noch eine Weile in der Telefonzelle. Meine Füße waren eiskalt, die Beine zitterten, mein Atem war auf der Innenseite der Glasscheiben zu Eis gefroren. In der Hand hielt ich die zittrig geschriebenen Zahlen, den Zugangscode zur Stiftung Ewigkeit.

Vielleicht war das die Antwort auf alle unsere Gebete.

«Wo warst du denn so lange?»

Anders war weiß im Gesicht vor Sorge, als ich zurückkam. Erst da wurde mir bewusst, dass ich kein Essen eingekauft hatte.

«Du hast telefoniert, stimmt's? Du hast mit dieser Journalistin geredet! Verdammt, Mia!»

Ich ging an ihm vorbei in die Küche, er folgte mir, während er weiterredete.

«Wie konntest du nur? Begreifst du nicht, was nun alles passieren kann?»

Ich blieb in der Türöffnung stehen.

«Wir müssen eine Lösung finden», sagte ich so ruhig ich konnte. «Ich habe uns in keiner Weise preisgegeben, nichts von dem, was ich gesagt habe, kann uns schaden.»

«Eine Journalistin in unser Leben reinzuziehen, Mia, was denkst du dir nur dabei?»

«Sie hat mir die Nummer der Stiftung Ewigkeit gegeben», sagte ich und nahm eine Dose Ravioli aus dem Schrank. «Ich finde, wir sollten uns alle Türen offenhalten und alle Möglichkeiten untersuchen.»

«Noch mehr Leute, die uns verraten können!»

Ich suchte im Bestecktopf nach dem Dosenöffner, konnte ihn aber nicht finden.

«Mama», sagte Robin, «ich habe Hunger.»

Ich stellte die ungeöffnete Dose ins Regal zurück.

«Weißt du was», sagte ich zu Robin, «wir essen heute im Restaurant. Ist das nicht toll?»

Und dann schob ich ihn und seinen Vater in den Flur und zog mir wieder die Schuhe an.

Am 3. März, einem Dienstag mit kaltem Regen und schneidenden Windböen, hatte Emma ihren letzten Termin bei der Kinderpsychologin in Ludvika. Auf dem Weg dorthin war ich nervös, hatte die Hände zu einem unstrukturierten Gebet auf dem Schoß gefaltet.

Wenn es nur gutgeht. Lieber Gott, lass sie so gesund sein, dass man sie behandeln kann!

Ich wollte nicht im Wartezimmer sitzen und hoffen, also ging ich mit Robin zur Rückseite des Krankenhauses, wo er durch die eiskalten Wasserpfützen toben durfte, bis er pitschnass war. Ich selbst versuchte, mich unter einem alten Regenschirm einigermaßen trocken zu halten.

Als wir wieder reinkamen, stand die Psychologin schon da und redete mit Anders, obwohl die Behandlungszeit noch gar nicht zu Ende war.

«Wie gut, dass Sie kommen», sagte sie, als sie mich sah, und ich überließ Anders den quengelnden Jungen.

«Ich will draußen spielen!», heulte Robin.

«Er ist ja total dreckig», sagte Anders.

«Emma», sagte ich zu dem Mädchen, «geh mal mit Papa mit.»

Wir gingen in das Zimmer der Ärztin. Ich rieb mir die Hände in dem Versuch, meine eiskalten Finger ein wenig aufzuwärmen.

«Wir kommen jetzt nicht mehr weiter», sagte sie und zeigte

auf den Besucherstuhl, während sie sich setzte. «Wir haben getan, was wir konnten.»

Ich nahm Platz und konzentrierte mich auf die Frau. Was sagte sie da?

«Tatsache ist, dass die Arbeit mit Emma dem ganzen Team sehr zugesetzt hat, aber das ist nur einer der Gründe, warum wir nicht weitermachen können.»

Hatte sie gerade gesagt, es ginge ihr so schlecht, wenn sie Emma in diesem Zustand sah, dass sie uns nicht mehr helfen wollte? War Emma ein hoffnungsloser Fall? War sie für ihr Leben geschädigt?

«Wie bitte?», sagte ich. «Was ...?»

«Wir haben Emmas Entwicklungsstand, sowohl auf emotionaler als auch auf Persönlichkeitsebene, so gut es ging getestet.»

«Mit welchem Ergebnis? Ist sie ... normal?»

Ich merkte plötzlich, dass ich gleich anfangen würde zu weinen. Die Psychologin holte tief Luft.

«Wir haben noch nie etwas Vergleichbares gesehen», sagte sie. «Emma vergräbt die Puppenfamilie in der Sandkiste, schippt dann eine Schicht Sand nach der anderen darauf, ununterbrochen. Sie hört nicht eher auf, bis wir das Spiel abbrechen, sie kann die Puppen gar nicht tief genug vergraben. Emma wagt nicht, Dingen und Fragen auf den Grund zu gehen, denn sie weiß, dass das gefährlich für sie ist. Deshalb wehrt sie sich gegen Kontinuität und Zusammenhang, sie kann sich einfach nicht auf eine gestellte Aufgabe konzentrieren.»

Ich sah zu Boden, starrte auf meine aufgesprungenen Hände, die den ganzen Winter über keine Handschuhe getragen hatten.

«Aber das Schlimmste sind ihre Bilder», sagte die Psychologin und senkte die Stimme. «Alle im Team sind tief ergriffen und erschüttert. Die Bilder entstammen vollständig ihren Erlebnissen, das ist ihre Methode, ihre Traumata zu bearbeiten. Emma hegt viele beunruhigende und aggressive Gedanken, und es ist uns schwergefallen, damit umzugehen.»

Ich schwieg, und nach ein paar Sekunden fuhr die Psychologin fort:

«Sie liegt in ihrer Sprachentwicklung ein paar Jahre zurück, aber das heißt nicht, dass sie auf irgendeine Weise geschädigt wäre. Sie hat ganz einfach mit zu wenig Menschen geredet. Dass sie schwerfällig ist, liegt daran, dass sie immer eingesperrt gehalten wird, sie hat sich ganz einfach zu wenig bewegt.»

«Sie ist also nicht ... hirngeschädigt?»

«Soweit wir das beurteilen können, hat Emma keinerlei organische Schäden, weder im Körper noch im Gehirn.»

Ich sank in mich zusammen, alle Luft war raus.

«Aber Sie können sie nicht behandeln?»

«Sie muss erst in Sicherheit sein, ehe wir anfangen können, ihre Vergangenheit aufzuwühlen. Es könnte geradezu gefährlich sein, sie einer Behandlung auszusetzen, wenn das Trauma weiterbesteht.»

Die Ärztin stand auf, legte mir eine Hand auf die Schulter und lehnte sich an ihren Schreibtisch.

«Maria», sagte sie, «versprechen Sie mir, dass Sie sich melden, wenn Sie irgendwann einmal meine Hilfe brauchen. Im Moment kann ich nicht mehr für Emma tun, aber ich werde mit der Kommune reden und unterstreichen, wie wichtig es ist, dass Sie wegfahren und so viel wie möglich draußen sein können.»

Unfähig, etwas zu sagen, nickte ich, stand auf und ging.

In jener Nacht weinte ich mehrere Stunden lang. Die Gefühle flossen zusammen, bis ich nicht mehr auseinanderhalten konnte, was ich empfand – Erleichterung darüber, dass mein Mädchen nicht hirngeschädigt war, oder Verzweiflung, weil ich ihr nicht helfen konnte.

Anders wandte mir schließlich den Rücken zu und schlief ein. Es war ihm schwergefallen, mir das Telefongespräch mit der Journalistin zu verzeihen, es war, als rechnete er damit, dass nun sofort die gesamte schwedische Presse ins Waldheim Björsjö gestürzt käme.

Aber als die Tage vergingen und nichts geschah, geriet das Telefonat in Vergessenheit, sowohl bei ihm als auch bei mir. Ich bewahrte den Zettel mit der Telefonnummer der Stiftung Ewigkeit in meinem Portemonnaie auf, zögerte aber, anzurufen. Einerseits weil Anders es nicht wollte, aber auch wegen meiner eigenen Zweifel. Ich wollte nicht noch mehr Menschen in unsere Situation hineinziehen, ehe nicht alle anderen Möglichkeiten ausgeschöpft waren.

Ich drehte mich auf die Seite und starrte in die Dunkelheit hinter den Jalousien. Wir waren wieder in Smedjebacken, ich konnte das Tropfen der Dachrinne bis in mein Bett hören. Tagsüber schauten wir zu, wie sich der Schnee zurückzog, und konnten erahnen, wie Krokusse und Schneeglöckchen an den Wegen und in den Gärten hervorschauten. Durch die leicht geöffneten Fenster hörten wir die Vögel jubilieren.

Als ich endlich in einen unruhigen Schlaf fiel, hatte ich nur eine Gewissheit: Emma musste gesund werden, und wenn es mein Leben kostete.

Gleich am nächsten Tag entschieden wir, genau das zu machen, was die Psychologin gesagt hatte.

Wir würden dafür sorgen, dass die Kinder sich frei bewegen konnten, koste es, was es wolle. Es würde sie umbringen, wenn wir sie weiter so eingesperrt hielten wie bisher.

Gemeinsam mit dem Sozialdienst beschlossen wir, nach Örebro zu fahren. In der Stadt gab es einen kleinen Jahrmarkt, und wir würden den ganzen Tag draußen sein können.

Mit gepackten Taschen und neuen Liedern auf Kassette ging

es los. Auf dem Weg zum Auto trafen wir unseren Nachbarn Hasse, der uns mit dem Eichenschrank geholfen hatte, und Robin sang ihm ein kleines Lied im Treppenhaus vor. So ging es weiter, wir sangen, bis wir in Örebro waren.

«Wo wohnst du, kleine Maus?
Unter der Matratze!
Was machst du nachts im Haus?
Da jage ich die Katze!
Hast du viele Kinderlein?
Hundertvier!
Wo mögen die wohl sein?
Hier, hier, hier …»

Wir sangen von Mama Hai, Papa Hai, Oma Hai und Mini Hai, schwammen mit, so gut es ging, und schlugen mit den Händen ans Autodach.

«Seeräuber Fabian» natürlich, das war Robins Lieblingslied, «Wann wird es endlich wieder Sommer» für Emma und «Imse Vimse» und viele andere Lieder.

Ich war schon ganz außer Atem und heiser vom Singen, als wir endlich vor der Pension parkten, in der wir drei Tage wohnen würden. Sie lag fast mitten in der Stadt und sah alt und gemütlich aus. Wir bekamen ein großes Zimmer zu einem kleinen Platz hinaus, man half uns mit unserem Gepäck und zeigte uns den Frühstücksraum und den Aufenthaltsraum mit Fernseher.

Dann gingen wir in die Stadt.

Es war wieder kälter geworden, knapp unter null Grad, und die Kinder trugen ihre Schneeanzüge. Ich zögerte einen Augenblick, steckte dann aber ein kleines Halstuch aus Fleece in die Tasche, falls eines von ihnen anfangen sollte zu frieren. Emma hatte die ungute Angewohnheit, Schlingen zu knüpfen und zu versuchen, sich oder ihren kleinen Bruder zu erdrosseln, sowie sie ein Seil oder etwas Vergleichbares in die Hände bekam, deshalb versteckten wir Halstücher und Schals immer ganz oben im Schrank, wo niemand hinkam. Dasselbe galt für Messer und scharfe Gegenstände.

Nur ein paar Straßen entfernt war ein größerer Platz, und auf dem befand sich der kleine Jahrmarkt. Da gab es ein Karussell und einen kleinen Zug, der immer im Kreis fuhr. Robin kreischte vor Vergnügen, als er ihn sah, und Anders und ich lächelten uns an.

Diese Reise war schon jetzt ein Erfolg.

Als die Kinder ihre dritte Fahrt unternahmen, spürte ich plötzlich das typische Kribbeln im Nacken, das mich in meiner Heimatstadt immer befallen hatte.

Ich fühlte mich beobachtet.

Schnell fuhr ich herum und sah mich um.

Niemand da.

Oder besser gesagt: ein paar Rentner, eine Familie mit Kindern, vier lautstarke Jugendliche. Es war Freitagnachmittag, und in den Geschäften etwas weiter entfernt gingen Leute ein und aus – in der zunehmenden Dämmerung nahm ich sie nur als dunkles Gewimmel wahr.

Niemand schaute in meine Richtung. Es scherte sich überhaupt niemand um uns. Wir waren eine Familie wie alle anderen, deren Kinder sich auf dem Weg vom Freitagseinkauf nach Hause ein wenig hier vergnügten.

Ich schüttelte das Unbehagen ab und kam mir dumm vor.

«Kalt ist es», sagte Anders und wärmte seine Nase an meinem Hals. Ich lachte und umarmte ihn.

An diesem Abend aßen wir in einer Pizzeria in der Stadtmitte, Robin wollte eine Pizza mit ausschließlich Ananas drauf, Emma bestand auf Schweinefilet und Sauce Bearnaise. Es endete damit, dass Anders und Emma sich ein Essen teilten und Robin und ich das andere.

An diesem Abend lag ich lange wach, während die Kinder in Zusatzbetten an unserem Fußende schliefen. Das Zimmer hatte zwei hohe alte Fenster, da draußen schwebte der Mond hinter dünnen Wolken. Ich holte tief Luft, plötzlich erfüllt von einem großen, unmittelbaren Glücksgefühl.

Die Welt war, trotz allem, einfach wunderbar.

Wir frühstückten in dem schönen Speisesaal, die Kinder durften selbst zum Buffet gehen und sich holen, was sie wollten. Robin fand sogar hier Ananas, und wahrscheinlich hätte er, wenn wir es zugelassen hätten, gar nichts anderes gegessen. Emma wollte Hafergrütze mit Preiselbeermarmelade und Milch.

«Es gibt auch roten Kaviar», flüsterte Anders und zeigte auf die unscheinbare kleine Dose neben dem Hering und der Sahne.

Ich selbst nahm mir ein Croissant mit Käse und Marmelade und dazu Tee mit Milch und Zitrone.

Kurz nach zehn Uhr waren wir wieder in der Stadt, es war milder geworden, und der Himmel war grau. Vielleicht würde es den Kindern in den Schneeanzügen zu warm werden, doch ich beschloss, nichts zu sagen, ehe sie protestierten.

Wir waren gerade bei dem kleinen Karussellzug angekommen, als sich mir plötzlich die Nackenhaare sträubten. Dasselbe schleichende Gefühl wie am Tag zuvor befiel mich, ich hörte mich keuchen und fuhr herum.

«Was ist?», fragte Anders, der Robin gerade in den Zug half.

Ich starrte über den Platz, auf dem erst ganz wenig Menschen waren. Ein älteres Paar mit kleinen Kindern, vielleicht ihre Enkel, einige Rentner, die laut redeten und lachten.

«Nichts», sagte ich und sah zu Boden.

Diesen Tag wollte ich wirklich nicht zerstören.

Robin fuhr so lange in dem Zug herum, bis ihm ganz

schwindelig war, dann fing er an, Emma um das Karussell zu jagen, bis wir die beiden ermahnen mussten, weil sie die anderen Kinder störten. Nach und nach füllte sich der Platz mit Menschen, es war Samstagvormittag, und die Leute waren jetzt unterwegs, um fürs Wochenende einzukaufen. Ich sah mich aus den Augenwinkeln um, konnte das Gefühl nicht abschütteln, verfolgt zu sein.

«Ist dir irgendetwas Merkwürdiges aufgefallen?», fragte ich Anders.

Er sah mich erstaunt an.

«Was denn zum Beispiel?»

Ich versuchte ein Lächeln, dann ging ich zu Emma, die dabei war, auf ein Karussellpferd zu klettern.

«Komm, ich helfe dir.»

Plötzlich stand er vor mir. Er starrte mich mit rußschwarzen Augen an, und ich merkte, wie alle Farben und alle Laute um mich herum verschwanden, o nein, das ist nicht wahr, das ist nicht wahr, es ist nur ein Albtraum, o Gott, nein!

Doch er war es wirklich, er stand genauso da, wie er immer dagestanden hatte, und er sah genauso aus wie immer. Er redete auf mich ein und sagte dieselben Worte, die er immer gesagt hatte, dass er das Mädchen holen und uns alle töten würde.

Und er sah zu Emma und streckte die Hände aus, und da erwachte ich aus der Starre und brüllte einfach los.

«Anders! Anders!!»

Emmas erstaunter Blick glitt zuerst zu meinem Gesicht und dann zu seinem, und ich sah, wie ihr Blick erstarrte, wie ihr bewusstes Ich weit hinter die Schutzmauern abtauchte, die kein Psychologe durchdringen konnte.

«Anders! Hilfe!»

Wir packten das Kind beide gleichzeitig, der Mann und ich, und jeder zog es in seine Richtung. Ich würde niemals, niemals loslassen, und da sah ich die beiden anderen, seine Blutsbrüder, sie schrien und schrien und schrien, dass sie uns töten würden, töten, töten, töten, uns die Hälse durchschneiden, alle diese Wörter und Begriffe, die mich in meinen Albträumen und zwanghaften Erinnerungen verfolgten.

O Gott, er ist ein Gespenst, er findet uns überall, er ist allwissend …

Ich merkte, wie ich anfing loszulassen, wie ich Emma und die Wirklichkeit aus dem Griff verlor, und da erschien in meinem Kopf plötzlich ein klarer und nüchterner Gedanke.

Nein. Nein! Er ist nur ein Mensch, der denkt, dass er zu wenig Macht hat. Er kann nur siegen, wenn ich es zulasse.

Und ich presste Emma an mich und sagte leise:

«Kein Angst, mein Spatz. Wir fahren jetzt hier weg.»

Mit einem Mal kehrten Schmerz und Wille in ihr Gesicht zurück. Sie sah zu dem Mann, von dem sie nicht wusste, dass er ihr Vater war, warf sich nach vorn und biss ihn.

Er schrie auf, und ich bemerkte aus den Augenwinkeln, wie sich um uns herum Menschen bewegten, niemand griff ein, aber sie scharten sich um uns, er brüllte, und plötzlich hatte er etwas in der Hand und fing an zu schlagen, er schlug und schlug, und ich schrie, und er schlug immer wieder auf Emmas Kopf ein. Womit nur? Mit einem Hammer? Einem Schuh? Und ich versuchte, ihren Kopf mit meinen Händen zu schützen, und ich hörte mich selbst brüllen, aber ich verstand die Worte nicht, woher holt man nur all diese Kraft?

Ich weiß nicht, wie viel Zeit verging, aber plötzlich geschah etwas. Es wurde hell um uns, die Menschenmenge teilte sich, er ließ Emma los, sodass sie in meinen Schoß fiel, und vor mir standen zwei Polizisten in Uniform.

«Was ist denn hier los?», fragten sie, ich hörte ihre Stimmen von weit weg, ihre Umrisse waren verschwommen und entfernt.

«Sie haben uns gefunden», sagte ich mit stockender Stimme, es klang wie eine Schallplatte, die einen Sprung hatte. «Sie haben uns wieder gefunden.»

«Wer denn?»

«Er», hörte ich mich selbst mit meiner seltsamen Stimme sagen, «er und die anderen. Sie suchen immer nach uns.»

«Sind Sie oder das Kind verletzt?»

Ich sah auf Emma hinunter, strich ihr übers Haar und bemerkte, dass meine Hände plötzlich klebrig waren. Ich schob sie ein Stück von mir und sah Blut über ihre Wange laufen. Dann schaute ich an meiner hellen Jacke hinunter, sie war ganz braunrot und nass.

«Sie blutet am Kopf», sagte ich.

Ich zerrte meine Tasche hervor, zog das Fleecehalstuch heraus und drückte es mit zitternden Händen auf ihren Kopf. Emma sank in meinen Armen zusammen, und einer der Polizisten zog mich hoch. Man bahnte mir einen Weg durch die Menschenmenge und in ein Polizeiauto hinein.

«Anders», sagte ich, «mein Mann und mein Sohn, wo sind sie?»

«Die kommen in einem anderen Wagen hinterher», sagte der Polizist.

Das Auto fuhr los, ich starrte auf den Sitz vor mir und weigerte mich, die Menschen anzuschauen, die da draußen standen und glotzten. Emma saß ganz still auf meinem Schoß, schweigend und kalt. Das hellblaue Halstuch färbte sich langsam braun.

«Sie muss eine große Wunde am Kopf haben», sagte ich, und der Polizist fuhr noch schneller.

In der Notaufnahme war man auf unsere Ankunft schon vorbereitet. Zwei Ärzte und eine Krankenschwester nahmen uns in Empfang, kontrollierten hastig die Vitalfunktionen des Mädchens und lotsten uns schnell in ein Behandlungszimmer.

«Wir müssen ihr etwas zur Beruhigung geben», sagte einer der Ärzte, und ich nickte nur.

Aber als sie das Mädchen auf die Pritsche legen wollten, versteifte sich ihr ganzer Körper, und sie weigerte sich, meinen Hals loszulassen.

Sie mussten einen Teil ihrer Haare abrasieren und die Wunde nähen, während sie auf meinem Schoß saß. Sechs Zentimeter lang und anderthalb Zentimeter breit war das Loch in ihrem Kopf.

Anders und Robin warteten draußen. Ohne ein Wort gingen wir alle vier mit den Polizisten hinter uns auf den Parkplatz hinaus.

«Haben Sie sie gekriegt?», fragte Anders, als er unser Auto aufschloss.

«Nein», sagte einer der Polizisten. «Sie sind im allgemeinen Tumult untergetaucht. Aber wir müssen den Vorfall zu Protokoll nehmen, Sie müssen mit aufs Revier kommen und ...»

«Nein», sagte ich und sah dem Polizisten in die Augen. «Keine Anzeige. Wir fahren nach Hause. Können Sie dafür sorgen, dass wir nicht verfolgt werden?»

«Aber natürlich müssen wir ein Protokoll darüber schreiben», sagte der andere Polizist, der erschüttert wirkte.

«Machen Sie, was Sie wollen», sagte ich und setzte mich auf den Rücksitz, immer noch mit Emma im Arm. «Aber glauben Sie mir, es ist völlig sinnlos.»

Dann zog ich die Tür zu.

Die Polizisten fuhren ein gutes Stück hinter uns her und achteten darauf, dass uns niemand folgte, ehe sie umkehrten, um nach Örebro zurückzufahren. Unser Gepäck blieb in der Pension, wir bekamen es nie zurück.

Erst als wir zu Hause ankamen und die Kinder vor «Aschenputtel» geparkt hatten, merkte ich, dass ich mich immer noch nicht gewaschen hatte. Ich war bis zu den Ellbogen blutverklebt, als hätte ich ein Paar steife braune Handschuhe an.

Mit erhobenen Händen stellte ich mich vor Anders, sah ihm in die Augen und sagte:

«Am Montag rufe ich die Stiftung Ewigkeit an.»

Er nickte kurz und wandte den Blick ab.

«Ich kann euch nicht schützen», sagte mein Mann in die Dunkelheit hinaus, als wir abends im Bett lagen.

Ich drehte mich zu ihm, erstaunt über diesen Satz.

«Ich dachte, du schläfst», sagte ich.

«Was bin ich eigentlich für ein Mann, der es zulässt, dass ein Idiot wie er uns derartig verfolgt?»

Ich seufzte und legte meine Hand auf seine Brust, aber er schob sie beiseite.

«Ich meine es ernst», sagte Anders und sah zur Decke. «Wie kann ich es zulassen, dass meiner Familie so etwas angetan wird, ohne ihn zu stoppen? Wie ist das möglich?»

Er sah mich mit großen angsterfüllten Augen an.

«Ich bin ein kleiner verdammter Haufen Scheiße», sagte er, «ein rückgratloses Stück Mist, zu feige, um für das Einzige einzustehen, was mir etwas bedeutet. Ich wage es verdammte Scheiße ja nicht einmal, meine Kinder zu verteidigen!»

«Ach, Anders», sagte ich und versuchte, ihm die Wange zu streicheln, aber er setzte sich auf und drehte mir den Rücken zu. Seine weiche Haut schimmerte im Licht der Nacht, und ich ließ meine Hand langsam der Rundung seiner Wirbelsäule folgen.

«Du hast dich um Robin gekümmert», sagte ich leise. «Das war das Wichtigste, und es gab nichts, was du sonst hättest tun können. Sie waren zu dritt. Du musst aufhören, dir selbst Vorwürfe zu machen, auch du.»

Er stand abrupt auf.

«Totschlagen sollte ich ihn», sagte Anders und sah auf mich herunter, und in seinen Augen war etwas, das mir bekannt vorkam; ich erkannte diese Worte wieder und diesen Hass, und ich richtete mich im Bett auf.

«Nein», flüsterte ich, «ich will das nicht von dir hören, nicht von dir auch noch! Ich habe genug von Gewalt und Morddrohungen. Wenn wir uns auf ihr Niveau herablassen, dann haben wir verloren.»

Aber mein Mann wandte sich von mir ab, verließ unser Schlafzimmer und schloss die Tür hinter sich, hart.

Am nächsten Tag taten wir das Einzige, was uns in einer wahnsinnigen Welt vernünftig erschien: Wir fuhren ins Waldheim Björsjö zurück. Dort gab es Menschen, mit denen wir reden konnten und die sich um uns kümmerten, dort fühlten wir uns einigermaßen sicher. Ich erzählte dem Besitzer und seiner Frau weinend, was uns zugestoßen war.

An diesem Abend saßen sie mit uns zusammen.

Am Montagmorgen ging ich zum Lebensmittelladen. In der Nacht hatte es ein wenig geschneit, und jetzt klarte es langsam auf. Ich kaufte im Laden eine neue Telefonkarte und verbarrikadierte mich dann in der Telefonzelle.

Der Zettel mit der Telefonnummer war inzwischen zerfleddert, bei einer der Zahlen war ich nicht sicher, ob es eine Neun oder eine Vier war. Mein Puls schlug fest und regelmäßig und es war, als füllte er den ganzen kalten und engen Raum aus.

Ich schob die Telefonkarte in den Apparat und wählte – ich setzte auf die Vier.

«Stiftung Ewigkeit, Katarina Nilsson Strömlund.»

Ihre Stimme war dunkel und melodisch, die Aussprache klang gebildet und etwas nasal.

«Ja», begann ich, «ich kann Ihnen nicht sagen, wer ich bin, aber ich habe Ihren Namen von jemandem erhalten, der Ihre Stiftung kennt.»

Ein Sonnenstrahl brach durch die Wolkendecke und traf auf eine Eisblume an der Glasscheibe.

«Aha?», sagte Katarina Nilsson Strömlund. «Was kann ich für Sie tun?»

Ich schloss die Augen und merkte, wie alles in mir hochstieg, die Erinnerung an das Blut und die Flucht, an unseren Aufenthalt in der Sonne und die Ratlosigkeit der Ärzte in der Psychiatrie in Ludvika.

«Ich brauche Hilfe», sagte ich. «Meine Familie wird bedroht, mein Kind ist krank ...»

Und im nächsten Augenblick brach alles aus mir heraus; ohne dass ich etwas dagegen tun konnte, fing ich furchtbar an zu weinen, haltlos und verzweifelt, der Rotz lief mir aus der Nase, und die Tränen klebten in den Haaren fest.

«Er sucht die ganze Zeit nach uns», schluchzte ich, «er findet uns wieder und wieder, und eines Tages wird es ihm gelingen, uns zu töten, es ist nur eine Frage der Zeit, bis wir alle tot sind, und Emma, meine kleine Tochter ...»

Und ich weinte wieder, laut und heulend, während die Sonne auf die zugefrorenen Glasscheiben der Telefonzelle schien und die Welt in Kristall verwandelte.

Die fremde Frau am Telefon wartete geduldig, bis meine Tränen versiegten und ich mich endlich anständig schnäuzen konnte.

«Entschuldigung», brachte ich undeutlich hervor, meine Nase war völlig verstopft.

«Sie scheinen in einer verzweifelten Lage zu sein», sagte die Frau weich und mitfühlend. «Ich wünschte wirklich, ich könnte Ihnen helfen. Aber sagen Sie, wer hat Ihnen von unserer Stiftung erzählt?»

Ich blinzelte ins Sonnenlicht. Plötzlich war ich irritiert.

«Hm», schniefte ich, «das kann ich Ihnen nicht sagen.»

«Was haben Sie denn gehört?»

«Dass Sie bedrohten Frauen und Kindern helfen können», sagte ich, jetzt etwas ruhiger. «Dass Sie mit Regierungskreisen zusammenarbeiten und dass Sie organisieren können, dass man ins Ausland kommt.»

«Sie sind gut informiert», sagte sie freundlich. «Doch leider kann ich Ihnen nicht helfen. Wir arbeiten nicht mit Privatpersonen zusammen, sondern ausschließlich im Auftrag von Behörden.»

Mir wurde eiskalt, etwas in mir erstickte, eine Hoffnung, die gerade entfacht worden war und nun schon wieder verlöschte, alles um mich herum löste sich auf, und ich schrie: «Nein! Sie müssen mir helfen», rief ich. «Bitte, können Sie uns nicht anhören? Hinter uns stehen alle Behörden, die es gibt, wir sind bis ins kleinste Detail abgecheckt und überprüft. Alle Parteien, die mit uns zu tun haben, wollen uns loswerden, alle sind sich darüber einig, dass wir ins Ausland gehen müssen. Oh, bitte, helfen Sie uns!»

Und ich fing wieder an zu weinen, aber die Frau am Telefon schien mir das nicht übelzunehmen.

«Wo sind Sie jetzt?», fragte sie.

«Das kann ich nicht sagen», schniefte ich.

«Nein, natürlich nicht, aber befinden Sie sich in Sicherheit?»

Ich versuchte, mich ein paar Sekunden zusammenzureißen.

«Nicht direkt», sagte ich. «Vorigen Samstag hat er uns wieder aufgespürt.»

«Und der Sozialdienst in Ihrer Heimatgemeinde ist sich über Ihre Situation im Klaren?»

Da musste ich doch lachen.

«Und ob», sagte ich. «Ich bin deren schlimmster Albtraum. Und übrigens nicht nur in meiner Heimatgemeinde. Die Kommune, in der ich derzeit versteckt lebe, weiß auch nicht, was sie mit mir anfangen soll. Und die Ärzte in der Kinderpsychiatrie sind bereit, alles für uns zu tun, was in ihrer Macht steht. Das Problem ist nur, dass sie meine Tochter nicht behandeln können, ehe wir uns in Sicherheit befinden, denn das Mädchen ist zu krank.»

«Vielleicht können wir über diesen Weg irgendwie zusammenkommen», sagte die Frau. «Glauben Sie, dass der behandelnde Kinderpsychologe ein Attest über den Gesundheitszustand Ihrer Tochter ausstellen würde?»

«Natürlich», sagte ich und strich mir über die Haare. «Wofür denn?»

«Wir können hier leider niemandem helfen, der keine Unterstützung von Kommune, Landgericht oder einer anderen staatlichen Stelle bekommt. Aber wenn Sie ein Dokument von Behördenseite vorlegen können, das auf irgendeine Weise Ihre Bedürftigkeit bestätigt, dann werden wir sehen, was wir tun können.»

«Okay», sagte ich. «Wo soll ich es hinschicken?»

«Faxen Sie es an diese Nummer hier und schreiben Sie dazu, wie ich Sie erreichen kann.»

«Sie können mich nicht erreichen», sagte ich. «Ich werde Sie wieder anrufen.»

«Wie war doch noch Ihr Name?»

Ich schwieg einen Augenblick.

«Den habe ich nicht genannt», sagte ich, «aber Sie können mich Linda nennen.»

«Gut, Linda», sagte sie, «viel Glück.»

Sowie wir aufgelegt hatten, rief ich die Kinderpsychologische Abteilung in Ludvika an und bat N. N., einen kurzen Bericht zu verfassen, der Emmas Behandlung beschrieb und die Schlüsse, die sie daraus über den seelischen und körperlichen Zustand des Mädchens gezogen hatte.

Am Freitag, dem 13. März, holten wir das Schriftstück an der Rezeption des Krankenhauses ab.

Mit zitternden Händen öffnete ich den Umschlag und las:

«13. März 1992

Kinder- und Jugendlichenpsychiatrie Ludvika

Bericht über die psychologische Untersuchung der in Rede stehenden Patientin, geboren im Oktober 1986.

Die Untersuchung erfolgte auf Bitten der Mutter.

Die Familie steht seit dem 22.01.1992 in Kontakt mit der Empfangsschwester, dem beratenden Arzt sowie der unterzeichnenden Ärztin.

Mutter und Stiefvater machen folgende Angaben über die sehr speziellen Lebensumstände der Familie: Die Familie hält sich aus Angst vor dem leiblichen Vater der Patientin versteckt, der die Mutter schon vor Eintritt der Schwangerschaft misshandelt hat. Als die Patientin zwei Monate alt war, verließ der Erzeuger die Familie. Der Stiefvater kam zur Familie, als die Patientin acht Monate alt war.

Die Patientin war drei Jahre alt, als der Erzeuger versuchte, die Mutter zu erdrosseln, und der Patientin ein Messer an den Hals setzte. Nach diesem Vorfall sprach die Patientin sechs Monate lang nicht. Im darauffolgenden Jahr wechselte die Familie zehnmal ihren Aufenthaltsort, um nicht von dem Erzeuger des Kindes gefunden zu werden.

Vor den Augen des Mädchens wurde der Stiefvater von dem Erzeuger und einigen seiner Landsleute angegriffen und misshandelt. Der Erzeuger selbst hat versucht, das Mädchen mit dem Auto zu überfahren. Seit die Patientin drei Jahre alt ist, lebt sie zusammen mit ihrer Familie vollkommen versteckt. Die Patientin kennt weder die Ursache für ihre Isolation, noch weiß sie, dass der dunkelhäutige Mann ihr Vater ist.

Mutter und Stiefvater halten sich mit der Patientin und ihrem drei Jahre alten Halbbruder ausschließlich im Haus auf. Die Familie geht nur nach draußen, wenn es unbedingt notwendig ist. Die Mutter hat nicht gewagt, die Kinder ärztlich untersuchen zu lassen. Beide wurden deshalb erst kürzlich in der Kinderpsychiatrie geimpft. Bevor sie drei Jahre alt war, besuchte die Patientin für einige Monate eine Kindertagesstätte. Seither hat sie nicht mit anderen Kindern gespielt oder sich auch nur zusammen mit den Eltern frei draußen bewegen können. Wegen der Isolation litt die Patientin periodisch unter Enuresis (Einnässen) und Enkompresis (Einkoten).

Untersuchung der Patientin:

Die Untersuchung erstreckt sich auf vier Besuche in der Zeit vom 22.01.1992 bis zum 03.03.1992, bei denen ich die Patienten allein traf. Im Anschluss an diese Besuche habe ich mit der Mutter und dem Stiefvater gesprochen.

Angewandte Methoden:

Sandkastenmaterial nach Ericastiftung. Machover Erinnerungskomplettierung, Spiq Intelligenztest, CAI und Goodenoughs Entwicklungstest sowie Malen und Spielen. Die Patientin ist vor allem im Hinblick auf ihren Entwicklungsstatus und die emotionale und persönliche Entwicklung untersucht worden.

Beurteilung:

Durch ihre Isolation liegt die Patientin in der Sprachentwicklung 1–2 Jahre zurück. Ihre Fähigkeit zu malen ist hingegen nicht beeinträchtigt, hier zeigt sie eine normale Entwicklung. Sie möchte gern Buchstaben schreiben und sehnt sich danach, in die Schule zu gehen und einen Schulranzen zu bekommen. Eine allumfassende sprachliche Stimulierung ist dringend notwendig, und zwar durch mehr Menschen als die, mit denen sie derzeit Umgang hat. Auch ihre Kontaktfähigkeit ist stark von der Isolation geprägt. Bei erster Annäherung ist sie weich und anschmiegsam, doch schon bald zeigt sie ein unstillbares Verlangen nach anderen Menschen. Kontaktbeschränkend wirkt sich ihr Sprechvermögen aus, das noch nicht ausreichend stimuliert ist. Es ist schwer zu verstehen, was sie sagt. Durch ihr eingesperrtes Leben in einer Gruppe von vier Personen hat sie sich bisher nicht ausreichend anstrengen müssen, um sich verständlich zu machen.

Ihre Grobmotorik ist unbeholfen. Manchmal setzt sie sich nicht richtig auf den Kinderstuhl, wenn sie bei mir ist. Die Mutter hat von ihren unbeholfenen Bewegungsmustern zu Hause berichtet, woraufhin unser beratender Kinderarzt sie untersucht hat. Nach seinem Befund liegt sie möglicherweise in der Entwicklung der Koordination etwas zurück. Zu wenig Übung ist hierfür vermutlich die entscheidende Ursache.

Ihr Sandkastenspiel ist deutlich von ihrer verunsicherten Situation geprägt. Sie vergräbt Dinge im Sandkasten und bedeckt sie mit mehreren Schichten, indem sie Sand und anderes Material darüber aufschichtet. Ihre Unruhe wächst dabei, sie besitzt nicht die Ausdauer, ein Spiel im Sandkasten abzuschließen, sondern fängt immer wieder etwas Neues an. Die Patientin ist rastlos und nicht in der Lage, Zusammenhänge herzustellen, was auch ihre Fähigkeit beeinträchtigt, sich zu konzentrieren. Es ist für die Patientin ganz einfach gefährlich, bestimmten Fragen auf den Grund zu gehen und die Verhältnisse in ihrer Umgebung zu erforschen.

In ihren Erzählungen zu Bildern und Zeichnungen tritt ihre Störung durch sehr beunruhigende Gedanken und Aggressionen zutage. Sowohl die eigenen ungelösten Gefühle als auch die Angst vor den Erinnerungen beeinträchtigen sie. Leider ist es durch die gegenwärtige Situation der Familie unmöglich, die Gefühle der Patientin zu bearbeiten, was wiederum für ihre emotionale Entwicklung sehr schädlich ist.

Mutter und Stiefvater berichten, wie aggressiv sie gegenüber ihrem Bruder werden kann und dass sie zu Hause Gegenstände zerstört. Die Eltern müssen Messer und Tücher verstecken, damit die Patientin nicht sich selbst oder anderen Schaden zufügt. In den vergangenen Jahren hat sie den meisten Puppen, die sie besaß, den Kopf abgerissen. Ich sehe auch dies als einen Hinweis auf unverarbeitete Gefühle an (sie selbst ist von Mord bedroht worden). Wahrscheinlich wird sie diese destruktiven Muster wiederholen, bis sie sich in Freiheit befindet.

Zusammenfassung:

Dieses fünfjährige Mädchen wird durch die Isolation, in der die Familie gezwungenermaßen leben muss, in ihrer Entwicklung gehemmt. Sie muss unbedingt Gelegenheit bekommen, ihre stark traumatischen Erlebnisse zu verarbeiten. Diese Verarbeitung kann jedoch erst geleistet werden, wenn sie und ihre Familie sich in sicheren Verhältnissen befinden. Die Patientin wird in ihrer Entwicklung ernsthaft gestört bleiben, wenn sie nicht bald die Möglichkeit bekommt, offener zu leben und so ihre Traumata zu bewältigen.

Wenn die Familie in größere Sicherheit gelangt, wird die Patientin Hilfe benötigen, um ihre schweren Erlebnisse zu ver-

arbeiten. Diese Hilfe kann vermutlich nur durch eine Einrichtung mit fachkundigem Personal geleistet werden.
Ich kann nur mit aller Deutlichkeit unterstreichen, dass die Patientin sehr großen Schaden daran genommen hat, versteckt leben zu müssen.

Ludvika, den 13. März 1992,
N. N.
Staatliche Kinderpsychologin»

Ich durfte das Faxgerät im Krankenhaus benutzen, um Katarina Nilsson Strömlund von der Stiftung Ewigkeit das Gutachten zu schicken.

Auf dem Heimweg im Auto sprach niemand von uns. Beide Kinder waren auf dem Rücksitz eingeschlafen, als wir wieder in Smedjebacken ankamen.

Die letzte Abendsendung ging zu Ende, Anders streckte sich nach der Fernbedienung und schaltete den Fernseher aus. In unserem Wohnzimmer wurde es vollkommen dunkel, nur ein Streifen Licht aus dem Flur drang noch durch den Türspalt. Lange Zeit saßen wir nebeneinander auf dem Sofa, ohne uns zu bewegen, meine Gedanken flogen davon, zu dem sonnigen Strand, an dem wir eine Zeit des Aufatmens gehabt hatten, zu dem Platz in Örebro, zur Telefonzelle vor dem Lebensmittelladen in Björsjö.

«Wie hat er uns nur finden können?», fragte Anders so plötzlich, dass ich beim Klang seiner Stimme zusammenzuckte.

Woher hatte er gewusst, dass wir in Örebro waren? Wie um Himmels willen schaffte er das? Er konnte doch nicht überall gleichzeitig sein, das war ja einfach nicht möglich.

Ich neigte den Kopf und schloss die Augen.

«Die Bilder», sagte ich. «Es kursieren Fotos von uns. Jemand hat uns gesehen, jemand erkannte uns wieder, jemand wusste, dass er nach uns sucht, und jemand hat ihn angerufen.»

Anders stand auf und ging aus dem Wohnzimmer.

Ich blieb sitzen und horchte auf das Sausen in meinem Kopf.

Während wir im Ausland waren, hatte man das Telefon in unserer Wohnung abgestellt, und wir hatten uns nicht um einen neuen Anschluss gekümmert, deshalb fuhr ich am Montagvormittag nach Smedjebacken hinein, um dort von der Telefonzelle aus die Stiftung Ewigkeit anzurufen. Ich war aufgeregt und nervös und merkte deshalb erst, als die Telefonkarte festsaß, dass jemand ein großes rosa Kaugummi in den Schlitz gedrückt hatte und der ganze Apparat nicht zu gebrauchen war.

Nach einigem Suchen fand ich ein öffentliches Telefon im Vorraum eines kleinen Cafés. Das hing ungünstigerweise genau dort, wo die Mütter ihre Kinderwagen parkten, und es war unmöglich, hier ungestört zu reden.

Ich drängelte mich durch und wählte die Nummer, und zu meiner ungeheuren Erleichterung nahm Katarina Nilsson Strömlund nach dem ersten Klingeln ab.

«Wie schön, dass Sie anrufen, ich kann mich nämlich heute mit Ihnen treffen», sagte die Vorsitzende, die ziemlich gestresst klang. «Aber dazu müssten Sie um fünfzehn Uhr heute Nachmittag ins Scandic Hotel in Skärholmen kommen, geht das?»

Ich machte Platz, um eine junge Frau mit einem Baby auf dem Arm durchzulassen, und dachte fieberhaft nach.

«Äh», stammelte ich, «Skärholmen?»

«Ja, direkt gegenüber von Ikea.»

Sie sprach von Stockholm, zweihundert Kilometer weiter südlich. Ich sah auf die Uhr und rechnete schnell. Wenn wir sofort losfuhren und unterwegs etwas aßen, konnten wir es gerade so schaffen.

«Okay», sagte ich. «Im Scandic Hotel?»

«Ja, in der Bar direkt neben der Lobby. Bringen Sie alle Unterlagen mit, die Sie haben. Leider muss ich jetzt weg, wir haben am Wochenende einen sehr schweren Notfall hereinbekommen und müssen unsere ganze Kraft auf diese Frau und ihr Kind konzentrieren.»

«Natürlich», sagte ich, und wir legten auf.

Ich schlängelte mich an den Kinderwagen vorbei und merkte, dass ich guter Dinge war.

Gleichzeitig spürte ich einen Stich von Neid auf die Frau und das Kind, die bereits in die Stiftung Ewigkeit aufgenommen waren.

Ich wünschte, dass jemand seine ganze Kraft auch auf mich und meine Familie konzentrierte.

Anders saß mit der Fernbedienung in der Hand und las die Nachrichten im Bildschirmtext, als ich Hals über Kopf ins Wohnzimmer gestürzt kam.

«Wir müssen sofort losfahren», sagte ich und fing an, einen der Umzugskartons in der Zimmerecke zu durchwühlen, in dem irgendwo tief unten meine ganzen Unterlagen sein mussten.

«Was?», fragte Anders und starrte mich an, immer noch die Fernbedienung fest in der Hand, unrasiert und die Füße auf dem Wohnzimmertisch.

«Ewigkeit», sagte ich und merkte, dass ich in der falschen Kiste suchte. «Die Vorsitzende will sich um drei Uhr mit uns in Skärholmen südlich von Stockholm treffen. Wir müssen sofort losfahren.»

Anders schaltete den Fernseher aus, nahm die Füße vom Tisch und stand auf.

«Ich werde nirgendwohin fahren, solange ich nicht weiß, worum es geht», sagte er.

Meine Hände hielten inne, ebenso wie meine Gedanken, und ich zwang mich, nicht aufzubrausen. Ohne meinen Mann anzusehen, erzählte ich leise, was Katarina Nilsson Strömlund gesagt hatte, dass sie uns treffen könne und dass wir alle unsere Unterlagen mitbringen sollten.

«Wenn du die Unterlagen zeigst», sagte Anders, «deckst du alles auf. Da steht doch alles drin, unsere alten Identitäten, die neuen Namen und Personennummern, unsere Heimatgemeinde, wo wir jetzt wohnen, einfach alles! Was, wenn man ihr nun nicht vertrauen kann?»

Ich fand endlich das Bündel mit den Behördenpapieren und sah zu ihm hoch.

«Was haben wir denn für eine Wahl?», rief ich und stand zornig auf. «Mach doch einen besseren Vorschlag, wenn du einen hast!»

«Mia», sagte er leise und warnend, «du schreist.»

«Und wennschon!», schrie ich. «Ich halte das nicht aus, wenn du mir die ganze Zeit nur Knüppel zwischen die Beine wirfst. Ich kann nicht mehr!»

Ich hatte angefangen zu weinen, die Kinder standen beide in der Tür zum Wohnzimmer und sahen mich mit großen Augen an.

«Warum bist du traurig?», fragte Robin.

Ich holte hastig Luft und wischte mir gleichzeitig die Tränen ab.

«Mama hat nur ein bisschen Stress», sagte ich. «Wir machen gleich eine schöne Autofahrt, was sagt ihr dazu, wir fahren ganz bis nach Stockholm.»

«Da gibt es Weihnachtslichter», sagte Emma.

Da musste ich zu ihr laufen und sie umarmen und küssen, und ich umarmte auch Robin und drückte sie beide an mich.

«Du hast ja so recht», sagte ich und strich ihnen über die Haare. «In Stockholm gibt es viele Lichter.»

Wir kamen zehn Minuten vor der vereinbarten Zeit an. Das Scandic Hotel in Skärholmen war ein ganz gewöhnliches Autobahnhotel, an dem nur wenige hundert Meter entfernt der Verkehr vorbeidonnerte. Gegenüber stand das erste Ikea-Möbelhaus Schwedens und der Welt, das dann auch das größte der Welt wurde.

Die Reise war angespannt und anstrengend verlaufen. Anders schwieg immer noch beleidigt, er weigerte sich, die Vorsitzende zu treffen. Anstatt sich selbst ein Bild von ihr zu machen, fuhr er mit den Kindern zu einem McDonald's weiter, das auf der anderen Seite eines Verkehrskreisels zu sehen war. Ich beschloss, nicht zu protestieren, sondern nahm meine Tasche mit allen Unterlagen und betrat das Hotelfoyer.

Die Lobby war fast leer. In der Bar weiter hinten saßen ein paar Männer mit Papieren und Aktentaschen und gestikulierten. Ich ging zwischen den Tischen hindurch und musste wegen der gedämpften Beleuchtung die Augen leicht zusammenkneifen. Da war niemand, der Katarina Nilsson Strömlund hätte sein können, aber ich kam ja auch ein wenig zu früh.

Ich bestellte beim Barkeeper eine Tasse Kaffee und ein Glas Wasser, setzte mich an den letzten Tisch ganz hinten und konzentrierte mich darauf, alle genau anzuschauen, die kamen und gingen.

Vierzig Minuten später war ich kurz davor, in Tränen auszubrechen.

Katarina Nilsson Strömlund kam nicht. Sie wollte mir und meinen Kindern nicht helfen. Anders hatte recht gehabt. Es war sinnlos gewesen, den ganzen langen Weg zu fahren, nur um jemanden zu treffen, dem wir doch egal waren.

Ich hatte gerade die Rechnung verlangt, da sah ich sie kommen. Ich wusste sofort, dass sie es war, denn sie sah genau so aus, wie ihre Stimme klang. Attraktiv, freundlich und gut gekleidet kam sie auf meinen Tisch zu und lächelte entschuldigend.

«Tut mir leid», sagte sie, gab mir die Hand und stellte gleichzeitig eine große lederne Aktentasche ab. «Unser Notfall hat uns sehr in Anspruch genommen, entschuldigen Sie vielmals, dass Sie warten mussten.»

«Ach», sagte ich und lächelte nervös, «das macht nichts.»

Und das meinte ich wirklich so, denn ich war unglaublich dankbar, dass sie gekommen war.

«Einen Krabbensalat bitte», sagte sie zu dem Kellner, der gerade mit meiner Rechnung kam, «und ein Mineralwasser mit Eis und Zitrone.»

An einer Kette um ihren Hals hing ein kleines Goldkreuz.

Katarina Nilsson Strömlund machte ihre Tasche auf und holte einen dünnen Stapel Papiere heraus. Meine Hände waren vor Nervosität kalt und feucht, ich steckte sie diskret unter meine Oberschenkel, um sie etwas anzuwärmen.

«Ich weiß nicht, welche Informationen Sie bereits über unsere Organisation haben», sagte die Vorsitzende, «aber das hier sind ein paar Erklärungen und Beschreibungen zu unserem Programm, die wir gemeinsam mit unseren Kooperationspartnern ausgearbeitet haben.»

Sie reichte mir ein paar einfache Blätter mit stichwortartigen Informationen über die Stiftung Ewigkeit und deren Arbeitsgebiete. Ich nahm sie entgegen und sah sie kurz durch, während sie weiter in ihrer großen Tasche suchte.

«Sie werden verstehen, dass ich natürlich nicht allzu viel erzählen kann», sagte sie und schloss die Aktentasche, als ich die Papiere wieder auf den Tisch legte. «Unsere Organisation arbeitet absolut im Verborgenen, was ja eine Voraussetzung dafür ist, dass die ganze Sache funktioniert. Die Klienten kommen zu uns, werden durchgeschleust und verschwinden, und die Stiftung selbst ist unmöglich zurückzuverfolgen. Danke!»

Sie nahm das Wasser vom Kellner entgegen und presste etwas Zitrone über die Eiswürfel.

«Und wie funktioniert das?», fragte ich vorsichtig.

Die Frau trank und faltete dann die Hände im Schoß zusammen.

«Wir haben in ganz Schweden Einrichtungen», sagte sie, «und mehrere Büros, zwischen denen wir hin und her wechseln. Uns stehen rund um die Uhr Psychologen, Ärzte und Soziologen zur Verfügung. Alle unsere Telefonanschlüsse laufen über das Netz der Armee, deshalb ist es unmöglich, sie ausfindig zu machen. Wir können geschützte Wohnungen, geschützte Schulen, ärztliche Versorgung und Rechtsbeistand besorgen, und vor allem sind wir rund um die Uhr da.»

«Das ist ja ein unglaublicher Aufwand», sagte ich. «Wie viele Leute arbeiten denn bei der Stiftung?»

Katarina nahm den Salat vom Kellner entgegen, einen großen Teller frisch gepulter Krabben mit Ei, Eisbergsalat und Mayonnaise, und begann mit gutem Appetit zu essen.

«Momentan sind wir sieben Vollzeitmitarbeiter», sagte sie, «und alle, die in der Stiftung arbeiten, sind ebenfalls untergetaucht.»

«Haben sie geschützte Personendaten?», fragte ich, «Oder Scheinadressen?»

«Sie müssen entschuldigen», sagte sie und aß, während sie redete. «Aber ich hatte heute noch keine Zeit, etwas zu essen. Nehmen wir mal diesen Fall mit der Frau, den wir an diesem Wochenende hereinbekommen haben, der scheint mit Ihrer Situation vergleichbar zu sein. Als Allererstes bekommt sie von uns eine Referenznummer, die im Großen und Ganzen die Funktion der Personennummer übernimmt. Nicht einmal Finanzamt oder Krankenkasse sollen wissen, wo die betreffende

Person ist. Alle Kontakte zu staatlichen und öffentlichen Stellen laufen über die Referenznummer. Sie und ihr Kind sind vollkommen geschützt, jetzt und für alle Zukunft.»

«Ist das wirklich möglich?», fragte ich.

Die Vorsitzende kaute den Mund leer und beugte sich zu mir herüber.

«Das wäre natürlich nicht möglich, wenn wir nicht auf absolut höchster Ebene verankert wären», sagte sie sehr leise. «Alle unsere Unternehmungen sind von der Regierung sanktioniert. Zusammen mit dem Außenministerium haben wir einen Plan ausgearbeitet, wie man die richtig schweren Fälle lösen kann, von Leuten, die überhaupt nicht mehr in Schweden leben können. So wie ich das einschätze, gehören Sie dazu.»

Bei ihren Worten füllten sich meine Lungen mit so viel Luft, dass ich glaubte, die Brust müsse mir zerspringen. Langsam drang es in mein Bewusstsein vor: o Gott, es ist wahr! Es ist wirklich wahr! Es gibt Hilfe!

Ich merkte, wie ich anfing zu lächeln, von einem Ohr zum anderen, und warme Tränen verschleierten meinen Blick.

«Das klingt ja ganz phantastisch», flüsterte ich.

«Jetzt geht es nur noch um das rein Praktische», sagte Katarina Nilsson Strömlund und lehnte sich zurück. «Natürlich müssen wir den formellen Weg über Ihre Heimatgemeinde gehen, denn wie Sie sich denken können, achten wir sehr gewissenhaft darauf, den vorgeschriebenen Weg einzuhalten.»

«Gibt es etwas, was ich tun kann?», fragte ich, und meine Stimme klang eigentümlich leicht.

«Wir brauchen Zugang zu Ihren Unterlagen, und dann können wir praktisch sofort loslegen.»

Ich holte eine Auswahl aus dem dicken Dokumentenordner heraus, den ich sonst in der Umzugskiste im Wohnzimmer aufbewahrte.

«Ich glaube, das hier ist alles, was Sie brauchen», sagte ich. Katarina Nilsson Strömlund wischte sich die Finger mit der Serviette ab und warf einen raschen Blick auf ihre Armbanduhr.

«Ich habe noch einen Termin im Ministerium», sagte sie und stand auf. «Ich rate Ihnen, Kontakt mit Ihrem Sozialdienst und Ihren Ärzten aufzunehmen und sie darüber zu informieren, dass wir die Möglichkeit erwägen, Ihren Fall ab sofort zu übernehmen. Wir müssen natürlich erst Ihre Unterlagen prüfen, aber wenn wir es für möglich halten, dann wird der Sozialdienst an Ihrem Aufenthaltsort einen schriftlichen Antrag von mir erhalten, mit der Bitte, dazu Stellung zu nehmen und die Verantwortung für Ihre Sache in unsere Hände zu übergeben.»

Ich stand ebenfalls auf, meine Knie waren weich und zitterten.

«Linda», sagte sie und schüttelte mir die Hand, dass das Goldkreuz schaukelte. «Viel Glück!»

«Danke», sagte ich. «Und ich heiße nicht Linda. Ich heiße Maria.»

Sekunden später war sie weg, und der Kellner legte noch eine Rechnung auf meinen Tisch. Hundertneunundachtzig Kronen für einen Krabbensalat und ein Mineralwasser auf Eis.

Erleichterung und Lachen perlten aus mir heraus wie Kohlensäure, ich gab ihm zweihundert Kronen und verzichtete auf das Wechselgeld.

Ich ging durch die Lobby des Scandic Hotels in Skärholmen, ohne den Boden wirklich zu betreten – ich war bereit, meine Einschätzung des schwedischen Rechtswesens komplett umzuwerfen. Man stelle sich das mal vor, da hatten die in aller Heimlichkeit so ein phantastisches System ausgearbeitet, um Menschen zu retten! Da hatte doch unser Außenministerium Menschen in meiner Situation endlich einmal ernst genommen und zusammen mit anderen Nationen eine Lösung geschaffen.

Ich fiel Anders um den Hals, flüsterte ihm zu, was wir besprochen hatten, und hörte, wie er schluckte. Mit einem Mal schien es möglich, in unserem eingesperrten Leben zu atmen.

«Glaubst du ihr?», flüsterte er, und ich nickte.

«Das kann sie sich nicht alles ausgedacht haben», sagte ich. «Das ist nicht möglich. Das hier kann unsere Rettung bedeuten. O mein Gott, ich hoffe so sehr, dass sie unseren Fall übernehmen.»

Ich sah, wie sich meine Hoffnung in seinen Augen widerspiegelte, und unsere Rückfahrt nach Smedjebacken verlief ganz anders als die Hinfahrt nach Stockholm.

In dieser Nacht liebten wir uns so ausdauernd und leidenschaftlich wie schon lange nicht mehr.

Gleich am nächsten Tag ging ich zum Sozialamt, um L. von der neuen Möglichkeit zu berichten, die sich für uns aufgetan hatte. Sie machte ein sehr skeptisches Gesicht, als ich von der Stiftung Ewigkeit berichtete.

«Davon habe ich noch nie gehört», sagte sie, und ihr Blick flackerte.

«Die Organisation ist ungeheuer gut verborgen», sagte ich. «Sie arbeiten nur mit sehr schweren Fällen, und jetzt gerade schauen sie unsere Unterlagen durch.»

«Ah ja», sagte sie und spielte mit einem Stift. «Ja, also wenn die Ihnen helfen können, dann ist das natürlich einen Versuch wert.»

«Die Vorsitzende sagte, sie würde mit Ihnen Kontakt aufnehmen.»

«Na, warten wir's ab.»

Eine Woche verging, ohne dass ich von irgendwoher etwas hörte, und die Leere, die ich plötzlich empfand, war viel frustrierender als alles, was wir zuvor mitgemacht hatten. Die Wände der Wohnung drohten mich zu erdrücken, und ich musste mich ständig beherrschen, um nicht laut zu schreien.

Schließlich ging ich zum Café mit dem öffentlichen Telefon, denn das Kaugummi-Telefon war immer noch nicht repariert, und rief Katarina Nilsson Strömlund an.

«Es verläuft alles nach Plan», sagte die Vorsitzende enthusiastisch. «Wir warten jetzt nur noch auf die Genehmigung der Behörden.»

«Ach so», sagte ich einigermaßen verwirrt. «Was muss genehmigt werden?»

«Die Bezahlung», sagte Katarina. «Wir sind genau wie Ihre Ärzte der Ansicht, dass die einzige Chance für die Familie, wieder ein würdiges Leben zu führen, darin besteht, Sie ins Ausland umzusiedeln, und nach unseren Berechnungen wird eine solche Operation, komplett mit allen Schutzmaßnahmen und einem Grundniveau an Sicherheit, eins Komma sechs Millionen Kronen kosten, plus minus fünfzehntausend.»

Mir wurde so schwindlig, dass ich mich an einem Kinderwagen festhalten musste, um nicht umzufallen.

«Wie bitte?»

Eins Komma sechs Millionen? Millionen? Kronen?

«Sowie die Behörden die Summe genehmigt haben, werden

wir mit den Vorarbeiten beginnen. Wir gehen davon aus, dass es ungefähr zweieinhalb Monate dauern wird, vielleicht mit einer Woche Verzögerung aufgrund der Gegebenheiten bei den ausländischen Behörden, auf die wir natürlich keinen Einfluss haben.»

«Aber», stammelte ich und merkte, wie meine Knie nachgaben. «Wohin werden wir auswandern?»

«Das ist eine reine Formalität, die wir erst in einem späteren Stadium entscheiden. Wir haben Möglichkeiten, in mehreren ausländischen Staaten Aufenthalts- und Arbeitsgenehmigungen zu besorgen. Jetzt nehmen Sie sich die Zeit und denken Sie darüber nach, wohin Sie am liebsten ausreisen würden, und dann können wir eine Prioritätenliste aufsetzen.»

Wie ein überraschendes Feuerwerk stieg in mir der Jubel hoch und nahm mir den Atem. Ich hörte mich selbst keuchen, oder vielleicht schluchzte ich auch.

«Ist das wahr?»

«Absolut. Sowie die Behörden die Summe genehmigt haben, können Sie Ihre Koffer packen.»

Knapp eine Woche später hielt der Sozialdienst seine übliche Monatsbesprechung ab, und ich kaute mir alle Nägel blutig, während ich auf ihren Beschluss wartete.

Es wurde ein Tiefschlag.

«Die Behörde kann einen solchen Beschluss nicht allein fassen», erklärte mir Sozialarbeiterin L. «Die Summe ist zu groß. Man wird sich von Amts wegen ans Landgericht wenden, um eine Entscheidung zu erwirken.»

«An das Landgericht? Müssen wir in einem Gerichtsverfahren aussagen?»

L. sah mich ernst an.

«Nein», sagte sie, «nicht in dieser Sache. Da geht es nur um den Antrag, der verhandelt wird, dabei müssen Sie nicht zugegen sein. Aber das Gericht hat einen Termin für die Schlussverhandlung im Sorgerechtsstreit um Emma angesetzt.»

Ich spürte, wie sich der Boden unter mir öffnete und ich in ein tiefes schwarzes Loch fiel.

«O nein», brachte ich hervor.

«Mitte Juni. Ihr Anwalt bittet, dass Sie sich bei ihm melden.»

Katarina Nilsson Strömlund war über den Bescheid der Behörde ein wenig verärgert, aber nicht mutlos.

«Das wird schon klappen», sagte sie siegesgewiss. «Das Landgericht entscheidet nie gegen ein ärztliches Gutachten. Schon bald wird das Geld auf dem Weg zu uns sein.»

«Aber was machen wir, bis der Bescheid kommt?», fragte ich.

«Sie können nicht viel mehr tun als warten», antwortete sie. «Im Moment haben wir in der Stiftung keine freien Plätze, es ist alles voll.»

«Diese Plätze», sagte ich, «was bedeuten die? Was macht man da?»

«Ach», meinte Katarina und seufzte ein wenig, «für viele ist das, als würden sie in den Himmel kommen. Unsere Einrichtungen gibt es ja in ganz Schweden, aber sie sind alle nach demselben Prinzip organisiert. Man hat Tag und Nacht Zugang zu Ärzten und Betreuern, natürlich Leute, die kochen, und dann Freizeitpädagogen, wenn das erforderlich sein sollte. Unser Büropersonal arbeitet daran, für jede einzelne Person einen Schutz aufzubauen. Inzwischen sind die darin schon so routiniert, dass das nur ein paar Tage dauert.»

Ich schloss die Augen und drückte meine Fingerspitzen an die Stirn.

Wenn wir nur bald dorthin kommen könnten.

Ein paar Tage später hatte ich die Waschküche auf der anderen Seite der Straße gebucht und lief den ganzen Vormittag durch den Schnee hin und her. Anders versuchte, mit den Kindern zu spielen, aber vor allem Robin quengelte doch die meiste Zeit, weil er nicht mit mir nach draußen durfte.

«Ich will draußen spielen!», rief er und stampfte mit dem Fuß auf. Er trug nur Gummistiefel und ein zu klein gewordenes T-Shirt.

Ich stellte den Wäschekorb ab, beugte mich zu ihm hinunter und kitzelte seinen weichen Bauch.

«Liebling», sagte ich, «wo hast du denn deine Hose gelassen? Willst du die nicht wieder anziehen? Heute gehen wir nicht raus, morgen vielleicht, da machen wir vielleicht einen Ausflug. Wohin möchtest du fahren?»

Aber der Junge drehte sich nur um und ging mit seinen Stiefeln ins Wohnzimmer.

Ich seufzte und nahm den Wäschekorb wieder auf, die letzte Maschine mit Feinwäsche: Emmas schönes Kleid, ein Paar Nylonstrümpfe, den Strickpullover von Anders und Robins Batman-Kostüm aus Synthetik.

Auf dem Rückweg von der Waschküche merkte ich, dass mein Waschmittel zur Neige ging und ich neues würde kaufen müssen. Ich grüßte Hasse Pettersson, der gleichzeitig mit mir das Haus betrat. Er half mir und hielt den Korb mit der sauberen Wäsche, während ich unsere Wohnungstür aufschloss.

Ich stand gerade in der Küche, um Essen zu kochen, als es plötzlich im Treppenhaus anfing zu klopfen.

Klopf-klopf-klopf, klopf-klopf-klopf.

Dieses Geräusch erkannte ich sofort wieder.

Klopf-klopf-klopf, klopf-klopf-klopf.

Meine Hand versagte mir den Dienst, und ich ließ die Spaghetti und das tiefgefrorene Hackfleisch in den Ausguss fallen.

Ich weiß nicht, wie ich es fertigbrachte, aber plötzlich stand ich im Flur und schaute durch den Türspion.

Er war es, und mindestens noch zwei andere.

Sie waren dabei, die Splinte aus den Türangeln zu schlagen, und wir hatten keine Sicherheitsbolzen.

«Anders!», schrie ich, so laut ich konnte. «Sie sind hier! Sie sind hier! Nimm die Kinder!»

Ich riss Robin an mich, der immer noch nur Gummistiefel und ein T-Shirt anhatte, während Anders mit Emma auf dem Arm aus dem Wohnzimmer gerannt kam.

«Was ist los?», fragte er, aber an seinem Blick sah ich, dass er bereits Bescheid wusste.

Einen Moment lang sahen wir uns an und dachten beide dasselbe.

«Das Schlafzimmer», sagte er. «Das kann man abschließen.»

Wir warfen uns genau in dem Moment ins Schlafzimmer, als sie die Eingangstür aus den Angeln gehoben hatten und in den Flur gestürmt kamen.

«Dreh rum!», schrie ich, während Robin sich an meinem Hals festklammerte. «Mein Gott, Anders, dreh den Schlüssel rum!»

Er bekam ihn in dem Augenblick herumgedreht, als von der anderen Seite der Griff runtergedrückt wurde. Schnell stellte er Emma auf den Boden, ihre Beine gaben unter ihr nach.

«Das Schlafsofa», sagte er, und jeder von uns packte eine Lehne.

Wir zogen das Sofa gerade vor die Tür, als die Schläge begannen.

«Den Eichenschrank», sagte Anders, und mit vereinten Kräften schafften wir es, auch den vor die Tür zu schieben. Ich schaute das Möbel ein paar Sekunden an, und dann rannte ich zu der Wand, an der das Schlafsofa gestanden hatte.

«Hasse!», brüllte ich und schlug und trat mit aller Kraft gegen die Wand. «Ruf die Polizei, Hasse!»

Es hagelte Schläge gegen die Schlafzimmertür. Sie mussten irgendein Werkzeug dabeihaben, allerdings keine Axt, sonst wären sie bereits durch.

Ich bekam ein Schubladenschränkchen mit Emmas Malsachen zu fassen, das wir gemeinsam unter die Türklinke rückten.

«Nur eine kleine Verschnaufpause», sagte Anders und sah mich mit angsterfülltem Blick an.

Was machen wir, wenn sie uns erwischen?, fuhr es mir durch den Kopf, und ich erkannte dieselbe Frage im Blick meines Mannes wieder.

Was machen sie, wenn sie uns erwischen? Werden sie uns töten? Oder begnügen sie sich damit, Emma mitzunehmen? Sie in den Libanon zu schicken? Oder werden sie sie töten? Werden sie mich töten? Werden Anders und Robin leben dürfen?

Die Schlafzimmertür bog sich, das Schloss gab langsam nach.

«Die Matratzen», sagte Anders, und gemeinsam schoben wir sie auf den Eichenschrank. Im selben Moment lockerte sich der Türrahmen, das Holz splitterte, und die ganze Mauer aus Möbeln wurde ein paar Zentimeter nach vorn geschoben.

«Mia, halt dagegen!»

Ich stemmte mich auf Strümpfen gegen den Kunststoffbelag und merkte, wie ich rutschte.

Aus dem Augenwinkel sah ich plötzlich die Kinder. Sie saßen beide auf dem Fußboden, eng aneinandergedrückt, Emma mit dem Daumen im Mund und Robin mit den Armen um seine nackten Knie. Keiner von ihnen sagte etwas, sie sahen uns nur mit riesigen glänzenden Augen an.

Die Männer auf der anderen Seite der Tür warfen sich dagegen, und die ganze Möbelwand rückte noch ein paar Zentimeter weiter ins Zimmer.

Ich riss mir die Strümpfe von den Füßen, um besseren Halt auf dem Boden zu haben, und gemeinsam schoben wir die

Mauer einen Daumenbreit zurück, als auch schon der nächste Stoß kam.

«Das geht nicht», keuchte Anders. «Wir werden es nicht schaffen, sie aufzuhalten.»

Ich antwortete nicht, war unfähig zu reden, ich sah das Holz um die Tür immer weiter bersten, ein Splitter flog durch den Raum und traf mich unter dem Auge, ich schob mit Armen und Beinen, die völlig taub waren, der Rücken tat mir weh, die Stöße kamen pausenlos, die Männer da hinter der Tür fingen an, wütend und laut zu werden, sie fingen an zu brüllen, was sie mit uns machen würden, wenn sie uns erst hätten, und ich hörte die Worte, aber ich verstand sie nicht, sie drangen nicht bis in mein Hirn vor, ich weigerte mich hinzuhören, denn ich stemmte mit aller Kraft, ich fing die Stöße mit den Unterarmen und den Schultern ab, um keinen Preis würde ich jemals zurückweichen.

Und dann sah ich, wie sich sein Fuß hereinschob, er bekam seinen schwarzen Schuh in die Öffnung zwischen Türrahmen und Schlafsofa, irgendetwas gab nach, und ich fiel hintenüber und dachte nur, jetzt ist alles vorbei, jetzt sind sie hier, und dann begriff ich, dass die Schläge aufgehört hatten und es ganz still geworden war.

Ich sah die Kinder an, dann sah ich zu Anders. Träumte ich? Was war passiert?

Es dauerte eine Minute, zwei Minuten, ich begann am ganzen Leib zu zittern, was machten sie jetzt? Warteten sie da draußen auf uns? Saßen sie im Hinterhalt und lauerten darauf, dass wir die Mauer aus Möbeln abbauten und aus dem Zimmer kamen?

«Hallo?», rief eine unbekannte Stimme draußen im Flur. «Ist da jemand? Hallo?»

Anders und ich sahen uns sekundenlang an.

Die Stimme sprach Dalarna-Dialekt.

«Ist da jemand? Hier ist die Polizei.»

Wir schoben den Möbelberg beiseite und kletterten in den Flur.

Da standen vier Polizisten in Uniform und sahen sich aufmerksam um. Hinter ihnen konnte ich Hasse Pettersson erkennen.

«Ich habe sofort angerufen, als der Krach hier drinnen anfing», sagte er vorsichtig.

«Haben Sie sie gekriegt?», fragte ich.

Einer der Polizisten schüttelte den Kopf.

«Sie müssen einen Aufpasser draußen gehabt und sich nach hinten raus verdrückt haben, als wir kamen.»

«Wollen Sie auf die Wache mitkommen und Anzeige erstatten?», fragte ein anderer Polizist.

Ich schüttelte den Kopf.

«Ich will nur hier weg», sagte ich. «Helfen Sie mir einfach nur, hier wegzukommen.»

Die Polizisten gingen herum und schauten sich die Verwüstung an, aber das kümmerte mich gar nicht. Die konnten ermitteln, wie sie wollten, man würde doch nie jemanden für den Einbruch zur Rechenschaft ziehen können. Es würden niemals Fingerabdrücke gefunden werden, und sie würden alle zusammen ein Alibi haben, natürlich waren sie an diesem Nachmittag ganz woanders gewesen, massenhaft Leute würden das gerne bestätigen.

Wie schlafwandelnd ging ich ins Zimmer zurück, holte ein paar Taschen aus dem Kleiderschrank, füllte die erste mit Emmas Malsachen und Robins Zug, ging ins Wohnzimmer und stopfte die unsortierte Wäsche in eine andere Tasche, leerte den Inhalt der Flurschränke in eine dritte.

Anders stand in der Küche und warf ein paar Haushaltsgegenstände in eine Plastiktüte.

«Vergiss es», murmelte ich, zog Robin Hosen an und Emma

eine Jacke, und dann verließen wir die Wohnung in Smedjebacken, um niemals wieder zurückzukehren.

«Sind Sie sicher, dass Sie keine Anzeige erstatten wollen?», fragte einer der Polizisten, als sie uns zum Auto brachten.

Ich schüttelte nur den Kopf.

«Helfen Sie uns einfach, den Ort zu verlassen, ohne dass wir verfolgt werden», sagte ich.

Erst viel später erinnerte ich mich daran, dass in der Gemeinschaftswaschküche auf der anderen Straßenseite noch eine Maschine mit Emmas schönem Kleid und Robins Batman-Kostüm lief.

In jener Nacht schliefen wir in einer Wohnung, die dem Frauenhaus in Västerås gehörte. Dort machte man zum allerersten Mal eine Ausnahme und ließ einen Mann im Haus übernachten.

So komisch es klingen mag, aber in jener Nacht schlief ich wie ein Stein.

Eine lange Zeit des Katz-und-Maus-Spielens in unserem Leben war vorüber, jetzt hatte etwas Neues begonnen, und ich freute mich darauf.

Am folgenden Morgen rief ich Katarina Nilsson Strömlund an und erzählte ihr, wie die Dinge lagen.

«Wir waren gezwungen, Smedjebacken zu verlassen. Wir können nirgendwohin. Können Sie uns helfen?»

Sie zögerte.

«Nun ja», sagte sie, «ich habe einen Platz, aber den nutzen wir eigentlich als letzte Reserve.»

Doch dann gab sie sich einen Ruck.

«Sie können ihn haben.»

Und sie nannte uns eine Anschrift im Süden von Stockholm.

Das Haus war grau und mit Eternitplatten verkleidet. Der Frühling war hier schon viel weiter als in Dalarna, und im Garten grünte es bereits üppig. Das Laub vom vorigen Jahr lag in großen Haufen um das Haus herum, und auf den Gartenwegen wucherte das Unkraut. In einem Zimmer der Erdgeschosswohnung hingen Gardinen, die übrigen Fenster waren kahl.

«Sind wir hier richtig?», fragte Anders. «Das sieht ja völlig verlassen aus.»

Wir sahen nochmal auf den Zettel, den ich geschrieben hatte, dann auf das Schild mit dem Straßennamen und auf die Ziffern, die an der Hauswand festgenagelt waren.

«Scheint so», sagte ich. «Wenn ich die Adresse richtig aufgeschrieben habe, dann ist es das hier.»

Im selben Augenblick fuhr ein roter Mercedes vor und blieb in der Einfahrt stehen. Aus dem Auto stieg Katarina Nilsson Strömlund.

«Willkommen!», rief sie. «War es schwer zu finden?»

Wir gaben uns die Hand, Anders stellte sich vor, und Katarina begrüßte die Kinder, die sich hinter meinen Beinen versteckten.

«Das hier ist unser Hauptbüro», sagte sie, ging zum Eingang und schloss die Tür auf. «Für gewöhnlich lassen wir hier niemanden wohnen, aber in eurem Fall sind wir bereit, eine Ausnahme zu machen.»

Wir betraten einen dunklen Flur mit einem verschlissenen

Kunststoffbelag auf dem Fußboden, dann gingen wir herum und schauten uns alles an. Im Erdgeschoss gab es eine Küche, zwei Zimmer und ein drittes, das als Büro benutzt wurde, sowie eine kleine Toilette. Im ersten Stock waren drei Schlafzimmer mit Dachschräge. Die Möbel waren sehr einfach, einige Zimmer standen völlig leer.

«Das Badezimmer befindet sich im Keller», sagte Katarina und lächelte. «Das ist doch gut hier, nicht?»

Ich musterte die schäbigen Tapeten in dem Erdgeschosszimmer, das uns zugeteilt worden war, und lächelte zurück.

«Wunderbar», sagte ich.

Was spielte die Einrichtung schon für eine Rolle, wenn wir an der Schwelle zu einem neuen Leben standen?

Im Haus gab es fast kein Küchengerät, und so verbrachten wir die ersten Tage bei der Stiftung Ewigkeit damit, zu überlegen, was wir brauchten, um dort eine Weile wohnen zu können. In der Nähe fanden wir ein Einkaufszentrum, wo wir Lebensmittel, einen Topf und einen Putzeimer kauften.

«Hast du nicht gesagt, dass es für die Leute, die hier einquartiert sind, Küchenpersonal geben soll?», fragte Anders eines Abends, als die Kinder schon schliefen. «Und Freizeitpädagogen und Ärzte?»

«Ja», bestätigte ich, «aber für die Leute, die in den anderen Häusern wohnen, den regulären Unterkünften. Das hier ist nur ein Reserveplatz.»

In unserem Zimmer im Erdgeschoss gab es ein Etagenbett in Kindergröße und zwei Einzelbetten mit Holzrahmen und durchgelegenen Lattenrosten. Der Raum war so klein, dass die Einzelbetten mit den Kopfenden zueinander stehen mussten, anders wäre man nicht ins Zimmer gekommen.

Doch nachdem wir zwei Nächte lang Scheitel gegen Scheitel gelegen hatten, beschlossen Anders und ich, jeden Abend umzuräumen. Wir waren so daran gewöhnt, dicht beieinanderzuliegen und die ganze Zeit die Haut des anderen zu spüren, dass wir anders nicht gut schlafen konnten. Die Holzrahmen machten es zwar unmöglich, so aneinandergekuschelt zu liegen, wie wir es gewohnt waren, aber wir konnten uns wenigstens im Arm halten.

Katarina kam ab und zu ins Haus und saß dann im Büro und telefonierte. Manchmal kamen auch zwei Angestellte mit, eine ältere Frau, die Ebba hieß, und ein älterer Mann mit Namen Konrad, aber meistens war ein junger Mann dabei, Erik. Manchmal kam Erik auch allein und benutzte das Fax oder das Telefon. Oft saß Katarina im Büro und las in einem dicken Buch, und einmal sah ich, dass es die Bibel war. Dann wieder ging sie mit träumerischem Blick von Zimmer zu Zimmer und murmelte Bibelzitate vor sich hin.

«Ich bin ja so froh, den Menschen helfen zu können», sagte sie und lächelte mir zu, als sie die Bibel zwischen die Aktenordner im Büro zurückstellte.

Ich fasste mir ein Herz und fragte, ob ich das Telefon benutzen dürfe, natürlich nur, wenn es dringend wäre. Nach einem kleinen Zögern willigte sie ein.

«Aber keine Auslandsgespräche», sagte sie, und ich versprach es.

Die Nummer, die ich von der Stiftung hatte, gehörte zu dem Telefon im Büro. Manchmal klingelte es lange und ausdauernd, aber wir gingen niemals ran.

Anfang Mai, als es zwei Tage lang besonders viel geklingelt hatte, fragte ich Anders, ob wir wohl rangehen sollten.

«Das ist sicher eine zentrale Nummer», sagte er. «Vermutlich klingelt es auch in ihren anderen Büros, und bestimmt gibt es einen Grund, warum sie jetzt nicht abheben.»

Am nächsten Tag klingelte der Apparat nicht mehr, und ich atmete auf.

Als ich dann das Telefon benutzte, tat ich es, um zum ersten Mal nach über einem Jahr meine Eltern anzurufen.

Mein Vater hob ab. Seine Stimme klang genauso wie immer, so sicher und freundlich, dass mir ganz flau wurde. Langsam ließ ich mich auf den Bürostuhl sinken und sagte:

«Hallo, ich bin's.»

Es wurde still, wie jedes Mal, wenn ich mich nach sehr langer Zeit wieder meldete.

«Mia», sagte er dann. «Wie geht es euch?»

Ich holte tief Luft, und meine Augen füllten sich mit Tränen.

«Es geht uns sehr gut», sagte ich, aber meine Stimme zitterte. «Wir sind endlich in Sicherheit. Es gibt eine phantastische Organisation, die uns helfen wird, ins Ausland zu kommen, weißt du ...»

«Das heißt, ihr seid jetzt in Schweden?»

«Ja», sagte ich, «im Moment sind wir hier, aber wir hoffen, so schnell wie möglich wegzukommen.»

Mein Vater wurde ganz still, und auf einmal begriff ich, was meine Worte für ihn bedeuteten.

Meine Eltern hatten immer gehofft, ich würde eines Tages wieder nach Hause ziehen können, und nun hatte ich diese Hoffnung mit ein paar unbedachten Worten zerstört.

«Papa», sagte ich und stand auf, als würde ich ihm dadurch näher kommen, «Papa, entschuldige, ich wollte es nicht auf diese Weise erzählen, bitte, Papa ...»

Aber ich hörte, wie mein Vater am Telefon weinte, hörte kurze verzweifelte Schluchzer.

«Sprich mit Mama», sagte er und gab den Hörer weiter.

«Was ist denn?», sagte Mama schrill und beunruhigt. «Mia, bist du das? Ist irgendwas passiert? Was ist passiert?»

«Mama», sagte ich, «liebe Mama, mit uns ist alles in Ordnung, alles ist wunderbar!»

«Aber warum weint Papa? Wieso ist er traurig?»

«Mama», begann ich wieder, «es geht uns wunderbar, aber wir werden ins Ausland ziehen.»

«Für immer?»

«Für immer.»

Meine Mutter verstummte, ich hörte nur ihre schweren Atemzüge.

«Wohin?», fragte sie.

«Das weiß ich noch nicht», sagte ich, «und das ist auch nicht so wichtig.»

«Und das Haus?», fragte sie. «Was ist mit dem Reihenhaus? Ich habe es so schön gepflegt, habe die ganze Zeit alle Blumen gegossen, und Papa hat schon den Rasen gemäht …»

Ich sank wieder auf den Stuhl zurück und legte die Hand über meine Augen.

«Es tut mir leid», flüsterte ich, «alles, was ich euch angetan habe, tut mir so leid.»

«Mia», sagte meine Mutter, «Mia, wo bist du?»

«Das kann ich nicht sagen», erwiderte ich leise, «aber Anders und mir und den Kindern geht es gut. Grüßt meine Schwester.»

Und dann legte ich auf, ohne eine Antwort abzuwarten.

In der ersten Zeit bei der Stiftung Ewigkeit lebten wir ungefähr so, wie wir es in Smedjebacken getan hatten. Wir gingen so wenig wie möglich aus, aber die Kinder konnten hinter dem Haus spielen, und das war eine große Erleichterung.

Eines Tages Mitte Mai kamen Katarina und Erik zum Haus, und Katarina nahm mich sofort beiseite.

«Ich habe eine gute Freundin», sagte sie, «die ist Journalistin. Sie wird in der Zeitung über die Stiftung Ewigkeit schreiben, und das wird der ganzen Sache sehr zugutekommen. Stell dir mal vor, wie vielen Leuten wir helfen können, wenn uns noch mehr kennen!»

«Aber ist das denn nicht riskant?», gab ich zu bedenken.

Katarina straffte die Schultern.

«Keine Angst», sagte sie. «Wir sind so gut getarnt. Und falls eine unserer Unterkünfte entdeckt werden sollte, wechseln wir einfach zu einer der anderen über. Das Wichtigste ist natürlich, dass man den Leuten, die darüber schreiben, vertrauen kann, und das ist bei dieser Frau der Fall. Sie würde allerdings gern jemanden interviewen, der unsere Organisation durchlaufen hat und völlig gelöscht wurde. Ich möchte, dass du dich mit ihr triffst und deine Geschichte erzählst.»

«Aber wird dann auch etwas über mich in der Zeitung stehen?»

«Nicht so viel über dich, sondern vor allem über die Stiftung», sagte Katarina und legte mir beide Hände auf die Schultern.

«Ich möchte, dass du das für mich tust», sagte sie, und ich nickte.

An einem sonnigen Samstagvormittag fuhren wir nach Skärholmen und parkten unseren Toyota am Scandic Hotel neben Katarinas rotem Mercedes.

Vor dem Eingang lehnte eine Frau mit Sonnenbrille an einem Geländer. Katarina ging auf sie zu und begrüßte sie überschwänglich, ich ging zögernd hinterher. Anders und die Kinder blieben auf dem Parkplatz zurück.

«Mia», sagte Katarina und wandte sich zu mir um, «das hier ist Hanna Lindgren.»

Die Reporterin nahm die Sonnenbrille ab und musterte mich eingehend mit dunklen Augen und ziemlich kaltem Blick. Wir begrüßten uns und betraten die Lobby, ich schaute kurz über die Schulter zurück und sah, wie Anders mit den Kindern zum Spielplatz neben Ikea ging.

Wir setzten uns an einen Tisch, ich betrachtete die Journalistin verstohlen, sagte aber nichts davon, dass ich sie kannte und schon einmal mit ihr gesprochen hatte. Würde sie mich wiedererkennen?

Katarina fing an zu reden, sie erzählte neue Dinge über die Stiftung, die ich noch nicht kannte.

Die Organisation war von einer jungen Frau gegründet worden, die von Wirtschaftsverbrechern verfolgt wurde und verzweifelt feststellte, dass der Staat ihr nicht helfen konnte. Sie begriff, dass sie sich selbst retten musste, und als sie eine Methode ausgearbeitet hatte, die funktionierte, beschloss sie, auch anderen Menschen auf diese Weise zu helfen. Inzwischen waren zweiundfünfzig Personen durch die Arbeit der Stiftung Ewigkeit aus dem Landeseinwohnerregister gelöscht worden, zweiundfünfzig Fälle, die alle erfolgreich verlaufen waren. Der gesamte Vorgang dauerte ungefähr drei Monate, und alle Personen führten heute ein völlig freies und sicheres Leben, entweder in Schweden oder im Ausland. Die Organisation arbeitete gemeinnützig und ließ sich nur ihre eigenen Ausgaben erstatten, die sich auf fünfzehnhundert Kronen pro Person und Tag beliefen. Alle Angestellten arbeiteten für ein Minimalgehalt, um die Kosten niedrig zu halten. Dennoch sorgte man für Betreuung rund um die Uhr und hielt ständigen Kontakt zu Ärzten, Psychologen, Rechtsanwälten und Wachschutzfirmen.

«Ihr habt also eigene Ärzte?», fragte die Reporterin.

«Nein, o nein», erwiderte Katarina, «das würde viel zu teuer. Die rufen wir nur bei Bedarf zu uns.»

«Aus den öffentlichen Gesundheitsstationen?», fragte die Journalistin.

«Ja, genau.»

«Und das Honorar, das ihr berechnet, deckt das auch die Anwaltskosten?»

«Nein», sagte Katarina, «dafür gibt es ja schließlich Rechtskostenbeihilfe. Unser Honorar wird ausschließlich zur Deckung der administrativen Ausgaben rund um den Schutzvorgang verwendet, und ich muss sagen, dass wir in dem, was wir machen, inzwischen richtig gut sind. Deshalb möchten wir unsere Arbeit jetzt weiter ausdehnen, und das ist auch der Grund, warum wir fanden, dass du Maria Eriksson unbedingt kennenlernen solltest.»

Katarina wandte sich mir lächelnd zu, und mir wurde eiskalt.

Sie hatte soeben vor dieser Reporterin von der *Abendzeitung* meine Identität offenbart.

«Erzähl doch mal», forderte Katarina mich auf, «warum es für dich so wichtig ist, dass die Stiftung Ewigkeit dir hilft.»

Ich räusperte mich und fing vorsichtig an zu erzählen. Ich wusste ja, dass die Reporterin das meiste schon gehört hatte, als ich von der Telefonzelle in Björsjö aus mit ihr sprach. Wenn sie nicht völlig begriffsstutzig war, musste sie die Geschichte wiedererkennen. Aber sie verriet mit keiner Miene, dass sie mich und meine Erzählung schon kannte.

Es war ein seltsames Treffen. Die ganze Zeit schien es mir, als würden wir alle drei aneinander vorbeireden, und ich begriff nicht so recht, was ich eigentlich da sollte.

Ich war sehr erleichtert, als ich zusammen mit Anders und den Kindern wieder wegfahren konnte.

Der Termin für die Hauptverhandlung im Sorgerechtsstreit um Emma rückte näher, und Anfang Juni wurde ich langsam richtig nervös. Ich fuhr nach Stockholm und traf mich mit meinem Anwalt in seiner Kanzlei in der Innenstadt, um mit ihm unser Vorgehen zu besprechen. Wir einigten uns darauf, dass unsere Strategie dieselbe sein würde wie bei der vorbereitenden Verhandlung vor ein paar Jahren, also gemäßigt und auf Fakten gestützt.

Bevor ich ging, stellte ich die Fragen, derentwegen ich eigentlich gekommen war: «Muss ich wirklich dabei sein? Muss ich in meine Heimatstadt zurückfahren und ihn treffen?»

Mein Anwalt sah mich an und nickte sanft.

«Ja», sagte er, «das müssen Sie. Um Emmas willen.»

Als ich in das Haus der Stiftung zurückkam, benutzte ich noch einmal das Telefon im Büro, um die Polizei in meiner Heimatstadt anzurufen. Ich gab meine alte Identität an – die, die ich einmal gehabt hatte, als ich noch dort wohnte – und erklärte, dass ich wegen einer Sorgerechtsverhandlung dorthin müsse, dass meine Familie und ich von dem Mann, den ich vor Gericht treffen würde, verfolgt wurden und ob ich während der Verhandlung irgendeinen Polizeischutz beanspruchen könne.

Der Polizist klang eher mäßig engagiert.

«Wie heißt der Mann, der Sie bedroht?»

Ich gab ihm den Namen und die Personennummer.

«Einen Moment bitte», sagte der Polizist.

Und ich wartete und wartete, bis ich schon dachte, die Leitung sei tot.

«Entschuldigen Sie, dass es so lange gedauert hat», sagte der Polizist, als er zurückkam. «Ich kann nur sagen, dass ich Ihre Sorge verstehe, und ich habe jetzt alle Schritte in die Wege geleitet, um zu gewährleisten, dass Sie sich während der Verhandlung vollkommen sicher fühlen können.»

«Vollkommen?», fragte ich, «Dass ich mich vollkommen sicher fühlen kann?»

«Garantiert», sagte der Polizist. «Rufen Sie uns am Tag vor der Verhandlung an und teilen Sie uns Ihr Autokennzeichen mit.»

Katarina bot sich sogleich an, mich zur Verhandlung zu begleiten. Ich war ihr ungeheuer dankbar, denn Anders konnte ja nicht, irgendjemand musste sich schließlich um die Kinder kümmern, und Emma in unsere Heimatstadt mitzunehmen war völlig ausgeschlossen.

«Natürlich fahre ich mit», sagte Katarina. «Das wäre ja noch schöner. Wir sind doch schließlich hier, um dich zu unterstützen und dir zu helfen.»

Wir hatten an diesem Tag extra einen Leihwagen gemietet, und als wir uns der Stadtgrenze näherten, schlug mein Herz laut und unkontrolliert.

«Ich schaffe das nicht», sagte ich.

«Doch, natürlich», sagte Katarina, die am Steuer saß. «Es wird schon alles gutgehen.»

In diesem Moment wurden wir von einem Polizeiauto mit Blaulicht angehalten. Ich ließ die Seitenscheibe herunter.

«Maria Eriksson?», fragte der uniformierte Polizist und schaute gebückt in den Wagen. «Würden Sie und Ihre Freundin bitte mit mir kommen?»

Schweigend stiegen Katarina und ich aus und folgten dem Polizisten zum Streifenwagen.

«Wir haben den Auftrag, während der heutigen Verhandlung für Ihre Sicherheit zu sorgen», sagte der Polizist und öffnete die hintere Autotür. «Wir stellen Ihnen deshalb eine Eskorte und gewähren vollen Personenschutz, bis Sie die Stadt wieder verlassen.»

Als ich auf den Rücksitz des Wagens sank, tauchten zwei weitere Polizeiautos und eine Reihe Polizisten auf Motorrädern auf, und so wurden wir mit Blaulicht und Sirenen das letzte Stück in die Stadt kutschiert.

Der ganze Konvoi fuhr in die Garage des Polizeireviers, und dort mussten wir dann eine Weile warten, während eine andere Gruppe Polizisten das Gerichtsgebäude durchsuchte und alle unbefugten Personen entfernte, wie man es ausdrückte. Sie warfen seine Kumpane einfach raus.

Danach mussten wir in ein Zivilfahrzeug der Polizei mit getönten Scheiben umsteigen, und dann fuhr der Konvoi wieder auf die Straße.

Das alles fühlte sich völlig surrealistisch an, einfach absurd. Da war ich zum ersten Mal seit vielen Jahren wieder hier, und dann sah ich die ganze Welt wie einen alten Schwarzweißfilm an mir vorüberziehen.

Wir hielten vor dem Gericht und warteten, während die Männer von den Motorrädern stiegen. Ich zählte schließlich vierzehn Polizisten um mich herum, einige in Uniform, andere in Zivil, manche in schusssicheren Westen mit gut sichtbaren Waffen in den Holstern.

«Gebäude durchsucht, alles in Ordnung, könnt kommen», sagte eine knacksende Stimme im Funkgerät, und dann gingen wir hinein.

Ich wurde in den Raum geführt, wo die Verhandlung stattfinden sollte. Mein Anwalt war bereits da, und ich setzte mich neben ihn, Katarina durfte an der Stirnseite des Tisches sitzen.

Der Richter und der Protokollant nahmen Platz, als Letzte kamen unser Verfolger und sein Anwalt. Er ging durch den Raum, ich spürte seinen brennenden Blick und sah stur auf den Tisch. Mein Herz schlug so laut, dass ich meinte, man müsse es im ganzen Zimmer hören.

«Wir machen jetzt zu», sagte einer der Polizisten, der an der Tür stand, «aber wir sind die ganze Zeit hier draußen.»

Ich sah ihn an und nickte, dann wurde mein Blick zu dem Mann mir gegenüber gezogen, und ich musste ihn anschauen. Er lächelte mich an, ein höhnisches, schadenfrohes Grinsen, jetzt habe ich dich, sagten seine Augen, jetzt wirst du fertiggemacht.

Mir war, als würde das ganze Zimmer anfangen zu schwanken, als befände ich mich in einem schlimmen und verrückten Traum.

Zuerst sprachen die Anwälte und erläuterten die Standpunkte der beiden Parteien. Die ganze Zeit lächelte der Mann, der uns verfolgte, höhnisch und mit brennenden Augen.

Genau wie in der vorigen Verhandlung legte mein Anwalt kurz unsere Forderung dar, nämlich dass das Mädchen bei mir verbleiben und ein Umgangsrecht ausgeschlossen werden solle. Der Grund dafür sei das völlige Desinteresse meines ehemaligen Verlobten an dem Mädchen, seine Versuche und Drohungen, ihr zu schaden, der missglückte Versuch, einen Pass für sie zu beantragen und sie in den Nahen Osten zu schicken, die fehlende Bereitschaft zur Zusammenarbeit in den vergangenen Jahren und bei allen Gelegenheiten, zu denen er mit dem Mädchen Umgang hätte haben können, sein Bestreiten der Vaterschaft und dass er mich misshandelt und unermüdlich verfolgt hatte. Dass wir seit drei Jahren auf Anraten der Behörden wegen seiner Verfolgungen im Untergrund lebten.

Während mein Anwalt redete, brannte die ganze Zeit der sarkastische Blick des Mannes auf meiner Haut und verursachte mir Übelkeit; ich hatte das Gefühl, mich übergeben zu müssen.

Dann sprach sein Anwalt und erklärte, das alles sei nur ein Missverständnis. Sein Mandant beantrage das alleinige Sorgerecht, und sollte das Gericht dem Antrag nicht stattgeben, verlange sein Mandant Umgang mit dem Mädchen Emma, und zwar jedes zweite Wochenende von Freitag sechzehn Uhr bis Sonntag sechzehn Uhr.

Doch nur, weil du sie in den Libanon schicken willst, dachte ich und sah ihm geradewegs in die Augen.

Die Sorgerechtsanträge wurden zu Protokoll gegeben, und dann sagte der Richter:

«Maria Eriksson, können Sie mir erklären, warum Sie der Ansicht sind, das Sorgerecht für Emma allein am besten wahrnehmen zu können?»

Der Mann mir gegenüber beugte sich vor und lächelte siegesgewiss, er legte seine Hände nahe meinen auf die Tischplatte, die Hände, die ich in meinen Albträumen immer noch um meinen Hals spürte, die Hände, die noch vor wenigen Monaten Emmas Kopf blutig geschlagen hatten.

«Ich weiß nicht, ob ich das kann», sagte ich leise, zog schnell meine Hände weg und legte sie in meinen Schoß.

Der Richter beugte sich zu mir.

«Es tut mir leid, dass ich Ihnen das nicht ersparen kann», sagte er ruhig, «aber wir müssen alles genau durchgehen. Lassen Sie sich ruhig Zeit, und dann sagen Sie einfach, wie Sie die Dinge sehen.»

Ich begann stockend zu erzählen, was sich alles ereignet hatte, wie es uns ergangen war und wie wir jetzt lebten. Ich weinte, und meine Stimme kam mir weit weg und abwesend vor. Die ganze Zeit brannte sein Blick auf meinen Lippen.

Danach war er an der Reihe, und überheblich bezeichnete er alles, was ich erlebt hatte, als ein einziges großes Missverständnis. Zwar habe er mich früher einmal bedroht und geschlagen, aber ja nur, weil er sich mit der schwedischen Rechtslage nicht ausgekannt habe. Jetzt kenne er sie, und er werde uns nie wieder wehtun, im Gegenteil. Der einzige Grund, warum es mit dem Umgang bisher nicht funktioniert habe, sei der, dass ich mich so hysterisch verhielt. Aber selbst wenn ihm das alleinige Sorgerecht zugesprochen werde, sei er natürlich trotzdem bereit, es mit mir zu teilen.

«Ich kann sie jeden Tag zum Kindergarten fahren», erbot er sich und breitete die Arme mit großer Geste aus.

Ich beugte mich zu meinem Anwalt und flüsterte:

«Er hat keinen Führerschein.»

«Seit wann besitzen Sie einen schwedischen Führerschein?», fragte mein Anwalt, und der Mann auf der anderen Seite des Tisches bekam kohlrabenschwarze Augen, sprang auf und fing an herumzubrüllen, verfluchte meinen Anwalt, verfluchte den Richter, beschimpfte das schwedische Rechtswesen mit unflätigen Ausdrücken und führte sich auf, dass ich dachte, die Polizisten draußen vor der Tür würden gleich hereingelaufen kommen, aber sein Anwalt schaffte es schließlich, ihn zum Schweigen zu bringen.

Und eine Sekunde später war die Verhandlung vorbei, denn in dem Moment fällte der Richter sein Urteil. Er sprach mir das alleinige Sorgerecht für Emma zu und entschied auf Ausschluss jeglichen Umgangsrechts.

Peng!

Mit Hammerschlag besiegelt!

Ich sah verwirrt zu meinem Anwalt, während der Mann uns gegenüber losbrüllte. Hatte ich gewonnen? War es jetzt vorbei?

«Ich gehe in die nächste Instanz! Ich bringe dich um, du verdammte Hure!»

Die Tür ging auf, und einige der Polizisten brachten ihn raus, sie zerrten ihn durch die Türöffnung und weiter in die Eingangshalle, und die ganze Zeit schrie er und schwor, er werde sich an mir und der ganzen Welt rächen.

«Mia», sagte mein Anwalt und legte mir die Hand auf die Schulter. «Ich glaube, jetzt ist es vorbei.»

Ich stand mit zitternden Knien auf und hielt mich an der Tischplatte fest.

«Danke», murmelte ich.

Er sollte recht behalten. Der Mann, der uns verfolgte, versuchte zwar, Revision gegen das Urteil einzulegen, aber das Oberlandesgericht ließ die Klage nicht zu, und es gab niemals wieder eine Sorgerechtsverhandlung.

Katarina und ich wurden mit demselben Polizeiaufgebot, das uns in die Stadt eskortiert hatte, wieder zu unserem Leihwagen vor der Stadtgrenze gebracht, und dann fuhren wir langsam und gedankenversunken zurück zum Hauptquartier der Stiftung Ewigkeit.

Meine Erleichterung darüber, den Sorgerechtsstreit gut überstanden zu haben, war enorm. Ich merkte erst jetzt so richtig, wie schrecklich die Angst und der Stress vor der Verhandlung gewesen waren. Das Urteil war für uns ein großer Schritt vorwärts auf dem Weg zu einem neuen Leben. Hätte er das Umgangsrecht oder sogar das anteilige Sorgerecht erhalten, dann hätten wir niemals ins Ausland ziehen können. Doch nun war dieses Hindernis aus dem Weg geräumt.

Bei mir war jetzt erst mal die Luft raus. In den folgenden Tagen schlief ich sehr viel und war oft den Tränen nahe.

Eines Nachts träumte ich wieder den alten Albtraum, aber diesmal so deutlich und klar wie lange nicht.

Ich lag in einem Bett, es war Nacht und dunkel. Ich schlug die Augen auf und schaute auf die Wand vor mir, erkannte das charakteristische Lichtspiel der Straßenlaterne durch die nackten Äste der Birke. Eine unglaubliche Freude überkam mich, die Tränen stiegen mir in die Augen, o Gott, ich war zu Hause! Ich hatte endlich nach Hause zurückkehren können!

Dann kam die Angst, die mir den Atem abschnürte.

Denn er war da, er stand wieder vor mir. Sein Gesicht lag im Schatten, aber ich wusste, dass er es war. Die Messerklinge schimmerte in seiner Hand.

Er hat meine Eingangstür ausgehebelt, dachte ich, und mit einem Mal spürte ich den Luftzug aus dem Treppenhaus.

«Mit dir fange ich an», hörte ich ihn sagen und ahnte das Grinsen in seiner Stimme, obwohl ich seine Lippen nicht sehen konnte. «Dann hole ich das Kind.»

Meine Füße wurden schwer wie Blei, ich konnte mich nicht bewegen. Mein Mund war ausgetrocknet, ich versuchte zu schreien, schaffte es aber nicht. Er beugte sich über mich, und seine Hände waren noch genauso trocken wie früher.

Einen Augenblick später schwebte ich unter der Zimmerdecke und sah mich selbst leblos im Bett liegen. Er stand über Emma gebeugt, sie war noch ein Baby, ein kleines Mädchen im rosa Schlafanzug mit aufgedruckten Hündchen.

Das hier passiert nicht wirklich, dachte ich. Das war schon einmal so. Das ist nicht wahr.

Ich erwachte mit einem Ruck, verschwitzt und durstig, die Sonne stand hoch und schien mir direkt ins Gesicht. Das Bett von Anders war bereits wieder an die Wand geschoben, die Kinder saßen unten auf Emmas Teil des Etagenbetts und spielten mit Lego. Mein Herz schlug so schwer, dass es im Körper widerhallte.

Meine wunderbaren Kinder, mein Ein und Alles auf der Welt.

Emma sah auf und schaute mich an. Sofort ließ sie die Legosteine fallen und kroch zu mir ins Bett.

«Mama», sagte sie und kuschelte sich ganz eng an mich, den Daumen im Mund.

Ich küsste sie auf die Haare und wiegte sie sanft.

«Bald», sagte ich, «bald ist alles vorbei.»

Es wurde Sommer und warm, der Rasen hinter dem Haus sah aus wie eine verwilderte Wiese. Die Kinder liebten es, Hummeln zu jagen und Gänseblümchen zu pflücken, aus denen wir kunstvolle Arrangements in den am meisten angeschlagenen Trinkgläsern zusammenstellten.

Katarina sahen wir immer seltener, und das Telefon im Büro klingelte immer häufiger. Manchmal wurden wir fast verrückt von all dem Klingeln.

Ebba, Konrad oder Erik kamen hin und wieder kurz vorbei, um etwas zu holen, ein Fax zu verschicken oder zu telefonieren. Dann gingen wir nach draußen oder zogen uns in unser Zimmer zurück. Wir wollten nicht stören. Ebba schrieb manchmal etwas auf einer alten Schreibmaschine, wir konnten das Geklapper durch die dünnen Wände hören.

Eines späten Abends im Juli kam Katarina ins Haus und sah sehr gestresst aus.

«Wir haben keine Plätze mehr», sagte sie zu mir, «aber wir müssen trotzdem ein Zimmer für eine Frau und ihre Kinder finden, und ich dachte, wir bringen sie vielleicht in einem der Räume im ersten Stock unter. Könntest du dich um die beiden kümmern und dafür sorgen, dass sie etwas zu essen bekommen?»

Ich sah Katarina erstaunt an.

«Natürlich kann ich etwas zu essen kochen», sagte ich. «Was ist denn passiert?»

«Die Frau ist fast ermordet worden. Der Vater ihrer Kinder hat sie vergewaltigt und gewürgt, aber der älteste Junge hat die Polizei gerufen. Als der Notarzt kam, war sie schon nicht mehr bei Bewusstsein, aber sie haben sie im Krankenwagen wieder zurückgeholt. Sie hat einen gehörigen Schock, und die Kinder ebenso, denn die standen offensichtlich daneben und haben alles mit ansehen müssen.»

«Mein Gott!», rief ich bestürzt. «Wann ist das passiert?»

Katarina lief herum und suchte nach etwas.

«Heute am frühen Abend. Haben wir nicht mehr Decken?»

«Doch», sagte ich, «oben. Wo sind sie jetzt?»

«Draußen im Auto.»

«Aber die Frau ja wohl nicht? Die liegt doch bestimmt im Krankenhaus?»

Katarina blieb stehen, atemlos und mit zerzausten Haaren.

«Sie konnte die Kinder doch nicht alleinlassen. Ich habe gesagt, dass wir sie aufnehmen können.»

Sie machte ein paar schnelle Schritte auf mich zu.

«Mia», sagte sie, «wir sind vollkommen überbelegt. Wir haben niemanden, der sich um diese Familie kümmern kann, alle unsere Helfer sind ohnehin schon völlig überlastet. Aber wir sind die einzige Chance für diese Menschen. Bitte, Mia, kannst du mir nicht bei dem hier helfen?»

Ich zögerte keine Sekunde.

«Natürlich», sagte ich. «Wenn ich etwas tun kann ...»

«Gut», sagte Katarina und rannte aus dem Haus, um die Familie zu holen.

Die Frau hieß Cecilia und war blond und schwach. Mit Eriks Hilfe stolperte sie in das Zimmer neben unserem und sank auf das Schlafsofa. Ihr Hals war blauschwarz, sie konnte kaum sprechen. Die Kinder, zwei Jungen und ein kleines Mädchen, ließen ihre Mutter keine Sekunde aus den weit aufgerissenen Augen.

Ich merkte, wie ich die fremden Menschen anstarrte, ich konnte mich selbst in ihrer Situation wiedererkennen.

So hatte ich auch einmal dagesessen, vergewaltigt und fast erwürgt, und so würden meine Kinder aussehen, wenn sich nichts änderte.

«Mir ist kalt», krächzte die Frau.

Ich lief in den oberen Stock und holte ein paar alte Decken, schüttelte sie auf der Veranda aus und ging zurück ins Zimmer.

«Möchtest du etwas trinken?», fragte ich und stopfte die sauberste Decke um sie fest. «Irgendetwas Warmes? Heißen Kakao?»

Die Kinder drängelten und wollten neben der Mama sitzen, ich hob das kleine Mädchen aufs Sofa und verteilte Decken an alle drei.

«Wollt ihr auch Kakao?»

Alle nickten.

«Ach, wie gut», sagte Katarina und lächelte. «Ihr kommt hier ja allein zurecht, dann fahre ich wieder.»

Sie winkte uns zu und verschwand aus der Tür. Ich ging in die Küche. Vom Fenster aus sah ich die Rücklichter des roten Mercedes am Ende der Straße verschwinden.

Die Kinder waren hungrig, sie hatten den ganzen Tag noch nichts gegessen. Ich machte ihnen Makkaroni und Hackbällchen, und sie aßen gierig wie die Wölfe.

Nach einer Weile konnten Anders und ich die beiden Jungen überreden, nach oben zu gehen und sich schlafen zu legen, aber das kleine Mädchen weigerte sich. Sie klammerte sich an die Hand ihrer Mutter und ließ sie nicht los.

«Ich habe immer gedacht, er meint seine Drohungen nicht ernst», hustete die Frau, als ihre Tochter endlich eingeschlafen war. «Er hat mich zwar manchmal verprügelt, hat mir Zähne ausgeschlagen und Rippen gebrochen, aber ich habe doch nicht im Traum daran gedacht, dass er wirklich versuchen würde, mich umzubringen.»

Trotz ihrer brüchigen Stimme und dem wunden Hals sprach die Frau fast die ganze Nacht über ihren Mann und ihr Leben. Ich saß neben ihr und sagte eigentlich nicht viel, sondern hörte vor allem zu und streichelte ihre Hand, wenn sie weinte. Ihr Bericht war so typisch und ähnelte meinem eigenen so sehr. Die stürmische Liebe, der schleichende Zwang, der eingeschränkte Lebensraum, das wachsende Kontrollbedürfnis, die zunehmende Gewalt, die reuevollen Beteuerungen, die Perioden der Normalität und dann der Mordversuch, die absolute Machtübernahme.

So geht es uns Frauen, dachte ich.

Was für ein Glück, dass es Leute wie Katarina gab, die sich um uns kümmerten.

In dem kleinen Mädchen hatte ich eine neue Begleiterin. Sie folgte mir, wohin ich ging, und nach ein paar Tagen bestand sie darauf, auch bei uns schlafen zu dürfen. Cecilia hatte nichts dagegen, also ließen wir sie gewähren.

Emma näherte sich dem jüngeren Mädchen vorsichtig und erstaunt. Sie fütterte die Kleine mit Apfelstückchen und Keksen, trug sie herum und verkleidete sie mit einem alten Unterrock als Prinzessin, bis das Mädchen genug hatte und weinte oder einschlief.

In den folgenden Tagen bekamen wir weder Katarina noch sonst jemanden der Mitarbeiter zu Gesicht, und ich wurde immer ratloser, je mehr Zeit verging.

Was hatte Katarina eigentlich damit gemeint, als sie sagte, dass ich ihr «bei dem hier» helfen sollte?

Schließlich setzte ich mich mit Cecilia zusammen, um die Situation mit ihr zu besprechen. Ihr ganzes Leben war ein einziges Durcheinander. Sie hatte einen Teilzeitjob, war aber schon lange nicht mehr zur Arbeit gegangen, folglich bekam sie auch keinen Lohn. Trotz all ihrer Verletzungen war sie nicht krankgeschrieben, was sich aber durch einen Telefonanruf bei dem Arzt, der ihr das Leben gerettet hatte, schnell nachholen ließ.

«Jetzt erhältst du wenigstens etwas Geld», sagte ich und hakte den Punkt «Einkommen» auf meiner Liste ab.

Cecilia war mit dem Mann, der sie fast ermordet hätte, nicht verheiratet, aber beide waren immer noch unter derselben Adresse gemeldet. Sie hatte das alleinige Sorgerecht für die Kinder, aber der Mann bezahlte keinen Unterhalt, und sie erhielt auch keinen Unterhaltsvorschuss von der Sozialbehörde. Um den beantragen zu können, brauchte sie eine eigene Wohnung, und das war ein wenig schwierig, weil sie unbedingt im Großraum Stockholm bleiben wollte.

Nach einigem Überlegen rief ich eine ehemalige Kollegin an, die immer noch bei der Bank in meiner Heimatstadt arbeitete, bei der ich früher beschäftigt war. Auf sie konnte ich mich verlassen, das wusste ich. Als wir in den Untergrund gingen, war sie es, die sich um ein geschütztes Bankkonto für mich kümmerte, und im Laufe der Jahre hatten wir immer wieder sporadisch Kontakt gehabt. Ich zögerte, noch mehr Leute in Cecilias Leben hineinzuziehen, aber gleichzeitig war uns beiden klar, dass sie es allein nicht schaffen würde. Niemand kann ohne andere Menschen überleben, wie gut versteckt er auch ist.

Die Bank besaß eine Reihe von Mietshäusern in und um Stockholm, und in einem davon gab es eine Wohnung, in die Cecilia bereits am 15. Juli einziehen konnte. Und weil ich schon mal dabei war, bat ich meine Kollegin, auch für Cecilia ein geschütztes Bankkonto einzurichten, auf das Krankengeld, Kindergeld, der Unterhaltsvorschuss und irgendwann auch der Lohn eingehen würden. Sie würde sich einen neuen Job suchen müssen, aber sie hatte eine gute Ausbildung und viele Jahre Erfahrung in ihrem Beruf, sodass sie es sicher schaffen würde.

Dann rief ich die Steuerbehörde in der Gemeinde an, in der Cecilia gemeldet war, und veranlasste einen Sperrvermerk im staatlichen Personen- und Melderegister. Ich schilderte ihre Lage zunächst am Telefon, erst dem Chef des Finanzamts in ihrer alten Gemeinde, dann dem in ihrer neuen Gemeinde. Anschließend faxten wir einen schriftlichen Antrag an beide Behörden, um Lücken im System auszuschließen.

«Bin ich jetzt unsichtbar?», fragte Cecilia mit großen Augen und einer Stimme, die schon fast wieder normal klang.

Ich musste lachen.

«Nicht unbedingt», erklärte ich. «Ein Sperrvermerk im Melderegister bewirkt nur, dass deine persönlichen Daten nicht öffentlich zugänglich sind. Man kann also deine Adresse und Personennummer nicht einfach dadurch herausfinden, dass man beim Einwohnermeldeamt anruft. Um einen solchen Sperrvermerk zu bekommen, muss bei der Polizei aktenkundig sein, dass dein Leben bedroht ist, und das trifft ja zu.»

«Und was bedeutet das?», fragte sie beunruhigt.

Ich versuchte, ihr die verschiedenen Schritte zu einer geschützten Identität zu erklären. Für gewöhnlich ist eine persönliche Adresse überall bekannt, beim Arzt und beim Zahnarzt, in den Schulen der Kinder und im Kindergarten, bei Zeitungen und Firmen, die einem irgendwelche Werbung schicken. Und unser schwedisches System mit der Personennummer, die sich aus Geburtsdatum und Geschlecht zusammensetzt, macht es ja möglich, sich in das staatliche Einwohnerregister einzuwählen und die persönlichen Daten eines jeden Bürgers einzusehen. Mit einem Sperrvermerk waren diese Angaben nicht mehr zugänglich, aber sie waren immer noch da.

Die Scheinadresse war ein weiterer Schritt auf dem Weg. Da waren die Adressdaten nicht nur gesperrt, sondern ganz und gar ungültig. In diesen Fällen wusste nur der Leiter des ehemals zuständigen Finanzamts, wo man gemeldet war, doch nicht einmal er wusste, wo man tatsächlich wohnte. Dieser Status war nur schwer zu erlangen, dazu brauchte man den Beschluss eines Staatsanwaltes.

Wenn das alles nicht half, dann konnte man eine neue Identität und eine neue Personennummer bekommen, aber das ging nur per Regierungsbeschluss.

Cecilia wirkte beeindruckt.

«Die Regierung, ach du meine Güte, haben die denn für so etwas Zeit?»

«Es kommt ja nicht sonderlich oft vor, vielleicht ein paar Fälle pro Jahr.»

«Woher weißt du das eigentlich alles?»

Ich sah aus dem Fenster, bald würde es anfangen zu regnen.

«Ich habe in den letzten drei Jahren nichts anderes gemacht, als mich zu verstecken», sagte ich und stand auf. «Hast du dich schon entschieden, in welche Schule die Kinder gehen sollen?»

Das hatte Cecilia, und nach dem Essen rief ich dort an und sprach mit dem Rektor und dem Studiendirektor und informierte sie über die geschützten Identitäten der Kinder und was das bedeutete.

Etwas später am selben Tag erreichte ich auch die Kinderpsychologin N. N. in Ludvika. Sie kannte eine Klinik im Süden von Stockholm, die sowohl die Kinder als auch Cecilia zur psychologischen Betreuung aufnehmen konnte.

Acht Tage später konnten Cecilia und die Kinder die Stiftung Ewigkeit verlassen; zumindest der Anfang zu einem neuen Leben war gemacht.

Wenig später wurde ihr bisheriger Lebensgefährte wegen

Vergewaltigung und versuchten Mordes angeklagt und zu fünf Jahren Gefängnis verurteilt.

Als Cecilia und die Kinder abgereist waren, hatte ich endlich wieder mehr Zeit für meine eigenen Kinder.

Zu meiner großen Erleichterung schienen sie mich nicht sonderlich vermisst zu haben, obgleich ich die gewohnten Abläufe, mit denen wir es sonst so genau nahmen, nicht hatte einhalten können. Im Gegenteil, meine Kinder wirkten stärker und mutiger, als ich sie seit langem erlebt hatte.

Es hatte ihnen gutgetan, mit Gleichaltrigen zusammen zu sein.

Bald, dachte ich, bald gehen wir ins Ausland, und dann können sie mit anderen Kindern spielen, soviel sie wollen.

Ein paar Tage später kam Katarina zu uns, als wir gerade in unserem Zimmer saßen und ein Puzzle legten. Sie wirkte gestresst und ärgerlich.

«Das Landgericht sitzt da und schläft», platzte sie heraus. «Über deinen Fall wird nicht vor dem Herbst entschieden, und in der Zwischenzeit können wir nichts anderes tun als warten.»

Anders und ich sahen uns kurz an, dann verschwand er schnell mit den Kindern in der Küche.

Katarina marschierte wütend auf und ab.

«Cecilia ist abgereist», sagte ich. «Ich habe es geschafft, für sie und die Kinder eine Wohnung und medizinische Behandlung zu organisieren, außerdem den Schutz ihrer Personendaten und Plätze im Kindergarten und in der Schule.»

«Diese verdammten Artikel in der Zeitung erscheinen auch nicht», sagte sie, «und jetzt muss ich zu einem Termin, dabei habe ich überhaupt keine Zeit …»

Sie blieb abrupt stehen und sah mich an.

«Mia», sagte sie, «kannst du nicht hinfahren?»

Ich stellte meine Kaffeetasse auf den Fußboden.

«Wie meinst du das?», fragte ich vorsichtig.

«Kannst du nicht hinfahren und diesen Menschen vom Sozialdienst treffen? Du musst gar nichts sagen, übergib ihm einfach nur diese Papiere …»

Sie machte auf dem Absatz kehrt und verließ das Zimmer. Ich hörte sie ins Büro gehen, und einen Moment später kam sie mit ein paar losen Blatt Papier in der Hand zurück. Ich sah sofort, dass es die gleichen Unterlagen über den Aufbau der Stiftung Ewigkeit waren, die sie mir damals im Scandic Hotel in Skärholmen in die Hand gedrückt hatte.

«Gib denen einfach diese Papiere, und wenn noch Fragen sind, sollen sie mich anrufen. Kannst du das für mich tun?»

«Warum denn?», fragte ich.

«Es geht da um einen Fall, der vielleicht reinkommt.»

«Aber hast du nicht gesagt», wunderte ich mich, «dass alles voll belegt ist?»

«Kannst du hinfahren?», fragte Katarina, «Oder soll ich einen meiner überlasteten Mitarbeiter bitten, die grün und blau geschlagene Frau, die gerade dringend seine Hilfe braucht, alleinzulassen und sich auf den Weg zur U-Bahn zu machen?»

«Ich fahre», sagte ich. «Wo ist das?»

Ich landete weit draußen in irgendeinem Vorort, von dem ich bis dahin nicht mal gewusst hatte, dass es ihn gab. Dann ging ich auch noch auf der falschen Seite aus der U-Bahn-Station und verlief mich gründlich. Als ich das Sozialamt endlich gefunden hatte, kam ich über eine Viertelstunde zu spät.

Die Frau am Empfangsschalter zeigte mir das Büro des Mitarbeiters, den ich treffen sollte, und ich trat schüchtern und ziemlich verlegen ein. Im Zimmer saß eine blasse kleine Frau zusammen mit dem Mann vom Sozialdienst, sie hatte sehr helle Augen und einen unsicheren Zug um den Mund.

«Sie kommen also von der Stiftung Ewigkeit», sagte der Mann, und ich nickte.

«Ja», sagte ich, «das ist richtig.»

Denn in gewisser Weise stimmte es ja.

«Ich begreife nicht so recht, was Sie vorhaben», sagte er. «Und ich finde, dass Sie unverschämt viel Geld nehmen.»

Ich wand mich ein wenig, streckte ihm dann aber die Papiere entgegen, die Katarina mir gegeben hatte.

«Wenn Sie Fragen haben, rufen Sie einfach die Vorsitzende an, die Telefonnummer steht ganz unten auf der Seite», sagte ich.

Das war die Sammelnummer, die auch den Apparat in unserem Büro klingeln ließ.

Der Mann rückte sich die Brille auf der Nase zurecht und las eine ganze Weile sehr konzentriert. Dann drehte er das Blatt um, musterte die leere Rückseite und schaute mich über die Brillengläser hinweg an.

«Das hier sagt nun wirklich gar nichts», sagte er. «Was meinen Sie denn mit ‹Anleitung, wie das Leben mit einer geschützten Identität funktioniert›? Was bedeutet das konkret?»

Ich trat von einem Fuß auf den anderen und biss auf die Innenseite meiner Wange.

«Das weiß ich nicht», sagte ich. «Darüber bin ich nicht informiert.»

«Und warum kommen Sie hierher, wenn Sie doch nichts wissen?»

Ich kam mir vor wie der letzte Idiot. Ich konnte ja nicht sagen, dass ich selbst eine der Versteckten in den geschützten Unterkünften der Stiftung Ewigkeit war.

«Tut mir leid», sagte ich nur.

«Also, darauf können wir uns nicht einlassen», sagte er. «Das kommt überhaupt nicht in Frage. Wir können Ihnen niemanden schicken.»

Die blasse Frau öffnete den Mund, um etwas zu sagen, aber der Mann erhob sich und signalisierte mir damit, dass mein kurzer Besuch beendet war.

«Was, er hat nein gesagt?», rief Katarina aufgebracht. «Er hat sich geweigert, der armen Petra zu helfen, obwohl wir ihre einzige Chance sind?»

Ich fühlte mich dumm und plump und wusste nicht, was ich antworten sollte.

«Da kannst du dich ja nicht gerade geschickt angestellt haben», sagte Katarina, ging ins Büro und schloss die Tür hinter sich.

«Das wird ja immer schöner», sagte Anders, der am Fensterrahmen lehnte und auf den strömenden Regen draußen schaute. «Benutzt sie dich jetzt schon als eine Art unbezahlte Hilfskraft?»

«Immerhin dürfen wir hier sein, obwohl unsere Gemeinde immer noch nicht bereit ist, für uns zu zahlen», sagte ich schärfer, als ich eigentlich wollte. «Da ist es ja wohl nur recht und billig, wenn ich versuche, ein wenig zu helfen, oder?»

«Wie viel kann es denn schon kosten, uns hier wohnen zu lassen?», fragte Anders und ging zu seinem Bett. «Wir hausen alle vier in einem einzigen Zimmer, bezahlen Lebensmittel und alles andere selbst, sowohl für uns als auch für diese andere Familie, die hier war. Für einen Tausender im Monat könnten wir so ein Zimmer überall mieten.»

«Jetzt stell dich nicht dumm», sagte ich. «Hier kostet doch nicht das Zimmer, sondern der Schutz, der geschützte Lebensraum, den man um uns herum aufbaut, die Möglichkeit, auszuwandern und in einem anderen Land ein neues Leben anzufangen.»

Im selben Augenblick flog die Tür wieder auf, und Katarina kam freudestrahlend herein.

«Er hat ja gesagt! Der Mann vom Sozialdienst hat seine Meinung geändert. Ich wusste doch, dass ich ihn zur Vernunft bringen kann!»

Sie zog schnell ihre Regenjacke an und lief zu ihrem Auto.

Zwei Tage später war sie wieder zurück und hatte Petra bei sich.

Es regnete immer noch, ein kalter dichter Regen, der gar nicht mehr aufhören wollte. Petra und ihre Zwillingstöchter waren völlig durchnässt, als sie mit ihrem ebenfalls nassen Gepäck in die Diele kamen.

Ich ging auf sie zu, um ihnen die Hand zu geben, aber Katarina drängelte sich an den beiden vorbei und zog mich ins Büro, ehe ich noch guten Tag sagen konnte.

«Ich sitze in der Scheiße», sagte sie und klang völlig verzweifelt. «Ich habe keinen Platz, um diese Menschen unterzubringen, und ich weiß wirklich nicht, was ich machen soll.»

«Der obere Stock», sagte ich. «Können sie nicht in das Zimmer, in dem Cecilia gewohnt hat?»

Katarina machte ein paar schnelle Schritte auf mich zu und gestikulierte wild mit den Armen.

«Ich kann hier nicht jede Menge Leute herumspazieren lassen, das ist schließlich unser Büro! Hier ist nur ein einziger Reserveplatz, und den habt ihr!», rief sie aufbrausend.

Ich spürte, wie ich rot wurde, und sah beschämt zu Boden.

Hier saß ich, ohne dass Katarina dafür bezahlt bekam, und sabotierte damit ihr ganzes Unternehmen.

«Du musst dich um die Leute kümmern», sagte Katarina. «Ich fahre weg, ich kann einfach nicht mehr.»

Und dann ging sie einfach aus dem Büro und ließ die Tür offen stehen. Ich hörte ihre Absätze auf dem Korkfußboden und dann die Eingangstür, die zuschlug.

«Was hat sie gesagt?», fragte Anders, der in der Türöffnung auftauchte.

«Dass sie wegfährt», sagte ich und hörte selbst, wie verblüfft ich klang. «Und dass ich mich um Petra und ihre Kinder kümmern soll.»

«Verdammt nochmal», begann Anders, aber ich drängte mich an ihm vorbei und ging zu der klitschnassen Frau.

Sie hatten über eine Stunde lang im strömenden Regen gestanden und auf Katarina gewartet, deshalb waren sie so durchnässt. Das Wasser war in ihre Reisetaschen gelaufen, es gab kein einziges Kleidungsstück mehr, das noch trocken war. Petra war fix und fertig, sie irrte durchs Haus und weinte und machte den Kindern Angst, ihren eigenen und auch meinen. Schließlich schickten wir sie in die Küche und schlossen die Tür hinter ihr.

Die Mädchen durften sich Kleider von Emma leihen, und Petra bekam Sachen von Anders – sie war viel kräftiger als ich und passte nicht in meine Hosen.

Irgendwann schliefen dann die Zwillinge auf dem Bettsofa in ihrem Zimmer ein, und Anders ging in unser Zimmer und schmollte dort, während ich mich zu Petra in die Küche setzte.

Sie weinte. Sie lag über dem Küchentisch und schluchzte so, dass ihre Achseln zuckten.

Ich legte ihr etwas unbeholfen die Hand auf die Schulter, aber sie schüttelte sie ab.

«Ich verstehe ja, dass du verzweifelt bist», sagte ich, «aber jetzt lass uns mal darüber reden, was wir tun können.»

«Katarina hat zu meinem Sozialarbeiter gesagt, dass es bei der Stiftung Ewigkeit Ärzte, Krankenschwestern, Köchinnen und alles Mögliche gibt!», schluchzte die Frau und sah in Tränen aufgelöst zu mir hoch. «Aber das hier ist ja die reinste Bruchbude.»

«Ja», sagte ich, «es ist auch nur eine Notreserve. Die regulären Plätze sind alle belegt.»

«Aber ich will einen regulären Platz!»

«Jaja», sagte ich etwas genervt, «das kann ich gut verstehen, aber Katarina ist weggefahren. Sie hat mir gesagt, dass ich dir helfen soll, aber dazu musst du aufhören zu weinen.»

Die Frau setzte sich aufrecht hin und sah mich zum ersten Mal richtig an.

«Du bist doch die, die beim Sozialamt aufgekreuzt ist!», sagte sie und machte einen Versuch, sich die Tränen abzutrocknen. «Wer bist du? Arbeitest du hier?»

«Nein», erwiderte ich, «ich bin …»

Was sollte ich sagen? Einquartiert?

«Ich wohne nur hier», sagte ich, «genau wie du. Ich werde auch verfolgt.»

«Ich will nicht hier sein!»

Ich würde sehr geduldig sein müssen.

«Petra», sagte ich und beugte mich zu der Frau hinüber. «Jetzt hör mir gut zu. Ich weiß nicht, was Katarina gesagt oder versprochen hat, aber ich werde dir helfen, wenn ich kann. Erzähl mir jetzt mal, was du durchgemacht hast, dann werden wir sehen, was ich tun kann.»

Ihre Situation war bei weitem nicht so kompliziert oder beängstigend wie die von Cecilia, aber Petra war sehr viel hysterischer. Sie brauchte eine neue Wohnung und geschützte Personendaten, einen Kindergartenplatz für die Mädchen und Kontakt zu Ärzten und Psychologen. Das war nicht sonderlich schwer zu organisieren.

Die Frage war nur, wo sie bleiben sollte, bis das alles geregelt war.

«Heute könnt ihr hier übernachten», sagte ich, «und morgen sehen wir weiter.»

Wir schleppten eine Matratze ins Wohnzimmer, und dann schlief sie neben ihren kleinen Töchtern auf dem Fußboden ein.

«Das ist doch völlig verrückt», sagte Anders, als ich endlich unsere Zimmertür hinter uns zumachen konnte.

«Ich weiß», sagte ich.

«Was wirst du jetzt mit ihr machen?»

Ich sank auf mein Bett und zog die Beine hoch.

«Da fällt mir nur eins ein», sagte ich.

Am nächsten Morgen benutzte ich noch einmal das Telefon.

Ich rief den Besitzer des Waldheims in Björsjö an und erklärte ganz offen, wie die Dinge lagen. Dass ich Hilfe benötigte, aber nicht für mich, sondern für eine Frau, der ich begegnet war. Dass sie irgendwo unterkommen musste, ich aber nichts für sie bezahlen konnte.

«Schicken Sie sie her», sagte der Besitzer. «Sie kann hier so lange wohnen, bis alles geregelt ist.»

Es gibt so wunderbare Menschen!

Nach dem Frühstück packten wir Petra, die Mädchen und das einigermaßen getrocknete Gepäck ins Auto. Es hatte aufgehört zu regnen, und eine matte Sonne schien über dem Villenviertel. Der Boden war aufgeweicht von dem starken Regen, und es roch nach Erde und Feuchtigkeit.

Anders würde sie zum Waldheim Björsjö fahren. Wenn Petra erst einmal dort war, konnte ich die Verantwortung an den Sozialdienst in Dalarna weitergeben.

«Ruf an, wenn du irgendwelche Fragen hast», sagte ich und gab ihr einen Zettel mit der Nummer des Büros in unserem Haus.

Die Kinder und ich winkten, als der Toyota auf die Straße rollte.

«Warum war die Frau so traurig?», fragte Emma.

Ich hob sie hoch und gab ihr einen Kuss auf die Nase.

«Jemand war gemein zu ihr», sagte ich. «Manchmal begegnet man einfach Menschen, die gemein sind, aber die allermeisten sind nett.»

«Er ist gemein», sagte Emma plötzlich, und ihr Blick wurde leer. «Ich kenne einen, der gemein ist. Er hat mich geschlagen.»

Ich hielt mein kleines Mädchen ganz, ganz fest.

«Ja», flüsterte ich, «der ist gemein. Aber er ist jetzt nicht mehr da. Und bald wird er für immer weg sein.»

Anders kam am Abend müde und völlig fertig nach Hause.

«Das ist nicht in Ordnung», sagte er. «Wir können doch nicht andauernd die Leute um uns herum derart ausnutzen.»

Ich ging zu ihm und umarmte ihn lange.

Mitten in der Nacht wurde ich davon wach, dass das Telefon im Büro klingelte. Es hörte gar nicht mehr auf zu klingeln, sodass schließlich auch Anders aufwachte.

«Vielleicht ist es Petra», murmelte er, und ich stolperte hinaus, um abzunehmen.

Vorsichtig hob ich den Hörer hoch und horchte einen Augenblick.

«Hallo?», sagte ich zögernd.

Jemand atmete am anderen Ende, es war ein rasselndes, schluchzendes Atmen.

«Hallo?», sagte ich wieder. «Petra, bist du das?»

Das Atmen kam jetzt stoßweise und unregelmäßig, wie nach einem hysterischen und erschöpfenden Weinen.

«Hallo!», sagte ich laut. «Wer ist denn da?»

«Katarina?», wimmerte eine helle Frauenstimme. «Katarina?»

«Katarina ist nicht hier», sagte ich. «Mit wem spreche ich denn?»

Die Frau am Telefon weinte.

«Katarina!», rief sie. «Komm und hilf mir!»

«Wer sind Sie?», fragte ich. «Womit kann ich Ihnen helfen?»

«Warum hilfst du mir nie?», rief die Frau. «Hilf mir! Hilf mir!»

Sie weinte direkt ins Telefon, und mir kroch es kalt über den Rücken. Ich sah mich in der Dunkelheit um, als wäre darin irgendein Hinweis zu finden, was ich tun konnte, was ich sagen konnte, was helfen konnte.

«Ich heiße Mia», sagte ich laut ins Telefon. «Ich kann Ihnen helfen, wenn Sie mir sagen, wer Sie sind und worum es geht.»

Das Weinen ebbte ab, und die Frau atmete wieder ruhiger.

«Ich bin es», sagte sie, «Miranda.»

Sie schwieg, als müsste der Name der Schlüssel zu der ganzen Situation sein.

«Miranda», sagte ich, «was kann ich für dich tun?»

«Ich brauche schnell Hilfe», sagte sie. «Ich kann einfach nicht länger so wohnen. Die Kinder halten es nicht mehr aus, mein kleines Mädchen isst schon nichts mehr. Ich muss zu einem Arzt, bitte, lass mich doch zu einem Arzt, und wir müssen rausgehen können, bitte, Katarina, bitte ...»

Mir sträubten sich die Nackenhaare, wie ein Echo hörte ich mich selbst und mein flehentliches Betteln von damals, als wir gefangen und isoliert waren und es Emma immer schlechter ging.

«Bekommst du denn keine Hilfe von Katarina?», fragte ich und erkannte meine eigene Stimme kaum wieder.

«Ich habe seit April nichts von ihr gehört.»

«Und das Personal hilft dir auch nicht?»

«Welches Personal?»

Die Stille, die sich um mich ausbreitete, war größer als der ganze Raum, als die ganze Welt.

Kein Personal?

«Aber was ist mit Ebba??», fragte ich. «Und Erik?»

«Das sind doch nur ihre Mutter und ihr Bruder. Gibt es denn keine andere Nummer, die man anrufen kann? Wo ist Katarina?»

Mir schwirrte der Kopf, ich musste mich auf den Schreibtisch setzen.

«Moment mal», sagte ich. «Wohnst du nicht bei der Stiftung Ewigkeit?»

«Doch.»

«Hast du einen der regulären Plätze? Gibt es da keine Ärzte und Köchinnen?»

«Wie?»

«Sind da nicht rund um die Uhr Freizeitpädagogen und Betreuer?»

«Wo? Hier?»

Sie klang völlig verständnislos.

«Miranda», sagte ich, «wo bist du?»

«In unserem Zimmer.»

«Wo?»

«Im Haus.»

«In welchem Haus?»

«Ebbas Haus, wir wohnen in einem Zimmer unterm Dach, aber Ebba ist nie hier! Und Katarina kommt auch nie, und wir dürfen nicht rausgehen!»

«Hast du Kinder, Miranda?»

«Vier, und wir halten das hier nicht länger aus!»

Ich schloss die Augen und spürte, wie meine Gedanken herumwirbelten. In meinem Kopf war ein Fenster aufgegangen, der Vorhang war beiseitegezogen worden, und die Erkenntnis beleuchtete alle Ecken und Winkel.

«Miranda», sagte ich, «ich werde versuchen, dir zu helfen. Ich versuche, Ebba oder Katarina zu erreichen. Wie ist deine Telefonnummer?»

«Ich weiß nicht.»

«Was für eine Nummer steht denn auf dem Telefon, von dem aus du anrufst?»

«Da steht keine, und Katarina wollte sie uns nicht sagen. Wir sind so einsam, bitte hilf uns!»

Ich holte tief Luft.

«Ich will es versuchen. Hast du eigentlich schon öfter diese Nummer angerufen?»

«Sehr, sehr oft», stammelte sie.

Und ich war nie rangegangen, ich dumme Kuh!

«Ich werde von jetzt an so oft wie möglich rangehen, wenn du anrufst», versicherte ich. «Ruf an, wann immer du willst, hörst du, Miranda?»

Schließlich brachte ich sie dazu, aufzulegen, und dann ging ich zur Tür und machte das Licht an.

Ich hatte über vier Monate lang in diesem Haus gewohnt, ohne irgendetwas zu begreifen.

Es muss eine Erklärung geben, dachte ich und ließ den Blick über Aktenordner und Büromöbel wandern. Es musste hier irgendwo Informationen über die Stiftung und Katarina geben, und die mussten auch zu finden sein!

Entschlossen ging ich auf den ersten Ordner zu, auf dessen Rücken «Geschützte Wohnungen» stand, und zog ihn heraus.

Leer.

Nicht ein Blatt Papier darin.

Ich griff zum nächsten, auf dem «Projekte» stand.

Leer.

Schnell zog ich alle Ordner aus dem gesamten Bücherregal.

Alle waren leer.

Dann ging ich zum Schreibtisch und zog die oberste Schublade auf. Da lag ein Packen Papier.

Urkunde und Genehmigung für die Stiftung Ewigkeit.

Ich machte die Schreibtischlampe an und las rasch das oberste Dokument durch.

Die Gründungsurkunde der Stiftung Ewigkeit war ausgestellt auf eine Frau mit Namen Gabriella Sofia Torsson, und ihre Personennummer war auch angegeben.

Die ersten vier Punkte behandelten den Namen, den Sitz, die hauptsächlichen Ziele und die Arbeitsweise der Stiftung: aus gesunden, christlichen Beweggründen heraus eine Hilfsorganisation für Bedürftige zu betreiben.

Punkt fünf legte fest, dass die Stiftung nicht unter öffentlicher Aufsicht stehen sollte, wobei das Wort «öffentlich» falsch geschrieben war.

In Punkt sechs hieß es, dass die Arbeit und die Finanzen der Stiftung vom Vorstand verwaltet werden sollten, der aus Katarina Nilsson, Ebba Torsson und Erik Torsson bestand, dahinter die Personennummern der drei.

Ich starrte eine Weile auf die Ziffern, dann sah ich mir noch einmal die Urkunde und die Personennummer an, die dort hinter der Gründerin Gabriella Torsson stand.

Katarina Nilsson Strömlund und Gabriella Torsson hatten exakt dieselbe Personennummer.

Sie waren ein und dieselbe Person.

Ich rang nach Atem.

Katarina lebte unter zwei völlig verschiedenen Identitäten.

«Was machst du denn da?», fragte Anders von der Tür her, und ich schoss hoch. Das Herz schlug mir bis zum Hals, und ich hechelte, als ob ich gerannt wäre.

«Etwas ist verdammt faul an der Stiftung Ewigkeit», sagte ich.

Von dieser Nacht an gingen wir jedes Dokument durch, das wir in Schränken und Schubladen im ganzen Haus finden konnten. Wir kopierten alles auf dem alten Kopierer im Büro.

Dann war das Papier alle, und wir mussten überall herumfahren, um dieselbe Sorte zu finden, damit Katarina nicht merkte, dass wir es benutzt hatten.

Danach ging uns der Toner aus, und wir riefen alle Läden im Großraum Stockholm an, um einen zu finden, der noch Toner für solche alten Apparate verkaufte.

Wir fanden Gehaltszettel und verschiedene Projektbeschreibungen, nicht nur für die Stiftung Ewigkeit, sondern auch für andere Organisationen. In einer Schublade lag ein Brief von einer verzweifelten Frau, die fragte, warum sie nie Hilfe bekommen hatte. Wir fanden Unterlagen zu Flugscheinen in die Mittelmeerregion, Hotelrechnungen und Restaurantquittungen. Es gab verschiedene Kostenvoranschläge und Angebote, und im Schrank unter dem Faxgerät lagen eine Unmenge Rechnungen. Alles war ein einziges Durcheinander, aber die oberste war auf den Sozialdienst der Gemeinde ausgestellt, in der wir jetzt wohnten, und sie trug den Betreff «Miranda».

«30 Tage geschütztes Wohnen, Juni 1992, à 1500 Kronen ×5, 7500 Kronen, 225 000 Kronen.»

Ich rieb mir die Augen und sah noch einmal hin.

Fast eine Viertelmillion! Dafür, dass sie Miranda einen Monat lang im Haus ihrer Mutter auf dem Dachboden eingesperrt hatte!

Tagsüber machten wir so weiter wie bisher. Wir spielten mit den Kindern nach dem Plan, den wir uns gemacht hatten, wir putzten und backten und zeichneten und malten und lasen.

Die Sommerhitze klang langsam ab, und weil wir niemals so etwas wie einen Rasenmäher gefunden hatten, war der Garten auf der Rückseite des Hauses mittlerweile in einem dschungelartigen Zustand. Den Kindern machte das nichts aus, sie jagten einander und spielten im hohen Gras Verstecken. Die Blätter an den Bäumen wurden langsam gelb, die Morgenstunden waren kühl und neblig. Miranda rief in unregelmäßigen Abständen immer wieder an, manchmal mehrmals in einer Nacht, und dann wieder vergingen einige Tage zwischen den Anrufen.

Katarina bekamen wir nicht zu Gesicht, und auch niemanden vom «Personal».

Bis sie eines Nachmittags in ihrem roten Mercedes auftauchte, braun gebrannt, aber sichtlich gestresst.

Ich ging durch den zugewachsenen Gartenweg auf sie zu und musste mich ganz schön zusammenreißen, um sie nicht gleich anzufallen.

«Wo warst du?», fragte ich mit einer Stimme, die ich nicht kontrollieren konnte.

«Verreist», antwortete sie und drängte sich an mir vorbei. «Ich war wirklich total fertig.»

Sie rauschte ins Haus, ich folgte ihr und sah, wie sie im Büro verschwand und die Tür zumachte.

Ich ging hin und öffnete sie, ohne anzuklopfen.

«Heute Abend kommt eine Frau hierher», sagte Katarina, ehe ich noch etwas sagen konnte. «Du musst dich um sie und ihre Kinder kümmern.»

Sie wühlte in einer der Schreibtischschubladen, ohne mich auch nur anzusehen. Ich zwang mich zu einem normalen Tonfall.

«Was soll ich mit ihnen machen?», fragte ich.

Katarina sah einen Augenblick auf.

«Mach, was du willst», sagte sie und suchte weiter.

«Kann sie nicht in einem deiner Häuser wohnen?», fragte ich, lehnte mich an den Türrahmen und verschränkte die Arme. «An einem deiner Orte mit Köchinnen und Freizeitpädagogen?»

Sie knallte die Schublade zu.

«Es gibt keine Häuser», sagte sie und wollte an mir vorbei, aber ich stellte mich ihr in den Weg.

«Und es gibt auch kein Personal, oder?», fragte ich. «Nur dich und deine Mutter, deinen Vater und deinen kleinen Bruder.»

«Stiefvater», sagte Katarina und versuchte, mich beiseitezuschieben, aber ich hielt dagegen und blieb stehen.

«Was hast du eigentlich vor?», fragte ich ruhig, und es war, als würde die Luft aus der Frau vor mir entweichen, sie schnurrte zusammen wie ein Ballon, in den man ein Loch gepikt hat, und setzte sich auf einen Bürostuhl.

«Ich schaffe das nicht», sagte sie. «Ich habe wirklich versucht, diesen Frauen zu helfen, aber niemand versteht mich.»

Und dann fing sie an zu weinen, erst leise und hilflos und dann immer heulender, sodass ich nicht mehr wusste, was ich tun sollte.

«Ich will doch nur helfen! Ich verstehe nicht, warum alle so böse zu mir sind!»

Sie weinte und zitterte, schließlich beugte ich mich hinunter und strich ihr unbeholfen über den Rücken.

«Katarina», fragte ich, «warum machst du das alles?»

«Was denn?», schniefte sie.

«Warum versprichst du eine Menge Sachen, die du nicht halten kannst?»

«Aber ich versuche doch, etwas aufzubauen», sagte sie. «Ich versuche doch nur, in Gang zu kommen!»

«Das versuchst du doch schon lange», sagte ich, denn schließlich hatte ich all die Rechnungen kopiert, die sie in den vergangenen drei Jahren ausgestellt hatte.

Katarina antwortete nicht.

«Was hast du mit all dem Geld gemacht?», fragte ich und hörte, wie kühl meine Stimme jetzt klang. Auch Katarina musste gemerkt haben, dass ich auf Abstand ging, denn sie stand auf und wandte sich ab.

«Unkosten», sagte sie kurz. «Die Frau, die auf dem Weg hierher ist, hat zwei Kinder, sie heißt Henrietta. Sie kommen heute Abend mit dem Zug. Mach mit ihnen, was du willst.»

Dann ging sie, und ich wusste, dass dieses Spiel bald aus sein würde.

«Wo ist Katarina?», fragte die Frau. «Wir stehen seit zwei Stunden hier.»

Sie standen wirklich am Bahnhof, eine sehr ängstliche und verzagte kleine Familie.

Henrietta hatte sich genau an Katarina Nilsson Strömlunds Anweisungen gehalten: Sie hatte alle Brücken hinter sich abgebrochen, hatte ihre Wohnung gekündigt, alle Möbel eingelagert, ihre Söhne aus der Kita abgemeldet, den Telefonanschluss gekündigt und ihren wenigen Freunden gesagt, dass sie nie mehr zurückkommen würde.

Sie hatte sogar ihr Auto verkauft.

Jetzt stand hier mit zwei Reisetaschen und den Rucksäcken der Söhne und sah völlig verweint aus.

«Wo ist Katarina?», fragte sie. «Wir stehen seit zwei Stunden hier.»

Ich sah die Frau ernst an und brachte es nicht fertig, ihr zu sagen, wie die Dinge wirklich lagen.

«Ich bin für sie eingesprungen», sagte ich. «Keine Angst, ich werde Ihnen helfen.»

Wieder fuhr Anders den langen Weg zum Waldheim Björsjö. Und wieder nahmen unsere Freunde die bedrohte Frau und ihre Kinder auf, ohne Geld dafür zu bekommen. Und wieder organisierte ich Schutz, Wohnung und ärztliche Betreuung für die verfolgte Familie.

Mehrere Tage vergingen, ohne dass wir Katarina oder irgendjemanden aus ihrer Familie zu Gesicht bekamen.

Anders und ich diskutierten ununterbrochen darüber, was wir tun sollten, wie wir uns verhalten und wohin wir gehen sollten.

«Zunächst mal müssen wir herauskriegen, wie er uns in Örebro und Smedjebacken finden konnte», sagte Anders, als wir einmal spät in der Nacht bei einer Tasse Tee in der Küche saßen.

«Was spielt das jetzt noch für eine Rolle?», fragte ich resigniert. «Passiert ist passiert.»

«Das ist wichtig, damit wir so etwas in Zukunft vermeiden können», sagte Anders. «Denk nach! Wie kann er das hingekriegt haben?»

Ich strich mir über die Stirn.

«Er wird uns immer finden, wenn wir längere Zeit an ein und demselben Ort bleiben», sagte ich. «Ganz egal, wie wir uns verhalten.»

Anders stand auf, ging zum Fenster und schaute hinaus in die Nacht. Er schwieg eine Weile, und ich sah, wie seine Kiefergelenke arbeiteten.

«Kleinstädte», sagte er. «Wir müssen die kleinen Orte meiden, da fallen wir als Neuankömmlinge zu sehr auf.»

Er nickte vor sich hin und verschränkte die Arme.

«Anonymität», sagte er und sah mich an. «Wir bleiben am längsten unbehelligt, wenn wir irgendwo wohnen, wo die Leute sich um ihre eigenen Angelegenheiten kümmern. Wir müssen im Großraum Stockholm bleiben, in irgendeinem Vorort, wo immer eine gewisse Fluktuation ist.»

«Ich finde, wir sollten auswandern», sagte ich.

Anders setzte sich wieder und legte seine Hände auf meine.

«So lange, bis wir auswandern», fügte er hinzu.

Am nächsten Tag rief ich wieder meine alte Kollegin an und fragte, ob die Bank vielleicht irgendeine Wohnung im Umkreis von Stockholm hatte, die wir mieten könnten, ohne uns irgendwo anmelden zu müssen. Sie versprach, sich darum zu kümmern, ich solle mich doch in ein paar Tagen noch einmal melden.

«Es ist relativ dringend», sagte ich und spürte, wie die Panik in mir hochstieg. «Es geht uns ziemlich schlecht.»

«Wie schlecht?», fragte meine Kollegin.

«So schlecht, dass wir eigentlich heute Nachmittag etwas finden müssen.»

«Ruf mich um drei Uhr an.»

Ich hatte keine Ahnung, wie groß der Immobilienbestand der Bank war, aber er musste schon ordentlich sein, denn als ich ein paar Stunden später wieder bei meiner Kontaktperson anrief, hatte sie in einem Vorort südlich von Stockholm eine Zweizimmerwohnung gefunden, die ab dem 1. Oktober frei war.

«Die nehmen wir», sagte ich.

Blieb nur noch die Frage, was wir bis zum Monatswechsel machen sollten, denn der war erst in zwei Wochen.

«Ich finde, wir sollten hier so schnell wie möglich weg», meinte Anders.

Im selben Moment hörten wir auf der Auffahrt eine Autotür schlagen, und einen Augenblick später klapperten Katarinas Absätze auf dem Gartenweg.

«Endlich», jubelte sie, als sie zur Tür hereinkam. «Mia, alles wird gut!»

Anders und ich standen sprachlos und wie versteinert da, während sie ins Büro lief und die Bibel zwischen den leeren Aktenordnern herauszog.

«Gott hat unsere Gebete erhört!», rief sie. «Das Geld kommt, Mia!»

Ich stellte mich in die Tür und sah bebend die Frau an, die jetzt strahlend auf mich zukam.

Das hier war die Katarina, die ich kannte. Die stolze, kompetente, siegesgewisse Vorsitzende der großartigen Stiftung Ewigkeit, die Rettung für alle bedrohten und ausgestoßenen Menschen.

«Ich habe mit dem Landgericht gesprochen», sagte sie. «Dein Fall wird nächsten Freitag verhandelt, und die Entscheidung wird positiv ausfallen! Sie werden das Geld auszahlen!»

Sie packte mich freudestrahlend an den Schultern und schüttelte mich leicht.

«Mia», sagte sie, «ich werde eins Komma sechs Millionen bekommen, zuzüglich der Erstattung für die Zeit, in der ihr hier gewohnt habt, das macht zweieinhalb Millionen!»

Schlagartig traf mich die Erkenntnis, und mir wurde schwarz vor Augen. Großer Gott! Das Geld von der Gemeinde Smedjebacken! In dem ganzen Durcheinander hatte ich gar nicht mehr daran gedacht. Natürlich würde uns das Geld niemals zugutekommen, und an eine Auswanderung war gar nicht mehr zu denken.

«Und die Artikel in der Zeitung», fuhr Katarina fort, «die werden jetzt auch endlich erscheinen! Stell dir nur vor, wie viele neue Aufträge wir bekommen werden!»

Sie ließ mich los, tanzte zum Schreibtisch, setzte sich kichernd an die elektrische Schreibmaschine und holte ein paar Rechnungsformulare hervor.

Ich drehte mich um und rannte zur Toilette, mir war plötzlich speiübel.

Nachdem ich mir etwas kaltes Wasser ins Gesicht gespritzt und mich gesammelt hatte, ging ich ins Büro zurück. Katarina war wie eine Wilde dabei, irgendwelche Faxe zu schicken.

«Wir fahren für ein paar Tage weg», sagte ich. «Eine kleine Reise nach Finnland, um zu feiern, dass wir das Geld bekommen.»

Katarina strahlte mich an.

«Was für eine wunderbare Idee», sagte sie und sah wieder weg.

Wie willst du aus dieser Sache jemals wieder herauskommen?, dachte ich und beobachtete die aufrechte Gestalt am Faxgerät.

Wieso glaubst du, dass wir nichts ausplaudern?

Was macht dich so sicher, dass ich dich nicht verrate?

Am selben Nachmittag klingelte das Telefon im Büro, und ich erhielt Antwort auf alle meine Fragen.

«Katarina?», fragte eine deutlich aufgebrachte Männerstimme.

«Katarina ist nicht hier», sagte ich.

«Ich will mit ihr sprechen», sagte der Mann, «und zwar sofort!»

«Was ist denn passiert?», fragte ich.

«Das werde ich Ihnen sagen! Richten Sie dieser Hexe aus, dass sie sich nicht einbilden soll, sie könnte uns aufhalten! Wir werden die Wahrheit sagen, ganz gleich, was sie tut. Und versuchen Sie ja nicht, uns zum Schweigen zu bringen, indem Sie diesen Bankräuber auf uns hetzen! Haben Sie mich verstanden?»

«Entschuldigen Sie», sagte ich, «aber könnten Sie wohl ganz von vorne anfangen und erzählen, was eigentlich passiert ist?»

Seine Name war Peter, seine Frau hieß Denise.

Sie hatten als Zeugen in einer Anklageerhebung gegen einen Bankräuber ausgesagt, und der Bankräuber war nicht besonders erfreut darüber gewesen. Kaum aus der Untersuchungshaft entlassen, hatte er angefangen, die Familie zu verfolgen und zu terrorisieren, und noch vor dem Gerichtstermin war die Bedrohung durch ihn so schlimm geworden, dass der Sozialdienst ihrer Heimatgemeinde sich an die Stiftung Ewigkeit gewandt hatte, um Denise, Peter und ihre Kinder schützen zu lassen.

Nach einigen Wochen waren seltsame Rechnungen beim Sozialdienst eingetroffen: für psychologische Beratung der Familie, einen Leihwagen, Schutzmaßnahmen und Evakuierungskosten.

«Das ist doch der reinste Betrug!», rief Peter aufgebracht. «Wir haben nie einen Psychologen gesehen. Wir hatten auch nie einen Leihwagen. Und was für eine Evakuierung? Das ist doch wohl die Höhe! Ihr habt doch gar nichts gemacht!»

Alles in allem hatte der Sozialdienst für die Versorgung von Peters Familie hundertsiebenundsiebzigtausend Kronen an die Stiftung Ewigkeit bezahlt, für eine Menge Leistungen, die nie erbracht worden waren.

«Wir haben denen sofort gesagt, wie es war», sagte Peter. «Wir haben der Sozialverwaltung alles ganz genau erzählt. Diese Stiftung Ewigkeit ist der reinste Bluff, und die Gemeinde wird jeden einzelnen Öre von euch zurückfordern. Aber uns den Bankräuber auf den Hals zu hetzen, das war ja nun wirklich der Gipfel. Was seid ihr eigentlich für Menschen?»

Ich musste mich hinsetzen.

«Hat Ihr Verfolger Sie gefunden?»

«Wir haben alle Brücken hinter uns abgebrochen», sagte der Mann verzweifelt. «Wir haben unser neugebautes Haus verkauft und sind weit weggezogen, und trotzdem hat er uns gefunden. Nur drei Stellen kannten unsere Telefonnummer: die Polizei, der Sozialdienst und Katarina Nilsson Strömlund von der Stiftung Ewigkeit, und verdammt nochmal, er hat uns trotzdem angerufen! Können Sie mir das erklären?»

«Nein», sagte ich. «Und ich meine, dass Sie Katarina Nilsson Strömlund sofort wegen Betrugs und schwerer Nötigung anzeigen sollten.»

Der Mann rang nach Luft.

«Meinen Sie wirklich?», fragte er bestürzt.

«Ja, auf jeden Fall», sagte ich. «Es ist gut, dass Sie beim Sozialdienst Alarm geschlagen haben. Ich bin in genau derselben Situation wie Sie, und ich werde das auch tun.»

Als ich auflegte, stand Anders vor mir und sah mich mit scharfem Blick an.

«Auf die Art bringt sie also die Leute dazu, stillzuhalten», sagte ich. «Sie muss ihnen nicht einmal selbst drohen, denn alle, die zur Stiftung kommen, haben ja schon Verfolger, die ihnen Gewalt zufügen wollen.»

«Das ist doch wirklich mal die ultimative Geschäftsidee», sagte Anders.

Ich schlug die Hände vor den Mund.

«Anders», sagte ich, «es gibt etwas, das wir tun müssen, und zwar sofort.»

«Was denn?»

«Das Geld», sagte ich. «Es darf nicht bewilligt werden.»

Ich griff wieder zum Hörer und rief meinen Anwalt an, bat ihn, Kontakt mir dem Landgericht aufzunehmen und unseren Antrag auf Auswanderungsunterstützung durch die Stiftung Ewigkeit zurückzuziehen.

«Aber die Sache wird doch nächsten Freitag verhandelt», sagte er erstaunt, «und ich habe unter der Hand erfahren, dass Ihrem Antrag stattgegeben werden soll.»

«Genau deshalb», sagte ich. «Ich komme zu Ihnen und erkläre Ihnen alles, aber jetzt möchte ich erst mal, dass Sie das Gericht bitten, unseren Antrag nicht zu verhandeln.»

Er seufzte hörbar.

«Okay, Mia», sagte er. «Wie Sie wollen.»

Als wir aufgelegt hatten, spürte ich die Spannung wie eine elektrische Ladung in der Luft.

«Wir müssen hier weg», sagte ich. «Jetzt sofort.»

«Wohin?», fragte Anders.

Ich lief in unser Zimmer und fing an, die Kleider der Kinder in eine Plastiktüte zu stopfen.

«Da ist noch etwas, das wir klären müssen», sagte Anders von der Tür her.

«Was denn?», fragte ich, stellte die volle Tüte weg und zog eine unserer Reisetaschen unter dem Bett hervor.

«Die Artikel», sagte er. «Wir müssen diese Reporterin stoppen. Du musst sie anrufen.»

Ich richtete mich auf und sah Anders an.

«Aber sie und Katarina sind doch Freundinnen», sagte ich. «Wenn wir der Journalistin etwas darüber erzählen, könnte es bedeuten, dass wir unser eigenes Todesurteil unterschreiben.»

Anders verschränkte die Arme, wie er es immer tat, wenn er sich seiner Sache sicher war.

«Katarina hat in jeder Beziehung gelogen, warum sollte nun gerade das die Wahrheit sein?»

Ich starrte ihn an und zögerte ein paar Augenblicke.

«Aber sie hat mich ja mitgenommen», sagte ich, «zu dem Hotel in Skärholmen. Sie hat schließlich gesagt, dass ...»

«Du hast sie doch zusammen erlebt, schienen sie denn so gut befreundet zu sein?»

Ich stellte die Tasche wieder auf den Boden und versuchte mich zu erinnern, an den sonnenüberfluteten Parkplatz, die Journalistin mit ihrer dunklen Sonnenbrille, Katarinas Begeisterung.

«Die Journalistin war ziemlich reserviert», sagte ich. «Sie hat nicht viel gesagt, sondern nur Fragen über die Stiftung gestellt, ob es Ärzte gebe und wofür das Geld verwendet werde.»

«Klingt für mich nicht gerade nach dicken Freundinnen», sagte Anders. «Und wir können doch jetzt nicht zulassen, dass irgendwelche Jubelartikel über die Stiftung veröffentlicht werden.»

Ich setzte mich aufs Bett.

«Du hast recht», sagte ich und sah meinen Mann an. «Natürlich, du hast vollkommen recht! Wir müssen Sie zumindest anrufen und ihr sagen, was wir wissen.»

«Ich glaube, wir sollten jetzt fahren», sagte Anders.

Wir rafften unsere Sachen zusammen und nahmen auch den Topf mit, den wir gekauft hatten.

Eine Viertelstunde später schloss ich die Tür hinter uns ab.

Das Letzte, was ich ins Auto packte, war eine schwere Einkaufstüte voller Kopien von Dokumenten der Stiftung Ewigkeit.

Wir hielten an einer Tankstelle mit Telefonzelle. Die Reporterin war zu Hause und gleich nach dem zweiten Klingeln am Telefon.

«Wir haben schon einmal miteinander telefoniert», sagte ich, «und wir haben uns auch schon einmal getroffen.»

«Im Scandic Hotel in Skärholmen», sagte sie.

Sie wusste also, wer ich war.

«Katarina hat gesagt, dass Sie in der Zeitung über die Stiftung Ewigkeit schreiben werden», begann ich.

«Mal sehen, ob ein Artikel daraus wird», erwiderte sie.

Ich trat von einem Fuß auf den anderen und spürte meinen Puls klopfen.

«Es gibt da etwas, das ich Ihnen erzählen muss», sagte ich mit zitternder Stimme. «Ich möchte nicht, dass Sie irgendetwas veröffentlichen, ohne vorher mit mir gesprochen zu haben. Können Sie warten, bis wir uns getroffen haben?»

«Wieso denn?»

«Es gibt Dinge, die Sie nicht wissen», sagte ich und hörte, dass ich langsam verzweifelt klang. «Könnten Sie das tun? Würden Sie sich noch einmal mit mir treffen und mir zuhören?»

Es dauerte ein paar Sekunden, ehe die Journalistin antwortete.

«Natürlich», sagte sie dann. «Wann können wir uns sehen?»

Wir verabredeten uns für den folgenden Nachmittag im selben Hotel wie das letzte Mal, dem Scandic in Skärholmen.

Mein Herz schlug wie ein Vorschlaghammer in der Brust, als ich den Hörer auflegte.

Wenn diese Journalistin wirklich mit Katarina zusammenarbeitete, dann hatte ich jetzt vielleicht meinen letzten Stich gemacht.

Wir hatten das Glück, dass die Gästewohnung der Bank auf Kungsholmen frei war und wir ein paar Nächte dort bleiben konnten.

Ich schlief schlecht, denn das Treffen mit der Journalistin beunruhigte mich.

Am nächsten Tag achtete ich darauf, rechtzeitig loszufahren. Wir stellten das Auto zwischen den anderen auf dem Parkplatz von Ikea ab, der auf der anderen Straßenseite lag. Anders und die Kinder sollten sich nicht zeigen, ehe ich nicht sicher war, dass man der Reporterin vertrauen konnte. Falls Katarina oder jemand aus ihrer Familie auftauchte, würde Anders einfach wegfahren, und ich müsste sehen, wie ich zurechtkäme.

Ich setzte mich an denselben Tisch, an dem ich schon einmal gesessen hatte – ganz hinten im Lokal, die Lobby und den Eingang im Blick.

Sie kam eine Minute vor der verabredeten Zeit und setzte sich, ohne etwas zu bestellen.

«So trifft man sich wieder», sagte sie und stellte ihre Tasche ab.

«Haben Sie sich schon entschlossen, ob Sie über die Stiftung Ewigkeit schreiben?», fragte ich.

Die Journalistin nahm Block und Stift aus der Tasche und legte beides auf den Tisch, ohne es jedoch zu benutzen. Sie betrachtete mich forschend mit dunklen, durchdringenden Augen.

«Ich habe mehrere Versionen fertig», sagte sie, «aber ich weiß noch nicht, welche ich zur Veröffentlichung freigeben werde.»

«Warum haben Sie mehrere Versionen?», fragte ich und versuchte, ganz unbekümmert zu wirken.

Sie ließ mich nicht aus den Augen.

«Die Zahlen passen nicht zusammen», sagte sie. «In Katarina Nilsson Strömlunds Beschreibung der Organisation sind Lücken. Außerdem habe ich keinen Beweis dafür gefunden, dass sie auch nur in einem einzigen Fall erfolgreich war. Kurz gesagt weiß ich nicht, ob diese Stiftung überhaupt funktioniert.»

«Was meinen Sie mit Lücken?», fragte ich.

Sie lehnte sich auf dem Stuhl zurück.

«Es gibt eine ganze Reihe von Personen, die sich für Katarina aussprechen, sowohl bei den Sozialbehörden in den verschiedenen Kommunen als auch auf Landesebene und bei der Polizei, aber wenn ich genauer nachfrage, wissen sie keine Details darüber, wie die Organisation eigentlich funktioniert. Niemand kann Informationen aus erster Hand über einen geglückten Fall liefern. Und vor allem kann mir niemand erklären, wohin das ganze Geld verschwindet.»

«Was verstehen Sie denn nicht?», fragte ich.

Sie beugte sich wieder vor und sah mir immer noch fest in die Augen.

«Ich grabe seit fast einem Jahr in dieser Sache herum», sagte sie, «und die Gleichungen gehen einfach nicht auf. Katarina stellt den Kommunen eintausendfünfhundert Kronen pro Person und Tag in Rechnung, und zwar nur für die Unterkunft, stimmt's?»

Ich nickte.

«Nach meiner Information dauert es ungefähr drei Monate, um einen Schutz aufzubauen», fuhr die Journalistin fort. «Für eine Frau mit drei Kindern macht das sechstausend Kronen pro Tag, bei neunzig Tagen ergibt das zusammen etwas mehr als eine halbe Million, und dann kommen ja noch all die anderen Kosten hinzu, wie Arztrechnungen, Anwaltshonorare und Umzugskosten. Selbst wenn die Stiftung sieben Angestellte und mehrere Häuser hat, müsste da noch ein kräftiger Gewinn übrig bleiben, und es ist mir nicht gelungen, eine zufriedenstellende Antwort auf die Frage zu bekommen, was mit dem Geld geschieht. Ich meine, für eine halbe Million könnte man die Familie in einer Suite im Grand Hotel wohnen lassen und immer noch Geld übrig behalten.»

Ich war so erleichtert, dass mir richtig schwindelig wurde. Diese Frau hier war auf keinen Fall eine Verbündete von Katarina.

«Es gibt keine Häuser», sagte ich müde, «nur eine baufällige Villa in einem Vorort im Süden. Es gibt auch keine Angestellten, sondern nur Katarina und ihre Familie. Und die Stiftung Ewigkeit tut überhaupt nichts, außer Geld zu kassieren.»

Die Reporterin verzog keine Miene. Wir schwiegen beide mehrere Minuten lang.

«Okay», sagte sie dann. «Woher wissen Sie das?»

«Ich habe seit April in ihrem Hauptquartier gewohnt. Es hat eine Weile gedauert, bis ich begriff, dass das alles nur ein Bluff ist, aber als mir dann endlich die Augen aufgingen, fing ich an, Beweise zu sammeln. Ich habe sie draußen im Auto», sagte ich und dachte an die Plastiktüte mit den Dokumenten.

«Haben Sie etwas dagegen, wenn ich mitschreibe?»

Mir summte der Kopf von der Spannung, die nun von mir abfiel.

«Ganz und gar nicht.»

Und dann erzählte ich die ganze Geschichte von unserem Sommer bei der Stiftung Ewigkeit, von Cecilia und Petra und Miranda und Denise und Peter, von Katarinas doppelter Identität und den Bergen von Rechnungen, die ich kopiert hatte.

Die Reporterin interessierte sich sehr für Katarinas Personennummer und die Organisationsnummer der Stiftung.

«Und Sie können sich auch nicht getäuscht haben?», fragte sie und sah mich eindringlich an.

Ich dachte ein paar Sekunden nach.

«Das glaube ich nicht», sagte ich.

Die Reporterin bezahlte meinen Kaffee, und dann gingen wir auf den Parkplatz hinaus. Ich winkte Anders zu, damit er und die Kinder kämen, um Hanna Lindgren zu begrüßen.

Dann gingen wir zum Auto, und ich zeigte ihr die Tüte mit den Fotokopien. Sie schaute sich ein paar Dokumente an und gab sie mir dann zurück.

«Rufen Sie mich morgen Nachmittag an», sagte sie. «Möglicherweise habe ich Ihnen dann eine Menge zu erzählen.»

An diesem Abend saßen Anders und ich schweigend vor dem Fernseher und starrten auf die vorbeiflimmernden Bilder, ohne den Ton einzuschalten. In meiner Brust stritten so viele Gefühle miteinander, dass ich sie nicht sortiert bekam: Enttäuschung und Verbitterung über Katarinas Betrug, die Erleichterung, ihr entkommen zu sein, die Angst vor der ungewissen Zukunft, die Entschlossenheit, sie auf jeden Fall zu stoppen.

Sie würde schon bald merken, dass wir sie verraten hatten. Bald würde sie erfahren, dass die Verhandlung vor dem Landgericht am Freitag abgesagt war und dass wir unseren Antrag zurückgezogen hatten. In wenigen Tagen würde ihr aufgehen, dass wir abgehauen waren und die Stiftung Ewigkeit verlassen hatten. Im Moment waren wir ja offiziell noch auf einer Finnlandreise, um den glücklichen Ausgang der Sache zu feiern.

«Glaubst du, dass wir sie jetzt auch noch auf den Fersen haben?», fragte ich.

«Schlimmer als bisher kann es ja kaum werden», sagte mein Mann, ohne den Blick von der Mattscheibe zu wenden.

Um drei Uhr am folgenden Nachmittag rief ich bei Hanna Lindgren an.

«Ich habe einige Ihrer Angaben kontrolliert», sagte sie. «Katarina Nilsson Strömlund ist im staatlichen Personen- und Adressregister unter zwei verschiedenen Identitäten verzeichnet, und außerdem hat sie mindestens noch einen weiteren Namen benutzt.»

«Ich weiß, dass sie zwei verschiedene Vor- und Nachnamen verwendet», sagte ich, «aber mir war nicht klar, dass sie es geschafft hat, beide registrieren zu lassen.»

«Der eine, Gabriella, ist geschützt, der andere, Katarina, hat eine Postfachadresse. Aber es gibt noch ein paar Dinge, über die ich mit Ihnen sprechen möchte. Wo sind eigentlich die Originale zu all diesen Kopien, die Sie haben?»

«Im Büro der Stiftung», sagte ich.

«Besteht die Möglichkeit, dass ich mir die mal ansehe?»

Mir stieg die Hitze in die Wangen, sie vertraute mir nicht ganz.

«Ich will einfach nur sichergehen», sagte sie, als wüsste sie, was ich dachte.

«Ich habe die Schlüssel», sagte ich.

«Gut», meinte Hanna. «Dann ist es kein Hausfriedensbruch, wenn ich hineingehe. Offiziell wohnen Sie ja immer noch in der Wohnung der Stiftung, und in Ihre Wohnung können Sie reinlassen, wen Sie wollen. Wie viel Zeit bleibt uns?»

«Katarina glaubt, dass wir im Moment auf einer Finnlandreise sind. Noch ein Tag, vielleicht zwei.»

«Können wir heute Nacht hinfahren?»

«Ihr fahrt auf keinen Fall allein dorthin», sagte Anders. «Das kommt nicht in Frage.»

«Aber wir wollen doch nur die Papiere im Büro durchgehen ...»

«Ich lasse dich nicht allein in dieses Haus», sagte Anders. «Was ist, wenn Katarina da auftaucht? Ich komme mit.»

«Und die Kinder?», fragte ich.

Kurz nach Mitternacht fuhren wir mit zwei Autos vor dem Haus vor, erst Hanna Lindgren und ihr Mann, dann wir mit den schlafenden Kindern auf dem Rücksitz. Die Dunkelheit war fast undurchdringlich, der Regen fiel wie ein Schleier, und der nasse Asphalt verschluckte alles Licht.

Das Haus ragte als schwarzer Schatten hinter dem spärlichen Laubwerk auf.

«Haben Sie eine Taschenlampe?», fragte Hanna leise, und als ich den Kopf schüttelte, reichte sie mir eine lange, schwere Stablampe.

Anders blieb mit den Kindern im Auto sitzen, und der Mann der Reporterin wartete in der Dunkelheit beim Gartenweg vor der Verandatreppe.

Mit zitternden Händen schloss ich auf. Die Haustür quietschte laut beim Öffnen, ich hielt den Atem an, bis wieder alles still war.

«Wir gehen erst durch das Haus und schauen nach, ob es leer ist», flüsterte Hanna Lindgren.

Ich starrte in die Dunkelheit, sagte nichts und hörte nichts anderes als meinen eigenen Herzschlag. Hinter mir zog Hanna die Tür zu und machte dann ihre Taschenlampe an.

«Oben sind drei Schlafzimmer», sagte ich, «und hier unten das Wohnzimmer, ein kleines Schlafzimmer, Küche und Büro.»

«Gibt es einen Keller?»

«Dort hinunter», sagte ich, knipste meine Taschenlampe an und zeigte mit dem Lichtstrahl.

Im Schein der Lampen gingen wir rasch einmal durch den Keller und den oberen Stock, die Reporterin machte ein paar Fotos. Danach gingen wir ins Erdgeschoss hinunter und waren nun sicher, dass das Haus auch wirklich leer war.

«Okay», sagte Hanna Lindgren, als wir im Büro standen. «Jetzt können wir das Licht einschalten.»

Ich drückte den Schalter und blinzelte ins Helle.

«Ist jemand hier gewesen, seit Sie weggefahren sind?»

Ich sah mich um, ließ meinen Blick über die Kulisse mit den leeren Aktenordnern schweifen, über den Schreibtisch und das Regal mit dem Faxgerät.

«Das Faxgerät», sagte ich. «Da liegen eine Menge Papiere drauf. Die lagen da nicht, als wir gefahren sind.»

Wir gingen zu dem Papierstapel, und jede von uns nahm sich ein Bündel.

«Rechnungen», konstatierte die Reporterin.

Ich überflog die kurzen Zeilen der drei obersten Rechnungen: «Wohnen, Grundschutz, Anleitung, psychologische Beratung, Begleitung und Umzugskosten, Summe 102 500 Kronen, Bezug: Katarina Nilsson Strömlund, Betreff: Petra Andersson.»

Ich stöhnte auf.

Petra! Katarina hatte der Heimatgemeinde von Petra eine Rechnung über hunderttausend Kronen geschickt!

«Das kann ja wohl nicht wahr sein!», rief ich.

«Was denn?», fragte Hanna Lindgren.

«Das hier ist die Rechnung für eine der Frauen, denen ich geholfen habe. Sie durfte kostenlos in Björsjö wohnen, und ich weiß, dass sie den Transporter für ihren Umzug selbst angemietet hat. Das ist doch die Höhe!»

«Katarina hat also die Leistungen, die sie hier in Rechnung stellt, gar nicht erbracht?»

«Nicht eine einzige von den Sachen, die hier stehen.»

«Dann erkennen Sie das hier vielleicht auch wieder?», fragte die Reporterin und hielt mir einen Kostenvoranschlag und eine Zahlungsbestätigung entgegen: «Geschützte Identität, geschütztes Wohnen in der Zeit der Vorbereitung, Anmietung einer Wohnung ...»

Ich überflog das eng beschriebene Dokument; die Aufzählung all der Leistungen, die von der Stiftung Ewigkeit angeblich erbracht worden waren, füllte fast eine ganze A4-Seite.

«Bezug: Katarina Nilsson Strömlund, Betreff: Henrietta Lundin. Summe der Kosten: 79 500 Kronen.»

«Das ist doch die Höhe», sagte ich wieder. «Ich war diejenige, die Henrietta geholfen hat.»

Hanna Lindgren setzte sich ein paar Minuten hin und schaute die Rechnungen in dem großen Haufen durch, den ich kopiert hatte.

«Ja, verdammt», sagte sie schließlich. «Ich werde nur noch ein paar Fotos machen. Und wir müssen noch diese Rechnungen kopieren.»

Sie holte ihre Kamera aus der Tasche und machte ein paar schnelle Fotos mit Blitz, während ich den Kopierer einschaltete und nervös wartete, bis er warmgelaufen war. Es schien ewig zu dauern, bis wir endlich die Kopien machen konnten.

«Jetzt fahren wir!»

Zum letzten Mal schloss ich die Tür zur Stiftung Ewigkeit ab.

Während wir darauf warteten, in die Wohnung einziehen zu können, unternahmen wir dann tatsächlich eine Schiffsreise nach Finnland. Es war diesig, mild und völlig windstill, als die große Fähre in der Abenddämmerung durch den Schärengarten vor Stockholm glitt.

Als die Kinder eingeschlafen waren und Anders bei einem Bier in der Bar saß, ging ich mit den klimpernden Schlüsseln der Stiftung Ewigkeit in der Jackentasche an Deck.

Draußen auf dem offenen Meer nahm ich Anlauf und warf sie so weit ich konnte in das schwarze Wasser der Ostsee.

Am Abend des 1. Oktober konnten wir in die Zweizimmerwohnung ziehen, die meine Kollegin bei der Bank uns besorgt hatte. Das Haus stammte aus der zweiten Hälfte der 60er Jahre, der Zeit des großen Wohnungsbauprogramms der sozialdemokratischen Regierung, und wies die typischen Merkmale jener Häuser auf: Backsteinfassade, Panoramafenster und Betontreppen, einer von Dutzenden oder vielleicht auch Hunderten ebensolcher Wohnblocks.

Der Vorort war dunkel, zwischen den Häusern zog es scharf und kalt. Um uns herum waren die Menschen unterwegs zu ihren Bussen und Zügen, schwarze Schatten, die schnell und unauffällig zwischen den Blocks hindurchhuschten.

Die Wohnung war ganz oben, und es gab keinen Fahrstuhl. Unsere Schritte hallten im Treppenhaus, es rasselte, als Anders die drei Schlösser aufschloss. Wir betraten vorsichtig und ein wenig andächtig den Flur und drückten auf den Lichtschalter.

Nichts geschah.

«Es gibt natürlich keine Lampen hier», sagte Anders.

Das Licht aus dem Treppenhaus fiel auf eine grüne Mustertapete und eine Hutablage aus Metall.

«Müssen wir hier wohnen, Mama?», fragte Robin.

Emma stieß sich an einem Türpfosten und fing an zu weinen.

«Mama», sagte Robin und schaute in das dunkle Schlafzimmer, «da sind keine Betten, Mama.»

«Komm», sagte ich, nahm Emma auf den Arm und wischte

ihr die Tränen ab. «Wir gehen jetzt ein wenig einkaufen, das wird lustig.»

Ich nahm Robins Hand und sah zu Anders.

«Der Großmarkt», sagte ich leise, «weißt du, der bei der Stiftung. Wenn wir Glück haben, dann hat er noch geöffnet.»

Wir hatten Glück, es waren noch zwanzig Minuten bis Ladenschluss, als wir durch die Türen stürmten. Hastig rafften wir vier Luftmatratzen und eine Pumpe zusammen, drei Reislampen, weil sie die billigsten waren, drei kleine Tischlampen, Glühbirnen, sechs Gläser und eine Packung Plastikbesteck zusammen.

Die unfreundlichen Blicke des Personals verfolgten uns, als wir anschließend noch ein paar Joghurts, ein Brot, Tubenkäse, einen Liter Orangensaft und zwei Dosen Ravioli in den Wagen luden.

Wir waren an diesem Tag die letzten Kunden.

Auf dem Weg zurück in unseren Betonvorort fing es an zu regnen. Die Kinder schliefen auf dem Rücksitz ein, ich starrte in die Schatten von Häusern und Autos, die an meiner Fensterscheibe vorbeiflogen.

Die Zukunft war wieder einmal völlig offen.

Die ersten Nächte in unserer neuen Wohnung verbrachten wir auf den Luftmatratzen, die wir ins Schlafzimmer gelegt hatten. Wir wickelten uns in ein paar mitgebrachte Decken, aber es war trotzdem sehr kalt. Wir saßen auf den Luftmatratzen und aßen den Joghurt mit Plastiklöffeln direkt aus dem Becher, strichen Tubenkäse auf die vorgeschnittenen Brotscheiben und tranken aus unseren neuen Gläsern Orangensaft. Zu Mittag aßen wir in billigen Schnellimbissen.

Unser neues Dasein bedeutete einige Veränderungen, was die Behörden betraf. Ich nahm Kontakt mit dem Sozialdienst in der Gemeinde auf, in die wir nun gezogen waren. Die Verantwortung für uns würde jetzt von Smedjebacken auf sie übergehen, und das bedeutete, dass nun eine neue Familienstelle und eine weitere Gruppe von Betreuern über unsere umständlichen und schwierigen Verhältnisse in Kenntnis gesetzt werden mussten.

Am dritten Tag nach unserem provisorischen Einzug bekam ich einen Termin. Die Sachbearbeiterinnen, die unsere Kontaktpersonen werden sollten, waren zwei Frauen mittleren Alters, die schon so ziemlich alles gesehen hatten. Unsere Geschichte machte keinen sonderlich großen Eindruck auf sie, zeitweise hatte ich sogar das Gefühl, dass sie mir nicht mal richtig glaubten.

«Na ja», sagten sie zum Beispiel, «so schlimm ist es ja wohl nicht.»

Ich blieb gelassen und erklärte, zeigte Bescheide und Referenzen vor. Nichts würde besser davon werden, dass ich mich aufregte.

Sobald der Beschluss über unseren Umzug vorlag, fuhren wir nach Smedjebacken und holten unsere Möbel, die eingelagert worden waren. Zum Glück hatte der Toyota eine Anhängerkupplung, sodass wir einen Anhänger mieten konnten.

Viel Platz bot der jedoch nicht, und wir mussten streng unter unseren wenigen Besitztümern auswählen. Das weiße Ledersofa musste natürlich mit, ebenso die Kristallgläser und die anderen Hochzeitsgeschenke, die noch da waren, unsere Betten und das Etagenbett der Kinder, der Fernseher und der Videorecorder, ein paar Schubladen mit Küchenutensilien. Den Rest ließen wir zurück, darunter auch den schönen, schweren Eichenschrank.

Als wir die Sachen in unsere neue Wohnung hinaufgetragen hatten und die Kinder eingeschlafen waren, setzten wir uns eng umschlungen auf das weiße Sofa.

«Es hat keinen Sinn, unser Reihenhaus noch länger zu behalten», sagte ich mit den Lippen an seinem Hals, und Anders nickte.

«Ich weiß. Es steht nur da und kostet Geld.»

Damit war es ausgesprochen.

Wir würden niemals wieder nach Hause kommen.

Ich weinte still und leise an Anders' Hemdkragen.

Wir würden nie wieder zurückkehren.

Für unsere neue Wohnung schafften wir uns ein Telefon mit Geheimnummer an. Die Erste, die ich anrief, war Hanna Lindgren.

Ich erklärte ihr, dass wir eine neue Wohnung hatten, und fragte vorsichtig, wie sie mit den Recherchen über die Stiftung Ewigkeit vorankam. Ich wollte ja nicht zu neugierig wirken.

«Katarina hat mindestens vier verschiedene Identitäten», berichtete Hanna Lindgren ohne zu zögern und raschelte mit den Seiten in einem Notizblock. «Sie hat schon auf alle möglichen Arten Konkurs gemacht, die man sich vorstellen kann – mit einer Handelsgesellschaft, einer Aktiengesellschaft, einer Kommanditgesellschaft, und zweimal hat sie Privatinsolvenz angemeldet. Gegen sie liegen dreiundneunzig Forderungsanmeldungen beim Konkursgericht vor, gegen die Stiftung Ewigkeit fünfundachtzig.»

Mir stand vor Staunen der Mund offen.

«Aber ich weiß genau, dass sie von den Kommunen massenhaft Geld bekommen hat!»

«Katarina Nilsson Strömlund ist sehr konsequent, was Rechnungen angeht», erklärte die Reporterin. «Sie bezahlt sie nicht.»

Da musste ich doch lachen.

«Hier ein kleiner Auszug aus dem Register des Gerichtsvollziehers: Arbeitgeberbeiträge, Studienkredit, Leasingwagen, Strafzettel für falsches Parken, Telefonrechnungen, Fernsehgebühren, Steuernachforderungen, Kreditkartenschulden, Bankkredite, Möbel von Ikea – ich könnte immer so weitermachen. Glaubt man dem Gerichtsvollzieher, dann hat sie in den letzten drei Jahren nicht eine einzige Rechnung bezahlt. Er ist seit Jahren hinter ihr her, hat sie aber nie finden können.»

«Dann glauben Sie also, dass mein Verdacht berechtigt war?», fragte ich. «Dass sie eine Betrügerin ist?»

Die Journalistin ließ sich mit der Antwort Zeit.

«Ich glaube nicht, dass man ihr irgendein Etikett aufkleben muss. Es genügt, die Fakten zu präsentieren, die sprechen schon für sich selbst.»

«Sie werden also darüber schreiben?»

«Das auf jeden Fall, aber ich bin nicht diejenige, die über eine Veröffentlichung entscheidet. Das liegt im Ermessen der Redaktionsleitung und des verantwortlichen Herausgebers.»

«Ich will, dass Katarina das Handwerk gelegt wird», sagte ich. «Ich will nicht, dass sie noch mehr Menschen betrügt. Kann ich Ihnen irgendwie helfen?»

«Wissen Sie, was mit Miranda geschehen ist?»

Diese Frage machte mich baff, mir ging plötzlich auf, dass ich die verzweifelte Stimme am Bürotelefon der Stiftung Ewigkeit fast vergessen hatte.

«Ich habe nicht die geringste Ahnung», sagte ich.

Tatsächlich weiß ich bis heute nicht, was aus Miranda und ihren Kindern geworden ist.

«Und dann Petra und Henrietta», sagte die Reporterin. «Mit denen müsste ich auch sprechen. Ich weiß ja, dass sie versteckt leben, und ich habe nicht vor, ihren Aufenthaltsort herauszufinden, ich werde natürlich ihre Identität nicht verraten, aber es wäre einfach gut, wenn ich mit ihnen reden könnte.»

Ich zögerte keine Sekunde.

«Natürlich.»

Und dann tat ich etwas, was mir noch ein halbes Jahr zuvor völlig unmöglich erschienen wäre: Ich gab der Reporterin von der Abendzeitung unsere neue geheime Telefonnummer.

Das nächste Gespräch war bedeutend schwieriger.

Ich musste meinen Eltern sagen, dass wir beschlossen hatten, unser Reihenhaus aufzugeben. Bevor ich in der Lage war, zum Hörer zu greifen, machte ich Großputz in der ganzen Wohnung, lüftete alle Bettdecken auf dem kleinen Balkon, putzte die Fenster und scheuerte den Backofen mit Seife aus. Die Schichten auf der Backofentür verrieten mir, dass frühere Mieter beim Putzen vor dem Auszug ebendieses Detail gern ausgelassen hatten.

Dann konnte ich mich nicht länger drücken.

Mit klopfendem Herzen wählte ich die Nummer. Meine Mutter nahm ab.

Sie klang ruhig und gefasst, als hätte sie auf meinen Anruf gewartet.

Und auf unseren Entschluss, das Haus aufzugeben, reagierte sie auch weder verzweifelt noch empört, nur sehr resigniert.

«Wir hätten es so schön gefunden, wenn ihr wieder hierher gezogen wärt», sagte sie, «aber wir wissen auch, dass das unmöglich ist.»

«Ja», bestätigte ich, «daraus wird nichts, und ich bin deshalb sehr traurig.»

«Geht es euch gut, Mia? Was machen die Kinder?»

Ich erzählte, dass wir eine Wohnung bekommen hatten, sie fragte nicht wo. Ich sagte, es gehe uns gut, sie fragte, ob wir im Begriff seien, ins Ausland zu ziehen, ich sagte nein, das werde sich wohl noch etwas hinziehen.

Dann sprachen wir über die praktischen Details unser Haus betreffend, sie fragte, welche Sachen wir haben wollten, wenn sie es ausräumten.

Ich schloss die Augen und spürte die Tränen brennen; von all den Dingen, die ich in meinem Zuhause, in meinem früheren Leben gehabt hatte, fiel mir beim besten Willen nichts ein, was auch nur ansatzweise den Verlust meiner Wurzeln hätte wiedergutmachen können.

«Nehmt euch, was ihr haben wollt», sagte ich, «lasst meine Schwester alles durchsehen, vielleicht kann sie etwas davon gebrauchen. Den Rest könnt ihr auf einen Flohmarkt geben.»

«Aber deine Glaskunst?», fragte meine Mutter. «Deine schöne Sammlung? All das Kristall?»

«Ich sammle kein Glas mehr», sagte ich und sah zur Zimmerdecke hinauf, damit die Tränen nicht überliefen. «Ich werde jetzt anfangen, Uhren zu sammeln.»

«Ach, wirklich?», fragte meine Mutter.

Es war so traurig, mit meinen Eltern zu reden, denn ich fühlte mich immer schuldig. Sie hatten so ein ehrenhaftes und strebsames Leben gelebt, und nun setzte ich sie Gefahren und Gewalttätigkeiten aus, die mit sich brachten, dass sie nicht einmal ihre Enkelkinder sehen konnten.

Als wir uns verabschiedeten, erwähnte ich nicht, dass wir einen eigenen Telefonanschluss hatten.

«Du kannst uns über unseren Anwalt erreichen», sagte ich, denn es war für sie selbst am besten, wenn sie nichts wussten.

Jeden Tag ging ich zum Kiosk am S-Bahnhof und kaufte sowohl die Morgen- als auch die Abendzeitung. Zum einen benutzten wir die Zeitungen als Spielmaterial für die Kinder, wir schnitten und klebten und machten Pappmaché. Zum anderen fing ich an, die Wirtschaftsseiten gründlich zu studieren.

Der Herbst 1993 war ein schwarzes Kapitel in der schwedischen Wirtschaft. Drei Jahre in Folge waren die Wachstumsraten gesunken, und noch war kein Ende des Elends abzusehen. Die Konjunkturprognosen gingen zwar von einer Verbesserung für das kommende Jahr aus, doch die Investitionen waren weiterhin rückläufig.

Ende Oktober senkte die schwedische Reichsbank den Leitzins von 8 auf 7,75 Prozent. Gleichzeitig beschloss die Deutsche Bundesbank, den Diskont- und den Lombardsatz um einen halben Prozentpunkt zu senken. Das würde sich natürlich auf alle europäischen Währungen auswirken.

Ich fand diese Entwicklung spannend und verfolgte sie genau.

Meine Mutter verkaufte den Fernseher und unsere Möbel, meine Glaskunst und das Kristall, alle meine Teppiche und die schönen Gardinen, und am 20. Oktober ging das Geld auf meinem Geheimkonto ein.

Ich saß mit dem Hörer am Ohr da und horchte auf die automatische Ansage der Bank, die mir gerade verkündete, was mein früheres Leben in Kronen und Öre wert gewesen war.

«Zweiunddreißigtausend. Siebenhundert. Vierzig. Kronen.

Zur Abfrage weiterer fünf Transaktionen drücken Sie die Eins.

Möchten Sie eine andere Funktion auswählen, drücken Sie die Drei.

Möchten Sie den Anruf beenden, drücken Sie die Null.

Schließen Sie alle Eingaben mit der Raute ab.»

Die folgenden Tage verbrachte ich in dem ungewohnten Bewusstsein, Geld zu haben. So viel hatte ich seit Jahren nicht besessen, es kam mir wie ein richtiges Vermögen vor, doch richtig freuen konnte ich mich über den Reichtum nicht.

Was sollten wir damit anfangen? Neue Möbel kaufen, die wir eines Tages doch wieder würden zurücklassen müssen? Besseres und teureres Essen kaufen? Noch mehr Spielzeug?

Es gab unzählige Löcher, die wir hätten stopfen können,

viele und große Löcher, und deshalb erschien uns Geld gar nicht so wichtig.

Was wir brauchten, war ein Leben. Ein neues Leben in einem neuen Land, und das gab es nicht umsonst. Das Landgericht war willens gewesen, fast zweieinhalb Millionen an Katarina zu zahlen, damit sie uns aus unserer Situation befreite, also sollte es doch genügend Spielraum für irgendeine Form von Hilfe durch die Behörden geben.

Aber der Weg dorthin war lang, das wusste ich, und ich nahm nichts für selbstverständlich.

Ich besprach die Sache mit Anders, und wir beschlossen, dass ich erst einmal versuchen würde, das Geld wachsen zu lassen.

Der Kauf von Aktien, zu jener Zeit eine Goldgrube, war mir unmöglich. Solche Käufe und Verkäufe wurden immer registriert, und obwohl unsere Verfolger wahrscheinlich nicht imstande gewesen wären, das Register der Wertpapierzentrale einzusehen, wollte ich lieber kein Risiko eingehen.

Doch ich konnte mit verschiedenen Währungen spekulieren.

Über meine Kollegin bei der Bank eröffnete ich ein Währungskonto. Fünf Tage nachdem ich das Geld aus meinem vorigen Leben erhalten hatte, stand das irische Pfund relativ niedrig. Es kostete elf Kronen und siebenunddreißig Öre, und ich setzte mein ganzes Kapital plus ein paar Tausender aus meinem Krankengeld ein und kaufte irisches Geld dafür.

Nun verfolgte ich jeden Tag in der Zeitung die Kursveränderungen. In der ersten Woche ging er hoch, aber dann sank er wieder.

Darauf folgte ein steiler und stabiler Anstieg bis zum 1. Dezember, an dem das irische Pfund endlich über zwölf Kronen ging, und da verkaufte ich. In gut einem Monat hatte ich fast zweitausend Kronen verdient. Für mich war das viel Geld.

Wie sich herausstellte, hatte ich dieses Mal ins Schwarze getroffen, denn danach ging das irische Pfund für mehrere Monate wieder runter.

Den ganzen November lang hatte ich die Geldmärkte verfolgt und dabei bemerkt, dass der Silberpreis kräftig gestiegen war. Ich nahm an, dass er seinen Höhepunkt noch nicht erreicht hatte, und deshalb legte ich am 1. Dezember das Geld nun in Silber an. Kurz vor Weihnachten verkaufte ich. Nach Neujahr zog der Preis noch einmal etwas an, doch dann sank er wieder. Ich war froh und zufrieden, dass ich mit über vierzigtausend Kronen ausgestiegen war, und so machte ich weiter. Manchmal verlor ich etwas, aber meist machte ich bei meinen Spekulationen Gewinne.

Er ging hier wirklich nicht um irgendwelche riesigen Beträge, aber wir waren es gewohnt, unter sehr einfachen Umständen zu leben, und ich hatte auf keinen Fall die Absicht, einfach aufzugeben.

Ich würde zumindest versuchen, uns eine eigene Zukunft aufzubauen.

Die Artikel über die Stiftung Ewigkeit erschienen Anfang Dezember.

Am Abend vor der Veröffentlichung rief Hanna Lindgren an und erzählte mir, dass die Artikel kommen würden.

«Ich habe mit Katarina Nilsson Strömlund gesprochen und sie mit allen Informationen konfrontiert, die gedruckt werden.»

Da musste ich mich erst mal setzen.

«Und was hat sie gesagt?»

«Sie tat vollkommen verständnislos, sie begreife das alles nicht, behauptete sie. Kein Wort von dem, was wir drucken wollten, sei wahr. Ich erklärte ihr, dass ich alles schwarz auf weiß hätte, von den Schulden beim Gerichtsvollzieher bis zu ihren Rechnungen und Gehaltsangaben. Und da schwenkte sie um.»

«Inwiefern?»

«Sie wurde aggressiv und fragte, wer mir das alles erzählt habe. Ich erklärte ihr, dass das meiste öffentlich einsehbare Unterlagen seien und der Rest aus Quellen stamme, die Einsicht in ihre Organisation gehabt hätten.»

Mir wurde unbehaglich.

«Sie wird begreifen, dass ich dahinterstecke», sagte ich.

«Vermutlich», stimmte mir Hanna Lindgren zu. «Sie ist ja nicht dumm.»

«Was meinen Sie, ist alles so, wie es sein sollte?»

Die Reporterin zögerte.

«Was die Artikel angeht, gibt es eigentlich nur ein Problem», sagte sie. «Die Redaktionsleitung hat entschieden, dass wir Namen und Foto von Katarina veröffentlichen, es hat sie überhaupt nicht gekümmert, dass ich dagegen protestiert habe. Ich finde nicht, dass ihre Identität der Enthüllung irgendetwas hinzufügt, sondern die Veröffentlichung macht uns nur angreifbarer. Wie Katarina aussieht oder wie sie heißt, ist doch völlig egal, aber die Redaktion bleibt bei ihrer Entscheidung.»

Ich fuhr mir verwirrt mit der Hand durchs Haar.

«Was bedeutet das?»

«Dass sie etwas gegen uns in der Hand hat, falls sie vor Gericht gehen will. Ich finde das verdammt unnötig. Es geht nicht um Katarina, sondern um das, was sie getan hat.»

Wie geplant erschien der erste Artikel tags darauf.

Spät am Abend rief mich Hanna Lindgren an.

«Wie ist es gelaufen?», fragte ich gespannt. «Haben Sie Reaktionen bekommen?»

«Zwei weitere Frauen haben sich gemeldet», sagte die Reporterin. «Sie sind ebenfalls von Katarina reingelegt worden. Die betroffenen Sozialdienste sind über das ganze Land verstreut. Außerdem hat eine Kriminalkommissarin aus Uppland angerufen, die seit über zwei Jahren nach Katarina beziehungsweise nach einer Gabriella Fogdestam sucht. Katarina, oder wie immer sie nun wirklich heißt, steht unter dem Verdacht des Betrugs, der Bilanzfälschung und der Steuerhinterziehung, doch da die Frau wie vom Erdboden verschwunden war, konnte man sie nicht verhören.»

Ich atmete auf.

«Es ist also, wie wir vermutet hatten.»

«Ach übrigens», sagte die Journalistin, «wissen Sie, wie Katarinas Bruder und ihr Stiefvater aussehen?»

«Wieso?»

«Ist der Stiefvater eher klein und untersetzt, mit überkämmter Glatze und langem grauem Mantel?»

Ich schluckte.

«Ja, das kommt hin», sagte ich.

«Und der Bruder klein und hellhäutig, ziemlich mager?»

«Woher wissen Sie das?»

«Sie beobachten mein Haus.»

«Seien Sie vorsichtig», sagte ich.

Die Veröffentlichungen über die Stiftung Ewigkeit liefen über mehrere Tage. Die Reporterin hatte Petra und Henrietta und Peter und Denise und mehrere andere Personen interviewt, die ebenfalls von Katarina betrogen worden waren. Sie hatte mehrere Sozialsachbearbeiter gefragt, wie sie so große Summen auszahlen konnten, ohne zu kontrollieren, wofür das Geld verwendet wurde. Das Ganze endete damit, dass eine Reihe von Gemeinden Katarina wegen Betrugs anzeigten, andere verzichteten auf eine Anzeige, weil sie die ausgezahlten Gelder zurückbekommen hatten.

Als alles geschrieben und veröffentlicht war, stand fast schon wieder Weihnachten vor der Tür.

Ein ganzes Jahr war vergangen, und wir waren einer Lösung unserer Situation nicht einen Schritt nähergekommen.

«Dieses ganze Jahr war weggeworfene Zeit!», sagte ich manchmal wütend, wenn ich schlecht gelaunt war. «Wir haben nichts zustande gebracht. Emma konnte noch nicht einmal mit einer Therapie anfangen, alles hängt nur in der Luft. Ich halte das nicht länger aus!»

Anders protestierte dann, wir hätten doch einiges erreicht, zum Beispiel, Katarina das Handwerk zu legen.

«Na und?», rief ich. «Wir sitzen genauso fest wie in Smedjebacken, nur mit dem Unterschied, dass die Tanten auf dem Sozialamt hier uns nicht mal glauben!»

Als ich mich wieder beruhigt hatte und nachdenken konnte, wurde mir klar, was zu tun war.

Wir würden keine Hilfe von den Behörden bekommen.

Wir mussten unsere Zukunft selbst in die Hand nehmen.

Das Einzige, was wir tun konnten, war, mit den Behörden zusammenzuarbeiten und zu versuchen, sie in unsere Pläne einzubinden.

Nach Neujahr begann ich, wieder an alten Strippen zu ziehen. Früher einmal, in meinem vorigen Leben, hatte ich aktiv daran mitgewirkt, Flüchtlinge zu verstecken. Jetzt rief ich meine ehemaligen Kontakte an und brachte wieder Leben in das alte Netzwerk, dessen Verästelungen sich auch in die andere Richtung erstreckten, nämlich hinaus in die Welt.

Südamerika kristallisierte sich immer mehr als einzige realistische Alternative heraus. Dort kannte ich Leute, dort hatten wir die größte Chance, uns mit einem Minimum an Geld längere Zeit über Wasser zu halten. Leicht würde es nicht werden. Anders und die Kinder sprachen kein Wort Spanisch, und mein Wortschatz war nach all den Jahren kräftig eingerostet. Aber es würde gehen. Es musste gehen.

«Chile oder Argentinien», sagte ich zu Anders, als wir abends über dem großen Weltatlas saßen, den wir uns geleistet hatten.

Mein Mann nickte nur.

In Schweden zu bleiben war jedenfalls keine Alternative.

Kurz nach Neujahr ließ mein Anwalt von sich hören, denn er hatte einen Brief bekommen, der an mich adressiert war.

Ein paar Tage später fuhr ich in die Stadt und holte den Brief in seiner Kanzlei ab. Er war, wie ich vermutet hatte, von meiner Mutter.

Sie berichtete, dass eine neue Familie in unser Haus gezogen war.

«Sie haben zwei kleine Kinder und scheinen sehr nett zu

sein. Wir haben uns einige Male mit ihnen unterhalten, denn ich hatte ihnen die Schlüssel schon vor dem Einzug gegeben, damit sie das Wohnzimmer neu tapezieren konnten. Die Frau hat uns für Samstag zum Kaffee eingeladen.»

Aus irgendeinem Grund ärgerte mich der Brief. Das Wohnzimmer neu tapezieren! Hatten die etwa unsere schöne Strukturtapete abgemacht? Die so unglaublich schwer anzubringen gewesen war? Und was hatten meine Eltern bei denen zu suchen?

«Schlechte Nachrichten?», fragte mein Anwalt.

Ich sah ihn peinlich berührt an.

«Nein, nein», beeilte ich mich zu sagen. «Ganz und gar nicht.»

Ich riss mich zusammen, mein Gott, was war nur mit mir los?

Es war doch nur gut, wenn meine Eltern neue Freunde fanden, vor allem, wenn es eine junge Familie mit Kindern war.

«Ein Polizeikommissar hat sich gemeldet, der mit Ihnen sprechen will», sagte mein Anwalt und griff nach einem Blatt Papier auf seinem Schreibtisch. «Er ermittelt im Betrugsverdacht gegen die Stiftung Ewigkeit.»

Mein Herz machte einen Satz.

«Ach ja?», sagte ich mit heller Stimme. «Was will er wissen?»

«Er möchte, dass Sie zur Zeugenvernehmung aufs Revier kommen», sagte mein Anwalt und gab mir den Zettel mit dem Namen des Polizisten und seiner Telefonnummer.

Das Polizeirevier lag in einem anderen Betonvorort, es musste irgendwann in den siebziger Jahren gebaut worden sein. Die Decken im Haus waren so niedrig, dass ich fast das Gefühl hatte, den Kopf einziehen zu müssen. Eine rote, schmuddelige Auslegeware dämpfte alle Geräusche.

Der Polizeikommissar brachte mich in ein gewöhnliches Büro und zeigte auf den Stuhl, auf den ich mich setzen sollte. Ich war angespannt und fühlte mich etwas unwohl, obwohl ich ja keinen Grund hatte, ängstlich zu sein.

«Ich finde es ganz schrecklich, wie die Zeitung die arme Katarina behandelt hat», sagte der Kommissar und sank auf seinen Stuhl. «So eine anständige und fleißige Frau, sie ist ganz bestürzt über diese Schmierereien.»

Ich sah auf meine Hände und wusste nicht, was ich sagen sollte.

«Sie waren doch eine ihrer Mitarbeiterinnen, oder?», fragte der Polizist.

«Nein», sagte ich und schaute hoch. «Ich war eine der Frauen, denen gegenüber sie behauptet hat, dass sie ihnen helfen könne.»

Er nickte.

«Und Ihnen ist geholfen worden, nicht wahr?»

«Nein», sagte ich. «Mir wurde nicht geholfen. Womit denn?»

«Mit einer Wohnung und Betreuung», sagte der Polizist und sah mich an, als sei ich der undankbarste Mensch, der ihm je begegnet war.

Ich dachte ein paar Sekunden nach, ehe ich anfing zu reden. Dann erzählte ich die ganze Geschichte, alles, was sich ereignet hatte, seit wir zur Stiftung Ewigkeit gekommen waren.

Der Polizist nickte hin und wieder, aber er machte sich keine Notizen und zeichnete die Vernehmung auch nicht auf Band auf.

«Na ja», sagte er, als ich geendet hatte. «Man kann die Sache natürlich immer von zwei Seiten sehen.»

Ich war völlig fertig, als ich das Polizeirevier verließ, denn die Erkenntnis tat weh.

Der Polizeikommissar hatte mir nicht geglaubt.

Mitte Februar rief Hanna Lindgren mich wieder an.

«Katarina hat die Zeitung verklagt. Sie verlangt eine halbe Million Schmerzensgeld wegen Zufügung psychischen Leids.»

Ich seufzte schwer.

«Da hat sie eine neue Art gefunden, Geld zu verdienen.»

«Genau», sagte Hanna. «Die Redaktionsleitung ist außer sich. Sie sagen, ich hätte ihnen die Suppe eingebrockt, und nun müsse ich sie auch auslöffeln.»

«Aber», sagte ich, «Sie waren doch dagegen, dass Katarinas Name veröffentlicht wird.»

«Wen kümmert's», sagte Hanna, die etwas müde klang. «Das Gedächtnis von Boulevardzeitungsredakteuren ist furchtbar kurz. Ich habe mir die Paragraphen über Pressefreiheit und üble Nachrede aus dem Gesetzbuch kopiert, ich weiß also ungefähr, worum es geht. Leider reicht es nicht, wenn ich beweise, dass alles wahr ist, was wir geschrieben haben.»

«Aber», sagte ich und kam mir langsam vor wie eine Schallplatte, die irgendwo hakt, «wenn alles wahr ist, wo ist dann das Problem?»

«In den meisten Ländern würde das genügen», sagte Hanna, «aber in Schweden spielt das keine Rolle. Wichtig ist nur, ob wir Grund zu der Annahme hatten, dass die Angaben zum Zeitpunkt der Veröffentlichung zutreffen und es deshalb gerechtfertigt war, sie zu drucken.»

«Aber das kann ja wohl auch kein Problem sein», meinte ich. «Es ist alles wahr, und wenn etwas die Veröffentlichung dieser Sache rechtfertigt, dann ja wohl das.»

«Katarina ist da anderer Ansicht», sagte Hanna und lachte. «Wissen Sie was, ich würde Sie gern noch ein paar Sachen fragen, wenn ich unsere Verteidigung aufsetze. Hätten Sie dafür Zeit?»

«Natürlich», sagte ich, «was kann ich tun?»

«Ich habe morgen frei, können wir uns da treffen?»

Ich stutzte.

«Soll das heißen, dass Sie diese Sachen in Ihrer Freizeit erledigen müssen?»

«Genau», sagte Hanna. «Die Chefs der Zeitung sind da

knallhart, der Fall darf nichts von meiner Arbeitszeit beanspruchen.»

«Da bin ich ja froh, dass ich nicht bei der *Abendzeitung* arbeite», seufzte ich.

Am nächsten Tag fuhr ich mit Emma und Robin zu Hanna Lindgren. Sie wohnte mit ihrem Mann und zwei Kindern in einer Altbauwohnung auf Kungsholmen. Wir setzten uns in die Küche, während die Kinder im Wohnzimmer spielten. Ich konnte Emmas helle Stimme durch die dicken Wände hören.

«Vor allen Dingen muss ich belegen, warum unsere Annahme begründet war, dass das, was wir veröffentlichen, der Wahrheit entspricht», sagte die Reporterin und schenkte Kaffee ein. «Das ist im Grunde einfach, ich habe ja genug öffentliche Informationen, die meine Fakten untermauern. Das Problem sind die Zeugenaussagen.»

Sie rutschte auf ihrem Küchenstuhl ein Stück tiefer und sah mich an.

«Ich weiß, dass ich da viel verlange, aber könnten Sie sich vorstellen, als Zeugin auszusagen?»

Ich musste nicht eine Sekunde überlegen.

«Natürlich», sagte ich.

«Trotz der Bedrohung, unter der sie leben?»

«Im letzten Frühjahr habe ich es geschafft, dem Mann gegenüberzusitzen, der uns ermorden will, und zu erklären, warum er das Sorgerecht für Emma nicht bekommen durfte», sagte ich. «Da komme ich ja wohl auch mit Katarina Nilsson Strömlund klar.»

«Was meinen Sie, wie es bei den anderen Frauen ist, Petra und Henrietta zum Beispiel, glauben Sie, die würden auch aussagen?»

«Ich kann sie anrufen und fragen», sagte ich.

Die Reporterin betrachtete mich ein paar Augenblicke schweigend.

«Das würden Sie tun?»

«Natürlich», wiederholte ich.

Und ich nahm die Tasse und trank den starken Kaffee. Durch die Wand hörte ich Emmas fröhliches Lachen.

Gleich am nächsten Tag hängte ich mich ans Telefon und sprach mit allen Frauen, die sich in der Zeitung anonym geäußert hatten. Ich berichtete kurz, was passiert war, und als ich fragte, ob sie bereit wären auszusagen, reagierten sie alle ungefähr gleich.

«Nie im Leben!», kreischte Petra. «Bist du noch ganz bei Trost?»

Dann fing sie furchtbar an zu weinen.

«Katarina hat alle meine Unterlagen, sie weiß, wer mich verfolgt! Sie wird ihn mir direkt auf den Hals hetzen!»

«Das kann sie nicht», erklärte ich. «Sie weiß zwar, wer dich verfolgt, aber sie weiß nicht, wo du bist.»

Das Weinen endete in einem erstaunten Schluckauf.

«Sie weiß nicht, wo ich bin?»

«Nein, denn ich habe deinen Schutz aufgebaut. Katarina hat keine Ahnung, wo du dich aufhältst.»

Das Gespräch mit Henrietta verlief ruhiger und konstruktiver, aber sie war ebenso ängstlich wie Petra.

«Ich weiß nicht recht», sagte sie unsicher. «Ich finde das viel zu gefährlich. Es gibt eigentlich keinen Grund, dass ich mich dem aussetzen soll, nur um einer Abendzeitung in Stockholm zu helfen.»

«Ich verstehe deine Einstellung», sagte ich, «aber ich bitte dich trotzdem, nochmal zu überlegen, ob du nicht doch aussagen kannst. Ich will nicht, dass Katarina mit dem, was sie getan hat, davonkommt, und es liegt an uns, ihr einen Riegel vorzuschieben.»

Als sie zögerte, fuhr ich schwerere Geschütze auf.

«Ich habe dir geholfen», sagte ich, «und nun bitte ich dich, mir zu helfen.»

Nach vielen Telefongesprächen und einigem Erklären und Überreden von mir und von Hanna erklärten sich alle Frauen bereit, auszusagen.

Wenn ich nicht gerade herumtelefonierte und die vor Angst verzweifelten Frauen bat, in Sachen Pressefreiheit auszusagen, arbeitete ich weiter an einer Lösung für unsere Emigration. Am Ende zeichnete sich ein möglicher Ausweg ab, aber wir brauchten einiges an Geld, damit das funktionierte. Wir würden eine Wohnung mieten können, sollten dafür jedoch einen Vorschuss zahlen, den wir nicht aufbringen konnten. Ich hatte eine Privatschule gefunden, die erst einmal beide Kinder aufnahm, aber auch die würde sehr teuer werden. Durch reines Glück hatte ich außerdem den Namen eines international anerkannten Kinderpsychologen erhalten, der sich vielleicht um Emma kümmern würde.

Die Sozialtanten in der Familienstelle schienen nicht sonderlich begeistert von meiner schönen Lösung. Sie klimperten mit ihren Eulenaugen und sahen mich mit versteinerten Mienen an, während ich berichtete, und am Ende verkündeten sie, dass sie solche Entscheidungen nicht eigenmächtig treffen könnten, sondern dass der Sozialausschuss darüber beraten müsse, und damit war die Anhörung beendet.

Vor der Sitzung des Sozialausschusses, bei der die Sache von den Politikern diskutiert werden würde, war ich schlecht gelaunt und nervös.

«Soll ich Sie begleiten?», fragte Hanna Lindgren.

Ich war erleichtert und erfreut.

«Würden Sie das tun?»

«Natürlich», sagte Hanna Lindgren. «Und vorher werde ich

mir Ihre Behördenakte ansehen. Im Laufe der Jahre habe ich schon einige abschreckende Beispiele erlebt.»

Die Sozialsachbearbeiterinnen gaben ihre Unterlagen über mich und meine Familie nur ungern aus der Hand. Ich las sie gemeinsam mit Hanna Lindgren, die mit einem Stift verschieden Punkte im Text markierte.

«Verlangen Sie nochmal einen Termin bei den beiden Sozialtanten», sagte sie.

«Warum?», fragte ich.

«Wenn ich einen Artikel geschrieben hätte, der dermaßen von fehlerhaften Fakten strotzt wie dieses Gutachten, wäre ich gefeuert worden.»

Hanna Lindgren, die mittlerweile meinen dicken Aktenordner schon auswendig kannte, ging mit den Sachbearbeiterinnen der Familienstelle alle Unterlagen Zeile für Zeile durch, zeigte Fehler, Ungerechtigkeiten und Missverständnisse auf und machte ausdrücklich auf die allgemeine Schlamperei aufmerksam, die ihrer Meinung nach den ganzen Vorgang prägte.

Die Sozialtanten verstummten angesichts der Kritik und hatten vor Wut rote Flecken auf den Wangen.

«So arbeiten wir eben», bekam die eine am Ende heraus.

«Nun», sagte Hanna Lindgren, «dann ist es ja ein Glück, dass wir die Missverständnisse noch vor der Sitzung klären konnten, nicht wahr?»

Es war ein beinahe überkorrekter Bericht, den die Politiker anschließend erhielten, aber der ganze Vorfall brachte mich doch ins Grübeln.

Was war eigentlich wahr?

Was war eigentlich geschehen?

Tatsache war, dass ich selbst zu vergessen begann, was mir

alles zugestoßen war. Es entglitt mir sozusagen, als wollte es nicht erinnert werden.

Wie hatte damals eigentlich alles angefangen? Wie kam es denn, dass ich mich in dieser seltsamen und unwürdigen Lebenssituation befand?

Eines Nachmittags, als ich in der Stadt einkaufen war, kam ich an einem rumpeligen An- und Verkauf vorbei, in dessen Schaufenster eine alte elektrische Schreibmaschine stand. Einer plötzlichen Eingebung folgend, ging ich in den Laden und fragte, was sie kostete.

«Zweihundert Eier», sagte der Typ hinter dem Tresen und blinzelte mich durch seine Brille an.

«Funktioniert die?», fragte ich.

«Hab's nicht probiert», sagte der Typ.

«Sie kriegen einen Fünfziger», sagte ich.

«Schieß in den Wind damit», sagte der Typ, und als ich die Maschine hochhob, begriff ich, warum sie so billig war: Es verhielt sich damit wie mit dem Eichenschrank, den wir gekauft hatten – man konnte sie kaum tragen.

Nachdem Anders die Maschine geölt und ein neues Farbband gekauft hatte, funktionierte sie ganz wunderbar, und auf dem Papier, das wir beim Kopieren der Rechnungen in der Stiftung Ewigkeit übrig behalten hatten, begann ich aufzuschreiben, was alles passiert war.

Doch schon bald musste ich wieder an anderes denken, denn der Sozialausschuss hatte seine Sitzung anberaumt, und außerdem sah es ganz so aus, als würde es ein Verfahren in Sachen Pressefreiheit geben.

Die Sitzung des Sozialausschusses fand an einem dunklen und regnerischen Märzabend statt, und Hanna und ich fuhren mit der S-Bahn hin. Sie würde im Sommer wieder ein Kind bekommen und schnaufte die Treppen hoch.

Der Sitzungssaal war groß und hatte eine niedrige Decke. Eine Reihe Tische, im Rechteck aufgestellt, dominierte den Raum. Alle Anwesenden saßen einander gegenüber. Ich musste an einem Ende Platz nehmen, und Hanna Lindgren setzte sich neben mich und schrieb mit.

Nachdem man uns der Versammlung vorgestellt hatte, wurde mein Fall besprochen. Erst ging man die Unterlagen durch, danach wurden die Sachbearbeiter aus der Behörde gehört.

«Wir finden nicht, dass der Sozialdienst die Kosten übernehmen sollte», sagte eine der Sachbearbeiterinnen. «Wir sind der Ansicht, die *Abendzeitung* sollte einen Spendenaufruf veröffentlichen.»

Hanna Lindgren sah von ihren Notizen auf.

«Das können wir natürlich tun», sagte sie. «Wir können auf den Verkaufsplakaten in ganz Schweden Fotos der Familie Eriksson bringen, und dann sehen wir mal, wie lange sie das überleben. Ich gehe natürlich davon aus, dass Sie die Verantwortung für das übernehmen, was dann passiert. Allerdings frage ich mich natürlich, ob das die Ausnahme bleiben soll oder ob die Sozialbehörde in dieser Gemeinde es sich zur Regel machen will, die Fürsorge für bedrohte Familien der Boulevardpresse zu überlassen.»

Es entstand ein peinliches Schweigen, und die Sozialtante wurde rot.

«Natürlich werden wir nicht irgendwelche Spendenaufrufe veranstalten», sagte die Vorsitzende verlegen. Dieses Intermezzo machte die bis dahin eher verschlossenen Politiker zugänglicher, und sie fingen an, jede Menge Fragen zu stellen. Ich antwortete so gut ich konnte auf alles, erklärte und beschrieb.

Wir brauchten insgesamt dreihundertfünzigtausend Kronen, um uns ein neues Leben in Chile aufzubauen. Ja, wir betrachteten dies als unsere einzige Möglichkeit. Nein, es würde keine Rückkehr geben.

Bevor der Ausschuss den Fall diskutierte, mussten wir den Saal verlassen und draußen warten.

Fünfundvierzig Minuten lang saßen wir vor der Tür. Ich biss mir alle Fingernägel ab, während Hanna ihre Aufzeichnungen durchging und auf ihrem Block schrieb.

Als die Tür wieder aufging, machte mein Herz einen Sprung, aber am Gesichtsausdruck der Ausschussvorsitzenden sah ich sofort, dass es nicht geklappt hatte.

«Wir können keinen Beschluss fassen», sagte sie bedauernd. «Das beruht auf einem rein technischen Problem, aber wir müssen die Sache ans Landgericht weitergeben.»

Ich merkte, wie ich innerlich zusammensackte. Nicht schon wieder! Warum konnte nicht mal irgendetwas glattgehen?

Die Vorsitzende legte mir eine Hand auf die Schulter.

«Wir wollen Ihnen wirklich helfen», sagte sie leise und warmherzig. «Sie werden sehen, das regelt sich.»

In diesem Frühjahr telefonierte ich täglich mit Hanna. Wir arbeiteten aus zwei Richtungen daran, Beweise gegen die Stiftung Ewigkeit zusammenzustellen, ich von innen, sie von außen. Dann stimmten wir uns miteinander ab und setzten ein Puzzle zusammen, das hoffentlich aus Wahrheit und Wirklichkeit bestand. Am Ende schrieb Hanna lange Memoranden mit Argumentationen und Zeugenaussagen, die sie an den Anwalt der Zeitung schickte, aber wir fragten uns beide, ob er sie wohl jemals las.

Ich saß außerdem jeden Tag am Küchentisch und schrieb ein wenig an meiner Erzählung. Die Tastatur war ungewohnt für mich, denn ich hatte lange nicht mehr auf einer Maschine getippt, das letzte Mal bei meiner Arbeit in der Bank, wo ich Wirtschaftsanalysen verfasste. Und Aufsätze hatte ich seit dem Gymnasium nicht geschrieben.

Jetzt suchte ich nach den richtigen Buchstaben und den richtigen Worten, und wenn ich die einen fand, hatte ich die anderen schon wieder vergessen. Aber ich wollte alles niederschreiben, wollte eine Ordnung finden, ich wollte nicht vergessen.

«Ich glaube, das wird ein Buch», sagte ich. «Über das, was uns passiert ist. Unsere Geschichte.»

Anders sah nicht von seiner *Abendzeitung* auf.

«Super», sagte er, ohne wirklich zugehört zu haben.

Ich lächelte ihn an, auch wenn er es nicht sah.

Die Kinder wollten sich nicht so leicht zufriedengeben. Sie protestierten lautstark gegen meine neuen Beschäftigungen, das Bücherschreiben und das Telefonieren.

«Mama, ich will spielen!», rief Robin und verstreute alle meine Seiten über den Fußboden.

«Na warte, Kerlchen!», rief ich und rannte hinter den Blättern her, doch zu spät. Er trampelte auf meinen zaghaften Schriftstellerversuchen herum, ich fing ihn ein und warf ihn in die Luft.

«Wir haben schon lange nicht mehr Zugfahren gespielt», sagte ich. «Sollen wir die Bahn aufbauen?»

«Zug ist langweilig», sagte der Kleine und riss sich los. «Ich will draußen spielen.»

Ich zögerte nicht.

«Okay», sagte ich. «Komm, wir ziehen uns an.»

Er schaute mich erstaunt an, was hatte er für klare blaue Augen, der Süße!

«Anders», sagte ich, «komm, wir machen einen kleinen Ausflug. Ich kenne eine Stelle, wo man in den Wald gehen und am See grillen kann.»

«Hurra!», jubelte der Junge, und Emma kam mit großen Augen und einer Malkreide in der Hand aus dem Zimmer.

«Lauft schnell und zieht euch an», sagte ich und schob die beiden in den Flur.

«Welche Stelle meinst du denn?», fragte Anders leise, als die Kinder ihre Overalls überzogen.

«Keine Ahnung», flüsterte ich zurück. «Wir werden wohl zum Mälaren rausfahren müssen und sehen, ob wir irgendwo einen Picknickplatz finden.»

Es wurde ein gelungener Tag, und als wir gegen Abend nach Hause kamen, fühlte ich mich glücklich und stark.

An einem Tag im April fuhr ich nach Stockholm hinein, um mit dem Anwalt der *Abendzeitung* zu besprechen, was in dem Prozess um die Pressefreiheit alles passieren konnte. Ich hatte mich mit Hanna am Hauptbahnhof verabredet, und wir machten uns gemeinsam zur Kanzlei am Strandvägen auf.

Dort war es ziemlich schick, mit dicken dunklen Teppichen und Kristallkronleuchtern überall.

Der Anwalt saß an einem riesigen Schreibtisch, vor sich die Stapel von Dokumenten und ausgedruckten Zeugenaussagen, die Hanna Lindgren zusammengestellt hatte.

Er begrüßte uns und klopfte dann gereizt mit seinem goldenen Füller auf die Tischplatte.

«An diesem Prozess ist überhaupt nichts Ehrenvolles», sagte er. «Die ganze Sache ist einfach nur schäbig und schmutzig. Ich finde, wir sollten diese Katarina ausbezahlen und uns von der Anklage loskaufen.»

Mir klappte der Unterkiefer runter, und die Wut stieg in mir hoch. Was sagte der Kerl da? Schäbig? Schmutzig?

Ich sah zu Hanna, aber sie blieb völlig ruhig.

«Sicher», sagte sie kurz. «Es geht ja auch nur um bedrohte Frauen und Kinder. Überhaupt nichts Glamouröses dabei.»

«Nein, so ist es», sagte der Anwalt mit Nachdruck. «Und ich muss sagen, diese Katarina hat durchaus gute Karten. Viele der Leistungen, für die sie kassiert hat, wurden ja wohl erbracht. Wenn ich es richtig verstehe, haben Petra Andersson und Henrietta Lundin beide Schutz und Unterkunft erhalten, als sie zur Stiftung Ewigkeit kamen.»

«Aber dafür habe ich doch gesorgt», sagte ich, und meine Stimme klang ganz kleinlaut.

«Ja, und?», sagte der Anwalt und sah mich mit kleinen, kalten Augen an. «Sie haben dort umsonst gewohnt und sich zum Dank dafür ein wenig nützlich gemacht. Das war doch wohl nicht mehr als recht und billig, oder?»

Ich schwieg, mir fiel keine Antwort ein.

«Ich gehe mal davon aus, dass Sie hier gerade eine Worst-Case-Situation darstellen», sagte Hanna Lindgren. «Die Frage ist ja wohl nicht, was Maria Eriksson getan hat, sondern welche Leistungen der Stiftung Ewigkeit Katarina Nilsson Strömlund in Aussicht gestellt hat, für die sie sich ja auch hat bezahlen lassen.»

«Soweit ich informiert bin, werden die Anzeigen bei der Polizei nicht zu einer Anklage führen», sagte der Anwalt und lehnte sich in seinem Sessel zurück. «Meiner Ansicht nach sollten wir einen Vergleich anstreben.»

«Wenn Sie das tun, werde ich ein so unglaubliches Theater veranstalten, wie Sie es noch nie erlebt haben», sagte Hanna Lindgren.

Der Anwalt grinste leicht und stand auf, um uns zu signalisieren, dass die Audienz beendet war.

Den ganzen Sommer lang hing der bevorstehende Prozess wie eine große, bedrohliche Wolke über mir. Ich schrieb weiter an meinem Buch und versuchte gleichzeitig, für die Kinder da zu sein. Das Wetter war ziemlich kalt und regnerisch, sodass wir überwiegend in der Wohnung blieben. Manchmal fuhren wir mit dem Auto raus aus der Stadt und badeten in kleinen Seen, die wir zuvor im Autoatlas entdeckt hatten. Wir achteten immer darauf, nie zweimal dieselbe Stelle aufzusuchen.

Den ganzen Frühling und Sommer über hatte ich Glück bei meinen Währungsspekulationen. Mein kleines Sparkapital wuchs und bestand inzwischen aus fast fünfundvierzigtausend Kronen. Ich beschloss, nicht feige zu sein, sondern frisch und fröhlich weiterzumachen und auch mal einen Verlust zu riskieren.

Lieber das, als gar keine Chance zu nutzen, dachte ich mir.

Hanna bekam im Juli eine Tochter, und schon eine gute

Woche später wurde sie zur Redaktionsleitung zitiert, um sich für den Prozess drillen zu lassen.

Die Hauptverhandlung sollte in der ersten Septemberwoche stattfinden. Je näher der Tag kam, desto nervöser und empfindlicher wurde ich. Ich konnte völlig grundlos in Tränen ausbrechen und bekam kaum einen Bissen herunter.

«Und die arme Hanna», heulte ich, «da hat sie gerade ein Baby bekommen und muss sich von dem schrecklichen Anwalt drangsalieren lassen. Das wäre alles nicht passiert, wenn ich nur meine Schnauze gehalten hätte!»

«Jetzt hör aber mal auf», sagte Anders schließlich. «Hanna wusste ganz genau, was sie tat. Und es ist weder dein Fehler noch der von Hanna, dass die Zeitung verklagt worden ist. Ihr seid nur Zeugen.»

Er nahm mich in die Arme und wiegte mich sanft.

«Ach komm», sagte er und fuhr mir durchs Haar. «Du schaffst das. Und die Zeitung wird nicht verurteilt. Ihr kriegt das schon hin. Hörst du, Mia?»

Er küsste mich, und ich ließ mich gern überzeugen.

Am Tag vor der Verhandlung war ich dann richtig ruhig und gefasst. Anders war mit den Kindern draußen, und ich ging ein letztes Mal mein Material durch.

Da gab es keine Unklarheiten.

Katarina hatte ein unglaubliches Talent, Leute zu beschwatzen und zu täuschen, aber hier gab es zu viele Umstände, die darauf hinwiesen, wie es in Wirklichkeit aussah.

Natürlich konnte sie behaupten, ich sei ihre beste Freundin gewesen und wir hätten das alles zusammen gemacht, oder sie konnte irgendwelche anderen Lügen auftischen, auf die ich jetzt noch gar nicht kam. Aber die Tatsachen blieben bestehen.

Als ich die Stiftung Ewigkeit durchschaut hatte, zog ich meinen Antrag vor dem Landgericht zurück, der mir, oder besser gesagt Katarina, oder uns beiden zweieinhalb Millionen gebracht hätte.

Vielleicht behauptete sie, ich sei der Kopf hinter der ganzen Sache gewesen und sie nur ein willenloses Opfer, das sich von mir hatte einwickeln lassen.

Aber ich tauchte erst im April 1992 auf. Wer hatte sie dann in den Jahren davor belogen und betrogen?

Vielleicht behauptete sie, Hanna habe sich alle Interviews mit ihr nur ausgedacht, aber sie wusste nicht, dass Hanna alle ihre Telefongespräche auf Band aufgenommen hatte.

Ich konnte mir nicht vorstellen, wie sie davonkommen sollte.

Mit einem tiefen, entschlossenen Seufzer schlug ich meine Ordner zu und packte die Papiere zusammen.

Also dann, auf Biegen oder Brechen.

Da klingelte das Telefon.

Es war Hanna.

«Katarina hat ihre Klage zurückgezogen», sagte sie. «Es gibt keine Verhandlung.»

Ich klappte den Mund auf und wieder zu, stumm.

«Die Zeitung hat einem Vergleich zugestimmt», fuhr Hanna fort. «Der Chefredakteur behauptet, sie hätten ihr kein Geld gezahlt, aber ich weiß ja nicht, ob ich ihm glauben soll.»

Ich musste mich setzen.

«Das kann ja wohl nicht wahr sein», flüsterte ich.

«Doch», sagte Hanna, und ihre Stimme klang gepresst. «Ich kann nur so viel sagen, dass ich unglaublich wütend war und der Chef ungewöhnlich kleinlaut und gestresst. Hast du heute unseren Aufhänger gesehen?»

Nein, das hatte ich nicht.

«Unsere schlaue Redaktionsleitung hat eine Serie über Asylanten und die schwedische Einwanderungspolitik gestartet. Auf der Titelseite hetzen sie ‹DAS BOOT IST VOLL!›, und die Leser sind außer sich. Es ist zwar nur ein schwacher Trost, aber ich glaube, damit hat sich die Redaktionsleitung ihren eigenen Sarg gezimmert, denn jetzt müssen ja sogar die Herausgeber kapieren, wie verdammt ehrlos diese Leute sind.»

Wir schwiegen eine Weile, jede an ihrem Ende der Telefonleitung.

«Wie geht es denn jetzt weiter?», fragte ich, und ganz hinten in meinem Nacken löste sich etwas, eine Verspannung wich aus den Schultern, deren ich mir gar nicht bewusst gewesen war.

«Ich nehme jetzt meine Elternzeit, so viel ist sicher. Und dann würde ich schrecklich gerne das Manuskript lesen, von dem du mir erzählt hast, das Buch, an dem du schreibst. Also, wenn ich darf.»

Mir war richtig schwindelig, die Gefühle kamen und gingen durch Kopf und Körper, mir wurde abwechselnd heiß und kalt.

«Natürlich darfst du», sagte ich. «Aber du sollst dich auf keinen Fall verpflichtet fühlen. Ich habe dir schon genug Ärger gemacht.»

Hanna klang ernst und sehr müde, als sie antwortete.

«Mia», sagte sie, «eins will ich dir sagen. Du bist die Einzige, mit der ich über diese ganze Geschichte reden konnte. Du bist die Einzige, die zuhören wollte, und die Einzige, die mir geholfen hat.»

Ich wusste keine Antwort, saß nur schweigend da.

«Dann ist es jetzt also vorbei?», fragte ich schließlich. «Das mit der Stiftung Ewigkeit ist vorbei, für immer?»

«Soweit ich das sehen kann, ja», sagte Hanna.

Ich schickte mein Manuskript an Hanna, inzwischen fast neunzig maschinenbeschriebene Seiten, und dann verfiel ich in einen Zustand völliger Leere.

Ich hatte so sehr auf den Prozess gesetzt, und dann wurde nichts daraus. Ich hatte all den armen Frauen, die von der Stiftung Ewigkeit betrogen worden waren, Genugtuung verschaffen wollen.

Wie ein Tier hatte ich darum gekämpft, einen Weg zu finden, damit wir ins Ausland gehen konnten, aber auch das Landgericht konnte sich nicht zu einer Entscheidung durchringen, sondern schob den Fall zur Beschlussfassung dem Kammergericht zu.

Ich versuchte, mit dem Sozialdienst zusammenzuarbeiten, bis ich mich selbst fast völlig verbog, aber sie waren immer noch nicht zufrieden.

Emma hätte jetzt eigentlich eingeschult werden sollen, aber daran war gar nicht zu denken. Vor allem war es völlig undenkbar, sie ohne Schutz ganze Vormittage lang in einem unbewachten Klassenraum zu lassen, und außerdem wäre sie kaum in der Lage, irgendeinem Unterricht zu folgen. Ich war ja keine Psychologin, aber ich wusste, dass sie seelisch und körperlich Jahre zurück und noch auf keinen Fall schulreif war.

So saß ich Stunde um Stunde nur da und starrte auf den Hof in unserem Betonvorort, so lange und so stumm, dass

Anders schließlich unseren alten Arzt in Dalarna anrief und Alarm schlug.

An einem Tag im Oktober setzte er mich ins Auto und fuhr mit mir hin, damit ich jemand hatte, mit dem ich reden konnte. Dort angekommen, fing ich an zu weinen und konnte nicht mehr aufhören, bis ich einfach zusammenklappte und einschlief.

Hanna rief mich in regelmäßigen Abständen an, und als ich Ende Oktober zurückkam, sagte sie, sie wolle sich mit mir treffen.

Ich war völlig antriebslos und ohne Kraft, ich versuchte, mich herauszuwinden, aber sie gab nicht nach.

Sie schlug vor, in der Stadt einen Kaffee zusammen zu trinken, und ich ging darauf ein, weil mir die Energie fehlte, zu protestieren.

«Ich habe gelesen, was du geschrieben hast», sagte sie, als wir uns mit Kaffee und Kuchen hingesetzt hatten. Ihr Baby lag neben uns im Kinderwagen.

Ich rührte stumm in meiner Tasse, plötzlich nervös, wie ihr Urteil ausfallen würde.

«Das ist ganz furchtbar, was da passiert ist. So etwas darf es gar nicht geben. Eure Geschichte muss erzählt werden, schon weil sie so gewöhnlich ist.»

Ich sah sie erstaunt an.

«Glaubst du wirklich, dass es Leute gibt, die unsere Geschichte lesen würden?»

«Ja», sagte Hanna, «das glaube ich. Deine Geschichte ist viel gewöhnlicher, als du glaubst. Das einzig Ungewöhnliche an dir ist, dass du noch lebst. Wenn er dich umgebracht hätte, wärst du zehn Zeilen in der Lokalzeitung wert gewesen, ‹Familienstreit endet in Tragödie›, und es hätte niemanden weiter interessiert.»

Ich setzte mich aufrecht hin. So hatte ich die Sache noch gar nicht betrachtet.

«Ich habe viele Fälle wie deinen verfolgt», sagte Hanna. «Es passiert so selten, dass jemand darüber sprechen mag, erst recht über eine so grässliche Geschichte wie deine, von daher ist es unendlich wichtig, dass deine Stimme gehört wird.»

«Aber es ist ja kein Buch», sagte ich und dachte an meinen dünnen Stapel Seiten.

«Das kann es ja noch werden», sagte Hanna, «denn es ist wichtig.»

Der Gedanke überkam mich mit voller Wucht – wenn es nun wirklich ein Buch über mich geben würde! Zunächst stieg so etwas wie Euphorie in mir hoch, ich würde erzählen können, die Leute würden mir zuhören! Doch im nächsten Augenblick schlug wieder die Angst zu, die Furcht und die Scham.

«Aber dann wissen ja alle Bescheid», sagte ich. «Und was würde meine Mutter sagen?»

«Wenn es veröffentlicht wird, musst du ihnen natürlich von dem Buch erzählen. Und du musst vorsichtig sein, darfst nicht zu viel von deiner Identität preisgeben. Da sind rein juristisch eine Menge Sachen zu bedenken.»

Die Gedanken wirbelten herum, meine Wangen glühten.

«Aber ich kann das nicht», sagte ich.

«Sollen wir es zusammen machen?», fragte Hanna und schaute nach dem Baby, das im Wagen zu schreien begonnen hatte.

Ich schaute die Journalistin erstaunt an.

«Wie meinst du das?»

«Du erzählst und ich schreibe. Ich stelle einen Haufen Fragen, und du musst dich an alles erinnern.»

Sie nahm das Baby aus dem Wagen und zog ihm den Strampler aus.

«Ja», sagte ich, «willst du das denn? Schaffst du das?»

«Ich bin ja in Elternzeit, und nach allem, was passiert ist, brenne ich nicht gerade darauf, bald wieder in die Redaktion zurückzukehren. Hast du gehört, dass der Chefredakteur gefeuert wurde?»

Ich zögerte, hatte ich?

«Er ist über den ‹Das Boot ist voll›-Aufhänger gestolpert. Eigentlich ist er ganz in Ordnung, aber er war nicht der Richtige, um so ein Himmelfahrtskommando zu leiten, wie es eine Boulevardzeitung im Grunde ist. Willst du noch Kaffee?»

Ich schüttelte den Kopf, merkte aber gleichzeitig, dass ich doch gern noch welchen hätte.

«Bleib sitzen», sagte ich, «ich hole uns Nachschub.»

Mit einem Mal waren meine Schritte leichter, da war ein Hoffnungsschimmer am Horizont aufgetaucht.

Das, was mir zugestoßen war, war wichtig.

Meine Geschichte war es wert, erzählt zu werden.

Ich goss den Kaffee ein und setzte mich wieder.

«Ja», sagte ich. «Wir machen es.»

Hanna rief jetzt fast jeden Tag an. Manchmal verstand ich zunächst nicht, wovon sie eigentlich sprach. Ich merkte, dass es in meiner Vergangenheit massenhaft Details gab, die ich ganz einfach weggeschoben und verdrängt hatte.

Schritt für Schritt entwirrte sie meine Geschichte, und es war sowohl schrecklich als auch nützlich, das alles noch ein letztes Mal durchzuarbeiten.

Das beschäftigte mich den ganzen Winter über, und als der Frühling kam, war Hanna bis zu der Stelle vorgedrungen, wo wir gezwungen waren, in den Untergrund zu gehen.

Sie rief an und fragte zum fünften Mal: «Die Pension in Kloten, wie sah die aus?»

«Ich weiß es nicht», antwortete ich wieder und wieder.

«Wie war es, als ihr da zum ersten Mal ankamt? Wie war die Aussicht aus dem Fenster?»

Ich durchforstete mein Gedächtnis, sah enge Zimmer und vorbeihuschende Schatten.

«Ich kann mich nicht erinnern.»

«Ich verstehe ja, dass das schlimm für dich sein muss, aber ich kann das so nicht beschreiben. Ich kann es nicht vor mir sehen. Da gibt es nur eins.»

«Was denn?»

«Ich muss hinfahren. Kommst du mit?»

Ich überlegte, und mir brach sofort der Schweiß aus.

«Wenn du meinst, dass es sein muss», sagte ich.

An einem sonnigen Tag Anfang Mai holte Hanna mich an der S-Bahn-Station ab, und wir fuhren nach Dalarna hinauf. Unser erster Halt war die Pension in Kloten, wo wir in der ersten schrecklichen Zeit als Versteckte gelebt hatten. Als wir noch ungefähr einen Kilometer von der Stelle entfernt waren, wo man das Haus durch die Zweige der Kiefern würde sehen können, begann ich am ganzen Körper zu zittern. Ich fror dermaßen, dass meine Zähne aufeinanderschlugen, und Hanna warf mir einen besorgten Blick zu.

«Was ist? Klappst du zusammen?»

Ich schlug die Arme um mich und schüttelte den Kopf.

«Schon okay», sagte ich leise.

Als das Haus dann auf der linken Seite des Autos auftauchte, war es doch gar nicht so schlimm. Etwas von der Angst, die ich gespürt hatte, als ich an den Ort dachte, verschwand praktisch sofort.

Die Pension war umbenannt worden und hieß jetzt Sävernäsgården. Es gab einen neuen Besitzer, einen sehr freundlichen Mann, der uns etwas erstaunt, aber doch höflich herumführte.

Ich ging in unser altes Zimmer hinauf und sah das Bett, in

dem ich geschlafen hatte. Ich fuhr mit der Hand über den Bettbezug, der frisch gewaschen roch.

In diesem Zimmer hatte ich den Kontakt zur Wirklichkeit verloren. Hier waren die alten Waldarbeiter, die das Haus gebaut hatten, mit schleppenden Schritten über meinem Kopf gelaufen, hier hatte ich meine tote Freundin aus der unteren Etage nach mir rufen hören. Hier war ich fast an all den Medikamenten gestorben, die ich in mich hineingeschüttet hatte.

Hanna ging herum, schaute sich alles an, machte Fotos und Notizen. Sie fragte nach diesem und jenem, summte vor sich hin und dachte nach.

Ich ging in den gemeinsamen Aufenthaltsraum und strich mit der Hand über die Mauer am offenen Kamin.

«Glaubst du, dass es dir was bringt?», fragte ich.

«Aber ja», sagte sie. «Jetzt begreife ich, wie es euch hier ergangen ist. Jetzt kann ich es endlich vor mir sehen. Hast du hier die Stimmen gehört? War dies der Flur, in dem Marianne nach dir gerufen hat?»

Ich ging weiter hin und sah in den langen Flur mit den braunen Wänden und seinen Reihen von geschlossenen Türen. Dann nickte ich und erschauerte.

«Genau hier», sagte ich. «Ganz genau hier war es.»

Und so besuchten wir auch all die anderen Orte, an denen wir in unserem ersten Jahr im Untergrund gelebt hatten. Es war nicht leicht gewesen, die Zeitpunkte zu rekonstruieren und die Zeiträume, in denen wir uns an den verschiedenen Orten aufgehalten hatten. Anders und ich hatten viele Abende damit verbracht, das Puzzle aus Pensionen und kleinen Häusern im Wald zusammenzusetzen, in denen wir uns aufgehalten hatten. Am Ende meinten wir, es richtig hinbekommen zu haben, aber so vieles war schon in Vergessenheit geraten, dass wir nicht ganz sicher sein konnten.

Während Hanna und ich von einem Ort zum nächsten fuhren, sprachen wir darüber, was wir machen würden, wenn das Buch fertig war. Hanna meinte, dass wir es selbst drucken und vertreiben sollten, aber ich fand es natürlich schöner, wenn es bei einem großen Verlag erschien. Also einigten wir uns darauf, dass Hanna das Manuskript an sechs verschiedene Verlage schicken würde, um mal zu sehen, was die sagten. Es war ja gar nicht sicher, dass sich überhaupt jemand dafür interessierte.

Wir sprachen auch darüber, wo das Ende der Erzählung sein sollte. Hanna schlug vor, das Buch mit unserer ersten Reise ins Ausland aufhören zu lassen, denn das war ihrer Meinung nach der einzige wirkliche Abschluss in der Geschichte.

«Wir wissen ja noch gar nicht, wie es weitergeht», sagte sie und lächelte mir zu, als wir zurück nach Stockholm fuhren. «Wer weiß, vielleicht bekommen wir ja Gelegenheit, irgendwann eine Fortsetzung zu schreiben.»

Über diese verwegene Idee musst ich laut lachen.

In der letzten Maiwoche legte Hanna mir das ganze Manuskript in den Schoß. Meine erste Reaktion war, dass ich über das Gewicht staunte, der Packen Papier zählte über vierhundert Seiten.

Als die Kinder im Bett waren, fing ich an zu lesen, ich konnte gar nicht wieder aufhören, und ich weinte die ganze Zeit. Es war so seltsam und traurig, das alles auf diese Weise noch einmal zu durchleben. Ich las mein eigenes Leben und begriff endlich, welche Tragik darin lag.

Früh am nächsten Morgen hatte ich das Manuskript durchgelesen. Die Sonne war aufgegangen und schien in unsere Küche, und als ich die letzte Seite weglegte, erfüllte mich eine große, sonnengetränke Ruhe.

Ich hatte tatsächlich überlebt, und ich würde es schaffen.

Hanna schickte das fertige Manuskript am 1. Juni an die Buchverlage.

Am 10. Juni antwortete der erste Verlag, einer der beiden Riesen der Branche, dass sie darüber nachdächten, es zu veröffentlichen.

Am 11. Juni antwortete der andere Riese, dass sie es auf der Stelle annehmen würden.

Wir unterschrieben sofort.

Zwei der anderen Verlage lehnten das Manuskript nach einiger Zeit ab, die übrigen zwei antworteten nie.

Die Veröffentlichung würde erst im Herbst 1995 erfolgen.

«Bis dahin seid ihr längst über alle Berge», sagte Hanna.

Sie spielte damit auf unsere Auswanderung an, die endlich in greifbare Nähe gerückt war.

Die Hauptverhandlung vor dem Kammergericht stand bevor.

Es war ein klarer und sonniger Herbsttag, hoch oben am Himmel tanzten feine Wolkenstreifen. Ich war nervös, aber doch seltsam erleichtert.

Irgendwie hatte ich das Gefühl, dass es diesmal gutgehen würde.

Mein Anwalt und Hanna begleiteten mich. Auf dem Weg zur Verhandlung gingen wir nebeneinanderher, unterhielten uns und lachten.

Der Gerichtssaal lag in einem der palastartigen Gebäude auf Riddarholmen in Stockholm. Unsere vorsichtigen Schritte hallten in den Marmorfluren wider, und mich überkam plötzlich dasselbe ehrfürchtige Gefühl wie in einer Kirche.

Der Saal war riesig. Ganz vorn saßen drei ernst aussehende Juristen, meine Ärzte waren da und die beiden Frauen vom Sozialdienst.

Als ich sie alle da sitzen sah, wusste ich: Von diesen Menschen hing meine Zukunft ab. Ich wusste nicht, wie oder warum, aber das Gefühl war so stark, dass ich weiche Knie bekam.

Mein Leben liegt in euren Händen, dachte ich und sah einem nach dem anderen in die Augen.

Mein Anwalt und ich setzten uns nach links, Hanna saß ganz hinten auf einem Zuhörerplatz, ansonsten war der Saal völlig leer.

Die trockene Stimme des Vorsitzenden hallte schwach zwischen den Wänden, als er das Wort ergriff. Zunächst trug er vor, wer alles zur Sitzung erschienen war, erklärte, dass die Verhandlung hinter verschlossenen Türen stattfinde, und begann dann, mich, meine Ärzte und die Frauen vom Sozialdienst zu befragen.

Zu meiner großen Erleichterung und Freude fanden alle, die er anhörte, dass mein Vorhaben, uns im Ausland eine neue Existenz aufzubauen, gut sei und unterstützt werden sollte. Die Ärzte waren schon immer dieser Meinung gewesen, aber beide Frauen vom Sozialdienst hatten sich um hundertachtzig Grad gedreht und waren nun der Auffassung, dass eine Auswanderung die einzige Lösung für unsere Familie sei. Sie befürworteten unseren Vorschlag voll und ganz.

Für den Gesamtbetrag von dreihundertfünfzigtausend Kronen würden wir unsere ganze Lebenssituation für immer verbessern können. Darin waren Schulen, Wohnung, ärztliche Versorgung, Weiterbildung und alle denkbaren Papiere und Genehmigungen enthalten.

Eine Alternative, die einer der Juristen aufgriff, wäre gewesen, uns ein halbes Jahr lang in einem Familienheim unterzubringen und uns dort zu begutachten; die Kosten dafür hätten sich auf eine halbe Million Kronen belaufen.

Keiner der Anwesenden konnte sich für diese Idee erwärmen. Wenn wir etwas waren, dann gründlich begutachtet. Und wohin sollten wir anschließend gehen? Dann wären wir genau wieder da, wo wir angefangen hatten.

Froh und erleichtert verließ ich den Gerichtssaal auf Riddarholmen.

Drei Wochen später kam das Urteil des Kammergerichts, und ich war so verzweifelt, dass die Welt sich um mich schloss wie Erde um einen Sarg.

Das Kammergericht lehnte unseren Antrag ab.

Sie konnten eine Emigration nicht unterstützen.

Dafür hatte man aber ganz unten auf Seite zwei geschrieben:

«Im Ergebnis kann es als erwiesen angesehen werden, dass Familie Eriksson, um ein normales Leben führen zu können, Schweden verlassen muss.»

Einer der Juristen war abweichender Ansicht: Zwar meinte er auch, dass wir keine Unterstützung bekommen sollten, er musste aber darauf hinweisen, dass Schweden ein Rechtsstaat sei und etwas Derartiges, wie es uns passiert war, hier gar nicht geschehen könne.

«Das ist doch unglaublich», sagte Hanna, als sie das Urteil durchlas. «Sowohl dieser Jurist als auch das Urteil selbst sind ein Skandal. ‹Schweden ist ein Rechtsstaat›, aus welchem Loch ist der Typ denn ans Licht gekrochen? Und dann das Urteil: ‹Im Ergebnis kann es als erwiesen angesehen werden, dass Familie Eriksson, um ein normales Leben führen zu können, Schweden verlassen muss.› So was habe ich ja noch nie gelesen. Dieser Satz ist wichtiger als das ganze Urteil. Das Gericht stellt doch tatsächlich fest, dass ihr auswandern müsst. Ihr könnt hier nicht mehr bleiben, das steht da schwarz auf weiß.»

«Und trotzdem wollen sie uns nicht helfen», sagte ich vom Grund meiner schwarzen Grube.

Das Urteil schloss damit, dass der Fall zurück an den Sozialdienst verwiesen werde.

Alles zurück zum Anfang.

Wieder einmal.

Nach dem Beschluss des Kammergerichts durchlebte ich wieder eine Zeit der Dunkelheit und der Leere. Meine Ärzte waren besorgt, und ich wusste, dass sie mich zeitweise als suizidgefährdet betrachteten.

Manchmal schaffte ich es nicht, morgens aufzustehen. Anders musste sich um die Kinder kümmern, während ich apathisch im Bett lag und die Tapete im Schlafzimmer anstarrte.

Es war das Leben selbst, das mich schließlich wieder auf die Beine brachte. Die Kinder hörten nicht auf, nach mir zu verlangen, Anders ließ nicht nach mit seinen Diskussionen über Nachrichten und politische Fragen, Hanna rief weiterhin an.

Ich erhob mich, fast ausgezählt, kraftlos und todmüde.

Die Sozialdienstmitarbeiter waren ebenso frustriert darüber, dass sie uns jetzt wieder am Hals hatten, wie wir. Ich sah, dass mit ihnen dasselbe passierte wie mit allen Behördenleuten, in deren Verantwortung wir uns befunden hatten: Sie wurden unserer überdrüssig.

Dennoch war man sehr besorgt darüber, dass Emma immer noch nicht zur Schule ging. Sie hätte jetzt eigentlich schon in der zweiten Klasse sein müssen, aber abgesehen von der rein praktischen Unmöglichkeit, was die Sicherheit anging, war ich immer noch der Ansicht, dass sie psychisch nicht reif war.

Die Sozialtanten waren anderer Ansicht. Es bestand schließlich Schulpflicht, und an irgendeiner Form von Unterricht und Zusammensein mit anderen Kindern sollte Emma teilhaben.

Deshalb beschloss man ungeachtet meiner nachhaltigen Proteste, dass das Mädchen in den Kindergarten zu gehen hatte.

Also ging sie zwei Stunden am Tag in den Kindergarten, und das war eine richtig traurige Geschichte.

Jeden Morgen fuhren wir durch den ganzen Ort zu einer überfüllten und heruntergekommenen Tagesstätte. Anders und ich hatten beschlossen, dass immer einer von uns aus Sicherheitsgründen die ganze Zeit bei Emma bleiben würde. Als hätten wir unseren Verfolgern, sollten sie uns finden, irgendetwas entgegensetzen können.

Unsere Situation in der Tagesstätte wurde bald merkwürdig und unangenehm. Emma war den anderen Kindern gegenüber schüchtern, sie zog sich aus ihren Spielen zurück und saß am liebsten mit mir zusammen. Wann immer wir sie dazu zu bringen versuchten, mit den anderen zu spielen, wurde sie traurig und fing an zu weinen.

Das Personal war nur in ganz groben Zügen über unsere Situation informiert, und sie empfanden uns als lästig und störend, weil wir den ganzen Vormittag neben unserem Kind saßen und Platz wegnahmen. Immer öfter baten sie uns, bei verschiedenen Arbeiten zu helfen, beispielsweise zu putzen oder zu kochen, während sie mit den Kindern rausgingen, und wenn wir dann sagten, dass wir das nicht könnten, waren wir in ihren Augen faul und verwöhnt.

Es wurde von Tag zu Tag unangenehmer, dort zu sein, und wir waren sehr erleichtert, als endlich Ferien waren.

In diesem Jahr kauften wir Stifte und Knete und andere Kleinigkeiten für die Kinder zu Weihnachten. Dann entdeckten wir einen Supermarkt, in dem wir noch nie gewesen waren, und packten die Sachen dort in alte große Kartons ein.

Am Ende hatten wir einen riesigen Stapel Pakete, und trotzdem kostete alles zusammen nur einen Hunderter.

Wir sparten jeden Öre, den wir übrig hatten, für unsere Emigration. Schließlich würden wir alles selbst bezahlen müssen, und trotz meiner erfolgreichen Währungsspekulationen fehlten noch über fünfundzwanzigtausend Kronen, damit wir überhaupt aufbrechen konnten. Damit hatten wir noch nichts organisiert, weder Schulen noch Wohnung, aber da ich ein paar Einkünfte hatte, rechnete ich ganz kühl damit, dass ich das schon hinkriegen würde, ehe wir uns absetzten.

Was wir brauchten, war Geld für die Hinflüge, die Anzahlung für eine Wohnung, die ersten Monatsgebühren für die

Schule der Kinder und Geld für einen Monat Lebensunterhalt, bis wir Arbeit gefunden hatten. Krankenkasse, Telefon, Möbel, Auto und Versicherungen konnten wir vergessen, das musste warten.

Die Kinder liebten die Adventszeit. Wir machten am Wochenende immer etwas Besonderes, bastelten Weihnachtsschmuck und sangen Weihnachtslieder und kochten Weihnachtspudding. Ich mochte die Vorweihnachtszeit auch sehr, es war so gemütlich, drinnen schön im Warmen zu sitzen, während es draußen kalt und dunkel war.

An diesem Weihnachtsfest machten wir etwas, was wir seit vielen Jahren nicht mehr getan hatten.

Wir riefen meine Eltern an und luden sie ein, Weihnachten mit uns zu feiern. Sie waren beide überrascht und glücklich, und am Morgen des 24. Dezember spähte ich gespannt und etwas nervös auf den Parkplatz hinaus.

«Sie kommen!», rief Emma und lief durch die Wohnung, als es an der Tür klingelte. «Papa hat gesagt, sie kommen, Mama, Oma ist da!»

Ich hatte meine Eltern fast fünf Jahre lang nicht gesehen. Als sie unsere Wohnung betraten, musste ich mich sehr zusammenreißen, um mir meine Reaktion nicht anmerken zu lassen: Wie alt sie geworden waren!

Aber die Wärme in ihrem Blick war noch dieselbe, mein Vater kam mit weit ausgebreiteten Armen auf mich zu und drückte mich an seine Brust.

«Mein liebes Mädchen», sagte er mit rauer Stimme. «Wie schön, dich zu sehen. Du hast dich gar nicht verändert.»

Wir umarmten uns lange, dann sah ich ihn an.

«Du hast dich auch nicht verändert», sagte ich, und das meinte ich wirklich so.

Die Kinder waren zuerst recht schüchtern gegenüber Oma

und Opa, sie erkannten sie ganz einfach nicht wieder, und meinen Eltern ging es genauso.

«Sind die groß geworden! Wenn ich nicht wüsste, dass es deine Kinder sind, würde ich es nicht glauben», sagte meine Mutter erstaunt.

Als die Begrüßungszeremonie vorüber war, nahm ich meinen Vater beiseite.

«Bist du ganz sicher, dass euch niemand verfolgt hat?», fragte ich.

«Ja», sagte er mit Nachdruck. «Wir sind schon gestern zu Hause weggefahren und haben in einer Herberge in Västmanland übernachtet. Den ganzen Abend und die halbe Nacht haben wir beobachtet, wer in der Nähe war oder vorbeifuhr. Sie waren nicht da.»

Ich umarmte ihn wieder.

Wie dumm von mir, dass ich sie nicht schon viel früher eingeladen hatte!

«Oh, sieh doch mal!», rief meine Mutter aus dem Wohnzimmer. «Du hast ja immer noch das Ledersofa!»

Ich lachte laut.

«Ja, natürlich. Ich liebe dieses Möbelstück. Erinnerst du dich noch, wie wir es gekauft haben?»

«Das war, als ihr in das Reihenhaus gezogen seid», sagte meine Mutter. «Als du mit Robin schwanger warst.»

«Genau! Aber inzwischen ist es ziemlich schmutzig. Weiße Möbel sind einfach nicht sehr praktisch, wenn man kleine Kinder hat.»

«Aber es gibt mittlerweile ganz wunderbares Lederreinigungsmittel», erwiderte meine Mutter.

So plauderten und erzählten wir, wie wir es schon immer getan hatten. Es war, als hätten wir uns erst vorgestern gesehen.

Mein Vater und Anders spielten mit den Kindern, während

Mama und ich das Weihnachtsessen zubereiteten, das sie mitgebracht hatten.

Und als wir da in der Küche standen und alles in Schüsseln füllten, umarmte meine Mutter mich plötzlich.

«Danke», sagte sie. «Danke, dass wir herkommen durften.»

«Ich bin so froh, dass ihr gekommen seid», sagte ich und umarmte sie auch.

«Aber bei euch weiß man ja nie», sagte sie, «ob ihr uns sehen wollt oder nicht.»

Ich schloss einen Moment lang die Augen, entschied mich dann aber, nicht gereizt zu reagieren.

«Ich würde euch am liebsten jeden Tag sehen», sagte ich und lächelte sie an. «Könntest du den Schinken nehmen?»

Meine Eltern schliefen zwei Nächte bei uns und fuhren erst am zweiten Feiertag nach Hause. Sie wollten einen Umweg machen, damit sie nicht aus unserer Richtung kamen, wenn sie in meine Heimatstadt zurückkehrten.

Wir verabschiedeten uns herzlich und beschlossen, dass es nicht wieder fünf Jahren dauern sollte, bis wir uns wiedersahen.

Nach den Feiertagen gingen wir einfach nicht wieder in die Kindertagesstätte, und es meldete sich deswegen auch niemand bei uns. Wir fingen schon an zu hoffen, dass der Sozialdienst das Kindergartenprojekt zu den Akten gelegt hatte, aber so viel Glück hatten wir dann doch nicht.

Mitte Februar wurde ich plötzlich aus der Kanzlei meines Anwalts angerufen. Ich möge doch bitte schnell kommen, es sei sehr wichtig.

Ich ging zusammen mit Hanna hin, die bei der *Abendzeitung* aufgehört hatte und jetzt Nachrichtenchefin bei einer neuen Art von U-Bahn-Zeitung war.

«Ich habe beunruhigende und betrübliche Neuigkeiten»,

sagte mein Anwalt, als wir in seinem hellen, freundlichen Büro Platz genommen hatten.

Mein Herz begann schneller zu schlagen, aber noch spürte ich keinen Anflug von Panik. Ich war völlig unvorbereitet auf das, was dann kam.

Mein Anwalt sah mich ernst und sorgenvoll an, während er sagte:

«Der Sozialdienst denkt darüber nach, Ihnen die Kinder wegzunehmen. Sie wollen Emma und Robin in ein Pflegeheim einweisen.»

Die Zeit blieb stehen, der Raum sank unter mir weg.

Die Stimme meines Anwalts kam von ganz weit her, um mich herum war eine Dunkelheit, die langsam umkippte.

«Die Behörde ist der Ansicht, dass Sie und Anders eine Gefahr für die Kinder darstellen, dass Sie nicht imstande sind, noch länger für sie zu sorgen.»

Auf die Art sollte es also zu Ende gehen. Sie hatten gesiegt. Der Sozialdienst würde es schaffen, uns zu vernichten, sie würden keine Ruhe geben, bis sie uns nicht das Letzte genommen hatten, was wir besaßen, das war die ganze Zeit ihr Bestreben gewesen, uns zu zerreiben, jede Hoffnung auf ein menschliches Leben für mich und meine Kinder zu zerstören.

An den Rest des Treffens habe ich nur vage Erinnerungen. Ich weiß, dass wir irgendwann aufstanden, dass wir auf die Straße hinaustraten und zu Hanna nach Hause gingen, wo ich mich übergeben musste. Ich kotzte und würgte, bis nichts mehr kam, dann glitt ich in eine Ohnmacht, und als ich wieder zu mir kam, stand Hanna über mich gebeugt.

«Wie viel Geld fehlt euch?», fragte sie, und ihr Gesicht war ganz weiß.

«Fünfundzwanzigtausend», brachte ich hervor.

«Komm», sagte sie und zog mich hoch. «Wir gehen zur Bank.»

Eine halbe Stunde später holte Hanna das Geld von ihrem Sparkonto. Ich ging auf direktem Weg zum nächsten Reisebüro und kaufte vier Hinflugtickets nach Südamerika, die ich bar bezahlte.

«Du bekommst jeden Öre zurück», versicherte ich ihr.

«Das wird sich schon alles regeln», sagte Hanna.

Nun waren wir also auf dem Weg, aber unsere Abreise gestaltete sich überhaupt nicht so, wie wir gedacht hatten.

Anstelle eines ruhigen und besinnlichen Abschieds von meiner Familie und den Orten und Menschen, die uns wichtig waren, mussten wir Hals über Kopf fliehen, um nicht für immer als Familie vernichtet zu werden.

Wir kündigten unsere Wohnung und den Telefonanschluss, gingen hastig und unstrukturiert unsere Besitztümer durch und entschieden schnell und unüberlegt, was mitsollte und was nicht.

Unser neues Leben in Santiago würde überhaupt nicht so gut vorbereitet sein, wie ich gehofft hatte. Ich meldete die Kinder auf einer Privatschule in einem hoffentlich sicheren Umfeld an.

Familie Fernandez, eine Flüchtlingsfamilie, mit der ich zehn Jahre zuvor Kontakt gehabt hatte, versprach uns Unterkunft für die erste Nacht. Sie hatten einen Bekannten, der uns ein Haus vermieten konnte, und wenn wir nur einen anständigen Vorschuss zahlten, würde es sicher keine Probleme geben, glaubte Herr Fernandez.

Die Kinder nahmen alles ganz gelassen, was ein echter Trost war. Obwohl unsere letzte Reise schon so lange zurücklag, hatten sie eine helle, wenn auch unklare Erinnerung daran, dass es im Ausland lustig und angenehm war.

«Dürfen wir jeden Tag baden?», fragte Emma.

Ich nahm sie in den Arm und küsste ihr weiches Haar.

«Nicht jeden Tag», sagte ich, «aber wir werden immer draußen sein, und dann darfst du auch in die Schule gehen.»

«Kriege ich einen Schulranzen?»

Meine Augen füllten sich mit Tränen, und ich drückte sie fest an mich, das Herz drohte mir zu zerspringen.

«Ja, mein Liebling», flüsterte ich. «Du kriegst einen Schulranzen und Schreibhefte.»

Sie legte ihre dünnen Arme um meinen Hals und dachte angestrengt nach. Dann fragte sie:

«Darf man da Lackschuhe anhaben?»

Ich wischte mir die Tränen ab und holte tief Luft, ehe ich antwortete:

«Ja, jeden Tag!»

Ich war wirklich froh, dass wir Weihnachten mit meinen Eltern verbracht hatten. So war es jetzt leichter, aber gleichzeitig auch schwerer, sie anzurufen und ihnen zu erzählen, dass wir für immer weggehen würden.

Ich sagte, dass unsere Emigration jetzt angelaufen sei und wir im Verlauf des Frühlings abreisen würden.

Da es für sie keine Überraschung mehr war, nahmen es beide sehr gut auf.

«Kann ich dir ein paar Tischdecken schicken?», fragte meine Mutter. «Deine Großmutter hat sie gehäkelt, und du sollst sie als Erinnerung bekommen. Ich habe ja jetzt deine Adresse.»

Mir wurde eiskalt, das Letzte, was ich gebrauchen konnte, war ein großes Paket, das zu Hause auf der Post herumlag und unseren Wohnort verriet.

«Natürlich kannst du das», sagte ich, «aber schicke sie mir auf keinen Fall hierher, sondern wie immer über meinen Anwalt.»

Ich glaube, sie war etwas verletzt, aber sie gab sich Mühe, es nicht zu zeigen.

Anders meldete sich zum ersten Mal seit vielen Jahren bei seiner Verwandtschaft in Norrland und teilte ihnen mit, dass er Schweden verlassen werde. Sie fragten nach dem Grund, und er sagte einfach, er habe einen Job in Asien bekommen.

Wir packten die Dinge zusammen, die wir mitnehmen wollten, und stapelten sie in Kartons im Flur. Sie würden mit dem Schiff nach Chile reisen und ungefähr einen Monat nach uns eintreffen. Es waren Kleider und Haushaltsgeräte dabei, die teuer zu kaufen, aber billig zu verschicken waren, der Fernseher, der Videorecorder und Anders' Werkzeugkasten. Außerdem hatte ich, auf dringendes Anraten meiner südamerikanischen Freunde, auch meinen schwedischen Staubsauger eingepackt. Etwas Vergleichbares würde man dort unten nicht kaufen können.

Dann informierte ich das Personal unseres Sozialdienstes darüber, dass wir abreisen würden. Sie waren erstaunt und ziemlich bestürzt – offenbar hatten sie nicht geglaubt, dass wir es wirklich schafften.

«Wir werden uns dafür einsetzen, dass Sie die Reise bezahlt bekommen», versuchten sie uns zu trösten.

Das war alles, was die schwedischen Behörden nach sechs Jahren Untersuchung zu unserer Emigration beitrugen: vier Hinflüge nach Südamerika.

Der letzte Kontakt, den ich mit den Behörden hatte, war ein Anruf bei meiner ehemaligen Sozialbetreuerin in meiner Heimatstadt. Ich erzählte, dass wir Schweden den Rücken kehrten und ich nicht wisse, ob und wann wir zurückkommen würden. Am Ende gab ich ihr die Nummer von Hanna Lindgren.

«Wenn Sie uns erreichen müssen, dann nehmen Sie Kontakt mit ihr auf», sagte ich.

Am Tag vor unserer Abreise rief mich mein Anwalt an und

berichtete, dass ich ein großes Paket von meiner Mutter bekommen hätte.

Ich ließ Anders und die Kinder allein und unternahm eine letzte Fahrt nach Stockholm, die ich auch nutzte, um bei Hanna vorbeizuschauen und ihr auf Wiedersehen zu sagen.

«Sag, wenn ich irgendetwas für euch tun kann», sagte sie.

Ich lächelte sie an.

«Du hast schon so viel getan. Aber wenn du die Behördenregister ein bisschen im Auge behalten könntest, wäre das sehr gut.»

Ich versprach, sie kurz anzurufen, wenn wir angekommen waren.

Dann fuhr ich in die Stadt und holte das Paket meiner Mutter. Im Treppenhaus vor der Anwaltskanzlei riss ich es auf.

Drei abgenutzte gehäkelte Tischdecken von meiner Großmutter lagen darin. Ich hatte so etwas in meinem Haushalt noch nie verwendet. Dennoch freute ich mich darüber, sie fühlten sich irgendwie warm und gut an.

Meine Mutter hatte auch einen Brief mitgeschickt, einen kleinen Zettel, mit zittriger Handschrift beschrieben.

Unser Flug war für den 2. März gebucht, was meine Eltern nicht wissen konnten. Tags darauf wurde mein Vater fünfundsechzig.

«Mein größter Wunsch ist», schrieb meine Mutter, «dass du mit den Kindern zu seinem Geburtstag kommst. Könnt ihr nicht nach Hause kommen und mit ihm feiern?»

Ich drückte den Brief an meine Brust. Die Tränen brannten mir in den Augen, ich konnte nichts mehr sehen.

Ach Gott, herzallerliebste Mama, was bist du doch naiv!

Wenn ihr Papa hochleben lasst, werden wir in Santiago de Chile aus dem Flugzeug steigen.

TEIL 2 Exil

Ich atmete tief ein und bekam sofort einen Hustenanfall.

«Meine Güte, was für Abgase!», sagte Anders und schnappte nach Luft.

Es war halb sechs Uhr abends, und die Sonne stand tief. Der Verkehrslärm war ohrenbetäubend, die Menschen waren von ihrer Siesta erwacht. Wir befanden uns mitten in der chilenischen Hauptstadt, die Anden wie eine Wand hinter uns und hundert Kilometer im Westen der Stille Ozean.

Meine Augen brannten, ich kniff sie zusammen und schaute durch die diesige Luft über einen offenen Platz, auf dem unzählige gelbe Busse herumfuhren.

Die Straßen waren staubig und heiß, überall drängten sich Straßenverkäufer und Bauarbeiter, einkaufende Mütter, gut gekleidete Geschäftsleute und verschwitzte Reisende mit sperrigem Gepäck. Links von mir plätscherte braunes Wasser in einer breiten Betonrinne, das musste der Río Mapocho sein, der von den Ausläufern der Anden kam und durch die Stadt ins Meer floss.

Als Erstes steuerten wir die gelben Busse an. Sie hatten nur die Farbe und den schwarzen Dieselqualm gemeinsam, ansonsten waren sie alle unterschiedlich und fuhren in verschiedene Richtungen. Enrico Fernandez hatte uns von diesem Platz erzählt, und so wusste ich, dass wir hier richtig waren.

Emma stellte sich neben mich und blinzelte ins Licht, während Robin hinter mir hustete.

«Wie um Himmels willen sollen wir wissen, welchen Bus wir nehmen müssen?», fragte Anders.

«Ich werde mich erkundigen», sagte ich.

Mit vereinten Kräften schleppten wir unser Gepäck aus dem Kofferabteil des Flughafenbusses, insgesamt zehn Reisetaschen mit allem, was wir benötigen würden, bis in ungefähr einem Monat unsere restliche Habe eintraf. Dann ließ ich Anders und die Kinder vor dem Eingang zu einem großen Markt zurück.

Neugierig sah ich mich um. Ich hörte das Spanische um mich herum summen, es fühlte sich ungewohnt und seltsam an. Fast zehn Jahre war es her, seit ich Kontakt mit dieser Sprache gehabt hatte, und mit einem Mal war ich ganz schüchtern.

«¿De dónde el autobus para Huechuraba?», fragte ich einen Busfahrer und fand selbst, dass es steif und seltsam klang.

Der Fahrer starrte mich an, und das verunsicherte mich noch mehr. Hatte ich etwas Falsches gesagt? Hieß es vielleicht nicht *para* Huechuraba, sondern *en* Huechuraba?

Doch dann winkte er mich weiter, und siehe da, ein Stückchen entfernt stand der Bus, der nach Norden in das Wohngebiet der Familie Fernandez fuhr.

Dieser Bus war natürlich weg, bis ich Anders, die Kinder und alle Taschen geholt hatte, aber inzwischen war schon der nächste angekommen, und wir brauchten nur einzusteigen. Ich hatte auf dem Flughafen Geld gewechselt und gab dem Busfahrer jetzt zwölfhundert Pesos, ungefähr zwölf Kronen, und dann rollten wir los.

Ich wusste, dass Santiago aus einunddreißig verschiedenen *comunas* bestand, und der Bus nach Huechuraba würde durch einige von ihnen fahren.

Es war eng, Anders und ich saßen jeder mit einem Kind auf dem Schoß nebeneinander und sahen die Stadt am Fenster vorbeiziehen. Der Bus fuhr schnell, ruckartige Bremsmanöver warfen uns immer wieder nach vorn, und in scharfen Kurven wurden wir aneinandergedrückt.

«Mama», sagte Emma, «mir ist schlecht.»

«Möchtest du etwas trinken?», fragte ich, aber das Mädchen schüttelte den Kopf.

Ich strich ihr übers Haar, sie musste nach der langen Flugreise völlig erledigt sein.

Wir waren mit der amerikanischen Delta Airline über Oslo und die irische Stadt Limerick nach Santiago de Chile geflogen. Ich sah aus dem Fenster und spürte mit einem Mal, wie müde ich war.

Wir fuhren an etwas vorbei, das Barrio Bellavista hieß, und dann entdeckte ich das Schild «Recoleta».

«Anders!», sagte ich. «Hier werden wir wohnen! Irgendwo hier muss unser Haus sein.»

Wir setzten uns alle vier aufrecht hin und starrten mit neu geweckten Interesse auf die Umgebung. Ich hatte gehört, dass diese Gegend zu den besseren gezählt wurde, und nun ging mir langsam auf, was das bedeutete.

Die Fassaden blätterten ab und auf allen Wänden und Mauern breiteten sich Graffiti aus, die manchmal ganze Gebäude bedeckten. Ich starrte ungläubig auf den chaotischen Verkehr, die Stromleitungen, die in Bündeln über der Straße und zwischen den Häusern hingen, die Menschen, die sich im Staub drängten, die Müllhaufen am Straßenrand. Wenn das hier eine «bessere» Gegend war, wie sahen dann erst die schlechteren aus?

«Bist du sicher, dass wir hier richtig sind?», fragte Anders.

«Ich weiß es nicht», sagte ich. «Vielleicht gibt es mehrere Recoletas.»

Der Bus fuhr weiter nach Huechuraba, über die Avenida Américo Vespucci, die Ringautobahn, die um die ganze Stadt führte, und dann kamen wir in das Wohngebiet der Familie Fernandez.

Ich muss gestehen, dass ich sehr naiv gewesen war. Natürlich hatte ich schon etwas über die Stadt gelesen und wusste, was uns erwartete. Ich wusste, dass die Wohngebiete, die in den fünfziger und sechziger Jahren am Stadtrand von Santiago entstanden waren, *las callampas* genannt wurden, «die Pilze», denn sie waren buchstäblich über Nacht aus dem Boden geschossen und sahen dementsprechend aus. Es waren Ansammlungen von Bruchbuden, primitiven Hütten aus Holzplanken und Wellblech ohne Elektrizität oder Wasser. Ich wusste aber auch, dass man viel Mühe darauf verwandt hatte, die Hütten abzureißen und an ihrer Stelle richtige Häuser zu bauen. Insgesamt betrachtet, war Chile das Land in Südamerika, das am meisten Ähnlichkeit mit der Gesellschaftsform hatte, die mir und meiner Familie vertraut war. Es besaß eine lange demokratische Tradition – die Diktatur von Pinochet natürlich ausgenommen –, einen gewissen Lebensstandard, Stabilität und Atmosphäre. So hatte ich zum Beispiel gelesen, dass die chilenische Polizei die einzige in Südamerika sei, die man nicht bestechen könne.

Deshalb war der Anblick von Huechuraba ein Schock für mich.

Die Hütten waren keineswegs verschwunden. Sie wucherten an den Rändern der Siedlung und die Berghänge hinauf, ein Wirrwarr von elenden Behausungen aus Holzbohlen, Brettern, Wellblech und Plastik. Zwischen den Hütten hingen Wäscheleinen voller bunter Kinderkleidung. Auf dem harten Lehmboden standen rostige Autos geparkt, und überall rannten Kinder herum. Sie waren fröhlich und lebhaft, was mich aus irgendeinem Grund noch mehr berührte.

Guter Gott, wie konnten die Menschen so leben?

Ich musste kämpfen, um die Tränen zurückzuhalten.

Die Familie Fernandez lebte in der Mitte der Siedlung, wo der Standard bedeutend besser war, doch auch hier war alles verfallen. Wir kamen an einer Schule vorbei, die wie ein schlechtes Gefängnis aussah, mit hohen, bröckelnden Mauern und Gittern vor allen Fenstern. Die Straßen waren hier noch mehr zugemüllt, und die Bürgersteige bestanden lediglich aus festgestampftem Lehmboden.

Doch dazwischen sah man auch immer wieder richtig schöne Häuser mit Garten und Veranda, die allerdings sämtlich sorgfältig mit hohen Zäunen und spitzzackigen Mauern umgeben waren.

In einem solchen Haus an der Guillermo-Subiabre-Straße wohnten Enrico und Carita Fernandez mit ihren vier Kindern.

Wir stiegen aus dem Bus, der hier draußen an keiner richtigen Haltestelle mehr hielt, und blieben vor dem Zaun stehen.

Jetzt war ich noch mehr verunsichert. Zu Beginn der achtziger Jahre hatte ich ziemlich oft mit der Familie Fernandez zu tun gehabt, doch als sie aus meiner Heimatstadt wegzogen, wurde der Kontakt immer sporadischer. Kurz bevor wir untertauchen mussten, schickten uns die beiden eine kurze Nachricht, dass sie planten, nach Chile zurückzukehren. Seither hatten wir nichts mehr von ihnen gehört, bis ich begonnen hatte, mein altes Netzwerk wiederzubeleben.

«Gehen wir nicht rein?», fragte Emma.

Im selben Augenblick flog die Tür auf, und ein kleiner Junge kam den Gartenweg hinuntergelaufen.

«¡Ellos están aquí!», rief er aufgeregt und wedelte mit den Armen. *«¡Papá, los suecos han llegado!»*

Das musste der Jüngste von Enrico und Carita sein, der nach ihrer Rückkehr geboren worden war und den sie in einem schwedenseligen Moment Nils getauft hatten.

Man konnte das Gartentor von außen nicht öffnen, wir mussten warten, bis wir hineingelassen wurden.

Es schockierte mich zu sehen, wie sehr Enrico gealtert war.

Er war unglaublich dick geworden und hatte eine Glatze bekommen, und sein Gesicht, das ich als aufgeweckt und fröhlich in Erinnerung hatte, war jetzt rot und faltig.

Aber seine herzliche Umarmung war unverändert.

«Mia», sagte er und wiegte mich hin und her, «dass ich dich in meinem Heimatland begrüßen darf!»

Die Situation überwältigte mich, und ich musste mich wieder sehr zusammenreißen, um nicht loszuweinen.

«Ich bin so froh, euch zu sehen», sagte ich.

Wenn Herr Fernandez gealtert war, dann war das noch gar nichts im Vergleich zu seiner Frau.

Carita und ich waren gleichaltrig, aber sie sah fast wie fünfzig aus. Sie war abgemagert, ihr Haar völlig grau, und mehrere ihrer Zähne waren schwarz.

«Willkommen», sagte sie schüchtern und hielt sich schamvoll die Hand vor den Mund. «Ich habe Abendessen gemacht, ihr seid doch bestimmt hungrig, oder?»

Das Haus war einfach und nicht geputzt. Ich wusste, dass Carita zwei Jobs hatte, um die Familie zu versorgen, denn Enrico war arbeitslos.

Während der Pinochet-Diktatur hatten viele chilenische Flüchtlinge davon geträumt, in ihr Heimatland zurückkehren zu können. Als das dann Ende der achtziger Jahre endlich möglich war, reisten einige tatsächlich nach Hause, und ich wusste, dass viele von ihnen enttäuscht wurden. Ich kannte sogar eine Familie, die nach Valparaiso zurückgekehrt war, um dann von dort noch einmal nach Schweden auszuwandern.

«Wie gefällt euch Santiago?», fragte Enrico, schob den Teller von sich und goss sich noch etwas Wein ein.

«Es ist schön mit den Bergen rundherum», sagte ich vorsichtig, «aber die Luft ist so voller Abgase.»

«Ja, das stimmt», sagte Herr Fernandez. «Heute ist ja auch ein schwarzer Tag.»

Er holte die Zeitung *La Tercera* hervor und zeigte uns ein Kästchen auf der letzten Seite, unter der Rubrik *El Tiempo*, das Wetter. Jeden Tag wurden die Smogwarnungen in unterschiedlichen Farben veröffentlicht. Grün stand für reine und klare Luft, Gelb war normaler Smog, Orange stand für *malo*, schlecht, Rot bedeutete kritisch und Schwarz gefährlich, *peligroso*.

«Die Schulen waren heute geschlossen», sagte er. «Die machen zu, wenn die Luftverschmutzung die Stufe Schwarz erreicht. Man soll die Kinder dann im Haus behalten, aber das geht ja gar nicht. Nicht, wenn man so wohnt wie wir.»

Er machte eine weit ausholende Geste, und ich vermied es, seine verbitterte Miene anzusehen, indem ich aufstand und den Tisch abdeckte.

Carita zeigte uns, wo Matratzen und Decken lagen, und dann ging sie zu einer ihrer Arbeitsstellen. Unsere Kinder schliefen gemeinsam mit dem kleinen Nils im Schlafzimmer, die anderen Kinder der Familie Fernandez verschwanden hinaus in die Nacht.

Dann setzten wir uns in das spartanisch möblierte Ess- und Wohnzimmer.

Enrico, der beim Abendessen ja schon Wein getrunken hatte, machte jetzt mit *pisco* weiter, einem gelben Schnaps, den er mit Wasser mischte.

«Die Leute, die hiergeblieben sind und die Diktatur ausgehalten haben, betrachten uns als Drückeberger», sagte Enrico. «Sie finden es feige von uns, dass wir geflohen sind, als es am schlimmsten war. Als ob wir zum Spaß in Europa gewesen wären.»

Es war interessant, was er erzählte, und ich wollte wirklich gern zuhören, aber mein Körper schmerzte vor Müdigkeit, und ich konnte mich nicht konzentrieren.

«Das Haus, das wir mieten wollen», fragte ich vorsichtig, «wann können wir denn dort hinein?»

«Als ob das ein Spaß wäre, wenn man gezwungen wird, das eigene Land aus Angst zu verlassen, sich ein Einweg-Ticket zum Nordpol zu kaufen und über Nacht eine neue Sprache und eine neue Kultur zu erlernen. *¡Locos!*»

Er schüttete den letzten Rest aus der Flasche in sein Glas. Ich beugte mich vor und fing den etwas nebligen Blick des Mannes ein.

«Enrico», sagte ich. «Das Haus in Recoleta, von wem werden wir das mieten? Mit wem müssen wir Kontakt aufnehmen?»

Er schüttelte den Kopf und sah bekümmert in die leere Flasche.

«Es ist schon vermietet», sagte er.

Zuerst verstand ich nicht.

«Vermietet?», fragte ich. «Aber wir sollten doch dort wohnen. Deshalb sind wir doch hierhergekommen.»

«Ihr werdet etwas anderes finden», sagte Enrico Fernandez und stand auf. Er stolperte zur Toilette, die vom Wohnzimmer nur durch einen dünnen Vorhang abgeteilt war. Ich hörte ihn urinieren, während ich versuchte, meine Panik zu unterdrücken.

Jetzt waren wir erst einmal hier, das war das Wichtigste. Von nun an konnten wir die Dinge selbst in die Hand nehmen, hier vor Ort. Und es war ja klar, was das Wesentliche war, nämlich die Schule für die Kinder.

Anders und ich teilten uns eng aneinandergedrückt die dünne Matratze auf dem Wohnzimmerfußboden. Während die Atemzüge meines Mannes immer schwerer wurden, lag ich mit vor Müdigkeit schmerzenden Knochen wach. Ich sah direkt unter ein Sofa, wo sich im Dunkeln die Wollmäuse zu tummeln schienen.

Es war weniger als achtundvierzig Stunden her, dass ich die Wohnungstür im Vorort südlich von Stockholm hinter mir abgeschlossen hatte. Das Geräusch, das die Schlüssel machten, als sie im Briefkasten landeten, klang mir immer noch in den Ohren, und jetzt war ich hier, auf der anderen Seite der Erdkugel.

Was machte ich hier bloß? Wie war ich hergekommen?

Mit einem Mal war mir, als sei die Reise nur ein Traum, als läge ich in Wirklichkeit in meinem eigenen Bett und würde gleich aufwachen.

Ein Knall auf der Straße riss mich aus der Traumwelt. Anders zuckte neben mir zusammen, wachte aber nicht auf.

Das hier war die Wirklichkeit, und zwar in höchstem Maße. Meine Beine schmerzten und meine Kehle brannte.

Vielleicht waren all die Jahre in Schweden ein einziger langer Albtraum gewesen.

Mit dem Echo eines bellenden Hundes im Ohr glitt ich in den Schlaf hinüber.

Am nächsten Tag hatte Enrico schlechte Laune, und dass die Smogwarnung immer noch auf «Schwarz» stand und die Schulen deshalb einen weiteren Tag geschlossen blieben, machte die Sache nicht besser.

Carita verschwand gleich nach dem Frühstück. Die Fernandez-Kinder liefen draußen herum, aber wir behielten Robin und Emma noch im Haus. Die Stimmung in der engen Wohnung war bald sehr gedrückt. Enrico lag auf dem einzigen Sofa und sah fern, und wir versuchten, uns in einer Ecke des Wohnzimmers unsichtbar zu machen, aber das Haus war so klein, dass das unmöglich war.

Nach einer Tasse Kaffee und einem Bier ging es Herrn Fernandez schon besser, und ich setzte mich neben ihn, um herauszubekommen, was denn nun mit unserem Haus geschehen war.

«Der Hausbesitzer konnte nicht auf euch warten», sagte er.

«Da ist ein Typ aus Viña del Mar aufgetaucht, der drei Monatsmieten Vorschuss auf den Tisch gelegt hat, also hat er es bekommen.»

«Weißt du vielleicht jemand anderen, der vermieten will?», fragte ich.

«Also im Moment nicht, aber du kannst gern mal in die Zeitung sehen», sagte Enrico bedauernd und schob mir *La Tercera* herüber. «Da sind immer jede Menge Wohnungsanzeigen drin.»

Santiago war eine große Stadt mit fast fünf Millionen Einwohnern. Sie erstreckte sich über eine weite Fläche, und manche Stadtteile waren sehr ärmlich.

Die Schule, in die die Kinder gehen sollten, lag in Vicatura, einer *comuna* im Nordosten von Santiago, die zu den besten Gegenden der Stadt zählte. Ich wollte am liebsten dort eine Wohnung finden, damit die Wege, die wir täglich zurücklegen mussten, nicht so lang wurden.

Aber die Preise der Häuser und Wohnungen in dieser Gegend machten solche Träume völlig unrealisierbar. Da gab es nur Villen und Eigentumswohnungen, und auch wenn die Preise nicht so hoch waren wie in den europäischen Großstädten, übertrafen sie doch bei weitem unsere Möglichkeiten. Eine Dreizimmerwohnung östlich der Stadt kostete mindestens dreihundertfünfzigtausend Kronen, was für uns völlig undenkbar war.

Ich blätterte in der Zeitung und verglich die Wohnungsanzeigen mit dem Stadtplan, den ich mir bei einem Autoverleih auf dem Flugplatz erbettelt hatte. Es gab natürlich nur ein Recoleta, und ich sah schnell ein, dass diese Umgebung eine gute Alternative war. Providencia und Las Condes lagen auch ziemlich nah an der Schule, aber die Mieten waren dort höher. Wenn wir also hier etwas mieten konnten, dann wäre das gut.

«Wie lange werdet ihr hierbleiben?», fragte Enrico von seinem Sofa aus.

Ich legte die Zeitung zusammen und wechselte einen Blick mit Anders.

«Wir fahren, sobald wir ein billiges Hotel gefunden haben.»

Noch zwei Nächte schliefen wir auf der klumpigen Matratze auf dem Wohnzimmerfußboden der Familie Fernandez, und wir waren wirklich erleichtert, als wir unsere Reisetaschen wieder zusammenpacken und an den Straßenrand schleppen konnten, um auf den Bus zu warten.

Wir fuhren denselben Weg zurück, den wir gekommen waren, hinunter zur Estación Mapocho, und in einer Seitenstraße ganz in der Nähe mieteten wir uns in einem Apartmenthotel ein.

Das Zimmer kostete vierhundert Kronen in der Woche, und wie sich herausstellte, wimmelte es dort von Kakerlaken. Acht unserer Reisetaschen versiegelten wir mit Klebeband, damit die kleinen Ungeheuer sich nicht in unseren Sachen ausbreiteten. Die Kleidungsstücke, die wir auspacken und dem Ungeziefer preisgeben mussten, kochten wir immer wieder aus.

Als ich das Zimmer mietete, hatte ich gefragt, ob es auch ein Telefon gebe, und die Antwort erhalten, es gebe eins. Wie sich herausstellte, war das nur die halbe Wahrheit. Zwar hatte das Hotel ein Telefon, doch keines, das die Gäste benutzen durften. Vermutlich beruhte das Missverständnis auf meinen unzureichenden Sprachkenntnissen. Das aber machte es sehr schwierig für uns, denn um eine anständige Wohnung und einen Job für unseren Lebensunterhalt zu organisieren, musste ich telefonieren können. Deshalb waren wir gezwungen, uns ein Mobiltelefon anzuschaffen – eine große und unvorhergesehene Investition.

Als ich das Telefon in Gang bekommen hatte, rief ich als Erstes die Rektorin der Schule an, auf die die Kinder gehen sollten. Wir machten für den nächsten Tag einen Termin aus.

Mit Schmetterlingen im Bauch und den Kindern an der Hand fuhr ich am nächsten Tag mit dem Bus hin. Die Luftverschmutzung war auf Stufe Rot heruntergegangen, was nur noch «kritisch» bedeutete, aber ich konnte keinen großen Unterschied feststellen. Die Abgase brannten und schmerzten im Hals und in den Augen, Robin hustete und hustete, bis er fast nur noch keuchte.

Wir stiegen an einer *parada*, einer Bushaltestelle, an der Gerónimo de Alderete aus und fanden schnell die richtige Straße. Sie wurde von kleinen Laubbäumen gesäumt, wie ich sie noch nie gesehen hatte. Sie erinnerten an gigantisches Farnkraut. Hier war die Luft etwas besser als in den Straßen der Innenstadt. Die Bebauung bestand aus niedrigen Häusern in dumpfen Farben mit ziemlich einheitlichen Steinmauern zur Straße hin.

Auch die Schule war in einem solchen Haus untergebracht, direkt neben einem Tennisclub. Genau vor dem Eingang lag ein großer Haufen Abfall, aber wir ließen uns davon nicht abschrecken, sondern schoben ein paar alte Farbeimer beiseite und klingelten an der Gegensprechanlage am Tor.

«Sind die Leute in dieser Schule nett?», fragte Emma und umklammerte unruhig meine Hand.

«Das werden wir sehen», sagte ich, denn im selben Augenblick ging die Tür auf.

Einen Schulhof gab es nicht, sondern nur einen drei Meter breiten Betonweg in das Gebäude.

Na ja, man kann nicht alles haben, dachte ich.

Die Rektorin war eine kleine schlanke Person mit blondiertem Haar und kühlen Händen. Sie sprach ein weiches klassisches Spanisch, wie man es in Europa kennt, ohne die für Südamerika typischen scharfen «s»-Laute.

«Wie schön, Kinder aus Skandinavien bei uns zu haben», sagte sie und glitt hinter ihren schweren Schreibtisch. «Wir werden alles tun, damit sie sich hier wohl fühlen.»

Ich lächelte und versuchte, mir nicht plump vorzukommen.

«Wir sind sehr dankbar, dass die Kinder bei Ihnen in den Unterricht gehen können», sagte ich und hoffte, die Grammatik richtig getroffen zu haben.

«Und du, kleine Dame», wandte sich die Rektorin an Emma, «welches ist denn dein Lieblingsfach in der Schule?»

Emma blinzelte ein paarmal und sah mich dann unsicher an.

«Was hat sie gesagt, Mama?»

«Die Kinder sprechen kein Spanisch», sagte ich entschuldigend und bemühte mich zu lächeln.

Sofort verschwand der verbindliche Gesichtsausdruck der Frau.

«Kein Spanisch? Aber dann können wir sie nicht aufnehmen!»

Ich lächelte weiter.

«Aber das lernen sie doch schnell», sagte ich. «Sie kommen ja schließlich zum Lernen hierher.»

Die Rektorin schnalzte gereizt mit der Zunge und stand rasch auf.

«Damit unsere Schüler einen Nutzen aus dem Unterricht ziehen können, müssen sie natürlich die spanische Sprache beherrschen. Es ist völlig ausgeschlossen, dass wir Kinder aufnehmen, die kein Spanisch sprechen, denn das würde das Unterrichtsniveau senken und unseren Ruf in der Branche ruinieren. Tut mir leid.»

Es war, als würde mir der Boden unter den Füßen weggezogen.

«Und wenn wir ihnen zu Hause Spanisch beibringen?», sagte ich. «Wenn wir einen Privatlehrer finden, der ihnen schnell …»

«Kommen Sie wieder, wenn sie fließend Spanisch sprechen», sagte sie und ging auf die Tür zu.

«Aber wie soll das gehen, ohne Kontakt zu anderen Kindern?», fragte ich. «Sie brauchen doch Freunde, mit denen sie sprechen können, sonst lernen sie es nie.»

«Ich bedauere sehr», sagte die Rektorin.

Robin zog an meiner Jacke.

«Was sagt sie, Mama? Ist sie böse auf uns?»

Ich stand ebenfalls auf, griff nach meiner Tasche und nahm die Kinder an die Hand.

«Und wenn ich mit den Kindern zusammen in die Schule ginge?», fragte ich und hörte selbst, dass ich bettelte. «Wenn ich im Unterricht neben ihnen sitzen und ihnen helfen würde, bis sie allein zurechtkommen?»

Die Rektorin sah mich mit kleinen blassen Augen an.

Ihre Hände waren ganz kalt, als wir uns hastig verabschiedeten und das Gebäude verließen.

Jetzt waren wir nicht zurück bei null, sondern bei minus zwei.

Kein Haus und keine Schule für die Kinder.

Ich stellte die Wohnungssuche erst mal ein und konzentrierte mich ganz darauf, eine neue Schule zu finden, eine, die wir uns leisten konnten und die auch Kinder aufnahm, die kein Spanisch sprachen.

Die kommunalen Schulen waren ausgeschlossen, denn dafür brauchte man die chilenische Staatsbürgerschaft oder eine Aufenthaltsgenehmigung. Blieben noch die privaten Schulen, und davon gab es jede Menge.

Die folgenden zwei Wochen verbrachte ich damit, ein Dutzend Schulen aufzusuchen, die sämtlich in den östlichen Vororten lagen. Die Bebauung hier war ähnlich wie in der Innenstadt, Häuser mit glänzenden Glasfassaden drängten sich neben braunen Steingebäuden.

Alle Schulen, die ich mir ansah, waren Privatschulen.

Die erste lag direkt am Autobahnring. Die Klassenzimmer befanden sich im Erdgeschoss eines achtstöckigen Hochhauses, draußen tobte der Verkehr vorbei, und es gab überhaupt keinen Schulhof.

Das ist nicht menschenwürdig, dachte ich und ging nicht einmal hinein.

Die zweite lag in einer Seitenstraße direkt neben einer Baustelle. Dort konnte man sich zwar grundsätzlich vorstellen, die

Kinder aufzunehmen, sagte mir aber gleich, dass die Wartezeit gegenwärtig fünf Jahre betrage.

Im Stadtteil Providencia gab es mehrere Schulen, von denen jede irgendeinen Nachteil hatte.

Am Ende blieb nur noch ein Gebiet ganz weit im Osten übrig, das ich absuchen musste: El Arrayán, der reiche Vorort, in dem der frühere Diktator Augusto Pinochet nunmehr seinen Palast hatte.

Die *comuna* lag am äußersten Ende der Stadt und bestand aus verstreuten Villen, die sich weit die Berghänge hinaufzogen. Tief unten in einem kleinen Tal floss der Río Mapocho, der hier oben noch ein fröhlich plätschernder kleiner Bergbach war und nicht zu vergleichen mit dem blubbernden braunen Graben in Santiago.

Der Bus hatte mich bis hinauf zur Avenida Las Condes gebracht, und nun ging ich langsam durch schmale, schlecht asphaltierte Straßen und sog die relativ gute Luft ein. Hier wuchs alles bedeutend besser als in der Stadt, manche Straßen wirkten wie Tunnel unter grünen Laubbäumen. Hohe Mauern, dicke Hecken und schwere Zäune verbargen Häuser und Grundstücke vor den Blicken. Ich blieb hin und wieder stehen, spähte durch Mauerspalten oder zwischen Eisenpfeilern hindurch und sah grünen Rasen, glänzende Autos und schöne Häuser. Keine übertriebenen Luxusvillen, sondern nette, saubere Häuser.

Wie überall in der Stadt streunten herrenlose Hunde durch die Straßen, und in unregelmäßigen Abständen kam ich an verwilderten Grundstücken vorbei, auf denen Esel, Kühe und Pferde grasten.

Hier gab es drei Privatschulen, die alle für die Kinder in Frage kommen konnten. Ich hatte mit jeweils einer Stunde Zwischenraum bei allen drei Schulleitern einen Termin.

Die erste Schule schied schon mal aus, weil sie zu teuer war.

Der zweite Rektor hatte es sich anders überlegt und ließ mich erst gar nicht vor.

Die dritte Schule hieß *Colegio Inglese International*, Englische Internationale Schule, und lag an der Kreuzung von zwei stark befahrenen Straßen, die hinunter in die Stadt führten. Da ich noch Zeit übrig hatte, setzte ich mich an einer Bushaltestelle auf die Bank und wartete, bis ich beim Rektor vorsprechen konnte. In der Zwischenzeit besah ich mir die Schule von außen.

Sie lag auf einem Hügel, wie alles in El Arrayán, und war von einem schwarzen schmiedeeisernen Zaun umgeben. Dahinter konnte ich Basketballkörbe, einen Spielplatz und bunte Anschlagtafeln erkennen. Weiter oben lag hinter hohen Bäumen mindestens ein großes Gebäude, in dem sich wahrscheinlich die Unterrichtsräume fanden.

Fünf vor zwölf, als ich gerade mein Buch und meine Wasserflasche einpacken wollte, um in die Schule zu gehen, schrillte eine Glocke, und dann flog das Tor zur Straße auf.

Eine große Gruppe kreischender und lachender Kinder in identischen Schuluniformen quoll hinaus auf den Bürgersteig und weiter die Straße hinunter. Zwei Autos mussten scharf bremsen, um nicht in sie hineinzufahren, aber das schien keines der Kinder zu bemerken. Stattdessen rannten sie weiter zu einem kleinen Einkaufszentrum hinter meiner Bushaltestelle, wo es einen Kiosk und eine kleine Eisdiele gab.

Wenn meine Kinder hier zur Schule gehen sollten, dachte ich bei mir, werde ich noch eine Angst mehr ausstehen müssen: dass sie auf dem Weg zum Mittagessen überfahren werden.

Punkt zwölf Uhr betrat ich das Sekretariat des Rektors und wurde in einen großen, hellen Unterrichtsraum mit hoher Decke und alten Schautafeln an den Wänden geführt. Mr. Prior-Gattey, nicht nur Leiter, sondern auch Eigentümer der Schule, war ein klassischer englischer Gentleman mit gestärktem Hemdkragen und zwinkernden blauen Augen. Er lud zu Tee und Scones mit Marmelade ein, und ich fühlte mich richtig verwöhnt.

«So, Ihre Kinder sprechen also kein Spanisch», sagte er in unverfälschtem Oxford-Englisch und tupfte sich die Mundwinkel mit einer Serviette ab. «Na, das spielt bei uns keine Rolle, wir halten den gesamten Unterricht auf Englisch.»

«Sie sprechen auch kein Englisch», sagte ich.

Er hob ein klein wenig die Augenbrauen.

«Sieh an», sagte er. «Wie verständigen sie sich dann mit ihrer Umgebung?»

Da musste ich lächeln.

«Auf Schwedisch», sagte ich. «Eine Sprache, die in Südamerika nicht besonders hilfreich ist.»

«*Indeed*», stimmte mir Mr. Prior-Gattey sorgenvoll zu. «Das macht die Sache ein wenig kompliziert. Ich muss Ihren Antrag mit dem Schulvorstand besprechen, denn diese Frage berührt ja unsere Unterrichtsform. Nun weiß ich aus dem Stegreif nicht, wann unsere nächste Sitzung ist, aber es wird wohl ungefähr eine Woche dauern, ehe ich Ihnen Bescheid geben kann. Wollen wir so verbleiben?»

Auf dem Weg hinaus blieb ich kurz stehen und sah den spielenden Schulkindern zu. Sie lachten, schrien und rannten zwischen Klettergerüsten und Ballspielplätzen herum. Sie riefen sich in mehreren verschiedenen Sprachen zu, Englisch und Spanisch waren dabei und noch etwas anderes, das ich nicht richtig einordnen konnte, vielleicht Portugiesisch.

Genauso wollte ich meine Kinder auch einmal spielen und herumtoben sehen, sorglos und unbekümmert.

Draußen schien eine weiche, milde Herbstsonne. Hier auf der Südhalbkugel wurde es jetzt Herbst, zu Hause begann das Frühjahr. Ich lehnte mich an die Mauer eines verlassenen, barackenähnlichen Gebäudes, das direkt neben dem Ausgang lag, schloss die Augen und genoss die Wärme.

Es geht, dachte ich. Es muss gehen.

Aber der Rektor ließ nichts von sich hören.

Aus den Tagen in dem engen Hotelzimmer wurden Wochen, und meine Verzweiflung wuchs. Plötzlich machten mich schon Kleinigkeiten ganz verrückt, wie zum Beispiel die spanische Sprache. Der Kopf brummte mir von all dem Präteritum und Konjunktiv und den anderen seltsamen grammatischen Formen. Ich konnte die im Plauderton vorgetragenen Nachrichten im spanischen Fernsehen nicht mehr ausstehen und sehnte mich nach einer richtigen schwedischen Nachrichtensendung. Ich wollte Kartoffelklöße mit Preiselbeermarmelade und Butter. Ich wollte Ostern mit schwedischen Süßigkeiten feiern, mit bunten Federn und bemalten Eiern. Ich vermisste die schwedischen Supermärkte, Ikea und Hennes & Mauritz, und am Ende hätte ich am liebsten nur noch geschrien: «Ich will nach Hause!»

Inzwischen hatte ich sämtliche Privatschulen in ganz Santiago abgeklappert, und nicht eine einzige hatte die Kinder angenommen. Zu meiner Verzweiflung kam noch das schlechte Gewissen hinzu, dass ich meine Familie unter völlig falschen Voraussetzungen um den halben Erdball geschleift hatte.

«Das ist doch nicht deine Schuld», sagte Anders, aber ich hörte, dass er nahe daran war, aufzugeben.

«Vielleicht müssen wir umdenken», meinte ich. «Möglicherweise ist Chile einfach nicht das Richtige für uns.»

Anders sah mich an, und ich merkte, wie er wütend wurde.

«Argentinien», sagte ich. «Wir können immer noch dorthin fahren. Das ist ganz nah, man muss nur mit dem Bus über die Berge.»

An einem der letzten Märztage packten wir eine kleine Tasche mit Dingen für die Übernachtung zusammen und bestiegen den Bus nach Mendoza. Ich hatte Bekannte in der argentinischen Stadt jenseits der Anden, und sie hatten uns versprochen, dass wir ein paar Tage bei ihnen wohnen könnten, um die Möglichkeiten zu erkunden, dorthin zu ziehen.

Die Reise war lang und ermüdend. Emma saß fast acht Stunden lang still und unbeweglich neben mir. Plötzlich wurde in mir die ständig latent vorhandene Angst wieder wach, dass sie mir entgleiten könnte.

Ich küsste sie aufs Haar.

«Hast du gesehen?», flüsterte ich und zeigte zum Himmel. «Siehst du den Vogel dort? Das ist ein Kondor.»

Das Mädchen sah kurz hoch und rollte sich dann auf meinem Schoß zusammen.

Mendoza war viel größer, als ich angenommen hatte. Einschließlich der Vororte hatte die Stadt fast eine Million Einwohner. Die Menschen lebten von den Weinbergen, den Ölfeldern oder den Raffinerien, die die Stadt umgaben.

Der eigentliche Stadtkern war grüner und feuchter als Santiago. Obwohl es hier fast nie regnete, hörte man überall das Geräusch von fließendem Wasser. Die Schneeschmelze von den Berggipfeln der Anden, die sich im Westen erhoben, versorgte die wüstenähnliche Umgebung mit unendlichen Mengen von Wasser, was die Stadt zum Zentrum des argentinischen Weinbaus machte.

Wir wohnten in der Stadt bei einer Familie Torres. Sie hießen zwar genauso wie der Besitzer des bekannten Weinguts, waren aber nicht mit ihm verwandt.

«Ich weiß nicht, ob es hier irgendwelche Privatschulen gibt», sagte Hector Torres und sah seine Frau Luisa fragend an, doch die schüttelte den Kopf.

«Solche Schulen braucht man hier nicht», sagte sie. «Die jungen Leute, die nicht von hier wegziehen, arbeiten entweder in den Weinbergen oder auf den Ölfeldern.»

Schon nach zwei Tagen war klar, dass wir uns in Mendoza nicht niederlassen konnten. Selbst wenn wir eine Schule gefunden hätten, gab es noch andere Probleme, die ebenso dringlich waren.

Emma musste unbedingt zu einem Kinderpsychologen, und dort gab es keinen.

Am vierten Morgen in Mendoza wachte ich davon auf, dass Frau Torres in der Küche wie verrückt schrie.

Ich schoss hoch und sah Emma dort stehen, die sich ein Fleischmesser an den Hals drückte. Das Blut lief ihr den Hals hinunter und tropfte auf ihren rosafarbenen Schlafanzug. Sie hatte die Augen weit aufgerissen und sah zu Tode erschrocken aus.

«Emma», sagte ich, so ruhig ich konnte, und ging langsam auf sie zu, während ich ihr fest in die Augen sah. «Emma, ich bin es, Mama, ich komme jetzt, ich bin bei dir und nehme dir das Messer ab, gib mir das Messer …»

Die Finger des Mädchens umklammerten den Holzschaft des Messers eisenhart, sie drückte die Schneide noch fester an ihren Hals, und das Blut floss stärker.

Ich ließ nicht zu, dass Panik in mir aufstieg und ich anfing zu schreien. Stattdessen griff ich mit der einen Hand nach dem Messer und hielt mit der anderen Emmas Kinn fest. Dann riss ich ihr mit einem Ruck das Messer so schnell weg, dass sie hinfiel. Das Fleischmesser polterte zu Boden, und ich fing Emma in meinen Armen auf.

Luisa Torres eilte herbei.

«Um Himmels willen!», schrie sie, «Was war denn das? Was ist nur in das Mädchen gefahren?»

Die Frau war völlig außer sich, ihr Schreien hatte das ganze Haus aufgeweckt. Ihr Mann kam erschrocken angerannt, hinter ihm Anders und Robin.

«Es ist nichts passiert», sagte ich und versuchte, ganz ruhig zu klingen. «Emma tut so etwas manchmal, es ist alles gutgegangen, kein Grund zur Beunruhigung.»

«Kein Grund? Aber sie blutet ja!»

Ich ließ Emma los, stand auf und nagelte Luisa Torres mit Blicken fest.

«Würden Sie sich bitte beruhigen?», fuhr ich sie an. «Sie machen die Sache nur noch schlimmer. *Por favor!*»

Dann beugte ich mich wieder über meine Tochter, die wie immer nach solchen Anfällen vor Erschöpfung weinte. Die Wunde war nicht weiter schlimm, sie ging nicht tief und hatte schon angefangen, sich zu schließen.

Du verdammter Teufel, dachte ich, schloss Emma in die Arme und verfluchte ihren Vater. Wenn du nur wüsstest, was du deinem eigenen Kind antust.

«Buenos Aires», sagte Hector Torres am selben Abend und goss noch etwas Wein in unsere Gläser, obwohl wir schon dankend abgelehnt hatten. «Sie müssen weiter nach Buenos Aires. Da gibt es Schulen und Ärzte, und meine Frau hat Verwandte dort, bei denen Sie wohnen können, bis alles geregelt ist. Nicht wahr, Luisa?»

Frau Torres schwieg, sie hatte den ganzen Tag kaum gesprochen. Emmas Anfall hatte sie richtig verschreckt, und meine harten Worte hatten sie zusätzlich noch gekränkt.

«Sind Sie aus Buenos Aires?», fragte ich, weil mir gerade nichts anderes einfiel.

Sie nickte.

«Das ist eine phantastische Stadt», sagte sie. «Ich beneide jeden, der die Möglichkeit hat, dort zu leben.»

Sie warf einen raschen Blick zu ihrem Mann hinüber, dem ihr bitterer Tonfall jedoch entgangen zu sein schien.

«Na dann», sagte er und stand entschlossen auf. «Ich werde

morgen mit den Verwandten meiner Frau Kontakt aufnehmen und Ihren Besuch ankündigen.»

«Geben Sie uns noch einen Tag mehr», sagte ich. «Ich möchte noch eine letzte Alternative ausprobieren.»

Eigentlich gab es keine weitere Alternative, aber ehe wir irgendwelche Beschlüsse fassten, wohin wir als Nächstes reisen würden, wollte ich die Sache in Ruhe mit Anders durchsprechen,.

In jener Nacht konnte ich nicht schlafen. Bis zur Morgendämmerung lag ich wach, und wie ich unsere Situation auch drehte und wendete, ich fand einfach keine Lösung.

Ein letzter Gedanke folgte mir bis in den Schlaf: Vielleicht würden wir wieder nach Schweden zurückkehren müssen.

Und in einem Albtraum lief ich durch einen dichten Nadelwald, meine Beine waren schwer wie Blei. Wir waren zurück, und ich wurde gejagt. Es war kalt und dunkel. Die Zweige der Bäume schlugen mir ins Gesicht, und ihre Nadeln stachen mich am ganzen Körper. Ich versuchte zu schreien, doch es kamen nur erstickte Laute heraus.

Stattdessen begann ein Vogel zu keifen, mit schriller, wütender Stimme, die von ganz weit her zu kommen schien.

Ich erwachte von diesem Vogel, der in Wirklichkeit das Klingeln meines Mobiltelefons war. Die Bettdecke lag zu meinen Füßen, ich war eiskalt und von Mücken zerstochen. Es klingelte tief in unserer Reisetasche, und ich stolperte aus dem Bett, um sie aufzumachen.

«Mia Eriksson? Hier ist James, James Prior-Gattey! Wie geht es Ihnen heute Morgen?»

Ich leckte meine völlig ausgetrockneten Lippen und durchsuchte fieberhaft mein Gedächtnis. Wer um Himmels willen war das?

«Ich habe glänzende Neuigkeiten! Wir hatten gestern Abend unsere Konferenz, und wir sehen keinen Grund, warum wir

Ihre Kinder nicht an unserer Schule aufnehmen sollten. Sie sind von morgen an herzlich willkommen.»

Der Rektor! Mein Gott, Mr. Prior-Gattey vom *Colegio Inglese International* in El Arrayán! Die Schule mit den Klettergerüsten und den Ballspielplätzen.

«Sind Sie sicher?», fragte ich dümmlich.

Er lachte gutmütig.

«Wir sind bereit, zu Anfang etwas mehr Zeit in den Sprachunterricht der Kinder zu investieren», sagte er. «Das wird eine kleine Erhöhung Ihres Schulgelds bedeuten, aber ich war sicher, dass Sie das gern in Kauf nehmen würden.»

Mein Gott, danke, danke, es passierte etwas! Ich schloss erst einmal fest die Augen.

«Tausend Dank», sagte ich. «Wenn Sie wüssten, was das für uns bedeutet.»

Es war, als würden die Türen zur Zukunft plötzlich weit für uns aufgestoßen. Das *Colegio Inglese International* war die beste Schule von allen, die ich mir angeschaut hatte.

Wir vereinbarten, dass die Kinder gleich nach dem Wochenende mit dem Unterricht beginnen würden.

Noch am selben Nachmittag bestiegen wir einen Bus, der uns zurück über die Berge brachte.

Um Mitternacht waren wir wieder in unserem Hotel in Santiago.

Den folgenden Tag habe ich wie im Rausch in Erinnerung. Wir gingen die Paseo Ahumade, die große Einkaufsstraße entlang, und ich musste plötzlich denken, wie sehr sie doch der Drottninggatan in Stockholm an einem warmen Sommertag glich. Da waren Massen von Menschen, die sich langsam an den Eisbuden und Telefonzellen vorbeischoben. Hinter blankgeputzten Schaufenstern boten Kaufhäuser und Boutiquen ihre Waren an, Schuhe und Schminke, Kleider und Elektroartikel, und es gab Cafés und Restaurants.

In der Ecke zur Augustinas lag der Laden, zu dem wir wollten. Emmas Hand zitterte in meiner, als die Türglocke klingelte. Auf diesen Augenblick hatte sie mehrere Jahre gewartet.

Der Laden verkaufte Schuluniformen, Schuhe und Ranzen. Robin ließ das alles ziemlich kalt, aber Emmas Augen strahlten, glitten über die Regale voller Herrlichkeiten und konnten sich gar nicht satt sehen. Wir kauften alles, was wir brauchten, und noch etwas mehr, das war nicht zu vermeiden. Es rührte mich, Emma so aufgeregt zu sehen. Wahrscheinlich hatte sich noch kein Kind je so sehr auf die Schule gefreut wie sie.

Das ganze Wochenende lang lief sie in ihrer Schuluniform herum, und ich musste fast schimpfen, damit sie die Sachen auszog, als sie schlafen gehen sollte.

Am Montagmorgen war das Mädchen so aufgeregt, dass ich schon Angst hatte, sie würde sich in die Hose machen.

Bereits um halb sieben war ich mit den Kindern an der Estación Mapocho, um den Bus nach El Arrayán zu nehmen. Über eine Stunde lang mussten wir uns im Bus durchschütteln lassen, bis wir endlich hoch oben auf der Avenida Las Condes aussteigen konnten.

Wir waren alle drei gleichermaßen nervös, als wir zusammen mit den anderen Kindern und ihren Eltern durch das Eisentor der Schule geschoben wurden. Robin und Emma sahen sich ein wenig schüchtern um, denn das Gejohle und Gerenne war ungewohnt für sie. Noch niemals waren sie in solch einer großen Gruppe mit anderen Kindern zusammen gewesen.

Obwohl Emma zwei Jahre älter war, würden die Kinder in dieselbe Klasse gehen. Sie war sehr klein für ihr Alter, sogar kleiner und schmächtiger als Robin, sodass es überhaupt nicht auffiel.

Wir hatten vereinbart, dass ich in der ganzen ersten Woche mit im Klassenzimmer sein würde, um behilflich zu sein, falls es nötig war. Deshalb zog ich mir einen Stuhl heran und wollte mich neben die Kinder in die Bank setzen, die sie zugewiesen bekommen hatten, aber sie scheuchten mich beide davon.

«Du kannst da sitzen», sagte Robin und zeigte auf eine Bank ganz hinten im Klassenzimmer.

In der Pause rannten die beiden los und spielten zusammen auf einer Rutsche. Schon bald kamen andere Kinder dazu und schlossen sich ihnen an. Ich sah, dass Emma mit einem Mädchen sprach, konnte aber nicht hören, was sie redeten.

In der Mittagspause aßen wir erst die Brote, die wir mitgebracht hatten, dann gingen wir über die Straße und kauften uns Eis. Viele Kinder hatten etwas zu essen dabei, aber andere schienen sich ausschließlich von Eis und Süßigkeiten zu ernähren.

In der Nachmittagspause ließ ich die Kinder allein spielen und schaute mit das Schulgelände an. An dem kleinen Häuschen beim Eingang, an dessen Mauer ich mich beim ersten Besuch gesonnt hatte, blieb ich stehen. Die Schulglocke schrillte, doch ich ging nicht zurück zum Klassenzimmer, sondern schaute neugierig durch eine zerbrochene Fensterscheibe ins Haus. Dann sah ich zum Tor und ließ den Blick hinüber zur Eisbude schweifen.

Meine Gedanken nahmen langsam Form an, bis ich schließlich zurückging und an die Tür des Rektors klopfte.

«Mr. Prior-Gattey», sagte ich, nachdem ich hereingebeten worden war, «ich habe eine Idee. Wird die leere Baracke am Eingang zum Schulgelände eigentlich benutzt?»

«Sie meinen die alten Umkleideräume?», fragte der Eigentümer. «Nein, seit wir vor zwei Jahren die neuen Umkleideräume hinter dem Basketballfeld gebaut haben, steht das Haus leer. Wir haben schon erwogen, es abzureißen. Warum fragen Sie?»

«Kann ich es mieten und dort einen Imbiss aufmachen?»

Der Mann sah mich verblüfft an.

«Einen Imbiss?», fragte er. «Warum denn das?»

«Sie haben ja keine Kantine für die Kinder», sagte ich. «Und mir ist aufgefallen, dass die Kinder durch den Verkehr über die Straße rennen, um sich am Eiskiosk etwas zu essen zu kaufen. Das finde ich nicht nur ungesund, sondern lebensgefährlich. Wäre es nicht besser, wenn die Kinder die Möglichkeit hätten, auf dem Schulgelände etwas Vernünftiges zu essen?»

«Well», sagte der Rektor und schien immer noch völlig verblüfft, «warum nicht? Es kostet ja nichts, das mal auszuprobieren.»

Er holte die Schlüssel zu der Baracke, und dann gingen wir zusammen hinunter, um sie uns genauer anzuschauen.

Drinnen war es staubig, und in einer Ecke lag ein Haufen Gerümpel. Mit einem starken Scheuermittel und ein paar Eimern Farbe würde daraus ein netter kleiner Imbisskiosk werden. Ein Fenster mit Holzläden auf der Außenseite konnte als Verkaufsluke dienen. Unter der Decke hing eine Lampe, es gab also Elektrizität. Ein Waschbecken in der Ecke verriet mir, dass die Baracke sowohl einen Wasseranschluss als auch einen Abfluss hatte.

«Was meinen Sie?», sagte der Rektor. «Ließe sich daraus ein Kiosk machen?»

«Natürlich», sagte ich.

Ich würde hier kein Essen zubereiten können, aber wenn ich erst eine richtige Küche hatte, konnte ich das meiste zu Hause vorbereiten und es dann hier in einer Mikrowelle aufwärmen. Ich brauchte zwei richtige Tische und außerdem Regale für Süßigkeiten, Nüsse und andere Kleinigkeiten. Einen Kühlschrank und eine kleine Tiefkühltruhe, eine Kasse und eine Schürze – dann konnte es losgehen.

«Ich übernehme es natürlich, das Häuschen herzurichten», sagte ich.

«Abgemacht», sagte Mr. Prior-Gattey und reichte mir die Hand.

An den folgenden Nachmittagen rief ich auf alle Inserate für Häuser und Wohnungen an, die in ganz Santiago zu vermieten waren, und am Wochenende hatte ich Glück – in Recoleta.

Das Haus war ein kleiner brauner Flachbau mit großen Türen, die direkt auf die Straße führten. Vermutlich handelte es sich um eine alte Garage, die zu einem Wohnhaus umgebaut worden war. Es gab dort nur zwei Zimmer, eine Wohnküche und ein kleines Bad, doch für uns reichte das.

Alles war besser als das Kakerlaken-Hotel.

An einem Freitag Anfang Mai konnten wir zum ersten Mal ins Haus. Es war ein trüber, kalter und regnerischer Tag. Es ging jetzt auf den südamerikanischen Winter zu, was mir mehr zu schaffen machte, als ich angenommen hatte. Für mich war der Mai immer der schönste Monat des Jahres gewesen, gerade weil er Sommer und Sonne ankündigte.

Im Haus war es sehr schmutzig, und es standen eine Menge alter Möbel darin, was für uns praktisch war, denn unsere Kisten aus Schweden waren immer noch nicht angekommen. Wir kauften neue Schaumgummimatratzen für die Betten und reparierten zwei Stühle, und damit waren wir im Großen und Ganzen schon eingezogen.

Der einzige größere Einkauf, den wir uns leisteten, war eine Waschmaschine. Sie passte weder in die Küche noch ins Badezimmer, weshalb wir sie in den Raum stellten, der Anders' und mein kombiniertes Ess-, Schlaf- und Wohnzimmer sein würde. Außerdem kauften wir einen gebrauchten Kühlschrank mit Eisfach und eine neue Mikrowelle für den Imbiss.

Mittlerweile waren zwei Monate seit unserer Abreise aus Schweden vergangen, und immer noch hatten wir nichts von der Spedition gehört, bei der wir unsere Sachen aufgegeben hatten. Das Erste, was ich tat, als wir unser neues Festnetztelefon hatten, war, die Firma in Schweden anzurufen und zu fragen, wann wir mit der Ankunft unserer Sachen rechnen konnten.

Ich erhielt die Antwort, dass sie auf dem Weg seien und in vier Wochen ankommen würden.

«So lange geht das hier noch», sagte ich zuversichtlich zu Anders, aber er wandte sich nur ab.

Manchmal war er sehr schweigsam und entzog sich mir. Ein ums andere Mal quälte ich mich mit der Frage, ob es wohl richtig gewesen war, ihn um die halbe Welt zu schleifen, um mich mit ihm in einer alten Garage in Santiago niederzulassen.

Doch dann redete ich mir ein, dass die Verantwortung für diese Entscheidung auch bei ihm lag, nicht nur bei mir. Er war ein erwachsener Mensch und hatte, ebenso wie ich, eine Wahl getroffen.

Ich rief Hanna an und erzählte ihr, dass die Kinder jetzt zur Schule gingen und wir ein kleines Haus gefunden hatten.

«Ist irgendetwas schiefgegangen?», fragte sie.

Ich zögerte mit der Antwort, denn ich wollte nicht klagen.

«Es war nicht alles so, wie wir uns das vorgestellt hatten», sagte ich ausweichend.

«Das habe ich mir schon gedacht», sagte Hanna, «weil du dich so lange nicht gemeldet hast. Gib mir Bescheid, wenn ich irgendetwas für dich tun kann.»

Ich gab ihr unsere neue Nummer und versprach, mich bald wieder zu melden.

«Dann kann ich dir eine Adresse geben», sagte ich. «Ich habe vor, mir ein Postfach anzuschaffen.»

Während wir darauf warteten, unser Haus zu beziehen, arbeiteten wir daran, den Imbiss fertig einzurichten. Anders schliff und malte und reparierte ein paar zerbrochene Fenster, ich schrubbte und scheuerte und brachte eine Jalousie an. An einem späten Sonntagabend war es so weit.

Ich rief Enrico Fernandez an, um ihn zu fragen, wo ich im Umkreis von Santiago am günstigsten Lebensmittel kaufen könnte.

«Im Markt unten am Mapocho», sagte er, ohne zu zögern, und ich nickte. Ich wusste, wo der war, denn an unserem ersten Nachmittag in Santiago hatten wir vor seinem Eingang gestanden und gewartet.

Am nächsten Tag ging ich durch die großen Tore und befand mich sogleich in einer großen und schönen Markthalle. Das Dach war stufig und hatte eine große Kuppel in der Mitte. Es wurde von durchbrochenen schwarzen Pfeilern und einem gusseisernen Dachstuhl getragen. In der Halle roch es frisch und doch kräftig nach Fisch und Schalentieren, frischem

Fleisch und süßen Früchten. Der Fußboden aus hellen Steinplatten war blank poliert.

Ich ging eine schnelle Runde, um mir eine Vorstellung von den Preisen zu verschaffen. Als ich umgerechnet hatte, wurde ich richtig wütend. Das war überhaupt nicht billig, im Gegenteil! Herr Fernandez konnte hier niemals eingekauft haben. Das waren ja Preise wie in der Östermalmshalle in Stockholm, wo es nur das Beste und Teuerste gab.

Ich ging zu einem Wachmann, der dort stand und sich in der Sonne aufwärmte.

«Entschuldigen Sie bitte, ist das hier der Markt?»

«Welcher Markt denn?», fragt der Wachmann und starrte auf meine blonden Haare.

«Der, wo man billig einkaufen kann?»

Er lachte.

«Da sind Sie auf der falschen Seite des Flusses, *señora*», sagte er und zeigte auf eine Betonbrücke, die über den Graben führte, in dem der Río Mapocho floss.

Ich bedankte mich und ging auf die Nordseite, und das war ein Unterschied, als wäre ich viele Meilen gereist.

Hier war der Markt, den Herr Fernandez gemeint hatte, und hier gab es wirklich alles, was man sich denken konnte, zu richtig niedrigen Preisen. Winzig kleine Avocados, die man in den normalen Geschäften nicht verkaufen konnte, Paprikas, die die Form von Gurken hatten, verfärbte, aber ansonsten durchaus essbare Apfelsinen. Hier hingen ganze geschlachtete Lämmer neben geräucherten Schweinsköpfen und Bergen von Hühnerleber. Der Betonfußboden war streckenweise von Tierblut überschwemmt; wenn es zu glitschig wurde, holte jemand einen Wasserschlauch und spülte es fort. Scheue Katzen und Hunde wühlten in den Abfallbergen, zerrten und kauten an Knochen und Sehnen herum.

Hier war alles sehr billig. Ein Kilo Tomaten kostete umgerechnet eine Krone, die Pfirsiche eins fünfzig. Große dunkelrote Trauben bekam man für drei Kronen das Kilo und die Erdbeeren für fünf.

Ich kaufte Hackfleisch, Getränke, Süßigkeiten, Gemüse und Obst, Brot und Saft, Käse und Salatsoße, Pappteller und Plastikgabeln. Dann schleppte ich alles nach Hause und fing an, Pizza zu backen, die ich in der Mikrowelle aufwärmen wollte, ich strich Butterbrote und briet Hamburger.

Am nächsten Tag nahm ich so viel Essen zum Imbiss mit, wie ich tragen konnte. Ich stellte die großen Tüten auf meinen Arbeitstisch und packte alle Kuchen, Pizzas, die Hamburger und das Gemüse in den Kühlschrank. Dann nahm ich mir ein Stück Karton und schrieb darauf eine Speisekarte, die ich draußen aufhängen wollte. Das Essen sollte billig sein, aber nicht kostenlos. Ganz unten schrieb ich die Preise für Popcorn, Getränke, Chips und Süßigkeiten dazu. Dafür nahm ich genauso viel Geld wie die anderen Kioske auch.

Der Unterricht begann um acht Uhr. Ich hatte beschlossen, dass der Imbiss um zehn Uhr aufmachen sollte, doch am ersten Tag konnte ich mich nicht mehr beherrschen und öffnete die Fensterläden bereits um zwanzig nach neun.

Ich war ziemlich aufgeregt, als es zur ersten Pause klingelte. Wenn nun niemand etwas kaufen wollte? Wenn nun der Ausflug zum Eisladen auf der anderen Straßenseite das Abenteuer des Tages war?

Die Kinder sahen etwas desinteressiert hin, als sie mich im Fenster entdeckten, aber niemand kam, um etwas zu kaufen.

Die ganze Pause verging, ohne dass jemand zu meinem Fenster kam, und ich fühlte mich richtig idiotisch. Was hatte ich mir da bloß ausgedacht?

Als es zur zweiten Stunde läutete, sah ich Robin mit ein paar Kameraden auf die Schultür zusteuern. Er ging leicht vorübergebeugt und hustete wie immer.

«Robin», rief ich, «komm mal her!»

Er kam sofort zu mir gelaufen.

«Hier», sagte ich und drückte ihm dreitausend Peso in die Hand. «Wenn es das nächste Mal zur Pause läutet, kommst du mit Emma hierher, und ihr kauft Saft und zwei Hamburger mit Salat von mir, okay?»

«Aber das sind doch unsere Hamburger», sagte Robin erstaunt. «Warum soll ich denn dafür bezahlen?»

«Wir spielen Kaufladen», sagte ich.

«Okay», rief der Junge und lief wieder weg.

Und in der nächsten Pause kam Robin mit Emma im Schlepptau zum Imbiss. Ihnen folgten noch eine Menge anderer Kinder, von denen viele auf dem Weg zur Eisbude waren.

«Zwei Hamburger mit Salat und zwei Gläser Saft», sagte Robin laut und deutlich und reichte mir die Geldscheine.

«Einen Moment», erwiderte ich und holte aufgeregt die beiden Hamburger hervor, die ich natürlich schon vorbereitet hatte.

«Danke, danke», sagte Emma grinsend, nahm das Essen und ging zu ihren Freundinnen.

«Kann man hier was zu essen kaufen?», hörte ich ein paar ältere Jungs fragen.

Ich hatte zwar an allen Anschlagtafeln in der Schule Zettel aufgehängt, dass der Imbiss aufmachen würde, doch diese Nachricht schien an den meisten vorbeigegangen zu sein.

Jetzt aber entdeckten sie mich, und während Emma und Robin kauend in der Menge Kinder verschwanden, bildete sich schnell eine lange Schlange vor meinem Fenster.

«Haben Sie auch etwas, das koscher ist?», fragte ein kleines dunkelhäutiges Mädchen.

Ich zögerte einen Moment lang.

«Ich habe Rindfleisch und Geflügelsalat», sagte ich, «aber ich weiß nicht, wie die Tiere geschlachtet wurden. Wenn du ganz sichergehen willst, hätte ich eine vegetarische Pizza für dich.»

Sie nahm einen Geflügelsalat.

«Drei Hamburger mit Käse», verlangte ein kräftiger Halbwüchsiger aus dem letzten Jahrgang.

«Eine Tüte Chips und eine Cola», bestellte ein kleiner Junge, der kaum bis zum Fenster reichte.

Ich schob ihm dazu einen kleinen Pappteller mit Salat rüber.

«Der ist umsonst, wenn du den zuerst isst.»

Er nahm erstaunt den Salat und begann, an ein paar Blättern zu knabbern.

In der ersten Pause fanden die Hamburger, Pizzas und Getränke reißenden Absatz. Ein paar ältere Mädchen wurden wütend und schimpften mit mir, als ich sagte, dass die Pizza alle sei, aber ich bestach sie mit einem Stück Kuchen für jede, und da wurde die Laune schon wieder besser.

Als ich am Nachmittag Kassensturz machte, hatte ich, meine Ausgaben abgerechnet, ungefähr dreihundert Kronen verdient.

Ich war richtig zufrieden mit mir, als ich im Bus saß und nach Hause fuhr.

Mit der Zeit bekam ich den Imbiss immer besser in den Griff. Ich lernte abzuschätzen, wie viel ich von den verschiedenen Waren mitnehmen musste und wie die Nachfrage je nach Wetter und Jahreszeit variierte.

Später backte ich auch das Brot selbst zu Hause. Ich kaufte Eis, das ich in eine Kühltasche tat, und dazu Schinken, Salami, pürierte Tomaten und Getränke in großen Mengen.

Mehrmals in der Woche fuhr ich mit dem Bus zum Markt nach Mapocho und kaufte alles ein, was ich brauchte, sowohl für den Imbiss als auch für unseren eigenen Haushalt. Ein paarmal nahm ich auch die U-Bahn, die sehr schick war und viel besser als die in Stockholm, sowohl was die Züge als auch die Stationen betraf. Das Problem mit der Metro war allerdings, dass ich dann meine Einkäufe so weit tragen musste. Die Bahn war immer richtig voll, sodass ich nie einen Sitzplatz bekam. Außerdem musste ich mit zwei verschiedenen Linien fahren, und es gab keine Rolltreppen. Hinzu kam, dass ich von der Escuela Militar dann doch den Bus nehmen musste. Deshalb verschaffte ich mir möglichst schnell einen Überblick über das Dickicht der Buslinien und hielt mich an die.

Oft liefen Straßenverkäufer durch die Busse und priesen ihre Waren an. Dann wieder stiegen Bettler zu und erzählten ihre traurigen Geschichten.

«Meine Tochter studiert, und ich brauche eine Operation, bitte um eine freundliche Unterstützung.»

«Meine Frau hat Diabetes, sie braucht Insulin, gibt es einen gutherzigen Menschen hier, der eine Kleinigkeit dazu beitragen kann?»

«Ich habe seit vier Tagen nichts gegessen und bin sehr hungrig.»

Manchmal gab ich den Leuten ein paar Pesos, weil mich das alles so anrührte, aber mir war schon klar, dass ihre Geschichte auch jedes Mal gelogen sein konnte.

Eines Nachmittags, als wir ungefähr seit einem Monat in dem Haus wohnten und die Kinder gerade ihre Schulaufgaben machten, fuhr ich mit dem Bus zum Markt, um einzukaufen. Ich wollte Pizza und *lomitos* machen, das sind Streifen gebratenen Fleischs mit massenhaft Käse, serviert mit Weißbrot. Außerdem musste ich ein paar Schulsachen besorgen.

Ich stieg wie immer an der Estación Mapocho aus und eilte dann über den Betongraben, in dem der Fluss träge dahinfloss.

Irgendwie merkte ich sofort, dass ich verfolgt wurde. Das

Gefühl war intensiv und auf unangenehme Weise vertraut. Ich ging zielstrebig zwischen den Ständen hin und her, schaute dabei aber immer wieder über die Schulter zurück und versuchte, meine Umgebung im Auge zu behalten. Die bestand aus dem üblichen Durcheinander von Menschen, Tieren und Waren, und ich konnte nichts Besonderes bemerken.

Sicherheitshalber ging ich auf die Straße vor dem eigentlichen Marktgelände, um mein Geld in der Hosentasche zu verstauen.

Ich hatte gerade meine Geldbörse aus der Tasche genommen, als ich eine Messerklinge an meiner Brust spürte.

«¡Déme el dinero!»

Er war klein und dunkel, nicht mehr als fünfzehn, sechzehn Jahre alt. Sein Blick war fest und konzentriert, er war weder nervös noch verzweifelt. Vielleicht hatte ich deshalb plötzlich so schreckliche Angst, denn mir wurde sofort klar, dass der Junge das hier schon viele Male getan hatte.

«Ausländerweib», stieß er drohend hervor, «mach keinen Scheiß. Her mit dem Geld.»

Er kam einen Schritt näher und drückte die Messerspitze an meine Brust. Ich wagte nicht, mich zu rühren.

«Gib mir die Kohle, sonst stech ich dich ab!»

Zitternd reichte ich dem Jungen mein Portemonnaie, und im nächsten Augenblick rannte er damit auf die Marktstände zu.

Mit einem Mal hatte ich wieder Luft zum Atmen.

«¡Ayúdeme!», schrie ich und zeigte auf den Jungen. «Hilfe! Er hat mein Geld gestohlen!»

Um mich herum waren Massen von Menschen. Diejenigen, die am nächsten waren, sahen mich gleichgültig an und sofort wieder weg. Niemand machte auch nur den Versuch, einzugreifen.

«Haltet ihn doch auf!», schrie ich, aber Sekunden später war der Dieb schon in der Menschenmenge untergetaucht.

Ein älterer Mann mit Hut und gestricktem Pullunder kam auf mich zu und legte mir eine Hand auf den Arm. Ich zuckte zusammen.

«*Señora*», sagte er, «nun hören Sie doch auf zu schreien. Sie haben ganz recht daran getan, ihm das Geld zu überlassen. Und außerdem können Sie von Glück sagen, dass Sie Ihren Finger noch haben.»

Er zeigte auf meinen linken Ringfinger, an dem mein Ehering saß.

«Es passiert schon mal, dass sie einem die Finger abschneiden, um an das Gold zu kommen», sagte er.

Meine Arme zitterten, mir war übel, und es fiel mir schwer zu sprechen.

«Wie kann ein Mensch nur so werden?», fragte ich.

«Das ist die Armut», sagte der Alte und ging seines Weges.

Ich blieb vor dem Marktplatz stehen, in meiner Angst ganz unsichtbar. Zu meinen Füßen standen die wenigen Einkäufe, die ich hatte erledigen können, etwas Mehl und Hefe, ein paar Plastikflaschen mit Getränken. Ich hatte dreißigtausend Pesos in meinem Portemonnaie gehabt, das war viel Geld für mich.

Ganz unten in der Tasche fand ich etwas Kleingeld, es reichte gerade aus, um nach Hause zu fahren.

Von dem Tag an nahm ich nie mehr mein Portemonnaie mit zum Markt. Ich trug nur so viel Geld bei mir, wie ich brauchte, und hatte alle Scheine immer einzeln gefaltet in der Hosentasche.

Und als die Kinder an jenem Abend im Bett lagen, ging ich zu einem *supermercado*, der abends geöffnet hatte, und kaufte braunes Haarfärbemittel.

Anders traf sich manchmal mit Enrico Fernandez. Die beiden konnten ja Schwedisch miteinander reden, und nach einer Weile begannen sie darüber zu sprechen, gemeinsam eine Autowerkstatt zu eröffnen. Ich fand, das war eine gute Idee.

Die Kinder gingen schrecklich gern in die Schule. Emma wachte jeden Morgen schon vor sechs Uhr auf, um voller Eifer ihre Schultasche zu packen und die Schuluniform anzuziehen. Robin, der für gewöhnlich ein Morgenmuffel war, kam auch immer schnell auf die Beine, wenn ich ihn weckte.

Jeden Morgen fuhren sie noch vor sieben Uhr mit dem Bus nach El Arrayán. Wenn ich nicht auf dem Markt einkaufen musste, fuhr ich mit ihnen, und sie halfen mir dann, die Tüten mit dem Essen zu tragen, das ich am Abend davor zubereitet hatte.

Auf der Straße vor der Schule war immer ein lustiges Treiben, wenn wir ankamen. Schicke Hausfrauen fuhren ihre Kinder in glänzenden Autos zum Unterricht, Lehrer trafen ein und grüßten laut und herzlich. Die Kinder entdeckten ihre Freunde im Gewühl und liefen johlend auf sie zu.

Auch meine Kinder.

In ihrer Klasse gab es ein Geschwisterpaar aus den USA, die Zwillinge Isabelle und Charlie. Die vier Kinder waren schon bald die besten Freunde. Der Vater der beiden war ein hochrangiger Manager in einem internationalen Unternehmen, und die Familie hatte schon in mehreren Ländern gelebt, darunter auch in Dänemark.

Emma und Isabelle spielten bald in jeder Pause zusammen. Sie hatten Puppen und Bären und ein «My Little Pony», die sie anzogen und denen sie Häuser bauten. Robin und Charlie gehörten zu einer großen Jungenbande, die Basketball oder Fußball oder einfach nur Fangen spielte.

Nach Schulbeginn hatte ich zwei Stunden Zeit, um zu putzen, aufzuräumen und die Regale zu füllen.

Eines Morgens, als es zum Unterricht geläutet hatte und ich gerade heißes Wasser auf mein Kaffeepulver goss, klopfte es an der Tür zum Imbiss.

Draußen stand eine sorgfältig geschminkte Frau mit geföhntem blondem Haar und einem breiten Lächeln.

«Hello there», sagte sie in gut artikuliertem Amerikanisch. «Sind Sie die Mutter von Emma und Robin? Ich bin Valerie, die Mutter von Isabelle und Charlie.»

Ich stellte den Wasserkocher ab und begrüßte sie herzlich. Sie war älter als ich, vielleicht vierzig, aber schwer zu schätzen.

«Möchten Sie einen Kaffee?», fragte ich.

«Sehr gern», sagte sie und setzte sich auf einen der beiden Tische.

Ich reichte ihr eine Tasse mit dampfendem Kaffee, sie nahm sie entgegen und sah mich dann fragend an.

«Entschuldigen Sie bitte, dass ich frage, aber haben Sie sich die Haare gefärbt?», fragte sie und blies in ihren Kaffee.

Ich wurde rot.

«Ja», gab ich zu, «es ist etwas uneinheitlich geworden.»

«Gar nicht», sagte sie. «Dunkel steht Ihnen, auch wenn Sie eine echte Blonde sind.»

Sie lächelte aufmunternd, und ich wusste, dass sie log. Die Farbe stand mir nicht besonders gut, aber ich wollte einfach in der Menge verschwinden und nicht mehr überfallen werden.

«Stimmt es, dass Sie in Dänemark gewohnt haben?», fragte ich und wechselte so das Thema.

«København», sagte sie in schlechtem Dänisch, und dann lächelte sie wieder. «In der Österbrogade, das war unglaublich kalt und windig da. Aber ich mochte die Menschen, und ich habe das skandinavische Licht geliebt. Ich bin Künstlerin, wissen Sie. Was machen Sie, wenn Sie nicht hier sind?»

Ich goss ihr noch Kaffee nach und überlegte einige Sekunden.

«Bücher», sagte ich schließlich, denn in gewisser Weise stimmte das ja.

«Oh my», sagte Valerie beeindruckt. «Und was für Bücher?»

«Autobiographische», erwiderte ich. «Aber die meiste Zeit kümmere ich mich um die Kinder.»

Die Amerikanerin nickte.

«Ich auch. Die Kinder gehen natürlich vor. Momentan mache ich hauptsächlich Keramik. Bruce hat mir ein Studio einrichten lassen, wo ich an der Scheibe arbeiten kann, aber die Kinder kommen natürlich immer zuerst. Haben Sie noch mehr außer Emma und Robin?»

Ich schüttelte den Kopf.

«Wir haben noch einen Sohn, Scott», sagte Valerie. «Er hat zu Hause in *The States* gerade mit dem College begonnen. Es ist unglaublich einsam ohne ihn, obwohl wir ja noch die Zwillinge zu Hause haben. Wie soll das erst werden, wenn die mal ausziehen! *How awful!*»

Sie erhob sich und stellte die leere Tasse auf die Spüle.

«Vielen Dank für den Kaffee. Ich will Sie nicht länger stören. Sagen Sie mir Bescheid, wenn Sie Hilfe brauchen können!»

Ich dankte für das Angebot und winkte ihr nach.

Erst viel später wurde mir klar, dass Valerie die ganze Zeit dachte, ich würde den Imbiss aus Wohltätigkeit führen, als eine Art Zeitvertreib.

Sie begriff nie, dass er uns fast komplett ernährte.

Eine Woche später wurden wir zu Charlie und Isabelle nach Hause zu einem Fest eingeladen, einer *kid's party*. Ich fragte, wer denn Geburtstag habe, aber Valerie lachte nur und sagte, keiner, aber sie würden trotzdem feiern.

Die Familie wohnte in einer der Villen oberhalb der Schule, die von der Straße aus gar nicht eingesehen werden konnte. Das Einzige, was man sah, war eine hohe braune Ziegelmauer mit einer enormen Nadelbaumhecke davor. Das Eingangstor war aus massivem dunklem Holz und fast drei Meter hoch. Als ich den Blick an den Torflügeln hinaufwandern ließ, konnte ich in der Ferne mehrere schneebedeckte Berggipfel erahnen. Der Weg zum Haus war von großen Kakteen gesäumt, was den Eindruck von Unzugänglichkeit noch verstärkte.

Ein Chilene, vielleicht der Gärtner, öffnete das Tor und ließ uns ein.

«*Welcome*», rief Valerie und winkte uns auf die Rückseite des Hauses, wo ein Barbecue am Pool aufgebaut war.

Überall wimmelte es von Leuten, darunter viele Kinder, die ich aus der Schule kannte. An jedem denkbaren Platz auf dem Grundstück hingen Ballons, Luftschlangen oder farbige Lichter.

Emma und Robin liefen sofort los, um zu spielen, und ich fragte, ob ich bei irgendetwas helfen könne.

«Sie können die Getränke holen, die stehen in der Küche», sagte Valerie.

Ich ging neugierig zum Haus. Die Villa selbst war nicht außergewöhnlich, ein einstöckiges Holzhaus, aber das Grundstück war groß und sehr gepflegt. Auf der Rückseite gab es nicht nur den Pool, sondern auch einen Tennisplatz.

So wohnten also die Reichen.

Ich fand die Getränke und trug sie zum Grill hinaus.

«Was für ein schönes Haus», sagte ich.

«Ja, für's Erste genügt es», sagte Valerie. «Die Küche ist ziemlich schlecht geplant, aber wir werden nur noch ein weiteres Jahr bleiben, und ich habe Bruce versprochen, so lange auszuhalten. Nun, Kinder, kommt alle und esst!»

Und sie servierte die Hamburger mit derselben Ruhe, mit der sie alles machte, was sie sich vorgenommen hatte.

Ihre Klarheit und Selbstverständlichkeit beeindruckten mich.

Das Leben war dazu da, dass man feierte, Kinder hatte, sich mit Kunst beschäftigte und plauderte.

So sollte es sein, so wollte ich es auch haben.

Eines Abends, als wir uns gerade zum Essen hinsetzen wollten, klopfte es an der Tür. Das erste Klopfen klang so schüchtern, dass ich schon dachte, ich hätte mich verhört, aber dann wiederholte es sich, und ich ging und öffnete.

Draußen stand ein kleiner Junge. Er war kleiner als Robin, hatte aber den Blick eines alten Mannes. Sein Haar war feuerrot und sein Gesicht voller Sommersprossen. Die Hosen waren zerrissen, das T-Shirt schmutzig, und er war barfuß, obwohl es ein kalter Abend war.

«Señora», sagte er, *«pro favor, comida, un poco de comida por favor, señora.»*

Er tat, als würde er sich Essen in den Mund stopfen und kauen. Seine Augen waren wachsam, die Beine angespannt und fluchtbereit.

In diesem Augenblick ging irgendetwas in mir kaputt. Mein Schutzpanzer zerbrach, und die Armut und das Elend um mich herum überwältigten mich mit voller Kraft.

Mein Gott, ein kleines Kind, sieben oder acht Jahre alt, halb verhungert und barfuß auf dem kalten Boden, und seine ängstlichen Augen bettelten, dass ich ihn nicht schlagen möge.

«¡Pase!», sagte ich und machte die Tür weit auf. «Natürlich bekommst du etwas zu essen. Bitte komm doch herein.»

Emma sah misstrauisch die schmutzige kleine Gestalt an, die ins Zimmer trat.

«Wer ist das denn?», fragte sie und rümpfte die Nase. «Er stinkt!»

«Er ist hungrig», erwiderte ich, ging in die Küche und holte eine Schachtel aus Stanniol, die ich mit Bohnen und *lomitos* füllte.

Der Junge traute seinen Augen nicht, als ich ihm die Schachtel reichte.

«¡Toma!», sagte ich. «Das hier ist für dich.»

Er nahm das Essen, blickte hoch und starrte mich erschrocken an. Dann drehte er sich um und rannte mit der Schachtel in der Hand aus dem Haus.

Als ich einschlief, stieg mir das Bild des Jungen wieder vor Augen. Im Traum brannte sein rotes Haar, und ich wachte in kalten Schweiß gebadet auf und wünschte mir aus ganzem Herzen, dass er wiederkommen möge.

Das tat er auch.

Schon am nächsten Abend stand er wieder vor unserer Garagentür, diesmal vielleicht noch nervöser als zuvor.

«Por favor, señora, comida …»

«Sí», sagte ich, «aber erst wirst du baden.»

Wir hatten schon gegessen, die Kinder saßen in ihrem Zimmer und machten Hausaufgaben.

Ich nahm den Jungen mit ins Badezimmer und bat ihn, sich auszuziehen. Die Kleider stopfte ich in eine Plastiktüte, die ich sofort in den Müll warf. Am Nachmittag hatte ich ein paar Sachen herausgesucht, die Robin zu klein geworden waren. Es war nicht viel, aber doch in deutlich besserem Zustand als die Lumpen, die der Junge angehabt hatte.

Der kleine Körper des Jungen war voller blauer Flecken, aber wirkte nicht so, als bräuchte er ärztliche Hilfe. Er badete lange, das warme Wasser schien ihm zu gefallen. Die Seife benutzte er, aber was er mit dem Shampoo machen sollte, war ihm nicht klar. Ich zeigte es ihm und fragte mich im Stillen, ob er wohl Läuse hatte.

Dann durfte er Robins alte Kleider anziehen, und danach setzte ich den Jungen vor einen großen Teller voll Hühnchen, Reis und Salat an den Tisch.

Er aß schnell und mit den Fingern, obwohl ich ihm Messer, Gabel und Löffel hingelegt hatte. Als er fertig war, wollte er am liebsten ganz schnell weglaufen, aber ich legte ihm beruhigend die Hand auf die Schulter.

«Warte noch kurz», sagte ich. «Wie heißt du?»

Der Junge sah mich mit erstauntem Blick an.

«Ich weiß nicht», sagte er.

«Du musst doch einen Namen haben», sagte ich. «Wie nennt man dich denn?»

«Junge», erwiderte er.

«Und wo wohnst du?»

Er zuckte mit den Schultern und sah wieder ängstlich aus.

«Bist du die Polizei?», fragte er.

«Nein, du Dummerchen», beruhigte ich ihn. «Ich will nur wissen, wo du wohnst. Hast du Eltern?»

Er schüttelte eifrig den Kopf.

«Du wohnst also allein?»

Wieder Kopfschütteln.

«Wir sind mehrere Jungs», sagte er. «Aber die anderen sind größer. Sie nehmen mir mein Essen weg.»

«Gehst du zur Schule?»

Der Junge sank ein wenig in sich zusammen und sah traurig aus.

«Ich habe keine Bücher und keine Schuluniform», sagte er.

«Aber du bist Chilene, oder? Bist du aus Santiago?»

Er dachte einen Augenblick nach.

«Ich glaube, ja», sagte er dann.

Ich saß eine Weile schweigend da und betrachtete das Kind. Sein Alter war schwer zu schätzen, aber er war auf keinen Fall älter als Robin. Ganz offenkundig konnte er sich nicht an seine Familie oder seine Herkunft erinnern.

«Es ist dein gutes Recht, in die Schule zu gehen», sagte ich. «Soll ich dich hinbringen?»

Er sperrte die Augen weit auf.

«Aber ich kann nicht lesen», sagte er.

«Das lernt man doch dort», erwiderte ich und stand auf.

Ich holte aus der Küche ein großes Butterbrot mit gebratenem Hackfleisch und Tomaten darauf, das ich in Plastikfolie einwickelte.

«Hier, nimm das mit», sagte ich. «Komm morgen früh hierher, dann gehe ich mit dir zur Schule und spreche mit dem Rektor.»

Das Kind nahm das Brot, zögerte ein wenig und verschwand dann wieselflink aus der Tür.

Die Wochen vergingen, und wir sahen den Jungen nicht wieder. Ich hatte ihn ehrlich gesagt schon fast vergessen, als er eines Morgens schmutzig und mit einer hässlichen Platzwunde auf der Stirn plötzlich vor der Tür stand.

«Was ist denn passiert?», fragte ich bestürzt und zeigte auf die blutverkrustete Wunde, aber den Jungen schien die Verletzung überhaupt nicht zu stören.

«Ich will in die Schule gehen», sagte er.

An dem Tag mussten Emma und Robin ohne mich nach El Arrayán fahren, und der Imbiss blieb geschlossen.

Nachdem der Junge gebadet und frische Kleider angezogen hatte, ging ich mit ihm zur öffentlichen Schule in Recoleta.

Die Rektorin war nur mäßig daran interessiert, ihn als Schüler aufzunehmen.

«Wir haben mit Straßenkindern schlechte Erfahrungen gemacht», sagte sie. «Sie kommen und gehen, wie sie wollen, und stehlen unser Unterrichtsmaterial. Außerdem muss man hier eine Schuluniform tragen, und der Junge hat keine.»

«Er wird heute Nachmittag eine haben», sagte ich, und die Rektorin gab auf.

«Name?», fragte sie und griff nach einem Stift. Ich sah den Jungen an, der mich fragend anstarrte.

«Manuel», sagte ich. «Manuel Eriksson.»

Dann kauften wir die nötigen Schulbücher, eine Schuluniform und ein Paar neue Schuhe.

Am Abend aß der Junge zusammen mit uns, danach gab ich ihm ein paar große Butterbrote mit, damit er etwas zum Frühstück und für die Pausen in der Schule hatte.

«Wenn du morgen Abend hierherkommst, dann kriegst du etwas zu essen», sagte ich.

«Manuel», sagte Anders, als der Junge in der Nacht verschwunden war, «warum hast du ihn ausgerechnet Manuel genannt?»

«Ich weiß nicht», erwiderte ich. «Vielleicht nach dem Kellner im *Fawlty Towers*, dem aus Barcelona.»

Anders lachte, und mir wurde warm ums Herz.

Die Geschichte mit Manuel ließ mich über ein paar Dinge nachdenken.

Zunächst einmal brauchte ich Hilfe im Imbiss. Es würden noch andere Tage kommen, an denen ich nicht selbst dort stehen konnte. Am einfachsten wäre es natürlich, wenn Anders einspringen könnte. Er war immer öfter mit Enrico Fernandez zusammen, hatte aber noch keine anderen Bekanntschaften geschlossen. Das war kein Wunder, denn er beherrschte ja die Landessprache nicht. Das Beste wäre, wenn er wenigstens so viel Spanisch lernen würde, dass er mit den Leuten reden und mir im Imbiss helfen könnte.

Am Wochenende nahm ich mir das Telefonbuch gründlich

vor und fand einen einigermaßen preiswerten Intensivkurs in Spanisch, der nur vier Wochen dauerte. Da würde Anders die Grundlagen der Sprache erlernen, wie zum Beispiel die Leute zu begrüßen, über das Wetter zu reden und Geld entgegenzunehmen.

Nach einigem Diskutieren war Anders bereit, den Kurs zu besuchen und mir dann in der Schule zu helfen.

Mit der Zeit arbeiteten wir richtig gut zusammen, und Anders lernte so viel Spanisch, dass er sehr gut zurechtkam.

Es war Juli geworden und damit Winter in Santiago. Morgens war es kalt, die Luft eisig und die Pflanzen erfroren.

Jeden Tag wartete ich auf die Nachricht, dass unsere Sachen aus Schweden endlich angekommen wären. Mir fehlte vor allem mein Staubsauger, die Kinder sehnten sich nach Fernsehen und Video und all ihren Filmen. Der alte Aschenputtel-Film lag unbenutzt herum und verstaubte. Anders vermisste sein Werkzeug, Hammer, Schraubenzieher und Zangen und all die Dinge, an die man nie denkt, ehe man sie mal braucht.

Und ich freute mich auf die wenigen Kristallgläser, die ich noch von meiner Hochzeit hatte. Es würde schön sein, damit den Tisch hier in unserer Garage zu decken.

«Die Lieferung verspätet sich», sagte der Mann bei der Reederei aufrichtig bekümmert.

«Aber die Sachen hätten doch längst hier sein sollen», sagte ich verärgert. «Wann kommen sie denn?»

«Innerhalb der nächsten zwei Monate. Das können wir zusichern.»

«Meine Güte, dabei sollten sie spätestens im April hier sein», sagte ich.

«Es tut mir sehr leid», sagte der Mann nur.

Uns blieb nichts anderes übrig, als uns zu gedulden.

Eines Nachmittags, als die Kinder und ich im Bus zurück nach Recoleta saßen, zog Robin plötzlich an meiner Hand.

«Mama», flüsterte er, «mir ist nicht gut.»

Ich war in Gedanken versunken gewesen und sah den Jungen erstaunt an. Er hatte Schweiß auf der Stirn, und sein Gesicht war kalkweiß, Angst stand in seinen Augen. Aus seiner Luftröhre kam ein pfeifendes Geräusch, der ganze Brustkorb hob sich, während er nach Luft rang.

«Um Gottes willen, Kind», rief ich erschrocken. «Was ist denn passiert?»

Der Junge antwortete nicht, sondern warf sich über meine Knie und ließ die Arme zu Boden hängen. Sein kleiner Körper auf meinem Schoß war kantig und warm.

«Musst du spucken?», fragte ich, erhielt aber nur einen gurgelnden Laut als Antwort.

Ich strich ihm die Haare aus der Stirn, um zu fühlen, ob er Fieber hatte.

«Mama», stieß er hervor, «ich kriege keine Luft.»

Dann fiel sein Kopf zur Seite, und ich brach in Panik aus.

«Emma», rief ich, «nimm die Tüten und meine Tasche, wir müssen aussteigen.»

Ich stand auf und versuchte, mir Robin über die Schulter zu legen, aber der Bus ging so scharf in eine Kurve, dass ich über Emma und einen alten Mann mit Krücken fiel.

«¡Pare el autobús!», schrie ich. *«¡Ahora!»*

Der Busfahrer sah mein panikerfülltes Gesicht im Rückspiegel und stieg auf die Bremse, alle Passagiere flogen nach vorn, und ich stolperte aus der geöffneten Tür hinaus auf die Straße.

«Taxi!», schrie ich und warf mich einfach mit Robin auf dem Arm in den Verkehr. Emma kam mit zwei großen Einkaufstüten, meiner Handtasche und ihrer Schultasche hinter mir her. *«¡Taxi!»*

Ein großes gelbes amerikanisches Auto hielt mit quietschenden Reifen vor mir, und ein erschrockener Taxifahrer steckte den Kopf aus dem offenen Seitenfenster. Ich riss die hintere

Tür auf und schubste Emma auf den Rücksitz, lud den bewusstlosen Robin neben ihr ab, öffnete die Beifahrertür, stellte hastig unsere Taschen hinein und setzte mich zu den Kindern.

«¡Un hospital!», schrie ich und beugte mich über den Jungen. *«¡Mi hijo está enfermo!»*

«¿Que hospital?», fragte der Taxifahrer.

«Ganz egal, irgendein Krankenhaus in der Nähe!»

Der Taxifahrer legte den ersten Gang ein, und das Auto raste mit halsbrecherischer Geschwindigkeit los. Das Pfeifen in der Luftröhre des Jungen hatte aufgehört. Ich strich ihm die nassgeschwitzten Haarsträhnen aus der Stirn, und einen Augenblick lang glaubte ich, der Anfall sei vorüber.

«Wie geht es dir, Robin? Fühlst du dich besser?»

Es dauerte einen Moment, bis ich bemerkte, dass seine Lippen und Fingernägel sich blau färbten. Dass es aus seiner Luftröhre nicht mehr pfiff, lag daran, dass er kaum noch atmete.

«¡Rápido! ¡Por favor!»

Das Auto raste nach Norden, durch Providencia und weiter Richtung Vitacura, und schon bald sah ich die Schilder mit dem bekannten roten Kreuz auf weißem Grund und dann den Namen *Clínica Alemana*. Wir waren auf dem Weg zum Deutschen Krankenhaus.

«Was ist denn mit Robin?», fragte Emma, und ihre Augen waren weit aufgerissen.

«Ich weiß es nicht», flüsterte ich und zwang mich, nicht loszuheulen, während ich den Jungen in meinem Arm hielt und sanft wiegte.

Andere Straßenschilder sausten vorüber, dann schwarze Laternenpfähle, und schließlich bremste das Taxi vor einem hohen Haus aus hellgrauem Beton mit einem breiten Band verspiegelter Fenster auf jeder Etage. *Centro de diagnostica* stand über dem Eingang, aber wir fuhren weiter, an zwei parkenden Krankenwagen vorbei zum *Acceso urgencias*.

«Helfen Sie mir, helfen Sie uns, schnell!»

Ein Wachmann öffnete mir die Tür, ich sprang heraus und zerrte den Jungen mit mir.

«Mein Sohn stirbt!», schrie ich. «Er kann nicht mehr atmen! Hilfe!»

Ich merkte, dass Robin mir entglitt, ich stolperte und schrie und schrie, aber plötzlich war da eine Trage, weiße Kittel umringten uns, Robin wurde mir aus den Armen genommen, und ein ernster junger Mann versuchte, meinen Blick zu fangen.

«*Señora*, was ist geschehen?»

«Er konnte plötzlich nicht mehr atmen, er ist einfach zusammengebrochen!», rief ich.

«Ist das schon einmal passiert?»

«Nein, noch nie! Was ist mit ihm?»

Der Arzt wandte sich von mir ab und folgte der Trage, die schnell durch die dunklen Spiegelglastüren der Notaufnahme gerollt wurde.

«Asthma», rief er den Krankenschwestern zu. Ein Wort, das in vielen Sprachen gleich klingt.

Dann folgte eine Reihe von Wörtern, die ich nicht verstand, vermutlich medizinische Fachbegriffe.

Ich rannte hinterher ins Gebäude und konnte gerade noch sehen, wie eine Maske auf Robins lebloses Gesicht gepresst wurde und man ihm in beide Armbeugen gleichzeitig etwas injizierte. Dann glitten die Türen zu.

«Mama», sagte Emma, der die Tränen in den Wimpern hingen, «wird Robin jetzt sterben?»

Ich merkte, dass ich völlig aufgelöst war, und das war der Situation gar nicht zuträglich. Aber ich konnte mich nicht zusammenreißen. Ich begann hemmungslos zu weinen und nahm das Mädchen in den Arm. So viel auf einmal floss aus mir heraus, so viel Sorge und Trauer und Angst, und alles tränkte den roten Pullover meiner kleinen Tochter.

«Nein, das wird er nicht», sagte ich nach einer Weile und trocknete mir mit dem Ärmel meiner Bluse die Nase. «Der Doktor kümmert sich um ihn. Alles wird gut, du wirst sehen.»

Ich rief Anders vom Handy aus an, und er sagte, er würde so schnell wie möglich kommen.

Aber noch ehe er eintraf, kam der junge Arzt heraus und nahm mich beiseite.

«Ist er tot?», fragte ich.

«Ganz und gar nicht», sagte der Arzt und lächelte. «Ihr Sohn hatte einen sehr starken Asthmaanfall. Das ist eine schwere Krankheit, die tödlich verlaufen kann, und sie muss regelmäßig und sorgsam behandelt werden. Bitte folgen Sie mir, dann werde ich es Ihnen erklären.»

Er führte mich in ein kleines Behandlungszimmer. Emma durfte neben mir sitzen.

«Der Grund für diese Art von Atemproblemen ist, dass die Luftröhre anschwillt und sich verkrampft», sagte er und sprach übertrieben langsam, damit ich auch alles mitbekam. «Dadurch wird das Einatmen sehr schwer. Man muss kämpfen, um Luft holen zu können, und hat anschließend Schwierigkeiten, wieder auszuatmen. Letzteres führt dazu, dass sich in den Lungen immer mehr mit Kohlendioxyd angereicherte Luft ansammelt, was wiederum die Aufnahme von Sauerstoff erschwert. Das Wichtigste für den jungen *señor* Eriksson ist jetzt, dass er regelmäßig Cortison inhaliert, damit die Schwellungen der Atemwege zurückgehen, und dass er für akute Anfälle immer ein Spray zur Hand hat, das die Bronchien weitet. Diese Art von Symptomen können wir heute sehr effektiv lindern.»

«Aber Robin ist noch nie krank gewesen», sagte ich. «Warum bekommt er das denn ausgerechnet jetzt?»

«Hat er in der letzten Zeit eine Infektion gehabt? Viel gehustet?»

Ich dachte nach.

«Er hat viel gehustet, aber das hat mit der Luftverschmutzung zu tun.»

Der Arzt erhob sich.

«Wir werden Ihnen vorbeugende und lindernde Medikamente mitgeben, wenn er entlassen wird, und außerdem ein Rezept, damit Sie sich aus der Apotheke Nachschub holen können. Es ist sehr wichtig, dass Sie diese Medikamente kaufen und dafür sorgen, dass er sie auch nimmt.»

«Natürlich», sagte ich.

Glaubte er, dass ich nachlässig mit etwas umgehen würde, das die Lebensversicherung unseres Sohnes war? Glaubte er, dass wir uns nicht um unsere Kinder kümmerten, nur weil wir Ausländer waren?

Erst als ich das Preisschild auf den Inhalatoren sah, wurde mir klar, warum der Arzt seine Worte so betont hatte.

Sie kosteten hunderttausend Peso. Pro Stück. Mir war klar, dass sich viele Menschen derartig teure Medikamente überhaupt nicht leisten konnten.

Robin blieb über Nacht in der *Clínica Alemana*. Das Ereignis bestärkte mich in meiner Auffassung, dass wir uns bald um eine Aufenthaltsgenehmigung kümmern sollten, damit wir ganz legal im Land bleiben konnten. Wir mussten normale Jobs annehmen und eine richtige Krankenversicherung abschließen können.

Enrico Fernandez hatte einen Freund, der Jurist war und sich mit internationalem Recht beschäftigte.

«Wozu wollen Sie denn eine Aufenthaltsgenehmigung?», fragte er erstaunt, als wir ihn in seinem Büro in Providencia aufsuchten. «Sie können doch trotzdem eine Krankenversicherung abschließen, die ist mit Aufenthaltsgenehmigung genauso teuer wie ohne. Und eine Arbeitserlaubnis brauchen Sie für den Imbiss nicht.»

Ich sank in meinem Stuhl zusammen. Irgendwie hatte ich mir eingebildet, dass die Dinge hier so funktionierten wie in Schweden, dass einem alles fast gratis zustand, wenn man erst einmal im System drin war. Doch so war es nicht.

«Aber was geschieht denn, wenn wir uns illegal hier aufhalten und entdeckt werden?», fragte Anders. «Dann werden wir rausgeworfen.»

«Sie können sich mit einem Touristenvisum hier aufhalten», sagte der Jurist. «Das gilt drei Monate, und wenn das abgelaufen ist, fahren Sie mit dem Bus rüber nach Mendoza und besorgen sich ein neues. Glauben Sie mir, das ist die einfachste Lösung.»

Anders und ich sahen uns an, auf die Idee waren wir noch gar nicht gekommen.

Wir folgten dem Rat des Juristen und fuhren von da an alle drei Monate über die Grenze. Anfangs nahmen wir die Kinder noch mit, später machten wir uns die Mühe nicht mehr. Die Kinder konnten ohnehin nicht ausgewiesen werden.

Es stellte sich heraus, dass dieses Arrangement wunderbar funktionierte. Wir hielten uns in all den Jahren niemals illegal in Südamerika auf, aber wir waren auch in keinem öffentlichen Register eingetragen.

Genauso wollten wir es haben.

Mitte September sollte das Buch über mich in Schweden herauskommen. Der Verlag wollte gern, dass ich zum Erstverkaufstermin kam, und ich sah der Veröffentlichung mit Zittern und Spannung entgegen.

Ehrlich gesagt war es kein gutes Gefühl, nach Schweden zurückzufahren. Die Familie würde mitkommen, weil die Kinder Winterferien hatten, und das war sowohl gut als auch schlecht. Ein halbes Jahr lang hatten wir uns eingeredet, dass wir nicht verfolgt würden und es nicht gefährlich sei, das Haus zu verlassen. Jetzt würden wir uns wieder der Gefahr aussetzen und wieder isoliert leben müssen. Aber ich wollte auch nicht mehrere Wochen von meiner Familie getrennt sein.

Die Tatsache, dass das Buch jetzt erschien, brachte viele Unwägbarkeiten mit sich. Menschen, die ich noch nie gesehen hatte, würden über mich lesen und an meinen innersten Geheimnissen und schlimmsten Kränkungen teilhaben. Ich würde von Journalisten interviewt werden und meine Geschichte den Zeitungen und vielleicht auch dem Fernsehen erzählen – das alles machte mich nervös und verunsicherte mich.

Vielleicht würde unser Verfolger hören, was ich sagte. Er würde wissen, dass er es war, von dem da gesprochen wurde. Möglicherweise würde er nach mir suchen oder nach den Kindern oder meine Eltern bedrohen. Der Gedanke allein ließ mich schon schaudern.

Gleichzeitig war es ein phantastisches Gefühl, dass meine

Geschichte so wichtig und interessant war. Dass ein großer renommierter Verlag sie herausgeben wollte. Vielleicht konnte das anderen Frauen helfen, nicht in eine ähnliche Situation hineingezogen zu werden.

Als ich mich entschieden hatte zu reisen, rief ich Hanna an. Sie versprach, den geplanten Ablauf zu überprüfen und mich darauf vorzubereiten, was die Journalisten fragen könnten. Falls ich das Gefühl haben sollte, dass es mir zu viel werden könnte, würde sie bei den Interviews dabei sein.

Wir flogen an einem Dienstagmorgen in Santiago ab und kamen am Mittwochabend in Stockholm an. Ich war todmüde, nervös und aufgeregt, als wir in Arlanda die Zollkontrolle passierten.

Eine Frau vom Verlag wartete in der Ankunftshalle auf uns.

«Das Interesse an dem Buch ist sehr groß», sagte sie. «Es gibt viele Reporter, die Sie gern kennenlernen möchten, und die sitzen jetzt schon im Verlag und warten auf Sie.»

Ich versuchte, meinen Blick zu konzentrieren.

«Heute Abend?», fragte ich. «Aber ... ich wollte mich doch mit Hanna treffen, sie sollte ...»

«Hanna arbeitet», sagte die Frau vom Verlag. «Haben Sie alle Ihre Taschen?»

Ich war hungrig und durstig und völlig fertig vom Jetlag, als ich mich in das erste Interview begab.

Die Reporterin war eine Frau, der die Situation offensichtlich vertraut war. Sie hatte Block, Stift und Aufnahmegerät parat und spielte mit ihrer Brille und ihren Notizen.

«Ich habe Ihr Buch gelesen», sagte sie, «und es gibt ein paar Dinge, über die ich mich gewundert habe. Warum haben Sie diesen Mann nie angezeigt?»

«Ja, aber das habe ich doch», sagte ich.

Die Reporterin blätterte in ihren Unterlagen.

«Nein», sagte sie, «das haben Sie nicht.»

«Doch», sagte ich und schwieg.

Die Journalistin suchte weiter in ihren Aufzeichnungen.

«Finden Sie nicht, dass Ihnen manches hätte bewusster sein müssen?», fragte sie.

«Was denn?», fragte ich.

«Er ist doch Moslem. Kannten Sie denn die kulturellen Unterschiede nicht?»

«Doch, natürlich», sagte ich. «Ich mag die arabische Kultur sehr gern.»

Ich strich mir verwirrt die Haare aus der Stirn. Gab ich die falschen Antworten? Warum stellte sie nur so komische Fragen?

«Kaum zu glauben, dass so etwas in Schweden passieren kann», sagte die Reporterin. «Warum haben Polizei und Justiz nichts unternommen?»

«Ich weiß es nicht», sagte ich leise und merkte, dass ich bald anfangen würde zu weinen, wenn das so weiterging.

An den Rest des Interviews habe ich nur eine vage Erinnerung, und ich war ungeheuer erleichtert, als ich endlich gehen durfte.

Wir wurden in einem Sommerhaus untergebracht, das jemandem aus dem Verlag gehörte. Es lag weit draußen auf dem Land, und man brauchte fast zwei Stunden mit dem Bus in die Stadt. Jeden Tag fuhr ich nach Stockholm, um Interviews für Zeitungen, Radio oder Fernsehen zu geben. Mein Terminkalender war so voll, dass ich immer erst nach Hause kam, wenn die Kinder schon schliefen.

Ich fand die Interviews sehr schwierig und anstrengend, sie verunsicherten und verstörten mich. Jeden Tag bat ich darum, dass Hanna mich begleiten solle, aber die Leute vom Verlag sagten immer, sie müsse arbeiten und habe keine Zeit für mich.

«Die Journalisten interessieren sich für Sie, nicht für Hanna», sagte die Pressefrau.

Doch irgendwann hatte ich genug.

Ich sollte an einer Talkshow im Fernsehen teilnehmen, die live aus Göteborg gesendet wurde und in der außer mir unter anderem die Justizministerin Laila Freivalds sitzen würde. Die Gäste der Sendung waren schon öffentlich angekündigt worden, was bedeutete, dass meine Verfolger sich leicht ausrechnen konnten, wo ich mich an jenem Abend befand. Deshalb hatte das Schwedische Fernsehen für die Sendung, den Hotelaufenthalt und die Fahrten zum Flughafen Bodyguards für mich besorgt.

Das war zu viel, ich konnte einfach nicht mehr.

Ohne den Verlag um Erlaubnis zu bitten, rief ich Hanna an und fragte sie, ob sie mitfahren könne.

«Ja natürlich», sagte sie. «Wann soll ich kommen?»

Ich zögerte ein wenig, aber dann sagte ich:

«Die Leute vom Verlag haben gesagt, du hättest keine Zeit.»

«Die haben mich kein einziges Mal gefragt», sagte Hanna.

Dann ging ich zur Pressefrau und teilte ihr mit, dass Hanna mich nach Göteborg begleiten würde.

Die Frau war entsetzt.

«Aber das geht nicht», sagte sie, «ich habe nur ein Ticket.»

«Ohne Hanna fahre ich nicht», sagte ich. «Ich will, dass sie dabei ist.»

«Aber das haben wir so nicht geplant!»

Ich verschränkte die Arme vor der Brust und antwortete nicht.

Die Pressefrau stand auf.

«Mia», sagte sie, «ich sage Ihnen gern, dass wir mit dem Buch sehr zufrieden sind. Und zwar so zufrieden, dass wir noch einen zweiten Band machen wollen.»

Sie stellte sich dicht vor mich und senkte die Stimme.

«Aber den machen *wir* zusammen, nur Sie und der Verlag.»

Ich sah sie verwirrt an.

«Wie meinen Sie das?»

«Wir möchten, dass Sie sich von Hanna Lindgren trennen. Sie hat mit alldem nichts zu tun, und wir wollen ja schließlich Bücher verkaufen.»

Die Wut, die sich über mehrere Tage hinweg aufgestaut hatte, brach jetzt aus mir heraus.

«Sie begreifen ja wohl gar nichts», sagte ich zornig. «Das hier ist meine Geschichte, und Hanna hat sie aufgeschrieben. Wir haben das zusammen gemacht, und das werden wir auch weiterhin tun.»

Die Pressefrau bekam rote Flecken im Gesicht.

«Na gut, also wenn Sie unbedingt wollen ...»

Die Reise nach Göteborg war aufregend, aber alles ging gut. Endlich hatten Hanna und ich Zeit, über alles zu reden, was in der Zwischenzeit geschehen war. Und die Fernsehsendung lief besser, als ich zu hoffen gewagt hatte. Eigentlich war es ganz unglaublich – die schwedische Justizministerin diskutierte über das, was mir widerfahren war!

Als wir hinterher im Hotel saßen, fassten Hanna und ich gemeinsam einen Beschluss: Wenn wir irgendwann einmal einen Nachfolgeband zu dem Buch machen sollten, dann würden wir den im Selbstverlag herausbringen.

Als wir nach Santiago zurückkehrten, hatte die Schule schon wieder begonnen. Wir verbrachten ein paar hektische Tage damit, neue Schulbücher und Schuluniformen zu kaufen, den Imbiss sauber zu machen, die Regale wieder aufzufüllen und unsere Post durchzusehen.

Erst am Morgen des fünften Tages ging mir auf, was wir vergessen hatten.

Auf dem Weg zum Bus bemerkte ich hinter einem Zaun einen Schatten, und als ich genauer hinschaute, sah ich jemanden hinkend verschwinden.

Großer Gott, das war ja Manuel!

«Manuel!», rief ich und lief zu dem Zaun. «Manuel, bist du da?»

Ich fand den Jungen hinter einem Container in einem Hinterhof. Er war schmutziger denn je, und seine Schuluniform war so zerrissen, dass ich sie kaum wiedererkannte.

«Manuel», sagte ich und hockte mich vor ihn, «entschuldige. Ich musste wegfahren, aber jetzt bin ich wieder da.»

Der Junge sah mich mit trockenen Augen an, ich hatte ihn noch nie weinen sehen. Sein Gesicht war ausgemergelt, bestimmt hatte er drei Wochen lang nichts gegessen.

«Komm», sagte ich, «du isst jetzt erst mal einen Haferbrei.»

Er folgte mir widerspruchslos.

Als er gegessen und gebadet hatte, setzte ich mich hin und redete mit dem Jungen. Ich sagte, dass wir immer mal wieder wegfahren müssten und dass er ein richtiges Zuhause brauche, wo er auch wohnen könne.

«Ich will nicht zur Polizei», sagte der Junge erschrocken.

«Nein, nein», sagte ich beruhigend. «Aber du gehst doch gern in die Schule, oder?»

Er nickte eifrig.

«Ich habe von einer Schule gehört, in der die Kinder auch schlafen dürfen», erklärte ich ihm. «Vielleicht kannst du dorthin gehen.»

Die Schule, von der ich gehört hatte, war ein Kinderheim, das nördlich von Valparaiso von einigen Nonnen betrieben wurde. Der Unterricht war kostenlos, das Heim finanzierte sich durch Spenden. Das hieß, dass Manuel gegen Zahlung eines kleineren Geldbetrags dort bleiben konnte.

Am Wochenende lieh Anders sich ein Auto von Enrico Fernandez. Emma, Robin und Manuel kletterten auf den Rücksitz, ich schloss zu Hause alles gut ab, und dann fuhren wir los.

Der Verkehr war hektisch an der Grenze zu wahnsinnig. Wenn man Bus fuhr, merkte man das nicht so, aber in dem kleinen Auto kamen einem die anderen Fahrzeuge doch bedrohlich nahe.

Außerdem waren überall Straßenverkäufer, auf den Bürgersteigen, auf den Plätzen und Märkten und in den Fußgängerzonen, aber auch mitten im Verkehr. Es dauerte eine Stunde, bis wir uns über die Ringstraße gequält hatten, und dann kamen die Dörfer.

Santiago liegt in einem breiten Tal mit den hohen Berggipfeln der Anden wie große Wächter um sich herum. Die weitere Umgebung der Stadt besteht aus völlig flachem Land, das von der Sonne verbrannt, aber dennoch von den Menschen urbar gemacht ist. Die Berge sind trocken, braun und staubig und nur von einzelnen vertrockneten Büschen bewachsen.

Das Kinderheim lag kurz vor einem Ort, der Quillota hieß. Ungefähr sechzig Kinder unterschiedlichen Alters wohnten hier und gingen zu Schule.

Ich hatte noch nie richtige Nonnen getroffen, deshalb war ich ebenso schüchtern und verlegen wie Manuel.

Wir wurden etwas steif, aber freundlich willkommen geheißen. Zunächst machte man mit uns einen kleinen Rundgang durch das Haus, und der war ehrlich gesagt ziemlich schnell erledigt. Das Heim bestand aus einem einzigen großen Gebäude, das vor langer Zeit einmal eine Fabrikhalle gewesen war.

Zwei große Räume standen voller Etagenbetten, einer war für die Jungen, der andere für die Mädchen. Ein weiterer Raum diente als Kapelle, andere als Unterrichtsräume.

Manuel bekam ein unteres Bett im Jungenschlafsaal zugewiesen. Schon bald drängte sich eine ganze Gruppe Kinder in der Tür, und ich winkte sie herein.

Er wurde von den anderen Kindern fröhlich und neugierig begrüßt.

Ich hielt mich ein wenig im Hintergrund und hörte zu, als Manuel erzählte, woher er kam und warum er hier war.

Er sei aus Recoleta in Santiago, habe keine Mutter und keinen Vater, aber dafür eine Tante aus einem Land weit weg, die sich um ihn kümmere. Aber die müsse manchmal wegfahren, und deshalb werde er jetzt eine Weile hier wohnen.

Die anderen Kinder akzeptierten seine Geschichte, sie wollten ihn gleich mit nach draußen nehmen und auf dem staubigen Hof vor dem Heim mit ihm spielen.

«Wartest du noch einen Moment?», sagte ich und setzte mich neben ihn.

Manuel stopfte seine Sachen in das Regal neben dem Bett, Robins abgelegte Kleider, ein paar Schulbücher und ein «My Little Pony», das Emma ihm geschenkt hatte.

«Ich komme dich bald besuchen», versprach ich ihm. «Und zu Weihnachten kannst du zu uns kommen, wenn du möchtest. Und außerdem haben die Kinder und ich eine Kleinigkeit für dich gekauft.»

Ich gab ihm ein schön in Geschenkpapier eingewickeltes Päckchen, in dem sich eine Federtasche mit Radiergummi und Anspitzer befand.

«Danke», sagte er leise.

«Die Nonnen haben versprochen, dass du uns anrufen darfst, wenn irgendetwas sein sollte», sagte ich. «Sie haben unsere Telefonnummer.»

«Okay», sagte der Junge.

Eigentlich hatte ich ihn in den Arm nehmen wollen, doch irgendetwas in seiner Haltung hielt mich davon ab. Dieser kleine Junge besaß Stolz und Würde.

«Viel Glück», sagte ich stattdessen und reichte ihm die Hand.

«*Gracias, señora*», sagte Manuel.

Am nächsten Tag mussten wir das Auto zurückbringen. Das war ein Sonntag, deshalb war der Verkehr nicht ganz so chaotisch, und wir nutzten die Gelegenheit, ein wenig in der Stadt herumzufahren und uns umzuschauen. Zuerst fuhren wir zu Jumbo, einem großen Kaufhaus im Osten der Stadt. Wir gingen herum, sahen uns alles an und kauften an einem Stand draußen zum Mittagessen *lomitos.*

Auf dem Heimweg fuhren wir durch mehrere *comunas.* Besonders lange fuhren wir auf der Hauptstraße durch Providencia, und plötzlich hatte ich ein starkes und deutliches Déjà-vu-Erlebnis.

In einem Sommer vor ungefähr hundert Jahren war ich einmal zusammen mit meiner Schwester im Auto durch Spanien gefahren. An einem glühend heißen Augustabend hatten wir uns in den Vorstädten von Madrid verirrt, und hier in Providencia flossen nun die Erinnerungen mit der Gegenwart zusammen. Die hohen Wohnhäuser mit ihren roten und braunen Ziegelsteinfassaden um mich herum, die vielen Balkons und die großen Glasflächen, die architektonisch spielerischen unregelmäßigen Formen, die breiten Straßen – mit einem Mal war ich wieder in Madrid und in Europa, und mich überkam heftiges Heimweh.

«Hier will ich wohnen», sagte ich zu Anders. «Genau hier. Hier.»

Unsere Sachen aus Schweden waren immer noch nicht angekommen, obwohl sie nun schon ein halbes Jahr unterwegs waren. An einem Tag in Oktober stellte sich Anders in den Imbiss an der Schule, während ich loszog, um mir endlich Klarheit darüber zu verschaffen, was mit unserer Habe geschehen war.

«Es tut uns furchtbar leid», sagte der Mann in der Reederei, «aber die Sachen scheinen verschwunden zu sein.»

«Verschwunden?», echote ich. «Wie meinen Sie das? Ist das Schiff untergegangen? Oder ist alles gestohlen worden?»

«Wir haben keine Schiffe verloren, aber wir wissen tatsächlich nicht, was mit Ihren Transportkisten geschehen ist. Es tut uns leid», sagte er.

Ich legte die Hand über die Augen.

Dass die Elektrogeräte weg waren, war nicht so schlimm, die konnte man notfalls nachkaufen. Der größte Verlust waren Emmas Spielsachen und Zeichnungen. Die Psychologen in Ludvika waren in ihren Anweisungen sehr klar gewesen: Es war ungeheuer wichtig, dass Emma Zugang zu Bezugspunkten aus ihrer Vergangenheit hatte, zu Fotos und Zeichnungen, Spielsachen und Musik.

«Können Sie nicht nochmal suchen?», fragte ich. «Vielleicht stehen die Kisten nur am falschen Ort?»

«Wir haben ein halbes Jahr gesucht», sagte der Mann resigniert. «Der ganze Container ist verschwunden.»

«Aha», sagte ich und versuchte, mich zu beruhigen. «Und

was mache ich jetzt? Muss ich irgendwelche Versicherungspapiere ausfüllen?»

«Wir haben keine Versicherung», sagte der Mann.

«Aber ich habe eine», entgegnete ich und blätterte in meinen Frachtpapieren. «Hier steht es: ‹Das Transportgut ist bis zu einem Wert von 25000 Kronen versichert.› Bezahlt habe ich auch, hier ist die Quittung.»

«Ja, das mag sein», sagte der Mann und klang gar nicht mehr so bedauernd. «Aber wir können auf keinen Fall irgendeine Entschädigung auszahlen.»

«O doch», sagte ich. «Ihre Firma hat diesen Vertrag unterschrieben. Jetzt haben Sie alle Sachen verschlampt, die wir auf dieser Welt besitzen, und nach meinen Unterlagen hier sind Sie verpflichtet, zu bezahlen, was sie gekostet haben.»

«Da müssen Sie mit unserem Anwalt sprechen», sagte er kurz angebunden.

«Worauf Sie sich verlassen können», erwiderte ich.

Am selben Nachmittag suchte ich mir einen Anwalt, der bereit war, unsere Interessen gegen die Spedition zu vertreten. Vorläufig sollte uns das nichts kosten, doch wenn er Erfolg hatte, würde er einen Teil der Versicherungssumme bekommen.

Ich unterschrieb das Papier und beschloss, mich von der ganzen Sache nicht herunterziehen zu lassen.

Der Hochsommer kam, und die Luftverschmutzung war wieder sehr hoch. Robins Husten wurde immer schlimmer, und zweimal mussten wir ihn wegen seines Asthmas zur Notaufnahme bringen. Wir kauften neue Medikamente, sowohl Cortison zur Vorbeugung als auch Mittel zur Abschwellung der Atemwege bei akuten Beschwerden.

Wenn es besonders schlimm war, ließen wir ihn nicht in die Schule gehen. Ende November musste er deshalb eine ganze Woche zu Hause bleiben.

Als Robin den ersten Tag wieder zur Schule ging, rief Hanna mit guten Neuigkeiten an.

«Ich habe gerade mit einer Produktionsfirma gesprochen, die das Buch verfilmen möchte. Sie bieten uns fünfzehntausend Kronen für eine Option.»

Fünfzehntausend! Kronen!

Mein Herz machte einen Sprung. Da saß ich gerade mit dem Rezept für Robins Inhalatoren vor mir, und das Geld konnte nicht passender kommen.

«Was ist eine Option?», fragte ich.

«Sie erwerben nicht die Rechte selbst, sondern sichern sich erst mal nur ein Vorkaufsrecht, um zu prüfen, ob sie den Film machen können. Dabei können wir ja wohl nichts verlieren, oder was meinst du?»

«Das weißt du am besten», sagte ich. «Wie steht es eigentlich, verkauft sich das Buch denn?»

«Ich weiß es nicht, und vom Verlag höre ich nie etwas. Auf jeden Fall steht es nicht auf der Bestsellerliste.»

Wie so viele andere Bücher geriet auch dieses unbemerkt in Vergessenheit, aber ich war trotzdem froh, dass wir es gemacht hatten.

Anfang Dezember fuhren Anders und ich nach Mendoza hinüber, um unser Visum zu erneuern.

Dann war es Zeit, an die Weihnachts- und Neujahrsfeierlichkeiten zu denken.

Ich rief im Kinderheim an und sprach mit Manuel, der uns über Weihnachten gern besuchen wollte. Später erfuhr ich, dass es etwas ganz Besonderes war, wenn man jemanden hatte, den man über die Feiertage besuchen konnte. Paradoxerweise hatte ich deshalb Schuldgefühle und meinte, ich müsste den Jungen öfter besuchen.

Am Tag vor Heiligabend nahm ich den Bus nach Quillota

und holte ihn ab. Seine Haare waren frisch geschnitten und gekämmt, und ich fand, dass er gewachsen war.

Am ersten Weihnachtstag, mit dem in Chile Weihnachten beginnt, aßen wir zu Hause. Für den Tag danach hatten wir Familie Fernandez und ein paar Nachbarn aus Recoleta zu einem kleinen Fest eingeladen, das sehr schön wurde, auch wenn Enrico sich ziemlich betrank.

Dann brachte ich Manuel wieder ins Kinderheim zurück, und er schien ganz zufrieden darüber, wieder bei seinen Nonnen und den anderen Freunden zu sein.

Die Kinder hatten Sommerferien, und der Imbiss war geschlossen. Um unsere Haushaltskasse etwas aufzubessern, briet ich meine *lomitos* und verkaufte sie auf verschiedenen Märkten und Veranstaltungen. Das hielt uns sehr gut über Wasser, bis die Schule wieder anfing.

Am Sonntag, dem 3. März, waren wir genau ein Jahr in Südamerika. Die Ferien waren zu Ende, und die Kinder gingen schon wieder eine Woche in die Schule.

Ich war gerade dabei, Hacksteaks zum Abendessen zu braten, als das Telefon klingelte. Erst wollte ich gar nicht rangehen, denn meine Hände waren voller Hackfleisch, aber der Apparat klingelte in einem fort, und am Ende nahm ich den Hörer mit spitzen Fingern von der Gabel.

Es war Hanna.

Ich warf einen Blick auf meine Armbanduhr.

«Bist du so spät noch auf?», fragte ich fröhlich.

«Das Register», sagte Hanna, und obwohl es in der Telefonleitung rauschte und knisterte, hörte ich, dass sie angestrengt klang. «Ihr seid sichtbar. Alle eure Schutzfunktionen sind verschwunden. Der Sperrvermerk, die Scheinadresse, alles weg.»

Die Hacksteaks spritzten und knackten im heißen Fett der gusseisernen Pfanne.

«Da musst du dich täuschen», sagte ich.

«Alle eure persönlichen Daten sind völlig offen und sichtbar. Eure alten Identitäten, die neuen Namen und die alte Adresse in Smedjebacken sind unter ‹archivierte Einträge› nachzulesen.»

Ich zog die Pfanne vom Herd und sah zu meinem großen Ärger, dass alle Steaks auf der einen Seite schwarz verbrannt waren.

«Das ist doch nicht möglich», sagte ich skeptisch. «Wie hast du das denn herausbekommen?»

«Ich habe diese Woche Nachtdienst», sagte Hanna. «Außer mir ist niemand mehr in der Redaktion, und ich kann erst nach Hause gehen, wenn ich den Bescheid von der Druckerei bekommen habe, dass sie die Maschinen anwerfen. Und ich dachte, ich kontrolliere in der Zwischenzeit mal, ob das Register so aussieht, wie es sollte. Ich habe deine Personennummer eingegeben und bin fast in Ohnmacht gefallen, als das alles auf den Bildschirm kam.»

Ich ließ den Pfannenwender auf den Boden fallen.

«In welcher Datenbank bist du?»

«Einwohnermeldeamt», sagte Hanna. «Staatliches Personen- und Adressregister. Ich habe dich und Anders und die Kinder eingegeben, alles ist zu sehen, was auch immer ich wissen will: Familienstand, frühere Einträge, Personennummer, einfach alles.»

Ich bekam plötzlich keine Luft mehr und musste mich an der Küchenwand abstützen.

«Bist du sicher?»

«Todsicher.»

«Wie lange sind wir schon sichtbar?»

«Das letzte Mal habe ich um Weihnachten herum nachgeschaut, und da wart ihr noch gesperrt.»

Mit einem Mal klangen die Geräusche um mich herum scharf und feindselig. Wir waren sichtbar, auffindbar. Jeden Moment konnten unsere Verfolger hier sein. Vielleicht standen sie schon unten an der Straße und warteten auf uns. Vielleicht lauerten sie uns an der Schule auf.

«Steht da, dass wir in Südamerika sind?», brachte ich hervor.

«Ihr seid bei deinen Eltern gemeldet.»

«Gut, dass du angerufen hast», sagte ich. «Ich muss herausfinden, was da schiefgelaufen ist.»

Meine Hände zitterten so, dass ich kaum den Wasserhahn aufbekam, als ich mir das Hackfleisch abwaschen wollte. Und dennoch konnte ich im Moment nicht viel machen. In Schweden war es jetzt Viertel nach eins in der Nacht, ich musste mich bis Mitternacht unserer Zeit gedulden, ehe ich anfangen konnte, herumzutelefonieren.

Ich weiß nicht, wie lange ich schon zusammengesunken am Küchentisch gesessen hatte, als die Kinder mit Anders im Schlepptau fröhlich hereingerannt kamen.

«Was gibt es zum Abendessen, Mama?»

Als die Kinder im Bett waren, erzählte ich Anders von Hannas Anruf. Während ich berichtete, was sie gesagt hatte, wurde er immer weißer im Gesicht, und am Ende dachte ich schon, er würde in Ohnmacht fallen.

«Jetzt ist es aus», sagte er matt, «wir können genauso gut aufgeben.»

«Unsinn», sagte ich, «da ist nur irgendetwas schiefgelaufen. In ein paar Stunden rufe ich auf dem Amt zu Hause an und bitte sie, das wieder in Ordnung zu bringen.»

Zu meiner Bestürzung fing mein Mann an, haltlos zu weinen. Er schlug die Hände vors Gesicht, sank in sich zusammen und schluchzte so, dass er keine Luft mehr bekam.

«Aber Liebling», sagte ich und beugte mich über ihn, «das kriegen wir doch wieder hin. Wir schaffen das schon.»

Er schlang die Arme um mich, und ich half ihm ins Bett.

Gleich darauf war er eingeschlafen, ohne die Kleider auszuziehen.

Nachts um halb eins erwischte ich den Chef der Steuerbehörde in meiner alten Heimatgemeinde.

Er reagierte sehr skeptisch auf meine Behauptung, dass unser Sperrvermerk entfernt worden sei.

«Wieso sollte der auf einmal verschwinden?», fragte er gereizt.

«Nach meinen Informationen ist er es», sagte ich. «Würden Sie bitte so freundlich sein und kontrollieren, ob das stimmt?»

Er seufzte leicht genervt, als ich ihm meine Personennummer durchgab.

«Einen Moment bitte», sagte er und legte den Telefonhörer hin.

Zwei Minuten später war er wieder dran.

«Ja», sagte er, «Sie haben recht. Ihre Daten liegen völlig offen.»

Ich zuckte zusammen.

«Wie ist das möglich?»

«Keine Ahnung», sagte der Amtsleiter. «Ich werde der Sache nachgehen. Ich rufe Sie dann zurück.»

«Nein», entgegnete ich. «Ich rufe Sie an. Wann?»

«Geben Sie mir zwei Stunden.»

Ich legte auf und ging leise in das Zimmer der Kinder. Sie schliefen wie kleine Engelchen, Emmas dunkle Haare lagen ausgebreitet auf dem Kissen, und Robin hatte wie immer die Decke ans Fußende gestrampelt. Ich deckte meinen Jungen wieder zu, er bewegte sich unruhig, als ich ihm übers Haar strich. Dann ging ich ins Badezimmer und wusch mir das Gesicht. Als ich mich abtrocknete, sah ich in den fleckigen Spiegel und begegnete dem Blick einer Frau, die ich nicht kannte.

Meine Augen waren so seltsam distanziert und farblos geworden. Ich hatte mich noch nicht daran gewöhnt, dunkelhaarig zu sein, und strich mir jetzt über die blassen Wangen.

Aber es war nicht nur die Haarfarbe.

Ich war dabei, jemand ganz anders zu werden, eine Frau, die ich noch nicht kannte.

Es wurde fast halb vier Uhr morgens, bis ich den Mann von der Steuerbehörde wieder ans Telefon bekam.

«Nicht wir haben den Fehler gemacht», sagte er, «sondern die Sperrung ist von den Steuerbehörden in Dalarna aufgehoben worden.»

«Aber warum denn?», fragte ich.

«Das kann ich nicht sagen, sie wissen es selbst noch nicht.»

«Ja, aber dann sorgen Sie doch bitte dafür, dass das schnell rückgängig gemacht wird.»

Der Mann zögerte mit der Antwort.

«So einfach ist das leider nicht», sagte er. «Um Ihren Schutz wiederherzustellen, brauchen wir eine neue Sperrgenehmigung, wir müssen also wieder von vorn anfangen.»

«Mein Gott», sagte ich und stand mit dem Hörer in der Hand auf, «aber das ist doch lächerlich.»

«Die Steuerbehörden in Dalarna müssen alles neu machen, denn bei denen ist es schiefgegangen. Sie müssen mit dem Chef dort sprechen und ihm die ganze Sache erklären.»

«Warum das?», fragte ich. «Wie viele Leute soll ich denn noch in meinen Fall hineinziehen? Mit jedem Menschen, der etwas über mich weiß, steigt das Risiko, dass etwas nach außen dringt. So wie jetzt!»

«Ich versuche nur, Ihnen zu helfen.»

Ich presste die Fingerspitzen auf die Augenlider.

«Entschuldigung», sagte ich. «Wie heißt der Mensch, mit dem ich reden muss?»

Ich schrieb seinen Namen und seine Telefonnummer auf.

Die Gemeinde Smedjebacken hatte keine eigene Steuerbehörde, sondern gehörte zu Ludvika. Die Nummer, die ich bekommen hatte, führte jedoch nicht dorthin. Mit den Menschen, mit denen ich jetzt sprechen würde, hatte ich also noch nie Kontakt gehabt. Keiner von ihnen wusste irgendetwas über meine Situation.

Ich trank ein Glas Wasser und dachte in Ruhe darüber nach, was ich sagen würde.

Die Wahrheit natürlich, aber davon so wenig wie möglich.

Das Einzige, was ich auf keinen Fall verraten durfte, war unser derzeitiger Aufenthaltsort. Wenn der bekannt wurde, waren alle unsere Anstrengungen vergebens gewesen.

Mit diesem Gedanken im Hinterkopf rief ich den Chef der Steuerbehörde in Dalarna an. Mir schwirrte der Kopf vor Müdigkeit, und das erste Mal verwählte ich mich prompt und landete auf dem Anrufbeantworter einer Familie in Avesta.

Dann hatte ich den Amtsleiter am Apparat. Er sprach ausgeprägten Dalarna-Dialekt und schien überhaupt nicht an meinem Anliegen interessiert.

«Da könnte ja jeder kommen», sagte er ziemlich indigniert, als ich ihn bat, unsere Personenangaben zu sperren. «Ich kann Sie doch nicht unter einer Scheinadresse führen, ohne dass wir die Sache genau geprüft haben.»

«Wir sind viele Jahre lang immer wieder überprüft worden», sagte ich und musste mich zusammenreißen, um den Mann nicht anzuschreien.

«Dann müssen Sie mit der ganzen Familie herkommen», sagte er, «damit wir die Berechtigung für einen Sperrvermerk feststellen können.»

«Wohin?», fragte ich verständnislos. «Nach Dalarna?»

«Ja, heute Nachmittag hätte ich einen Termin frei.»

Ich kniff die Augen zusammen. Jetzt war es Montagmittag in Schweden.

«Das ist zeitlich kaum zu schaffen», sagte ich.

«Wieso?», fragte der Mann, der plötzlich neugierig wurde. «Wo wohnen Sie denn?»

«Wir müssen ein ganzes Stück fahren», sagte ich, «und außerdem hat eines der Kinder morgen ein wichtiges Gespräch in der Schule. Deshalb können wir nicht vor Mittwoch kommen. Möglichst am Nachmittag.»

«Von mir aus gern», sagte der Mann. «Passt es Ihnen so gegen zwei?»

Ich dachte nach, dass mir der Kopf schwirrte.

Der Flug nach Schweden dauerte mit Umsteigen und Wartezeiten ungefähr einen Tag, und das Flugzeug ging meist erst am Abend. Da wir nach Osten flogen, würden wir überdies Zeit verlieren. Mit ganz viel Glück bekamen wir vielleicht vier Tickets für einen Flug nach Europa heute Abend, was bedeutete, dass wir frühestens am Mittwochvormittag in Arlanda sein würden. Von dort war es noch ein gutes Stück bis zur Steuerbehörde in Dalarna.

«Sagen wir drei Uhr?», fragte ich.

Der Mann zögerte kurz, gab dann aber nach.

«Na gut, das muss gehen.»

Dann rief ich Hanna an und erzählte ihr, was geschehen war.

«Er wird keine Ruhe geben, ehe ich ihm nicht sage, wo wir wohnen», sagte ich. «Und es wäre eine Katastrophe, wenn er das herausbekommt.»

«Sag einfach, ihr wohnt in der Stationsgatan 39 in Luleå.»

«Warum gerade dort?», fragte ich und holte einen Stift heraus. «Was ist da?»

«Die Domkirche. Ruf an, wenn ich was für euch tun kann.»

Ich legte mich ins Bett und schlief ein Stündchen, dann stand ich wieder auf und versuchte, Ordnung in das Chaos zu bringen. Als Erstes rief ich in der Schule an und sagte, die ganze Familie habe die Grippe und es sei in der kommenden Woche nicht mit uns zu rechnen.

«Das ist aber schade», sagte die Sekretärin des Rektors traurig. «Wir haben uns alle so an den Imbiss gewöhnt, die Erwachsenen ebenso wie die Kinder.»

Der nächste Schritt war, alle Reisebüros anzurufen, und mit einer guten Portion Glück bekamen wir einen Flug mit der brasilianischen Fluglinie Varig, der über São Paulo nach Frankfurt ging. Die Maschine startete bereits um 18.10 Uhr am selben Abend, und so blieben uns sieben Stunden, um zu packen, die Tickets zu holen und zum Flughafen zu fahren. Den Rückflug buchten wir für Samstag, den 16. März, denn bis dahin würde die Sache ja wohl geklärt sein.

Ich warf für mich und die Kinder ein paar warme Kleider in eine Tasche. Dann suchte ich alle meine alten Papiere zusammen, die Überprüfungen durch den Sozialdienst, die Gerichtsurteile, die ärztlichen Gutachten, die polizeilichen Ermittlungsbescheide, den Beschluss der Staatsanwaltschaft, den ganzen Stapel Anzeigen vom Diebstahl über grobe Sachbeschädigung bis zum Mordversuch. Meine alte Aktenmappe war schwer wie ein Stein, als ich alle Unterlagen hineingepackt hatte.

Die Kinder wollten Chile und die Schule und ihre Freunde überhaupt nicht verlassen, nicht einmal für eine Woche.

«Am Mittwoch haben wir Freilufttag», sagte Robin, «da spielen wir den ganzen Nachmittag Fußball.»

«Warum müssen wir denn da hinfahren?», fragte Emma mit großen runden Augen.

«Das ist nur eine ganz kurze Reise», sagte ich. «Wir müssen einen Mann besuchen und ihm ein paar Sachen erklären, und dann müssen Papa und ich einen Haufen Papiere unterschreiben.»

«Ich mag Schweden nicht», sagte Emma.

Wir fuhren mit dem Linienbus in die Stadt, holten unsere Tickets ab und stiegen dann in den Flughafenbus zum Aeropuerto Internacional Arturo Merino Benítez.

«Was haben die Tickets gekostet?», fragte Anders, als der Bus auf die Ringstraße in Richtung Flughafen einbog.

«Viel zu viel», sagte ich leise.

Tatsächlich hatten sie das ganze Geld verschlungen, das ich für die Option auf den Film bekommen hatte, und noch etwas mehr.

Der Flughafen von São Paulo in Brasilien war eng und heruntergekommen, mit meergrüner Auslegware und vollgestopften Taxfree-Läden. Das Flugzeug startete mit nur einer halben Stunde Verspätung und damit fast pünktlich.

Während der Nacht flogen wir dann vom Herbst der Südhalbkugel in den gerade beginnenden Frühling der Nordhalbkugel.

Die Kinder lagen übereinander und schliefen ruhig, und Anders hatte seinen Sitz zurückgestellt und sah aus, als würde es ihm gutgehen.

Ich saß am Fenster und sah in den sternklaren Himmel hinaus. Weit unter mir rauschte und donnerte der Südatlantik, manchmal konnte man kleine, glitzernde Lichter dort unten sehen, die entweder von Inseln oder von großen Frachtschiffen herrührten.

Einige Stunden nach Mitternacht fiel ich in einen unruhigen und sehr leichten Schlaf.

Am Morgen landeten wir in Europa. Schon in Frankfurt auszusteigen war beinahe, als kämen wir nach Hause. Da unsere Maschine etwas verspätet war, mussten wir über die Laufbänder und Treppen durch den gigantischen Flughafen rennen.

Auf dem SAS-Flug nach Stockholm wurde eine Frühstücksbox mit Rentierfleisch auf schwedischem Roggenbrot serviert.

«Mama», sagte Emma misstrauisch, «dieses Brot ist komisch. Ich mag es nicht.»

«Dann trink den Saft», sagte ich mechanisch.

Wenn wir keine Verspätung hatten, würden wir um 11.15 Ortszeit in Stockholm landen.

Hoffentlich schaffen wir es, dachte ich.

Wir passierten den Zoll in Arlanda ohne Probleme und mieteten uns in der Ankunftshalle ein Auto. Die Kinder quengelten vor Müdigkeit und Jetlag, und kaum waren wir auf die E 4 eingebogen, begannen sie auf dem Rücksitz miteinander zu streiten. Anders musste sie fast anschreien, damit sie Ruhe gaben, und kurz darauf schliefen sie wieder ein.

Mir war übel, und ich hatte das Gefühl, Fieber zu haben. Nach einer Weile nickte ich ein, wachte aber immer wieder mit einem Ruck auf und sah den Tannenwald wie eine dunkelgrüne Wand vor dem Autofenster vorbeisausen.

«Sollen wir anhalten und etwas essen?», fragte Anders, als wir durch einen kleinen Ort fuhren.

«Ich hab keinen Hunger», murmelte ich.

Um halb drei standen wir vor dem Gebäude der Steuerbehörde, einem braunen dreistöckigen Backsteinhaus. Anders machte den Motor aus, beugte sich über das Steuerrad und schlief ein. So ließ ich ihn zwanzig Minuten lang sitzen, dann weckte ich ihn und die Kinder. Gemeinsam gingen wir in den zweiten Stock, wo sich das Büro des Amtsleiters befand.

Der war ein kleiner, korpulenter Mann mit lichtem Haar.

«Wie schön, dass Sie vorbeikommen konnten», sagte er.

Ich sank auf einen Stuhl an seinem Schreibtisch und holte meinen Stapel Papiere hervor.

«Jemand in dieser Behörde hat uns großen Schaden zugefügt», sagte ich. «Wir haben durch alle Instanzen bis hin zum Kammergericht bewiesen, dass wir den größtmöglichen Schutz benötigen, und jetzt haben Sie uns diesen Schutz geraubt.»

«Das war ein Versehen unseres Assistenten», sagte der Chef der Behörde. «Er sollte alle geschützten Personendaten in unserem Amtsbezirk erfassen, und dabei hat er Ihre Angaben falsch gespeichert. Das kann jedem mal passieren.»

Er schenkte mir ein verbindliches Lächeln, aber ich schaffte nicht, es zu erwidern.

Stattdessen legte ich ihm das Papier vor, das unsere neuen Identitäten bewies, und erklärte, worum es ging. Ich holte das Dokument heraus, das unsere derzeitigen Personennummern angab, und schob es dem Mann hin. Dann legte ich die Gutachten der verschiedenen Sozialbehörden vor, die Urteile des Amtsgerichts, des Landgerichts und des Kammergerichts, den Beschluss des Staatsanwalts und die ärztlichen Atteste.

Die Kinder wurden immer müder und quengeliger, je mehr Dokumente ich herauszog. Der Amtsleiter hörte zu, kratzte sich an der Nase und notierte sich zwischendurch Stichworte. Manchmal warf er kurze Fragen ein, die zeigten, dass er weder von Sperrvermerken noch von anderen Formen des Personenschutzes viel Ahnung hatte.

Nach anderthalb Stunden weinten beide Kinder laut, und ich sah ein, dass wir nicht weitermachen konnten.

«Wir werden jetzt fahren und uns ausruhen», sagte ich. «Sie müssen entschuldigen, aber wir haben eine lange Reise hinter uns.»

«Ja, meine Güte», sagte der kleine Mann, und seine Augen begannen vor Neugier zu glänzen, «wie kommt denn das? Wo wohnen Sie denn eigentlich?»

«In Luleå», sagte ich. «Wir sind heute Morgen um drei Uhr losgefahren.»

Er tat so, als sei er ganz bestürzt.

«Aber liebe Frau Eriksson», beteuerte er, «wenn ich gewusst hätte, dass Sie so weit weg wohnen, dann hätten Sie natürlich nicht herkommen müssen.»

Ich versuchte, ihn anzulächeln, aber es gelang mir nicht.

Hör doch auf zu lügen, dachte ich. Wenn wir nicht hergekommen wären, hättest du uns nie geholfen.

«Wo wohnen Sie denn in Luleå?», fragte der Mann.

«Warum?», erwiderte ich schnell.

«Ich muss das wissen, um den Beschluss formulieren zu können.»

«Stationsgatan 39», sagte ich. «Kommt nun, Kinder, wir werden uns noch ein wenig ausruhen, und dann geht es ab nach Hause.»

«Aber Sie können noch nicht fahren», sagte der Behördenchef. «Es wird ungefähr eine Woche dauern, bis wir einen Beschluss über die Fortschreibung ihrer Scheinadresse fassen können, und in der Zeit müssen wir Sie vielleicht noch einmal sehen.»

«Okay», sagte ich. «Aber ich verlasse mich darauf, dass Sie unsere Personendaten umgehend sperren.»

«Ich werde sehen, was ich tun kann.»

Ich stand auf, machte zwei schnelle Schritte um den Schreibtisch herum und musste mich wirklich zurückhalten, um dem Kerl nicht an die Gurgel zu gehen.

«Sie haben hier einen Fehler gemacht», sagte ich, «aber wir sind es, die dafür bezahlen müssen. Sie werden jetzt schleunigst Ihren Job machen, sonst haben Sie und Ihre Behörde einen ganzen Haufen Anzeigen beim Ombudsmann für Justiz am Hals.»

Als ich rausging, war mir so schlecht, dass ich mich fast übergeben musste.

Wir sanken alle vier in unseren Leihwagen und blieben erst mal ganz lange da sitzen. Nun befanden wir uns mehrere tausend Meilen von zu Hause entfernt, es war dunkel und kalt, und wir wussten nicht, wohin. Die Gedanken kreisten – wohin sollten wir fahren?

«Es gibt nur einen Ort», sagte Anders schließlich.

Ich nickte in der Dunkelheit.

«Das Waldheim Björsjö», sagte ich.

Die Besitzer standen hinter dem Tresen, als wir die Rezeption betraten. Sie trauten ihren Augen nicht, als sie uns sahen, und beide kamen herausgelaufen und umarmten uns. Wir hatten uns viele Monate lang nicht gesehen, und doch kam es uns vor, als wäre es erst gestern gewesen. Sie wussten, dass wir ins Ausland gezogen waren, aber nicht, wohin.

«Wir nehmen auf keinen Fall Geld von euch», sagte die Besitzerin mit Nachdruck, als wir fragten, ob wir später bezahlen könnten. «Ihr seid unsere Freunde, und wir freuen uns, dass ihr mal vorbeikommt.»

Ich erklärte kurz, dass wir Schwierigkeiten mit einer idiotischen Behörde hatten, und sie verdrehten nur die Augen. Als selbständige Unternehmer hatten sie schon jede Form von Ärger mit Ämtern erlebt.

Dann bekamen wir die Schlüssel zu der Wohnung über der Küche, und eine Viertelstunde später schliefen wir alle.

Am nächsten Morgen ging es mir noch schlechter als am Abend zuvor. Der Schlaf hatte nicht geholfen. Mir war übel und schwindelig, aber wenn ich mich im Spiegel anschaute, sah ich unverschämt gesund aus. Meine Wangen waren rosig und schön und fast ein wenig braun gebrannt.

«Das ist nur der Jetlag», meinte Anders.

Doch der Tag verging, und ich fühlte mich nicht besser. Ich war müde, mochte nichts essen, und am Abend musste ich mich übergeben. Ich hatte Bauchweh, unter den Rippen schmerzte es, und ich fühlte mich fiebrig.

In der Nacht schlief ich unruhig.

Am nächsten Morgen wollten wir eigentlich alle zusammen nach Västerås fahren, aber kaum hatte ich mich ins Auto gesetzt, merkte ich schon, dass mir die Reise schwerfallen würde. Noch ehe wir auf der Hauptstraße waren, begann ich schon zu brechen, und in Fagersta konnte ich nicht mehr.

«Fahr zurück, damit ich mich ausruhen kann», bat ich.

«Ich finde, du solltest zum Arzt gehen», meinte Anders. «Du hast das nun schon ein paar Tage.»

«Es wird bestimmt besser, wenn ich nur mal richtig ausschlafen kann», sagte ich.

Doch Anders trat auf die Bremse.

«Nun sind wir aber in Schweden», sagte er, «und hier haben wir einen Anspruch auf Krankenversorgung. Ist es nicht besser, wenn du dich mal untersuchen lässt?»

Ich sah aus dem Fenster, und die schneebedeckten Kiefern begannen vor meinen Augen zu schwanken.

«Okay», flüsterte ich.

Und so landete ich im Bergwerkskrankenhaus in Fagersta.

Die Ärzte wussten nicht, was sie von der Sache halten sollten.

Sie untersuchten mich gründlich, drückten und fühlten und leuchteten überallhin, und dann füllten sie eine unendliche Zahl von kleinen Röhrchen mit meinem Blut. Ich musste Urin und Stuhl und jede Menge anderer Proben abgeben. Sie fragten, ob ich kürzlich auf einer Auslandsreise gewesen sei, welches Reiseziel, welcher Zeitpunkt? Was war mein Beruf, und wo arbeitete ich? Die Berufe der übrigen Familienmitglieder? Gingen die Kinder in eine Schule oder eine Tagesstätte? War ich Blutspenderin? Hatte ich eine Bluttransfusion bekommen? Spritzte ich mir Drogen intravenös? Wirklich nicht?

Ich versuchte, so wahrheitsgetreu zu antworten, wie ich konnte. Das ging nicht sonderlich gut. Es wäre mir schon schwergefallen, zu erklären, was meine Familie in Fagersta machte, wenn ich gesund gewesen wäre, nun aber konnte ich kaum aufrecht sitzen. Alles um mich herum drehte sich, und wenn ich noch etwas im Leib gehabt hätte, das ich hätte auskotzen können, dann hätte ich das getan.

Am Ende fiel ich in Ohnmacht.

Als ich wieder zu Bewusstsein kam, lag ich allein in einem

kleinen Zimmer mit weißen zugezogenen Gardinen. Ein kleiner Tisch, ein Sessel, rechts von mir eine Toilette. Hinter einer Glaswand ein kleiner Flur. Alles war still.

«Hallo?», rief ich.

Keine Antwort.

Ich rappelte mich mühsam auf und ging zur Tür.

Abgeschlossen!

Ich war eingesperrt!

Einen Moment lang packte mich die Panik, ich war wieder zurück in Chile, gefangen im Folterzentrum in der Villa Grimaldi, Qual und Tod erwarteten mich, Pinochet war wieder an der Macht, und ich schrie nach meinen Kindern. Ich schrie und schrie, drückte auf alle Knöpfe, die es am Bett gab, und da kamen zwei Krankenschwestern in voller Schutzkleidung angelaufen, ich konnte sie durch die Glaswand sehen, sie schlossen meine Tür auf, und dann waren sie bei mir.

«Ich habe nichts verbrochen!», rief ich aufgeregt. «Sie können mich nicht einfach so einsperren!»

«Der Doktor kommt sofort», sagte die Schwester, von der ich annahm, dass sie die ältere war, aber das war schwer zu unterscheiden bei all den Handschuhen und Hauben und Gesichtsmasken.

Ein Arzt in ähnlicher Schutzkleidung kam in das Zimmer und sagte, ich solle mich beruhigen. Die Schwestern standen im Hintergrund, bereit einzugreifen, wenn das erforderlich sein sollte.

«Ihre Symptome deuten auf eine Krankheit hin, die gemäß Infektionsschutzgesetz als hochansteckend klassifiziert ist», sagte der Arzt. «Die Blutproben weisen sehr hohe ASAT- und ALAT-Werte auf, und darüber hinaus sehr hohe Bilirubinwerte.»

Ich sank in mich zusammen und konnte nichts mehr sagen.

«Eine exakte Diagnose können wir noch nicht stellen», fuhr

der Arzt fort, «aber als Folge Ihrer Krankheit hat Ihre Leber aufgehört zu arbeiten. Das wiederum hat bewirkt, dass Ihre Nierenfunktion auf unter zehn Prozent gesunken ist, weshalb Sie sofort eine Dialyse brauchen.»

«Wie?», fragte ich matt.

«Wir können derzeit noch keinen Prognose stellen», sagte der Arzt ernst. «Wir wissen nicht, was Sie haben, und können den Krankheitsverlauf deshalb nicht vorhersagen. Und wir müssen Ihren Fall sofort dem Infektionsarzt von Västmanland, dem Gesundheitsamt Ihrer Heimatgemeinde und dem Institut für Infektionskrankheiten melden. Deshalb brauche ich Zugang zu all Ihren Personendaten.»

«Nein», flehte ich. «Sie dürfen mich nirgendwo melden.»

«Aber das ist gesetzlich vorgeschrieben», sagte der Arzt.

«Dann stehe ich auf und gehe», stieß ich hervor.

«Das dürfen Sie nicht. Wenn Sie versuchen sollten, das Krankenhaus zu verlassen, werden Sie zwangsbehandelt.»

«Das ist doch nicht normal», sagte ich. «Wo ist mein Mann, wo sind meine Kinder?»

«Ihre Familie darf Sie nicht besuchen, zu ihrem eigenen Schutz. Wir müssen Sie isoliert halten, bis wir eine Diagnose haben oder bis die Krankheit abklingt. Wir dürfen kein Risiko eingehen.»

Ich zog die Decke des Landeskrankenhauses bis zum Kinn hoch, und meine nächste Erinnerung ist, dass mein Blut aus mir herausläuft und in eine weiße Maschine mit Filter, Flüssigkeiten und einem Messgerät hinein.

Danach fühlte ich mich so schlecht wie in meinem ganzen Leben noch nicht.

«Werde ich sterben?», fragte ich die Krankenschwester flüsternd.

Sie wandte sich ab, ohne zu antworten.

An den folgenden Tagen war ich in dem Zimmer mit den weißen Gardinen eingeschlossen. In regelmäßigen Abständen wurde die Maschine mit den Schläuchen und Flaschen hereingerollt, und dann musste ich fünf Stunden daliegen und zusehen, wie mein Blut aus dem einen Arm in die Maschine und dann wieder zurück in den anderen Arm lief.

Manchmal weinte ich, aber die meiste Zeit schlief ich. Krankenschwestern in Raumanzügen fragten, ob ich etwas essen wolle, aber ich schüttelte nur den Kopf. Am Ende wurde ich die meiste Zeit an den Tropf gelegt.

Am Freitag, dem 15. März, kam der Arzt in mein Zimmer, seine Miene hinter dem Mundschutz war ernst.

«Ihre Familie ist hier», sagte er. «Ich habe ihnen erklärt, dass sie Sie nicht besuchen dürfen, aber die Kinder sind untröstlich. Sie sagen, dass sie nach Hause fahren, und wollen sich von Ihnen verabschieden.»

Natürlich, die Rückflüge! Sie waren auf den 16. März ausgestellt und konnten nicht umgebucht werden.

Wenn Anders und die Kinder sie nicht nutzten, würden sie für lange Zeit, vielleicht niemals wieder, das Geld haben, um zurückzufliegen. Und in El Arrayán warteten die Schule, der Imbiss und alle Klassenkameraden, und in Recoleta stand die alte Garage, die jetzt unser Zuhause war.

«Sie müssen fahren», sagte ich. «Wann kann ich ihnen nachreisen?»

Der Arzt setzte sich auf mein Bett und nahm meine Hand zwischen seine Gummihandschuhe.

«Maria», sagte er. «Ich weiß es nicht. Ich kann Ihnen nicht versprechen, dass Sie von dieser Krankheit wieder genesen. Wenn die Werte nicht bald besser werden, befürchten wir, dass Ihre Leber sich nicht wieder erholt. In dem Fall brauchen Sie eine Lebertransplantation, um zu überleben. Ich möchte, dass Sie das wissen, wenn Sie sich jetzt von Ihren Kindern verabschieden.»

Ich hörte mich schluchzen, einen Augenblick lang wurde mir schwarz vor Augen.

Vielleicht sah ich sie zum letzten Mal.

Dann kamen sie herein, erst Emma und hinter ihr Robin. Sie waren beide wie Astronauten vermummt, mit Schutzanzügen vom Scheitel bis zur Sohle. Doch das hinderte sie nicht daran, sich auf mich zu werfen und mich ganz, ganz fest zu umarmen.

«Mama», schluchzte Emma. «Ich will bei dir bleiben.»

«Das geht nicht, mein Liebling», sagte ich und strich ihr über den Rücken. «Du musst mit Papa und Robin heim nach Chile fahren. Ich komme nach, sobald es geht.»

«Warum bist du krank?», fragte Robin.

«Die Ärzte wissen es nicht», sagte ich. «Sie wissen nur, dass es mir schlechtgeht.»

«Wirst du wieder gesund?», fragte der Junge.

Die Tränen liefen mir über die Wangen, und ich lächelte durch den Schleier.

«Natürlich», flüsterte ich, «natürlich werde ich wieder gesund. Ich komme bald nach. Ich werde mich schrecklich einsam fühlen, wenn ich allein hier liegen muss, und euch sehr, sehr vermissen, aber wir sehen uns bald wieder, hört ihr?»

Emma und Robin nickten ernst.

«Ich habe euch lieb», sagte ich. «Ich liebe euch mehr als alles auf der Welt. Ihr seid das Beste, was es in meinem Leben gibt, denkt daran. Und jetzt geht zu Papa.»

Die Krankenschwestern führten die Kinder weg, die noch einen Blick über die Schulter warfen, als sie meine Isolationszelle verließen. Das Letzte, was ich sah, war Emmas kleine Hand, die mir winkte, und dann weinte ich den Rest des Tages.

Vier Wochen lang lag ich isoliert in dem Zimmer mit den weißen Gardinen, aber es hätte genauso gut ein Jahr sein können, oder ein Tag. Die Zeit löste sich auf und floss zusammen, ich schlief und weinte und versuchte zu essen, doch ich konnte nicht. Dreimal in der Woche wurde mein Blut in der Dialyse gewaschen, und die Stunden, die ich an dem Apparat festhing, schienen unendlich.

Einmal sprach ich mit Anders. Er rief aus Santiago an und berichtete, dass die Heimreise gut verlaufen war und dass die Kinder wieder zur Schule gingen.

Das Gespräch tat mir gut. Das Leben funktionierte auch ohne mich. Mein Mann und meine Kinder hatten eine Zukunft, auch wenn ich nicht mehr bei ihnen war. In jener Nacht schlief ich zehn Stunden durch, und am folgenden Tag waren meine Werte zum ersten Mal besser.

Zwei Wochen später wurde meine Isolation aufgehoben, aber ich musste noch weitere sechs Wochen lang zur Dialyse, ehe ich entlassen werden konnte.

Es war fast Sommer, als ich Ende Mai das Bergwerkskrankenhaus verließ. Die Sonne schien, die Luft war mild und weich. Ich blieb vor der Tür stehen und sog den Duft von Birken und Flieder ein – wie wunderbar Schweden doch war! Es tat mir im Herzen weh, jetzt, da die ganze Natur gerade erwachte, wegfahren zu müssen.

Die Wirtsleute aus dem Waldheim Björsjö kamen und holten mich ab. In der ersten Nacht schlief ich bei ihnen, und am nächsten Tag brachten sie mich zum Bahnhof. Ich fuhr nach Stockholm, um meine Heimreise in die Wege zu leiten. Ein paar Nächte verbrachte ich in der Repräsentationswohnung der Bank in der Alströmergatan, und ich traf mich mit Hanna in Thelins Konditorei.

«Hast du denn keine richtige Diagnose bekommen?», fragte Hanna und goss uns noch etwas Kaffee ein.

Ich seufzte und schüttelte den Kopf.

«Irgendeine Form von Gelbsucht, aber keine der üblichen.»

«Und jetzt bist du gesund?»

Ich zuckte mit den Schultern.

«Ich bin auf jeden Fall nicht mehr ansteckend, aber die Ärzte können nicht sagen, ob ich irgendwelche bleibenden Schäden davongetragen habe. Und Alkohol muss ich wahrscheinlich bis ans Ende meiner Tage meiden.»

«Hier», sagte Hanna, «nimm noch einen Kuchen. Das brauchst du jetzt.»

Lange später, als die Ärzte meinen Fall näher betrachtet hatten, stellte sich heraus, dass ich wahrscheinlich eine Hepatitis E gehabt hatte, eine Form der Leberentzündung, die erst Anfang der 1990er Jahre entdeckt worden war. Diese Krankheit kann tödlich verlaufen, vor allem für schwangere Frauen, und sie tritt ausschließlich in der Dritten Welt auf. Die Quelle der Ansteckung ist schmutziges Wasser oder verunreinigtes Essen, die Inkubationszeit beträgt gewöhnlich sechs Wochen. Dass die Krankheit gerade ausbrach, als wir nach Schweden kamen, war also Glück im Unglück.

«Ist die Sache mit dem Register geklärt?», fragte Hanna.

Ich nickte.

«Hast du was von der Stiftung Ewigkeit gehört?», fragte ich und schob den Kuchen diskret von mir. Ich hatte fünfzehn Kilo abgenommen, und es fiel mir immer noch schwer zu essen.

Jetzt war es an Hanna zu seufzen.

«Soweit ich weiß, musste Katarina nicht vor Gericht. Die Staatsanwaltschaft hat keine Anklage erhoben. Sie macht so weiter wie bisher und hat schon wieder neue Firmen gegründet. Als ich das letzte Mal recherchiert habe, war gegen eins ihrer Unternehmen wegen nicht bezahlter Schulden ein Verfahren beim Amtsgericht eingeleitet worden.»

«Manchmal frage ich mich, in was für einer Gesellschaft wir eigentlich leben», sagte ich. «Die es vollkommen in Ordnung findet, dass Katarina mit verängstigten und vom Tod bedrohten Frauen und deren Kindern ihr Spielchen trieb und den Sozialbehörden dafür auch noch Millionen an Steuergeldern aus der Tasche zog.»

«Ich sage dir», meinte Hanna, «ich habe einfach keine Lust mehr, mich über all diese Dinge zu wundern. Inzwischen bin ich eigentlich nur noch erstaunt, wenn sich mal jemand kümmert. Vor ein paar Wochen habe ich einen Aufhänger gemacht, als an ein und demselben Wochenende zwei Mütter von kleinen Kindern in Stockholm ermordet wurden. Beide Frauen hatten ungefähr dieselbe Geschichte wie du. Am nächsten Tag wurde ich zum Chef gerufen, und er fragte mich, ob an dem Wochenende wirklich nichts anderes passiert sei, da ich zwei gewöhnliche Frauenmorde auf der Eins und auf dem Aufhänger platziert hatte. So ist es eben, es spielt keine Rolle, wenn Mütter ermordet werden.»

Ich schob auch die Kaffeetasse weg.

Am Sonntag, dem 2. Juni, landete ich wieder auf dem Flughafen in Santiago. Ich ging auf wackligen Beinen und voller Vorfreude in die Ankunftshalle, und da waren sie! Ja! Da waren sie, und sie kamen mit großen Augen und wehenden Haaren auf mich zugerannt, und ich fing sie im Laufen auf, beide Kinder stürzten sich auf mich und schlangen die Arme um meinen Hals, als wollten sie nie wieder loslassen.

«Du warst ja so lange weg, Mama», sagte Emma vorwurfsvoll.

«Ich dachte schon, du kommst gar nicht mehr wieder», meinte Robin und war nahe daran, zu weinen.

Ich sank mit den Kindern in den Armen zu Boden, und die anderen Reisenden mussten alle über mich hinübersteigen, denn ich wollte nie wieder aufstehen.

Ich lebte, und das Leben war eigentlich wunderbar.

Ich hatte einen Mann und zwei herrliche Kinder und ein Haus für uns allein und eine Arbeit. Mein Dasein hatte einen Sinn, und es gab jede Menge Gründe, weiterzukämpfen. Santiago war mein Zuhause, ich hatte einen Platz hier, die Kinder hatten ihre Schule und ihre Freunde, und Anders fand sich auch langsam zurecht.

Mein Mann hatte während meiner Abwesenheit den Imbiss bewirtschaftet, so gut er konnte, und ich muss sagen, dass ich beeindruckt war. Er hatte zwar nicht abends am Herd gestanden und *lomitos* gebraten und Pizza gebacken, aber er hatte Halbfertigprodukte gekauft, die er dann in der Mikrowelle warm gemacht hatte. Auf diese Weise war der Betrieb weitergelaufen, auch wenn er keinen großen Gewinn gebracht hatte. Seine Initiative hatte dafür gesorgt, dass unser kleines Unternehmen noch existierte, und das gab mir Kraft. Und er schien auch nicht weiter zu bedauern, dass aus der gemeinsamen Autowerkstatt mit Enrico nichts geworden war.

Das, was ich aufgebaut hatte, war lebensfähig. Es würde weiterexistieren, auch wenn ich nicht mehr da war. Ich hatte meiner Familie die Voraussetzungen verschafft, die sie brauchte, um zu überleben, und das erfüllte mich mit mehr Zufriedenheit als alles, was ich je zustande gebracht hatte.

Ich war in den ersten Wochen sehr müde und musste äußerst vorsichtig mit allem sein, was ich aß und trank. Anders half mir weiterhin mit dem Imbiss, und so hatte ich endlich mal Zeit, in der Stadt spazieren zu gehen.

Tagsüber war die Luft mild, obwohl Winter war, die Leute knöpften ihre Jacken auf, und die Vögel sammelten sich in Scharen auf den Straßen.

Eines Nachmittags fand ich mich plötzlich im historischen Stadtteil von Santiago wieder. Mein Herz schlug schneller, als ich merkte, dass ich auf der Plaza de la Constitución stand.

Direkt vor mir lag der Palacio de La Moneda, Chiles neoklassizistisches Präsidentenpalais. Hier geschah am 11. September 1973 der Militärputsch von Augusto Pinochet. Von hier aus hielt der gestürzte Präsident Salvador Allende seine berühmte Rede im Radio, in der er sein Volk dazu aufrief, gegen den Diktator zu kämpfen. Und hier wurde er am selben Abend tot aufgefunden, nachdem Pinochet der Luftwaffe befohlen hatte, den Palast in Schutt und Asche zu bomben. Es gab Leute, die behaupteten, man habe ein Maschinengewehr neben Allendes Leiche gefunden und er habe sich selbst erschossen. Andere wieder meinten, das seien nur Lügen und verdammte Propaganda. Ich wusste nicht, was stimmte, aber beim Anblick des Palastes lief mir doch ein Schauer über den Rücken.

Pinochet hatte fast zehn Jahre gebraucht, um ihn nach der Bombardierung wieder aufzubauen.

Links auf dem Platz stand eine dunkle Statue, die den gestürzten Präsidenten darstellte. Die Inschrift auf dem Sockel lautete: «Salvador Allende Gossens, 1908–1973».

Und ganz unten stand ein Zitat aus der Radioansprache an die Mitbürger:

«Tengo fe en Chile y su destino.»

«Ich glaube an Chile und seine Zukunft.»

Ich stand lange dort und dachte an all die Menschen, die gestorben waren, weil sie an ihren vom Volk gewählten Präsidenten geglaubt hatten. Ich erinnerte mich an die Flüchtlinge, denen ich begegnet war und denen ich geholfen hatte, als sie vor Pinochets Todes- und Folterschergen geflohen waren. Gewiss hatte Allende keine politischen Patentlösungen für Chiles Probleme parat, als er Anfang der 1970er Jahre sein Amt antrat, aber etwas Schlimmeres als die Schreckensherrschaft von Pinochet konnte man sich kaum vorstellen.

Zu meinem Erstaunen waren die Innenhöfe des Palastes für die Allgemeinheit geöffnet. Zwei bewaffnete Wachen kontrollierten meine Handtasche, dann durfte ich allein durch die ruhigen Höfe schlendern. Da standen geschichtsträchtige Gegenstände wie alte Kanonen neben moderner Kunst und frischen Zitronenbäumen.

Ganz hinten plätscherte eine Fontäne in einem Becken, auf dessen Boden Münzen aus gelbem und weißem Metall glänzten.

Ich warf hundert Peso hinein, und während die Münzen zu Boden sanken, dachte ich:

Für Frieden und Demokratie in Chile.

Als im August die Winterferien begannen, war es an der Zeit, wieder für Manuels Schule und Betreuung zu spenden. Wir fuhren mit der ganzen Familie hin und besuchten ihn im Kinderheim in Quillota. Er war über zehn Zentimeter gewachsen und fast ebenso groß wie Robin.

Er lief herum und zeigte uns mit großer Begeisterung, was er gelernt hatte und wo er gern spielte. Die Kinder dort sahen gesund, fröhlich und gut genährt aus. Manuel und ich hatten beide Glück gehabt.

An diesem Tag blieben wir lange und aßen mit allen Kindern und den Nonnen zu Abend. Wir saßen neben Manuel, und er erleuchtete den ganzen Speisesaal mit seinen strahlenden Augen und seinem fröhlichen Lachen.

Als es an der Zeit war, nach Hause zu fahren, blieb er noch an unserem Leihwagen stehen, als wolle er uns nicht fortlassen.

«Ihr kommt doch wieder, oder?», fragte er immer wieder. «Señora Maria, kommt ihr auch bestimmt wieder zu mir?»

Und ich nahm den Jungen bei der Hand und versprach ihm, dass wir uns bald wiedersehen würden, spätestens zu Weihnachten.

Ich wurde immer kräftiger und benutzte meine neugewonnene Energie, um unser Haus zu renovieren. Das ging nicht besonders gut. Für eine Wohnung war die Bruchbude wirklich ziemlich armselig. Die alten Garagentüren zur Straße hin hatten Feuchtigkeitsschäden, die Farbe blätterte eigentlich überall ab, und die wenigen Fenster waren undicht. Ich kaufte Gummileisten und versuchte, die Ritzen abzudichten, und dann zwei Eimer hellgelbe Farbe für das Zimmer der Kinder, doch dann hörte ich auf. Bis hierher hatte das Haus seine Funktion erfüllt, aber es lohnte sich nicht, mehr Kraft oder Geld hineinzustecken. Es war an der Zeit, weiterzugehen.

Ich wollte ein richtiges Zuhause, und ich wollte, dass es in einer Gegend lag, die mir gefiel. Irgendwo, wo es aussah wie in Europa, wo die Häuser hoch und sauber waren.

Und so begann ich wieder, die Wohnungsanzeigen zu studieren.

Ein neues Schuljahr begann, und schon am ersten Tag bekamen die Kinder die Einladung zu einer Elternversammlung mit nach Hause. Sie sollte am Mittwochabend der darauffolgenden Woche stattfinden, und ich besorgte Kaffee, Brot, Wein, Käse und Oliven, um es bei dem Treffen zu reichen.

Die Versammlung wurde von Catherine de Geus eröffnet,

einer Holländerin, die zehn Jahre lang in Chile gelebt hatte, jetzt aber wieder nach Europa ziehen würde. Wie üblich wurden erst die alltäglichen Kleinigkeiten abgehandelt, wie zum Beispiel die Aktivitäten bei den Leichtathletiktagen oder der Einkauf der neuen Schulbücher.

Doch ganz unten auf der Tagesordnung stand ein ungewöhnlicher Punkt: die Wahl des neuen Elternbeiratsvorsitzenden. Da Catherine wegzog, hatte der Elternbeirat keine Vorsitzende mehr, weshalb nun neu gewählt werden musste.

«Hat jemand einen Vorschlag für einen neuen Vorsitzenden?», fragte Catherine, bekam jedoch keine Antwort. Sie wartete einen Augenblick, dann fragte sie noch einmal:

«Vorschläge für einen neuen Vorsitzenden des Elternbeirates des *Colegio Inglese International*?»

Valerie erhob sich.

«Ich schlage Maria Eriksson vor», sagte sie und schielte zu mir hin.

Ich ließ vor Überraschung fast die Kaffeekanne fallen, die ich gerade in der Hand hatte.

«Weitere Vorschläge?»

«Aber ...», stotterte ich, «soll ich ...?»

«Was für ein ausgezeichneter Vorschlag!», rief Catherine. «Maria Eriksson kennt den Rektor, das Lehrerkollegium, die Kinder und die meisten Eltern. Wenn sie das Amt übernehmen möchte, wäre das doch eine wunderbare Lösung.»

Ich wurde einstimmig gewählt.

Meine Tage waren jetzt auch noch mit Sitzungen des Elternbeirates, Verhandlungen mit dem Rektor und dem Schulvorstand und dem Planen von Festen und Aktivitäten ausgefüllt.

Mit Valerie war ich immer noch am engsten verbunden, aber jetzt fand ich noch weitere Freundinnen unter den anderen Müttern. Eine davon war Rosana aus Brasilien, sie hatte zwei Jungen, die ein paar Klassen weiter als meine Kinder waren. Sie war sehr dunkelhäutig, hatte langes schwarzes Haar und lachte fast immer. Ihre Familie wohnte nicht weit von uns, sodass ich manchmal in ihrem Auto mit zur Schule fahren konnte. Eine andere war Bianca aus Venezuela. Sie hatte einen Jungen in Emmas und Robins Klasse und ein Mädchen, das zwei Jahre jünger war. Ihr Mann war Diplomat.

Bianca hatte in ihrer Jugend als Model gearbeitet, und jetzt kümmerte sie sich um die Kinder, die Karriere ihres Mannes und ihre große Leidenschaft, das Fotografieren. Soweit ich es beurteilen konnte, war sie eine sehr gute Fotografin, vor allem, wenn es darum ging, Menschen zu porträtieren.

Im Oktober verbrachte sie eine ganze Woche in meiner Imbissbude und fotografierte mich und alle, die bei mir kauften.

«Vielleicht wird es eine Ausstellung in der Bibliothek», sagte sie, wenn die Leute fragten, was sie da eigentlich mache.

In dieser Woche unterhielten wir uns viel, unter anderem über Einrichtung und Wohnungen. Ich erzählte ihr, dass wir irgendwo in den östlichen Stadtteilen nach einer Wohnung suchten, und nur wenige Tage später steckte Bianca mir einen Zettel mit einer Telefonnummer zu.

«Ruf dort an und sprich mit Señor Pastene», sagte sie. «Vielleicht kann er euch helfen.»

Die Wohnung lag im Erdgeschoss eines grauen Hauses, an dessen Fernstern der Verkehr nur einen Meter entfernt vorbeidonnerte, doch das machte nichts. Drei große Zimmer, eine richtige Küche und eine Waschmaschine im Bad, möbliert und sowohl mit Fernseher als auch Stereoanlage ausgestattet.

«Besser geht es nicht», sagte ich.

Das Gebäude lag am äußeren Rand von Providencia, genau in der Gegend, in der ich am allerliebsten wohnen wollte.

Es packte mich sofort das Heimweh, nicht zuletzt, weil die Straße Avenida Suecia hieß, Schwedische Straße.

Der Mietvertrag ging über ein Jahr, und wir unterschrieben ihn, ohne zu zögern. Natürlich war die Miete eigentlich zu hoch für uns, aber Anfang November hatte ich fünfundvierzigtausend Kronen an Tantiemen aus dem Verkauf unseres Buches erhalten. Das war für mich ein ganzes Vermögen. Wir bezahlten vier Monatsmieten im Voraus, und ich rechnete optimistisch damit, dass wir die nächsten Mieten schon irgendwie schaffen würden.

Bianca kam und besuchte uns, als wir eingezogen waren, und sie rümpfte ein wenig die Nase über die alten Möbel, die dort standen.

«Die tauscht ihr natürlich aus, wenn ihr das Geld für eure verschwundenen Sachen bekommen habt», sagte sie.

Keine der anderen Mütter an der Schule begriff jemals, wie arm wir in Wirklichkeit waren.

Die Suche nach einem Kinderpsychologen für Emma war neben allem anderen, was geschehen war, etwas ins Hintertreffen geraten. Unsere Lebenssituation hatte sich einigermaßen normalisiert, und als das Mädchen erst einmal die Chance bekam, wie alle anderen Kinder zu sein und zu leben, war sie es auch.

Doch ein Vorfall in der Schule ließ mich wieder anders denken. Auch wenn Emma das netteste und normalste Kind der Welt war, so war die Wunde unter der Oberfläche doch noch nicht geheilt.

In einer Pause wurden Emma, Isabelle und noch ein paar Mädchen von einer Gruppe älterer Jungs über den Schulhof gejagt. Was als fröhliches und lustiges Spiel angefangen hatte, entwickelte sich schnell zu einem recht groben Schubsen und Rangeln.

Einige der Mädchen, darunter auch Emma und Isabelle, flüchteten sich in den Imbiss, wo ich gerade einen Hamburger verkaufte.

«Ihr sollt hier nicht rumtoben», sagte ich über die Schulter, während ich kassierte.

«Aber die jagen uns, Mama», sagte Emma.

«Dann jagt sie doch auch», sagte ich, und was dann geschah, weiß ich nicht mehr richtig. Irgendjemand schrie, und aus dem Augenwinkel sah ich, wie Emma zur Arbeitsplatte stürzte, an der ich eben gestanden und Zwiebeln gehackt hatte, mit einem Griff mein Küchenmesser nahm und es in Richtung auf das Kind in der Türöffnung warf.

«Au!», rief Isabelle, «Du hast mich geschnitten!»

Ich drehte mich um, packte Emmas Oberarm mit der einen Hand, scheuchte alle Kinder außer Isabelle mit der anderen raus, machte die Tür zu und nahm das Messer auf.

«Wie ist denn das passiert?», fragte ich und beugte mich über Isabelle. «Hast du dir wehgetan?»

Das Mädchen hielt die Hand hoch, aus einem kleinen Schnitt am Zeigefinger tropfte Blut. Sie zitterte ein wenig und hatte Tränen in den Augen. Es war eine winzig kleine Wunde, und ihre Aufregung rührte mehr vom Schock her als vom Schmerz.

«Ich habe Pflaster», sagte ich tröstend und lächelte. «Ich schneide mich andauernd.»

«Aber ich habe mich nicht geschnitten», sagte Isabelle. «Sie hat das Messer nach mir geworfen!»

Und sie zeigte vorwurfsvoll mit dem Finger auf Emma.

«Das war sicher ein Versehen», sagte ich mit Bestimmtheit. «Emma würde dir nie absichtlich wehtun, das weißt du doch. Du bist schließlich ihre beste Freundin! Emma sollte mir helfen, aber sie hat das Messer fallen lassen. Jetzt wird sie sich bei dir entschuldigen, und dann passiert so etwas nie wieder. Komm her, Emma.»

Emma weinte auch beinahe, sie war ganz erschrocken – wie immer, wenn sie einen ihrer Anfälle gehabt hatte.

«Entschuldigung», murmelte sie.

«Gut», sagte ich, und im selben Moment läutete die Schulglocke. «Und jetzt rein mit euch, und an die Arbeit!»

Ich schob die beiden hinaus und schloss die Tür hinter ihnen.

So konnte es nicht weitergehen. Zu Hause versteckten wir immer noch gewohnheitsmäßig alle Messer und Halstücher, aber das löste Emmas Problem ja nicht.

Wenn ich es nicht schaffte, etwas gegen diese destruktiven Anfälle zu tun, würde sie eines Tages entweder sich selbst oder jemand anderem ernsten Schaden zufügen.

Noch am selben Abend ging ich meine Unterlagen durch, die ich aus Schweden mitgebracht hatte. Ich wusste, dass ich irgendwo den Namen und die Telefonnummer eines international bekannten Kinderpsychologen aufgeschrieben hatte, und nach einer Stunde intensiven Suchens fand ich den Zettel schließlich, allerdings in einem ganz anderen Stapel.

Am nächsten Tag rief ich bei dem Kinderpsychologen an und erzählte ihm von Emmas Problem. Er interessierte sich dafür und wollte sich Emma ansehen. Sein Honorar betrug achtzigtausend Peso in der Stunde, ungefähr achthundert schwedische Kronen.

Wir bekamen in der folgenden Woche einen Termin.

Ich weiß nicht, was ich erwartet hatte, aber jedenfalls nicht so ein heruntergekommenes Haus an der lautesten Straße im Zentrum von Santiago.

Der international bekannte Kinderpsychologe hatte seine Praxis hinter einer einfachen Tür im Erdgeschoss des Hauses. Wir betraten einen Raum, in dem schon mehrere Eltern und Kinder auf einfachen Holzstühlen und einem durchgesessenen braunen Sofa warteten. Hinter einem kleinen Schreibtisch saß eine ältere Frau mit einem Kalender und einem Telefon vor sich.

Wir gingen zu ihr und meldeten uns an, und sie bat uns, Platz zu nehmen.

Dann warteten wir, und warteten, und warteten.

Anderthalb Stunden später durften wir ins Sprechzimmer kommen. Der Arzt war klein, kugelrund und hatte eine Brille mit kreisrunden Gläsern auf der Nase. Tatsächlich erinnerte er mich an einen der Schurken in irgendeinem Tim-und-Struppi-Band, ich kam nur nicht darauf, an welchen.

Sein Sprechzimmer war nur unbedeutend größer als das Wartezimmer und vollgestopft mit Papierstapeln und Büchern. Es war staubig, wenn auch nicht wirklich schmutzig. Das einzige Fenster war hinter dicken braunen Gardinen verborgen.

«So, da haben wir also Emma», sagte er und begrüßte das Mädchen. «Wie geht es dir? Magst du Schokolade?»

Meine Skepsis wuchs – was war denn das für ein Kerl?

Emma nickte etwas schüchtern und durfte sich aus einer Schachtel mit glänzendem Papier eine große Praline aussuchen.

«Du bekommst noch eine, wenn wir fertig sind», sagte er zu dem Mädchen, «aber erst mal wollen wir zwei eine Reise unternehmen.»

Sie sperrte die Augen weit auf, wie sie es immer tat, wenn sie erstaunt oder verwirrt war.

«¿Adónde?», fragte sie. «Wohin?»

«In die Zeit», sagte er und wandte sich mir zu. «Ich werde Ihre Tochter hypnotisieren und sie an die Zeitpunkte zurückführen, an denen ihre Traumata stattfanden. Würden Sie bitte so freundlich sein und draußen warten?»

Dann holte er ein kleines Pendel aus gelbem Metall hervor.

In dem Augenblick war ich drauf und dran, aufzuspringen und mit dem Kind wegzulaufen, denn das hier war ja das reinste Kaspertheater! Bis heute weiß ich nicht, was mich davon abhielt. Ich schluckte nur und ging folgsam ins Wartezimmer hinaus, während der Psychologe seine Behandlung begann.

Eine Stunde lang saß ich vor der Tür und horchte aufmerksam auf jedes Geräusch, das von drinnen kam. Manchmal konnte ich das Gemurmel von Stimmen vernehmen, hörte sowohl den Arzt als auch das Mädchen, konnte aber nicht verstehen, was sie sagten oder in welcher Sprache sie redeten.

Die Empfangssekretärin saß hinter ihrem Schreibtisch und schrieb etwas. Zweimal klingelte das Telefon und störte mich beim Zuhören. Wir sprachen nicht miteinander.

Als ich endlich wieder ins Sprechzimmer gehen dufte, war ich total nass geschwitzt und zitterte, doch die Unruhe fiel sofort von mir ab. Emma sah etwas verschlafen, aber sehr zufrieden aus und kaute bereits an einer großen Praline.

«So, und nun ist unser kleines Püppchen dran, ein Weilchen zu warten», sagte der Arzt und schob Emma ins angrenzende Zimmer.

«Wie lief es?», fragte ich.

Der Arzt drückte seine Brille auf der Nase fest und lächelte ein wenig.

«Gut», sagte er. «Das Mädchen ist sehr intelligent und hat eine lebhafte Phantasie, und sie fiel auch schnell in eine sehr tiefe Hypnose.»

Ich schluckte hörbar.

«Die Kleine leidet unter einem starken Trauma», fuhr der Psychologe fort. «Ich habe nicht alles verstanden, was sie sagte, denn manchmal hat sie Schwedisch gesprochen, aber ich konnte mir ein deutliches Bild davon machen, was sie quält.»

«Und was kann man dagegen tun?»

«Ich habe ihr gesagt, dass sie keine Angst mehr zu haben braucht. Sie muss sich vor Messern oder Schals nicht mehr fürchten, denn sie braucht sich nicht mehr zu verteidigen. Der schwarze Mann ist fort und kommt nie wieder zurück.»

Ich sprang vor Aufregung vom Stuhl auf.

«Emma kann sich an den Mann nicht erinnern», sagte ich. «Sie hat überhaupt keine Erinnerungen an diese Zeit in Schweden. Sie weiß nicht, was ihr da passiert ist, und Sie dürfen ihr das auch auf keinen Fall erzählen!»

Der Arzt lächelte wieder.

«Meine liebe Señora», sagte er. «Ich habe ihr gar nichts erzählt, sondern sie selbst hat es mir berichtet.»

Ich vergaß zu atmen und starrte den Mann an.

«Die Wunde ist sehr tief», sagte der Arzt. «Ich brauche mehrere Sitzungen mit ihr. Da sind noch mehr Traumata, und wir müssen sie alle auflösen. Lassen Sie sich draußen einen Termin für die nächste Woche geben.»

Ich klappte den Mund zu und ging hinaus ins Wartezimmer. Emma saß auf dem Schoß der Empfangssekretärin und malte Schmetterlinge in den Terminkalender.

Viermal noch ging ich mit dem Mädchen zu dem rundlichen Kinderpsychologen in seine düstere Praxis. Viermal versetzte er sie in einen tiefen, schlafähnlichen Dämmerzustand und arbeitete die Übergriffe auf, denen sie ausgesetzt gewesen war.

Sie konnte sich hinterher an nichts erinnern. Sie wusste nur, dass sie eine mit Vanille gefüllte Praline bekam und sich dann hinlegte und schlief. Danach war sie müde, aber fröhlich, und dann durfte sie ein wenig auf dem großen Block der Tante draußen malen.

Irgendwann holten wir Messer, scharfe Gegenstände und Halstücher wieder aus ihrem Versteck, nachdem uns der Psychologe grünes Licht dafür gegeben hatte. Wir ließen die Dinge offen herumliegen, zunächst nur kurze Zeit, dann immer länger. Die ganze Zeit beobachteten wir Emma genau.

Nach einer Weile fing sie an, die Sachen zu benutzen, und mir klopfte das Herz bis zum Hals, als ich sie das erste Mal eine Scheibe Brot abschneiden sah.

«Was ist denn?», fragte sie erstaunt, als sie das Messer auf das Schneidbrett zurückgelegt hatte und meinen ängstlichen Blick bemerkte.

Das ist inzwischen über acht Jahre her, und sie hat seither weder sich selbst noch jemand anderen verletzt.

Weihnachten 1996 war so schön wie lange nicht. Wir spürten wirklich, dass wir auf dem richtigen Weg waren. Die neue Wohnung gefiel uns in jeder Hinsicht gut, mir ging es nach meiner Krankheit wieder besser, Emma war gesund, und Robins Asthma und sein Husten konnten mit Cortison und diversen Sprays zur Atemwegserweiterung in Schach gehalten werden. Anders fand sich auch immer besser zurecht und sprach davon, dass er Enrico Fernandez einen Gebrauchtwagen abkaufen wolle.

Heiligabend feierten wir allein zu Hause, doch danach holten wir Manuel und luden einige unserer Freunde zu einer Silvesterparty ein.

«Ihr habt es wirklich schön hier», sagte Carita Fernandez, als sie unsere Wohnung besichtigte. Ich fand, dass sie etwas traurig klang.

«Hat Enrico noch keine Arbeit gefunden?», fragte ich.

Sie schüttelte nur den Kopf.

Als die Schule wieder begonnen hatte, wurde ich gleich zu Mr. James Prior-Gattey gerufen. Ich machte mir darüber keine großen Gedanken, denn wir hatten immer guten und engen Kontakt gehabt, vor allem, seit ich Vorsitzende des Elternbeirates geworden war.

Aber als ich sein großes Büro betrat, merkte ich gleich, dass etwas nicht stimmte. All die alten Karten waren von den Wänden genommen, und an der einen Wand stapelten sich Umzugskartons.

«¿Qué pasa?», fragte ich fröhlich.

«Maria», sagte der Rektor mit ernster Miene und nahm meine Hände. «Kommen Sie, setzen Sie sich.»

Ich erstarrte und konnte mich nicht rühren.

«Was ist passiert?», fragte ich. «Dürfen die Kinder nicht mehr kommen?»

Er sah mich erstaunt an und lachte dann.

«Oh dear», sagte er und setzte sich auf seinen unaufgeräumten Schreibtisch. «Wie kommen Sie denn auf so eine Idee? Nehmen Sie Platz, meine Liebe.»

Ich setzte mich auf die äußerste Kante des Besucherstuhls.

«Sagen Sie es ruhig gleich», sagte ich. «Wollen Sie uns loswerden?»

«Maria», sagte er. «Ich habe die Schule verkauft.»

Einen Moment lang war es ganz still.

«Verkauft?», fragte ich verständnislos. «Können Sie die Schule einfach so verkaufen? Was sagt der Schulvorstand dazu?»

«Verkaufen kann ich, aber der Vorstand muss den neuen Eigentümer akzeptieren. Und hier kommen Sie zum Zuge. Ich möchte, dass Sie sich ein Bild von der künftigen Eigentümerin machen, und sie möchte Sie auch kennenlernen.»

Ich merkte, wie meine Schultern sich entspannten.

«Ja», sagte ich. «Natürlich, gern. Wann denn?»

«Heute Nachmittag.»

Ich zog ein wenig die Augenbrauen hoch. Mr. Prior-Gattey hatte es ja ziemlich eilig.

Sie war Amerikanerin und hieß Lauren Gardner. Sie war ausgebildete Lehrerin, hatte aber seit der Geburt ihrer Tochter vor fast fünfundzwanzig Jahren nicht mehr in diesem Beruf gearbeitet. Ihr Mann war Offizier gewesen, *hochrangiger* Offizier, und die Tochter und sie waren ihm um den ganzen Erdball gefolgt, aber jetzt war es an der Zeit, dass sie sich um ihre eigene Karriere kümmerte, und deshalb hatte sie beschlossen, diese Schule in Santiago zu kaufen.

Das erzählte sie in einem Atemzug, während sie sich hinter den großen und jetzt sogar sauber aufgeräumten Schreibtisch von Mr. Prior-Gattey setzte. Sie war klein, hellhäutig und schlank und trug ein rosa Kostüm, das ziemlich teuer aussah.

«Und nun bin ich hier», sagte sie, lehnte sich vor und faltete die Hände auf der Schreibtischplatte. «Was möchten Sie denn wissen?»

Ich nahm erstaunt Platz, denn ich hatte eigentlich gedacht, sie wolle mich kennenlernen und nicht umgekehrt.

«Ich möchte natürlich gern wissen, was Sie mit der Schule vorhaben», sagte ich, als ich mich wieder gefangen hatte. «Welche Konsequenzen wird der Besitzerwechsel für die Schüler und das Lehrerkollegium haben? Wird sich etwas am Unterricht ändern oder an den Lehrplänen, und wenn ja, in welcher Weise?»

Sie nickte, während ich sprach.

«Das verstehe ich vollkommen», sagte sie mit Nachdruck. «Natürlich ist das etwas, was sehr eingehend mit dem Schulvorstand und dem Elternbeirat besprochen werden muss. Wen von beiden vertreten Sie?»

«Beide. Was sind denn Ihre Pläne?»

Lauren Gardner nickte mit noch mehr Nachdruck.

«Das ist eine sehr gute Frage», sagte sie. «Es freut mich, so viel Unterstützung von den anderen Parteien in einer so komplexen Organisation, wie es eine Lehranstalt ja ist, zu haben.»

Lehranstalt?

Ich räusperte mich.

«Sie haben meine Frage nicht beantwortet», sagte ich. «Was haben Sie mit der Schule vor? Wollen Sie sie verändern, und wenn ja, in welcher Weise?»

Sie stand auf und ließ die Fingerspitzen über die glänzende Oberfläche des Schreibtisches gleiten, eine Geste, die Eleganz und Macht ausdrückte.

«Das ist heute natürlich schwer zu beantworten», sagte sie und lächelte auf mich herab. «Ich denke, wenn etwas verändert werden muss, werden wir das zu gegebener Zeit besprechen.»

Auf der nächsten Sitzung des Schulvorstands, die schon zwei Tage später stattfand, wurde ich gefragt, ob ich Mrs. Gardner als neue Rektorin des *Colegio Inglese International* befürwortete.

Ich zögerte, denn ich wusste, dass meine Antwort im Protokoll stehen und Mrs. Gardner sie lesen würde.

«Ich habe bei unserem Treffen keine Vorstellung davon gewinnen können, welche Pläne und Ideen sie mit dem Erwerb unserer Schule verbindet», sagte ich. «Somit kann ich weder für sie noch gegen sie stimmen.»

Die Mehrheit des Vorstands befürwortete den Kauf durch Mrs. Gardner, niemand stimmte dagegen, aber der Vertreter des Lehrerkollegiums und ich enthielten uns der Stimme.

Damit hatte die Schule den Besitzer gewechselt.

Es zeigte sich bald, dass die neue Eigentümerin nicht nur große Pläne für die Schule hatte, sondern auch nicht zögerte, diese umgehend in die Tat umzusetzen.

Als Erstes wollte sie alle Räume renovieren lassen, was mit sich brachte, dass Klassen zusammengelegt und zum Teil außerhalb des Hauses oder in Baracken unterrichtet werden mussten.

Dann wollte sie anbauen, was einen Teil des Basketballfeldes kostete.

Und als alles so richtig chaotisch war, wollte sie den Unterrichtsplan durchgehen und ändern.

Da verlangte der Elternbeirat ein Treffen mit ihr, und als Vorsitzende war ich diejenige, die dort sprechen musste.

«Wir Eltern fürchten, dass momentan etwas viel auf einmal passiert. Mit einer besseren Vorausplanung müsste der Unterricht nicht so sehr darunter leiden. Wenn man zum Beispiel immer nur ein Klassenzimmer zurzeit renovieren würde, und nicht alle auf einmal, dann könnte …»

«Sind Sie Betriebswirtin?», unterbrach mich Mrs. Gardner.

«Was?», fragte ich. «Nein.»

«Dann verstehen Sie nichts davon, meine Liebe», sagte die Eigentümerin. «Gibt es sonst noch etwas?»

Ich riss mich zusammen.

«Die neuen Umkleideräume auf der Rückseite der Schule», sagte ich, «müssen die wirklich abgerissen werden?»

«Keine Sorge, die werden wiederaufgebaut.»

Sie stand auf, um uns zu signalisieren, dass das Treffen beendet sei.

Ich folgte ihrem Beispiel.

«Aber man muss doch nicht nur um des Abreißens willen die Kabinen abreißen», beharrte ich.

«Liebe Maria», sagte die Eigentümerin honigsüß, «Sie sollten nicht so viel Angst vor Veränderungen haben. Probieren Sie mal hin und wieder etwas aus, das würde Ihnen guttun!»

Ich starrte die Frau nur an, unfähig, etwas zu sagen.

Zwei Wochen später wurden die Umkleideräume abgerissen, um fünfzig Meter entfernt wiederaufgebaut zu werden.

Ende Mai rief der Anwalt an, dem wir unsere Klage gegen die Spedition überantwortet hatten.

«Ich habe einen phantastischen Vergleich erzielt», rief er. «Sie bieten neunzig Prozent des Versicherungswertes, also zweiundzwanzigtausendfünfhundert schwedische Kronen.»

Ich seufzte, so viel Lärm um so wenig Geld.

«Okay», sagte ich. «Und wie viel bekommen Sie davon?»

«Mein Honorar beläuft sich auf fünfzehntausend.»

Ich starrte ungläubig in den Telefonhörer.

«Fünfzehntausend? Aber das ist ja fast alles!»

«Wenn man bedenkt, wie viel Arbeit mich das gekostet hat, ist es geradezu preiswert», sagte der Anwalt.

Und dabei blieb es.

Am Ende bekamen wir knapp achttausend Kronen als Entschädigung für all unsere gestohlenen Sachen, und mit dem Geld bezahlte ich meine Schulden bei Hanna ab.

Wir waren erleichtert, als die Herbstferien kamen. Es war schön, das ganze Chaos auf dem Schulgelände los zu sein, auch wenn es bedeutete, dass der Imbiss geschlossen war und sich unsere Einkünfte drastisch verminderten.

Wir verbrachten einige Zeit mit Manuel. Erst schlief ich eine Nacht in dem Kinderheim, dann kam er für eine Woche zu uns. Er wuchs, dass es nur so krachte, und war schon lange größer als Robin, der jetzt neun Jahre alt wurde. Ich fragte mich oft, wie alt der Junge wohl sein mochte. Er hatte breitere Schultern bekommen, und sein feuerrotes Haar war in ein leuchtendes Kastanienbraun übergegangen.

Ich spielte mit dem Gedanken, den Jungen ganz zu uns zu nehmen, ihn einfach zu adoptieren.

Doch im September erhielten wir einen Brief, der unser Leben wieder einmal völlig auf den Kopf stellte.

Man kündigte uns die Wohnung. Zum 1. November war sie an jemand anders vermietet worden.

Uns blieben ganze sechs Wochen, um eine neue Wohnung zu finden.

Ich beschloss, in neuen Bahnen zu denken. Santiago war eine große Stadt, und ich sollte ihr eine echte Chance geben. Warum musste ich denn unbedingt im Osten wohnen? Nur weil es mich dort am meisten an Europa erinnerte?

Das hier war Chile, ein armes Land in Südamerika, und ich hatte beschlossen, mich hier niederzulassen. Wenn ich bleiben wollte, dann musste ich das Leben hier akzeptieren, ich musste mich anpassen oder weiterziehen.

Deshalb ging ich jetzt mit einer ganz anderen Einstellung auf Wohnungssuche.

Warum sollten wir nicht im Westen wohnen?

Über Enrico Fernandez hörten wir von einer schönen Villa mit drei kleinen Schlafzimmern und eigenem Garten im Stadtteil Renca.

An einem Samstagnachmittag Anfang Oktober fuhren wir dorthin.

Der Bus ruckelte und schaukelte eine halbe Ewigkeit über ausgefahrene Straßen voller Schlaglöcher, bis wir endlich ankamen. Die Straße war von niedrigen Mietshäusern gesäumt, deren Fassaden abblätterten und die vor allen Fenstern Gitter hatten, sogar im dritten Stock. Ich musste ein leicht klaustrophobisches Gefühl unterdrücken.

An einer stillgelegten Eisenbahnlinie gab es eine Art Flohmarkt, die Menschen standen im Staub und verkauften alle Kleinigkeiten, die sie entbehren konnten. Ich sah Porzellan, verwaschene Kinderkleider, Haushaltsartikel, Nippes und gebrauchte Elektrogeräte. Überall waren Graffiti, manchmal waren ganze Gebäude davon bedeckt.

Viele der Straßen waren aufgerissen. Als der Bus an einer Baustelle stehen blieb, sah ich nach rechts und starrte direkt in die Augen eines kleinen Mädchens, das völlig regungslos vor einer fensterlosen Blechhütte hockte. Ihre Haut war dunkel und das Haar schwarz, sie war barfuß, trug aber ein schneeweißes Kleid mit kleinen roten Blümchen. Neben ihr stand ein verrostetes Autowrack, auf der anderen Seite der Hütte lagen ein paar umgefallene Ölfässer. Der Boden war schwarz vor Dreck. Hinter dem Mädchen, in einer Öffnung der Hütte, konnte ich einen Menschen erahnen, der sich bewegte. Dann kam eine junge Frau mit einem Baby auf der Hüfte aus dem dunklen Loch, die Mutter beugte sich zu dem Mädchen hinunter, sagte etwas und lächelte, und in dem Moment wusste ich, dass ich nicht in Renca wohnen konnte.

Es war völlig egal, was ich mir selbst einredete. Vielleicht war ich zu europäisch, vielleicht scheinheilig oder einfach feige, aber ich konnte die Armut nicht ertragen.

Das zur Vermietung stehende Haus erwies sich als Villa mit weißer Treppe in spanischem Stil mit einem Rosengarten vor der Veranda und Zitronenbäumen auf der Rückseite, aber es half nichts.

Ich riss mich zusammen, als wir uns alles anschauten, und Anders war begeistert, doch das änderte nichts an den Tatsachen.

Das Mädchen in dem weißen Kleid wohnte nur ein paar hundert Meter entfernt. Die Stadt aus Blechhütten verschwand nicht, nur weil ich die Augen davor verschloss, und ich konnte nicht an einem Ort leben, wo mir ein solches Elend begegnete, sowie ich das Haus verließ.

Der Besuch in Renca ließ mich zum ersten Mal der Wahrheit ins Auge sehen:

Santiago war vielleicht doch nicht meine Stadt.

An der Schule war alles chaotischer als je zuvor. Drei der besten Lehrer kündigten in den ersten Wochen des neuen Schuljahres. Die Umbauten wurden fortgesetzt, ohne erkennbares Ziel.

Auf Wunsch der Eltern drückten sowohl der Schulvorstand als auch ich unsere Sorge über die Situation aus. Wir führten mehrere konkrete Vorschläge ins Feld, wie man den Unterricht erleichtern und die Atmosphäre in der Schule stabilisieren könnte, während die Renovierungen und Umorganisationen durchgeführt wurden, doch wir stießen auf taube Ohren.

Schon bald verließen die ersten Kinder die Schule. Mehrere Klassenkameraden von Emma und Robin meldeten sich bei anderen Schulen an, viele würden nach den Weihnachtsferien wechseln.

Die alljährliche Weihnachtsfeier, die immer die fröhlichste Veranstaltung des Schuljahres gewesen war, hatte deshalb in diesem Jahr einen ganz anderen Charakter. Statt einer munteren Julklapp-Party wurde es ein Abschiedsfest.

Valerie, Bianca und ich hatten den größten Teil der Organisation übernommen, und wir blieben auch nach der Feier noch da, um aufzuräumen.

«Stellt euch vor», sagte Valerie plötzlich und ließ das Geschirrhandtuch sinken, «Scott wird heiraten.»

«Wie schön!», rief ich.

«Ja, ich fasse es nicht, dass mein Sohn schon so groß ist. Er hat auf dem College ein Mädchen kennengelernt, und sie wollen im Frühjahr heiraten. Ist das nicht unglaublich? Ich muss ja uralt sein.»

Bianca lachte.

«Dann wirst du also zur Hochzeit in die Staaten reisen?»

Mit einem Mal wurde Valerie ernst.

«Nicht nur das», sagte sie. «Es ist noch nicht offiziell, aber es sieht ganz so aus, als würde Bruce befördert.»

«Aber das ist ja phantastisch!», rief ich und umarmte sie. «Grüß ihn bitte von mir und sag ihm, ich gratuliere!»

Valerie schob mich von sich.

«Also, wie gesagt, es ist noch nicht offiziell, aber ich möchte trotzdem, dass ihr es wisst. Eine Beförderung bedeutet, dass wir nach Hause ziehen.»

Ich sah sie einen Augenblick an.

«Wohin denn?», fragte ich schließlich. Valeries Zuhause war für mich die Villa hinter dem hohen Holzzaun am Hang oberhalb der Schule.

«Zurück in die Staaten. Wir fahren wahrscheinlich schon nächste Woche.»

Das verschlug mir die Sprache.

«Aber», sagte ich verwirrt, «ihr kommt doch irgendwann wieder?»

Sie schüttelte den Kopf, und ich sah, dass sie Tränen in den Augen hatte.

«Höchstwahrscheinlich nicht», flüsterte sie.

Bianca, die einen Müllsack rausgestellt hatte, kam wieder herein.

«Wir ziehen auch weiter», sagte sie, «aber erst im Februar. Mein Mann ist versetzt worden, nach Beirut.»

«Oh», rief Valerie, «das ist eine phantastische Stadt!»

Ich wandte mich ab. Mein Verfolger stammte aus dem Libanon, der Mann, der uns gezwungen hatte, unser Heimatland zu verlassen und uns in dieser elenden Ecke der Welt zu verkriechen.

Plötzlich hielt ich es keinen Moment länger im Imbiss aus. Ich drückte Valerie die Schlüssel in die Hand, und sie schaute mir verwundert nach, als ich zur Bushaltestelle eilte.

Am Ende landeten wir wieder in Recoleta. Über eine Anzeige in der Zeitung konnten wir eine Doppelhaushälfte mieten, die nur ein paar Querstraßen von der Garage entfernt war, in der wir früher gewohnt hatten. Das Haus war nicht möbliert, deshalb schliefen und aßen wir auf dem Fußboden.

«So können wir nicht leben», sagte Anders.

Es wurde Weihnachten und Neujahr, und ich konnte nicht umhin, diese Weihnachtsferien mit denen im vorigen Jahr zu vergleichen, als wir noch in der schönen Wohnung an der Avenida Suecia in Providencia wohnten. Jetzt verzehrten wir unser Weihnachtsessen an einem provisorischen Tisch aus Spanplatten, die wir über Böcke gelegt hatten, und saßen auf Stühlen aus Getränkekisten. Robin hustete sich durch das ganze Essen, und ich machte mir immer mehr Sorgen um seine Lungen.

Manuel war auch bei uns, er merkte, dass ich traurig war, und fragte mich schließlich, was denn los sei.

Ich sagte nur, dass ich ein paar Probleme hätte, woraufhin er etwas verlegen aussah.

«Hast *du* Probleme, *señora*?», fragte er. «Aber du hast doch ein Zuhause und einen Mann und einen schönen Imbiss!»

Er blinzelte verständnislos.

«Da kannst du doch nur kleine Probleme haben.»

Und da musste ich ihn einfach anlächeln, den Jungen mit dem sommersprossigen Gesicht.

Nach den Feiertagen war es wieder so weit. Ich fuhr zum ichweiß-nicht-wie-vielten Mal zur Estación Central im Süden von Santiago, um den Bus nach Mendoza zu nehmen.

Ich fühlte mich fast wie zu Hause, als einer der beiden Fahrer herumging und Kekse und Kaffee in kleinen Plastikbechern anbot. Inzwischen mochte ich das Getränk, das so süß war wie ein Stück Torte mit Mokkageschmack.

Auf einem kleinen Fernseher unter dem Busdach lief der Film an. Der würde jetzt die nächsten Stunden da flimmern, immer in voller Lautstärke und auf Spanisch. Irgendwann einmal hatte ich versucht, mir so einen Film tatsächlich anzusehen, aber mir war davon richtig schlecht geworden, und von da an passte ich auf, dass mir das nicht noch einmal passierte.

Stattdessen stellte ich die Rückenlehne meines Sitzes so weit wie möglich zurück und schaute hinaus auf die flache Landschaft, und irgendwann schlief ich ein. Als der Bus sich heftig in eine Kurve legte, wachte ich wieder auf – der Anstieg über die Anden hatte begonnen. Während sich die Serpentinenkurven über die Bergmassive ringelten, ließ ich meine Gedanken schweifen. Ich dachte an das Volk der Inka, die ihre Toten in ebendiesen Bergen in über fünftausend Metern Höhe begraben hatten, und an Brad Pitt, der hier «Sieben Jahre in Tibet» gedreht hatte, und daran, dass ich das nächste Mal die Kinder mitnehmen musste, damit sie ein neues Visum bekamen.

Der Fluss vor meinem Fenster hüpfte beinahe so zwischen den Steinen wie der Río Mapocho vor der Schule der Kinder. Die Schluchten waren schwindelerregend. Es gab keine Leitplanken, und an mehreren Stellen standen zur Erinnerung an die Menschen, die sich dort totgefahren hatten, Kreuze am Straßenrand.

Die Berge wurden höher, steiler und schwärzer. Die Lava, die sie einst geschaffen hatte, war mitten im Fließen erstarrt und lag jetzt pechschwarz auf beiden Seiten der Straße.

Die Kurven wurden so eng, dass der Bus beide Fahrbahnen brauchte, um herumzukommen, doch da sehr wenig Verkehr war, ging es meistens gut. Trotz des Spätsommers sah man jetzt einzelne Schneefelder.

Dann tauchte links von mir die riesige weiße Wand des Cerro Aconcaguas auf. Mit seinen fast siebentausend Metern Höhe ist er der höchste Berg außerhalb des Himalajamassivs. Nun wusste ich, dass wir bald in Argentinien sein würden.

Die eigentliche Grenze zwischen Chile und Argentinien liegt mitten in einem Tunnel auf gut dreitausend Metern Höhe, die Grenzkontrolle befindet sich aber etwa zehn Kilometer weiter in Los Horcones. In der riesigen Betonbaracke war es immer eiskalt, selbst im Hochsommer.

Der Fahrer winkte uns heraus, und dann begann das Schlangestehen. Erst eine Schlange, um aus Chile auszureisen, dann eine, um nach Argentinien hineinzukommen, und schließlich eine dritte, um das Gepäck durch den Zoll zu schleusen. Ich kaufte für umgerechnet zwölf Kronen am Imbissstand vor der Grenzkontrolle ein Brot mit gegrilltem Schweinefleisch.

Dann rollten wir nach Argentinien hinein. Die Landschaft wurde sanfter, sowohl in den Formen als auch den Farben. Die Schluchten waren von einem Pflanzenteppich bedeckt, der in allen möglichen Arten von Grün variierte. Weiter oben nahmen die Berge alle denkbaren Schattierungen von Erdtönen an, von Hellgelb über Ocker bis zu Dunkelrot und fast Lila. Der Himmel war so blau, dass es in den Augen weh tat.

Das war wirklich unglaublich schön.

Der Bergbach wurde breiter und blauer und sah immer mehr wie ein richtiger Fluss aus. Die Straße wurde wieder gerader, und der Bus fuhr schneller, an schroffen Felsen vorbei und durch Tunnel.

Schon bald würde die schnurgerade Strecke kommen, auf der der Bus immer überholt wurde. Dann würde der Fluss nach links abbiegen, wir würden durch die Schlammlachen des neuen Siedlungsgebiets mit den kleinen Häusern fahren, dann …

Plötzlich schoss mir ein Gedanke durch den Kopf, der mir den Hals zuschnürte.

Wie oft würde ich noch hier sitzen und mich in diesem Bus durchschütteln lassen? Sollte ich für den Rest meines Lebens hin- und herfahren? Sah so mein Alter aus? War es das, was ich meinen Kindern mitgeben würde? Sollten sie eine Existenz am Rand der Gesellschaft führen, nicht illegal, aber auch nicht legitim, und niemals wirklich dazugehören?

Drei Jahre lang hatte ich versucht, mir in Santiago ein Leben aufzubauen, und zeitweise hatte es auch so ausgesehen, als würde es mir gelingen. Aber das Gebilde war so empfindlich, bei der kleinsten Erschütterung ging alles zu Bruch. Wir hatten überhaupt kein schützendes Netzwerk, wir waren ganz auf uns selbst gestellt und auf das Wohlwollen der Leute angewiesen. Es gab Massen von Menschen, die in Chile ein sinnvolles und von Liebe getragenes Leben lebten, sie lebten und starben dort, aber musste ich das auch tun?

Als der Bus auf dem Platz Nummer 16 am Busbahnhof in Mendoza parkte, war ich erschöpft und dem Weinen nahe.

Was sollte ich tun? Wohin sollte ich gehen? Sollten wir vielleicht doch noch Buenos Aires ausprobieren? Oder hierher ziehen? Die Luft war hier auf jeden Fall viel besser als in Santiago.

«O Gott», sagte ich laut, «ich weiß nicht, was ich tun soll!»

«Qué?», fragte ein Mann erstaunt und sah mich an.

Ich lief zum Schalter im Stationsgebäude und kaufte eine Fahrkarte für den Bus zurück nach Santiago, der noch in derselben Nacht ging. Es war am besten, gleich wieder zu fahren, denn ich würde sowieso nicht schlafen können.

Während ich darauf wartete, in den Bus steigen zu können,

dröhnte die Gewissheit in mir: So kann ich nicht leben. Ich will so nicht leben. Das geht nicht so weiter.

Wohin oder wann ich weiterziehen würde, wusste ich nicht, aber ich würde mein Leben jedenfalls nicht in Santiago verbringen.

In der Woche vor Schulbeginn bekam ich einen Brief von Valerie. Sie war begeistert darüber, wieder in den USA zu sein, und schrieb, dass ihr gar nicht bewusst gewesen sei, wie sehr sie ihr Heimatland vermisst habe.

Die beiden hatten sich wieder in ihrem Haus eingerichtet, Bruce hatte angefangen zu arbeiten, und die Kinder waren in gewöhnlichen staatlichen Schulen in der Umgebung untergebracht.

Sie selbst war vollauf damit beschäftigt, Scotts Hochzeit vorzubereiten. Die sollte Ende Mai stattfinden, und es gab unglaublich viel zu organisieren.

«Ihr seid herzlich willkommen zur Hochzeit», schrieb Valerie. «Wir haben ein riesiges Haus, und ihr könnt bei uns wohnen. Ich schicke in ein paar Wochen noch eine offizielle Einladung.»

Eines Nachmittags fuhr ich zur Schule, um den Imbiss sauber zu machen, ehe alles wieder begann. Der Sommer war heiß gewesen, und die Sonne hatte erbarmungslos auf alles niedergebrannt. Mein Haar war so ausgebleicht, dass es fast wieder seine natürliche helle Farbe angenommen hatte. Die Smogwarnung hatte fast zwei Wochen lang auf Stufe «Schwarz» gestanden, und es tat weh zu atmen.

Ich hielt Ausschau nach Wolken, nur einem kleinen Wölkchen am Himmel, das vielleicht Regen versprechen könnte, aber da war nichts zu sehen.

Als ich gerade abgeschlossen hatte und hinunter zur *la parada* gehen wollte, kam die Schulsekretärin mir entgegen.

«Mrs. Gardner möchte Sie sehen», sagte sie.

«Kann das nicht bis morgen warten?», fragte ich.

Ich hatte immer noch nichts zu essen eingekauft und wollte auf dem Heimweg noch auf den Markt am Mapocho gehen.

«Mrs. Gardner erwartet Sie in ihrem Büro. Jetzt.»

Mit einem lautlosen Seufzer folgte ich der Sekretärin zum Schulgebäude.

Als ich das Zimmer betrat, saß die Eigentümerin der Schule mit gefalteten Händen hinter ihrem Schreibtisch.

«Setzen Sie sich, meine Liebe», sagte sie, und ich folgte ihrer Einladung, ohne etwas zu sagen.

«Ich habe überall nach dem Vertrag gesucht, der Ihnen gestattet, den Imbiss auf dem Schulgelände zu betreiben», sagte Lauren Gardner, «aber ich kann ihn nicht finden. Haben Sie eine Kopie davon?»

Ich merkte, wie ich blass wurde.

«Es gibt keinen Vertrag», sagte ich. «Meine Tätigkeit ist auf eine mündliche Vereinbarung mit dem früheren Rektor gegründet.»

«Wenn das so ist», sagte die Eigentümerin und beugte sich noch weiter vor, «ist es ja höchste Zeit, dass wir beide uns darüber unterhalten, wie wir das in Zukunft handhaben wollen.»

Ich antwortete nicht.

«Ich habe nachgedacht», sagte Lauren Gardner, «und ich glaube, dass es eine viel bessere Verwendungsmöglichkeit für das Gebäude am Eingang gibt, als dort einen Imbiss zu betreiben. Offen gesagt habe ich die Absicht, Umkleideräume daraus zu machen.»

«Das können Sie nicht», sagte ich und versuchte, meine Stimme unter Kontrolle zu halten. «Ich habe den Imbiss aus dem Nichts aufgebaut, ich habe das Gebäude renoviert und eine sehr viel gesündere Ernährungsmöglichkeit auf dem

Schulgelände eingerichtet. Sie können ihn nicht einfach so abschaffen.»

«O doch», sagte die Eigentümerin, «das kann ich sehr wohl. Und wenn Sie keinen Vertrag haben, dann mache ich mit dem Haus, was ich will.»

Ich saß eine lange Zeit schweigend da, während in meinem Innern die Gefühle wie wütende Wespen herumflogen. Mein erster Impuls war, mich über den Schreibtisch zu werfen und die alte Hexe vor mir zu erdrosseln, aber ich sah ein, dass das keine gute Idee war.

Deshalb holte ich tief Luft und beschloss, alles auf eine Karte zu setzen. Ich hatte nicht den geringsten Schimmer von chilenischer Gesetzgebung, aber ich nahm an, dass es Mrs. Gardner genauso ging.

«Dann sollten Sie mal Rücksprache mit Ihrem Anwalt nehmen», sagte ich, «denn in diesem Punkt täuschen Sie sich. Ich weiß, dass meine Absprache gilt. In Chile sind mündliche Vereinbarungen genauso gültig wie schriftliche, solange beide Partner sich über ihren Inhalt einig sind. Und in diesem Fall sind sowohl die Absprache als auch die Einigkeit darüber sehr leicht zu beweisen.»

«Das glaube ich nicht», sagte Mrs. Gardner, aber ihr Blick wurde unsicher.

«Haben Sie schon von Tradition und Ersitzung gehört? Das sind in der chilenischen Rechtsprechung sehr wichtige Begriffe», schob ich hinterher.

«Ersitzung?», fragte sie erstaunt.

«Ich betreibe den Imbiss seit 1995, also schon sechs Semester lang. Tradition und Ersitzung greifen aber bereits nach einer viel kürzeren Zeit. Der Imbiss gehört mir, und Sie werden ihn nie los. Und mich auch nicht.»

Lauren Gardner starrte mich ein paar Sekunden lang an, doch dann hellte sich ihre Miene auf.

«Es sei denn, ich kaufe Sie aus», sagte sie. «Sie können den Imbiss mir übereignen, und dann mache ich damit, was ich will.»

Ich sah ihr stur in die Augen. Vermutlich hatte ich keine Chance, zu gewinnen, wenn diese Frau mich vor ein Gericht zerrte.

«Das können wir natürlich machen», sagte ich. «Ich kann Ihnen das Unternehmen verkaufen, aber der Preis richtet sich natürlich nach Umsatz und Gewinn.»

Sie holte ein Scheckbuch aus ihrer Schreibtischschublade.

«Wie viel wollen Sie?», fragte sie und klickte ein paarmal mit ihrem Kugelschreiber.

«Zehntausend amerikanische Dollar», sagte ich.

Lauren Gardner schrieb den Scheck aus, ohne mit der Wimper zu zucken.

«Ich gehe davon aus, dass Ihre Kinder im nächsten Schuljahr eine andere Schule besuchen werden», sagte sie.

Ich nahm den Scheck entgegen, zehntausend US-Dollar, faltete ihn zusammen und steckte ihn in die Tasche.

«So ist es», sagte ich, stand auf und ging.

Ich hatte aufgegeben.

Ich hatte mich, meine Kinder und unseren Lebensunterhalt für hunderttausend schwedische Kronen verkauft. Für diese Summe war Mrs. Gardner nicht nur den Imbiss los, sondern auch eine streitbare Vorsitzende des Elternbeirats und eine Angehörige des Schulvorstands, die den Verkauf der Schule an sie nicht befürwortet hatte.

Eigentlich hatte ich mich unter Preis verkauft.

Wir waren also wieder da angekommen, wo wir angefangen hatten. Die Kinder hatten keine Schule. Wir hatten keinen Lebensunterhalt. Wir wohnten in einem Rattenloch ohne Möbel.

Als ich nach Hause kam, ohne Einkäufe, schaffte ich es nicht, Anders und den Kinder zu erzählen, was geschehen war. Stattdessen schlug ich vor, dass wir auswärts essen sollten – das taten wir sonst nie.

Wir gingen in eine schöne italienische Trattoria und aßen Antipasti als Vorspeise, Pasta in Sahnesoße als Hauptgericht und Tiramisu zum Nachtisch.

Danach sah Robin ganz blass aus.

«Wie geht es dir, kleiner Schatz?», fragte ich und fuhr ihm durchs Haar. «Hast du zu viel gegessen?»

«Mir ist so schlecht», sagte der Junge.

In dieser Nacht hatte er einen seiner schlimmsten Asthmaanfälle. Wir rasten mitten in der Nacht in die *Clínica Alemana*, wieder einmal zur *Acceso urgencias*, wo wir von demselben Notarzt betreut wurden wie beim letzten Mal. Nachdem wir einige Stunden gewartet hatten, durften wir mit Robin nach Hause fahren, aber meine Unruhe hatte sich noch nicht gelegt.

Auch wenn die Chilenen es nie zugeben würden, aber ich war mir hundertprozentig sicher, dass es die schlechte Luft war, die Lunge und Atemwege meines Jungen ruinierte.

Am nächsten Tag war Robin sehr müde. Er schlief den ganzen Vormittag wie ein Stein auf seiner Matratze.

«Wann gehen wir wieder in die Schule?», fragte Emma, als wir uns zum Essen an den Spanplattentisch gesetzt hatten.

Da legte ich meinen Löffel hin und fasste mir ein Herz.

«Ich weiß es nicht», sagte ich. «Das Wichtigste ist, dass Robin gesund wird, und ich glaube nicht, dass das möglich ist, solange wir in Santiago leben.»

Das Mädchen machte große Augen.

«Werden wir umziehen?»

«Ich weiß es nicht. Was meinst du?»

«Aber alle meine Freundinnen wohnen doch hier!», rief sie

empört. «Ich will nicht weg von meinen Freundinnen! Und von der Schule!»

Ich zog meine Tochter fest an mich und setzte sie auf meinen Schoß. Die Getränkekiste schwankte unter unserem gemeinsamen Gewicht.

«Menschen ziehen manchmal um», sagte ich, «das ist einfach so. Isabelle ist auch nach Amerika gezogen, und einige deiner Klassenkameraden haben die Schule gewechselt.»

Emma begann still und leise auf meinem Schoß zu weinen.

«Ich weiß ja, dass das schwer ist, aber du wirst sehen, wir finden bestimmt einen schönen Platz, an dem wir wohnen können.»

«Dann will ich zu Isabelle ziehen», sagte Emma.

Ich lächelte matt und strich ihr übers Haar.

«Ach Liebling, das geht nicht.»

Sie sah mich trotzig an.

«Warum denn nicht?»

«Das dürfen wir nicht, weil wir keine Amerikaner sind.»

«Aber wir sind auch keine Chilenen, und hier dürfen wir doch trotzdem wohnen?»

Ich starrte das Kind an.

«Sie hatte vollkommen recht. Wir lebten seit drei Jahren ohne Aufenthaltsgenehmigung in Chile und hatten trotzdem gegen keine Gesetze verstoßen, warum sollte das woanders nicht auch gehen?»

Wenn ich schon rechtlos leben musste, dann konnte ich das doch überall auf der Welt tun.

«Weißt du was?», sagte ich. «Vielleicht sollten wir mal fragen, ob wir nicht in Amerika leben können.»

«Und dann will ich aber in dieselbe Schule gehen wie Isabelle», sagte Emma und hüpfte von meinem Schoß, ging zu ihrem Platz zurück und aß schnell ihren Teller leer.

Eines Tages Anfang April rief Hanna an. Anders und Emma waren gerade irgendwo draußen, Robin lag auf seiner Matratze und las ein Abenteuerbuch. Ich nahm den Anruf in der Küche entgegen.

«Die Sozialversicherungskasse will dich sprechen», sagte Hanna. «Ich habe gesagt, du seist beim Arzt und würdest sie heute Nachmittag anrufen.»

«Okay», sagte ich und schrieb Namen und Telefonnummer der Person auf, die ich anrufen sollte.

«Habt ihr eine neue Schule gefunden?», fragte Hanna.

«Ich habe noch nicht gesucht.»

«Warum denn nicht?»

Ich zögerte.

«Vielleicht werden wir Chile verlassen», sagte ich.

«Ist irgendwas passiert?», fragte Hanna.

Ich vergewisserte mich, dass die Tür zu Robins Zimmer geschlossen war, und dann brach es einfach aus mir heraus.

«Wir haben alles verloren!», sagte ich. «Der Imbiss ist verkauft, die Kinder sind aus der Schule geworfen worden, ich verdiene keine Geld mehr, unsere Möbel sind weg, und wir schlafen auf dem blanken Fußboden. Alles, wofür ich drei Jahre lang gekämpft habe, ist verloren. Ich kann nicht mehr, Hanna, ich kann so nicht mehr leben!»

«Könnt ihr denn irgendwohin?»

«Hier werden wir nie irgendwo dazugehören», fuhr ich fort, «jedenfalls nicht richtig. Wir werden niemals Chilenen werden, und wir werden nie wie die anderen vornehmen Ausländer sein, die hierherkommen und ein paar Jahre lang bei irgendwelchen schicken Firmen arbeiten und dann wieder nach Hause zurückkehren.»

«Aber wohin möchtest du denn?»

Ich war den Tränen nahe und musste leise reden, damit Robin mich nicht hörte.

«Die Kinder haben jetzt die Sprache gelernt, da kann ich doch nicht schon wieder aufbrechen.»

«Wo würdest du denn lieber wohnen?»

«Egal wo, nur nicht hier», sagte ich.

Kaum hatte ich das ausgesprochen, überfiel mich ein heftiges Schuldgefühl.

«Tut mir leid», sagte ich. «Ich meine es nicht so. Es war gut hier, ich bin froh, dass ich in Chile leben durfte. Es ist so schön hier. Die Berge sind phantastisch, und die Städte an der Küste auch. Es gibt hier schöne Häuser und gute Straßen, die Leute sind freundlich und ehrlich. Es ist nicht schlimmer als in anderen Ländern mit diesen Voraussetzungen, eher besser ...»

Hanna fiel mir ins Wort.

«Du musst dich nicht rechtfertigen. Wo möchtest du denn wirklich wohnen?»

Ich schloss die Augen und sprach es aus.

«In den USA, glaube ich.»

«Ja, das ist keine schlechte Idee!», rief Hanna. «Kannst du da denn irgendwohin?»

«Vielleicht könnten wir bei einer Freundin von mir wohnen.»

«Aber das ist doch hervorragend! Wenn ihr erst einmal im Land seid und ein Dach über dem Kopf habt, wirst du schon einen Platz finden, wo ihr bleiben könnt, davon bin ich überzeugt.»

«Aber ich weiß gar nichts über Amerika», sagte ich. «Ich bin noch nie dort gewesen.»

«Da ist es ganz okay», sagte Hanna, «vorausgesetzt, dass man es mit all den konservativen Idioten aushält. Und man muss sich den *American Way of Life* einprägen: die Familie schützen, den Rasen mähen, zu Gott beten, die Nationalhymne singen und mit den Nachbarn zusammenglucken.»

Ich musste lachen.
«Das klingt ja traumhaft.»
«Du hast ein Recht darauf, Mia.»
«Die Kinder würden gern dorthin ziehen», sagte ich.
«Na also. Wann fahrt ihr?»
«Wir sind Ende Mai zu einer Hochzeit eingeladen.»
«Vergiss nicht, die Versicherung anzurufen. Ich weiß nicht, was die Tante wollte, aber es schien ziemlich dringend.»

Nach dem sechsten Klingeln ging eine Frau ans Telefon. In der Leitung knackte und rauschte es.

«Es geht um das Kind Emma Eriksson», sagte die Frau. «Wir müssen prüfen, ob es einen Unterhaltsvorschuss bekommen soll.»

«Aber ich bekomme seit fast elf Jahren einen Unterhaltsvorschuss für sie», sagte ich, «was soll da denn plötzlich geprüft werden?»

«Der Mann sagt, er dürfe seine Tochter nicht sehen und er wolle deshalb keinen Unterhalt für sie bezahlen. Darum müssen wir überprüfen, ob Sie dem Vater den Umgang mit dem Kind verweigern.»

Ich war drauf und dran, das Telefon an die Wand zu werfen.

«Es gibt keinen Umgang», sagte ich. «Ich habe das alleinige Sorgerecht für das Kind, das wurde im Juni 1992 vom Amtsgericht entschieden, und in demselben Urteil wird jedes Umgangsrecht für den Vater ausgeschlossen. Haben Sie die Unterlagen dazu nicht gelesen? Und das Urteil auch nicht? Außerdem ist es völlig unmöglich, dass der Mann plötzlich aufhört, Unterhalt zu bezahlen. Er hat nämlich nie damit angefangen.»

Ein paar Sekunden lang war es still in der Leitung.
«Er bezahlt keinen Unterhalt?»
«Nicht eine müde Krone.»

«Aber er hat auf jeden Fall ein Recht darauf, zu erfahren, wo das Kind sich befindet», sagte die Sachbearbeiterin und pumpte sich auf. «Das Recht kann ihm keiner nehmen, und deshalb habe ich es ihm gesagt.»

Ich dachte, ich würde in Ohnmacht fallen. Die Farben verschwanden plötzlich alle, alle Geräusche verstummten.

«Was?», stieß ich hervor. «Was haben Sie ihm gesagt?»

«Die Wahrheit. Dass Sie in der Stationsgatan 39 in Luleå wohnen.»

Ein paar Abende später fuhren wir nach Huechuraba und besuchten die Familie Fernandez.

Als wir ankamen, war Enrico bereits betrunken. Er schlief noch vor dem Abendessen auf dem Sofa ein.

Nachdem wir gegessen hatten, verschwanden alle Kinder nach draußen, und Anders ging mit ihnen.

Ich half Carita, abzuwaschen.

«Ich halte das nicht mehr aus», sagte die Frau plötzlich und ließ die Spülbürste sinken. «Weißt du, Mia, ich halte es einfach nicht mehr aus.»

«Was hältst du nicht mehr aus?»

«Enricos Sauferei», sagte sie. «Er ist fast immer betrunken, aber dann geht es im Haus wenigstens friedlich zu. Schlimmer ist es, wenn er wieder nüchtern wird, dann wird er böse wie ein Teufel.»

Ich sah die Frau verwundert an. So viele Worte auf einmal hatte sie in den ganzen drei Jahren, die wir in Santiago lebten, noch nicht mit mir gesprochen.

«Sucht er denn keine Arbeit?», fragte ich.

Sie schüttelte den Kopf.

«Und das Geld, das ich verdiene, reicht schon nicht mehr für seinen Schnaps», sagte sie. «Ich muss es vor ihm verstecken, um überhaupt Essen kaufen zu können.»

«Kannst du dich nicht scheiden lassen?», fragte ich.

Sie lachte verbittert.

«Im katholischen Chile? *Mi amiga*, wir sind hier nicht in Schweden.»

«Aber ihr seid doch beide schwedische Staatsbürger», sagte ich. «Du kannst dich doch in Schweden scheiden lassen. Oder du ziehst nach Schweden und nimmst die Kinder mit, dann brauchst du gar keine Scheidung einzureichen. Nimm einfach mal eine Auszeit und denke über alles nach.»

Carita sah mich mit skeptischem Blick an.

«Nein, das kann ich ja wohl nicht machen», sagte sie. «Ich kann mir doch nicht einfach ein Flugticket kaufen und abhauen.»

«Aber du trägst doch auch Verantwortung für dich und deine Kinder!», erwiderte ich.

Sie verschränkte die Arme und sah mich wütend an.

«Würdest du das tun?», fragte sie. «Würdest du deinen Mann verlassen, wenn es ihm so schlecht geht?»

«Deine Situation ist unmöglich, du kannst so nicht weitermachen. Dadurch, dass du dich um alles kümmerst und auch noch zwei Jobs bewältigst, ermöglichst du es ihm doch erst, weiterzutrinken.»

Sie wandte mir den Rücken zu.

«Es ist Zeit, dass du mein Haus verlässt, Maria», sagte sie.

Ich holte meine Handtasche und ging. Auf dem Weg nach draußen traf ich auf Anders, Robin und Emma.

«Wir fahren jetzt», sagte ich. «Es gibt viel zu tun.»

«Was denn?», fragte Robin.

«Packen», sagte ich.

Zuerst rief ich Valerie an.

«Darf ich dich um einen richtig großen Gefallen bitten?», fragte ich.

«Aber natürlich», sagte meine Freundin erstaunt. «Was kann ich für euch tun?»

«Wir überlegen, in die USA zu ziehen», sagte ich und mühte mich, meine Nervosität zu verbergen. «Könnten wir vielleicht bei dir und Bruce wohnen, bis wir herausgefunden haben, ob und wie wir bleiben können?»

«Aber sicher», sagte Valerie. «Ihr könnt so lange bleiben, wie ihr wollt. War das schon alles?»

Ich bedankte mich bei ihr und sagte, dass wir in dem Fall auch zu Scotts Hochzeit kommen würden.

«Oh», rief Valerie, «das wäre ja so schön! Wir würden uns so freuen, wenn ihr dabei wärt! Du solltest Dolores sehen, sie wird die schönste Braut der Welt sein!»

Ich versprach, mich wieder bei ihr zu melden und ihr Bescheid zu geben.

Dann versammelte ich Anders und die Kinder um unseren provisorischen Tisch.

«Wir müssen eine Entscheidung treffen, wo wir wohnen wollen», sagte ich und versuchte, Ruhe und Zuversicht auszustrahlen. «Es gibt mehrere Orte, zwischen denen wir wählen können.»

«Können wir nicht einfach hierbleiben?», fragte Robin.

«Natürlich», sagte ich. «Vieles an Santiago ist gut. Wir finden uns in der Stadt zurecht, und ihr habt hier Freunde. Aber wir müssen eine neue Schule finden, und Papa und ich haben hier keine Arbeit, und die Luft ist hier so schlecht, dass wir davon krank werden. Vielleicht wären wir alle gesünder, wenn wir in einer anderen Stadt oder in einem anderen Land leben würden.»

«Ich will da wohnen, wo Isabelle wohnt», sagte Emma.

Robin bekam große Augen.

«Können wir da wohnen, Mama? Können wir in Amerika wohnen?»

«Ich weiß nicht», sagte ich, «vielleicht. Würdest du das gern?»

«Darf ich dann in Charlies Schule gehen?»

«Ich finde, du solltest den Kindern nichts vorlügen», sagte Anders.

Ich hätte platzen können vor Wut, beherrschte mich aber.

«Was willst du damit sagen?»

«Wir können nicht in den USA wohnen, was ist das für ein Unsinn? Bevor wir hierher gezogen sind, haben wir das schließlich überprüft, und da hast du selbst gesagt, dass es nicht möglich ist.»

«Da kannten wir dort auch noch niemanden», sagte ich. «Jetzt können wir bei Valerie und Bruce wohnen, bis wir herausgefunden haben, welche Möglichkeiten es dort für uns gibt. Außerdem haben wir seitdem unglaublich viel gelernt und kommen mit allem viel besser klar als noch vor drei Jahren.»

«Was denn gelernt?», erwiderte Anders. «Nichts haben wir gelernt.»

Was dich betrifft, stimmt das wohl, dachte ich.

«Die beste Methode, unsere Chancen abzuklären, ist die, es an Ort und Stelle zu tun», sagte ich. «Wir werden keine Aufenthaltsgenehmigung für die USA bekommen, solange wir hier sitzen, so viel steht schon mal fest. Aber wenn wir dort sind, dann kann ich alle Möglichkeiten ausprobieren.»

Anders stand ärgerlich vom Tisch auf.

«Du und du und du! An andere denkst du nie, immer nur an dich selbst!»

«Nicht streiten!», sagte Robin leise.

«Anders», sagte ich, «komm, bitte setz dich.»

Er drehte eine kleine Runde in dem winzigen Raum, dann ließ er sich wieder auf die Getränkekiste sinken und starrte auf den Fußboden.

«Und wie hast du dir das vorgestellt?», fragte er müde.

Ich versuchte, möglichst ruhig und vernünftig zu klingen.

«Wir müssen es so nehmen, wie es kommt», sagte ich. «Wir kaufen Hinflugtickets, reisen auf Touristenvisum ein und wohnen bei Valerie. Und sollten wir nach drei Monaten keine Möglichkeit zum Bleiben gefunden haben, fahren wir wieder hierher zurück.»

Anders sah mich an.

«Hierher zurück? Nach Santiago?»

«Ich bin ganz sicher, dass die Stadt dann noch steht», sagte ich und lächelte ein wenig. «Oder was meint ihr, Kinder?»

Als wir vom Tisch aufstanden, waren wir uns alle vier darüber einig, dass wir versuchen würden, uns in den USA niederzulassen.

Am folgenden Tag kündigte ich unseren Mietvertrag, kaufte die Flugtickets, rief alle an und sagte Bescheid, dass wir umziehen würden, und ließ dann das Telefon abstellen.

Wir packten, putzten und warfen alles weg, was wir nicht mehr brauchen würden.

Dann gab es nur noch eins zu tun.

Ich fuhr hinunter zur Estación Mapocho, um von dort aus den Bus nach Quillota zu nehmen.

Dort begegnete ich einer jungen Frau, die mit einem kleinen Baby auf dem Schoß an eine Wand gelehnt saß. Neben sich hatte sie ein großes Schild mit dem Text: «Mein Baby braucht eine Herztransplantation, sonst stirbt es. Ich habe kein Geld. Bitte helfen Sie mir.»

Ich wandte mich ab, ich konnte einfach nicht mehr. Als ich die staubigen Straßen hinunterging, merkte ich, dass ich keine Luft mehr bekam, es war jetzt einfach genug. Es war vorbei.

Weder Anders noch die Kinder hatten mich begleitet. Ich wollte mit Manuel allein sein, wenn ich ihm erzählte, dass wir wegziehen würden.

Er war sehr überrascht, dass ich an einem gewöhnlichen Wochentag zum Kinderheim kam, und aus seinem Blick sprach sowohl Freude als auch Sorge.

Ich saß den ganzen Tag mit dem Jungen im Klassenzimmer, las zusammen mit ihm in seinen Büchern und half ihm beim Rechnen. Er machte seine Sache wirklich gut, und wie sich zeigte, hatte er eine wunderbare Singstimme. Gemeinsam mit allen Nonnen applaudierte ich ihm nach seinem Solo im Abendgesang.

Die Nacht verbrachte ich auf einem steinharten Bett in den Räumen der Nonnen. Nach dem Frühstück übergab ich der Mutter Oberin einen Geldbetrag, der Manuels Betreuungskosten für die nächsten Jahre decken würde.

Dann nahm ich den Jungen beiseite, wir gingen zur Rückseite des Gebäudes, und ich setzte mich neben ihn und schaute auf die Berghänge der Anden hinaus.

«Ich komme vielleicht nicht wieder her», sagte ich.

Er erstarrte und sah auf seine Schuhe.

«Wir werden weit weg reisen», sagte ich. «In die USA, weißt du, wo das ist?»

Er nickte stumm.

«Es kann sein, dass wir nie wieder nach Chile zurückkehren», sagte ich, «aber ich weiß es noch nicht genau.»

«Bleibt ihr für immer dort?»

«Vielleicht. Mal sehen.»

«Werden deine Kinder bei dir wohnen?»

Meine Stimme gehorchte mir nicht mehr, deshalb nickte ich nur.

Der Junge, der den Namen Manuel Eriksson bekommen hatte, starrte immer noch auf die Erde. Mir schossen die Tränen in die Augen, und ich versuchte, sie wegzublinzeln.

«Du kannst im Kinderheim wohnen, bis du groß bist und

die Schule abgeschlossen hast», sagte ich. «Danach musst du selbst entscheiden, was du machen willst. Aber die Nonnen werden dir immer helfen.»

Der Junge blieb weiterhin stumm, sein schmaler Hals beugte sich immer tiefer.

«Ich verabschiede mich jetzt von dir», sagte ich. «Ich wünsche dir ein schönes und glückliches Leben.»

Er rührte sich nicht, zeigte mit keiner Miene, dass er gehört hatte, was ich sagte.

Ich war verlegen, was sollte ich tun? Ihm auf die Schulter klopfen? Über die Haare streichen?

Die Tränen liefen mir über die Wangen, als ich aufstand.

«Auf Wiedersehen», sagte ich leise, nahm meine Tasche und ging zur Bushaltestelle.

In der Ferne war der Bus schon als Staubwolke zu sehen, als ich plötzlich schnelle Schritte hinter mir hörte.

«Señora Maria, señora Maria!»

Manuel kam angerannt, sein dunkelrotes Haar flatterte hinter ihm her, das Gesicht war fleckig von Tränen.

«Nimm mich mit!», rief er. «Nimm mich mit nach Amerika, *señora Maria*! Lass mich nicht hier zurück!»

Ich ließ die Tasche fallen und fing den Jungen auf, als er sich in meine Arme warf. Es war das erste Mal, dass ich seinen schmalen kindlichen Körper in meinen Armen hielt, und ich umarmte und wiegte ihn und weinte.

«Das kann ich nicht», flüsterte ich. «Es geht nicht, Manuel. Ich darf das nicht.»

«Aber ich kann doch dein Kind sein, *señora Maria*. Ich bin auch ganz brav!»

Er weinte schluchzend, ich zitterte am ganzen Körper, und wir sanken beide zu Boden. Ich merkte, dass ich ihn nicht loslassen konnte, ich konnte diesen Jungen nicht zurücklassen.

«Manuel», hörte ich plötzlich eine ruhige und sachliche Stimme neben uns. «*Señora Maria* muss jetzt fahren.»

Es war die Mutter Oberin, und hinter ihr hielt gerade mein Bus nach Valparaiso.

«Was soll denn aus uns werden, wenn du wegfährst, Manuel?», fragte sie. «Wer sollte das Solo im Abendlied singen? Wer sollte Benito bei den Buchstaben helfen? Und mit wem sollte Angelo spielen?»

Ich holte tief Luft und zwang mich, ruhig zu werden. Die Nonne hatte natürlich recht.

Manuel gehörte hierher. Hier war sein ganzes Leben.

«Wir haben jetzt Erdkunde», sagte sie, «und wir werden über Amerika lesen, wohin *señora Maria* fahren wird. Die anderen Kinder warten schon auf dich.»

Der Junge zögerte. In seinen Augen spiegelte sich das ganze Chaos seiner widerstreitenden Gefühle, und er sah zu mir auf, als suchte er Halt.

Ich trocknete meine Tränen und lächelte.

«Geh nur», sagte ich, «deine Freunde warten auf dich.»

Und dann schlich er an der Hand der Nonne davon, mit gesenktem Kopf und schweren Füßen.

Einmal drehte er sich um und hob die Hand zu einem Winken. Ich winkte zurück, aber ich glaube nicht, dass er mich durch die schmutzigen Busfenster erkennen konnte.

TEIL 3 Asyl

Die Flugpassagiere wurden durch lange Gänge in einen riesigen, fensterlosen Raum geleitet. Die Decke war niedrig und der Fußboden mit irgendeiner groben Auslegeware bedeckt. Unsichtbare Ventilatoren summten monoton und versorgten den Raum mit Sauerstoff.

Das hier war Niemandsland, der Warteraum vor der amerikanischen Einwanderungskontrolle, der Eiserne Vorhang zwischen der Dritten und der Ersten Welt.

Wir wurden in eine Schlange geschoben, die wie ein fetter Wurm auf die Glaskästen zukroch, in denen die Grenzpolizisten saßen. Menschen aus allen Ecken der Welt bewegten sich langsam und stoßweise vorwärts. Vor uns stand eine Familie aus Indien, hinter uns ein altes Paar aus Japan.

Mein Blick fiel auf einen Mann mit südamerikanischem Aussehen, der eben an die Passkontrolle trat. Er war bleich und wirkte nervös, als er seine Papiere auf den Tresen legte. Mein Unbehagen nahm zu, als ich sah, wie der Grenzpolizist in dem Glaskasten nach seinen Kollegen rief. Augenblicklich umringte ihn eine Gruppe finster blickender Männer, die gemeinsam den Pass des Südamerikaners studierten, sie blätterten und zeigten und redeten, tippten etwas in einen Computer, und dann kamen drei uniformierte Wachen und führten den Mann auf die Seite. Er protestierte nicht, sondern hielt den Kopf gesenkt und wirkte verzweifelt.

Sofort machte sich in meinem müden Kopf Panik breit.

Großer Gott, wenn sie uns nun nicht hineinließen? Was in aller Welt sollten wir dann nur tun?

«Mama», sagte Emma plötzlich und zog mich an der Hand. «Ich habe es mir anders überlegt, ich will nicht in Amerika wohnen.»

Ich beugte mich schnell über das Mädchen.

«Seit still», flüsterte ich. «Du darfst nicht sagen, dass wir hier wohnen wollen. Wir werden einfach sagen, dass wir hier auf Besuch sind.»

«Aber Mama, dann lügen wir ja! Du hast doch gesagt, dass wir hier wohnen werden.»

Himmel, hilf! Was für ein Glück, dass sie wenigstens Schwedisch mit mir sprach und nicht Englisch oder Spanisch.

«Wir müssen erst fragen», sagte ich und versuchte ruhig und zuversichtlich zu klingen. «Erst einmal besuchen wir Isabelle und Charlie, und dann werden wir ja auf die Hochzeit gehen.»

«Aber du hast doch gesagt ...»

«Sei jetzt still!», sagte ich grob. Ich hatte plötzlich überhaupt keine Kraft und keine Geduld mehr.

Falls man uns nicht in die USA hineinließ, würde ich einfach zusammenbrechen. Zwar hatten wir schwedische Pässe, was bedeutete, dass wir ohne Visum ins Land einreisen und drei Monate bleiben durften, aber unsere Pässe waren förmlich zugekleistert mit Stempeln aus Argentinien und Chile, und ich fürchtete, dass die Grenzer Verdacht schöpfen würden, wenn sie merkten, dass wir seit über drei Jahren aus Schweden weg waren.

«Jetzt müsst ihr beide schön still sein», sagte ich zu den Kindern. «Kein Wort mehr, bis wir durch die Kontrolle sind, hört ihr?»

«Jetzt beruhige dich mal», sagte Anders vorwurfsvoll, und ich drehte mich um und starrte direkt nach vorn auf den Nacken des Inders.

Wir wurden langsam in der Menschenmenge vorwärtsgeschoben, und ich konnte kaum mehr atmen. Der Flug war lang und unbequem gewesen, und wir hatten zweimal umsteigen müssen. Die Kinder hinter mir quengelten, aber ich hatte keine Kraft mehr, mit ihnen zu streiten. Sie waren natürlich genauso erschöpft wie ich selbst.

Als wir endlich an der Reihe waren und von einem übergewichtigen Sicherheitsbeamten an die Kontrolle gewinkt wurden, war ich vor Müdigkeit und Anspannung dem Weinen nahe. Mein Puls hämmerte mir so laut in den Ohren, dass ich zuerst gar nicht hörte, was der Grenzbeamte sagte.

«Wie bitte?», fragte ich und lehnte mich an seinen Glaskasten.

«Business or pleasure?», fragte der Mann und blätterte gleichzeitig in meinem Pass.

Geschäft oder Vergnügen?

«Vergnügen», sagte ich und versuchte zu lächeln. «Wir sind zu einer Hochzeit eingeladen.»

Der Grenzbeamte hob den Blick, musterte uns rasch und sah dann wieder in meinen Pass.

«Wie lange werden Sie bleiben?»

«Vier Wochen», sagte ich, genau wie ich es geübt hatte.

«Vier Wochen?», echote der Beamte und sah mich wieder an.

Ich schluckte und nickte.

«Dürfte ich Ihre Rückflugtickets sehen?»

O Gott, er stellte die Frage, die ich zu vermeiden gehofft hatte. Hilfe, Hilfe, was sollte ich jetzt nur tun?

«Wir werden nicht nach Chile zurückkehren, sondern nach Hause fliegen, nach Schweden», sagte ich. «Die Tickets habe ich noch nicht gekauft, die sind in den USA nämlich viel billiger.»

Und dann lächelte ich so entspannt, wie ich nur konnte.

Hier standen wir, eine reiche schwedische Familie, die um die ganze Welt reiste und Freunde und Bekannte zur Hochzeit besuchte.

Der Beamte sah mich ein paar Sekunden abwartend an.

«Okay», sagte er und nahm den Pass von Anders zur Hand. «Wie viel Bargeld haben Sie dabei?»

Was sollte ich darauf antworten? Die Wahrheit, nämlich zwölftausend Dollar? War das zu viel? Oder war es gut, wenn man viel Geld hatte?

«Ich weiß gar nicht genau», sagte ich ausweichend. «Wir haben so viel dabei, um ein richtig schönes Hochzeitsgeschenk für Scott und Dolores zu kaufen, und dann natürlich für die Rückflugtickets …»

«Mama», sagte Emma und zupfte an meinem Pullover, «kann ich …»

«Still», schnauzte ich sie an und starrte ihr streng in die Augen.

Der Beamte sah auf, verwundert über meine scharfe Reaktion.

«Is there a problem?», fragte er.

Ob ich ein Problem hatte?

Ja, in der Tat, eine ganze Menge sogar. Wo sollte ich anfangen?

Ich sammelte mich einen kurzen Augenblick und beugte mich dann zu dem Beamten hinüber.

«Wenn Sie das nächste Mal ins Ausland reisen, um sich etwas zu erholen», sagte ich leise und verschwörerisch, «dann lassen Sie bloß die Kinder zu Hause.»

Der Grenzbeamte lachte.

«Okay», sagte er und stempelte meinen Pass. *«Welcome to the US. Have a nice stay.»*

Ich war so erleichtert, dass meine Knie fast nachgaben.

«Thank you», flüsterte ich, und dann waren wir durch, wir

waren in den USA, wir waren in Amerika, mit einem Touristenvisum für drei Monate.

Wir stolperten zum Gepäckband, wir hatten es geschafft, der Weg war frei.

Die entscheidenden Abschnitte unseres Lebens schienen auf Flughäfen zu beginnen und zu enden, und alles, was von unserem letzten Leben noch übrig war, kam nun auf dem Gepäckband vor uns angerollt.

Zwei verschlissene Reisetaschen waren fest mit Seilen und Bändern verschnürt, alles in allem waren es acht Gepäckstücke: Hier hast du dein Leben, Mia Eriksson.

«Mama», sagte Emma, «kann ich …»

«Was?», fragte ich. «Was ist denn?»

«Ich muss mal. Kann ich aufs Klo?»

Ich hielt inne, was machte ich denn da gerade?

Erschrocken über mich selbst beugte ich mich zu dem Mädchen hinunter.

«Entschuldige bitte», sagte ich, «aber ich bin so müde. Komm, ich gehe mit dir.»

Im Gegensatz zur Einwanderungskontrolle war die Ankunftshalle hell und luftig. Ein sanfter Luftzug wehte irgendwo durch eine Öffnung und trug den Duft von Feuchtigkeit und Gras herein. Die Morgensonne fiel schräg durch die Fenster unter dem Dach und ließ die hellblauen Wände glänzen. Durch die Scheiben konnte ich ein paar amerikanische Flaggen sehen, die sich sanft in der Brise bewegten, und aus irgendeinem Grund schossen mir bei ihrem Anblick die Tränen in die Augen.

Die Flaggen waren echt. Es gab die USA wirklich. Wir waren endlich hier!

«Mia! O Mia, *finally*!»

Ich konnte Valerie mit ihrer hellen, fröhlichen, beruhigenden Stimme schon hören, noch ehe ich sie sah. Wir fielen uns in die Arme, und ich drückte sie fest und lange.

Valerie hatte ihren Sohn Scott bei sich, wir begrüßten ihn und wünschten ihm viel Glück zur Hochzeit. Gemeinsam luden wir unsere Taschen auf ein paar Gepäckwagen.

«Das Auto steht genau vor der Tür», sagte Valerie und schob mit einem der Wagen davon.

Die Taschen waren schwer und sperrig, und ich fragte mich, wie wir sie wohl in ein einziges Auto bekommen sollten, aber das «Auto» erwies sich als ein riesiger Pick-up mit sechs Sitzplätzen und einer großen Ladefläche. In Schweden wäre ein solches Auto wahrscheinlich als kleinerer Lastwagen eingestuft worden. Tatsache war jedoch, dass der Parkplatz hier von solchen Autos geradezu dominiert wurde, es waren große, bullige Autos, wie sie zu Hause in Schweden nur Zuhälter oder Autohändler fuhren.

Der Weg aus dem Flughafengelände heraus war ein einziges Durcheinander von Autobahnen und Abfahrten, aber bald hatten wir die Vororte der Stadt erreicht. Gerade, breite Straßen mit einem Grünstreifen zwischen Fahrbahn und Bürgersteig und Menschen, die sich an dem schönen Frühsommermorgen draußen vor ihren Häusern aufhielten.

Der Wind wirbelte durch das offene Fenster herein und ließ meine Haare in alle Richtungen stehen. Die weiche Federung des Autos wiegte mich beruhigend. Robin saß halb schlafend an mich gekuschelt, Anders hatte seinen Arm auf die Rückenlehne gelegt. Ich schmiegte meinen Kopf an seine Hand und ließ mich von der Welt erfüllen, die draußen vorbeizog.

Betonierte Garagenauffahrten, kleine Häuser aus Stein oder Holz, dicht an dicht beieinanderstehend. Zäune rahmten die Grundstücke ein, Laubbäume warfen lange Schatten auf Veranden. Grünes Gras, blauer Himmel, weiße Häuser, rote

Autos, frische und klare Luft. Frauen, die Einkaufstüten aus Autos räumten, Kinder, die Fahrrad oder Skateboard fuhren.

Sollte das hier mein neues Zuhause werden?

Valeries Haus war eine gigantische Holzvilla, die an der Oak Street in einem der besseren Viertel der Stadt gelegen war. Das Haus hatte zwei ganze Etagen und ein Dachgeschoss mit hübschen Erkern, und auf der Rückseite war ein großer, gepflegter Garten mit Sonnenterrasse und Pool.

«Phantastisch», sagte ich beeindruckt, nachdem wir einen Rundgang durch das Haus gemacht hatten. «Wie kannst du ein solches Zuhause zurücklassen, wenn Bruce im Ausland arbeitet?»

Doch Valerie hörte nicht, wie ernst ich meine Worte meinte, und lachte nur.

Von irgendwoher kamen Charlie und Isabelle angelaufen und folgten uns wie kleine Welpen. Emma war so glücklich, dass sie plötzlich ganz schüchtern wurde, es ging mir richtig ans Herz.

Wir wurden in zwei Schlafzimmern ganz oben unter dem Dach untergebracht – die Kinder in einem Zimmer, Anders und ich nebenan. Dazwischen war ein Badezimmer mit Wanne und Dusche. Überall Blümchen und Volants, die sanften Pastellfarben der Einrichtung breiteten sich sofort in meinem müden und überanstrengten Kopf aus, und wieder war ich den Tränen nahe.

«Mama, dürfen wir im Pool baden?», rief Emma aus ihrem Zimmer.

«Da müsst ihr Valerie fragen», rief ich zurück.

«Sie sagt, dass wir es dürfen, wenn du es erlaubst, dürfen wir? Sag ja!»

«Okay», sagte ich leise.

«Ist das wirklich gut?», fragte Anders. «Wo sie doch so müde sind?»

«Ich kann nach ihnen schauen», erwiderte ich.

«Ich werde mich auf jeden Fall erst mal hinlegen», sagte Anders.

Und ich ging, schwindelig vor lauter Müdigkeit, mit der ganzen Kinderschar zum Pool hinunter.

In den nächsten Tagen sahen wir nicht viel von Valerie und ihrer Familie. Alle waren vom frühen Morgen bis zum späten Abend mit den Hochzeitsvorbereitungen beschäftigt. Ich erbot mich zu helfen, und manchmal konnte ich mich nützlich machen, indem ich Nachrichten entgegennahm oder Türen aufschloss, doch die meiste Zeit versuchten wir, uns so weit wie möglich zurückzuziehen, um nicht im Weg zu sein.

Eines Morgens, als ich in unserem Zimmer putzte, schaute ich routinemäßig unter die Betten der Kinder, um sicherzugehen, dass ich nicht einen Strumpf oder einen alten Apfelbutzen aufsaugte. Und ganz weit hinten unter Robins Bett lag tatsächlich etwas, was ich mit Hilfe der Staubsaugerdüse hervorholte.

Es war die Asthmamedizin des Jungen.

Ich wurde fuchsteufelswild. Robin wusste genau, wie wichtig die Medizin für ihn war, und er wusste auch, dass sie sehr viel Geld kostete.

«Alter Schlamper», schimpfte ich und ging hinaus in den Garten, um ihn mir vorzuknöpfen.

Während ich hinunterging, packte mich schon das schlechte Gewissen.

In den letzten Tagen hatte ich nicht wie sonst kontrolliert, ob er seine Medizin genommen hatte. Es war unfair, die ganze Verantwortung einem Neunjährigen aufzubürden, es war meine Aufgabe, darauf zu achten.

Der Junge rannte gerade um den Pool und jagte seine

Schwester, und die beiden kreischten und johlten vor Vergnügen.

«Robin!», rief ich, «Komm mal her!»

Die Kinder verstummten augenblicklich und kamen angelaufen.

«*Sorry mom*», sagte Robin, «ich weiß, wir sollen nicht so herumschreien.»

Ich beugte mich hinunter, strich dem Jungen übers Haar und betrachtete forschend sein Gesicht und seinen Brustkorb.

«Wie geht es dir?», fragte ich. «Kriegst du gut Luft?»

Ein Anflug von Angst huschte über sein Gesicht.

«Mama, ich hab vergessen, die Medizin zu nehmen», sagte er.

«Aber wie fühlst du dich?», fragte ich. «Geht es dir gut?»

Er atmete prüfend ein, als habe er noch gar nicht darüber nachgedacht, und nickte dann.

«Weißt du was», sagte ich, «hier habe ich deine Medizin. Nimm jetzt eine kleine Dosis davon, und dann schauen wir mal, wie es dir heute Abend geht. Wenn dann alles in Ordnung ist, brauchst du erst morgen früh wieder etwas zu nehmen, okay?»

Ich hielt ihm das Spray hin, und der Junge nahm schnell eine kleine Dosis davon.

«Du kriegst mich nicht!», kreischte Emma und rannte wieder zum Pool.

Ich richtete mich auf und sah sie streng an.

«Stört bitte niemanden und tobt hier nicht so herum», sagte ich.

Sie winkten und sprangen ins Wasser.

An diesem Abend ließen wir Robins Asthmamedikamente weg, und am nächsten Abend auch.

Eine Woche später legten wir sie ganz beiseite, und seither hat er nie wieder etwas gegen Asthma nehmen müssen.

Nach und nach füllte sich das große Haus mit Menschen, die aus anderen Teilen der USA oder der Welt anreisten, um auf Scotts Hochzeit dabei zu sein. Am Abend vor dem großen Tag half ich dabei, die Blumengestecke in dem großen Bankettsaal zu arrangieren, der für das Fest eigens gemietet worden war. Es sah einfach alles märchenhaft aus.

Ein Meer aus runden Tischen mit schimmerndem Porzellan und glitzerndem Kristall schwebte im Dämmerlicht der schwach glimmenden Kronleuchter. Der Duft der Blumen war betäubend. Über dreihundert Gäste wurden zu der Hochzeit erwartet, und damit war es bei weitem das größte Fest, zu dem ich je eingeladen worden war. Für die Amerikaner war das aber offensichtlich nichts Besonderes.

«A good sized, normal American wedding», sagte Valerie zufrieden, ehe wir an jenem Abend hinter uns abschlossen, um nach Hause zu fahren.

Als ich am nächsten Tag aufwachte, waren Valerie und ihre ganze Familie schon aufgebrochen, um sich noch um die letzten Details zu kümmern. Wir hatten derweil eine andere Sorge: Weder Anders noch die Kinder oder ich hatten irgendetwas Passendes anzuziehen. In unserer Haushaltskasse, die ich aus Chile mitgebracht hatte, befanden sich zwar zwölftausend amerikanische Dollar, ein Betrag, der sich aus den restlichen Tantiemen für das Buch und dem Erlös aus dem Verkauf des Imbisskiosks zusammensetzte. Aber das war alles, was wir hatten, um ein neues Leben beginnen zu können, das Geld konnte ich doch nicht für Festgarderobe verschwenden.

Anders besaß ein braunes Jackett, das er aus Schweden mitgebracht hatte. Es war an den Seiten fusselig und an den Ellbogen blank gewetzt, aber es musste genügen. Ich bearbeitete es kräftig mit einer Kleiderbürste und bügelte seine beigen Sommerhosen. Die Kinder konnten Teile ihrer Schuluniform aus Chile anziehen. Zwar waren sowohl Robins Hosen als auch der Rock von Emma ein wenig zu kurz, doch die Alternative wären Jeans gewesen, und das ging nun gar nicht. Emma hatte außerdem noch ein rosa T-Shirt mit aufgedruckten Blumen und Robin einen dunkelblauen Pullover.

Ich selbst zog am Ende meinen blauen Rock an. Der Reißverschluss war zwar schon an mehreren Stellen repariert, doch das fiel nur auf, wenn man ganz genau hinsah. Dazu trug ich meine weiße Bluse, die ich fast jeden Tag im Imbiss angehabt hatte, und ich hoffte, dass Valerie sie nicht wiedererkennen würde. Immerhin hatte ich damals eine Schürze darüber getragen.

Meine Bedenken wegen unserer einfachen Garderobe verschwanden jedoch sogleich, als wir zur Kirche kamen. Auf dem Platz vor dem schneeweißen Gotteshaus waren alle Kleidungsstile und Geschmacksrichtungen vertreten, von übertrieben exklusiv und pompös bis klassisch streng, ja beinahe keusch. Ein exzentrischer Onkel kam sogar im Trainingsanzug.

Dann läuteten die Glocken über unseren Köpfen, wir gingen hinein und setzten uns in die schöne Kirche, und ich wurde wieder von derselben feierlichen Stimmung überwältigt wie immer bei Hochzeiten. Die Kehle schnürte sich mir zu, und ich war zu Tränen gerührt.

Als Dolores, Scotts zukünftige Frau, am Arm ihres Vaters den Gang entlangschritt, konnte ich mich nicht länger beherrschen. Sie sah aus wie ein Traum, das Kleid aus weißer Spitze hatte eine lange Schleppe und war einfach so wunderbar, dass ich heimlich mein Taschentuch herausholen musste.

Der Pfarrer sprach, das Licht fiel durch die bunten Fenster herein, die Gemeinde sang, und Scott und Dolores versprachen, einander in guten und in schlechten Zeiten zu lieben, bis der Tod sie scheide. Sie tauschten die Ringe, bei Scott wollte der Ring nicht recht über den Finger, das Paar wurde vom Pfarrer gesegnet, dann küssten sie sich und ich musste mich schnäuzen.

Hinterher bewarfen wir sie auf der Treppe mit Reis, und dann standen wir in einer langen Schlange an, um sie zu umarmen und ihnen Glück zu wünschen. Ein offener Cadillac brachte das Brautpaar zum Fotografen, und die Gäste zogen langsam in Richtung Hotel und Bankettsaal.

Zusammen mit einigen der anderen Frauen, die auch bei Valerie übernachteten, fuhr ich rasch zu Hause vorbei, wo wir uns in Scotts und Dolores' Zimmer schlichen und Strohsäcke in ihr Bett legten.

Anschließend folgte das romantische Hochzeitsfest. Zuerst gab es einen Aperitif im Hotel, während wir auf das Brautpaar warteten, dann noch einmal eine Schlange mit Glückwünschen und Umarmungen, ehe wir uns an die Tische setzten. Während des Essens wurden Reden gehalten und Toasts ausgebracht, ein paar Verwandte hatten alte Videos und Schmalfilme aus den Kindertagen von Scott und Dolores zu einem Film zusammengeschnitten, den alle sehr niedlich fanden. Während des Kaffeetrinkens schlichen sich Anders und ein paar der anderen Gäste davon und banden Dosen am Auto fest.

Nach dem Hochzeitswalzer zog sich das Brautpaar zurück, wir öffneten die Fenster, um ihnen zu winken, und wollten uns vor Lachen ausschütten, als wir das Getöse der Blechdosen hörten.

Eine Livekapelle spielte, und zusammen mit den restlichen Gästen tanzten wir bis in die frühen Morgenstunden.

Als wir dann endlich in unserem Bett lagen und die Kinder in ihrem Zimmer schliefen, schmiegte Anders sich an mich.

«Hast du auch daran gedacht?», flüsterte er. «Das hier war fast so wie unsere Hochzeit, nur größer.»

Ich nickte an seiner Brust.

Während mein Mann in meinem Arm einschlief, gingen meine Gedanken auf Wanderschaft. Santiago schien so ungeheuer weit entfernt, als ob die Jahre dort nur ein Traum gewesen wären. Bilder glitten durch meinen übermüdeten Kopf, das kleine Mädchen in dem geblümten Kleid vor der Hütte in Renca, die Frau mit dem Baby auf dem Arm, die an der Busstation um Geld für eine Herztransplantation bettelte, das rote Haar und die erwachsenen Augen von Manuel.

Der Gedanke an den Jungen tat mir im Herzen weh.

Er war das Einzige aus Südamerika, was ich vermisste.

Als die anderen Hochzeitsgäste abgereist waren, senkte sich eine große Ruhe über das Haus in der Oak Street. Scott und Dolores verbrachten ihre Flitterwochen auf Hawaii, Charlie und Isabelle waren für die ganze Woche in ein *summer camp* gefahren, und Bruce war auf einer Konferenz in der Hauptniederlassung seines Betriebes.

Als ich eines Nachmittags zum Pool ging, sah ich Valerie hinten im Garten sitzen und weinen. Ich lief schnell hin und fragte sie, was denn los sei.

Sie trocknete sich rasch die Wangen, und ich nahm ihre Hände in meine.

«Du musst deine Tränen nicht vor mir verstecken», sagte ich. «Erzähl mal, was ist los.»

Da fing sie herzzerreißend an zu weinen, und ich setzte mich neben sie und wiegte sie so lange in meinem Arm, bis das Weinen langsam verebbte.

«Das ist so dumm von mir», sagte sie und wischte sich mit dem Taschentuch, das ich ihr reichte, die Tränen ab. «Eigentlich bin ich doch der glücklichste Mensch der Welt, aber es ist einfach, ich weiß nicht … Scott zieht aus, die Kinder werden langsam groß, es ist so leer …»

«PSD», sagte ich. «Post-Stress-Depression.»

Valerie sah mich erstaunt an, und ich lächelte.

«Das ist in Schweden ein bekanntes Phänomen», sagte ich. «Nach einer Periode intensiver Arbeit, in die man sich hundertprozentig eingebracht hat, tritt PSD ein, wenn man begreift, dass alles vorüber ist. Man wird leer und traurig und weint, obwohl man genau das bekommen hat, was man wollte.»

«Glaubst du das wirklich?», fragte Valerie.

«Nach dieser Hochzeit ist es nur natürlich, dass du so reagierst», sagte ich.

Meine Freundin umarmte mich fest.

«Es ist so ein Glück, dass du hier bist», sagte sie, «ich habe dich wirklich vermisst. Versprich mir, dass du ganz lange bleibst!»

«Wir würden schon gern noch ein wenig hier wohnen», sagte ich vorsichtig, «wenn es euch nichts ausmacht.»

«Solange du willst», rief Valerie lachend und stand auf. «Komm, wir trinken Kaffee!»

Wir einigten uns darauf, dass unsere ganze Familie im Haus an der Oak Street bleiben würde, bis Mitte August unser Touristenvisum ablief.

Nach und nach füllte sich das Haus wieder, Bruce kehrte von der Konferenz zurück und die Kinder aus dem Camp. Anders bekam einen alten Tennisschläger geschenkt, und obwohl er seit seiner Jugend nicht mehr gespielt hatte, zog er jetzt ein paarmal mit Bruce los und trainierte.

Emma und Robin durften Fahrräder leihen und machten sich zu Entdeckungsfahrten in die umliegenden Viertel auf. Das führte zum ersten richtig schlimmen Streit, den Anders und ich in Amerika hatten.

«Wir können doch die Kinder nicht einfach so unbeaufsichtigt in der Stadt herumfahren lassen», sagte er eines Abends aufgebracht, nachdem er gesehen hatte, wie sie mit Charlie und Isabelle zusammen wegfuhren.

«Warum denn nicht?», fragte ich erstaunt. «Mit dem bisschen Verkehr, den es hier gibt, kommen sie gut zurecht, und sie fahren auch nie weiter als bis zum Park.»

Anders setzte sich aufs Bett und raufte sich nervös die Haare.

«Aber das ist doch gefährlich», sagte er, «begreifst du das nicht?»

«Unsinn», sagte ich und setzte mich neben ihn. «Hier findet sie niemand. Die Leute, die nach uns suchen, werden nicht in die USA hineingelassen. Hier sind wir wirklich sicher.»

Aber Anders stand auf, ging hinaus in die Dunkelheit und setzte sich in den Garten.

Ich blieb in unserem Zimmer und las. Ich war inzwischen eine eifrige Besucherin der Stadtbibliothek geworden, denn ich wollte unbedingt alle Möglichkeiten erforschen, wie wir eine Aufenthaltsgenehmigung für die USA beantragen und die sogenannte Greencard bekommen konnten. In der Bibliothek fand ich die Bücher, die ich brauchte, doch die juristischen Begriffe waren schwer zu verstehen, und im ganzen Ort war kein englisch-schwedisches Wörterbuch aufzutreiben.

An diesem Abend wurde mir klar, dass ich es nicht schaffen würde, alle Möglichkeiten und Bedingungen auf eigene Faust herauszufinden. Zwar waren meine Erfahrungen mit Rechtsanwälten nicht die besten – immerhin hatte unser chilenischer Anwalt sich den größten Teil der Entschädigung für unsere verschwundenen Umzugskisten selbst unter den Nagel gerissen –, aber ich begriff doch, dass ich keine andere Wahl hatte. Ich brauchte juristischen Beistand.

Am folgenden Tag fragte ich Valerie, ob ich ihr Telefon benutzen dürfe. «Kein Problem», sagte sie.

Anfangs dachte ich noch, dass es ganz einfach sein müsste, einen Anwalt zu finden, dem ich mich anvertrauen konnte, also begann ich mit den Kanzleien in den örtlichen Gelben Seiten.

«Wir befassen uns nicht mit Asylanträgen», sagte der Erste.

«Aber ich muss ja kein Asyl beantragen», erwiderte ich, «sondern ich möchte einfach nur hierbleiben.»

«Wir befassen uns auch nicht mit Aufenthaltsgenehmigungen», sagte er. «Viel Glück und einen schönen Tag noch.»

Dann rief ich die nächste Kanzlei auf der Liste an und erhielt dieselbe Antwort.

Ich musste eine dritte, vierte und fünfte Nummer anrufen, bevor ich eine junge Frau am Apparat hatte, die mir überhaupt erst einmal zuhörte.

«Sie brauchen einen Anwalt für Ausländerrecht», sagte sie, «aber den haben wir nicht in unserer Kanzlei.»

«Gibt es denn überhaupt jemanden in der Stadt, der sich mit solchen Fragen beschäftigt?», fragte ich.

«Keine Ahnung», sagte die junge Frau, «aber ich glaube nicht.»

Also telefonierte ich stundenlang, und am Ende wusste ich nur eines mit Sicherheit: Keine einzige Anwaltskanzlei in der ganzen Stadt beschäftigte sich mit Ausländerrecht.

Und nachdem ich den letzten Rechtsanwalt im städtischen Telefonbuch erfolglos angerufen hatte, biss ich die Zähne zusammen und begann, die Kanzleien in den anderen Städten des Bundesstaates anzurufen.

Ausschließlich Nieten.

Mit Valeries Erlaubnis fing ich nun an, Anwaltsfirmen zwischen New York und San Francisco zu konsultieren, und immer wieder erzählte ich meine Geschichte.

Nicht ein einziger Anwalt wollte sich meiner Sache annehmen.

«Sie sind Schweden», sagten sie, «und Sie erfüllen nicht ein einziges Kriterium, um in diesem Land bleiben zu dürfen. *You don't have a case* – Sie stellen keinen Fall dar.»

«Ich will ganz aufrichtig sein», sagte mir ein bekannter Anwalt für Ausländerrecht in Chicago, den ich endlich ans Telefon bekam, nachdem ich zwei Wochen lang immer wieder angerufen hatte. «Ich könnte Ihren Fall übernehmen, aber das wäre zutiefst unethisch. Es gibt nämlich überhaupt keine Möglichkeit für Sie, hier im Land zu bleiben. Wenn ich Sie als Mandanten annehme, dann kann das nur so enden: Ich knöpfe Ihnen Ihr gesamtes Geld ab, und am Ende werden Sie doch rausgeworfen. Ich weiß das, und deshalb übernehme ich den Fall nicht.»

An diesem Abend, als Anders schon eingeschlafen war, weinte ich in mein Kissen, und danach rief ich keine weiteren Anwaltskanzleien mehr an.

Es war Hochsommer, als ich endlich den Telefonhörer aus der Hand legte und wieder zu meiner Familie in die Sonne hinausging. Die Kinder hatten rosige Wangen und waren fröhlich und laut wie noch nie, und ich fand das ausschließlich positiv. Sie waren früher immer so schweigsam gewesen und hatten einen so verzagten Eindruck gemacht, was sicher auch an ihren Sprachproblemen lag. In unserem Viertel in Santiago hatten die Menschen um sie herum Spanisch gesprochen, aber in der Schule waren sie auf Englisch unterrichtet worden, mit der Folge, dass sie sich im Spanischen nie wirklich heimisch gefühlt hatten.

Jetzt bewegten sie sich rein sprachlich gesehen auf sicherem Boden, ihr Englisch war inzwischen sogar viel besser als ihr Schwedisch. Sie hatten im Viertel Spielkameraden gefunden, und ich lieh mir ebenfalls ein Fahrrad und begleitete sie auf ihren Ausflügen.

Schon bald stellte ich fest, dass die Häuser in der Umgebung sehr unterschiedlich waren. Um die Oak Street herum waren die Häuser groß und die Grundstücke riesig. Doch nur ein paar Straßen weiter wurden die Villen schon bescheidener. Die Grundstücke waren kleiner und von Mauern umgeben, und der Abstand zwischen den Häusern war schmal. Irgendwie wirkten diese Häuschen fast gemütlicher, ich fand, sie vermittelten ein Gefühl der Sicherheit und Wärme.

«Da wohnt Linda», sagte Emma, bremste ihr Fahrrad ab und zeigte auf ein kleines gelbes Haus, das eine Veranda zur Straße hatte.

Von Linda hatte ich schon gehört, Emma spielte oft mit ihr im Park.

Im selben Augenblick kam ein blondes Mädchen von ungefähr zehn Jahren aus dem Haus gelaufen und winkte.

«Hi Emma, come on in!»

Emma sah mich bittend an.

«Darf ich, Mama?»

Ich zögerte ein wenig.

«Aber ich kenne ja ihre Eltern gar nicht.»

Doch Emma hatte schon ihr Fahrrad gewendet und war auf dem Weg zu dem gelben Haus.

«Dann komm doch einfach mit!», rief sie mir über die Schulter zu. «Lindas Mama ist supernett.»

Und so betrat ich zum ersten Mal die Küche von Sandra.

«Well well well», sagte Sandra, während sie sich die Hände an einem Handtuch abtrocknete und auf mich zukam. «Sie müssen die vielbeschäftigte Mama aus Chile sein, die die ganze Zeit dasitzt und telefoniert, von Ihnen habe ich schon gehört. Aber kommen Sie doch einfach rein. Darf ich Sie zu einer Tasse Kaffee einladen? Oder vielleicht zu einer Cola?»

Ich drückte ihre ausgestreckte Hand, lächelte und entschied mich für die Cola.

Sandra war klein und schmal, mit kurzen braunen Haaren und energischen Bewegungen.

«Meine Güte, ist das heiß heute», sagte sie und fächelte sich mit der Hand Luft zu, während sie das braune Getränk in zwei gigantische, mit Eis gefüllte Plastikbecher goss. «Haben Sie hier schon jemals so eine Hitze erlebt?»

Ich musste lachen und antwortete, dass ich zum ersten Mal in den USA sei und deshalb keine Vergleichsmöglichkeiten hätte.

Sandra riss ihre großen, schönen braunen Augen auf.

«Ach, und wo waren Sie bisher?»

Ich sollte bald lernen, dass es für die Amerikaner nur die USA gab und alles jenseits der Grenzen ein diffuses Dunkel war. Also erklärte ich ihr, dass ich aus Schweden kam, aber in Südamerika gelebt hatte, was sie ja bereits wusste.

«Aber Sie sprechen doch Englisch», sagte sie.

«Ja», sagte ich, «das lernt man in Schweden in der Schule.»

«Wow!», rief Sandra beeindruckt. «Ich habe in der Schule nie eine andere Sprache gelernt. Aber kommen Sie, wir gehen raus.»

Die Mädchen waren in Lindas Zimmer verschwunden, und wir setzten uns mit unseren riesigen Colabechern auf die Veranda in den Schatten.

«Und Sie wohnen bei Valerie?»

Ich war ein wenig erstaunt, zeigte es aber nicht. Sandra war ganz offenkundig eine gut informierte Person.

«Valerie ist einfach phantastisch», sagte Sandra. «Wir sind alle so froh, dass sie wieder da ist. Jetzt hoffen wir mal, dass wir sie eine Weile hierbehalten können, ehe Bruce sie wieder auf die andere Seite der Erdkugel schleift. Wollen Sie hierher ziehen?»

Sie sah mich neugierig über den Rand ihres Bechers an.

Ich sah zu Boden und antwortete ausweichend, dass ich nicht wisse, ob das machbar wäre.

«Ja, aber das ist doch keine Kunst», sagte Sandra. «Ich kenne hier jeden, wenn Sie nach einem Haus suchen, dann sagen Sie es mir einfach. Sowohl die Charlestons als auch die Emersons werden längere Zeit verreisen und brauchen Mieter. Sind Sie interessiert?»

Vielleicht war es das ehrliche Interesse der Frau, das mich bewog, ihr die Wahrheit zu sagen, ich weiß es nicht. Jedenfalls stellte ich den Becher auf den Tisch und sagte ganz offen, wie es war: Wir wussten nicht, wohin. Wir konnten weder nach

Chile noch nach Schweden zurück. Und es gab in ganz Amerika keinen Anwalt, der bereit war, uns bei der Erlangung einer Aufenthaltsgenehmigung zu helfen, das würden wir allein fertigbringen müssen.

«*Jeezez*», sagte Sandra. «Also wie das mit der Greencard funktioniert, weiß ich auch nicht, aber wenn Sie ein Dach über dem Kopf brauchen oder Tipps und Ratschläge, wo man am günstigsten einkauft und so, dann müssen Sie mich fragen. Und ich kann Sie mit in die Kirche nehmen, wir haben hier eine sehr aktive Gemeinde, was sind Sie denn?»

«Evangelisch», antwortete ich.

«*Great!* Wir auch. Wollen Sie am Sonntag mitkommen? Da singt der Kinderchor, das wird richtig schrecklich.»

Ich musste laut lachen.

«Gern», sagte ich und erinnerte mich an das Gefühl, das ich bei der Trauung von Scott und Dolores gehabt hatte.

Von nun traf ich mich oft mit Sandra. Ich, die nie viel in die Kirche gegangen war, fand mit einem Mal Trost in der beschützenden Zeremonie des Gottesdienstes. Die katholischen Messen, die ich in Santiago ab und zu besucht hatte, waren mir immer fremd und künstlich vorgekommen, aber bei den Gottesdiensten in der hellen, schneeweißen Kirche mit den bunten Fenstern fühlte ich mich sicher und geborgen. Ich lernte dort Menschen vieler unterschiedlicher Rassen und Hautfarben kennen, Schwarze und Weiße und Asiaten, und auch einige *native Americans*, also Indianer.

Doch Sandra machte mich auch noch mit anderen Eigenarten der amerikanischen Gesellschaft bekannt, von denen ich bisher nichts gewusst hatte, darunter das absolut hysterische Einkaufsverhalten.

Eines Samstagvormittags fuhren wir in Sandras Chrysler zu einem Einkaufszentrum direkt vor der Stadt, mit einem Parkplatz, der sich bis an den Horizont erstreckte. Dort standen Tausende von Autos und schmorten in der Sommerhitze, und im Hintergrund erhob sich eine Mauer aus riesigen flachen Warenhäusern mit gigantischen Firmenschildern darauf – ich las *Home Depot, Target, JCPenneys, Green Bucks, WalMart, Barnes & Nobles, Ross and Loves.*

«Wo willst du anfangen?», fragte Sandra, aber ich musste mir erst die Augen reiben, also zog sie mich mit zum WalMart.

Das war wie ein Supermarkt zu Hause, nur unfassbar viel größer. Sandra nahm einen Einkaufswagen, und ich ging langsam hinter ihr her und starrte fasziniert auf die kleinen, elektrisch betriebenen Motorroller des Warenhauses, mit eingebauten Einkaufskörben. Auf den Rollern saßen unglaublich fette Menschen, die langsam zwischen den verschiedenen Shoppingbereichen hin und her fuhren und Waren in die Chromkörbe stopften. Ich sah ein zwanzig Meter langes Regal, das nur ein einziges Produkt enthielt, eins, das für mich völlig neu war: *air fresheners*, also eine Art Parfüm für die Luft mit Düften wie *Hawaiian Breeze, Sparkling Citrus, After The Rain* und *Tropical Melon.*

«Was, du hast noch nie einen *air freshener* gesehen?», fragte Sandra erstaunt und stellte eine weiße Flasche *Apple Cinnamon* in ihren Einkaufswagen.

Im Regal daneben gab es zweitausend verschiedene Sorten parfümiertes Toilettenpapier, das Snack-Regal war unglaublich und enthielt alles von Kartoffelchips mit Essiggeschmack bis zu Käsebällchen und frittierten Speckschwarten mit Barbecue-Geschmack. Auf einem Fernseher mit körnigem Bild wurden Fotos von abhandengekommenen Kleinkindern gezeigt und Telefonnummern, wo man anrufen sollte, falls man sie sah. CDs, Filme, Campingausrüstungen, Kinderkleider, Tropenfrüchte, Backwaren in riesigen Paketen, in Bacon eingewickeltes Rinderfilet – alles, was ein Mensch in seinem Leben jemals brauchen könnte, gab es hier unter einem Dach.

«Ich finde das unglaublich praktisch», sagte Sandra und lud alle ihre Waren auf das Kassenband.

Auf dem Weg zum Auto kamen wir an einem Reisebüro vorbei, und da kam in mir wieder der Gedanke hoch, der mich schon die ganzen letzten Tage gequält hatte.

Es war bereits der neunte August, und in genau einer Woche lief unser Touristenvisum ab.

Eine Woche noch, in der wir uns entscheiden mussten, was wir mit unserem Leben anfangen wollten.

Hier bleiben, nach Chile zurückgehen oder woandershin ziehen.

«Mir ist das egal», sagte Anders.

«Das kann ja wohl nicht dein Ernst sein!», rief ich. «Du musst doch wenigstens eine Meinung haben oder irgendeinen Wunsch.»

Er stand auf und trat an das Erkerfenster in unserem kleinen Zimmer. Es war spät am Abend, die Kinder schliefen, und Valerie und Bruce saßen irgendwo im Haus und sahen fern.

«Ich weiß nicht mehr», sagte er leise, mir den Rücken zugewandt. «Ich habe das Gefühl, als wäre alles egal. Wir kommen ja doch nicht weiter.»

Ich stand auf und umarmte ihn.

«Das kannst du ja wohl nicht sagen. Wir sind doch jetzt in den USA, und vielleicht finden wir einen Weg, hierzubleiben.»

Er machte sich los.

«Wir können nirgendwo sicher sein», sagte er. «Wohin wir auch gehen, sie werden uns doch immer finden.»

«Du weißt, dass das nicht wahr ist», sagte ich. «Sie werden

unsere Verfolger niemals in die USA einreisen lassen. Wenn wir irgendwo sicher sind, dann hier.»

Anders sah mich mit angsterfülltem Blick an.

«Ich mag es nicht, wenn die Kinder hier immer so mit dem Fahrrad herumfahren, das kann gefährlich sein.»

«Aber Liebling, sie müssen sich doch bewegen. Ich finde es wunderbar, dass sie hier einfach so herumfahren können, wie sie wollen.»

Er wandte sich wieder ab, und ich sah, wie seine Kiefer arbeiteten.

«Wir sitzen hier mal wieder, geduldet in zwei verdammten kleinen Zimmern, die nicht uns gehören», sagte er, ohne mich anzusehen. «Ich bin das alles so leid.»

«Was willst du denn machen?», fragte ich flehend und packte seinen Oberarm. «Sag doch, was du willst, dann versuche ich, es hinzukriegen.»

Er machte sich los, ging ins Badezimmer und schloss die Tür hinter sich.

Eins war klar, von Anders würde ich in dieser Sache keine Unterstützung bekommen.

Er schlief irgendwann ein, und ich setzte mich auf den Fußboden vor unserem Bett und breitete alle meine Dokumente vor mir auf dem Teppich aus. Ich hatte schon so oft darin geblättert, dass sie Flecken und Eselsohren bekommen hatten.

Und so las ich in dem schwachen Licht einer kleinen Schreibtischlampe, die ich auf den Fußboden gestellt hatte, wieder einmal alle Urteile und Gutachten, die es über unsere Familie gab. Die Berichte des Sozialdienstes, die Zusagen oder Ablehnungen von verschiedenen Fonds und Organisationen, die ich um Unterstützung ersucht hatte, Gerichtsurteile und Krankenakten, und am Ende kam ich zu dem Urteil des Kammergerichts von 1994, in dem beschlossen worden war, uns keine Hilfe zukommen zu lassen.

«Im Ergebnis kann es als erwiesen angesehen werden, dass Familie Eriksson, um ein normales Leben führen zu können, Schweden verlassen muss.»

Ich erinnerte mich an meine Verzweiflung über diesen Beschluss, wie ich geweint hatte und überzeugt gewesen war, damit sei alles aus. Und dann fielen mir wieder Hannas empörte Worte ein, nachdem sie das Urteil gelesen hatte: «So was habe ich ja noch nie gelesen. Dieser Satz hier ist wichtiger als das ganze Urteil. Das Gericht stellt doch tatsächlich fest, dass ihr auswandern müsst. Ihr könnt hier nicht mehr bleiben, das steht da schwarz auf weiß.»

Ich ließ die Urteilsschrift sinken, legte die Hand über die Augen und dachte nach.

Wir hatten hier die Bescheinigung eines Gerichts, dass wir in unserem Heimatland nicht leben konnten.

Wenn ein Gericht in Schweden dies festgestellt hatte, musste dann ein Gericht in den USA uns nicht anhören und hierbleiben lassen?

Ich hatte noch fünf Tage, um mir eine Lösung auszudenken.

Am nächsten Tag, es war ein Donnerstag, rief ich bei Amnesty International an und fragte, wer in den USA der beste Anwalt für Menschenrechte sei.

Man nannte mir nicht nur einen Namen, sondern mehrere, und einer von ihnen, ein Mr. Barrington, hatte seine Kanzlei in der Hauptstadt unseres Bundesstaates. Wahrscheinlich hatte ich ihn auch schon einmal angerufen und konnte mich nur nicht mehr daran erinnern, doch jetzt beschloss ich, alles auf eine Karte zu setzen und ihm mein Problem ausführlich darzulegen.

Das war natürlich leichter gesagt als getan.

Anwalt Barrington war verreist, und viele seiner Mitarbeiter ebenso.

Die Frau in der Telefonzentrale war bis zu einer gewissen

Grenze höflich und freundlich, doch als ich mich nicht abschütteln ließ und mich weigerte, aufzulegen, wurde sie richtig sauer. Schließlich verband sie mich mit einem jungen Mann mit eifriger und etwas unsicherer Stimme, der sich als Mr. Stevens vorstellte.

«Da bin ich aber froh, dass ich jemanden in Ihrer Kanzlei erreiche», sagte ich. «Wissen Sie, ich möchte wirklich nur mit dem absolut besten Anwalt sprechen, und mir wurde von allen Seiten gesagt, dass Sie in der Branche herausragend sind.»

Mr. Stevens lachte ein wenig geniert.

«Ja», sagte er, «das stimmt, viele sagen das. Ich selbst habe allerdings erst kürzlich mein Examen gemacht, ich habe mein *degree* im Frühjahr bekommen, und ich finde es phantastisch, die Chance zu haben, mit einem so erfahrenen Juristen wie Mr. Barrington zusammenzuarbeiten.»

«Das kann ich mir vorstellen», sagte ich herzlich, «und tatsächlich ist es so, dass ich die Hilfe eines solchen Juristen brauche, denn ich habe ein sehr kompliziertes und heikles Anliegen, das ich gern mit einem erfahrenen Spezialisten für Menschenrechte besprechen möchte.»

Jetzt hatte ich Mr. Stevens so weit, dass er richtig zuhörte.

«Kann ich Ihnen vielleicht behilflich sein?», fragte er vorsichtig. «Mein Spezialgebiet sind Immigration und Flüchtlingsrecht.»

Ich schloss einen Augenblick die Augen und gab mir viel Mühe, ruhig und glaubwürdig zu klingen, als ich antwortete.

«Sie haben vermutlich von einem Fall wie meinem noch nie gehört», sagte ich. «Ich bin Flüchtling ...»

Nun musste ich Luft holen, um den Satz vervollständigen zu können,

«... aus Schweden.»

Als Mr. Stevens antwortete, klang er schon nicht mehr so begeistert.

«Ein schwedischer Flüchtling? Aber so etwas gibt es gar nicht.»

«Doch», sagte ich. «Ich möchte Asyl in den USA beantragen, weil ich in meinem Heimatland verfolgt und vom Tod bedroht bin.»

«Aber das geht nicht. Es gibt keinen Grund dafür, dass ...»

«Doch», unterbrach ich ihn. «Ein schwedisches Gericht hat mir bereits den Flüchtlingsstatus verliehen. Die schwedischen Behörden haben meinen Fall acht Jahre lang geprüft und sind zu dem Schluss gekommen, dass meine Familie und ich emigrieren müssen, um ein normales Leben führen zu können.»

«Ist das wahr?», fragte Mr. Stevens skeptisch.

«Möchten Sie das Aktenzeichen haben?», fragte ich.

Mr. Stevens schwieg lange.

«Können Sie am Samstag herkommen?», fragte er schließlich.

«Arbeiten Sie samstags?», fragte ich erstaunt.

Er schluckte hörbar.

«Nun ja», sagte er, «eigentlich nicht, aber ich würde mir gern Ihre Unterlagen erst allein ansehen, ehe ich meine Kollegen mit Ihrem Fall bekannt mache.»

Aha, er wollte sichergehen, dass ich keine Verrückte war.

«Natürlich», sagte ich. «Wann soll ich kommen?»

Wir einigten uns auf eine Zeit mitten am Tag.

«Was wird das kosten?», fragte ich.

«Wenn ich Ihren Fall annehme, bekommen wir zunächst einen Vorschuss über zweitausend Dollar.»

Zweitausend Dollar! Das war ein Sechstel meiner gesamten Ersparnisse!

«Natürlich», sagte ich und klang schon etwas kleinlauter. «Das ist in Ordnung. Wir sehen uns am Samstag.»

Kaum hatte ich aufgelegt, wurde ich mit dem nächsten Problem konfrontiert. Wo um Himmels willen war denn die Hauptstadt des Bundesstaates?

«Oh», sagte Sandra, der ich mich anvertraut hatte, «das ist nicht weit, nur zweihundert Meilen.»

Zweihundert Meilen? Das war ja die halbe Strecke zum Mond!

«Ach was», meinte Sandra, «das fährst du in ein paar Stunden. Du kannst mein Auto leihen.»

Dann wurde mir klar, dass amerikanische Meilen etwas ganz anderes waren als schwedische und ich nur ungefähr dreihundert Kilometer fahren musste.

Früh am Samstagmorgen, als der Nebel immer noch in den Straßen und um die Dächer hing, lief ich zu Sandras gelbem Haus. Sie gab mir eine Tasse dünnen amerikanischen Kaffee und ihre Autoschlüssel.

«Ist vollgetankt», sagte sie.

Als ich mich in den Chrysler setzte, merkte ich, dass es ein Automatikwagen war. Man musste nur Gas geben und bremsen, und ich war ein solches Auto noch nie gefahren.

«Fahr vorsichtig!», rief Sandra mir nach und winkte.

Die Straßen waren breit und der Verkehr nur spärlich. Nach zweihundert Kilometern hielt ich an, aß einen Muffin und ging auf die Toilette, dann fuhr ich weiter.

Ich war rechtzeitig da und hatte zweitausend Dollar in bar in meiner Handtasche.

Die Hauptstadt des Bundesstaates war eine lebhafte Metropole mit breiten Boulevards und schönen Häusern.

Die Kanzlei von Rechtsanwalt Barrington befand sich im siebten Stock eines gigantischen alten Gebäudes im Stadtzentrum. Ich meldete mich bei der Rezeption im Erdgeschoss an, nahm dann den Aufzug und klingelte an einer schweren Holztür.

Nichts geschah.

Ich klingelte wieder. Was, wenn ich nun alles falsch verstanden hatte? Wenn Mr. Stevens mich gar nicht treffen wollte? Vielleicht hatte er es sich anders überlegt und nicht gewusst, wie er mich erreichen konnte, um den Termin abzusagen.

Ich war schon wieder unterwegs zum Aufzug, um nach unten zu fahren, als die Tür plötzlich aufging. Ein blasser junger Mann mit großen Brillengläsern lehnte sich aus der Türöffnung.

«Ah», sagte er, «da sind Sie ja. Ich meinte doch, etwas gehört zu haben. Kommen Sie herein. Ich bin Mr. Stevens.»

Wir gaben uns die Hand.

«Maria Eriksson.»

Er bat mich in ein riesiges Büro mit dicker Auslegeware und dunklen Mahagonimöbeln, offenkundig war es recht lukrativ, Anwalt für Menschenrechte zu sein. Die Kanzlei war still und verlassen, wir kamen an einem leeren Büro nach dem anderen vorbei.

«Wir sind siebenunddreißig Juristen hier in der Kanzlei», erklärte Mr. Stevens. «Und wir sind alle sehr stolz darauf, mit Rechtsanwalt Barrington zusammenarbeiten zu dürfen. Hier ist mein Zimmer.»

Er öffnete die Tür zu einem Büro ganz am Ende eines Flures. Das Zimmer quoll über von Papieren, Büchern, Unterlagen, Aktenordnern und losen Zetteln.

«Setzen Sie sich doch», sagte er und schob einen Haufen Dokumente beiseite, damit ich Platz zum Sitzen fand. Dann ließ er sich auf einem quietschenden Bürostuhl hinter dem Schreibtisch nieder.

«Ich muss zugeben, dass Ihre Geschichte meine Neugier geweckt hat», sagte er. «Aber ich kann Ihnen nicht versprechen, dass ich Ihren Fall annehme, ich hoffe, Sie verstehen das.»

Ich nickte, natürlich verstand ich das, ich war ja so dankbar, dass ich ihn überhaupt treffen und seine Zeit beanspruchen durfte.

«Haben Sie die Unterlagen dabei, von denen Sie sprachen?», fragte er.

Ich wuchtete meine schwere Aktentasche auf den Schoß und sagte: «Ja, natürlich, welche wollen Sie sehen?»

«Alle.»

Ich räusperte mich nervös. Jetzt kam es drauf an. Nun durfte ich keinen Fehler machen, ich musste mich klar und deutlich ausdrücken, durfte nichts schlimmer machen, als es war, aber die schmerzhaften Dinge auch nicht verschweigen. Ruhig und konkret sein.

«Wo soll ich anfangen?»

«Am Anfang», antwortete er.

«Das wird aber eine Weile dauern», gab ich zu bedenken.

Er beugte sich vor und drückte seine Brille auf der Nasenwurzel fest.

«Ich habe den ganzen Tag Zeit», sagte er.

Also begann ich von dem Mann zu erzählen, in den ich mich verliebt hatte. Erst zögernd und vorsichtig, dann immer ruhiger und sicherer. Mr. Stevens hörte aufmerksam zu und schrieb zwischendurch etwas auf einen Notizblock.

Ich beschrieb die schwarzen brennenden Augen des Mannes und wie er sich um mich bemüht hatte, meine grenzenlose Liebe und sein wachsendes Kontrollbedürfnis, seine Art, mich zu manipulieren und von meiner Familie und meinen Freunden zu isolieren, wie ich schwanger wurde und krank und wie er das nicht akzeptieren wollte.

Für jedes Detail, das belegt werden konnte und musste, suchte ich das entsprechende Dokument heraus und legte es auf den unordentlichen Schreibtisch von Mr. Stevens. Er warf auf jedes einen eiligen Blick und schob dann alles mit der Rückseite nach oben zu einem Haufen zusammen.

Manchmal musste ich mich erst sammeln, ehe ich von der zunehmenden Gewalttätigkeit des Mannes erzählen konnte, von den Schlägen, den Tritten, den Versuchen, mich zu erwürgen, und den Vergewaltigungen. Doch erst als ich zu dem Tag kam, an dem er versuchte, Emma die Kehle durchzuschneiden, und das Mädchen daraufhin verstummte, musste ich ein Taschentuch hervorziehen.

«Entschuldigen Sie bitte», schluchzte ich und schnäuzte mich.

Der Mann auf der anderen Seite des Tisches sah mich mit großen Augen an.

«Go on», sagte er.

Dann kam ich zu der Zeit, als wir von den schwedischen Behörden lebendig begraben wurden. Als wir unser Zuhause und unsere Familie und alle unsere Freunde verlassen mussten und nicht erzählen durften, dass wir niemals zurückkehren würden.

Ich berichtete, wie mitgenommen wir waren, dass ich Stimmen gehört und beinahe den Verstand verloren hatte, und wie schrecklich krank Emma damals war. Dass wir ständig von einem Ort zum nächsten fliehen mussten, dass unsere Verfolger uns gejagt, aufgespürt, überfallen und bedroht hatten. Ich erzählte von der Stiftung Ewigkeit und wie ich die Journalistin Hanna Lindgren kennenlernte und dass wir ein Buch über meine Erlebnisse geschrieben hatten. Von den sich ewig hinziehenden Untersuchungen der Behörden und schließlich vom Urteil des Kammergerichts, das es als erwiesen ansah, dass wir emigrieren mussten, um ein normales Leben führen zu können.

Ich legte das Urteil auf den Tisch und machte eine kleine Pause, um zu sehen, wie der Jurist reagierte. Er warf nur einen kurzen Blick darauf, legte es zu den anderen Dokumenten und gab mir mit einer Handbewegung zu verstehen, dass ich weitererzählen solle.

Dann erwähnte ich nur noch, dass wir uns drei Jahre lang in Chile über die Runden gerettet hatten, bevor wir vor drei Monaten in die USA gekommen waren.

Nachdem ich geendet hatte, saß Mr. Stevens einige Minuten lang schweigend da und schaukelte auf seinem quietschenden Stuhl. Ich saß ganz still und schaute auf die Dokumente, die auf seinem Tisch lagen, und ein einziger Gedanke beherrschte mich: Bitte, übernimm unseren Fall, *please*, übernimm unseren Fall.

«Sie wissen, dass ich zweitausend Dollar Vorschuss benötige, um Ihren Fall übernehmen zu können», sagte er schließlich.

Ich nickte eifrig.

«Das verstehe ich natürlich. Deshalb möchte ich Ihnen das Geld auch gleich jetzt und hier übergeben.»

Er zog die Augenbrauen hoch.

«Ich habe ja bereits mehrere Stunden Ihrer Zeit beansprucht», sagte ich. «Da versteht es sich von selbst, dass ich dafür bezahle.»

Ich nahm meine Handtasche und holte das Bündel Scheine heraus, doch Mr. Stevens zögerte.

«Well», sagte er, «das hier ist wirklich ein sehr komplizierter Fall.»

«Ohne Frage», erwiderte ich mit Nachdruck. «Das ist mir vollkommen bewusst, deshalb habe ich mich ja gerade an Ihre Kanzlei gewandt.»

Mr. Stevens stand auf und reichte mir über den Schreibtisch hinweg die Hand.

«Okay», sagte er. «Sie haben sich gerade einen Anwalt genommen.»

Die Erleichterung fuhr mir wie ein Stoß durch den ganzen Körper, der Schweiß lief mir den Rücken hinunter, und ich musste mir auf die Zunge beißen, um nicht laut zu jubeln. Ich ergriff seine Hand und versuchte zu lächeln.

«Ich nehme mal an, dass wir noch eine Art schriftlichen Vertrag schließen?», fragte ich.

«Sure», sagte er. «Sobald Sie offiziell als asylsuchend registriert sind, erhalten Sie eine Bearbeitungsnummer, die Sie bei allen Kontakten mit Behörden oder anderen Organisationen angeben müssen. So können Ihre Kinder zum Beispiel zur Schule gehen. Sie können Bankkonten eröffnen und ein Unternehmen betreiben, aber es ist Ihnen nicht erlaubt, als abhängig Beschäftigte zu arbeiten. Jetzt haben wir ein Jahr Zeit, alle Unterlagen zusammenzustellen, die die Einwanderungsbehörden brauchen, um Ihren Fall prüfen zu können. Einen Moment bitte, ich werde mal auflisten, welche Informationen das sind.»

Er verschwand aus dem Zimmer, und ich musste mich am Stuhl festhalten, mir war plötzlich schwindelig, und ich fühlte mich ganz schwach.

Ich hatte es geschafft. Wir hatten einen Anwalt, der unseren Fall vertrat.

Wir würden endlich ein Zuhause haben!

Die Euphorie war allerdings nur von kurzer Dauer.

Am Montagmorgen, als alle anderen Mitarbeiter wieder in der Anwaltskanzlei erschienen, musste Mr. Stevens ihnen erklären, dass er es übernommen hatte, ein Asylverfahren für schwedische Staatsbürger zu betreiben.

Seine Kollegen waren offenbar der Meinung, dass er nicht alle Tassen im Schrank habe. Nach dem Mittagessen rief er mich bei Valerie an, er war ganz verzweifelt und sagte, er sehe sich leider gezwungen, den Fall doch abzulehnen.

Irgendwo tief im Herzen war ich vermutlich darauf vorbereitet gewesen, denn ich reagierte ruhig und kühl.

«Wir haben eine Absprache, Mr. Stevens», sagte ich. «Tatsache ist, dass Sie bereits bezahlt wurden, um unseren Fall zu übernehmen.»

«Aber mein Chef sagt ...»

«Unsere Übereinkunft besagt, dass Ihre Kanzlei es übernommen hat, mich und meine Familie zu vertreten, oder?»

Er schwieg lange Zeit.

«Das nehme ich an», sagte er schließlich.

«Ich erwarte natürlich, dass Sie für das Geld, das Sie von uns bekommen haben, auch wirklich arbeiten. Es anzunehmen, ohne Ihr Möglichstes für uns zu tun, wäre doch höchst unmoralisch, nicht wahr?»

«Natürlich», antwortete Mr. Stevens, der jetzt ziemlich ärgerlich klang. «Ich bleibe bei meinem Standpunkt. Ihr Fall ist kompliziert, aber definitiv wert, vertreten zu werden.»

«Mich müssen Sie davon nicht überzeugen», sagte ich.

Am nächsten Tag ließ Mr. Stevens wieder von sich hören und klang jetzt schon bedeutend ruhiger.

Er hatte seinem obersten Chef, dem berühmten Mr. Barrington, die ganze Sache vorgetragen und seinen Segen dafür bekommen, unseren Fall so weit zu betreiben, bis das Geld, das wir bereits bezahlt hatten, abgegolten war.

Als ich den Hörer auflegte, war ich froh, aber die überschwängliche Freude, die ich in der Anwaltskanzlei empfunden hatte, wollte sich nicht wieder einstellen.

Mir war klar, dass ich nur den ersten Schritt zu einer weiteren langen Reise unternommen hatte. Aber eins wusste ich sicher:

Wir waren auf dem richtigen Weg.

Die Bearbeitungsnummer, die wir aufgrund des Vertrags mit dem Anwaltsbüro bekamen, eröffnete uns völlig neue Möglichkeiten. Noch in derselben Woche rief ich in der Schule an, in die Sandras und Valeries Kinder gingen, und ließ mir einen Termin bei der Rektorin geben. Die Kinder kamen mit, aber Anders blieb in dem Haus an der Oak Street.

Die Schule war alt und ein wenig heruntergekommen, doch die Fassade war mit Efeu bewachsen, und auf dem großen Schulhof gab es Rasenflächen und Bepflanzungen. Das Schuljahr hatte noch nicht begonnen, das ganze Gelände wartete still und andächtig in der Sonne darauf, wieder von Tausenden von Kindern erobert zu werden. Ich hielt Emma und Robin an der Hand, sie sahen sich neugierig und interessiert um.

Die Rektorin war eine große und freundliche farbige Frau, die uns Saft in großen Plastikbechern und Marmeladenkekse anbot. Dann zeigte sie uns alles und erklärte uns die Regeln und Ziele der Schule. Mit einer demokratischen Grundausrichtung sollten die Kinder die Regeln erlernen, nach denen die amerikanische Gesellschaft funktionierte. Die grundlegenden Kenntnisse in Mathematik, der englischen Sprache sowie in Naturwissenschaften und Sozialkunde wurden mit Hilfe moderner Pädagogik vermittelt. Die Regeln schrieben Pünktlichkeit und Disziplin in der schulischen Arbeit vor. Ziel des Unterrichts war es, gute Mitbürger zu erziehen, die

die amerikanische Flagge ehrten und auf ihr Land stolz waren.

Abgesehen von der Sache mit der Flagge, hätte diese Rede direkt aus dem schwedischen Lehrplan übernommen sein können.

Ich erklärte der Rektorin kurz unsere Situation, und sie schien weder erstaunt noch neugierig. Dank unserer Bearbeitungsnummer konnte sie beide Kinder gleich in die Schule aufnehmen. Sie konnten in dieselbe Klasse gehen, genau wie in Santiago.

Als wir weggingen, hüpften die Kinder fröhlich plappernd um mich herum. Sie freuten sich schon riesig auf den Schulbeginn.

Der nächste Schritt war, uns eine Wohnung zu suchen, denn wir konnten Valerie nicht länger zur Last fallen. Sie versicherte uns zwar immer wieder, es störe sie überhaupt nicht, dass wir bei ihr wohnten, aber ich sehnte mich nach einem eigenen Zuhause.

Deshalb machte Sandra uns mit den Charlestons und den Emersons bekannt, den beiden Familien, die ihre Häuser untervermieten wollten.

Die Villa der Charlestons war ein schönes Holzhaus, das ein wenig an Valeries Haus in der Oak Street erinnerte, obwohl es natürlich viel kleiner war. Sie wollten es gern möbliert vermieten, da sie vorhatten, nach zwei Jahren zurückzukehren.

Das Haus der Emersons war viel einfacher, ein kleiner verputzter Bungalow mit Hinterhof und einer Veranda, nicht unähnlich dem von Sandra.

Wir entschieden uns für dieses Haus, ganz einfach, weil es viel preiswerter war, und es erwies sich als reiner Glücksgriff. Direkt nebenan wohnte nämlich eine sehr nette Familie mit vier Kindern, von denen ein Mädchen in Emmas

Alter war und ein Junge in Robins. Mit den Eltern, Helen und John, freundeten wir uns schnell an. Schon am dritten Abend nach unserem Einzug luden sie uns zum Grillen ein, und von dem Moment an spielten Emma und Charlene und Robin und Jack praktisch ununterbrochen miteinander.

Leider hatten die Emersons jedoch ihre Einrichtung mitgenommen, sodass wir gezwungen waren, etwas von unserem Ersparten in Möbeln anzulegen. Außerdem mussten wir uns ein Auto kaufen. Die amerikanische Gesellschaft ist um das Auto herum aufgebaut, man kommt nicht ohne aus.

Sandras Bruder kannte einen anständigen Autohändler, der uns einen alten Honda verkaufte. Mit dem fuhren wir herum und kauften alles, was wir brauchten, auf verschiedenen *yard sales*. Das waren so etwas wie Flohmärkte, die die Leute auf ihren Garagenzufahrten abhielten, um alte Sachen loszuwerden, die sie beim Aufräumen des Dachbodens gefunden hatten, oder weil sie umziehen wollten. Die Kinder bekamen eigene Fahrräder, und Anders kaufte einen alten Farbfernseher, der leider vor allem eine einzige Farbe produzierte, nämlich Grün. Ich kaufte Hausrat, Pfannen und Töpfe und Teller und Besteck, und anstelle von Gläsern schaffte ich die großen bunten Plastikbecher an, aus denen praktisch alle Amerikaner zu trinken schienen.

Wir stellten fest, dass man in Amerika viel öfter umzog als in Europa. In der Zeitung konnte ich lesen, dass die durchschnittliche Zeit, die eine amerikanische Familie in ein und derselben Wohnung verbrachte, ungefähr vier Jahre betrug.

Unser kleines Haus war ab dem 15. September frei, doch wir zogen erst zehn Tage später ein, nachdem wir ein paar Möbel angeschafft hatten. Wir dankten Valerie so herzlich wir konnten für alles, was sie für uns getan hatte. Es war ja auch nicht so, dass wir verschwanden, denn wir wohnten nur fünf Querstraßen entfernt an der Green Lane und waren inzwischen auch in dieselbe Kirchengemeinde aufgenommen worden.

«Ihr seid herzlich willkommen, wann immer ihr wollt», sagte sie und umarmte uns mit Tränen in den Augen.

«Du musst mir versprechen, dass du uns besuchst und mit mir Kaffee trinkst», ermahnte ich sie, und dann umarmten wir uns wieder.

Wir bekamen auch ein Telefon, das allerdings auf Sandras Namen angemeldet war. Als Erstes rief ich Hanna an und erzählte ihr, dass wir ein eigenes Haus und eine neue Telefonnummer hätten. Während des Sommers hatten wir schon ein paarmal miteinander gesprochen, aber jetzt konnte ich ihr berichten, dass ich einen Juristen gefunden hatte, der bereit war, unseren Fall zu übernehmen.

«Das heißt, ihr wollt eine Aufenthaltsgenehmigung für die USA beantragen?»

«Yes», sagte ich.

«Findest du es nicht schwierig mit den Klassenunterschieden da?»

«Ich bin wahrscheinlich ziemlich abgestumpft», erwiderte ich. «Das hier ist eine sehr kleine Stadt, und es gibt keine sichtbare Armut. Ganz anders als in Santiago. Man sieht zwar ein paar Penner, aber auch nicht mehr als in Stockholm.»

«Hast du etwas von Manuel gehört?»

Ich erzählte ihr, dass ich zwei Briefe geschrieben, aber keine Antwort bekommen hatte.

Hannas neues Buch war jetzt erschienen, und ich gab ihr die Adresse unseres neuen Postfachs, damit sie es mir schicken konnte.

Nach unserem Gespräch saß ich wieder nachdenklich mit dem Telefonhörer in der Hand da. Dass es aber auch nie einfacher wurde!

Ich holte tief Luft und wählte die Vorwahl von Schweden,

dann meine alte Ortsvorwahl und die vertraute Telefonnummer von meinen Eltern.

«Hallo, ich bin es», sagte ich.

Meine Mutter fing sofort an zu weinen, das tat immer so weh.

«Es geht uns gut, Mama», sagte ich, «es geht uns sehr gut. Du musst nicht traurig sein.»

«Ich habe versucht, euch anzurufen», sagte meine Mutter.

Ich unterdrückte ein ärgerliches Seufzen.

«Aber ich habe doch gesagt, dass wir wegziehen.»

Und dann versuchte ich, alle schlechten Gefühle zu verdrängen und zu zeigen, wie gut es uns jetzt ging.

«Wir sind umgezogen, Mama! Wir wohnen jetzt in den USA und werden hier eine Aufenthaltsgenehmigung beantragen.»

«Amerika? Großer Gott, Mia, ihr wollt in Amerika wohnen?»

Sie klang zutiefst erschrocken.

«Da ist es doch so gefährlich!», fügte sie hinzu. «So viel Gewalt und Verbrechen, das Fernsehen berichtet doch jeden Tag darüber.»

Ich wusste nicht, was ich darauf noch antworten sollte. Für uns bedeutete Amerika Sicherheit und Schutz, während Schweden lebensgefährlich war.

Ich versuchte, das Thema zu wechseln.

«Wie geht es Papa und meiner Schwester?»

«Wann kommst du nach Hause?»

Ich sank auf den Küchenfußboden und legte die Hand über die Augen.

«Mama», sagte ich, «das hier wird ziemlich teuer. Sag Papa ganz liebe Grüße von uns.»

Nachdem ich aufgelegt hatte, saß ich lange Zeit auf dem Fußboden, ehe ich es schaffte, aufzustehen.

Unser Haus war sehr einfach, aber ich fühlte mich dort sofort wohl. Wohnzimmer und Küche gingen ineinander über, und in der Spüle gab es einen Abfallzerkleinerer! Auf der Rückseite des Hauses waren zwei kleine Schlafzimmer, die beide mit hellem, hochflorigem und ziemlich schmutzigem Teppichboden ausgelegt waren.

Ich beschloss, den mal richtig sauber zu machen.

Die amerikanischen Warenhäuser, das hatte ich inzwischen entdeckt, hatten alle möglichen und unmöglichen Arten von Putzmitteln im Angebot. Wahrscheinlich waren allein schon die Dämpfe umweltschädlich, aber ich probierte die Mittel trotzdem mit Lust und Eifer aus.

Jeden Morgen, wenn Anders die Kinder zur Schule gefahren hatte, putzte ich das ganze Haus von oben bis unten. Mit Hilfe meiner Wundermittel wurden die Teppichböden immer heller, und am Ende waren sie fast weiß.

Wenn ich im Haus fertig war, ging ich hinaus und fegte im Hinterhof und auf der kleinen Veranda vor dem Haus Laub und Zweige zusammen.

Gegen elf Uhr war ich dann meistens fertig und hatte schnell das Gefühl, nichts mehr zu tun zu haben.

Solche Probleme hatte Anders nicht.

Wenn er morgens von der Fahrt zur Schule zurückkam, legte er sich meist auf das Sofa, das wir von Valerie geerbt hatten, griff nach der Fernbedienung und zappte dann auf seinem grünen Fernseher von einem Kanal zum anderen, bis es Zeit fürs Mittagessen war, das ich gekocht hatte. Nach dem Essen legte er sich ins Bett und hielt Mittagsschlaf, während ich abwusch und die Küche aufräumte. Wenn die Kinder abgeholt werden sollten, musste ich ihn wecken, doch manchmal war er dann so wütend und schlecht gelaunt, dass ich die Autoschlüssel aus seiner Hosentasche fischte und selbst zur Schule fuhr.

«Willst du nicht mal wieder Tennis spielen gehen?», fragte

ich eines Vormittags, als ich von draußen hereinkam und ihn auf dem Sofa liegen sah. «Es ist wunderbares Wetter!»

Er sah kurz zu mir auf und schaute dann wieder auf die Mattscheibe.

«Mit wem denn? Bruce arbeitet ja schließlich.»

Daran hatte ich nicht gedacht.

«Du könntest doch wieder etwas lernen?», schlug ich vor und hörte schon, wie übertrieben begeistert ich klang. «Sprachen zum Beispiel, wie damals in Chile.»

Jetzt sah er nicht einmal mehr auf.

«Wozu denn? Englisch kann ich doch schon.»

Ich setzte mich auf den Sofatisch, sodass ich den Fernseher verdeckte. Mein Mann sah mich verärgert an und stützte sich auf.

«Was soll das?», fragte er. «Was machst du denn da?»

«Eine Firma», sagte ich. «Könntest du dir vorstellen, dich selbständig zu machen?»

«Ich darf hier doch nicht arbeiten», sagte er und stand auf.

«Die Bearbeitungsnummer gibt uns das Recht, eine Steuernummer zu beantragen», erklärte ich ihm. «Wenn du willst, kannst du morgen eine Firma aufmachen.»

«Na klar», sagte er von der Toilettentür aus. «Und mit welchem Geld?»

Da hatte er natürlich recht.

Unser Sparkapital schrumpfte viel schneller, als ich angenommen hatte. Zwar hatten wir kein einziges Stück fabrikneu gekauft, doch das Auto und die Einrichtungsgegenstände hatten ein großes Loch in unsere Kasse gerissen. Die Kinder hatten zum Schulbeginn neue Kleider bekommen, und Hefte, Stifte und Bücher waren auch nicht billig gewesen, einiges davon hatte sogar als Geburtstagsgeschenk herhalten müssen. Ausreichend Kapital, um ein Unternehmen aufzumachen, hatten wir nicht.

Die restliche Woche dachte ich über eine Lösung nach. Ich nahm mit verschiedenen Banken Kontakt auf, bis ich endlich eine fand, die mir helfen konnte. Danach ging ich in Elektronikgeschäfte und stellte wahrscheinlich die dümmsten Fragen, die die Verkäufer dort je gehört hatten.

Eines Abends, als die Kinder draußen mit ihren Freunden Rad fuhren, hatte ich einen Vorschlag fertig, den ich Anders vorlegte.

«Ich könnte mit Aktien handeln», sagte ich. «Das kann man heute alles übers Internet machen. Das Einzige, was ich dazu brauche, ist ein Computer mit einem Modem, ein Internetzugang und ein Aktienkonto bei einer Bank.»

Ich wartete aufgeregt auf eine Reaktion, aber Anders sah nicht mal vom Fernseher auf.

«Was meinst du? Ist das nicht eine gute Idee?»

«Na klar», brummte er.

Am nächsten Tag kaufte ich einen Computer mit Bildschirm und Modem und Tastatur und Maus und Drucker. Weil es billiger wurde, wenn man alles selbst installierte, wählte ich diese Alternative, was sich allerdings als schreckliche Fehlentscheidung herausstellte. Eine Woche lang probierte ich herum und war vor Frustration schon ganz rot geweint, bis Anders endlich alles in Gang bekam.

Damit eröffnete sich mir eine neue Welt, denn die Internetrevolution war bisher spurlos an mir vorübergegangen. Seit meinem Job Mitte der achtziger Jahre in der Bank hatte ich keinen Computer mehr angefasst, und die Rechner, die wir damals benutzt hatten, waren im Vergleich zu meinem neuen, schlauen und flotten PC pure Steinzeit.

Es machte unglaublich viel Spaß, im Internet zu surfen. Ich konnte die Börsenkurse und die Valutaveränderungen von Sekunde zu Sekunde beobachten, und außerdem stellte ich fest, dass ich die schwedischen Zeitungen online lesen konnte.

Hanna richtete mir eine Mailadresse ein, und danach konnten wir uns Texte und Bilder und alles Mögliche schicken.

Nachdem ich den Markt eine Weile beobachtet hatte, beschloss ich, meine ersten Aktiengeschäfte abzuschließen. Da mein verfügbares Kapital begrenzt war, begann ich mit etwas, das sich *penny stocks* nannte, Kleinstunternehmen mit einer guten Geschäftsidee, die angefangen hatten zu wachsen. Mein erstes richtig erfolgreiches Geschäft waren Aktien eines kleinen Unternehmens, das Videospiele produzierte. Ich kaufte sie im Oktober, und in den folgenden zwei intensiven Monaten des Weihnachtsgeschäftes schafften es die Aktien, ihren Wert zu verdreifachen. Am 23. Dezember verkaufte ich sie wieder.

Heiligabend war wie ein gewöhnlicher Samstag, abends gingen wir in die Kirche, und anschließend tranken wir mit Valerie und ihrer Familie im Gemeindehaus Kaffee. Scott und Dolores waren auch da, sie lebten inzwischen zwar in einem anderen Bundesstaat, waren aber zu Besuch gekommen, um zusammen mit Scotts Familie Weihnachten zu feiern.

Am ersten Feiertag waren Anders, die Kinder und ich zu Hause. Wir hatten einen kleinen Tannenbaum mit buntem Papierschmuck behängt, den ich zusammen mit den Kindern gebastelt hatte. Ich hatte Schinken und Kartoffeln und geräucherten Lachs gekauft, nur Hering hatte ich nicht auftreiben können. Robin und ich hatten versucht, Bonbons zu kochen, aber sie wurden ein wenig seltsam, weil der Sirup nicht dieselbe Konsistenz hatte wie zu Hause.

Es gab bei uns nicht besonders viele Weihnachtsgeschenke, und die, die wir hatten, waren zumeist praktische Dinge, aber die Kinder waren das gewohnt und erwarteten nichts anderes. Am Abend schauten wir uns gemeinsam einen Film an.

Am ersten Tag nach den Weihnachtsfeiertagen klingelte das Telefon, als ich gerade mit einer ganzen Tüte voller Lebensmittel zur Tür hereinkam. Ich rannte hin, riss den Hörer hoch und ließ dabei die Milch auf den Fußboden fallen.

«Es gibt etwas Wichtiges, das ich Ihnen erzählen muss», sagte Mr. Stevens am anderen Ende und klang sehr ernst dabei.

Mir pochte sofort das Herz bis zum Hals. In den vergangenen Monaten hatte ich mehrmals mit ihm gesprochen, aber so wie jetzt hatte er nie geklungen.

Ich stellte alle Tüten ab und ließ meine Jacke auf den Boden fallen.

«Schießen Sie los», sagte ich. «Was gibt es?»

«Ich werde hier in der Kanzlei aufhören und mich selbständig machen. Es ist doch nicht das Richtige für mich, Teil einer so großen Maschinerie zu sein.»

Ich war bestürzt.

«Sie hören auf? Wann denn?»

«Zum Jahreswechsel.»

Ich schwankte und musste mich an der Spüle festhalten.

«Aber», sagte ich, «was passiert mit Ihren Fällen? Was passiert mit mir?»

«Einen Teil der Fälle nehme ich mit, einige sage ich ab, und ein paar werden von den Kollegen hier in der Kanzlei übernommen.»

Mir schossen die Tränen in die Augen. So, das war nun also das Ende, damit war jetzt alles vorbei.

«Ihr Fall ist hier in der Kanzlei viel diskutiert worden», sagte Mr. Stevens. «Mein Chef, Mr. Barrington, hat sich zunehmend dafür interessiert, und nun, da ich hier aufhöre, hat er beschlossen, sich selbst Ihrer Sache anzunehmen.»

Ich hörte die Worte, ohne wirklich zu verstehen.

«Können Sie das nochmal wiederholen?», bat ich. «Soll das heißen, dass Rechtsanwalt Barrington meinen Fall selbst übernehmen wird?»

«Das hat er so entschieden, ja. Er wird Sie nach Neujahr anrufen, und wahrscheinlich wird er dann Sie und Ihren Mann und Ihre Kinder kennenlernen wollen.»

Ich war völlig durcheinander, als ich den Hörer auflegte.

Das war das beste Weihnachtsgeschenk, das ich je bekommen hatte.

Silvester verbrachten wir zusammen mit vielen Nachbarn bei Valerie, blieben allerdings nicht lange. Anders ging es nicht gut. Er war blass und schlapp und schwitzte, deshalb entschuldigten wir uns und waren lange vor Mitternacht zu Hause. Anders fiel ins Bett, die Kinder durften noch aufbleiben und fernsehen, schliefen aber beide auf dem Sofa ein.

Meinen ersten Jahreswechsel in den USA verbrachte ich deshalb allein in unserer dunklen Küche und schaute zu, wie draußen die Schneeflocken langsam zu Boden sanken.

Es war 1999, das letzte Jahr des alten Jahrtausends.

Es gab zwar eine Menge Wolken an meinem Himmel, doch ich war überzeugt, dass es ein gutes Jahr werden würde.

Die größte Wolke, die mir am meisten Sorgen bereitete, war Anders. Er hatte sich auf eine Weise in sich selbst verkrochen, die mich beunruhigte und mir Angst machte. Nicht einmal zu unseren schwersten Zeiten in Südamerika hatte er sich so verhalten.

Am Neujahrsmorgen brachte ich ihm Kaffee ans Bett und legte mich dann ganz dicht zu ihm, streichelte seine Schultern und seinen Bauch. Ich sehnte mich nach ihm, wollte ihn ganz nah spüren, so nah, wie es nur ging.

Doch er wandte sich ab.

Mir brannten die Wangen vor Scham darüber, abgewiesen zu werden, doch ich beschloss, meine Enttäuschung nicht zu zeigen.

«Der Gewinn aus meinen Penny-Stock-Geschäften ist auf meinem Broker-Account eingegangen», sagte ich.

Er rührte sich nicht, sondern ließ seinen breiten Rücken sprechen, deshalb redete ich weiter.

«Da ist jetzt genug Geld, damit du ein Business starten …»

In dem Moment drehte sich Anders ruckartig um und schaute mich wütend an.

«Hörst du gar nicht, wie du redest? *Business* und *broker* und *stocks*. Bist du in nur drei Monaten zur Amerikanerin geworden?»

Die Tränen schossen mir in die Augen und liefen über meine Wangen. Ich schlug die Hände vors Gesicht.

«Meine Güte, tust du mir leid», sagte er, stand auf und verließ das Schlafzimmer.

Mr. Barrington rief am ersten Arbeitstag nach Neujahr an. Das Gespräch war kurz, der Anwalt berichtete, dass unser Fall ihn sehr interessiere und er vorhabe, ihn als Präzedenzfall durchzufechten. Deshalb wolle er uns alle zusammen Ende Januar kennenlernen.

Ich antwortete, wir seien sehr froh und dankbar, dass er sich unseres Falles annehmen wolle, und als ich aufgelegt hatte, waren meine Hände ganz nass geschwitzt.

Als der Tag gekommen war und wir ins Auto stiegen, hatte es geschneit. Die Kinder hatten schulfrei bekommen, und ich versuchte, die ganze Reise als einen spannenden Ausflug darzustellen, doch Anders bemerkte meine Anstrengungen gar nicht. Er setzte sich nur wortlos ans Steuer und nahm Kurs auf die Hauptstadt des Bundesstaates. An der Raststätte, an der ich das letzte Mal einen Muffin gegessen hatte, machten wir eine Pause, und trotz der Wetterlage waren wir rechtzeitig da.

Als wir die Kanzlei betraten, dachte ich erst, wir hätten uns in der Tür geirrt. Die Räume sahen so völlig anders aus, jetzt, da Menschen in den Fluren auf und ab liefen, Telefone klingelten und Kopiergeräte blinkten, dass ich das alles zunächst gar nicht wiedererkannte.

Eine freundliche Sekretärin begrüßte uns, nahm unsere Mäntel, servierte Kaffee und bat uns, vor dem Büro von Anwalt Barrington zu warten. Nach einer Weile wurden wir in ein riesiges Eckzimmer geführt, von dem man nach Süden wie nach Westen eine phantastische Aussicht hatte. In dem Raum befanden sich jede Menge Leute, und ich schaute verwirrt von einem zum anderen und versuchte zu erraten, wer davon Mr. Barrington war.

«Herzlich willkommen», sagte ein großer schlanker Mann mit sprühenden, lebhaften Augen hinter der Brille. Er kam auf uns zu, gab uns die Hand und führte uns zu seinem Schreibtisch.

Die anderen Personen im Raum, fünf an der Zahl, waren seine Assistenten und Mitarbeiter. Eine von ihnen, eine junge farbige Frau, setzte sich auf den Stuhl neben mir.

Zunächst stellte uns Mr. Barrington einige allgemeine Fragen, woher wir kamen und wo wir gewesen waren, und dann bat er seine Sekretärin, den Kindern im Nebenzimmer einen kleinen Imbiss anzubieten. Anders ging mit ihnen hinaus.

Da saß ich also allein mit sechs Juristen und erzählte ungefähr dieselben Dinge, die ich schon Mr. Stevens erzählt hatte. Diesmal ging es allerdings schneller, weil alle die Geschichte schon kannten.

Als ich fertig war, gab Mr. Barrington zu verstehen, dass die Sitzung beendet sei, und alle Mitarbeiter außer der Frau an meiner Seite verschwanden wie auf ein geheimes Signal.

«I'm Lindsay», sagte die Frau mit leiser Stimme, und wir schüttelten uns die Hand, während die anderen beim Aufstehen mit ihren Stühlen lärmten.

Als wir allein waren, lehnte sich Mr. Barrington in seinem Stuhl zurück und betrachtete mich forschend.

«Ich denke, dass Sie eine Chance haben, mit der Sache hier ins Land zu kommen», sagte er, «aber wie Sie sicher verstehen, kann ich nichts versprechen. Wir sind zahllose Asylfälle durchgegangen, auf der Suche nach einem, der vielleicht ähnlich gelagert war wie Ihrer, haben aber keinen gefunden.»

Er nickte der Frau neben mir zu.

«Lindsay hat einen einzigen Fall ausgegraben, bei dem einem Europäer Asyl in den USA gewährt wurde», erklärte er. «Das war ein Franzose, der aus religiösen Gründen hierbleiben durfte, aber das ist schon viele Jahre her. Verfolgung aus den Gründen, die Sie angeben, *domestic violence*, häusliche Gewalt, ist noch nie als Asylgrund anerkannt worden. Wir haben nicht einmal einen Fall finden können, in dem das auch nur versucht wurde.»

Er stand auf und reichte mir die Hand.

«Das wird eine interessante Reise werden», sagte er und lächelte.

Und ich konnte nicht anders, als zurückzulächeln, obwohl mein ganzer Magen ein einziger großer Stein war.

Lindsay brachte mich nach draußen.

«Mr. Barrington ist sehr *busy*», sagte sie leise, «aber mich können Sie immer anrufen, wenn Sie wollen.»

Sie gab mir ihre Visitenkarte, lächelte und verschwand.

In den folgenden Monaten machte ich mit meinen Penny-Stock-Geschäften weiter, und als der Frühling kam, hatte ich so viel verdient, dass ich mich traute, etwas mutiger zu sein. Der Nasdaq-Index schoss in diesem Frühjahr wie eine Rakete nach oben, und die IT-Aktien der *new technology* waren dabei, in geradezu groteske Höhen zu klettern. Das würde natürlich nicht so bleiben, das sagte einem schon die Logik, aber mit Glück und etwas Geschicklichkeit konnte man rechtzeitig abspringen. Ich surfte oft im Internet und las die schwedischen Zeitungen. Man hatte angefangen, öfter über Hanna zu berichten, ihr Buch stand auf Platz eins der Bestsellerliste. Als ich das las, schickte ich ihr eine kleine Glückwunschmail.

Den Kindern ging es gut in der Schule. Sie hatten Freunde und kamen mit den Lehrern einigermaßen gut zurecht. Es gab eigentlich nur ein Fach, in dem sie Schwierigkeiten hatten, und das war Spanisch, das sie als Zusatzfach gewählt hatten. Der Lehrer war ein Mexikaner, der keine Chilenen mochte. Da meine Kinder chilenisches Spanisch sprachen, nutzte er jede Gelegenheit, ihnen das Leben schwerzumachen. Ich besprach die Sache mit der Rektorin, den Lehrern und der Elternvertretung und wandte dabei dieselbe ruhige und sachliche Überzeugungstaktik an, die ich mir als Vorsitzende des Elternbeirats der Schule in Santiago zugelegt hatte, und noch ehe das Frühjahrssemester vorüber war, wurde ich in den Vorstand der örtlichen *Parents and Teachers Association* gewählt.

Als die Tage heller und wärmer wurden, ging es Anders wieder besser. Bruce und er spielten abends wieder Tennis, und ich hoffte, ihn bald so weit zu haben, dass er eine kleine Firma aufmachte.

Im Juni rief Hanna mit einem interessanten Vorschlag an.

«Ich werde mit ein paar anderen Leuten zusammen einen Verlag gründen», sagte sie. «Das Erste, was wir gern veröffentlichen würden, ist das Buch mit deiner Geschichte, allerdings diesmal als Taschenbuch. Was hältst du davon?»

«Können wir das denn?», fragte ich. «Hat nicht der alte Verlag die Rechte daran?»

«Das schon, aber wenn wir ihnen anbieten, es neu herauszugeben, und sie lehnen ab, dann gehört das Buch wieder uns.»

«Glaubst du, dass es sich verkaufen würde?», fragte ich.

«Die Leute haben jetzt vier Jahre lang danach gefragt», sagte Hanna. «Der Verlag hat ja einfach keine weiteren Auflagen gedruckt, und ich glaube, dass an deiner Geschichte viel mehr Interesse besteht, als die begriffen haben. Wir würden gern sehen, was passiert, wenn es nochmal erscheint.»

Ich zögerte kurz.

«Aber ich will keine Interviews mehr geben», sagte ich.

«Das musst du auch nicht, wenn du nicht willst.»

«Und ich finde nicht, dass mein Name auf dem Umschlag stehen sollte.»

Hanna war überrascht.

«Wieso denn nicht? Wir haben doch vereinbart, alles zu teilen.»

«Ja, ich weiß», sagte ich, «aber ich finde es besser, wenn außen nur dein Name steht. Ich kann ja auf dem Innentitel auftauchen.»

Dann sprachen wir über die Kinder und Anders und Hannas Kinder und ihren Mann, und dann legten wir auf.

Hinterher spürte ich die Aufregung im Bauch flattern. Vielleicht hatte Hanna recht. Ihr neues Buch stand nun seit fünf Monaten auf Platz eins der Bestsellerliste, also wusste sie sicher schon einiges über Bücher und wie sie sich am besten verkauften.

Im Juli schrieb unser erster Verlag auf Hannas Anfrage, dass sie nicht die Absicht hätten, meine Geschichte jemals wieder zu veröffentlichen, und damit fielen die Rechte an dem Buch an uns zurück.

Im August, ein Jahr nach meinem ersten Treffen mit Mr. Stevens, schickte Rechtsanwalt Barrington unsere Unterlagen an den *Immigration and Naturalization Service*, die amerikanische Einwanderungsbehörde.

Ein paar Wochen später erklärte er mir am Telefon, was als Nächstes passieren würde.

«Jetzt müssen die Mühlen erst mal anfangen zu mahlen», sagte er. «Wir haben den Bescheid bekommen, dass der INS Ihren Antrag entgegengenommen hat und ihn bearbeitet. Das heißt, dass die Behörde wahrscheinlich noch mehr Unterlagen anfordern wird, und auch wir können unseren Asylantrag um weitere Informationen ergänzen. Das wird eine Weile dauern, und zwar mindestens ein Jahr. Der nächste Schritt in dem Prozess ist sehr wichtig. Er besteht darin, dass die Einwanderungsbehörde einen ersten Beschluss in Ihrer Sache fasst: Entweder werden Sie zu einer Anhörung geladen, einem *hearing*, oder Ihr Antrag wird direkt abgelehnt. Sobald wir ein Datum für ein Hearing haben – falls wir eines bekommen –, sind die Tore zu. Dann können wir keine weiteren Unterlagen mehr nachreichen.»

«Okay», sagte ich und sah von meinem Block hoch, auf dem

ich versucht hatte, den Ablauf zu skizzieren. «Das erste Teilziel ist also, ein Hearing zu bekommen.»

«Genau.»

«Andernfalls werden wir sofort rausgeworfen.»

«So ist es.»

Ich zögerte kurz, ehe ich die nächste Frage stellte.

«Glauben Sie, dass wir es bekommen? Wird man uns zu einer Anhörung vorladen?»

Der Anwalt klang sehr ruhig, als er antwortete.

«Wenn es überhaupt etwas gibt, was ich Ihnen versprechen kann», sagte er, «dann dies: dass ich mein Möglichstes tun werde, damit Sie ein Hearing bekommen.»

Die Kinder sprachen jetzt die ganze Zeit amerikanisches Englisch, sowohl mit ihren Freunden als auch miteinander. Ich redete weiterhin stur Schwedisch mit ihnen, aber sie antworteten mir immer öfter auf Englisch. Inzwischen nannten sie mich nicht mehr «Mama», sondern *«Mom»*. Wenn sie etwas wollten oder sauer oder wütend wegen irgendetwas waren, dehnten sie das «o» in der Mitte, das dadurch lang und klagend wurde: *«Mooom!»*

Emma war immer sehr klein für ihr Alter gewesen, doch jetzt fing sie an zu wachsen. Im Sommer und Herbst 1999 wuchs sie mindestens sechs, sieben Zentimeter. Ich beobachtete sie genau, denn ich fürchtete, dass die Pubertät vielleicht irgendwelche vergessenen destruktiven Muster in ihr wieder wecken könnte. Doch meine Sorgen waren unbegründet.

Emma war genauso wie jede andere gesunde und fröhliche amerikanische Jugendliche. Sie ging zum Square Dance und liebte es, in der Stadt umherzuziehen und mit ihren Freundinnen zu kichern. Robin fuhr immer noch mit seinen Freunden auf dem Rad herum, sie rasten kreuz und quer durchs Viertel, johlten und lachten und hatten ihren Spaß. Wenn sie nicht Fahrrad fuhren, dann Skateboard und, sowie es möglich war, Snowboard.

Doch vor allem hatten sie einen großen Freundeskreis. Nach der Schule war unser Haus immer voller Kinder, da waren Charlene und Jack, die gleich nebenan wohnten, Sandras Tochter Linda, Isabelle und Charlie und eine ganze Reihe anderer Klassenkameraden.

Sowohl Emma als auch Robin hatten ein großes Bedürfnis, zu reden, zu lachen und zu spielen. Man musste kein Kinderpsychologe sein, um zu wissen, warum das so war. Während ihrer gesamten frühen Kindheit waren sie völlig isoliert gewesen – Robin bis zu seinem siebten Lebensjahr, Emma bis sie acht, fast neun Jahre alt war. Es war einfach wunderschön, sie jetzt mit anderen Kindern herumtoben und spielen zu sehen.

Im Oktober hatten sie Geburtstag, Emma wurde Teenager und Robin elf. Emma bekam einen neuen Tanzrock, Tanzschuhe und eine Zehnerkarte für die größte Kinokette in der Stadt. Für Robin besorgten wir ein neues Skateboard, da sein altes, das wir gebraucht gekauft hatten, nicht mehr zu retten war.

Für mich standen die Kinder im Mittelpunkt, nahezu mein ganzes Dasein kreiste um sie. Ich ernährte die Familie immer noch als *day trader* an der Börse in New York, doch die Aktiengeschäfte nahmen mich jeden Tag nur ein paar Stunden in Anspruch. Den Rest der Zeit putzte ich, kaufte ein, kochte Essen, spülte Geschirr oder fuhr die Kinder in der Gegend herum.

Jeden Abend kochte ich ein anständiges Essen, es gab Fisch oder Fleisch und Kohlehydrate und Salat, und als Getränk Milch oder Wasser. Viele der anderen Kinder in unserem Viertel aßen fast immer auswärts, und wenn sie zu Hause aßen, gab es meist Pizza oder Hamburger, die man sich liefern ließ.

Einmal kam Robin erstaunt nach Hause, nachdem er bei einem Freund zu Abend gegessen hatte, und erzählte, dass er dort Kartoffelchips bekommen habe. Chips! Als Abendmahlzeit! «Das essen wir immer», hatte der Freund ihm erstaunt erklärt, und Robin wollte seinen Ohren nicht trauen.

Bei uns waren Chips strikt auf ein Schälchen beim freitäglichen Fernsehen beschränkt.

Die amerikanische Esskultur war insgesamt ziemlich schlecht, kein Wunder, dass hier viele Menschen so fett waren.

Sandra war jetzt meine beste Freundin. Wir machten lange Spaziergänge, sie hatte immer neue Diäten, die sie gerade ausprobierte, um ihre letzten fünf *pounds* loszuwerden, obwohl das überhaupt nicht nötig war. Außerdem unternahm ich viel mit Valerie und Helen, und manchmal ging ich sonntags in die Kirche, obwohl ich mich eigentlich nicht für einen besonders gläubigen Menschen hielt. Aber die Zeremonie gefiel mir, und außerdem war es schön, andere Menschen zu treffen und Teil einer Gemeinschaft zu sein.

Anders hing immer noch zu Hause herum und wusste nichts mit sich anzufangen. Wenn ich vor dem Computer saß und versuchte, mich auf die Auf- und Abschwünge an der Börse zu konzentrieren, machte mich sein Brummen und Stöhnen manchmal ganz närrisch.

Schließlich stellte ich den Computer in das Zimmer der Kinder, denn das war der einzige Raum, den er noch nicht mit Beschlag belegt hatte.

Das hatte allerdings zur Folge, dass der Computer nach Börsenschluss für die Kinder zugänglich war, und so entdeckte Robin die magische Welt des Computerspiels. Zusammen mit seinen Freunden konnte er endlose Stunden damit zubringen. Am Ende musste ich die Spielzeiten beschränken, sonst hätten sie sich noch allesamt in kleine Bildschirme verwandelt.

Der Jahreswechsel kam, und er war diesmal etwas ganz Besonderes. Das neue Jahrtausend sollte, wie in der ganzen Welt, auch in unserer Stadt mit Böllern und Raketen begrüßt werden.

Sandra wollte eine Millenniumsparty geben, und ich half ihr beim Planen, Bestellen und Dekorieren.

«Ach, Mia», sagte sie eines Abends, als wir jeweils mit einer Tasse Kaffee und einer Decke um die Beine in ihrem Wohnzimmer vor dem Kamin saßen, «ich bin ein glücklicher Mensch, und weißt du, warum?»

Ich stellte meine Tasse auf dem Sofatisch ab und schüttelte den Kopf.

«Weil ich frei bin. Ich kann machen, was ich will, mich treffen, mit wem ich will, ich habe mich entschieden, hier zu wohnen, als Krankenschwester zu arbeiten, und mein Liebling Adam kommt zu meiner Party – kann man es noch besser haben?»

Sandra war geschieden. Vor einiger Zeit hatte sie mir einmal ihre Geschichte erzählt. Sie war schon zehn Jahre verheiratet, als sie Adam kennenlernte, der ebenfalls verheiratet war. Sie verliebten sich ineinander und konnten ihre Liebe nicht verleugnen. Es gab einen Skandal, denn Adam war Pfarrer in einer Nachbargemeinde. Inzwischen waren sie beide seit einigen Jahren geschieden, sie trafen sich immer noch und waren noch genauso verliebt, wussten aber nicht, wann sie heiraten würden.

Bei ihrer Scheidung hatte Sandra ein Haus aufgegeben, das noch größer und luxuriöser gewesen war als das von Valerie an der Oak Street. Ihr Exmann, Lindas Vater, wollte nichts mehr mit ihnen zu tun haben und weigerte sich, irgendwelchen Kontakt mit dem Mädchen zu pflegen, sodass der Preis für ihre Freiheit sehr hoch gewesen war.

Doch Adam hatte einen noch höheren Preis bezahlt. Er hatte nicht nur sein Zuhause verloren, sondern auch seine

Arbeit als Pfarrer. Jetzt war er Lehrer. Jede zweite Woche verbrachten seine Kinder bei ihm, aber seine Söhne akzeptierten Sandra nicht. Deshalb hatten sie die Hochzeit immer wieder verschoben.

Sandra saß eine Weile schweigend da und dachte nach, der Schein des offenen Feuers malte tanzende Lichter auf ihr verträumtes Gesicht.

«Als ich mit meinem Mann zusammenlebte, war ich tot», sagte sie leise und langsam. «Er sah mich nie, berührte mich nie, unser Sex erschöpfte sich in einem fünfminütigen Raus und Rein, danach wälzte er sich von mir herunter, und damit hatte es sich. Er redete nie mit mir, ich war nur Luft für ihn. Mit Adam bin ich ein Mensch, er sieht mich und berührt mich und liebt mich, und weißt du was?»

Sie sah mich an.

«Ich bin lieber arm, abgearbeitet und lebendig als satt, reich und tot.»

Ich sah verwirrt zu Boden, ihre Worte hatten mich seltsam berührt.

Was war ich selbst?

Was ich lebendig oder tot?

An diesem Abend starrte ich Anders' Nacken an, als er wie immer mit dem Rücken zu mir in unserem Bett lag und schnarchte.

Wann hatten wir das letzte Mal miteinander geschlafen? In diesem Sommer? Oder im Sommer davor?

Ich konnte mich nicht mehr erinnern.

Die Millenniumsparty war ein Bombenerfolg. Gut fünfzig Leute drängten sich in Sandras kleinem Haus, wo es alle möglichen Arten von Snacks und Getränken und Süßigkeiten gab. Sandra strahlte neben ihrem Adam, und ich musste an ihre Worte denken.

Lieber arm, abgearbeitet und lebendig als satt, reich und tot.

Als Anders schon um halb zehn nach Hause wollte, sagte ich nein.

«Ich bleibe», sagte ich ruhig, «und möchte, dass du das auch tust.»

Er blieb, und als es zwölf Uhr schlug, küsste er mich zum ersten Mal seit langem.

Während alle Gäste zur Begrüßung des neuen Jahrtausends *Auld Lang Syne* anstimmten, wanderten meine Gedanken zu den Menschen, die ich gekannt und auf irgendeine Weise verloren hatte: meine Eltern, meine Schwester, Manuel in Chile, meine alte Freundin Sisse. Sie waren noch da, aber doch für mich verschwunden. Es hatte sich so vieles verändert. Selbst wenn ich sie alle wiedersehen könnte, würde das Leben doch niemals mehr so sein, wie es einmal gewesen war.

Dann sah ich mich unter all den festlich gekleideten Menschen um, in deren Mitte ich stand, und mir wurde ganz warm ums Herz.

Die Zukunft begann hier und jetzt, und sie gehörte mir.

Der Nasdaq-Index stieg in diesen Tagen wie lange nicht. Kurz vor Weihnachten hatte zum Beispiel die Softwarefirma VA Linux Systems Inc. an ihrem allerersten Tag an der Börse um fast siebenhundert Prozent zugelegt, und das war kein Einzelfall. Der Internet-Dienstleister Agency.com stieg am ersten Handelstag um einhundertvierundneunzig Prozent. Und es gab noch mehr Beispiele: Andover.net, ein Webportal für Linux-Entwickler, und Jazztel, ein spanischer Telefon- und Internetanbieter, stiegen noch mehr.

Ein kleines Unternehmen, das Internet-Glückwunschkarten anbot, Egreetings Network, erwartete einen Gewinn von mindestens fünfzig Millionen Dollar, woraufhin sein Kurs raketenartig in die Höhe schoss.

Fünfzig Millionen Dollar für Internet-Grußkarten?

Das kann ich mir nicht vorstellen, dachte ich und fasste einen Entschluss. So konnte es nicht weitergehen, das war doch klar.

Sowie die Börse am ersten Tag nach Neujahr öffnete, verkaufte ich alle meine Nasdaq-Aktien, und das war genau der richtige Zeitpunkt. Im Laufe dieses Jahres sollte sich der Börsenwert des Nasdaq fast halbieren.

In der zweiten Januarwoche erhielt ich ein Paket von Hanna mit zehn Exemplaren der Taschenbuchversion meiner Lebensgeschichte. Der Umschlag war grau und rosa, ich fand ihn viel schöner als den alten, den der erste Verlag hatte machen lassen. Diese Ausgabe des Buches war kürzer als die Originalfassung. Hanna hatte den Text vor der Übersetzung ins Norwegische gekürzt, und sowohl sie als auch ihr Verleger fanden, dass das kürzere Manuskript besser war.

Noch am selben Abend machte ich es mir auf dem Sofa gemütlich und las das Buch von der ersten bis zur letzten Seite, und danach musste ich zugeben, dass die Kürzungen dem Buch gutgetan hatten: In dieser Version war alles auf den Punkt gebracht. Und obwohl ich ja wirklich auf jeder Seite genau wusste, was passieren würde, konnte ich nicht anders, als davon berührt zu sein. Manchmal weinte ich, und zwar gar nicht so sehr, weil ich mir selbst leidtat, sondern weil es überhaupt möglich war, dass so etwas geschah.

Der Veröffentlichung des Buches sah ich mit etwas Sorge entgegen. Sie hatten diese Auflage in dreißigtausend Exemplaren gedruckt, das war doch bestimmt viel zu viel. Aber Hanna stand mit ihrem ersten Kriminalroman jetzt seit einem Jahr auf der Bestsellerliste, Hunderttausende Schweden hatten ihn bereits gekauft. Vielleicht würden sie ja einfach deshalb schon auf dieses Buch neugierig sein.

Voller Erwartung stellte ich das Taschenbuch ins Regal.

Doch schon wenige Tage später verwandelte sich meine Freude in bodenlose Verzweiflung.

Rechtsanwalt Barrington rief an und klang zutiefst besorgt.

«Wir sind auf ein unerwartetes und völlig neues Problem gestoßen», sagte er. «Ihre Unterlagen sind weg, sie sind irgendwo bei der INS verschwunden, und die Behörde weigert sich nun anzuerkennen, dass Sie ein laufendes Asylbewerberverfahren haben.»

Es war, als würde alle Luft aus dem Raum um mich herum gesaugt, ich befand mich plötzlich in einem Vakuum.

«Was?», fragte ich verständnislos. «Und was bedeutet das?»

«Man will Sie ausweisen, am liebsten noch diese Woche.»

Ich musste mich an der Wand abstützen, um nicht umzufallen.

«Das ist nicht wahr», stieß ich hervor.

«Leider ist das der Bescheid, den ich erst vor wenigen Minuten von der Einwanderungsbehörde erhalten habe. Ich wollte Ihnen das sofort mitteilen, aber ich möchte auch betonen, dass wir das Verhalten der Behörde nicht akzeptieren werden. Wir wissen, dass Ihre Unterlagen bei denen angekommen sind, sie haben sie ganz einfach verschlampt. Und ich werde dafür sorgen, dass sie ihren Fehler erkennen.»

Die Wände kamen auf mich zu, ich musste mich setzen.

«Woher wissen wir, dass die Unterlagen da angekommen sind?», fragte ich mit zitternder Stimme.

«Sie haben uns eine auf den 19. August 1999 datierte Eingangsbestätigung geschickt.»

Mr. Barrington erzählte mir, dass er sich in den letzten Wochen schon gefragt habe, warum die Einwanderungsbehörde nichts von sich hören ließ. Wenn alles so gelaufen wäre, wie es sollte, hätte der INS längst mit ihm Kontakt aufgenommen und um weitere Informationen gebeten, doch das war nicht geschehen. Also hatte er dort angerufen und nach dem Stand der Bearbeitung gefragt, und da hatte er die Antwort erhalten, dass unser Asylantrag nicht existiere.

«Denen mache ich Feuer unter dem Hintern, darauf können Sie sich verlassen», sagte Anwalt Barrington. «Ich werde dafür sorgen, dass Sie zu Ihrem Recht kommen, und wenn ich dafür bis ganz nach oben gehen muss.»

Nachdem ich aufgelegt hatte, zitterten meine Hände, und ich begann hemmungslos zu weinen.

In den folgenden Tagen zuckte ich immer zusammen, wenn ich ein Martinshorn oder irgendwelche anderen seltsamen Laute in der Nähe unseres Hauses hörte. Obwohl ich wusste, dass es nicht einfach so passieren würde, hatte ich doch Angst, die Polizei oder der Sheriff könnte kommen und uns abholen. Uns in Handschellen schreiend aus dem Haus schleifen, in einen wartenden Gefangenentransport mit Blaulicht und vergitterten Fenstern verfrachten und uns dann aus den USA hinauswerfen. Sobald die Post in den Kasten fiel, lief ich gleich hin und holte sie, aber es war natürlich kein Ausweisungsbescheid vom INS dabei. Wenn, dann würde er an meinen Anwalt gehen.

Das Wochenende kam und ging, und am Montag rief Mr. Barrington wieder an.

«Ich habe den INS dazu bewegen können, Ihre unmittelbare Ausweisung aufzuschieben», sagte er. «Sie weigern sich zwar, die Empfangsbestätigung als einen Beweis dafür anzusehen, dass es Ihren Antrag gibt, aber ich habe sie doch ein wenig in Verwirrung stürzen können. Ich melde mich wieder bei Ihnen, sowie ich etwas Neues zu berichten habe.»

Die ganzen Turbulenzen hatten zur Folge, dass ich mich kaum auf meine Aktiengeschäfte konzentrieren konnte und deshalb ein paar richtig schlechte Verkäufe abschloss. Das machte mir klar, wie verletzlich wir waren. Was würde geschehen, wenn ich mal krank werden sollte? Wer würde uns dann versorgen?

«Du musst anfangen, Geld zu verdienen», sagte ich an einem Tag im März zu Anders, nachdem ich die Kinder zur Schule gefahren hatte. Draußen lag Schnee, und es war sehr glatt, ich war mit dem Auto herumgeschlittert und hatte vor Angst Blut und Wasser geschwitzt. Und jetzt hatte ich so richtig schlechte Laune.

Mein Mann sah ziemlich erstaunt vom Sofa auf.

«Warum denn?»

Ich zog meinen Mantel aus und schleuderte die Schuhe von den Füßen.

«Die Börsenkurse fallen», sagte ich. «Was ist, wenn sie total in den Keller gehen oder wenn ich mal nicht arbeiten kann? Jetzt haben wir doch das Geld, damit du eine Firma gründen kannst. Warum willst du es nicht wenigstens versuchen?»

Zu meiner Überraschung legte Anders die Fernbedienung weg und setzte sich auf.

«Aber ich weiß doch gar nicht, wie das geht», sagte er.

«Dann finde es gefälligst heraus», erwiderte ich. «Und wenn du Fragen hast, komm zu mir, denn ich weiß, wie es geht.»

Und dann ging ich ins Kinderzimmer und machte den Computer an.

Ich war wütend, durchgefroren und den Tränen nahe. Als die Börsenseite auf dem Bildschirm erschien, merkte ich, dass ich mich nicht darauf konzentrieren konnte.

Stattdessen surfte ich bei den schwedischen Abendzeitungen herum und las über ein paar Leute, die bei irgendeiner Reality-Show im Fernsehen mitgemacht hatten. Das sagte mir gar nichts, und deshalb klickte ich verärgert weiter. In einer der Zeitungen stand ein Artikel über Hanna, aber das kam in letzter Zeit häufiger vor. Dann schaute ich bei Amazon nach, ob es irgendwelche neuen lustigen Filme gab, und anschließend besuchte ich eine Literatur-Website, auf der die aktuelle schwedische Bestsellerliste präsentiert wurde.

Hanna lag nach wie vor auf Platz eins, aber zu meinem Erstaunen stand ihr Name auch auf Platz zwei.

Ich schnappte nach Luft.

Meine Geschichte stand auf Platz zwei der schwedischen Bestsellerliste!

Ich hängte mich sofort ans Telefon und rief Hanna an.

«Warum hast du mir das denn nicht gesagt?», rief ich.

«Was denn?», fragte Hanna.

«Dass wir auf Platz zwei der Taschenbuchbestsellerliste liegen!»

«Tun wir das?»

Das war typisch Hanna, sie kümmerte sich nie um Zahlen. Ich fragte trotzdem:

«Wie viel haben wir denn verkauft?»

«Keine Ahnung, aber ich glaube, wir haben noch eine weitere Auflage gedruckt. Mindestens.»

Da musste ich einfach lachen, und meine Sorge und meine schlechte Laune waren wie weggeblasen.

Dieses Gefühl hielt auch noch an, als wir schon aufgelegt hatten. Das Wissen, dass meine Erfahrungen etwas wert waren, schenkte mir eine innere Wärme, und bei dem Gedanken, dass bereits über dreißigtausend Menschen an meinem Schicksal Anteil genommen hatten, wurde mir richtig schwindelig.

Ich lief hinaus zu Anders, der am Herd stand.

«Was machst du denn?», fragte ich erstaunt.

«Würstchen braten, willst du auch eins?»

«Natürlich.»

Er drehte sich um, kam auf mich zu und streichelte mir unbeholfen über die Wange.

«Entschuldige», sagte er leise. «Ich will mich bessern.»

Ein paar Wochen später war Anders' Firma angemeldet. Wir hatten nicht weit von unserem Haus entfernt Räume gefunden, und dank meiner Börsenspekulationen konnten wir das Inventar und das Material anschaffen, das er benötigte. Nach einem etwas zögerlichen Start kamen die Geschäfte auch in Gang, und als es Sommer wurde, hatte Anders vollauf zu tun.

Mein Glücksgefühl verstärkte sich noch, als Mr. Barrington mit phantastischen Neuigkeiten anrief.

«Ich habe den Senator unseres Bundesstaates dazu gebracht, sich um Ihre verschwundenen Unterlagen zu kümmern», sagte der Anwalt. «Jetzt müsste es wirklich mit dem Teufel zugehen, wenn sie nicht parieren.»

Und wie sich zeigen sollte, parierten sie.

Nachdem der Senator mit einem der obersten Chefs des INS Kontakt aufgenommen hatte, löste sich das Problem, und die Empfangsbestätigung wurde als Beweis für ein laufendes Asylverfahren anerkannt.

Allerdings waren nach wie vor sämtliche Unterlagen verschwunden, und wir mussten den kompletten Antrag noch einmal einreichen. Die Arbeit eines ganzen Jahres war vergebens gewesen, und es blieb uns nichts anderes übrig, als noch einmal von vorn zu beginnen.

Doch wer weiß, vielleicht war es gar nicht so schlecht, dass die Unterlagen beim ersten Mal verschwunden waren. Die erste Runde war so gesehen eine Generalprobe gewesen, und nun hatten wir die Chance, alles noch einmal und noch besser zu machen. Unter anderem nahm Mr. Barrington Kontakt zu Hanna auf, und sie steuerte eine ganze Reihe Papiere und Dokumente von schwedischen Gerichten und Behörden bei, die meinem Antrag hinzugefügt wurden.

Nach vier Monaten hatten wir die Akte rekonstruiert und in vielen Punkten noch ergänzt.

Am selben Tag, als wir mein Gesuch beim INS einreichten, bekamen wir Bescheid, dass meine alte Akte gefunden worden sei.

«Das ist doch wirklich die Höhe», schimpfte Mr. Barrington. «Sie hat die ganze Zeit auf dem falschen Schreibtisch gelegen!»

«Und was passiert jetzt?», fragte ich.

«Jetzt müssen wir zu Gott beten, dass es ein Hearing gibt», erwiderte der Anwalt.

Der Sommer kam und ging, das Wetter war warm und herrlich, und die Kinder gingen fast jeden Tag baden. Ich sprach mit Hanna, die berichten konnte, dass unser Buch inzwischen auf Platz eins der Bestsellerliste stand, und das schon seit mehreren Monaten.

«Ich bekomme jede Menge Anfragen, wie es euch heute geht», sagte Hanna. «Die Leute wollen eine Fortsetzung, in der erzählt wird, wie es euch ergangen ist, seit ihr Schweden verlassen habt.»

«Meinst du, dass wir das machen sollten?», fragte ich.

«Das können wir schon», sagte Hanna, «aber ich finde, wir sollten nichts überstürzen und nur, weil das erste Buch ein Erfolg war, noch ein zweites schreiben. Das Wichtigste ist, dass für euch jetzt alles gut wird, und wenn du das Gefühl hast, dass die Dinge so sind, wie sie sein sollen, dann reden wir wieder über die Sache. Kennst du eigentlich jemanden in Sundsvall?»

«Sundsvall?»

Ich dachte intensiv nach.

«Ich glaube nicht», sagte ich, «wieso?»

«Heute habe ich einen Brief von einem Typen gekriegt, der glaubt, du seist eine ehemalige Freundin von ihm. Das war der dritte Brief von der Sorte in diesem Monat. Überall in Schweden gibt es Leute, die glauben, dass sie dich kennen, einige meinen sogar, sie kämen in dem Buch vor. Schon irgendwie traurig, nicht?»

Ich nickte und setzte mich an den Küchentisch.

«Ist das denn so oft vorgekommen?», fragte ich. «Dass ein Mädchen Mitte der achtziger Jahre mit einem gewalttätigen Mann zusammen war und dann einfach verschwand, ohne dass jemand weiß, was aus ihr geworden ist?»

«Das scheint es überall zu geben», erwiderte Hanna.

«Hat sich denn jemand aus meiner Heimatstadt gemeldet?», fragte ich.

«Nein. Aber ich habe mit deiner Kontaktperson beim Sozialdienst gesprochen. Eure Verfolger haben nicht aufgegeben. Die Gefahr für euch wird nach wie vor als ‹unverändert ernst› eingestuft.»

Ich seufzte und sah auf die Straße hinaus, wo Robin gerade mit Jack Skateboard fuhr.

Solange wir nur hierbleiben konnten, war mir alles andere egal.

Anders arbeitete hart in seiner Firma und gönnte sich keine Ferien.

Als der Herbst kam, wurde das ganze öffentliche Leben von der bevorstehenden Präsidentenwahl beherrscht. Die Kampagnen wurden immer massiver, je näher der Wahltag im November rückte. Im Fernsehen, in den Zeitungen und in den Gesprächen der Menschen untereinander drehte sich alles um George W. Bush und Al Gore.

Ich versuchte mich herauszuhalten, denn ich hatte schon gemerkt, dass ich ganz andere Ansichten hatte als die meisten. Außerdem war ich hier nur geduldet und besaß kein Mitspracherecht.

Eines Abends im Oktober, bei einem informellen Treffen mit ein paar Mitgliedern der Elternvertretung, kam das Thema natürlich auch auf. Wir saßen in der Nähe unseres Einkaufszentrums in einem rustikalen Steakhouse mit kleinen

Nischen, Sitzbänken und groben Holztischen, fünf Frauen in ungefähr demselben Alter, die alle im selben Viertel wohnten. Wie gewöhnlich lachten und scherzten wir, zum Beispiel fanden alle meine Art, das Besteck zu halten, lustig und charmant, und es verging keine Mahlzeit, bei der das nicht kommentiert wurde.

«Wie machst du das nur?», fragten die anderen verwundert, wenn ich die Gabel in der linken Hand hielt und das Messer in der rechten und mit beiden gleichzeitig aß. Alle Amerikaner hielten die Gabel in der rechten Hand und aßen ungefähr wie Kleinkinder.

Die Vorsitzende, Barbara, war eine kräftige Frau mit blondierten Haaren, die als Arzthelferin arbeitete. Sie hatte einen Sohn, der etwas älter war als Emma und Robin. Er hatte von der ersten Klasse an immer dieselbe Schule besucht, und das war recht ungewöhnlich.

«Ach ja», sagte sie, als sie den Teller mit den Resten des gebratenen Hühnchens von sich schob, «jetzt dürfen wir wohl hoffen, dass wir endlich eine Weile Ruhe vor den Demokraten haben. Es ist wirklich unglaublich schön, dass wir diesen Holzkopf Clinton bald los sind.»

«Und erst recht seine Hexe von Frau», fügte Barbaras Freundin Melinda hinzu.

Barbara verdrehte die Augen.

«Ich glaube ja, Hillary wäre eine ausgezeichnete Präsidentin», meinte Carmen, die aus Mexiko stammte und deren Tochter in Emmas und Robins Klasse ging. «Hillary war ja eine der besten Anwältinnen der USA, bevor sie First Lady wurde, und wenn man bedenkt, dass sie sich vor allem dafür eingesetzt hat, die Situation von Frauen und Kindern zu verbessern, fände ich es sehr spannend, wenn sie das nächste Mal kandidieren würde.»

Als sie geendet hatte, lastete das Schweigen bleischwer auf

der Runde. Barbara und Melinda starrten sie entgeistert an, und auf Melindas Wangen wuchsen rote Flecken.

«Das kann ja wohl nicht dein Ernst sein», sagte Barbara. «Sag, dass du Witze machst.»

Carmen trank den Rest Wasser aus ihrem Plastikglas.

«Ganz und gar nicht», sagte sie und ließ die Eiswürfel auf dem Grund des Glases kreisen. «Ich finde, dass es mal an der Zeit ist für eine Präsidentin.»

«Das mag ja sein», sagte Melinda, «aber doch nicht Hillary Clinton. Alles, was sie in Washington angefangen hat, ist doch gescheitert, wirklich alles! Und jetzt glaubt sie, sie könnte Senatorin in New York werden, da lachen doch die Hühner!»

Melinda und Barbara lachten schadenfroh.

«Ich denke, ihr solltet mit ihr als Senatorin rechnen», erwiderte Carmen. «Es würde mich nicht wundern, wenn sie das schafft. Und in Washington hat sie sehr nützliche Arbeit geleistet, sie hat eine ganze Reihe guter Reformen durchgesetzt. Wenn wir eine Frau an der Macht haben wollen, dann müssen wir selbst sie dorthin befördern, so geht das nämlich in Washington.»

«Ach schau an», sagte Barbara sarkastisch, «du kennst dich da aus, ja?»

«Madeleine Albright ist dank ihres Frauennetzwerks, zu dem auch Geraldine Ferraro und Hillary Clinton gehörten, Außenministerin geworden», sagte Carmen. «Das ist die einzige Chance für uns Frauen, nach oben zu kommen, wir müssen einander unterstützen.»

«Aber Hillary Clinton ist doch ein machtgeiler, frigider alter Drachen!», platzte Melinda heraus.

Es wurde ganz still, auch an den umliegenden Tischen waren die Gespräche verstummt. Alle starrten Melinda an. Carmen begann demonstrativ, Geld hervorzuholen, um ihren Teil der

Rechnung zu bezahlen und zu gehen. Barbara, die als Vorsitzende der Elternvertretung die Verantwortung für unser informelles Treffen hatte, schnappte hörbar nach Luft und suchte verzweifelt nach etwas, was sie sagen könnte. Sie lächelte angestrengt, wandte sich mir zu und fragte:

«Maria, was denkst du als Ausländerin denn darüber?»

Ich nahm meine Serviette vom Schoß und legte sie auf meinen Teller.

«Ich glaube, dass Carmen vollkommen recht hat», sagte ich. «Ich denke auch, dass Hillary Clinton eine ausgezeichnete Präsidentin abgeben würde. Sie ist intelligent, kompetent und außerdem von einer brennenden Leidenschaft für Menschenrecht und Gerechtigkeit erfüllt. Und wenn Frauen eine Einstellung haben, wie du sie gerade ausgedrückt hast, Melinda, dann ist das meiner Meinung nach absolut vernichtend für uns.»

Dann nahm ich meine Handtasche und legte zehn Dollar auf den Tisch.

«Im Übrigen hoffe ich nur, dass ihr alle gut nachdenkt, ehe ihr euren Präsidenten wählt», fügte ich noch hinzu, «und dass ihr euch überlegt, was die wahren Werte im Leben sind. Was ist euch wichtiger – dass ihr das größte Auto im Viertel besitzt oder dass auch die Arbeiterklasse sich medizinische Versorgung leisten kann?»

Ich schaute in die Runde am Tisch und war mir wohl bewusst, dass inzwischen das halbe Restaurant zuhörte.

«Haben wir alles besprochen?», fragte ich leichthin. «Gut, ich muss nämlich langsam nach Hause.»

«Ich auch», sagte Carmen und stand ebenfalls auf, und auch die fünfte Frau am Tisch erhob sich, Tracy, die sich noch gar nicht geäußert hatte.

Barbara versuchte zu lächeln, murmelte etwas Nichtssagendes und Abwiegelndes, aber Melinda sah mich an, als hätte sie mich am liebsten erwürgt. Ich merkte, dass sie sich nicht würde beherrschen können, und so war es auch.

«Wenn du schon so schlau bist und alles besser weißt», rief sie hinter mir her, «was machst du dann hier? Warum fährst du nicht nach Hause in dein verdammtes Kommunistenland da oben am Nordpol?»

«Dreh dich bloß nicht um», zischte Carmen mir zu, als sie merkte, dass ich stehen blieb. «Geh einfach weiter, kümmere dich nicht um sie.»

Als wir aus dem Restaurant kamen, merkte ich, dass meine Hände zitterten.

«Das war ja vielleicht peinlich», sagte ich.

«Ich weiß, was wir machen», sagte Tracy. «Ich bin die Vorsitzende vom Wahlausschuss, und bei der Abstimmung im November werden wir Barbara und Melinda einfach nicht mehr für den Vorstand nominieren, wie findet ihr das?»

«Gut», sagte Carmen kurz.

«Melinda muss weg», sagte ich, «aber Barbara arbeitet wie ein Tier. Ich finde, sie kann ruhig bleiben, wenn auch nicht mehr als Vorsitzende. Carmen, hättest du nicht Zeit dafür?»

«Barbara wird niemals einen anderen Posten als den der Vorsitzenden akzeptieren», meinte Carmen.

«Ihr Problem», erwiderte ich kurz.

Und so kam es, dass wir, als das amerikanische Volk an die Wahlurne ging, um den Präsidenten zu wählen, Melinda rauswarfen, Barbara als Vorsitzende der Elternvertretung entmachteten und stattdessen die erste Mexikanerin in der Geschichte der Schule auf diesen Posten beförderten.

Die Weihnachtsferien vergingen völlig ereignislos. Es hatte sehr früh sehr viel geschneit, und Helen, Sandra, Valerie und ich sprachen uns ab und brachten reihum die Kinder zu den Snowboard-Hügeln. John war oft verreist, seine Firmenzentrale war in New York, und er verbrachte fast die Hälfte seiner Arbeitszeit dort. Auch Anders arbeitete viel während der Ferien, und ich versuchte, wenigstens ein bisschen Feiertagstradition aufrechtzuerhalten, doch das war allen eigentlich ziemlich egal.

«Ich habe einen Brief von Rosana bekommen», sagte Valerie eines Tages auf dem Heimweg vom Schlittenhang. «Erinnerst du dich an sie? Die Frau aus Brasilien, die zwei ältere Jungs hatte?»

Ich nickte, ja, die Mutter mit den langen schwarzen Haaren, die immer so fröhlich war.

«Wie geht es ihr?»

«Das Colegio Inglese International hat zugemacht», sagte Valerie. «Lauren Gardner hat die Schule ruiniert. Am Ende gab es weder Schüler noch Lehrer, noch irgendein anderes Personal. Sie hat nicht einmal mehr einen Käufer für das Haus gefunden, anscheinend steht alles leer und verfällt.»

«Ach Gott, das ist ja schlimm», murmelte ich.

Die Nachricht vom Ende der Schule machte mich traurig. Sie war so lange Zeit der Mittelpunkt unseres Lebens gewesen.

In der zweiten Januarwoche rief Mr. Barrington an, und wie immer, wenn er sich meldete, zuckte ich zusammen. Was war jetzt?

«Maria», sagte er ernst, «ich muss Ihnen eine wichtige Mitteilung machen.»

Mein Blickfeld schrumpfte zu einem winzigen Fleck.

«Das Hearing», sagte ich. «Wir bekommen kein Hearing. Sie lehnen unseren Antrag ab.»

«Falsch», sagte der Anwalt. «Sie und Ihre Familie sollen Ende August zur Anhörung vor einem Beamten des INS erscheinen. Ich gratuliere!»

Ich schrie vor Freude laut auf und sprang in die Luft.

«Nun mal langsam», beschwichtigte Barrington. «Wir sind ja noch nicht da.»

«Aber wir sind einen Schritt weiter!», rief ich freudestrahlend.

«Vergessen Sie nicht, dass sie auch nein sagen können.»

Ich erstarrte, kindisch, wie ich war, hatte ich an diese Möglichkeit noch gar nicht gedacht.

«Und dann ist alles aus?»

«Nein, gegen einen negativen Bescheid kann Berufung eingelegt werden. Es ist zwar nicht sicher, dass Ihr Fall wiederaufgenommen würde, aber mit etwas Glück bekämen Sie dann einen richtigen Prozess. Das nennt man ein *court hearing*, eine Gerichtsverhandlung, bei der ein vom INS benannter Richter Ihren Fall noch einmal aufrollt.»

«Mit etwas Glück», echote ich.

«Aber nun wollen wir uns nicht schon im Voraus so viele Sorgen machen. Es ist ja auch möglich, dass es im ersten Durchgang klappt. Herzlichen Glückwunsch auf jeden Fall!»

Ein paar Wochen später erhielt ich die erste Zahlung von Hannas Verlag. Von dem Buch waren in einem Jahr allein in Schweden mehr als dreihunderttausend Exemplare über den Ladentisch gegangen, und unser Agent hatte die Lizenzrechte nach Finnland, Dänemark, Deutschland und in die Niederlande verkauft. Ich rechnete zwar schon damit, dass es mir eine gute Summe eingebracht haben musste, doch als ich den Kontoauszug bekam, wurde mir schwindelig.

Eine Million schwedische Kronen, hunderttausend US-Dollar!

Ich musste mich erst mal aufs Sofa setzen.

Mein Gott, ich war Millionärin!

«Das ist doch total verrückt», sagte ich laut zu mir selbst.

Hunderttausend US-Dollar! Natürlich würde nur noch

die Hälfte davon übrig sein, wenn ich erst die amerikanische Steuer bezahlt hatte, aber immerhin!

Wir werden es schaffen, dachte ich siegesgewiss. Jetzt kann uns nichts mehr aufhalten!

Doch wie schon so oft holte uns die Wirklichkeit schnell wieder ein.

Ende Februar, an einem Tag mit Schneeregen, fing es an. Als Robin von der Schule nach Hause kam, ging es ihm schlecht. Ich war bei Sandra gewesen, wir wollten zusammen Mittag essen gehen, aber als wir gerade loswollten, war ihr übel geworden, und sie musste zu Hause bleiben.

«Das ist die Winterkotzeritis», sagte sie. «Es war mir schon klar, dass es mich auch erwischen würde, das ganze Krankenhaus ist verseucht damit. Wir haben zwei Abteilungen schließen müssen. Verschwinde bloß, ehe ich dich auch noch anstecke!»

Ich fragte, ob sie irgendetwas brauche, ob ich etwas besorgen solle, aber Sandra winkte nur ab, um gleich darauf zur Toilette zu stürzen und sich zu übergeben.

Und als dann Robin nach Hause kam und ihm so schlecht war, stand die Diagnose für mich fest.

«Die Winterkotzeritis», sagte ich. «Komm, leg dich gleich hin. Soll ich dir einen Eimer ans Bett stellen?»

«Mein Bauch tut mir so schrecklich weh», sagte der Junge und fiel vornüber ins Bett.

Am Abend erbrach er sich ein wenig. Er hatte Fieber, aber sonst nichts Alarmierendes.

Am nächsten Tag behauptete er, es ginge ihm noch schlechter. Ich maß die Temperatur und schaute ihn mir näher an. Er sah matt und krank aus, aber eine Magen-Darm-Grippe gehörte ja auch zum Übelsten, was man haben konnte. Ich rührte die Kohlensäure aus einer Cola und flößte ihm das Getränk mit einem Teelöffel ein, doch er konnte nicht den kleinsten Tropfen bei sich behalten.

Am Abend war ich ernsthaft besorgt und rief bei Sandra an, um zu fragen, was ich tun solle, aber da ging nur die junge Frau ans Telefon, die auf Linda aufpasste. Sie sagte, Sandra habe Nachtdienst und werde erst um acht Uhr am nächsten Morgen nach Hause kommen.

«Ist sie denn wieder gesund?», fragte ich.

«Offenbar», erwiderte das Mädchen.

In dieser Nacht schlief ich unruhig. Wenn Sandra so bald nach Ausbruch der Krankheit schon wieder gesund war und arbeiten konnte, hätte es Robin dann nicht auch schon wieder bessergehen müssen?

Um Viertel nach acht am nächsten Morgen erwischte ich eine erschöpfte Sandra, die sofort zu uns kam, um nach Robin zu schauen.

Die Haut des Jungen war ganz grau, die Wangen waren eingefallen und die Augen trübe.

«Er muss zu einem Arzt», sagte Sandra, nachdem sie seine Stirn gefühlt und den Bauch abgetastet hatte. «Jetzt, Mia. Sofort.»

Ich zog den Jungen an, brachte ihn ins Auto und fuhr mit ihm zu einem praktischen Arzt in unserer Straße. Dort war das Wartezimmer bereits voll; wir fanden gerade noch Platz in einer Ecke. Robin saß an mich gelehnt, er wurde immer heißer, je länger es dauerte, und nach einer Stunde flüsterte er:

«Mama, jetzt kann ich nicht mehr.»

Dann sank er in meinem Schoß zusammen.

Ich legte ihn auf die Bank und lief zur Anmeldung.

«Mein Sohn ist sehr krank», rief ich, «er muss sofort zum Doktor!»

Die Arzthelferin sah mich ärgerlich an.

«Jetzt sofort!», rief ich. «Er ist auf der Bank ohnmächtig geworden. Sie müssen mir helfen!»

Und ohne auf sie zu warten, lief ich zu Robin zurück, stellte ihn auf die Füße und schleifte ihn zum Behandlungszimmer.

«Warten Sie», sagte die Sprechstundenhilfe, «Sie können hier entlang.»

Sie brachte uns in ein kaltes kleines Zimmer, und nur eine Minute später kam der Arzt herein. Er ging sofort zu Robin, untersuchte ihn schnell und nahm mich dann beiseite.

«Bleiben Sie jetzt ganz ruhig», sagte er. «Ihr Sohn muss operiert werden, und zwar so schnell wie möglich. Ich lasse einen Krankenwagen rufen. Sie müssen sofort fahren.»

Ich unterdrückte die aufsteigende Panik.

«Was hat er denn?»

«Der Blinddarm», sagte der Arzt. «Er kann jeden Moment durchbrechen, hier geht es um Minuten.»

Der Krankenwagen kam, und ich durfte hinten bei Robin sitzen, während wir mit Sirenengeheul zum städtischen Krankenhaus rasten. Das alles erschien mir wie ein Albtraum, wie konnte das hier nur passieren?

In der Notaufnahme wurde Robin auf eine Rolltrage gelegt, und noch ehe ich etwas sagen konnte, waren sie mit ihm davongeeilt, um ihn für die Operation vorzubereiten.

Eine Frau in weißem Kittel nahm mich beiseite und sagte: «Wie möchten Sie bezahlen?»

«Wird er es schaffen?», fragte ich und hatte das Gefühl, selbst auch gleich in Ohnmacht zu fallen.

«Sie haben keine Versicherung, deshalb muss ich es wissen, ehe wir anfangen. Zahlen Sie bar, per Scheck oder mit Kreditkarte?»

Ich starrte die Frau an.

«Was?»

«Für die Operation. Sie kostet zehntausend Dollar.»

Ich nahm das Scheckheft aus meiner Handtasche, und obwohl meine Hände so zitterten, dass ich den Stift kaum halten konnte, schrieb ich der Frau einen Scheck aus.

Daraufhin lächelte sie.

«Vielen Dank», sagte sie. «Kommen Sie bitte mit.»

Fünf Stunden lang saß ich auf dem Flur vor dem Operationssaal. Ich konnte nicht weinen, ich war innerlich völlig erstarrt.

Spät am Nachmittag kam ein Arzt heraus und setzte sich neben mich. Sein Gesicht war besorgt und ernst.

«Der Blinddarm war durchgebrochen», sagte er, «deshalb hat es so lange gedauert. Ich hoffe, ich habe alles gefunden, aber hundertprozentig sicher ist das nicht.»

«Wann kann er wieder nach Hause?», fragte ich mit dünner, zittriger Stimme.

Der Arzt nahm meine Hand.

«Mrs. Eriksson», sagte er leise. «Wir wissen nicht, ob er es schaffen wird.»

Da fing ich an zu weinen, die Tränen flossen mir in Strömen über die Wangen.

«Danke», sagte ich schwach. «Danke, dass Sie es versuchen.»

Er tätschelte meine Hand und kehrte in den Operationssaal zurück.

Ein paar Stunden später durfte ich zu Robin. Er lag in einem Einzelzimmer und sah so klein aus in dem Krankenbett. Um ihn herum standen Maschinen, die blinkten und piepten, und er hatte überall Kabel und Elektroden. Neben ihm stand eine Krankenschwester und stellte einen Tropf ein.

«Ist er wach?», fragte ich.

«Er kommt langsam zu sich», sagte die Schwester.

Ich ging zu meinem Jungen, strich ihm über die Stirn und flüsterte:

«Robin, hallo, wie geht es dir?»

Er schlug die Augen auf und starrte mich mit glasigem Blick an.

«Ich will nicht», sagte er.

Ich zog mir einen Stuhl heran, ohne den Blick von ihm zu wenden.

«Ich bin es, Mama», sagte ich, «ich bin jetzt da. Du wirst wieder gesund, du musst dich nur ein wenig ausruhen.»

Aber Robins Augen rollten unkontrolliert herum, er stöhnte laut und glitt wieder weg.

«Kann ich heute Nacht hierbleiben?», fragte ich die Krankenschwester.

Sie nickte.

Tag und Nacht wachte ich an Robins Krankenbett. Der Junge glitt immer wieder in die Bewusstlosigkeit hinüber, und wenn er wach war, war ihm schwindelig. Das Fieber wollte nicht sinken, es schwankte zwischen 40 und 41 Grad. Ich glaube, er erkannte mich kein einziges Mal, doch ich ließ ihn nicht los. Ich las ihm vor, sang ein wenig und spielte leise Musik.

Nach drei Wochen kam der Arzt, der ihn operiert hatte, ins Zimmer und bat mich, mit ihm hinauszukommen, damit wir reden konnten.

«Er hält das nicht mehr länger durch», sagte er. «Wir müssen ihn nochmal aufmachen.»

«Aufmachen?»

«Wir haben einen Spezialisten aus der Hauptstadt unseres Bundesstaates gerufen, der Ihren Sohn morgen früh operieren wird. Ich brauche dazu nur Ihr Einverständnis.»

Aus irgendeinem Grund zögerte ich.

«Ist das unbedingt notwendig?»

«So wie es jetzt aussieht, wird Ihr Sohn meiner Einschätzung nach diese Woche nicht überleben. Wenn er es schaffen soll, dann muss sich sein Zustand bessern, und zwar umgehend.»

«Wird er gesund werden, wenn Sie ihn noch einmal aufmachen?»

«Ich will ganz offen zu Ihnen sein», sagte der Arzt. «Wir wissen nicht, ob er eine weitere Operation überlebt.»

Ich starrte den Arzt an und ließ seine Worte wirken.

«Ich werde mein Einverständnis morgen geben», sagte ich. «Vorher möchte ich noch etwas ausprobieren.»

Als der Arzt gegangen war, rief ich den Pfarrer unserer Gemeinde an und sagte ihm, wie es war.

«Ich brauche Ihre Hilfe. Mein Sohn liegt im Sterben. Können Sie für ihn beten?»

Der Pfarrer zögerte keine Sekunde.

«Lassen Sie mich noch kurz telefonieren», sagte er. «Ich bin in zehn Minuten im Krankenhaus.»

Als er kam, hatte er seinen Kollegen dabei.

«Wir haben einen Telefonrundruf unter den Gemeindemitgliedern veranlasst, mit der Bitte, heute Nacht für Robin zu beten», sagte er.

Dann knieten er und sein Kollege vor Robins Bett nieder und begannen zu beten. Ich stellte mich neben sie und faltete ebenfalls meine Hände.

Lieber Gott, betete ich, wenn du mir Robin nehmen musst, dann nimm ihn jetzt. Lass ihn nicht mehr länger leiden.

Als der Morgen dämmerte, veränderten sich die Töne und Blinkzeichen der Apparate im Zimmer. Die Schwester sprang auf, schaltete das Licht ein und begann, alle Zahlen und Kurven abzulesen.

Das Fieber ging herunter, die Werte stabilisierten sich langsam.

Um sechs Uhr schlug Robin die Augen auf, sah sich um und sagte:

«Hallo, Mama.»

«Hallo», flüsterte ich und strich ihm übers Haar. «Schön, dich zu sehen!»

Fünf Tage später konnte er das Krankenhaus verlassen, ohne noch einmal operiert werden zu müssen.

In den folgenden Wochen war der Junge schwach und matt, doch nach gut einem Monat bekam er langsam wieder Farbe auf den Wangen. Die Kleider hingen ihm lose um den Leib, denn er hatte während seiner Krankheit fast zehn Kilo abgenommen, aber als der Frühling anbrach und es wärmer wurde, kam er langsam wieder zu Kräften.

Robins Krankheit war ein richtiger Schuss vor den Bug gewesen. Eine kurze Zeitlang hatte ich mir eingebildet, dass alles wie am Schnürchen klappen werde, dass mich ein Leben in strahlendem Sonnenschein erwartete, in Gesundheit, Wohlstand und Freiheit.

Aber was spielte Geld für eine Rolle, wenn meinen Kindern etwas zustieß? Was bedeutete eine Aufenthaltsgenehmigung für die USA, wenn Robin und Emma nicht wären? Die Operation und die Nachsorge für Robin würden fünfzehntausend Dollar kosten. Einen großen Teil des Geldes, das dann noch übrig war, bekam Rechtsanwalt Barrington, sodass wir keinen Spielraum für irgendwelche Extravaganzen oder größere Anschaffungen mehr hatten.

Aber nichts hinderte mich daran, Träume zu haben.

In diesem Sommer wurde direkt nördlich von unserem Vorort ein neues Baugebiet erschlossen. Auf einem Hügel, der bisher mit Gestrüpp bewachsen gewesen war, wurden jetzt Schächte für Wasserleitungen und Stromkabel gegraben und Straßen angelegt. Hier sollten über hundert Häuser gebaut werden, jedes auf der Rückseite mit einem eigenen Garten. Das Bauunternehmen hatte große Anzeigen in der Zeitung geschaltet, mit Zeichnungen und Preisen und Informationen über alle Wahlmöglichkeiten, die die Hauskäufer bei Grundriss und Ausstattung haben würden.

«Wäre es nicht toll, ein eigenes Haus zu bauen?», fragte ich und zeigte Anders die Anzeige. «Stell dir vor, von Anfang dabei zu sein und Fußböden, Tapeten und die Kücheneinrichtung auszusuchen.»

Eines Abends fuhren wir auf den Hügel und schauten uns die Umgebung an.

Überall standen Bagger, Planierraupen, Zementmischer und große Container mit Baumaterial. Was später einmal Straßen werden sollten, waren immer noch staubige Kieswege, doch hier und dort waren schon provisorische Straßenschilder aufgestellt worden. Die Zufahrtsstraße hieß Midnight Way, Mitternachtsstraße.

«Klingt das nicht schön?», sagte ich zu Anders.

An manchen Stellen, vor allem auf den Eckgrundstücken, hatte man schon mit dem Bau der Häuser begonnen. Dürre Skelette aus Holz oder Beton ragten in den Abendhimmel, und hier und da sah man Menschen, die auf ihren Baustellen arbeiteten.

Ganz hinten war eine kleine Straße, die Sunrise Street hieß. Hier hatte man noch nicht zu bauen begonnen, denn wahrscheinlich waren die Grundstücke, die am dichtesten an der Stadt lagen, die attraktivsten.

«Wäre das nicht schön, in der ‹Sonnenaufgangsstraße› zu wohnen?», fragte ich. «Da wacht man doch bestimmt jeden Tag glücklich auf.»

Ich war mir durchaus bewusst, dass ich vor Robins Krankheit schon einmal zu übermütig geworden war, aber ich konnte es trotzdem nicht lassen, zu rechnen und zu planen.

Was würde es wohl kosten, hier oben auf dem Hügel ein Haus zu bauen?

Ich telefonierte mit Hanna, die mir berichtete, dass unser Buch reißenden Absatz fand und die Leute schon fast eine halbe Million Exemplare davon gekauft hatten.

Ich würde also noch mehr Geld vom Verlag bekommen.

Wenn wir uns für ein einfaches und preiswertes Haus entschieden, ohne exklusive Sonderwünsche bei der Ausstattung, dann würden wir uns das vielleicht leisten können.

Ende Juli wandte ich mich an den Bauträger und bat um Informationen, welche Grundstücke noch frei waren und was sie kosten sollten. Gemeinsam mit dem Bauherrn fuhren Anders und ich hin und schauten uns um. Wie sich herausstellte, waren fast alle Häuser schon verkauft.

«Hier hinten sind noch einige zu haben», sagte der Mann und bog in die Sunrise Street ein.

Während das Auto über den Kiesweg rollte, zeigte er mir die entsprechenden Grundstücke.

«Könnten Sie da vorne rechts bitte mal anhalten?», bat ich und zeigte auf eine kleine Parzelle. Zu beiden Seiten hatte der Hausbau bereits begonnen, doch das hier war nach wie vor nur ein großer Sandhaufen.

«Nummer 1256», sagte der Bauherr, nachdem er in den Bebauungsplan geschaut hatte. «Das Grundstück ist noch frei, kostet fünfzehntausend.»

«Und mit einem fertigen Haus?», fragte Anders.

«Das hängt davon ab, welchen Haustyp Sie wählen. Mit einem kleinen einstöckigen ungefähr fünfundsiebzig. Mit einem größeren zweistöckigen ungefähr das Doppelte.»

Eine drei viertel Million Kronen für ein neues kleines Haus! Wenn das möglich wäre!

Wir sahen uns an, und Anders' Blick verriet mir, dass er dasselbe dachte wie ich.

An diesem Abend saßen wir lange mit unserem Taschenrechner da und kalkulierten, was es uns kosten würde, ein

Haus zu bauen. Am Ende fassten wir einen Beschluss: In wenigen Wochen würde unsere Anhörung vor dem INS stattfinden. Falls wir eine Aufenthaltsgenehmigung bekamen und das Grundstück dann immer noch zum Verkauf stand, würden wir ein Angebot darauf machen.

In dieser Nacht schliefen wir zum ersten Mal seit vielen Monaten wieder miteinander.

Ende August war es dann so weit: Wir fuhren in die Hauptstadt des Bundesstaates zu unserem Hearing vor dem INS.

Das Gebäude der Einwanderungsbehörde lag direkt neben einem Industriegebiet am Stadtrand. Wir meldeten uns an der Rezeption an und wurden alle vier in ein kleines Zimmer geführt.

Nach einer Weile betrat ein Beamter den Raum, gab uns die Hand und setzte sich, um ungefähr eine Viertelstunde in unseren Unterlagen zu blättern.

«So», sagte er dann und räusperte sich. «Ich habe mir Ihre Unterlagen angesehen und mir ein recht gutes Bild von Ihrer Situation machen können. Wo wohnen Sie jetzt?»

Ich antwortete, dass wir ein Haus in einer Stadt des Bundesstaates gemietet hatten.

Er fragte, wo die Kinder in die Schule gingen, wie wir unseren Lebensunterhalt verdienten und was unsere Pläne für die Zukunft seien.

Wir sagten genau, wie es war: dass ich Geld aus einem Buchverkauf bekam, dass Anders eine eigene Firma hatte und dass wir hofften, es werde in Zukunft ungefähr so weitergehen wie bisher.

Das war die ganze Anhörung, und mit einem etwas seltsamen Gefühl verließen wir das Büro der Einwanderungsbehörde.

Einen Bescheid erhielten wir nicht, der wurde eine Woche später per Post an unseren Anwalt geschickt.

«Es scheint gut gelaufen zu sein», sagte Mr. Barrington. «Ich habe einen vorläufigen Bescheid darüber erhalten, dass der Asylantrag akzeptiert worden ist.»

«Aber?», fragte ich, denn ich hörte ein Zögern in seiner Stimme.

«Damit haben wir noch keine Greencards», sagte er, «aber ich denke, dass Sie sich trotzdem über diesen Bescheid freuen sollten, Maria. Herzlichen Glückwunsch!»

An diesem Abend feierten wir ein wenig, indem wir zum Essen ins Steakhouse gingen, doch unser Glück währte nicht lange.

Es war das Jahr 2001, wenige Tage vor dem 11. September.

Ich hatte gerade die Kinder zur Schule gefahren und war dabei, das Geschirr vom Frühstück abzuspülen, als Hanna anrief.

«Hast du den Fernseher an?», fragte sie.

«Hallo, Hanna», begrüßte ich sie erst einmal.

«Mach den Fernseher an», sagte Hanna, «schnell!»

«Was ist denn los?», fragte ich, und noch spürte ich es nicht, noch ahnte ich nichts von der Angst, die das ganze Land für die nächsten Monate in ihren Würgegriff nehmen sollte.

«Ein Flugzeug ist in einen der Zwillingstürme in Manhattan geflogen», sagte sie.

«Ein Flugzeug?», fragte ich skeptisch. «In ein Haus? Hat es sich verflogen, oder was?»

«Keine Ahnung», sagte Hanna, «ich glaube, das weiß noch keiner. Hast du den Fernseher jetzt an?»

Ich ging mit meinem schnurlosen Telefon zum Sofa und drückte dann auf die Fernbedienung.

Der Bildschirm wurde von einem brennenden Wolkenkratzer ausgefüllt.

«Mein Gott», rief ich, «das ist ja das World Trade Center!»

Die Firmenzentrale unseres Nachbarn John befand sich dort. Die Liveübertragung auf dem Fernsehschirm zeigte den Turm aus weiter Entfernung, und während ich noch auf das schreckliche Bild starrte, kam von links eine große Passagiermaschine angeflogen und raste geradewegs in den anderen

Turm, das Flugzeug glitt langsam in das Gebäude, und alles explodierte, und Hanna schrie in den Hörer:

«Hast du das gesehen? Verdammt, hast du gesehen, was da passiert ist? Da war noch ein Flugzeug! Mein Gott! Was geht denn hier ab?»

Ich schnappte nach Luft und musste mich aufs Sofa setzen. Ich umklammerte den Hörer noch fester.

«Hör mal», sagte Hanna, «ich rufe dich später wieder an.»

Und dann legte sie auf.

Ich weiß nicht, wie lange ich mit dem Telefon in der einen und der Fernbedienung in der anderen Hand dasaß und auf die brennenden Gebäude starrte. Im selben Augenblick, als der erste Turm einstürzte, ging die Tür auf, und Anders kam hereingelaufen. Ohne ein Wort sank er neben mir aufs Sofa und starrte auf die unbegreiflichen Bilder. Wir sahen die riesige graue Staubwolke des pulverisierten Wolkenkratzers über Manhattan rollen, und es war, als würde sie bis zu uns dringen, denn die Luft wurde dicker, und man konnte nur schwer atmen.

Dann klingelte das Telefon, die Schule war dran, aller Unterricht war bis auf weiteres eingestellt. Wie in einem Albtraum stand ich auf, ging hinaus, setzte mich ins Auto und holte die Kinder ab. Es war, als würde die Welt um mich herum stillstehen. Es war ein phantastisch schöner Tag mit strahlendem Sonnenschein und lauem Südwind. Auf den Straßen war fast kein Verkehr, und die wenigen Menschen, die ich sah, bewegten sich langsam und ohne aufzublicken.

Vor der Schule wimmelte es von Menschen, aber niemand drängelte oder boxte sich durch, wie es sonst immer der Fall war. Die Kinder sprangen ins Auto, die Augen weit aufgesperrt.

«Weiß man schon, wer das gemacht hat?», fragte Emma.

Ich schüttelte den Kopf und fuhr nach Hause.

Dann saßen wir den Rest des Tages und bis weit in die Nacht vor dem Fernseher. Auf allen Kanälen wurden laufend dieselben Bilder gesendet, sämtliche Werbung war gestrichen. Über das ganze Land war der Ausnahmezustand verhängt worden. Alle Flüge wurden eingestellt, ganz Amerika wurde geschlossen.

Gegen Mitternacht brachte ich den Müll raus, anschließend blieb ich noch eine Weile stehen und sah zu dem klaren Sternenhimmel hinauf. Ich fror ein wenig, man spürte in der Luft, dass es Herbst wurde.

Was für ein schrecklicher Tag, dachte ich, welch eine unfassbare Tragödie. Das Leben würde für keinen von uns je wieder so sein wie zuvor.

Plötzlich hörte ich in der Nähe jemanden schluchzen. Ich sah mich in der Dunkelheit um und meinte, auf der Veranda des Nachbarhauses eine Gestalt zu sehen.

«Helen?», fragte ich. «Bist du das?»

Die Gestalt antwortete nicht, und so ging ich hin.

Sie saß zusammengekauert in der Hollywoodschaukel, die Arme fest um die Beine geschlungen, und schaukelte sachte vor und zurück, während sie weinte und schluchzte.

«Aber Helen», sagte ich, «was ist denn los?»

«John», sagte sie. «Er ist nicht rausgekommen.»

«O mein Gott», keuchte ich und sank neben sie.

«Ich habe mit ihm gesprochen», sagte sie, «er war am Telefon, er sagte, die Feuerwehrleute wären auf dem Weg hinauf, aber dann war da ein Lärm, wie ein Donnern von oben, er sagte, dass er mich und die Kinder liebt, und dann wurde es still, und dann habe ich auf den Fernseher geschaut, Mia, und der Turm fiel in sich zusammen, stürzte ein, und John war da drin, Mia, John war da drin, es brannte, und er sagte, dass er mich und die Kinder liebt und dass ich mich um die Kinder kümmern soll ...»

Sie verstummte, schaukelte aber weiter, und zum ersten Mal an diesem langen schrecklichen Tag fing ich an zu weinen.

«O Helen», sagte ich, als ich mich wieder ein wenig gefasst hatte, «wie entsetzlich. Gibt es etwas, das ich für dich tun kann, soll ich dir mit den Kindern helfen, soll ich jemanden anrufen?»

«Bleib einfach ein wenig bei mir sitzen», sagte Helen.

Und das tat ich.

Eine Woche lang stand Amerika vollkommen still, im Schock erstarrt. Es war, als wären alle Freude und alles Schöne von der Erde verschwunden. Die Menschen auf den Straßen sprachen nicht mehr miteinander. Alle, die draußen unterwegs waren, gingen vornübergebeugt mit leisen, schnellen Schritten. Alle gewohnten Fernsehsendungen fielen aus, und das Einzige, worüber berichtet wurde, waren die schrecklichen Konsequenzen der Terroranschläge mit den vier entführten Passagiermaschinen.

Und ich merkte auch sehr deutlich, wie diese Angriffe sich auf unsere Familie auswirkten.

Emma aß fast nichts mehr, ich musste bitten und betteln und kochte nur ihre Lieblingsgerichte, um sie dazu zu bringen, das Essen überhaupt anzurühren. Anders fiel wieder in seine alten Gewohnheiten zurück, igelte sich vor dem Fernseher ein und zappte Tag und Nacht die Kanäle rauf und runter. Robin wurde reizbar, er fiel vom Fahrrad oder vom Skateboard, tat sich richtig weh und war hinterher kaum zu trösten.

Ich selbst wurde von einem Symptom heimgesucht, das ich schon fast vergessen hatte: Meine alten Albträume kehrten zurück. Jede Nacht glitt der schwarze Schatten lautlos durch mein Schlafzimmer im Reihenhaus daheim in Schweden, beugte sich über mein Bett, legte seine trockenen Hände um meinen Hals und drückte mir die Luft ab. Jede Nacht wachte ich zu Tode erschrocken und heftig atmend mit dem Stahlring um meinen Hals auf.

Die Wochen vergingen, ohne dass sich die Situation in unserer Umgebung oder in meiner eigenen Familie verbesserte.

Und Mitte Oktober kam der nächste Schlag.

«Ich habe schlechte Neuigkeiten», sagte Rechtsanwalt Barrington vorsichtig. «Der positive Beschluss, den wir vom INS erhalten haben, ist fehlerhaft. Die Behörde hat soeben mitgeteilt, dass Ihr ganzer Fall neu untersucht werden muss. Von Anfang an.»

«Das kann ja wohl nicht wahr sein», stöhnte ich.

«Ich fürchte doch», sagte Mr. Barrington. «Jetzt sind sie darauf verfallen, dass ein Antrag wie der Ihre nicht auf einer unteren Dienstebene entschieden werden darf. Das sei ein Verfahrensfehler, behaupten sie, und damit stehen wir wieder ganz am Anfang.»

Ich sank am Küchentisch zusammen und legte die Hand über die Augen.

«Der elfte September», sagte ich. «Das betrifft wahrscheinlich nicht nur uns, nicht wahr?»

«Sie sagen es», bestätigte mein Anwalt. «Ich fürchte, dass jeder laufende Antrag beim INS wieder von Neuem aufgerollt wird. Sie haben wirklich Pech, Mia.»

Ich musste an Helen und ihre vier vaterlosen Kinder denken.

«Nein, Mr. Barrington», entgegnete ich. «Ich habe Glück. Ich lebe, und meine Kinder sind gesund.»

«Maria Eriksson», sagte Mr. Barrington, «nennen Sie mich doch bitte Carl.»

«Vielen Dank, dass Sie angerufen haben, Carl», sagte ich.

Und dann legte ich den Hörer auf und weinte, weinte, weinte.

Am Abend sagte ich den Kindern, dass immer noch nicht

sicher sei, ob wir in den USA bleiben konnten, und dass es länger dauern würde als erwartet, bis wir unsere Greencards bekämen.

Da stand Emma vom Tisch auf, legte sich auf ihr Bett und antwortete nicht, wenn ich sie ansprach.

Johns sterbliche Überreste wurden nie gefunden, und man hielt im engsten Kreis einen Gedenkgottesdienst ab.

Irgendwann im November klingelte Helen an unserer Tür, sie war blass und hatte Ringe unter den Augen. Auf dem Arm trug sie ihren Jüngsten.

«Ich möchte euch nur für alles danken», sagte sie, «und auf Wiedersehen sagen. Wir fahren jetzt.»

«Zieht ihr weg?», fragte ich erstaunt. «Wohin denn?»

«Ich gehe zurück in meine Heimatstadt», erklärte Helen. «Zunächst werde ich bei meinen Eltern wohnen, danach sehen wir weiter.»

«Aber die Kinder», sagte ich völlig perplex, «die haben doch ihre Schule hier und alle ihre Freunde!»

«Es tut mir leid, Mia», sagte sie, und dann drehte sie sich um und ging zu ihrem vollgepackten Jeep.

Ich wusste, dass Helens Kinder seit dem 11. September nicht zur Schule gegangen waren, und ich hatte den Verdacht, dass meine Kinder nichts vom Wegzug ihrer Freunde ahnten.

Als ich Robin und Emma von der Schule abgeholt hatte, bat ich sie, sich erst mal mit mir zusammen aufs Sofa zu setzen.

«Ich muss euch etwas sagen», begann ich. «Charlene und Jack sind weggezogen. Sie sind zu ihrer Großmutter gefahren und werden wohl eine Weile dort bleiben.»

Beide Kinder sahen mich gespannt an.

«Wann kommen sie wieder?», fragte Robin.

«Ich weiß es nicht», sagte ich und strich ihm übers Haar.

«Aber Jack hat noch meinen Gameboy!», rief der Junge.

«Wir werden ihnen natürlich schreiben, und vielleicht fahren wir auch mal hin und besuchen sie.»

Emma wandte sich ab und rollte sich auf dem Sofa zusammen. Sie schien nicht mehr zu hören, was ich sagte.

Den ganzen Abend lag sie da, ohne auf Ansprache zu reagieren. Sie rührte das Essen nicht an, und als es Zeit war, schlafen zu gehen, musste ich sie ausziehen und ihr zur Toilette helfen, ehe ich sie ins Bett brachte.

In jener Nacht machte ich kein Auge zu. Stattdessen ließ ich die Erinnerungen an mir vorüberziehen, an die schrecklichen Monate Anfang der neunziger Jahre, als Emma sich völlig vom Leben zurückzog und uns fast verlassen hätte.

Diesmal durfte es nicht so weit kommen, beschloss ich.

Am nächsten Morgen musste Anders Robin zur Schule bringen, während ich Emma aus dem Bett holte, sie duschte und ihr die Haare kämmte, sie anzog und zum Frühstückstisch brachte.

«Willst du ein Brot mit Erdnussbutter und Marmelade?», fragte ich, und obwohl ich keine Antwort erhielt, machte ich das Brot trotzdem. Dann stellte ich ihr eine Tasse mit heißem Kakao hin und kochte mir selbst einen Kaffee.

Als Anders zurückkam, setzte ich sie ins Auto und fuhr mit ihr zu einer psychiatrischen Notaufnahme. Nach kurzem Warten durften wir zu einem Kinderpsychologen ins Sprechzimmer, und während Emma im Nebenraum auf einem Bett lag, erklärte ich dem Mann die Situation.

Eine Stunde lang blieb er mit Emma allein, während ich draußen im Wartezimmer saß. Zuvor hatte ich mit der Schwester an der Rezeption die Bezahlungsmodalitäten geklärt.

Anschließend rief mich der Arzt in sein Sprechzimmer.

«Was ist mit Emma?», fragte ich. «Warum reagiert sie so?»

Der Kinderpsychologe betrachtete mich freundlich.

«Das ist ihre Methode, zu überleben», sagte er. «Das hat sie als kleines Kind gelernt. Wenn sie Gefahren oder Katastrophen ausgesetzt wird, sperrt sie die Welt aus und zieht sich in sich selbst zurück.»

Mir schnürte sich der Hals zusammen, aber ich beschloss, nicht zu weinen.

«Ich verstehe», sagte ich. «Was soll ich jetzt tun?»

«Das, was Sie schon voriges Mal getan haben, als das passiert ist. Weigern Sie sich, ihren Zustand zu akzeptieren, und behandeln Sie sie genauso wie immer.»

Ich atmete ein paarmal tief durch, um mich zu beruhigen.

«Wird sie wieder gesund werden?»

Der Arzt sah mich besorgt an.

«Sie sagten ja, dass das Mädchen früher einmal wieder aus diesem Zustand herausgekommen ist, aber ich will ganz offen zu Ihnen sein: Es ist nicht sicher, dass sie es auch diesmal schafft.»

Ich presste die Lippen zusammen und nickte.

«Ich würde sie gern hier in der Klinik behalten, um ...»

«Nein», unterbrach ich ihn. «Nein. Ich werde sie nicht in der Klinik lassen. Sie wird zu Hause sein, und ich werde mich um sie kümmern.»

«Wenn das Mädchen nicht bald wieder anfängt, zu essen und zu trinken, muss sie intravenös ernährt werden», warnte der Arzt.

«Sie kann zu Hause einen Tropf bekommen», sagte ich. «Meine Freundin ist Krankenschwester, sie wird mir helfen.»

Der Arzt sah mich lange an.

«Gut», sagte er schließlich. «Wir können es ausprobieren. Aber ich muss Emma von jetzt an jeden Tag sehen.»

An die folgenden Wochen erinnere ich mich wie an einen nebelhaften Albtraum.

Mein gesamte Zeit widmete ich Emma. Ich umsorgte sie wie

ein Kleinkind, wusch sie und zog sie an, kämmte ihre Haare und flocht ihr schöne Zöpfe. Zu jeder Mahlzeit bekam sie einen eigenen Teller, obwohl sie das Essen nie anrührte. Ich sang und las ihr vor, und tief unten in einer unserer Kisten in der Abseite fand ich das alte Video mit Aschenputtel, das wir all die Jahre immer mitgenommen hatten, und das schauten wir wieder und wieder an.

Sandra kam jeden Tag vorbei und wechselte den Tropf aus, über den das Mädchens ernährt wurde. Anschließend fuhr ich zur Psychiatrie, damit der Kinderpsychologe sich Emma ansehen konnte. Ich weiß nicht, was er mit ihr sprach oder tat, denn ich durfte nicht dabei sein. Ob es geholfen hat, werde ich wohl nie erfahren, aber nach einem Monat griff sie plötzlich nach einem kleinen gesalzenen Keks und aß ihn auf.

Als wir an jenem Nachmittag Aschenputtel anschauten, fing sie an, die Melodie mitzusummen.

Am selben Abend trank sie Cola und aß etwas Kartoffelbrei, und ehe sie ins Bett ging, putzte sie sich die Zähne. Ich ging zu Sandra hinüber, saß bis spät nach Mitternacht in ihrer Küche und weinte vor Erleichterung.

Emma kam noch einmal ins Leben zurück, doch während ich völlig auf mein Mädchen konzentriert gewesen war, hatte Anders den Kontakt zur Wirklichkeit verloren.

Es saß tagelang auf dem Sofa und sah fern. Sein Unternehmen war, wie er behauptete, nach den Terroranschlägen eingegangen, und es kann durchaus sein, dass er recht hatte. Allerdings tat er auch nicht viel, um die Situation zu verbessern, und als Weihnachten kam, hatte er keine Kunden mehr.

In der dritten Januarwoche 2002 wickelten wir die Firma ab, schuldenfrei.

Emma war während ihrer Krankheit in der Schule zurückgefallen, und ich half ihr das ganze Frühjahr über, alles nachzulernen, was sie verpasst hatte. Robin und seine Freunde verbrachten inzwischen immer mehr Zeit vor meinem Computer, sie begeisterten sich für Spiele und Software, und ich musste sie oft aus dem Haus werfen, damit sie überhaupt mal an die frische Luft kamen.

Anders wurde immer eigenartiger. Er weigerte sich, vom Sofa aufzustehen, und wenn er es tat, dann nur, um mich zu beschimpfen. Ich bat ihn, sich zu beherrschen, wenn die Kinder zu Hause waren, doch er nahm keinerlei Rücksicht.

«Du bist doch so verdammt tüchtig», höhnte er manchmal, «wie kommt es dann, dass du uns kein besseres Haus als das hier verschaffen konntest?»

Anfangs versuchte ich noch, mit ihm zu argumentieren, ich fragte, was ihm an dem Haus denn nicht gefiel, denn vielleicht konnten wir ja etwas dagegen tun.

Doch derlei Angebote von mir machten die Sache noch schlimmer.

«Es ist ein verdammtes Rattenloch», sagte er, «das ist es. Dagegen kannst nicht einmal du etwas tun, oder hast du irgendwo einen Zauberstab gefunden?»

Als unser Honda eine Reifenpanne hatte, beschimpfte er mich vor allen Nachbarn, weil es meine Freundin gewesen war, die uns damals vor vier Jahren den Autohändler empfohlen hatte.

Die Mahlzeiten, die ich zubereitete, konnte er plötzlich nicht mehr essen, zumindest nicht gemeinsam mit uns. Er saß in unserem Schlafzimmer, während die Kinder und ich zu Abend aßen, kam erst heraus, wenn wir fertig waren, und meckerte die ganze Zeit über das, was ich gekocht hatte.

«Mein Leben ist ein einziger Scheißdreck», sagte er manchmal. «Zu Hause in Schweden hatte ich alles, was man sich nur wünschen kann, und jetzt sieh mich mal an. Ein verdammter Asylbewerber, der in Amerika nur geduldet ist, was ist denn das für ein Leben?»

Dazu konnte ich nichts sagen, denn in gewisser Weise hatte er ja recht.

Dass er mich all die Jahre freiwillig begleitet hatte, war kein Argument.

Manchmal musste ich aus dem Haus gehen, um einfach mal seinen Sticheleien und Kommentaren zu entkommen. An einem herrlichen Frühlingsabend, als er besonders unausstehlich gewesen war, fuhr ich zu dem Hügel nördlich der Stadt hinaus, wo das neue Wohngebiet lag.

Der Baubetrieb schien völlig zum Stillstand gekommen zu sein. Ich hatte schon in der Zeitung davon gelesen, dass das Baugewerbe nach dem 11. September zusammengebrochen war. Langsam fuhr ich zwischen den halbfertigen Häusern hindurch, bis ich zur Sunrise Street kam. Nummer 1256 war immer noch leer und öde, und aus irgendeinem Grund brachte mich das zum Weinen. Wir hatten nie ein Angebot auf das kleine Grundstück abgegeben, und offensichtlich hatte das auch niemand anders getan. Es war einsam und ungeliebt, so wie ich.

In einem Anfall von Sentimentalität kamen Bilder in mir hoch, Manuel vor dem Busfenster in Quillota, als ich ihn für immer zurückließ, die besorgten Blicke meiner Eltern am letzten Weihnachtsfest in Schweden.

«Reiß dich zusammen», sagte ich laut und trocknete mir wütend die Tränen.

Selbstmitleid hatte noch nie zu etwas Gutem geführt.

Stattdessen fuhr ich nach Haus und putzte das Badezimmer.

Der ganze Sommer verging, ohne dass wir etwas vom INS hörten, doch im September rief Carl Barrington mit wichtigen Neuigkeiten an.

«Sie sind für den 25. Februar nächsten Jahres zu einem *court hearing* geladen», sagte er.

Ich bekam es sofort mit der Angst zu tun. *Court* bedeutete ja Gericht.

«Was heißt das?», fragte ich.

«Dass Sie ein ordentliches Gerichtsverfahren bekommen, in dem Ihr ganzer Fall vor einem auf Immigrationsfragen spezialisierten Richter aufgerollt wird. Ein Court Hearing ist die letzte Instanz in einem Asylverfahren, die Entscheidung, die dort gefällt wird, ist endgültig. Der INS wird diesmal keinen Fehler machen wollen, das kann ich Ihnen versichern. Die werden jeden Beweis, den wir einreichen, mit dem Mikroskop untersuchen.»

«Ist das denn wirklich gut?», fragte ich besorgt.

«Gut? Meine Liebe, das ist ganz ausgezeichnet! Ein Court Hearing bekommt wirklich nicht jeder, und wir können ganz sicher sein, dass nichts dem Zufall überlassen wird.»

Das Herz schlug mir bis zum Hals.

«Kann ich irgendetwas tun?», fragte ich.

«Ich schlage vor, dass wir uns einen Monat vor der Hauptverhandlung zusammensetzen und das weitere Vorgehen besprechen», sagte Carl Barrington. «Bis dahin müssen Sie sich keine Sorgen machen. Kümmern Sie sich um Ihre Kinder und Ihren Mann, und dann sehen wir uns im Januar!»

Wir legten auf, und ich biss die Zähne zusammen.

Kümmern Sie sich um Ihre Kinder und Ihren Mann.

Wahrscheinlich hatte ich mich viel zu sehr um meine Kinder und meinen Mann gekümmert, und das war wohl der Fehler meines Lebens.

Der Herbst verlief ungefähr so wie das Frühjahr, mit dem einen Unterschied, dass Anders vollkommen verstummte. Er antwortete nicht mehr, wenn ich mit ihm sprach, sondern behandelte mich wie Luft. Das quälte mich am meisten wegen der Kinder, denn er kümmerte sich weder um Emma noch um Robin, und vor allem der Junge litt sehr darunter. Er brauchte seinen Vater, aber wenn ich versuchte, mit Anders darüber zu sprechen, sah er mich nur abschätzig an und verließ das Zimmer.

Als Weihnachten näher rückte, wurde mir klar, dass unsere Ehe bald am Ende sein würde.

Wir hatten so ungeheure Prüfungen gemeinsam durchgestanden, und ich hätte das alles ohne ihn nicht geschafft, doch jetzt, das spürte ich, war unsere gemeinsame Zeit so gut wie vorbei. Und obwohl wir nicht darüber sprachen, wusste ich, dass auch er es so empfand.

Seit jener Sommernacht 2001, als wir geplant hatten, ein Angebot für das Grundstück an der Sunrise Street zu machen, hatten wir nicht mehr miteinander geschlafen. Das war jetzt anderthalb Jahre her. Er wollte mich nicht länger, und das tat sehr weh.

Kurz vor Weihnachten verfrachtete er seine Flimmerkiste ins Schlafzimmer, und von nun an saß er dort.

Da ging ich los und kaufte für mich und die Kinder zu Weihnachten einen Großbildfernseher.

Das war seit fünfzehn Jahren der erste Luxusartikel, den ich mir gönnte, und es fühlte sich richtig gut an.

In der zweiten Januarwoche 2003 sollte ich Rechtsanwalt Barrington in seinem Büro aufsuchen.

Es war immer noch dunkel, als ich mich ins Auto setzte, um die zweihundert Meilen in die Hauptstadt des Bundesstaates zu fahren. Inzwischen war ich die Strecke schon so oft gefahren, dass ich alle Kurven und Abfahrten kannte, und die Speisekarte der Raststätte oben in den Bergen ebenso.

Ich war eine halbe Stunde vor der vereinbarten Zeit da und trank noch einen Kaffee in einem kleinen Delikatessenladen in der Lobby, ehe ich in den siebten Stock hinauffuhr.

Lindsay umarmte mich schon an der Tür, und Carl Barrington kam mit ausgestreckter Hand und seinem gewohnten verschmitzten Lächeln auf mich zu.

«Sie haben viel Arbeit vor sich, meine liebe Mrs. Eriksson», sagte er und öffnete die Tür zu seinem Büro.

Die Sonne war aufgegangen und ließ ihre goldenen Strahlen auf dem schweren Mobiliar des Raumes glitzern. Um uns herum erhob sich die Stadt in ihrer unerreichbaren Mächtigkeit. Würde ich irgendwann wirklich ein Teil all dessen werden können?

«Jetzt wird's ernst, Maria», sagte er und wies auf einen seiner Besucherstühle. «Nur noch fünf Wochen. Sind Sie bereit?»

Ich nickte und versuchte ein kleines Lächeln.

Als Rechtsanwalt Barrington sich hinter seinen Schreibtisch setzte, wich seine Fröhlichkeit einer ernsten Miene.

«Den 25. Februar werden Sie nie vergessen, ganz gleich, ob Sie in den USA bleiben dürfen oder nicht», sagte er. «Die Verhandlung ist für dreizehn Uhr in einem Gericht hier in der Stadt anberaumt. Sie gehen zusammen mit mir und Lindsay in den Gerichtssaal, und Ihre Familie wartet draußen, okay?»

Er wartete, bis ich nickte.

«Der Asylantrag betrifft Sie und die Kinder. Falls das Gericht dem Antrag stattgibt, erhält Anders wegen der Familienzugehörigkeit ebenfalls eine Aufenthaltsgenehmigung, verstehen Sie?»

Ich nickte wieder.

«Wenn die Anhörung begonnen hat, kann ich Ihnen nicht länger helfen», erklärte der Anwalt. «Ich werde neben Ihnen sitzen, aber ich werde nicht auf Fragen antworten oder Ihnen helfen dürfen, wenn Sie zögern. Sie selbst müssen Ihren ganzen Fall vor dem Gericht darlegen, und damit meine ich nicht nur die persönlichen Aspekte der Geschichte.»

Er holte aus einer Schreibtischschublade einen dicken Aktenordner mit schwarzen Deckeln hervor.

«Das hier», sagte er, «ist Ihr Fall. Das ist das gesamte Material, das wir im Büro zusammengestellt und dem Gericht übermittelt haben. Dieser Ordner enthält nicht nur das, was Sie selbst und Ihre Erlebnisse betrifft, sondern auch eine gründliche Erläuterung des schwedischen Rechtssystems, Auszüge aus den Gerichtsprotokollen, mehrere akademische Studien über Gewalt gegen Frauen und Rechtssicherheit in Schweden und den USA sowie Auszüge aus Büchern und Kommissionsberichten. Sie werden darin schwedische und englische Zeitungsartikel finden, die alles behandeln, von religiösen Fragen über kulturelle Unterschiede bis hin zu Untersuchungen, wie Kinder durch häusliche Gewalt beeinträchtigt werden. Des Weiteren Berichte von Amnesty International, der WHO und dem amerikanischen Außenministerium.»

Er schob mir den Ordner über den Schreibtisch zu.

«Lernen Sie das alles auswendig», sagte er. «Sie werden über alles befragt werden.»

Ich starrte auf den riesigen Papierstapel zwischen den schwarzen Deckeln. Meine Güte!

«Was schätzen Sie», sagte ich mit zittriger Stimme und zwang mich, ihn anzusehen. «Glauben Sie, dass ich es schaffe?»

Jetzt lächelte er ein wenig.

«Davon bin ich überzeugt. Die Frage ist nur, ob das genügt. Ihr Fall ist sehr kontrovers, denn bisher hat noch niemand aus den Gründen, auf die Sie sich berufen, eine Aufenthaltsgenehmigung für die USA bekommen. Sollten Sie gewinnen, wäre das eine Sensation, und das weiß die Einwanderungsbehörde natürlich.»

Mir fehlten die Worte, ich konnte nur auf den Aktenordner starren.

«Merken Sie sich die Details», sagte Carl Barrington. «Versuchen Sie, sich zu erinnern, wann und wo etwas passierte, wer was und in welchem Zusammenhang geschrieben oder gesagt hat. Es genügt nicht, dass Sie den Richter von Ihrer eigenen Schutzbedürftigkeit überzeugen, sondern Sie müssen auch erklären, wie die Gesellschaft aussieht, aus der Sie geflohen sind. Aber das finden Sie alles da drin.»

Er zeigte auf den Ordner.

«Schlagen Sie die erste Seite auf, dann erkläre ich Ihnen, wie alles aufgebaut ist.»

Das erste Dokument war eine *Annotated list of exhibits*, eine Übersicht der Beweise, die wir anführten. Hier waren dreiundsechzig verschiedene Berichte, Dokumente, Kopien, Auszüge von Gerichtsurteilen, Krankenblätter, ärztliche Atteste, Anzeigen bei der Polizei, Auszüge aus dem Schlussbericht der Untersuchungskommission «Gewalt gegen Frauen» und viele, viele weitere Belege aufgelistet. Sie waren nach einem System strukturiert, bei dem die Dokumente «Beweis A, Beweis B» und so weiter bis «Beweis Z» genannt wurden, dann begann es wieder mit «Beweis A1, Beweis B1», und das alles bis zu «Beweis K2».Weiter hinten im Ordner waren die eigentlichen Dokumente abgeheftet, säuberlich durch ein Register mit Plastikgriffleisten getrennt, sodass man sich schnell darin zurechtfinden konnte.

Die allermeisten Papiere waren mir bekannt, denn ich hatte ja mitgeholfen, sie zusammenzutragen, doch manche waren auch neu für mich. In den folgenden Stunden gingen Carl und Lindsay die Beweise mit mir durch und erklärten mir, warum sie dem Asylantrag beigefügt waren, welches Ziel sie verfolgten und was ich nicht vergessen durfte.

Als ich schließlich die Kanzlei verließ, schwirrte mir der Kopf. Der dicke Ordner lastete so schwer in meiner Aktentasche, dass ich sie mit beiden Händen tragen musste.

In den folgenden Wochen arbeitete ich rund um die Uhr. Tag und Nacht saß ich mit meinem Papierstapel da, las, machte mir Notizen und versuchte, alles auswendig zu lernen.

«Die Kommission zur Erforschung von Gewalt gegen Frauen hatte den Auftrag, sich aus der Perspektive der Frauen einen Überblick über diejenigen Fragen zu verschaffen, die Gewalt gegen Frauen betreffen, und Maßnahmen vorzuschlagen, wie solcher Gewalt entgegengewirkt werden kann. Das Memorandum der Kommission mit dem Titel ‹Frieden für Frauen› (SOU 1995:60) enthält Vorschläge für Maßnahmen, die sich auf verschiedene gesellschaftliche Bereiche erstrecken. Die Kommission schlägt Gesetzesänderungen auf einer Vielzahl von Gebieten vor, konstatiert aber gleichzeitig, dass eine Gesetzgebung allein nicht das Gesellschaftsproblem lösen kann, das die Gewalt gegen Frauen darstellt.»

Wie wahr, dachte ich und legte das Memorandum der schwedischen Regierung 1996/97:JuJ11 mit dem Titel «Opfer von Gewalt und Verbrechen» beiseite. Wie wahr, wie wahr, und dann schloss ich die Augen und begann noch einmal von vorn.

«Die Kommission zur Erforschung von Gewalt gegen Frauen hatte den Auftrag, sich aus der Perspektive der Frauen einen Überblick über diejenigen Fragen zu verschaffen, die Gewalt gegen Frauen betreffen ...»

Aus einer Schrift der Vereinigung von Gewaltopfern lernte ich, was das neue Gesetz zur Bekämpfung von Gewalt gegen Frauen auszeichnete.

«Häusliche Gewalt gegen Frauen ist neuerdings ein Straftatbestand. Darunter fallen mehrere strafbare Handlungen, zum Beispiel Bedrohung, Misshandlung und/oder sexuelle Übergriffe, die ein Mann an einer Frau begeht, mit der er verheiratet ist oder war oder mit der er zusammenlebt oder zusammengelebt hat, insofern die Handlungen zu einer wiederholten Kränkung der Integrität der Frau geführt haben und darauf ausgerichtet waren, das Selbstwertgefühl des Opfers schwer zu beschädigen.»

Dann las ich, warum das neue Gesetz nicht sonderlich gut funktionierte.

Als der Oberste Gerichtshof im Frühjahr 1999 das neue Gesetz zum ersten Mal anwandte, wurde entschieden, dass vier Fälle von Misshandlung nicht ausreichten, um eine Person wegen häuslicher Gewalt zu verurteilen. Die Integrität der Frau sei «nicht ausreichend» gekränkt worden, hieß es in der Urteilsbegründung des Gerichtes. Der Beschluss, der Präzedenzwirkung bekam, betraf einen Mann, der sowohl vom Landgericht als auch vom Amtsgericht wegen grober häuslicher Gewalt verurteilt worden war. Er hatte wiederholte Male seine Lebensgefährtin geschlagen, aber das genügte nicht. Der Oberste Gerichtshof urteilte, dass es noch einer oder mehrerer weiterer Handlungen bedurft hätte, damit eine Kränkung vorlag.

«Anders», sagte ich eines Abends und ging zu meinem Mann, der auf dem Sofa lag, «könntest du mich bitte abfragen, was zu einem ‹Normalisierungsprozess› gehört?»

Er reagierte nicht.

«Anders», wiederholte ich, «könntest du ...»

«Was ist denn, verdammt nochmal!», rief er und blickte auf. «Siehst du nicht, dass ich fernsehe?»

Die Tränen brannten mir in den Augen, als ich ins Schlafzimmer zurückging und die Papiere vor mir auf der Bettdecke ausbreitete.

«Man kann eine Beziehung wie einen Fußballplatz betrachten», las ich. «Zu Beginn besitzen Mann und Frau jeweils eine Hälfte des Spielfeldes. In einer normalen Beziehung respektiert man einander und pflegt ein Zusammenspiel über die Spielfeldhälften hinweg, doch in einer gewalttätigen Beziehung beansprucht der Mann Stück für Stück immer mehr vom Spielfeld der Frau.»

Dann folgte eine Liste mit zehn Punkten, die genau das beschrieben, was mir zugestoßen war. Ich drehte und wendete das Papier und murmelte die Punkte vor mich hin.

Eins. Der Mann ist mäßig eifersüchtig, er ruft im Büro an, will wissen, wo die Frau war, holt sie von Abendkursen und Kinobesuchen ab und Ähnliches mehr.

Zwei. Er ist sehr liebevoll und aufmerksam, möchte gern alle Zeit mit ihr verbringen. Er drängt darauf, sich schnell zu verloben, zu heiraten und Kinder zu bekommen, denn so bindet er die Frau stärker an sich und an den Haushalt.

Drei. Der erste Schlag kommt und wird oft auf ein Missverständnis geschoben. Die Frau ist schockiert, der Mann reuevoll, er verspricht, dass es nie wieder passieren wird. Die Frau verzeiht ihm und betrachtet die Sache als ein einmaliges Fehlverhalten des Mannes.

Vier. Der Mann spricht schlecht über Freundinnen und

Verwandte. Er möchte die Frau von der Außenwelt abschirmen.

Fünf. Er wird wieder gewalttätig, denn er liebt sie ja so sehr.

Sechs. Die Frau flieht zu einer Freundin. Der Mann sucht sie dort auf und überredet sie, zurückzukehren. Als die Frau nach Hause kommt, ergeht es ihr dort noch schlechter als zuvor.

Sieben. Noch mehr Misshandlungen. Der Mann findet alle möglichen Ausreden dafür, dass er schlägt: ungenießbares Essen, schmutziges Geschirr, sie trägt die falschen Kleider und so weiter. In diesem Stadium kommen auch Schimpfnamen dazu, wie «Hure» oder «Schlampe».

Acht. Der Mann hat grundsätzlich eine sehr schlechte Meinung von Frauen, die er immer deutlicher zum Ausdruck bringt. Wenn er zum Beispiel in den Nachrichten von einer Vergewaltigung erfährt, äußert er Dinge wie, dass die Vergewaltigte es doch eigentlich selbst so gewollt habe.

Neun. Wenn eine Tochter im Haushalt lebt, kann es sein, dass auch sie unter dem schlechten Frauenbild des Mannes zu leiden hat. Das ist ein weiteres Mittel, um die Frau zu schwächen, denn sie kann nicht einmal ihr Kind schützen, was bei ihr große Schuldgefühle hervorruft.

Zehn. Ein winziges Fleckchen in der hintersten Ecke ist nun alles, was noch vom Spielfeld der Frau übrig geblieben ist. Sie hat jegliches Selbstvertrauen verloren, ist von der Umwelt isoliert und mit enormen Schuldgefühlen belastet, und das Einzige, was sie noch hat im Leben, ist ein Mann, der sie quält.

Ich sprach einige Male mit Hanna über meine Angst vor der Anhörung, doch sie konnte natürlich auch nicht mehr tun, als mich zu ermuntern, so viel zu lesen, wie ich nur konnte.

«Du musst mich auf jeden Fall hinterher gleich anrufen, hörst du?», sagte sie, und ich versprach es.

Sandra saß viele Abende bei mir, wenn ich weinte und nicht

mehr wusste, wie ich das alles schaffen sollte. Mit ihr zusammen ging ich die Einstellung des Islam zu Frauen und Gewalt durch, die amerikanischen Statistiken und die Rechtsurteile. Sie erzählte, dass sie für mich um Gerechtigkeit, Kraft und Mut betete, und da fühlte ich mich wirklich etwas besser.

Am Abend vor der Verhandlung saßen die Kinder und ich wie immer am Esstisch, doch keiner von uns sprach ein einziges Wort. Wir kauten und schluckten und starrten auf unsere Teller, jeder in seine Gedanken versunken.

Hinterher räumten die Kinder den Tisch ab, während Anders mit der Fernbedienung in der Hand vor dem Fernseher hing.

«Ich weiß nicht, ob ich Lust habe, morgen in die Hauptstadt zu fahren», verkündete er plötzlich, ohne den Blick vom Bildschirm zu wenden.

«Okay», sagte ich. «Das ist deine Entscheidung. Ich werde dich zu nichts zwingen.»

Plötzlich war es, als gäbe es im Haus überhaupt keinen Sauerstoff mehr, ich merkte, dass ich es keine Sekunde länger drinnen aushalten würde. Ich murmelte etwas von frischer Luft, zog meine Jacke an und ging nach draußen.

Es war kalt und klar, die Sterne funkelten und glitzerten so hell, als wären sie ganz nah. Mein Atem hüllte mich wie eine Wolke ein, ich stand eine Weile in der eisigen Kälte, bis der Frost durch meine Schuhsohlen drang und ich kalte Füße bekam. Ich vergrub die Hände in den Jackentaschen und merkte, dass ich sowohl meinen Geldbeutel als auch die Autoschlüssel dabeihatte.

Schnell ging ich zum Honda und ließ den Motor an. Die Tankanzeige stand auf null, und ich stöhnte innerlich. Ich hatte Anders gebeten, doch spätestens am Nachmittag das Auto vollzutanken, und er hatte es mir versprochen. Ohne weiter nachzudenken, legte ich den Gang ein und fuhr zur Tankstelle.

Nachdem ich vollgetankt und Scheibenwischerflüssigkeit nachgefüllt hatte, mochte ich noch nicht nach Hause fahren. In meinem Bauch kribbelte es vor Nervosität, ich würde ohnehin nicht schlafen können. Langsam fuhr ich in unserer Stadt herum, ließ den Honda durch die Straßen rollen, die zu meinen geworden waren. Seit fast fünf Jahren wohnten wir nun hier, und es waren die fünf besten Jahre in meinem Erwachsenenleben gewesen. Das konnte mir niemand mehr nehmen, ganz gleich, was auch passierte.

Und dann kam ich zur Abfahrt in das neue Wohngebiet. Ohne zu überlegen, setzte ich den Blinker und bog in den Mitternachtsweg ein.

Der Hügel war inzwischen kein Baugebiet mit Kränen und Zementmischern mehr. Jetzt standen hier fertige Einfamilienhäuser mit erleuchteten Fenstern, die in der Winternacht wie warme Inseln wirkten. Das Auto fuhr ganz automatisch zur Sunrise Street, zu dem Fleckchen Erde, das einmal fast mein Zuhause geworden wäre. Auf dem Grundstück Nummer 1256, für das wir ein Angebot hatten machen wollen, stand jetzt ein zweistöckiges Haus mit Dachgauben. Eine große Garage zeigte zur Straße, und ein von niedrigen Büschen gesäumter Weg führte zur Haustür. Vor den Fenstern hingen dünne helle Gardinen, und dahinter konnte man Menschen erkennen.

Die wohnen da, dachte ich, die leben da, die haben da ein Zuhause, und ich hätte an ihrer Stelle sein können.

Fast hätte ich angefangen zu weinen, aber mir fehlte einfach die Ruhe dazu.

Langsam fuhr ich nach Hause. Als ich zur Tür hereinkam, blau gefroren und mit roter Nase, waren die Kinder bereits zu Bett gegangen. Anders saß immer noch genauso da wie vorhin, als ich das Haus verlassen hatte.

«Es wird morgen Schnee geben», sagte er.

Ich kümmerte mich nicht um ihn, sondern ging zu den Kindern hinein. Sie waren beide noch wach.

«Was passiert, wenn wir nicht bleiben dürfen?», flüsterte Robin ganz nah an meinem Ohr, damit Emma es nicht hörte.

Ich strich ihm übers Haar.

«Uns fällt schon irgendwas ein, du wirst sehen», sagte ich und lächelte ihn an. «Wo möchtest du denn wohnen?»

Der Junge wollte sich von mir abwenden, aber ich hielt ihn zurück und zog ihn an mich.

«Es wird schon klappen», flüsterte ich.

Emma hatte sich mit dem Rücken zu mir zusammengerollt, als ich an ihr Bett kam.

«Hallo, Baby Darling», sagte ich und legte mich zu ihr. Ich schmiegte mich an ihren Rücken, schlang meine Arme um sie und hielt sie ganz fest. «Bist du nervös wegen morgen?»

Das Mädchen antwortete nicht und rührte sich auch nicht.

«Ich hab dich lieb», flüsterte ich in ihr dunkles Haar. «Ich liebe euch über alles auf der Welt. Ihr seid das Einzige, was mir etwas bedeutet.»

Da drehte sie sich um und kuschelte sich in meinen Arm.

Ich blieb bei den Kindern, bis sie beide eingeschlafen waren, dann ging ich zu Anders hinaus. Er hatte den Fernseher ausgeschaltet und war im Begriff, ins Bett zu gehen. In der letzten Zeit hatte er auf dem Sofa geschlafen.

«Wir müssen darüber reden, wie wir es machen wollen», sagte ich und setzte mich neben ihn.

Er sah mich erstaunt und widerwillig an und zog ein wenig an seiner Decke, auf die ich mich versehentlich gesetzt hatte.

«Wie kommt es, dass ich plötzlich in den Entscheidungsprozess einbezogen werde?», sagte er. «Fällt dir das nicht ein wenig spät ein?»

Jäh schoss in mir die Wut hoch.

«Jetzt komm bloß noch und behaupte, ich hätte verhindert, dass du irgendeine Initiative ergreifst», sagte ich. «In all den Jahren hast du die gesamte Verantwortung mir aufgeladen, und jetzt meckerst du, weil ich sie übernommen habe.»

Er stand auf und verschwand in Richtung Badezimmer.

«Jetzt drück dich nicht schon wieder!», rief ich hinter ihm her. «Bleib hier und hör mir einmal zu.»

Er drehte sich langsam um.

«Ich verstehe dich nicht», sagte ich und hörte, wie meine Stimme einen bettelnden Unterton bekam. «Fünfzehn Jahre lang haben wir so gelebt, wir waren bedroht und verfolgt und isoliert, und jetzt haben wir endlich die Chance, frei zu sein. Vielleicht ist morgen alles vorbei! Warum kannst du mir nicht helfen? Warum kannst du dich nicht mit mir darüber freuen?»

«Freuen?», fragte er. «Wir werden keinen Cent mehr übrig haben, wenn das hier alles vorbei ist. Was kostet dieser Anwalt eigentlich?»

In meinem Kopf blitzte es.

«Das ist doch total krank», sagte ich. «Bist du jetzt sauer, weil ich einen der besten Juristen der USA dazu gebracht habe, unseren Fall zu übernehmen?»

«Was kostet er?», wiederholte Anders.

Es hatte keinen Sinn zu lügen.

«Fünfundzwanzigtausend Dollar», sagte ich.

«Eine Viertelmillion Kronen? Bist du nicht ganz bei Trost?»

«Das war doch unsere einzige Chance!», bettelte ich. «Wenn wir bleiben dürfen, dann ist es jeden Öre wert. Eine Viertelmillion für eine Zukunft!»

Anders sah mich lange an, und ich merkte, wie die Gedanken in seinem Kopf herumwirbelten. Ich schaute den Mann an, der so viel für mich aufgegeben hatte. War ich ungerecht und undankbar?

«Ich weiß es nicht», sagte er schließlich. «Manchmal glaube ich, ich weiß gar nichts mehr.»

Liebling! Mein Freund, geliebter Mann, lass mich dir helfen, lass mich für dich sorgen!

Ich ging auf ihn zu, aber er wandte sich ab.

«Weck mich morgen früh, dann fahre ich dich», sagte er, ging ins Badezimmer und schloss die Tür hinter sich ab.

Ich schlief erst weit nach Mitternacht ein, doch ab fünf Uhr war ich hellwach. Ich lag ganz still im Bett und lauschte auf die Geräusche um mich herum. Aus dem Wohnzimmer hörte ich ab und zu einzelne Schnarcher von Anders, auf der Straße fuhr ein einsames Auto vorbei, in den Wänden knackte der Frost.

Ich wusste, dass ich jetzt nichts mehr ausrichten konnte. Mehr konnte ich nicht leisten, und dieses Wissen machte mich ruhig. Was auch immer heute geschehen würde, ich hatte mein Möglichstes getan.

Viertel vor sechs stand ich auf, duschte und zog mich an. Dann trank ich eine Tasse Kaffee, bekam aber kein Frühstück herunter. Wenn wir rechtzeitig losfuhren, konnten wir an der Raststätte in den Bergen anhalten und dort etwas essen.

Viertel nach sechs weckte ich Anders. Er stand auf und zog sich wortlos an.

Robin protestierte ein wenig, noch ehe er richtig wach war. Als ich die Kinder geweckt hatte, zogen sie sich an und gingen sofort hinaus zum Auto. Anders goss sich einen Becher Kaffee ein, den er mit ins Auto nahm, und ich ging herum, machte überall das Licht aus und schloss ab.

«Tschüs, Haus», sagte ich in die dunklen Zimmer. «Heute Abend sind wir wieder zurück.»

Die Luft war etwas milder, aber immer noch klar und rein, und ich sah zu den Sternen hinauf.

«Hast du nicht gesagt, dass es Schnee geben soll?», fragte ich Anders, als ich mich ins Auto setzte.

«Von Norden her einsetzende Schneefälle, sagt der Wetterbericht», erwiderte er und fuhr auf den Interstate Highway, ohne ein Wort darüber zu verlieren, dass das Auto plötzlich vollgetankt war.

Die Kinder lagen auf dem Rücksitz und schliefen, Anders machte seine ewige Countrymusic an, und während Amerika um uns herum erwachte, fuhren wir Richtung Norden auf die Hauptstadt des Bundesstaates zu. Nach einer halben Stunde wurde es langsam hell, doch dann zunehmend wieder dunkler. Anders sah durch die Frontscheibe zum Himmel hinauf.

«Das sieht da oben ziemlich dicht aus», sagte er, und als ich ebenfalls hinausschaute, konnte ich ihm nur zustimmen.

Zehn Minuten später kamen die ersten Flocken, leicht und vereinzelt, doch schon bald fing es an, richtig dicht zu schneien.

Und dann, als es in die Berge hinaufging, fuhren wir plötzlich direkt hinein in eine Wand aus Schnee und Eis – anders kann ich es nicht beschreiben. Hagel, nasser Schnee und Regen hüllten das Auto in eine dicke Decke, es war unmöglich, mehr als einen Meter weit zu sehen.

«Mein Gott!», rief Anders aus und stieg auf die Bremse, woraufhin der Wagen sofort zu schleudern begann.

Die Kinder wachten auf und schrien, als das Auto über die Straße kreiselte, ich hielt mich am Armaturenbrett fest, vielleicht schrie ich auch, ich weiß es nicht, eine kurze Ewigkeit lang sah ich Bäume im Scheinwerferlicht vorbeiwirbeln, und dann standen wir still. Kein Laut war zu hören, der Motor war ausgegangen, und alle Lampen und Anzeigen am Armaturenbrett blinkten unheilverkündend in der Dunkelheit.

Auf dem Rücksitz fing Emma plötzlich an zu weinen.

«Mama, ich habe mir den Kopf gestoßen», schluchzte sie. «Es blutet.»

Sie hielt mir ihre Hand entgegen, die tatsächlich blutverschmiert war.

«Beug dich mal vor», sagte ich, «und lass mich sehen.»

Ich streckte mich über die Nackenstütze, um mir die Verletzung des Mädchens anzuschauen, während Anders den Motor wieder startete.

«Setz dich hin», sagte er.

«Aber Emma hat sich weh getan», sagte ich, «kannst du nicht kurz warten?»

«Ich glaube, ich stehe auf der Gegenfahrbahn», sagte er, und im nächsten Moment fiel ich schon auf ihn, als er das Steuer herumriss und hastig nach rechts lenkte. Eine Sekunde später donnerte ein großer Truck links an uns vorbei und hüllte uns in einen Flockenwirbel. Anders ließ das Auto langsam weiterrollen, in die Schneemassen hinein, ich setzte mich auf meinem Sitz zurecht und starrte geradeaus, zu geschockt, um etwas zu sagen.

«Wie geht es dir, Emma?», fragte Anders mit einem Blick in den Rückspiegel.

Das Mädchen räusperte sich.

«Ach», sagte sie, «ist schon okay. *It's not so bad.*»

Anders fuhr ganz langsam, mit nur zwanzig Meilen die Stunde, trotzdem saßen wir mit angehaltenem Atem da, denn wir konnten praktisch nichts sehen.

«Müssten wir nicht bald an dieser scharfen Linkskurve sein?», fragte ich nach einer Weile.

«Doch», erwiderte Anders, «aber es fällt mir schwer abzuschätzen, wie weit wir schon sind.»

Im nächsten Moment machte die Straße tatsächlich eine scharfe Kurve nach links, und weit unten im Graben sahen wir die Rücklichter eines Autos im Schneesturm leuchten.

«Das war jemand, der den Weg nicht so gut kennt wie wir», sagte Anders.

«Wir müssen anhalten und fragen, ob sie Hilfe brauchen», sagte ich, und Anders bremste langsam ab.

Als er das Auto zum Stehen gebracht hatte, öffnete ich die Tür und stieg aus. Der Sturm fuhr mit voller Kraft in den Innenraum, und die Kinder jammerten.

«Do you need any help?», rief ich einer dunklen Gestalt zu, die neben dem Auto im Graben stand.

Wegen des Sturms konnte ich die Antwort nicht hören, aber die Gestalt winkte abwehrend mit der rechten Hand und hielt mit der linken etwas hoch, das aussah wie ein Handy. Ich signalisierte, dass ich verstanden hatte, und setzte mich wieder ins Auto.

«Wie spät ist es?», fragte Anders.

«Acht Uhr», antwortete ich.

«Wann müssen wir da sein?»

«Um elf in der Kanzlei, dort sollen wir uns mit Carl und Lindsay und dem Übersetzer treffen.»

«Nennst du ihn jetzt schon Carl?»

Ich starrte geradeaus in den Sturm und beschloss, seine Bemerkung zu ignorieren.

«Die Verhandlung beginnt um eins im Gerichtsgebäude.»

«Das wird knapp», sagte Anders. «Was glaubst du, wie weit es noch ist?»

Ich zählte an den Fingern nach.

«Wir waren eine gute Stunde unterwegs, ehe das hier anfing», sagte ich, «das heißt, dass wir noch zweieinhalb Stunden zu fahren hätten, bei normalem Tempo.»

«Was fünfundfünfzig Meilen in der Stunde ist», sagte Anders. «Und jetzt schaffe ich gerade mal zwanzig.»

Noch ehe er den Satz beendet hatte, packte eine Sturmbö das Auto und schob uns nach links auf die Gegenfahrbahn.

Die Kinder und ich schrien auf. Anders biss die Zähne zusammen und zwang das Auto wieder auf die rechte Fahrspur. Mir schossen die Tränen in die Augen. Mein Gott! Was war hier bloß los? Was war das? Wenn wir es nun nicht schafften? Wenn wir nun im Sturm festsaßen und nicht rechtzeitig ankamen? Zwanzig Meilen pro Stunde war viel zu langsam, dann würden wir nicht vor zwei oder vielleicht halb drei da sein.

«Wir dürfen nicht zu spät kommen», sagte ich, und Anders warf mir einen ärgerlichen Seitenblick zu.

Wenn wir zu spät kamen, war alles vorbei. Wir würden niemals eine neue Chance bekommen. Wenn wir bei unserem eigenen Asylverfahren nicht anwesend waren, konnten wir genauso gut gleich unsere Sachen packen und ein für alle Mal verschwinden.

«Vielleicht lässt es ja nach», sagte ich in dem sinnlosen Versuch, optimistisch zu klingen.

Aber der Schneesturm tobte in unverminderter Stärke weiter. Auf dem Hochplateau, wo die Landschaft flacher wurde, bekam er noch mehr Fahrt und peitschte uns den Schnee mit einer Wucht entgegen, dass es völlig unmöglich war, die Fahrbahn zu erkennen. Anders musste sich ganz auf sein Gefühl verlassen. Manchmal begegneten uns andere Autos, aber es waren nicht viele. Niemand begab sich freiwillig in dieses Wetter hinaus.

Schon bald sahen wir das nächste Auto, das im Graben lag.

«Sollen wir anhalten?», fragte Anders.

Ich schaute auf die Uhr, es war Viertel vor neun.

«Wenn sie winken und Hilfe brauchen», entschied ich, aber das taten sie nicht, und so fuhren wir an ihnen vorbei, ohne langsamer zu werden.

«Ich muss anrufen und Bescheid sagen, dass wir später kommen», sagte ich.

Ganz unten in meiner Tasche lag mein Handy. Zum Glück

war es aufgeladen, denn damit war ich immer etwas nachlässig. Als ich es eingeschaltet hatte, wartete ich ungeduldig auf die drei Piepser, die mir signalisierten, dass es sich in ein Funknetz eingeloggt hatte.

Sie kamen nicht.

Ich schüttelte das Telefon, schaltete es aus und wieder ein.

Keine Netzverbindung.

«Ich kann nicht telefonieren», sagte ich. «Was machen wir denn jetzt?»

«Lass es eingeschaltet, damit wir merken, wenn es ein Netz findet», sagte Anders, und ich legte das Telefon auf das Armaturenbrett vor uns.

«Mooom», quengelte Robin auf dem Rücksitz, *«I'm hungry.»*

«Ich auch», sagte Emma. «Wann halten wir an und essen *breakfast*?»

Ich schielte zu Anders.

«Wir essen, wenn wir dort sind», sagte ich und spürte selbst, wie mein Magen knurrte.

Es war nach elf Uhr, als wir an der Raststätte vorbeifuhren, an der wir sonst immer anhielten und Pause machten. Es gab keinerlei Anzeichen, dass der Sturm nachlassen würde, und ich geriet langsam in Panik. Wir hatten erst die Hälfte der Strecke zurückgelegt, und ich hätte bereits in der Kanzlei sein sollen.

Im nächsten Moment sah ich aus dem Augenwinkel, wie plötzlich etwas Großes, Dunkles auf die Straße stürzte. Anders trat heftig auf die Bremse, das Auto schlingerte, und mit einem Krachen fuhren wir in die Krone einer großen Tanne. Die Scheinwerfer beleuchteten den Stamm, abgebrochene Äste wurden an die Windschutzscheibe gedrückt.

Ich hörte mich keuchen.

«Das kann doch nicht wahr sein!», schrie ich. «Das ist ein Albtraum, das kann nicht die Wirklichkeit sein!»

«Jetzt beruhige dich mal», sagte Anders, und ich biss die Zähne zusammen. Er hatte ja vollkommen recht, nichts wurde besser davon, dass ich in Panik verfiel.

«Sorry», sagte ich.

«Vielleicht können wir drum herum fahren», sagte Anders.

Er setzte den Wagen ein paar Meter zurück, und wir sahen den Baum in seiner ganzen Länge da liegen, mit dem Geäst quer über der Straße. Wir waren in die Spitze der Krone hineingefahren, der Stamm erstreckte sich weit bis in den Graben rechts neben uns. Ganz links, auf der anderen Seite der Straße, war eine schmale Stelle, wo wir durchfahren konnten. Anders und ich sahen uns sekundenlang an.

«Wir werden den Lack ruinieren», sagte er.

«Scheißegal», sagte ich. «Aber vielleicht rutschen wir in den Graben, das wäre viel schlimmer.»

«Sollen wir es probieren?», fragte er, und ich nickte.

Anders legte den Gang ein, gab Gas und fuhr so schnell, wie er es wagen konnte, durch die äußerste Spitze des Baumwipfels. Die Karosserie protestierte, als die Äste über das Metall kratzten, aber eine Sekunde später waren wir durch, und ich jubelte.

«Wie liegen wir in der Zeit?», fragte Anders.

«Gleich halb zwölf», erwiderte ich.

«Normalerweise wäre es von hier noch ungefähr eine Stunde», sagte Anders. «Vielleicht schaffen wir es.»

Ich antwortete nicht, hielt mich nur am Türgriff fest, als er aufs Gas trat und auf der vereisten Straße vorwärtsschlitterte. Hier war der Interstate Highway gerade und breiter, sodass Anders beschleunigte und erst dreißig Meilen die Stunde fuhr, dann fünfunddreißig.

Viertel nach zwölf fuhren wir ebenso plötzlich aus dem Sturm heraus, wie wir hineingefahren waren. Es schneite immer noch, mit Regen vermischte Schneeklumpen klebten auf der Windschutzscheibe fest, aber der Wind hatte nachgelassen und das Schneegestöber aufgehört. Es musste mindestens dreißig Zentimeter geschneit haben. Wo die Straße verlief, war nur anhand der Reifenspuren anderer Autos zu erkennen, die vor uns dem Unwetter getrotzt hatten.

«Versuch mal, ob du jetzt anrufen kannst», sagte Anders, und ich griff nach dem Handy.

Immer noch kein Netz.

«Fahr so schnell du kannst», sagte ich.

Das Auto rutschte im tiefen Schnee auf der Fahrbahn hin und her, aber jetzt hatten wir wenigstens klare Sicht und konnten vierzig, fünfundvierzig Meilen in der Stunde halten.

Um halb eins näherten wir uns den Vororten der Hauptstadt, und da piepte das Handy – acht neue Nachrichten.

Ich hörte gar nicht erst die Mailbox ab, sondern drückte sofort die Nummer der Kanzlei von Anwalt Barrington.

«Wo bleiben Sie denn?», rief er, ich hatte ihn noch nie so aufgeregt erlebt.

«Wir sind in einen Schneesturm geraten», sagte ich, «aber jetzt sind wir in der Stadt.»

Ich erzählte, wo wir waren, doch Carl Barrington klang immer noch sehr besorgt.

«Sie schaffen es nicht mehr hierher», sagte er. «Sie müssen direkt zum Gerichtsgebäude fahren. Wissen Sie, wie Sie dahin kommen?»

Als ich verneinte, gab er mir eine detaillierte Beschreibung, ich notierte sie auf der Rückseite einer Quittung, die ich in meiner Tasche fand.

«Wir fahren jetzt los», sagte er. «Und was Sie auch tun, kommen Sie nur nicht zu spät.»

Als wir in die Stadt fuhren, ging der Schneematsch in dichten Regen über, der den Schnee auf der gefrorenen Erde zu einer spiegelglatten Fläche machte. An jeder Kreuzung waren Autos ineinandergefahren, und wir kamen in einen Stau, an dessen Spitze es eine Massenkarambolage gegeben hatte. Nachdem er vorsichtig auf einen Bürgersteig ausgewichen war, konnte Anders die Unfallstelle umfahren, und als wir endlich in der Ferne das Gerichtsgebäude erkennen konnten, war es schon fast fünf vor eins.

«Jetzt links, links! Und dann rechts», las ich von meiner Quittung vor, und dann sahen wir auch schon den Parkplatz.

Die Einfahrt wurde von einem Schlagbaum versperrt, neben dem ein Wachmann in grellgelber Weste und mit einem großen Regenschirm in der Hand stand.

«Hier ist alles belegt», sagte er. «Sie müssen zum Parkplatz an der Queen Street weiterfahren.»

Dann ging er in seine kleine Bude zurück, ohne uns hineinzulassen.

«Verdammte Scheiße, was ist denn das nun wieder?», explodierte Anders. «Wo zum Teufel ist die Queen Street?»

Ich blickte mich rasch um und legte ihm die Hand auf den Arm.

«Stell dich dahinten hin», sagte ich und zeigte auf einen Hydranten ein Stück die Straße hinunter.

Anders sah mich an, als hätte ich den Verstand verloren.

«Aber da ist absolutes Halteverbot!», sagte er. «Dann schleppen sie uns ab!»

«Ist doch egal», sagte ich und sprang in den strömenden Regen hinaus.

Die Kinder kletterten hastig aus dem Auto, und wir rannten wie die Verrückten zum Gerichtsgebäude. Meine Füße patschten durch die Pfützen, der Regen schlug mir ins Gesicht und lief mir den Rücken hinunter. Die Treppe zum Haupteingang war unendlich lang, ich war völlig außer Atem, als ich die Tür aufriss und in die Sicherheitsschleuse stolperte. Jacke, Tasche, Schuhe, alles wurde kontrolliert, und dann rannte ich zur Rezeption, wo ich mich anmelden sollte.

«Maria Eriksson, Verhandlung 267», keuchte ich, und im selben Moment donnerte eine Stimme aus dem Lautsprecher:

«Hauptverhandlung im Fall 267, die Parteien werden zu Saal 17 gerufen, die Parteien werden zu Saal 17 gerufen.»

«Wo ist Saal 17?», stieß ich hervor.

Dritter Stock, *thank you very much.*

Vor den Fahrstühlen warteten lange Schlangen, also nahm ich die Treppe, die Kinder immer direkt hinter mir.

Plötzlich entdeckte ich Carl und Lindsay, die gerade auf dem Weg zu einem Saal am Ende des Korridors waren. Als ich bei ihnen ankam, konnte ich kaum sprechen.

«Entschuldigung», stieß ich hervor, «ich muss nur eben schnell auf die Toilette.»

«Das geht nicht mehr», sagte Carl Barrington leise. «Man wartet bereits auf Sie.»

Er schob mich vor sich in den Gerichtssaal, ich strich mir das klatschnasse Haar aus dem Gesicht und holte tief Luft.

Die wichtigsten Stunden meines Lebens hatten begonnen.

Der Gerichtssaal war sehr klein und erinnerte eigentlich mehr an einen Konferenzraum. Ein großer Teil des Raumes wurde von einem großen ovalen Tisch aus dunkelpoliertem Holz eingenommen, auf dem säuberlich gestapelt Mappen und Ordner lagen. Eine Mikrophonanlage gab es auch.

Vier Männer saßen um den Tisch herum, und als ich den Raum betrat, erhoben sie sich wie auf ein Signal. Der Richter, ein eleganter älterer Mann mit braunem Haar, saß am linken Kopfende des Tisches. Er kam auf mich zu und stellte sich als Erster vor.

«Richter Hendersen», sagte er und gab mir die Hand.

An seiner Seite saß der schwedische Übersetzer, der in meinem und im Auftrag meines Anwalts dort war und den ich eigentlich um halb elf in der Kanzlei hätte kennenlernen sollen. Neben ihm saß der Übersetzer der Einwanderungsbehörde, ein großer Däne mit grauem Haar und Bart.

Mein Platz war am anderen Kopfende des Tisches gegenüber von Richter Hendersen. Zu meiner Rechten saß der Beamte des INS, der während der Verhandlung als Staatsanwalt fungieren und mich ins Kreuzverhör nehmen würde. Er hieß Smith, war groß und hellhäutig, mit dünnem Haar und einer Metallbrille. Als wir uns begrüßten, merkte ich, wie mir das Lächeln auf den Lippen erstarb.

Links von mir saß Carl Barrington, und zwischen ihm und dem Richter hatte Lindsay Platz genommen.

Ich setzte mich hin und merkte, dass ich ganz dringend auf die Toilette musste. Außerdem waren meine Hosenbeine und die Pulloverärmel völlig durchnässt, bestimmt würde mir bald sehr kalt werden. Ich hatte den ganzen Tag noch nichts gegessen, aber das machte mir nichts aus, ich hätte ohnehin keinen Bissen herunterbekommen, selbst wenn mir jemand etwas angeboten hätte. Allerdings hätte ich gern etwas Wasser getrunken, aber es stand nichts auf dem Tisch.

Die Tür ging zu, und ich konnte gerade noch schemenhaft Robins neugieriges Gesicht erkennen, ehe sie ins Schloss fiel.

«Nun denn», sagte Richter Hendersen und schaltete einen Kassettenrecorder ein.

«Hiermit erkläre ich die Hauptverhandlung im Verfahren 267, Asylantrag betreffend Maria Eriksson, Emma Eriksson und Robin Eriksson, für eröffnet.»

Er schlug mit seinem Hammer auf den Tisch.

Dann stand er auf, nahm eine große schwarze Bibel und ging um den Tisch herum zu mir. Ich musste mich erheben, die rechte Hand aufs Herz legen und die andere auf die Bibel. Der Richter sah mir in die Augen und sagte:

«Schwören Sie, die Wahrheit zu sagen, die ganze Wahrheit und nichts als die Wahrheit, so wahr Ihnen Gott helfe?»

«I do», sagte ich.

Der Richter ging zu seinem Platz zurück, und als er sich gesetzt hatte, bat er mich, meinen Namen und mein Geburtsdatum zu sagen.

Ich antwortete leise und vorsichtig.

«Ehe wir weitermachen», sagte er, «würde ich gern Ihre Kinder kennenlernen. Sind die hier?»

«Sie sind draußen vor der Tür», sagte ich.

Lindsay ging hinaus, um Emma und Robin zu holen. Sie betraten den Sitzungssaal ein wenig ängstlich und begrüßten den Richter. Er fragte sie nach ihrer Schule und ihren Hobbys, wie alt sie waren und wie es ihnen in den USA gefiel. Sie antworteten schüchtern und leise, und anschließend durften sie wieder hinaus.

«Dann erteile ich dem Repräsentanten des INS das Wort», sagte der Richter, und der Beamte der Einwanderungsbehörde rückte sich die Brille auf der Nase zurecht, verschränkte die Hände und beugte sich zu mir vor.

«Wir alle kennen Ihre tragische Geschichte», sagte er. «Trotzdem möchte ich sie noch einmal etwas genauer betrachten, es gibt da nämlich ein paar Dinge, die mir nicht ganz klar sind.»

Ich nickte und rieb mir unter dem Tisch die Hände, um sie etwas aufzuwärmen. Vorsichtig schielte ich zu Rechtsanwalt Barrington an meiner Seite hinüber, er spürte meinen Blick und lächelte mir aufmunternd zu.

Der Beamte ging meinen ganzen Antrag umständlich Punkt für Punkt durch. Wann hatte ich Spanisch gelernt? Warum? Wie war ich dazu gekommen, in der Flüchtlingshilfe zu arbeiten? Aus welchen Beweggründen? Wann und wie hatte ich den Mann kennengelernt, der mich später jahrelang verfolgte?

Ich antwortete mit fester Stimme, manchmal ausführlich, versuchte so konkret wie möglich zu sein und möglichst nicht zu stocken oder zu zögern.

Wann wurde ich zum ersten Mal misshandelt? Worin bestand die Misshandlung? Hatte ich meine Verletzungen dokumentiert? Hatte ich ihn bei der Polizei angezeigt? Ach so, und warum nicht?

«Dafür gibt es eine ganze Reihe Gründe», sagte ich ruhig, «die zusammengenommen ein gesellschaftlich bedingtes Muster ergeben. Unsere Beziehung fing natürlich nicht damit an, dass er mich zusammengeschlagen hat, sondern sie begann damit, dass er sehr liebevoll und aufmerksam war und nur kleine freundliche Einwände gegen die Art äußerte, wie ich mich verhielt oder mich kleidete. Indem ich diese Einwände akzeptierte, bewegte ich mich bereits weg von dem, was gesund und normal ist. Schon bald kontrollierte er alles, was ich tat, mit wem ich mich traf, was ich sagte und dachte. Und als das immer noch nicht genügte, wurde er gewalttätig. Das ist ein Muster, das in praktisch allen Beziehungen, in denen es zu Misshandlungen kommt, so abläuft. Dass ich ihn nicht anzeigte, beruhte zum Teil darauf, dass ich Angst vor den Konsequenzen hatte, zum Teil auch darauf, dass ich mich einfach schämte. Er hatte mir alles Selbstwertgefühl geraubt, und ich wollte niemandem offenbaren, wie wertlos ich war. Irgendwo tief in meinem Innern dachte ich auch, ich könnte ihn mit meiner Liebe heilen. Wenn ich ihn nur stark genug liebte, würde er schon nett zu mir sein, also war ich diejenige, mit der etwas nicht stimmte. Dieses ganze Muster nennt man ‹Normalisierungsprozess›. Er ist zum Teil im Beweismittel L beschrieben, *Woman Battering as Marital Act, The Construct of a Violent Marriage* von Margareta Hydén.»

Ich schwieg und wusste nicht, ob ich weiterreden sollte, aber Mr. Smith nickte und fuhr fort. Er blätterte in seinen Unterlagen, und ich merkte, wie meine Hände schweißnass wurden, obwohl sie immer noch kalt waren. Wieder warf ich einen Blick zu Carl Barrington und Lindsay, die sich beide Notizen machten. Als sie merkten, dass ich sie ansah, nickten sie mir zu und lächelten ein wenig.

«Hätten Sie sich nicht der Risiken bewusst sein müssen, die Sie eingingen, als sie sich einen muslimischen Mann nahmen?», fragte der Beamte.

«Wie meinen Sie das?», fragte ich zurück.

Mr. Smith sah mich mit leerem Blick an.

«Sie arbeiteten doch mit Flüchtlingen. Waren Ihnen die Geschlechterrollen in der muslimischen Kultur und Tradition nicht bekannt?»

«Es gibt im Koran keine Rechtfertigung für die Misshandlung von Ehefrauen, falls Sie das meinen», sagte ich. «Im Gegenteil, der Prophet Mohammed sagt, dass Männer ihre Ehefrauen mit Güte behandeln sollen. Die besten Männer sind die, die ihre Frauen am besten behandeln. Allah schuf Mann und Frau als Freunde, und er gab ihnen die Liebe und die Demut, die sie in ihren Herzen teilen sollen. Das steht im Koran, 30:12.»

«Und dennoch weisen Sie in Ihrem Asylantrag darauf hin, dass dieser Mann Gewalt gegen Sie ausgeübt hat, damit Sie konvertieren. Er hat Sie mehrmals misshandelt, weil Sie sich weigerten, den muslimischen Gesetzen und Regeln zu folgen. Wie erklären Sie das?»

«In der muslimischen Kultur», antwortete ich, «ebenso wie in der christlichen, ist Gewalt gegen Frauen und Kinder weit verbreitet. Ich bin zufällig an einen muslimischen Mann geraten, aber er hätte genauso gut Christ sein können. So ist häusliche Gewalt zum Beispiel mit Abstand die häufigste Ursache für körperliche Verletzungen bei amerikanischen Frauen, und das gilt für alle Religionen, auch die muslimische. Es ist wahr, dass die muslimische Gesellschaft das Problem nicht wichtig genug nimmt, doch das tut die christliche auch nicht. Es gibt eine umfassende Untersuchung, die dieses Problem widerspiegelt, Sie finden sie in Beweisstück Q, *Wife Abuse in the Muslim Community*, von Kamran Memon.»

«Wenn ich das richtig verstanden habe», sagte Mr. Smith und lehnte sich auf seinem Stuhl zurück, «dann sagen Sie, dass häusliche Gewalt hier in den USA mit Abstand die häufigste Ursache für körperliche Verletzungen bei Frauen ist. Trotzdem wollen Sie hier einwandern. Wieso das?»

«Dafür gibt es eine ganz einfache Erklärung», sagte ich. «Mein jetziger Mann schlägt mich nicht. Der Mann, der mich verfolgt, lebt in Schweden, dem Land, aus dem ich geflohen bin, aber er ist kein schwedischer Staatsbürger. Um in die USA einreisen zu können, müsste er sich von einer amerikanischen Botschaft oder einem amerikanischen Konsulat ein Visum ausstellen lassen. Ein solches Visum wird er aber nie bekommen, denn er ist sowohl in Schweden als auch in seinem Heimatland straffällig geworden. Das macht die USA für mich zum einzigen sicheren Land auf der Welt.»

Der Beamte sah eine Weile nachdenklich drein.

«Berichtigen Sie mich bitte, wenn ich mich täusche», sagte er, «aber ich hielt Schweden bisher für das Land in der Welt, das in Sachen Gleichberechtigung von Mann und Frau am weitesten vorangekommen ist. Haben Sie nicht einen ganzen Haufen sozialistischer Gesetze, die die Rechte von Frauen bis ins kleinste Detail festschreiben?»

«Dass wir Gesetze haben, heißt nicht, dass sie auch immer eingehalten werden», erwiderte ich. «Soweit ich weiß, hat man dasselbe Problem in den USA. Es ist verboten, zu stehlen, und trotzdem stehlen die Leute jeden Tag. Übrigens war es in Schweden bis 1864 vollkommen erlaubt, dass ein Ehemann seine Frau verprügelte, und erst 1982 wurde häusliche Gewalt gegen Frauen zu einem Offizialdelikt. Bis dahin, also bis vor zwanzig Jahren, war es die Frau selbst, die den Prozess gegen ihren Peiniger anstrengen musste, so stolz ist die Tradition also nicht, die wir in dieser Sache haben. Das können Sie in Beweisstück G nachlesen, *Unprotected by the Swedish Welfare State* von R. Amy Elman und Maud L. Eduards.»

Mr. Smith nickte unmerklich und machte sich Notizen.

«*Unprotected*», zitierte er nachdenklich. «Vom schwedischen Wohlfahrtsstaat nicht geschützt, sagen Sie. Wie war es möglich, dass dieser Mann Sie so viele Jahre auf diese Weise terrorisieren konnte? Es gibt doch wohl auch in Schweden Polizei und Gerichtssäle.»

«Ja», sagte ich, «und wie in den USA arbeitet auch unsere

Justiz nach dem Prinzip der Unschuldsvermutung. Jemand gilt so lange als unschuldig, bis das Gegenteil bewiesen ist. Das bedeutet, dass dieser Mann für die Verbrechen, die er an uns beging, nicht verurteilt werden konnte, solange ihm nicht mit Sicherheit nachzuweisen war, dass er sie wirklich verübt hatte. Als ein schwarzer Saab mich und die Kinder zu überfahren versuchte, da wusste ich natürlich, dass er hinter dem Steuer gesessen hatte, denn er besaß genau so ein Auto. Aber da er zehn Freunde hatte, die schworen, dass er zu exakt diesem Zeitpunkt mit ihnen zusammen in einer anderen Stadt gewesen sei, konnte die Polizei nichts ausrichten. Die Alternative wäre gewesen, alle zehn wegen Meineids anzuklagen, den man ihnen wiederum nicht beweisen konnte. Somit hat die Unschuldsvermutung ihre Lücken, und wenn man die kennt, kann man sie zu niederen Zwecken ausnutzen.»

«Aber als er Sie geschlagen hat, da haben Sie ihn ja wohl gesehen.»

«Es gibt ganz konkrete Gründe, warum die Polizei ihn wegen dieser Taten nicht festgenommen hat», erklärte ich. «Zu Anfang habe ich ihn nicht angezeigt, die Gründe hierfür habe ich bereits ausgeführt, und sie sind in Beweisstück L näher beschrieben. Und als ich ihn schließlich anzeigte, drohte er damit, meine Eltern umzubringen, sollte ich meine Aussage nicht zurückziehen. Ich glaubte ihm, und deshalb weigerte ich mich, mit der Staatsanwaltschaft zusammenzuarbeiten. Darauf bin ich wahrhaftig nicht stolz, aber es ist möglich, dass dies meiner Mutter und meinem Vater das Leben gerettet hat.»

Ich hörte meine eigene Stimme gleichmäßig reden, es war, als käme sie aus weiter Ferne.

Mr. Smith setzte seine Befragung in dieser Weise fort, er ging meine ganze Lebensgeschichte durch und stellte zu allen möglichen Dingen Fragen.

Wie hatte der Mann mich dieses und wie jenes Mal misshandelt? Wie viele Male mit der Faust und wie viele Male mit der Handfläche? Wie oft hatte er mich getreten? Welche Verletzungen erlitt ich? Warum waren die ärztlichen Atteste nicht unter den Beweisen? Ach so, ich war zu keinem Arzt gegangen? Aha, doch? Aber ich hatte sie angelogen und gesagt, dass ich hingefallen sei? Pflegte ich denn zu lügen?

Ich war jenseits des Punktes, an dem man mich noch provozieren konnte. Ich antwortete lediglich mit einer immer eintöniger klingenden Stimme auf alle Fragen, die mir gestellt wurden. Mittlerweile hatte ich großen Durst, und als Mr. Smith sich über seine Papiere beugte, um etwas nachzulesen, warf ich einen raschen Blick auf meine Armbanduhr.

Es war fünf vor vier! Ich saß bereits seit fast drei Stunden hier.

«Darf ich auf die Toilette gehen?», fragte ich und sah zu Richter Henderson. «Und ich müsste auch etwas Wasser trinken.»

Er schüttelte den Kopf.

«Tut mir leid», sagte er, «aber wir unterbrechen die Sitzung erst, wenn wir weit genug sind.»

Carl Barrington sah mich mit bedauernder Miene an und zuckte die Achseln.

«Dieses Urteil», sagte Mr. Smith und hielt den Beschluss des Kammergerichts von 1994 hoch, «was bedeutet das genau?»

«Zu welchem Teil haben Sie Fragen?», fragte ich.

Der Beamte las vor: *«In the goal it may be considered that the Eriksson familiy, in order to live a normal life, needs to move away from Sweden.»*

Die Formulierung klang mir in den Ohren. «Im Ergebnis kann es als erwiesen angesehen werden, dass Familie Eriksson, um ein normales Leben führen zu können, Schweden verlassen muss.»

«Das bedeutet, dass das Kammergericht, das zweithöchste Gericht Schwedens nach dem Obersten Gerichtshof, zu dem Schluss gekommen ist, dass wir emigrieren müssen, um ein normales Leben leben zu können», erklärte ich. «Die Übersetzung ist hier ein wenig seltsam, denn diese Art von Ergebnis heißt eigentlich nicht ‹goal›.»

«Bedeutet das wirklich, dass Sie emigrieren mussten?», fragte der Beamte. «Handelt es sich nicht eher um eine Empfehlung?»

Er wandte sich an die beiden Übersetzer, die mir bis dahin schon behilflich gewesen waren, wenn mir die englischen Wörter gefehlt hatten.

«Es bedeutet, dass die Familie wohl besser emigrieren sollte, aber nicht, dass sie es zwangsläufig musste», sagte der große Däne.

«Moment», warf der Schwede ein, «da bin ich aber anderer Meinung. Das hier ist Bürokratenschwedisch, das kann man nicht strikt nach dem Wörterbuch übersetzen, sondern muss es interpretieren. Ich würde sagen, dass dies ganz im Gegenteil eine höchst starke Formulierung ist, die zwei Fakten unterstreicht: einmal, dass die Sache wirklich durch alle Instanzen bestätigt ist, und zum Zweiten, dass die Familie Schweden wirklich verlassen muss.»

«Was stimmt denn jetzt?», fragte der Beamte. «Mussten sie emigrieren oder mussten sie nicht?»

«Sie mussten nicht», sagte der Däne.

«Doch», sagte der Schwede, «sie waren dazu gezwungen.»

«Jetzt halten wir uns mit Details der Übersetzung auf», warf Richter Hendersen ein. «Ich schlage vor, dass wir dies zunächst zurückstellen und mit dem Kreuzverhör fortfahren.»

Ich saß ganz still da und wartete auf die nächste Frage. Meine Kleider waren getrocknet, aber die Schuhe waren immer noch nass. Mein Bedürfnis, zur Toilette zu gehen, war zu einem dumpfen Schmerz im Bauch geworden. Das Einzige, was mir wirklich zu schaffen machte, war mein furchtbarer Durst.

«*All right*», sagte Mr. Smith und sah mich wieder an. «Dann würde ich gern ein Stück zurückgehen und Sie zu Ihren unterschiedlichen Identitäten befragen. An welcher Stelle in der Reihenfolge steht der Name Maria Eriksson?»

Ich erklärte, dass ich zunächst meinen Geburtsnamen ganz regulär durch das schwedische Patent- und Registeramt hatte ändern lassen. Außerdem war ich von der schwedischen Regierung wiederholt mit verschiedenen Personalien ausgestattet worden, sodass ich eine Zeitlang unter wechselnden Namen und Identitäten gelebt hatte. Und schließlich besaß ich ein Pseudonym, unter dem ich in dem Buch meine Lebensgeschichte erzählte.

«Sie haben zwei Kinder, Emma und Robin. Wie haben sie auf das Leben reagiert, das Sie gewählt haben?»

«Sie meinen das Leben, zu dem ich gezwungen worden war», sagte ich. «Wenn ich das Leben hätte leben können, das ich mir wünschte, wäre ich in meiner Heimatstadt geblieben, hätte bei der dortigen Bank gearbeitet und in einem Reihenhaus mit Blumenkästen und einer Hecke zur Straße hin gewohnt.»

«Nun, wie haben die Kinder darauf reagiert?»

Ich führte die Beweise an, die wir eingereicht hatten und die die Kinder betrafen, darunter Auszüge aus Krankenblättern, ärztliche Atteste und psychologische Gutachten, vor allem über Emma. Ich beschrieb ihren psychischen und medizinischen Status vom Zeitpunkt ihrer Geburt an, dass sie schon immer sehr klein für ihr Alter gewesen war und sich wegen unserer Isolation nicht richtig hatte entwickeln können. Die Ärzte nannten dies Depression und reaktive Kontaktstörung. Ich erzählte von ihrem Krankheitsbild, als sie aufhörte zu sprechen und in ihrer Entwicklung retardierte, wie sie aufhörte zu essen, dann zu trinken und schließlich auch zu laufen.

Dann erläuterte ich die psychiatrischen Gutachten, die auf der kinderpsychologischen Station in Ludvika gemacht wurden, als das Mädchen fünfeinhalb Jahre alt war. Dass sie in ihrer Sprachentwicklung bis zu zwei Jahre zurücklag, dass ihre Grobmotorik unbeholfen war, dass sie von sehr beunruhigenden Gedanken verstört war und eine große Aggressivität an den Tag legte. Ich beschrieb, wie sie ständig versuchte, sich selbst und andere zu verletzen, und dass wir Messer oder Schals oder Seile nirgendwo herumliegen lassen durften, damit sie sie nicht in die Hände bekam. Dass sie ihre Puppen kaputt machte, dass sie schöne Bilder malte, die sie dann in Wutanfällen zerriss, und dass sie Eis und Essen unter ihrem Bett versteckte.

Dann beschrieb ich Robins Krankengeschichte mit dem schweren Asthma, das er während unserer unsicheren Jahre im Ausland entwickelt hatte, und dass er nach fünf Jahren in den USA gesund und frei von allen Krankheitssymptomen war.

Als ich das alles erzählt hatte, war ich völlig erschöpft, denn darüber zu reden, wie die Verfolgung meinen Kindern zugesetzt hatte, war das Schlimmste. Doch ich hatte beschlossen, nicht zu weinen. Ich würde nicht zusammenbrechen. Ich würde durchhalten und auf alle Fragen antworten, ich würde ihnen direkte und deutliche Antworten geben.

Der Beamte blätterte in seinen Unterlagen.

«Dieses Buch», sagte er, «warum haben Sie das geschrieben?»

«Ich wollte meine Geschichte erzählen», sagte ich, «und ich wollte eine Diskussion anregen. Vielleicht kann ich auf diese Weise anderen Frauen helfen, die auf dem Weg in dieselbe Hölle sind.»

«Wollten Sie vielleicht auch berühmt werden?»

Er sah mich an, aber ich konnte seine Augen nicht erkennen, weil sich das Licht in seiner Brille spiegelte.

«Mein Name steht nicht auf dem Umschlag», sagte ich, «und mein Name in dem Buch hat keinerlei Ähnlichkeit mit meiner richtigen Identität. Abgesehen von den Ereignissen deutet nichts in der Erzählung auf mich hin. Wenn ich das Bedürfnis gehabt hätte, berühmt zu werden, hätte ich mich für *Big Brother* beworben, das wäre bedeutend einfacher gewesen, als das durchzumachen, was ich durchgemacht habe.»

«Warum steht denn Ihr Name nicht auf dem Umschlag? Wollten Sie nicht zu dem stehen, was sie erlebt hatten, oder haben Sie sich geschämt?»

«Ich habe mich geschämt», sagte ich. «Ich habe mich ungeheuer geschämt. Nicht so sehr für das, was mir angetan wurde, sondern für den Schmerz, den ich meinen Eltern und meiner Familie zugefügt habe. Ich habe viele, viele Stunden damit verbracht, darüber nachzugrübeln, was ich möglicherweise alles falsch gemacht habe, was ich vielleicht hätte anders machen können, aber ich kann die Dinge nicht ungeschehen machen. Ich kann mein Leben nicht zurückdrehen. Ich stehe zu jedem Wort in dem Buch, und ich bin stolz darauf, auch wenn ich nicht gerade stolz auf das bin, was mir widerfahren ist.»

Mr. Smith machte sich Notizen und sah aus, als würde er über etwas nachdenken. Dann sagte er:

«Ich muss noch einmal darauf zurückkommen: Wie ist es möglich, dass Schweden, ein westlicher Rechtsstaat, seine eigenen Bürger nicht zu schützen vermag?»

«Im Jahr 1997 wurden in Schweden 19 046 Gewaltverbrechen gegen Frauen angezeigt», sagte ich. «Alle zehn Tage wird eine Frau ermordet, und meist von einem Mann, der ihr nahestand. Am häufigsten ist ein Ehemann, Lebenspartner oder Exmann der Täter, doch es hat auch schon einzelne Fälle gegeben, in denen Söhne, Väter oder Brüder schwedische Frauen ermordet haben. Jede vierte schwedische Frau wird bedroht oder geschlagen, jedes Jahr. Fast die Hälfte aller schwedischen Frauen wird irgendwann einmal von einem nahestehenden Mann misshandelt. Das hier betrifft also nicht nur mich, sondern es handelt sich um ein Problem, das man überall in der schwedischen Gesellschaft antrifft, das sich durch alle Schichten, Religionen und geographische Regionen zieht. Es ist nichts Neues, dass Frauen sterben, weil die Gesellschaft sie nicht schützen kann. Alle kennen das Problem, und in den letzten Jahren hat die schwedische Regierung versucht, etwas dagegen zu tun, man hat unter anderem einen neuen Gesetzesartikel geschaffen, der ‹schwere Gewalt gegen Frauen› betrifft, doch das eliminiert die Gewalt zunächst einmal nicht.»

«Sie haben nicht auf meine Frage geantwortet», sagte der Beamte. «Ich wollte wissen, warum das schwedische Rechtswesen Sie nicht schützen kann.»

«Ich komme gleich darauf», versicherte ich. «Ich möchte nur erklären, dass ich in der schwedischen Gesellschaft kein Einzelfall bin, im Gegenteil, meine Geschichte ist ganz gewöhnlich. Das einzig Erstaunliche an mir ist, dass ich nicht tot bin. Wenn es dem Mann gelungen wäre, meine Tochter zu entführen und mich zu töten, wäre die Geschichte so ausgegangen wie üblich, und wir wären lediglich eine kleine Notiz in der Tageszeitung gewesen: ‹Familienstreit endet in Tragödie›. Dann hätte niemand auch nur die Augenbrauen gehoben, und alles hätte seinen gewohnten Gang genommen. Meine Mutter hätte auf meiner Beerdigung geweint, und ich wäre eine weitere Zahl in der Statistik geworden. Der Unterschied ist: Ich habe nicht aufgegeben. Ich habe mich hingestellt und verlangt, dass die Behörden ihrer Verantwortung für mich nachkommen, ich habe verlangt, dass der Rechtsstaat mich schützt, genau wie Sie sagen. Und sie haben es wirklich versucht, weiß Gott, sie haben mehrere Jahre lang versucht, uns zu schützen, sie haben uns versteckt, unsere Daten gelöscht, uns neue Identitäten gegeben, sie haben uns ins Ausland geschickt und uns geraten, auszuwandern. Aber ich bin trotzdem geblieben und habe weiterhin meine Forderung an den schwedischen Rechtsstaat gestellt: Schützt mich!, habe ich gesagt. Schützt mich und meine Familie! Wir haben ein Recht darauf, in dem Land zu leben, in dem wir geboren sind und das wir lieben. Schützt uns!»

Ich musste tief Luft holen, mir war ganz schwindelig geworden, die Gesichter vor mir tanzten im Zimmer herum. Doch ich sprach weiter:

«Schützt uns!, sagte ich zu den Behörden, aber die schwedische Gesellschaft huldigt einem Grundsatz, den wir das Öffentlichkeitsprinzip nennen: Alle Informationen über alles und jeden müssen immer und zu jeder Zeit zugänglich sein. Wir haben etwas, das Personennummer heißt, die bekommt man, wenn man geboren wird, und behält sie sein ganzes Leben lang. Man braucht nur die Personennummer eines Menschen zu kennen, um aus den öffentlichen Registern fast alles über ihn zu erfahren – wann und wo er geboren wurde, wie seine Eltern, Kinder und Ehegatten heißen, wo er zur Schule gegangen ist, wie seine Zeugnisnoten waren, die vollständige Adresse, wo er jetzt wohnt und wo er jemals gewohnt hat, seine Ausbildung, seine Arbeitgeber, wie hoch sein Verdienst ist, wie viel Steuern er zahlt, ob er einen Betrieb besitzt oder irgendeinem Vorstand angehört, welches Auto er fährt, und zwar mit Baujahr und Farbe. Zu den wenigen Daten, die nicht öffentlich sind, gehören unter anderem Krankenblätter, die Akten des Sozialdienstes, das Kriminalregister und Dinge, die die Sicherheit des Staates betreffen.»

Im Raum war es totenstill. Ich strich mir über die Stirn. Was tat ich da? Was hatte ich eigentlich vor?

«Der schwedische Rechtsstaat konnte mich nicht schützen»,

sagte ich. «Man untersuchte acht Jahre lang, was mit mir los war und wie man mir helfen könnte, doch man fand keine Lösung. Im Gegenteil, die Untersuchungen bewirkten, dass alle möglichen Informationen durchsickerten. Einmal zum Beispiel reichte die schwedische Krankenversicherung meine Adresse an meinen Verfolger weiter, und nachdem wir das Land verlassen hatten, gab die schwedische Steuerbehörde alle Informationen über mich für die Öffentlichkeit frei.»

Ich schwieg und holte ein paarmal tief Luft.

«Die schwedische Gesellschaft hat große Ambitionen und hehre Ziele, doch wie alle anderen Gesellschaften besteht sie aus Menschen, und Menschen machen Fehler. Das Netz, das mich schützen sollte, hatte so große Löcher, dass die Behörden selbst am Ende konstatierten, dass sie in meinem Heimatland nicht für mein Überleben garantieren konnten. Deshalb bin ich hier.»

Ich sah auf und begegnete dem Blick von Richter Hendersen. Dann sah ich mich um und merkte, wie alle mich anschauten. Mr. Smith betrachtete mich eingehend, während er seinen Kugelschreiber kreisen ließ. Meine Kehle und meine Lippen waren ausgetrocknet.

«Entschuldigen Sie bitte», sagte ich und hielt mich an der Tischplatte fest, «aber ich glaube, jetzt muss ich wirklich was trinken.»

Der Richter sah auf seine Armbanduhr.

«Es ist Viertel vor sechs», sagte er. «Ich glaube, wir nähern uns dem Ende dieses Kreuzverhörs. Es gibt allerdings noch zwei Fragen, die ich Ihnen gern stellen würde, doch vorher gestatte ich Ihnen einen kurzen Besuch der Toilette. Sie dürfen, wenn Sie den Gerichtssaal verlassen, mit niemandem reden oder sich verständigen, und Sie stehen weiterhin unter Eid, haben Sie verstanden?»

Ich nickte, und als er mir mit einer Geste bedeutete, dass

ich aufstehen dürfe, kam ich zitternd auf die Füße. Ich schob mich an Carl Barrington vorbei, Lindsay war bereits aufgestanden und hatte mir die Tür geöffnet.

«Ist es überstanden?», fragte Anders, der aufsprang und eine Zeitung von sich warf, als ich herauskam. «Sind sie zu einer Entscheidung gekommen?»

Ich ging stumm an ihm vorbei, aber Lindsay kam heraus und erklärte ihm die Lage.

Der Flur war leer und dunkel, die meisten Menschen hatten das Gerichtsgebäude für heute verlassen. Ich ging ganz nah an der Wand, um mich abstützen zu können, so schwindelig war mir.

Auf der Damentoilette sah ich mein eigenes Gesicht im Spiegel. Die Augen waren riesig, die Pupillen nahmen die ganze Iris ein, ich sah fast aus, als stünde ich unter Drogen. Meine Haut war wachsbleich und verschwitzt, und die mittlerweile trockenen Haare hingen in wirren Strähnen um meinen Kopf.

Ich sah zu Boden, ging auf die Toilette und vermied es, mich im Spiegel anzusehen, als ich mir die Hände wusch. Und dann tat ich etwas, was ich noch nie auf einer öffentlichen Toilette in Amerika getan hatte: Ich beugte mich hinunter und trank das Wasser direkt aus dem Hahn. Es schmeckte süß und gechlort.

Danach drehte ich dem Waschbecken den Rücken zu, schloss meine Augen, faltete die Hände und flüsterte zu Gott:

«Hilf mir», flehte ich, «lieber Gott im Himmel, gib mir Kraft, das hier durchzustehen, und lass uns hierbleiben. Denk an meine Kinder, lieber Gott, lass sie ein Zuhause haben. Ich bitte dich, Gott, erhöre mein Gebet. Erhöre mein Gebet.»

So stand ich ungefähr eine Minute, die gefalteten Hände an die Stirn gepresst, dann ging ich in den Gerichtssaal zurück.

Als die Tür geschlossen war und ich wieder Platz genommen hatte, wurde die Verhandlung fortgesetzt.

«Hat der INS noch weitere Fragen?», erkundigte sich der Richter.

«Nein, Herr Vorsitzender», antwortete Mr. Smith.

«Nun gut», fuhr Richter Hendersen fort, «eigentlich gibt es noch zwei Dinge, die ich Sie gern fragen würde, Mrs. Eriksson, aber ich sehe, dass Sie sehr erschöpft sind. Deshalb werde ich diese Verhandlung abschließen ...»

«Heraus damit!», unterbrach ich ihn.

«Wie bitte?», fragte der Richter erstaunt.

«Fragen Sie nur», sagte ich. «Wenn es etwas gibt, womit ich meine Chancen, hierbleiben zu dürfen, erhöhen kann, dann will ich das tun. Also heraus mit den Fragen! *Spit them out!*»

Er sah mich erstaunt an, ich schielte zu Carl Barrington an meiner Seite und bemerkte, dass er meinen Ausbruch nicht sonderlich gut fand.

Aber Richter Hendersen lächelte tatsächlich ein wenig.

«Also gut», sagte er, «hier die erste Frage: Was würde passieren, wenn Sie jetzt nach Schweden zurückgingen?»

Ich holte tief Luft und überlegte kurz, dazu gab es nichts in meinen Unterlagen.

«Da die Behörden in meiner Heimatstadt der Meinung sind, dass die Bedrohung meiner Familie in unverminderter Stärke weiterbesteht, kann ich mir nur ein Szenario vorstellen», begann ich. «Man würde uns sofort in einem Teil Schwedens verstecken, zu dem wir keine natürlichen Anknüpfungspunkte haben. Unsere Bewegungsfreiheit würde sehr stark eingeschränkt sein, denn man würde uns verbieten, aus dem Haus zu gehen, wenn es nicht unbedingt erforderlich wäre. Die Kinder könnten keine normale Schule besuchen, und das wiederum hätte mehrere folgenschwere Konsequenzen. Vor allem würde ihnen dadurch natürlich die Chance auf Bildung, Ausbildung und eine sinnvolle Zukunft verwehrt, aber es würde auch mich als ihre Erziehungsberechtigte zu einer Gesetzesbrecherin machen. In Schweden herrscht Schulpflicht. Wenn ich als Erziehungsberechtigte nicht dafür sorge, dass diese Schulpflicht eingehalten wird, kann ich dafür zur Rechenschaft gezogen werden.»

Ich holte Luft und fuhr fort.

«Wir würden nicht arbeiten und kein Unternehmen betreiben können. Auch der Handel mit Aktien oder Wertpapieren wäre uns unmöglich, denn er würde unsere neuen Identitäten und unseren neuen Aufenthaltsort preisgeben. Die Antwort auf Ihre Frage, Herr Richter, ist sehr einfach: Wenn meine Familie und ich nach Schweden zurückkehren würden und falls wir es schaffen sollten, nicht erschossen oder entführt zu werden, wäre es doch nur eine Frage der Zeit, bis wir wirtschaftlich, sozial und mental untergehen würden.»

Der Richter nickte und schrieb etwas in seine Unterlagen.

«Und dann möchte ich noch einmal auf die Formulierung in dem Urteil des schwedischen Kammergerichts zurückkommen», sagte er. «Was genau bedeutet dieser Satz: ‹Im Ergebnis kann es als erwiesen angesehen werden, dass Familie Eriksson, um ein normales Leben führen zu können, Schweden verlassen muss›?»

Er sah mich an, weshalb ich annahm, dass er von mir eine Antwort wollte, obwohl es sich ja eigentlich um eine Frage der Übersetzung handelte.

«Für mich», sagte ich, «und für die anderen Schweden, die dieses Urteil gelesen haben, bedeutet es, dass das Gericht entschieden hat, dass wir emigrieren müssen.»

Richter Hendersen wandte sich an den Übersetzer des INS, den Mann aus Dänemark.

«‹Kann es als erwiesen angesehen werden›», sagte der Däne, «das ist eine sehr vage Formulierung, die beinhaltet, dass das Gericht möglicherweise eine Emigration empfiehlt.»

«Auf Dänisch vielleicht», wandte der schwedische Übersetzer ein, «aber nicht auf Schwedisch. Ich bin derselben Ansicht wie Maria, für mich als Schweden ist das hier glasklar. Es ist genau die Art von Formulierung, die das Gericht benutzt, wenn es eine Tatsache konstatiert. Und das andere fragliche Wort, ‹Schweden verlassen *muss*›, bedeutet genau das, nämlich dass es getan werden muss.»

«Danke», sagte der Richter, «ich habe keine weiteren Fragen.»

Er beugte sich über seine Unterlagen und Aufzeichnungen und blätterte ein wenig darin. Es war totenstill im Zimmer, ich schielte zu Carl Barrington und sah, wie er sich diskret die Stirn trocknete. Mit einem Mal hörte ich mein eigenes Herz, es schlug immer lauter, bis es in meinem Kopf dröhnte. Mr. Smith saß auf seinem Stuhl zurückgelehnt vollkommen regungslos neben mir. Er hatte seinen Stift weggelegt und die Hände über dem Bauch gefaltet. Der dänische Übersetzer blätterte in einem Wörterbuch, der Schwede sah zu mir und lächelte leicht. Lindsay rutschte auf ihrem Stuhl herum.

«So», sagte der Richter schließlich und sah uns alle an. «Ich betrachte das Asylverfahren 267 als abgeschlossen an und bin bereit, einen Gerichtsbeschluss in dieser Sache zu fällen.»

Er nahm seinen braunen Holzhammer und erhob ihn in die Luft. Aller Sauerstoff wurde aus meinen Lungen gesogen, ich konnte nicht mehr atmen, und vor meinen Augen flimmerte es. Und dann hörte ich Richter Hendersen sagen:

«Maria Eriksson, *asylum in the United States of America: granted.*»

Peng!

Der Hammer schlug mit einem Knall auf den Tisch, das Echo wurde zwischen den Wänden hin und her geworfen und hallte in meinem Kopf wider. Was war passiert? Was hatte er gesagt?

Asyl in den Vereinigten Staaten von Amerika bewilligt.

Noch ehe ich reagieren konnte, erhob er den Hammer ein weiteres Mal.

«Emma Eriksson, *asylum in the United States of America: granted.*»

Peng!

«Robin Eriksson, *asylum in the United States of America: granted.*»

Peng!

Ein Laut kam aus meiner Kehle, Luft, die zu einem gepressten Aufschrei wurde, ich erhob mich halb, und im nächsten Moment brach es aus mir heraus.

«O Gott», stöhnte ich, «o mein Gott ...»

Und dann brach ich in haltloses Schluchzen aus, die Tränen flossen einfach aus mir heraus, meine Hände zitterten, und ich merkte, dass die Beine unter mir nachgaben, aber Carl Barrington fing mich auf, er nahm mich in seine Arme und hielt mich fest, wiegte mich hin und her und drückte mich, er lachte, und ich sah, dass er Tränen in den Augen hatte.

«Way to go, girl», flüsterte er.

Lindsay kam zu mir, auch sie weinte, und dann flog die Tür auf, und die Kinder kamen hereingelaufen.

«Wir dürfen bleiben!», rief ich. «Es ist alles überstanden, wir bekommen Asyl in den USA!»

Und die Kinder warfen sich in meine Arme, ich drückte sie fest an mich, und wir weinten alle drei. In meinem Kopf herrschte ein einziges Durcheinander, ich lachte und weinte abwechselnd, man klopfte mir auf die Schulter und umarmte mich und beglückwünschte mich, und plötzlich stand Mr. Smith neben mir. Er hatte seine Brille abgenommen und sah mit einem Mal richtig menschlich aus.

«Es tut mir leid, dass ich Sie so hart rannehmen musste», sagte er, sah aber nicht sonderlich bekümmert aus. Tatsächlich lächelte er zum ersten Mal an diesem Tag.

«Ich dachte, ich könnte Sie knacken», fuhr er unbekümmert fort, «aber ich muss Ihnen sagen, Sie waren härter, als ich gedacht hatte.»

Er nahm meine Hand und schüttelte sie.

«Viel Glück, Maria Eriksson. Sie sind stark, Sie werden in diesem Land ausgezeichnet zurechtkommen.»

Und dann klappte er seine Aktenmappe zu und ging aus dem Sitzungssaal.

Es war fast sieben Uhr, als wir das Gerichtsgebäude verließen. Es hatte aufgehört zu schneien, und ein leichter Wind kam von Südwesten. Die Sterne glitzerten am Winterhimmel, es war dunkel, klar und mild.

«Ja, Maria», sagte Carl Barrington, «das war ja wirklich ein langer Weg.»

Ich lachte leise.

«Die Nachbereitung wird einige Zeit in Anspruch nehmen», sagte der Anwalt. «Es muss mindestens ein Jahr vergehen, ehe Sie eine Greencard beantragen können. Aber diesmal kann der INS seinen Beschluss nicht zurücknehmen. Ich halte Sie auf dem Laufenden.»

Wir gaben uns die Hand, und ich umarmte Lindsay.

«Herzlichen Glückwunsch noch einmal», sagte Carl Barrington, «und viel Glück!»

Ich winkte ihnen, als sie auf der großen Treppe nach rechts abbogen.

Anders stellte sich neben mich und zog die Schultern hoch, um sich vor dem Wind zu schützen.

«Was willst du jetzt machen?», fragte er.

Ich sah den Mann an, der mit mir in die Hölle und wieder zurück gereist war. Auf seine Weise war er wirklich großartig. Aber ich wusste schon, dass wir den Rest unseres Lebens nicht zusammen verbringen würden. Unsere Zeit war vorbei, er würde seinen Weg gehen und ich meinen, doch irgendwie würden wir immer zusammengehören. Wegen der gemeinsam gemachten Erfahrungen und natürlich wegen unserer phantastischen Kinder.

«Ich weiß ganz genau, was ich machen will», sagte ich. «Ich will nach Hause fahren.»

EPILOG

Maria Erikssons Fall hat Geschichte geschrieben. Es war das allererste Mal, dass die USA einer europäischen Frau wegen häuslicher Gewalt Asyl gewährten.

Die Eheleute Eriksson sind heute geschieden. Maria ist in einen anderen Bundesstaat der USA gezogen und wohnt in der Nähe einer größeren Stadt in einem neugebauten Haus. Sie ist mit dem amerikanischen Geschäftsführer einer Firma verheiratet.

Emma und Robin leben bei Maria und ihrem neuen Mann, sie gehen beide zur Schule. Emma will Ärztin werden, Robin träumt von einem Ausbildungsplatz als Computerprogrammierer bei der NASA.

Auch Anders wohnt immer noch in den USA.

Von dem ersten Buch über Marias Leben wurden insgesamt über eine Million Exemplare in mehr als zehn Ländern verkauft.

Der Mann, der Maria verfolgt, wohnt immer noch in ihrer Heimatstadt. Nach Einschätzung der Behörden besteht die Bedrohung gegen die Familie in unverminderter Stärke fort.

HINWEIS DES VERLAGS

Kurz vor der Drucklegung dieses Buchs ist in Schweden unter dem Titel «Mia – Sanningen Om Gömda» eine Untersuchung der Journalistin Monica Antonsson erschienen, in der behauptet wird, dass die Schilderung dieses Buchs und die seines Vorgängers «Mia» nicht durchweg einer wahren Geschichte folgen, sondern auch fiktionalisierte Elemente enthalten. Damit widerspricht Frau Antonsson wenigstens zu Teilen der Darstellung von Liza Marklund. Beim Druck dieses Buchs im Februar 2009 war die Angelegenheit noch nicht geklärt; wir weisen aber in Abstimmung mit der Autorin auf diese Debatte hin.